*Dies hier war kein Urlaub, aber auch keine offizielle Dienstreise. Sie
hatten hier keinerlei polizeiliche Befugnisse. Scheinbar durfte hier jeder eine Waffe tragen, nur die beiden nicht. Von der Ferne aus verschoben sich die Perspektiven. Von Amerika aus war Aurich eine kleine
Küstenstadt in Europa, nah bei Hamburg und Hannover, dachte Weller. Sie waren gekommen, um eine Person zu überprüfen.*

Kommissarin Ann Kathrin Klaasen und Frank Weller sind in New
York. Eine Personenüberprüfung. Eine junge Frau hat behauptet,
ihren alten Klassenkameraden Markus Poppinga im Restaurant Ben
Ash in Manhattan gesehen zu haben. Nur: Markus Poppinga ist vor
drei Jahren tot in seiner Ferienwohnung auf Borkum gefunden worden. Die Eltern haben die Leiche eindeutig identifiziert.

Die Mutter trägt die Überreste ihres Sohnes zu einem bläulich
schimmernden Diamanten gepresst, in Herzchenform geschliffen, an
einer Kette um den Hals.

Nun hätte die Aussage einer jungen Frau sicher keine derartige
weitere Ermittlung ausgelöst, wäre sie nicht von der Tochter des Leiters der Polizeiinspektion Aurich, Ubbo Heide, gekommen.

Klaus-Peter Wolf, 1954 in Gelsenkirchen geboren, lebt als freier
Schriftsteller in der ostfriesischen Stadt Norden, im gleichen Viertel
wie seine Kommissarin Ann Kathrin Klaasen. Wie sie ist er nach langen Jahren im Ruhrgebiet, im Westerwald und in Köln an die Küste
gezogen und Wahlostfriese geworden.

Seine Bücher und Filme wurden mit zahlreichen Preisen ausgezeichnet, u.a. mit dem Anne-Frank-Preis, dem Erich-Kästner-Preis,
dem Rocky Award (Kanada) und dem Magnolia Award (Schanghai).

Bislang sind seine Bücher in 24 Sprachen übersetzt und über acht
Millionen Mal verkauft worden. Mehr als 60 seiner Drehbücher wurden verfilmt, darunter viele für »Tatort« und »Polizeiruf 110«.

*Unsere Seite im Internet: www.fischerverlage.de
Besuchen Sie auch die Website des Autors: www.klauspeterwolf.de*

KLAUS-PETER WOLF

OSTFRIESEN FALLE

Kriminalroman

Fischer Taschenbuch Verlag

Die Ann-Kathrin-Klaasen-Serie

Ostfriesenkiller (Bd. 16667)
Ostfriesenblut   (Bd. 16668)
Ostfriesengrab   (Bd. 18049)
Ostfriesensünde (Bd. 18050)

MIX
Papier aus verantwor-
tungsvollen Quellen
FSC® C083411
www.fsc.org

3. Auflage: Juni 2011

Originalausgabe
Veröffentlicht im Fischer Taschenbuch Verlag,
einem Unternehmen der S. Fischer Verlag GmbH,
Frankfurt am Main, März 2011

Die Polizeiinspektion Aurich, das Restaurant Smutje
in Norden, die Europaschule in Westerstede,
den Kartoffelkäfer auf Borkum, die Landschaft, Fähren
und Häuser gibt es in Ostfriesland wirklich.
Und selbst im Restaurant Ben Ash in New York
habe ich mehrfach gegessen.
Doch auch, wenn dieser Roman ganz in einer
realen Kulisse angesiedelt ist, sind die Handlung
und die Personen frei erfunden.
Ähnlichkeiten mit lebenden Personen und Organisationen
wären rein zufällig und nicht beabsichtigt.

»Die Zehn Gebote sind deswegen so unmissverständlich
und klar, weil an ihnen keine Expertenkommission
mitgearbeitet hat.«
Ubbo Heide, Kripochef Aurich

»Der liebe Gott weiß alles,
aber Ann Kathrin Klaasen weiß natürlich alles besser.«
Rupert, Kommissar, Kripo Aurich

»Ich liebe sie!«
Frank Weller, Kommissar, Kripo Aurich

Der Atlantik hatte die Farbe der Nordsee. Das Geräusch der Wellen klang zum Verwechseln ähnlich. Die Möwen waren auch nicht frecher als auf Norderney, aber es roch anders. Da war ein künstlicher Geschmack in der Luft, ein bisschen wie altes Frittieröl.

Was sind wir nur für komische Menschen, dachte Ann Kathrin Klaasen. Da fliegen wir fast neun Stunden, um ein paar Tage in New York zu verbringen, aber kaum angekommen, halten wir es nicht mehr aus und fahren eine Stunde U-Bahn, um von Manhattan nach Coney Island ans Meer zu kommen.

Alle paar Meter saß ein Rettungsschwimmer auf seinem Hochstand.

»Die Jungs kenne ich aus Baywatch«, lachte Weller.

Ann Kathrin kommentierte das nicht, schmunzelte aber.

»Was ist?«, fragte Weller verunsichert.

»Die Jungs von Baywatch sehen doch immer aus wie diese jungen Männer in der Werbung, die angeblich so gerne Müllermilch trinken. Aber die hier sehen eher nach täglich zwei Sixpack Bier aus.«

Unwillkürlich zog Weller den Bauch ein. Eine Weile gingen sie schweigend nebeneinanderher, die Füße im nassen Sand. Ann Kathrin genoss es, wenn die Ausläufer der Wellen ihre Knöchel umspülten. Weller hielt Abstand, als hätte er Angst, die Wellen könnten beißen.

Im Hintergrund drehte sich das Riesenrad des Vergnügungsparks, und auf der Achterbahn kreischte eine Schulklasse aus Denver.

»Die Sandstrände auf den ostfriesischen Inseln gefallen mir besser«, sagte Ann Kathrin. »Das hier ist lange nicht so schön wie die Weiße Düne auf Norderney oder der Sandstrand auf Spiekeroog oder Borkum.«

Weller wich einer Welle aus und zeigte auf die Hochhäuser hinter sich. »Verglichen damit sind die Bausünden da auch erträglich.«

Wir gehören so sehr an die Küste, dachte Ann Kathrin. Wir tragen die Nordsee in uns.

Weller versuchte, an den Essensständen und Imbissbuden ein Matjesbrötchen zu bekommen oder wenigstens einen Bismarckhering. Aber nicht mal ein Krabbenbrötchen ließ sich auftreiben. Aus lauter Not bestellte Weller sich dann Fish and Chips. Das fettige Zeug kriegte er aber beim besten Willen nicht runter. Während Ann Kathrin genüsslich, das Gesicht der Sonne zugewandt, in ihren Cheeseburger biss, warf Weller ein bisschen verschämt, als würde er etwas Ungesetzliches tun, sein Essen in den Mülleimer.

Sie waren vor zwei Tagen in Newark gelandet und mit dem Taxi, an dem großen Gefängnis zwischen Flughafen und Holiday Inn vorbei, nach Manhattan gefahren. Dieser Anblick hatte Ann Kathrin nicht in Ruhe gelassen.

Jetzt, angesichts der Möwen, die einen Mülleimer umgekippt hatten und sich um die Beute stritten, sagte Ann Kathrin: »Ich glaube, ich weiß, warum sie das Gefängnis zwischen Flughafen und Hotel gebaut haben. Das war eine sehr bewusste Entscheidung. So will man die Sehnsucht der Gefangenen wachhalten.«

Weller machte eine schnelle Handbewegung, um die Möwen zu verjagen, aber die ließen sich dadurch nicht beeindrucken. Sie zerfetzten, mit den Flügeln schlagend, eine Plastiktüte, aus der Hamburgerreste fielen.

Dies hier war kein Urlaub, aber auch keine offizielle Dienstreise. Sie hatten hier keinerlei polizeiliche Befugnisse. Scheinbar durfte hier jeder eine Waffe tragen, nur die beiden nicht.

Aus der Ferne verschoben sich die Perspektiven. Von Amerika aus war Aurich eine kleine Küstenstadt in Europa, nah bei Hamburg und Hannover. Von Aurich aus waren Hamburg und Hannover vier Stunden weit weg, und wenn man Pech hatte, musste man dreimal umsteigen, um mit Bus und Zug hinzukommen, dachte Weller.

Sie waren gekommen, um eine Person zu überprüfen. Eine junge Frau behauptete, ihren alten Klassenkameraden Markus Poppinga im Restaurant Ben Ash in Manhattan gesehen zu haben. Das Problem war nur, Markus Poppinga war vor drei Jahren auf Borkum tot in seiner Ferienwohnung gefunden worden.

Seine Eltern hatten die Leiche eindeutig identifiziert, und die trauernde Mutter trug inzwischen die Überreste ihres Sohnes zu einem bläulich schimmernden Diamanten gepresst, in Herzchenform geschliffen, an einer Kette um den Hals.

Nun hätte die Aussage einer hysterischen jungen Frau in diesem Fall sicherlich keine weiteren Ermittlungen ausgelöst, wäre es nicht Insa, die Tochter des Leiters der Polizeiinspektion Aurich/Wittmund, Ubbo Heide, gewesen.

Weller und Ann Kathrin wohnten gegenüber vom Ben Ash im Wellington-Hotel an der 7th Avenue, also mittendrin im Gewühl. Die Alarmsirenen der NYPD heulten noch viel öfter als in den Kinofilmen, aus denen die beiden dieses unverwechselbare Geräusch kannten.

Es war schon ein besonderes Erlebnis für Weller, mit Ann Kathrin Zeit in Manhattan zu verbringen. Er hatte sich vorgestellt, die Ermittlungen auf ein Mindestmaß zu reduzieren, gerade genug, um Ubbo Heide beruhigen zu können, denn eigentlich ging es nur darum, dass er vor seiner Tochter nicht als untätiger Idiot dastehen wollte, fand Weller. Aber das sagte er natürlich nicht.

Ann Kathrin hatte neben dem schnarchenden Weller die ersten zwei Nächte kaum ein Auge zutun können. Egal, ob sie das Fenster geöffnet oder geschlossen hielt, von draußen drang ein nervtötender Lärm herein. Die Alarmsirenen der New Yorker Polizei wurden von Hupkonzerten abgelöst. Jeder Autofahrer schien direkt vor dem Wellington-Hotel demonstrieren zu müssen, dass seine Hupe noch funktionierte.

Die dünne Gardine half überhaupt nicht gegen die grellen Lichter, und das heißfeuchte Klima New Yorks tat Ann Kathrin gar nicht gut. Sie hatte ständig eine Schweißschicht auf der Haut und wünschte sich zurück an den Deich nach Ostfriesland.

Ann Kathrin hatte Karten für ein Broadwaymusical ergattert. Weller traute sich nicht, ihr zu sagen, dass er eigentlich keine Lust hatte. Er hatte im Flieger einen Fußballkrimi von Ulli Schubert um einen homosexuellen Profispieler begonnen, und der Roman war jetzt so spannend, dass er die letzten Seiten von »Gefoult« unbedingt lesen wollte. Eigentlich interessierte Weller sich nicht für Fußball und für Schwule schon gar nicht, aber er wusste kurz vor Schluss immer noch nicht, wer der Täter war, und das ärgerte ihn als Kommissar sehr.

Der Anfang des Buches hatte ihm gut gefallen. *Wenn mein bisheriges Leben ein Buch oder ein Film wäre, in dem ich selbst die Hauptrolle spielte, dann würde ich den Autor zwingen, den Anfang komplett neu zu schreiben.* Damit konnte Weller sich identifizieren. In den Zeilen fand er sich wieder, deshalb hatte er das Buch spontan in der Flughalle am Kiosk gekauft.

Er sah jetzt schon Ann Kathrins Gesicht vor sich, wie sie ihm spöttisch klarmachte, dass der Krimi schließlich nicht weglaufen würde, das Broadwaymusical aber schon. Außerdem wollte sie ihn einladen, und da konnte er doch schlecht nein sagen.

Beim Lesen war Weller in seine Kindheit als Schüler zurückkatapultiert worden. Er musste an seinen alten Deutschlehrer, Hans-Helmut Brinkmann, denken, der bei einer Schülerdisco Drafi Deutschers »Marmor, Stein und Eisen bricht« mit überheblichem Lächeln kritisiert hatte. So mies seien deutsche Schlager, dass die sogenannten Songwriter nicht mal richtig Deutsch könnten.

»Das ist kein Schlager«, hatte Weller Drafi damals verteidigt, »das ist Deutschrock! Und was für Fehler sollen denn da drin sein?«

Brinkmann hatte nur auf das Stichwort gewartet. Er verzog den Mund, hob sein Kinn und sprach, als würde er höhere Töchter an einer Schweizer Privatschule unterrichten: »Marmor, Stein und Eisen bricht, aber unsere Liebe nicht. Fällt Ihnen dabei nichts auf, Herr Weller?«

So spitz, wie er das »Herr« betonte, musste an dem Satz irgendetwas falsch sein. Aber Frank kam nicht drauf. Im Ansehen seines Deutschlehrers sank er dadurch auf das Niveau von Insekten, und seine Deutschzensur sollte sich von dieser Niederlage nie wieder erholen.

»Es muss heißen: Marmor, Stein und Eisen brechen. Plural, Herr Weller. Plural. Der Schlagerfuzzi singt aber Singular.«

Verwirrt hatte Weller geantwortet: »Marmor, Stein und Eisen brechen, aber unsere Liebe nicht, reimt sich doch nicht.«

Das war dem Deutschlehrer nicht mal eine Antwort wert.

Jahre später, Weller war schon bei der Kriminalpolizei, sah er Hans-Helmut Brinkmann wieder, und zwar im Fernsehen. Er stand in einer brüllenden Menge und feierte ein gewonnenes WM-Spiel. Er grölte mit den anderen ein Lied, das nur aus einer einzigen Zeile zu bestehen schien: »Es gibt nur ein Rudi Völler! Ein Rudi Vööööller!«

Das hatte Weller gutgetan. Er hatte sich damals sogar an den Computer gesetzt und wollte eine E-Mail an seinen ehemaligen Deutschlehrer schreiben. Die ersten Sätze hatte er schon vorformuliert. Es müsse heißen: »*Einen* Rudi Völler. Akkusativ, Herr Brinkmann. Akkusativ.«

Er hatte die E-Mail nie abgeschickt. Aber doch nie dieses Bild vergessen, von seinem singenden Deutschlehrer, »es gibt nur ein Rudi Völler«.

Ulli Schuberts Krimi erinnerte ihn daran, und vielleicht mochte er das Buch schon allein deswegen.

Sie sahen *Mamma Mia*. Ann Kathrin hatte das Musical schon in Hamburg angeschaut und war begeistert gewesen. Er musste damals mit. Sie hatte zwei Karten besorgt, weil sie mit ihrem Sohn Eike »etwas ganz Besonderes machen wollte«. Aber Eike hatte sie versetzt. Weller war eingesprungen, und jetzt musste er schon wieder mit.

Er steckte sich den Schubert-Krimi ein. Er musste nur noch ein paar Seiten lesen. Dann, als sie bei geschlossenem Vorhang im Theater saßen und auf den Beginn der Vorstellung warteten, nahm Ann Kathrin seine Hand und flüsterte ihm ins Ohr: »Wir beide in einem Musical am Broadway. Ist das nicht romantisch?«

»Ja«, sagte er, »total. Ich muss mal.«

»Beeil dich, bevor es anfängt.«

Er saß dann auf der Toilette und las seinen Krimi zu Ende. Er hörte die Klingel nicht. Er verpasste den Anfang, aber er erwischte den Mörder!

Die Freiheitsstatue kam Ann Kathrin merkwürdig klein vor. Weller wollte mit der Fähre von Manhattan nach Liberty Island, aber Ann Kathrin bestand darauf, über die Brooklyn Bridge zu gehen.

Weller hatte ein mulmiges Gefühl dabei. Er sprach nicht gern darüber, aber in solchen Höhen fühlte er sich nicht wohl. Es machte ihm nichts aus, zu Hause im Distelkamp auf dem Garagendach herumzuklettern. Er konnte auch auf einer Leiter stehen und die Kirschen pflücken – all das war kein Problem. Aber auf einer Hängebrücke über den East-River zu gehen, entsprach nicht Wellers Vorstellungen von einem entspannten Urlaub. Ebenso wenig hatte er Lust, Bungee zu springen oder im 32. Stockwerk eines Hochhauses Fenster zu putzen.

Er befürchtete, am Ende wolle Ann Kathrin sogar noch aufs Empire State Building, 84 Stockwerke hoch. Er gestand sich nicht gerne ein, dass er Probleme damit hatte. Es reichte doch schon, dass sie daheim in Norden seine Chefin war. Er wollte wenigstens in der Freizeit ein bisschen auftrumpfen und eine gewisse Überlegenheit bewahren.

Weller hatte tolle Gegenvorschläge. Es gab ja wahrlich genug anzuschauen in New York. Aber Ann Kathrin bestand auf der Brooklyn Bridge.

Sie zitierte den Lyriker Walt Whitman, der angeblich gesagt hatte, ein Gang über die Brooklyn Bridge befreie die Seele.

So, wie sie den Namen »Walt Whitman« aussprach, war er ein bedeutender Literat. Weller kannte sich zwar in der amerikanischen Kriminalliteratur aus, Raymond Chandler, Dashiell Hammett, Cornell Woolrich, das waren seine Helden, aber dieser Walt Whitman hatte nie einen bedeutenden Krimi verfasst, und Lyrik war nicht gerade Wellers Hauptlektüre. Trotzdem nickte er beeindruckt, als Ann Kathrin diesen Whitman zitierte, und ahnte, dass jeder weitere Widerspruch sinnlos war.

Auf der Brücke hatte er Mühe, zu atmen. Ein Ostfriese, dachte er, gehört aufs platte Land. Das hier war für ihn mindestens so grauenhaft wie ein Urlaub in den Alpen. Skifahren in St. Moritz oder Wandertage auf dem Großglockner und seinen Gletschern. In achtzig Metern Höhe über dem East-River bekam Weller kaum noch Luft, während Ann Kathrin begeistert den herrlichen Blick auf die Skyline Manhattans pries und das Ganze manchmal »phantastisch«, dann wieder »surrealistisch« und schließlich »völlig irre« fand.

»Lass uns weitergehen«, sagte Weller, rang nach Luft und versuchte, nicht auf die Skyline, sondern auf seine Füße zu gucken. Er kam sich erbärmlich vor und hatte Angst, hier komplett zu versagen. Am liebsten wäre er wieder umgekehrt.

Ann Kathrin wollte ihn fotografieren, und er sollte auch noch lächeln und vor dem Geländer posieren.

»Mensch, lach doch mal!«, forderte sie ihn auf. »Wir schicken das heute Abend deinen Töchtern, das ist schneller als jede Postkarte. Ihr Vater auf der Brooklyn Bridge … Und du stehst da wie ein Schluck Wasser in der Kurve!«

Während Weller und Ann Kathrin über die Brooklyn Bridge gingen, standen Wellers Töchter Jule und Sabrina nicht weit von seinem Arbeitsplatz, der Polizeiinspektion in Aurich, entfernt vor Dinis Disco Schlange. Sie hatten sich heftig geschminkt, was ihre ohnehin leicht aristokratischen Züge, die sie vermutlich von ihrer Mutter hatten, noch unterstrich und sie ein wenig hochnäsig, ja, zickig aussehen ließ. Verbunden mit ihrem betont selbstsicheren Auftreten, hofften sie, man würde sie vielleicht mit irgendwelchen VIPs verwechseln, die auf der Durchreise von London nach Paris in Aurich Zwischenstation machten.

Gemeinsam mit Stefan Raider, der sich Stevie nannte und Joachim Neumann, der sich gern mit Joe Dark anreden ließ, hatten sie draußen im Auto schon ein bisschen vorgeglüht. Die süßen Alcopops schmeckten ungefährlich nach Limonade, aber Jule hatte schon glasige Augen, und unter der Schminke brannten Sabrinas Wangen.

Sabrina hatte mit Joe Dark auf dem Rücksitz gesessen, und sie fand, dass er verdammt gut küsste. Sie klebten aneinander, und alle paar Minuten tauschten sie ihre Kaugummis von Mund zu Mund aus, und jeder kaute das des anderen weiter.

Joe Dark hatte Sabrinas Lippenstift am Hals. Jule schielte immer zu Sabrina und Joe herüber, denn ihr Stevie küsste lange nicht so gut. Im Gegenteil, er sabberte dabei ziemlich herum und roch nach Pommes und Zigarettenqualm. Trotzdem wollte Jule nicht zurückstehen, und immerhin gehörte Stevie das Auto, und er hatte den Kofferraum noch voll mit Drinks.

In der Disco, sagte er, sei das schweineteuer und dann könne man doch besser ab und zu runter zum Auto gehen, dort ein bisschen frische Luft schnappen und im Wagen etwas trinken.

Jule hatte das zunächst sogar geglaubt und fand den sparsamen Zug an Stevie durchaus sympathisch, aber Sabrinas Grinsen machte ihr klar, dass etwas anderes dahintersteckte.

»Der hat Liebessitze im Auto«, raunte sie in Jules Ohr. »Der will dich da draußen vernaschen, meine Süße.«

Die beiden hatten sich eigentlich geschworen, zusammenzubleiben, egal was passierte, aber die beiden jungen Männer machten die Sache kompliziert. Sabrina konnte sich durchaus vorstellen, mit Dark etwas in dem alten BMW anzufangen. Jule war da noch zögerlich. Sie hatte sich ihre erste Liebesnacht eigentlich anders vorgestellt, vielleicht nicht gerade in einem Himmelbett mit seidener Wäsche, aber doch auch nicht auf irgendeinem Parkplatz hinten im Auto.

Dark wollte eigentlich schon vor der Disco draußen mit den Mädchen »eine Tüte durchziehen«, aber Jule hatte mit Haschisch und Alkohol schlechte Erfahrungen gemacht und sich geschworen, nie wieder beides zusammen zu nehmen.

Stevie fand das ein bisschen spießig und zickig, aber er stand auf Jungfrauen und war sich sicher, eine vor sich zu haben, als sie den Joint ablehnte.

Er behauptete, den Türsteher zu kennen, und es sei alles überhaupt kein Problem. So wie sie aussähen, würden sie ihn sowieso aus dem Anzug hauen. Aber dann wollte er doch ihren Ausweis sehen und blieb hart. Er wollte keinen Ärger mit den Bullen provozieren, und so landeten die vier wieder im Auto.

Stevie schlug vor, zu einer Kuhweide am Waldrand von Aurich-Oldendorf zu fahren. Dort hatte er angeblich mal bei einer Vatertagsparty mitgemacht, mit Kuhfladen-Roulette und der Crossroads-Blues-Rock-Band. Das sei für Partys ein geradezu magischer Boden, und sie vier könnten doch auch gut eine Fete alleine feiern.

»Was hast du denn auf 'ner Vatertagsparty zu suchen? Und wie bist du überhaupt in die Ü-30-Fete reingekommen?«, lachte Dark.

Sie bogen auf der Leerer Landstraße rechts ab. Das Letzte, was Sabrina auf dem Rücksitz sah, war das Schild nach Schirum, ab dann wehrte sie sich nur noch gegen die vielen Hände, die Dark plötzlich zu haben schien.

Das Spiel machte ihr durchaus Spaß. Er schob seine Hand unter ihren Kleidungsstücken nach vorn. Sie stoppte die Hand. Er zog sie ganz zurück, aber das Gebiet, das er berührt hatte, galt als erobert, und beim nächsten Versuch setzte er dort wieder an und versuchte, ein paar Zentimeter zu gewinnen.

Es war klar, wie alles enden würde. Auf dem Weg dahin wollte sie es ihm aber nicht zu einfach machen. Sie hatte nicht vor, eine leichte Beute zu werden. Sie wollte sich erobern lassen.

Jule klappte die Sichtblende herunter. Dahinter befand sich ein Schminkspiegel. Sie wollte sich aber eigentlich gar nicht die Lippen nachziehen, sondern nur ihre ältere Schwester beobachten. Sabrina war immer ein Stück weiter als sie, ihr immer ein bisschen voraus. Einerseits gefiel Jule das. Es machte ihr Mut, knapp hinter Sabrina in deren Fußstapfen zu laufen. Doch manchmal hatte sie auch große Lust, ihre Schwester einfach zu überholen. Dies schien nicht so ein Abend zu werden, aber noch war er ja nicht zu Ende.

Sie nahm einen Schluck von dem Red Bull-Wodka-Gemisch, aber Stevie zog ihr die Dose weg und lachte: »Du hast doch schon Flügel, mein Engel! Gib mir mal den Ferrari.« Dann legte er den Kopf in den Nacken und trank.

»Hey, gib mir auch noch was!«, kicherte Jule.

Die Scheinwerfer des BMW ließen die Bäume wie lebendige Wesen erscheinen, die mit ihren Armen versuchten, nach dem Wagen zu greifen und ihn zu stoppen. Ihnen kam ein Mitsubishi entgegen. Den Citroen dahinter sahen sie nicht. Er setzte zum Überholen an. Der Mitsubishi schlingerte und stieß den Citroen an. Dann blieb der Citroen zurück.

Der Mitsubishi fuhr Schlangenlinien. Er kam ihnen auf ihrer Seite entgegen. Die Wagen krachten frontal gegeneinander, prallten dann voneinander ab und überschlugen sich, jeder zu einer anderen Straßenseite hin. Dort blieben die Fahrzeuge liegen.

Der Citroen drehte sich auf der Fahrbahn. Dann, nach einer kurzen Schrecksekunde, raste der Wagen in Richtung Aurich davon.

Eine Weile schien die Zeit stillzustehen und nichts zu geschehen. Dann öffnete sich im Mondlicht die Fahrertür des auf dem Dach liegenden BMW. Aber es stieg niemand aus. Nur ein Schrei gellte über die Wiesen.

Als hätte er diesen Schrei gehört, zuckte Weller zusammen. Er musste urplötzlich an seine Kinder denken, an Jule und Sabrina und diese ganze unwürdige Situation.

Wann hatte er sie eigentlich zum letzten Mal gesehen? Sie lebten bei seiner Exfrau, Renate, und es gab scheinbar heftige Probleme. Kein Wunder, bei Mädchen in dem Alter, dachte er.

Lange hatte er nicht mehr so sehr wie jetzt gespürt, dass die Mädchen ihren Vater brauchten. Am liebsten hätte er die nächsten Tage mit ihnen verbracht, statt Sehenswürdigkeiten in New York abzulatschen.

»Ich weiß vielleicht jetzt, wie man sich auf der Brooklyn Bridge fühlt«, sagte er, »aber ich habe keine Ahnung, was in meinen Töchtern vorgeht.«

»Herrjeh, willst du jetzt die Stimmung restlos kaputtmachen?«, fragte Ann Kathrin. »Was soll das? Wir sind hier, an diesem besonderen Ort der Welt. Wir kommen vielleicht nie wieder hierhin. Sollen wir uns jetzt Gedanken über die Probleme zu Hause machen?«

Sie ging ein paar Meter vor, in Richtung Manhattan. Sie brauchte jetzt Abstand zu Weller. Sie wollte sich von dieser miesepetrigen Energie nicht einfangen lassen.

Irgendein Mist ist dem Glück immer im Weg, dachte sie grimmig. Entweder läuft es beruflich schief, oder einer ist krank, hat Ärger mit seinem Expartner, die Waschmaschine leckt, oder die Kinder zicken rum. »Kann nicht auch mal etwas einfach gut sein, und man ist fröhlich und amüsiert sich?«, fragte sie mehr sich selbst als Weller. Aber sie sagte es laut vor sich hin, gegen den Wind, und wurde von einem Rentner aus Wuppertal in glänzender Joggingkleidung überholt, der sich über die heimatlichen Klänge freute und ihr fröhlich zuwinkte. »Genau, junge Frau, genau so ist es! Man darf sich im Leben nicht alles verderben lassen. Es macht sonst keinen Spaß mehr, wenn es keinen Spaß macht!«

Am liebsten wäre Ann Kathrin neben ihm her gejoggt, aber dafür war sie nicht passend angezogen, und irgendwie tat Weller ihr natürlich auch leid. Sie blickte sich zu ihm um. Er war jetzt gut zwanzig Meter hinter ihr und hielt sich mit beiden Händen am Brückengeländer fest.

Erst jetzt erkannte sie die ganze Wahrheit. Ihm ist schlecht vor Angst, dachte sie. Er hält die Höhe nicht aus.

Sie lief zu ihm, legte eine Hand zwischen seine Schulterblätter und fragte: »Ist dir nicht gut?«

»Doch, doch, ist schon alles in Ordnung. Du hast ja recht. Tut mir leid, dass ich so scheiße drauf bin. Aber mir fällt das nicht leicht. Du bist freier und unabhängiger als ich. Du bezahlst, wenn wir ins Musical gehen. Du legst die Dollars auf den Tisch, wenn wir gut essen gehen oder …«

»Ach. Hör doch auf. Du hast Höhenangst. Meinst du, ich sehe das nicht? Komm, wenn du willst, können wir zurückgehen.«

Er sah sie tapfer an. »Nein. Ich werde jetzt mit dir über diese Brücke gehen. Bis Manhattan. Das soll ja die Seele befreien, hat der Weihnachtsmann gesagt, oder wie der Typ heißt.«

»Walt Whitman, Frank. Walt Whitman heißt er.«

»Okay. Dann wollen wir mal sehen, ob der Typ recht hat.«

Sie frühstückten bei Ben Ash, wo Insa Heide angeblich ihren toten Klassenkameraden Markus Poppinga gesehen hatte. An den Wänden hingen, eingerahmt wie Familienfotos, Bilder von Al Pacino, Elvis und Sylvester Stallone.

Weller und Ann Kathrin saßen an einem kleinen Tisch am Fenster. Ann Kathrin, die angeblich eine Diät machte, bestellte sich Pancake mit Heidelbeeren und Sirup. Weller nahm einen Bagel mit Cheese and Bacon.

Ann Kathrin legte das Foto von Markus Poppinga auf den Tisch.

Weller staunte. »Willst du jetzt hier ernsthaft mit Befragungen beginnen?«

»Wir müssen etwas tun. Wir können hier nicht einfach Urlaub auf Ubbos Kosten machen.«

Weller grinste über Ann Kathrins Naivität. »Aber bitte, Ann, was denn sonst? Er wird vor seiner Tochter gut dastehen. Er hat sie ernst genommen und von seinen Rücklagen, die eigentlich für einen geruhsamen Lebensabend bestimmt waren, privat unseren Flug nach New York bezahlt. Wir kommen zurück, sagen, dass das ein Hirngespinst war, und alles ist okay ...«

Ann Kathrin drehte, als die Kellnerin heranstöckelte, das Foto um. Sie bekamen Kaffee in dicken Pötten, und Ann Kathrin protestierte: »Und was sollen wir berichten? Dass wir über die Brooklyn Bridge gegangen sind und Mamma Mia gesehen haben?«

Weller probierte den Kaffee und verzog den Mund. Er sehnte sich zurück zu seiner Espressomaschine. Für ihn war das hier nur lauwarmes, schwarzes Wasser.

Ann Kathrin schmeckte der Kaffee.

Weller aß seinen Bagel mit Heißhunger, staunte aber über die fünf Pfannkuchen, die Ann Kathrin nacheinander verdrückte. Als der Teller mit der Riesenportion vor ihr auf dem Tisch stand, hätte er jede Wette gehalten, dass sie nicht mal die Hälfte verputzen könnte. Als sie Sirup auf den Letzten träufelte, gab er die Hoffnung auf, den Rest zu bekommen. Er hätte ihr nur zu gern geholfen.

Jetzt sagte er: »Interessante Diät.«

»Hm, finde ich auch«, antwortete Ann Kathrin und bestellte sich zum Nachtisch Eier mit Speck.

Die Kellnerin beachtete Ann Kathrin kaum, flirtete aber unverhohlen mit Weller. Dem schmeckte bei so viel Beachtung sogar der Kaffee gleich besser.

Entweder hatte sie einen Narren an ihm gefressen, oder sie spekulierte auf ein gutes Trinkgeld, folgerte Ann Kathrin. Weller winkte fast verlegen ab, setzte sich aber kerzengerade hin und warf im Fenster einen Blick auf seine Frisur.

Die junge Frau fragte, ob sie beide Touristen seien, wie ihnen New York gefalle, ob sie schon auf dem Empire State Building gewesen seien, und Weller scherzte, er kenne das nur aus den berühmten King-Kong-Verfilmungen. Das sei doch das Gebäude, auf dem so gerne Riesenaffen herumkletterten.

Sie lachte und zeigte ihre perfekten Zahnreihen, die so weiß waren, dass sie auf Ann Kathrin unecht wirkten.

»Sie ist keine Kellnerin«, kombinierte Ann Kathrin.

»Warum?«, fragte Weller. »Sie macht das doch ganz gut. Und ich finde sie ausgesprochen freundlich.«

Er sah hinter ihr her. Sie hatte einen Schlitz im Kleid und durchtrainierte, muskulöse Beine.

»Guck dir doch mal ihre Schuhe an. Nicht nur die Beine.«

Weller zuckte mit den Schultern, als wüsste er gar nicht, wovon Ann Kathrin redete. Sie fuhr unbeirrt fort: »Keine echte Kellnerin läuft in High Heels rum. Da kriegt sie in kürzester Zeit Rückenprobleme.«

Sie wollte wenigstens guten Gewissens sagen können, dass sie es versucht hatte, also hielt sie der Kellnerin das Foto hin. »Wir suchen diesen Mann. Haben Sie ihn schon einmal gesehen?«

Die Frisur der jungen Frau erinnerte an einen Motorradhelm. Ihr Gesicht zeigte keine Regung. Aber Ann Kathrin und Weller waren als Polizisten erfahren genug, um sofort zu bemerken, dass die Frau sich zusammenriss. Ihre Pupillen erweiterten sich schreckhaft.

»Was wollen Sie von ihm?«, fragte sie.

»Wir sind Freunde aus Deutschland.«

Die Kellnerin schüttelte den Kopf.

»Nein«, lächelte sie jetzt, sie kenne ihn nicht.

Weller und Ann Kathrin mussten sich nicht einmal ansehen. Sie waren sich sofort einig. Die junge Frau sagte die Unwahrheit.

Ann Kathrin spürte es wie ein Kribbeln auf der Haut. Es konnte also etwas dran sein an der Sache. Vielleicht gab es hier zumindest eine Person, die Markus Poppinga ähnlich sah. Mit so einem Ergebnis könnten sie getrost nach Ostfriesland zurückfliegen, aber sie brauchten einen Namen und eine Adresse.

Ann Kathrin bat darum, mit dem Chef sprechen zu dürfen. Das gefiel weder der Kellnerin noch Weller.

»Ann«, zischte er, »wir haben hier keinerlei ...«

»Ich darf doch einen Freund suchen!«

Der Chef sei morgens nie da, flötete die Kellnerin betont freundlich, winkte aber einen griechisch aussehenden Kollegen herbei. Er eilte mit breitem Lächeln heran. Mit raumnehmenden

Gesten fragte er, was er für seine Gäste tun könne. Ann Kathrin zeigte ihm das Foto.

Der Alexis-Sorbas-Typ blickte sich sofort zu der Kollegin mit der Prinz-Eisenherz-Frisur um. Weller registrierte, wie sie ihn wortlos zum Schweigen brachte. Der Kellner blieb höflich, behauptete aber, diesen Jungen nicht zu kennen. Dann wandte er sich einem anderen Gast zu, der einen »Deutschen Schokoladenkuchen« bestellt hatte.

Erstaunt beobachtete Weller, wie ein mächtiges Stück dunkler Torte serviert wurde. Er hatte so einen Kuchen in Deutschland noch nie gesehen.

Sie aßen stumm auf. Ann Kathrin zahlte für beide und gab fünf Dollar Trinkgeld, was Weller übertrieben fand.

Draußen auf der 7th Avenue gingen die zwei in Richtung Times Square auf die blitzenden Lichter zu. Neben ihnen hupte ein Taxi. Weller sagte: »Okay. Sie lügen beide. Aber warum?«

»Die Kellnerin hat sich heftig erschreckt.«

»Ich war schon froh, dass du nicht ihre Personalien festgestellt und ihr eine Vorladung gegeben hast.«

»Ihren Namen hätte ich aber schon gerne.«

Ein Bettler mit einem Pappschild um den Hals wurde von fröhlichen Touristen aus den Niederlanden fotografiert. Auf seinem Pappkarton stand mit roter Schrift geschrieben: *I don't bullshit you. I need your money for beer and drugs.*

Weller übersetzte laut: »Ich bescheiße euch nicht. Ich brauche euer Geld für Bier und Drogen.«

Bei so viel Ehrlichkeit war sogar Weller bereit, etwas zu spenden, aber im letzten Moment dachte er dann doch an seine Schulden und ließ es bleiben. Er lebte sowieso schon wieder über seine Verhältnisse.

»Ubbo zahlt euch den USA-Aufenthalt. Das sind im Grunde Flitterwochen, und ihr müsst nicht mal heiraten«, hatte Rupert neidisch gespottet. In Wirklichkeit zahlte Ubbo Heide den Flug und das Hotel. Aber all diese Extraausgaben, vom Frühstück übers Taxifahren bis zu den Drinks und den Sehenswürdigkeiten, den Musicals und den Shows, all das sprengte Wellers Rahmen. Ann Kathrin zahlte ohne zu murren für ihn mit. Er fühlte sich schon wie ein Gigolo. Im Gegensatz zu ihr musste er mit seinem Gehalt Unterhalt für beide Töchter und seine Exfrau zahlen. Ihm blieben knapp neunhundert Euro.

Ann Kathrin riss ihn aus seinen Gedanken. »Wir brauchen ihren Namen und ihre Adresse. Ich wette, sie führt uns direkt zu Markus Poppinga.«

Weller stöhnte: »Ann! Markus Poppinga ist tot. Er hängt – makaber genug – seiner Mutter um den Hals.«

»Siehst du, eben das gefällt mir auch nicht. Damit ist jede Nachprüfbarkeit für uns dahin. Kein Sarg. Keine Leichenreste. Keine DNA-Spuren.«

»Willst du die Kleine jetzt beobachten oder was?«

Vor Weller stöckelten zwei Italienerinnen mit waffenscheinpflichtigen Stilettos über die Gitter der U-Bahn-Schächte. Weller rechnete damit, dass wenigstens eine von ihnen gleich umknicken und hinfallen würde. Er war bereit, sie aufzufangen, aber nichts geschah. Ann Kathrin beobachtete ihn amüsiert.

»Wir können Ubbo schlecht sagen, dass eine Frau mit Prinz-Eisenherz-Frisur auf das Foto komisch reagiert hat.«

»Was willst du? Einen Privatdetektiv engagieren? Die Kollegen werden uns kaum helfen …«, sagte Weller und zeigte versonnen auf den Stützpunkt der New Yorker Polizei.

Das muss ich fotografieren, dachte er. Eine Polizeiinspektion mit flackernder Neonleuchtschrift.

»Bordelle in Ostfriesland sehen seriöser aus als hier das Polizeipräsidium«, grinste er.

Während er mit seinem Handy Fotos machte, stellte Ann Kathrin sich vor, wie das in Aurich aussähe oder in Norden. In Leuchtreklamebuchstaben: *Polizeiinspektion!* Es fehlten eigentlich nur noch ein paar Uniformierte, die einen Stepptanz aufs Straßenparkett legten, und die Broadwaymusicalkulisse wäre perfekt.

»Hättest du nicht Lust, die Süße mal zum Essen einzuladen?«

Weller glaubte, dass Ann Kathrin das nicht ernst meinte, trotzdem empörte er sich gespielt: »Das ist jetzt hoffentlich nicht dein Ernst!?«

»Warum nicht? Sie ist bestimmt nicht abgeneigt und zeigt dir gerne die Stadt. Gegen ein kleines Trinkgeld und ...« Ann Kathrin flüsterte den Rest des Satzes mit leicht erotischer Stimme in sein rechtes Ohr: »... und für dich macht sie es vielleicht sogar umsonst. Also aus purer Völkerfreundschaft.«

»Ann, bitte ...« So, wie sie ihn ansah, hatte Protest seinerseits gar keinen Sinn. Trotzdem widersetzte er sich, denn er hatte ganz und gar nicht das Gefühl, hier könnte gerade ein neues, gutes Kapitel in ihrer Beziehung aufgeschlagen werden.

Das Ganze konnte nur als Niederlage für ihn enden. Entweder er bekam nichts aus der Dame heraus, dann würde es hinterher heißen, er hätte nur geflirtet und dabei seinen Job vergessen. Kam er aber – ermittlungstechnisch gesehen – weiter, hätte er ab dann mit dem Nimbus eines Frauenverführers zu kämpfen, dem die Herzen nur so zuflogen, und der diese Gunst für seine Zwecke ausnutzte.

Er erkaufte sich eine kleine Atempause, indem er eine Postkarte der Brooklyn Bridge erstand und sich am Times Square zwischen die flirrenden Lichter der wohl aufdringlichsten Werbung der Welt setzte und geradezu meditativ darin versank, eine Postkarte an seine Töchter zu schreiben.

Liebe Jule, liebe Sabrina!
Über diese Brücke ist euer Papa gegangen.

Er unterschrieb nicht mit *Papa* oder *Frank*, sondern mit *Walt Whitman*. Er war sich sicher, seine Töchter würden googeln, wer das war und dann schwer beeindruckt sein, dass ihr Vater nicht nur Kriminalschriftsteller zitierte, sondern auch Lyriker kannte.

Ann Kathrin stand die ganze Zeit auf der Treppe neben ihm, sah wie hypnotisiert auf die Sony-Werbung und wartete auf seine Entscheidung.

»Und was machst du in der Zeit?«, fragte er.

Sie lächelte.

Ein Teilstück der Straße war immer noch gesperrt. Der ostfriesische Wind ließ die weiß-roten Markierungsbänder knattern. Die Autos auf dem Feld wirkten wie kunstvoll in die Landschaft integrierte Objekte, die den Verfall der mobilen Gesellschaft demonstrieren sollten. Zweckentfremdete Fahrzeuge. Karosserien, die aus dem Boden wuchsen.

Rupert musste an den Roten Platz in St. Gallen denken, wo der Asphalt weich und rot war. Dieses irritierende Gefühl unter den Füßen. Sitzbänke waren mit diesem Zeug übergossen, und ein Auto schien daraus hervorgewachsen zu sein und war doch gleichzeitig darunter begraben.

Ja, daran musste Rupert denken, vielleicht, weil der Boden unter seinen Füßen jetzt ebenfalls weich war und eine Hummel um seinen Kopf brummte, genau wie vor zwei Jahren in St. Gallen. Er schloss für einen Moment die Augen und erinnerte sich an die kurze, aber heftige Affäre mit der Schweizer Kollegin, die er danach nie wieder gesehen hatte.

»Wieso holt man uns bei einem Verkehrsunfall?«, fragte Rupert spitz. »Vielleicht sollen wir in Zukunft auch noch Strafmandate schreiben? Wir haben ja sonst nichts zu tun.«

Sylvia Hoppe fixierte Rupert. Er war offensichtlich genau so, wie ihre Kolleginnen es ihr geschildert hatten. Ein trinkfester, sangesfroher Macho. Sie war von Köln der Liebe wegen nach Ostfriesland gezogen, und solche Typen kannte sie zur Genüge.

»Die Fahrerin des Mitsubishi war splitterfasernackt. Wir dachten, das interessiert euch!«, gab sie schnippisch zurück.

Rupert zog die Augenbrauen hoch. »Allerdings.«

Abel von der Spurensicherung winkte Rupert zu sich. »Die sind frontal ineinandergeknallt, und wenn du mich fragst, war da noch ein drittes Fahrzeug im Spiel.«

Abel wollte Rupert die Spuren auf der Straße erklären, zeigte sie dann aber doch lieber auf dem Display der Digitalkamera. Dort kamen sie besser zur Geltung, fand Abel.

Rupert schlug nach der Hummel.

»Nicht«, sagte Abel. »Das macht die nur nervös. Am besten bleibt man ganz ruhig und tut gar nichts.«

»Wenn ich solche Sprüche höre!«, brummte Rupert sauer. Am liebsten hätte er sein Pfefferspray gegen die Hummel benutzt. Er hasste alles, was flog, Stacheln hatte und Töne machte.

»Sieh mal hier«, sagte Abel und hielt den Fotoapparat so, dass die Sonne erneut zu sehr auf das Bild schien. »Da war eindeutig ein drittes Fahrzeug im Spiel. Wir haben das Reifenprofil bereits. Der Fahrer hat sich möglicherweise einer Unfallflucht schuldig gemacht. Zumindest ist es fragwürdig, warum er uns nicht gerufen hat. Der Unfall wurde erst viel später gemeldet, von einem ehemaligen Kapitän der …«

»Geschenkt«, sagte Rupert. Er schielte zu Sylvia Hoppe rüber. Er kannte die Kollegin noch nicht, aber er konnte sie auf Anhieb nicht leiden, und er wusste auch genau, warum. Sie hatte so einen nörgelnden Ton in ihrer Stimme, als sei sie sich zu fein, um durch den Mund zu sprechen und benutzte deshalb die Nase. Sie war schmal und hinten flach, genau wie die Schweizerin, die ihm ins Ohr geflüstert hatte, er würde als Mann von Tag zu Tag unattraktiver für sie, und sie könne sich selbst nicht erklären, wie sie auf ihn hereingefallen sei.

»Die Leiche ist schon in der Gerichtsmedizin …«, sagte sie,

und es klang wie eine nasale Antwort auf Ruperts fragenden Blick.

»Da waren Drogen im Spiel«, erklärte Rupert. »Was sonst? Diese Kids feiern und saufen, spielen Sexspielchen und am Ende ...« Er ließ die beiden Hände gegeneinanderklatschen.

Abel nickte. »In dem BMW wurden Scherben gefunden und Dosen Alcopops und Bier. Die Nackte ...«

»... war garantiert zugedröhnt«, prophezeite Rupert großspurig.

Abel hatte auch Bilder von der nackten Leiche. Sie war höchstens zwanzig und ihr Schädel kahl rasiert.

»Warum tun die jungen Dinger sich so etwas an?«, fragte Rupert und meinte – für Abel ganz klar – die fehlende Frisur.

»Habt ihr schon die Eltern verständigt?«

Sylvia Hoppe mischte sich ein. Rupert hätte sich am liebsten die Ohren zugehalten. Er konnte diesen Ton kaum ertragen.

»Wir haben den Halter des Fahrzeugs ermittelt. Die Fahrerin war nicht die Besitzerin. Der Halter ist ein gewisser ...«, sie blätterte in einem Block. »Alexander Okopenko aus Westerstede.«

»Und?«, fragte Rupert eine Spur zu aggressiv. »Hat sie den Wagen geklaut? Ist sie seine Freundin? Frau? Tochter?«

»Wir haben unter der angegebenen Adresse noch niemanden erreicht.«

»Das Bürschchen knöpfe ich mir selbst vor. Vielleicht sollten wir auch die Freunde vom Rauschgiftdezernat ...«

Abel nickte. Eine nackte Frau, nachts, mit überhöhter Geschwindigkeit. Er war sicher, dass sie ein Drogennest ausheben würden.

»Das Fahrzeug selber müssen wir uns noch genauer ansehen. Kann durchaus sein, dass es für Drogentransporte eingesetzt wurde. Der Wagen wurde umgebaut. Das ist in den TÜV-Papieren nicht vermerkt. Der Kofferraum wurde künstlich erweitert. Das Ganze ist recht geschickt gemacht. Da wollte jemand Schmuggelware transportieren oder Menschen verstecken.«

»Ich war mal in Westerstede, zur großen Rhododendronschau. Das ist ganz märchenhaft. Der Marktplatz war ein einziges Blütenmeer. Damals habe ich mich in Ostfriesland verliebt. Danach erst in meinen Mann«, schwärmte Sylvia Hoppe.

Rupert verdrehte die Augen. Diese zugereisten Ostfrieslandbegeisterten gingen ihm zunehmend auf die Nerven. Die freuten sich bei Flut jedes Mal, wenn das Meer wiederkam, und staunten, dass es dann bei Ebbe wieder verschwand.

»Westerstede gehört nicht mehr zu Ostfriesland«, knurrte er, »das ist das Ammerland.«

Sylvia Hoppes Augen verengten sich zu Schlitzen, und das lag nicht an der Sonne. Sie kannte Männer wie Rupert. Sie hatte zwei von seiner Sorte geheiratet. Die mussten ständig Frauen belehren, um sich zu beweisen, was für tolle Hechte sie waren.

»Wissen Sie, Kollege Rupert«, sagte sie betont dienstlich, »was ich höchst interessant finde?«

Rupert reagierte mit einem Schulterzucken. Sie sah ihm an, dass er auf der Hut war und fuhr fort: »Sie interessieren sich für die nackte Frau, aber überhaupt nicht für die vier verletzten Insassen des anderen Fahrzeugs.«

»Stimmt«, sagte Rupert. »Genau deswegen habt ihr mich doch auch gerufen.«

Er drehte sich um, um diese Sylvia Hoppe nicht länger sehen zu müssen. Er ärgerte sich darüber, dass er immer noch seiner Schweizer Affäre hinterhertrauerte, und er war sauer, weil Weller und Ann Kathrin bezahlten Urlaub in New York machen konnten und er nicht. Er fühlte sich mal wieder benachteiligt. Zu kurz gekommen. Selbst die Sonne regte ihn auf und der blaue Himmel. Das Wetter passte nicht zu dem Unfall und der Leiche und seiner schlechten Laune. Er fand, es hätte regnen und stürmen sollen. Auch ein ordentliches Gewitter wäre ganz nach seinem Geschmack gewesen. Blitz und Donner sollten Eis schleckende Touristen vertreiben und Platz machen für schwer schuftende, unterbezahlte Menschen wie ihn.

Er stand jetzt vor dem Dienstwagen und hätte am liebsten gegen die Tür getreten, dann ließ sich die Hummel auf dem Dach nieder. Er betrachtete das pelzige Tier voller Groll. Dann öffnete er vorsichtig die Tür und nahm den *Ostfriesischen Kurier* vom Rücksitz. Er rollte die Zeitung zu einer Waffe zusammen und schlug damit zu. Es ging ihm gleich besser.

Sofort wies Sylvia Hoppe ihn zurecht: »Hummeln sind durch das Bundesnaturschutzgesetz geschützt.«

»Ja, dann können Sie mich ja jetzt anzeigen, Frau Hupe.«

»Hoppe. Das werden Sie sich doch noch merken können, oder, Herr Kollege?« Dann belehrte sie ihn: »Hummeln sind staatenbildende Insekten. Im Aberglauben stellten sie die Verkörperung von Hexen dar. Kerzen aus Hummelwachs wurden gerne geweiht, bevor die Verbrennung von Hexen begann.«

»Toll«, spottete Rupert. »Muss ich mir merken, falls ich mal zu einer Hexenverbrennung eingeladen werde.«

Sie ignorierte seinen Seitenhieb und fuhr fort, als sei er sehr wissbegierig: »Es gibt allerdings auch die Mär, sie seien geldbringende Kobolde. Dem Volksglauben nach haben Sie sich gerade von jedem Geldzufluss abgeschnitten.«

Rupert stieg ins Auto. Es war warm und roch nach geschmolzenem Käsebrot.

Er konnte das nicht auf sich sitzenlassen. Er gönnte ihr den Triumph nicht. Zum Glück fiel ihm noch eine kluge Antwort ein: »Ich weiß, und nach den Gesetzen der Aerodynamik kann eine Hummel nicht fliegen, weil ihre Flügel im Verhältnis zum Gewicht zu klein sind.«

Sylvia Hoppe nickte. »Aber weil die Hummel keine Ahnung von Aerodynamik hat und nichts über ihr Unvermögen weiß, kümmert sie sich nicht darum und fliegt trotzdem.«

Blödes Weib, dachte Rupert und zischte: »Müssen Sie immer das letzte Wort haben?«

»Ich hatte ja keine Ahnung, dass Sie nichts mehr sagen wollten, Herr Kollege.«

Rupert gab Gas und drehte das Radio voll auf. Radio Ostfriesland brachte Pink Floyd, »The Wall«. Rupert grölte mit: »It's just another brick in the wall!«

In gewisser Weise tat es Renate Weller gut, ihren Ex nicht zu erreichen. Die Töchter hatten einen schweren Autounfall, und ihr Vater amüsierte sich mit seiner Geliebten in New York. Sein Handy war dort nicht erreichbar, und natürlich hatte er ihr keine Hoteladresse hinterlassen. Sie war wütend auf ihn, und diese Wut half ihr, mit ihrer Angst fertig zu werden.

Die Gefühle fuhren mit ihr Achterbahn. Sie machte sich Vorwürfe. Sie kannte die Männer nicht, in deren Auto ihre Kinder verunglückt waren. Sie stand vor den Polizisten als Idiotin da, fand sie. Überhaupt, seit sie von Frank geschieden war, hatte sie ein Problem mit der Polizei. Wenn sie gut behandelt wurde, dann glaubte sie, das geschehe aus Rücksicht auf ihren Namen. Wenn sie sich aber ungerecht behandelt fühlte, dann konnte das natürlich nur daran liegen, dass seine Kollegen ihr eins auswischen wollten, weil sie bei den Unterhaltsforderungen hart geblieben war.

Jetzt saß sie im Café der Ubbo-Emmius-Klinik und trank einen Tee. Sie sah ihr Gesicht im Spiegel und erschrak. Ihr sorgendurchfurchtes Gesicht kam ihr vor wie das einer fremden, alten Frau.

Mit Sabrina hatte sie sogar schon sprechen können. Aber die Ärzte kämpften seit Stunden um das Leben von Julia. Sie durfte nicht einmal einen Blick auf die Kleine werfen. Man hatte ihr nahegelegt, nach Hause zu gehen und sich hinzulegen. Schließlich hatte man ihr ein Bett zur Verfügung gestellt, und die Schwester hatte ihren Blutdruck gemessen. »Nicht, dass Sie uns hier noch einen Schlaganfall bekommen ...«, hatte die nette junge Frau besorgt gesagt und ihr einen Tee angeboten. Es kam auch ein Geistlicher, aber mit dem wollte Renate nicht sprechen. Es kam ihr auf schreckliche Weise so vor, als würde sie ihrer Jüngsten damit den Todesstoß versetzen.

Die Kellnerin hieß Samantha Davis und war nur zu gern bereit, Weller New York zu zeigen. Sie wollte unbedingt mit ihm aufs Empire, sie fand, wer nicht auf dem Empire war, sei gar nicht in New York gewesen. Der Ausblick mache die Seele frei. Das hatte Weller schon einmal gehört, und er grinste in sich hinein. Er suchte Ausreden, aber sie hatte eine freundlich-fordernde Art, die ihn fast entwaffnete.

Dann waren die Schlangen so lang, und die Menschen drängten sich in solchen Massen ins Gebäude, dass Weller schon in der Wartehalle Platzangst bekam, bevor er überhaupt eine Karte hatte. Fast ängstlich fragte er: »Kann man da auch zu Fuß hoch, oder muss man mit einem Fahrstuhl ...«

Sie lachte und tippte sich an die Stirn. »Zu Fuß? Fünfundachtzig Stockwerke?«

Er schob vor, das Warten dauere einfach zu lange, doch sie zwinkerte ihm zu, es würde sich aber lohnen. Danach sei der Sex einfach großartig.

Wellers Wirbelsäule schien zu brennen. Er wusste nicht, wie er sich jetzt verhalten sollte. War das ein typischer New Yorker Witz? Eine Redensart? Bewarben die hier so ihre Sehenswürdigkeiten? Die Brooklyn Bridge befreit die Seele. Das Empire-State-Building verbessert den Sex.

Er lächelte sie an und stellte sich vor, man würde so für Ostfriesland werben:

Für ein erfülltes Sexualleben fahren Sie mit Ihrem Partner an die Nordsee. Norderney hilft bei Phobien. Die Weiße Düne macht angstfrei. Borkum macht schlank. Langeoog hilft gegen Krebs. Wenn Sie eine preiswerte Scheidung wollen, besuchen Sie die Krimi-Insel Juist. Spiekeroog macht intelligent. Steigern Sie Ihren IQ mit einem Besuch im Künstlerhaus.

Samantha Davis riss ihn aus den Gedanken. Sie schmiegte sich an ihn und fuhr mit einer Hand an seiner glühenden Wirbelsäule entlang.

Jetzt kapierte Weller. Sie meinte das ernst. Er war nicht so der Frauenaufreißer, sondern kam sich in solchen Situationen eher linkisch und unbeholfen vor.

Er hatte gleich das Gefühl, alles falsch zu machen. Wie weit sollte er gehen? Wie könnte er das Ann Kathrin erklären? Gab es eine Möglichkeit, Samantha Davis loszuwerden, ohne sie zu verletzen? Oder sollte er sich etwa auf sie einlassen?

Während er noch darüber nachdachte, innerlich ins Schwimmen geriet und zornig auf Ann Kathrin wurde, weil das alles doch eine himmelschreiend blöde Idee war, kamen sie an der Kasse an. Sie wollte zwar mit ihm ins Bett, aber die Eintrittskarten fürs Empire sollte er schon zahlen.

Ann Kathrin saß im Ben Ash an der Theke und trank ihr zweites Budweiser. Der Mann hinter der Theke sah aus wie ein Inder mit durchaus europäischen Zügen. Er sprach fließend Französisch mit einer Dame, die einen verrückten Hut trug und deren Gesicht Ann Kathrin an einen Truthahn erinnerte. Dann kamen zwei Männer in den Laden, die von ihrem Auftreten her deutlich Stammkunden waren. Sie nahmen die zwei freien Barhocker neben Ann Kathrin und musterten sie geradezu unverschämt.

Ann Kathrin nutzte die Lage, zog das Foto von Markus Poppinga und zeigte es vor. »Haben Sie diese Person hier schon einmal gesehen?«

Der mit dem Schnauzbart schüttelte den Kopf, aber der andere mit dem Bauchansatz und der geschwollenen Unterlippe griff nach dem Bild und sah es sich genauer an.

»Sind Sie ein Fan?«

»Fan?« Damit hatte Ann Kathrin nicht gerechnet. »Wie meinen Sie das, Fan?«

»Na, der ist Musiker. Ziemlich gut. Folk. Spielt abends manchmal bei B.B.King. Das ist ein Musikrestaurant nicht weit von hier.«

Jetzt wollte der Schnauzbart das Foto doch noch einmal sehen. Dann nickte er, als sei der Groschen endlich gefallen. »Ja, klar. Der sitzt manchmal da.« Er deutete auf einen Platz am Fenster.

Ann Kathrin wusste den Namen immer noch nicht. Sie wollte eine direkte Frage vermeiden. Sie fand schon ihren Einstieg dilettantisch. Auf keinen Fall wollte sie so weitermachen und die Menschen abschrecken.

Sie begann, von sich zu erzählen. Sie sei aus Deutschland. Dieser Junge sei vor ein paar Jahren verschwunden. Die Eltern machten sich Sorgen. Vielleicht sei der Musiker ja dieser junge Mann.

Sie fand ihre Geschichte gut und nah an der Wahrheit. Der mit dem Schnauzbart bestellte noch eine Runde Bier.

Die Zapfanlage war beeindruckend, für die kleine Theke eigentlich viel zu groß, aber das Bier kam dann fast schaumlos in Plastikbechern. Es war für Ann Kathrin so widersprüchlich wie die ganze Stadt. Wer unter so eine stylische Zapfanlage Plastikbecher stellt, lässt aus seiner Lavazza-Kaffeemaschine auch Espresso in Papptassen tröpfeln, dachte sie.

»Sie sind also kein Fan.«

»Nein«, gab sie kleinlaut zu, wodurch sie die beiden Männer sofort für sich einnahm. Sie kannte das Verhalten von sich selbst. Gab ein Beschuldigter im Verhör ohne Not zu, an einer Stelle die Unwahrheit gesagt zu haben, bekamen seine anderen

Aussagen einen umso höheren Wahrheitsgehalt, selbst wenn sie unwahrscheinlich klangen. Sie war ein paar Mal auf solche Tricks hereingefallen.

Der mit dem Bauchansatz und der geschwollenen Unterlippe fragte jetzt halb scherzhaft: »Privatdetektiv?«

Ann Kathrin legte den Zeigefinger über die Lippen und flüsterte: »Psst.«

Das fand ihr Gegenüber gut. Er zwinkerte ihr zu und hielt ihr die Hand hin: »John Silver.«

Ann Kathrin nahm die Hand. »Klaasen.«

»Bob ist nicht aus Deutschland. Es muss eine Verwechslung sein.«

»Er nennt sich Bob?«

»Yes. Bob Wine, und er spielt Gitarre wie ein Gott. Er singt nur Mist, aber ich könnte ihm den ganzen Tag zuhören.«

Ann Kathrin prostete den Männern zu. Es war jetzt ihr drittes Bier, aber sie spürte nichts von dem Alkohol, dabei hatte sie noch gar nichts gegessen. Sie bestellte sich ein Pastrami-Sandwich und rechnete mit zwei Scheiben weißem Toastbrot, zwischen denen ein Stückchen Wurst lag und vielleicht noch ein Salatblatt und eine Tomatenscheibe. So etwas für den kleinen Hunger zwischendurch.

Sie bekam einen Klumpen rotes Fleisch. Es waren viele dünne Scheiben, die einen faustgroßen Haufen ergaben – also wenn man Klitschkos Faust als Maßstab nahm. Obendrauf ein winzig wirkendes Stück Weißbrot, das vermuten ließ, dass sich unter dem Fleischberg das Gegenstück dazu befand. Neben der Cholesterinbombe lag eine verlorene Gurke. Es sah aus wie eine Mahlzeit, die in ihrer Heftigkeit aus Fleischessern Vegetarier machen konnte.

Einen Augenblick dachte sie daran, es zurückgehen zu lassen. Dann probierte sie und stopfte alles mit einer Gier in sich hinein, die mit jedem Bissen größer wurde.

Der Geschmack war vergleichbar mit sehr würzigem Schinken. Sie schämte sich fast, weil sie die Portion vor den Augen der Männer so verschlang.

»Ja«, sagte sie dann und wischte sich mit einer Serviette die Lippen ab. »Eine Verwechslung. Wahrscheinlich haben Sie recht.«

Sie wollte ins Hotel gehen und eine E-Mail an Ubbo Heide schicken. Sie hatte eine einfache Frage: War Markus Poppinga musikalisch?

Sie zahlte und wehrte ein weiteres Bier ab, das John Silver ihr aufdrängen wollte. Sie stieß auf und dachte, dass ein Schnaps ihr jetzt guttun könnte.

Da deutete John Silver auf die Tür: »Da ist er ja.«

Ann Kathrin sah den jungen Mann. Er wirkte lässig, entspannt, und schlenderte genau zu dem Tisch, den Silver als seinen Stammplatz bezeichnet hatte.

Ann Kathrin drehte den Männern an der Theke den Rücken zu. Sie tippte etwas in ihr Handy. Für alle sah es so aus, als ob sie eine SMS schreiben würde. In Wirklichkeit fotografierte sie Bob Wine. Das Gerät machte das typische Schnarren beim Fotografieren, aber Ann Kathrin hustete in das Geräusch hinein, um es zu übertönen.

Sie konnte keinen günstigen Bildausschnitt wählen, es wäre zu auffällig gewesen, wenn sie das Auge der eingebauten Kamera deutlich auf ihn gerichtet hätte. Sie fotografierte ihn noch ein zweites Mal, aber er drehte den Kopf zur Seite, und das Bild fing nur seinen Hinterkopf ein. Trotzdem musste das reichen.

John Silver hielt ihr ein Pillendöschen hin, hüstelte selbst demonstrativ und tippte dann auf seine Halspastillen. »Good!«, lachte er.

Ann Kathrin entschied sich, die Sache jetzt sofort hier zu einem Ende zu bringen. Den Rest der Zeit konnten sie und Weller dann mit bestem Gewissen hier Urlaub machen.

Sie räusperte sich und ging auf den Tisch zu. John Silver und sein Kumpel beobachteten sie. Ann Kathrin spürte ihre Blicke auf ihrem Hintern.

Bob Wine brauchte keine Speisekarte. Er bestellte sich einen mexikanischen Burger und eine Coke.

Ann Kathrin prägte sich seine Erscheinung genau ein. Er sah Markus Poppinga tatsächlich ähnlich. Die Kopfform war gleich. Lippen und Mundpartie auch. Die Augen standen ähnlich dicht zusammen. Er hatte einen athletischen Körperbau, war gut einen Meter achtzig groß und wog kaum mehr als fünfundsiebzig Kilo, schätzte sie. Seine Schultern waren breit, seine Haltung gerade und seine Hüften schmal. Schuhgröße 43, höchstens 44. Die Finger feingliedrig und lang. Er hatte lockiges Haar, Ann Kathrin vermutete aber, dass die Haare gefärbt waren und die Locken nicht echt. Sein Strohblond war ihr zu makellos, um natürlich zu sein. Wahrscheinlich hielt er sich in einem Bodybuildingcenter fit oder er machte Kampfsport.

Ann Kathrin hatte sich antrainiert, Körper zu lesen. Es war im Prinzip ganz einfach. Fußballer hatten zum Beispiel kräftige Beine, aber im Vergleich dazu meist unterentwickelte Oberkörper.

Bob Wines Körperbau war ausgeglichen. Der betrieb nicht einfach irgendeinen Sport aus Leidenschaft. Der hielt sich sehr bewusst fit. Gleichzeitig bestellte er einen Burger und eine Cola. Wenn das sein Lieblingsessen war, musste er verdammt hart trainieren, um so auszusehen.

Der Knöchel seines rechten Beines lag quer über dem Knie des linken. Mit einer Hand stützte er sich auf dem rechten Schienbein ab. Die andere lag locker auf dem Tisch. Er trug eine Jeans, ein weißes T-Shirt mit Knöpfen, eine braune Wildlederjacke und schwarze, italienische Schuhe, die Ann Kathrin sich gut für ihren Frank hätte vorstellen können. Allerdings wäre der niemals bereit gewesen, ein paar Hundert Dollar für Schuhe auszugeben.

Wer immer dieser junge Mann war, arm war er nicht. Kaum vorstellbar, dass er sein Geld mit seiner Gitarre in Restaurants verdiente – oder schätzte sie die Verdienstmöglichkeiten in New York falsch ein?

Er registrierte, dass Ann Kathrin ihn abschätzte und wich mit dem Oberkörper deutlich zurück. Er griff sich an die Lederjacke, als wolle er sie schließen und stellte die Beine nebeneinander.

Wenn Ann Kathrin sich nicht täuschte, blähte er bewusst seinen zweifellos imposanten Brustkorb auf. Er lächelte sie an. Sie empfand sein Lächeln als gekünstelt, aber das war ihr seit ihrer Ankunft hier bei Menschen gehäuft so vorgekommen, als habe es hier staatlich geförderte Lächel-und-Grins-Fortbildungen gegeben.

Sie lächelte zurück. »Darf ich mich einen Moment zu Ihnen setzen?«

Sie sprach ihn bewusst auf Deutsch an, und er reagierte sofort mit heftiger Verunsicherung. Da war ein Flackern in seinen Augen und eine latente Aggression.

»Sie brauchen nicht zu erschrecken«, beruhigte Ann Kathrin ihn und setzte sich unaufgefordert. »Ich suche jemanden, dem Sie sehr ähnlich sehen. Markus Poppinga aus …«

Er schüttelte die Locken und machte eine abwehrende Handbewegung, als wolle er ein lästiges Tier verscheuchen.

Er behauptete, ihre Sprache nicht zu verstehen. Dabei kam es ihr so vor, als hätte sein amerikanisches Englisch einen norddeutschen Zungenschlag.

Bob Wine rief etwas zum Barkeeper, das sie nicht verstand, und federte vom Stuhl hoch. Er ging in Richtung Toilette. Sie folgte ihm. Es war eine lange Treppe nach unten. Plötzlich duckte er sich und lief in die entgegengesetzte Richtung. Sie wollte ihn aufhalten. Er stieß sie weg. Dann rannte er los.

Ann Kathrin kam sich tölpelhaft vor. Sie fiel hin und rollte über sechs, sieben Stufen, bis vor die Toilettentür. Sie hörte seine schnellen Schritte über sich.

Zum Glück hatte sie sich nichts gebrochen, aber ihre Hüfte tat höllisch weh, und als sie sich erhob, jagte ein brennender Schmerz durch ihren Rücken bis in den Nacken. Trotzdem nahm sie die Verfolgung auf.

Wine rannte in Richtung Central Park. Auf der 7th Avenue war es voll. Der Touristenstrom machte es ihr schwer, ihn nicht aus den Augen zu verlieren. Bei der Carnegie Hall sah sie ihn nicht mehr, und heftige Seitenstiche hinderten sie daran, weiterzulaufen. Sie stützte sich auf und rang nach Luft. Eine schwarzhäutige Dame, die selbst gebückt lief und aussah, als ob sie ihren hundertsten Geburtstag schon hinter sich hätte, fragte Ann Kathrin, ob sie Hilfe benötige. Ann Kathrin bedankte sich und machte ein paar Schritte vorwärts. Dann reckte sie sich. Sie erblickte seine blonde Mähne in der Menge und gab sich Mühe, ihm zu folgen. Außer Atem sah sie zu, wie er im Central Park verschwand.

Sie wollte bei Rot hinterher. Ein Taxifahrer bremste wütend und schimpfte. Ein berittener Polizist näherte sich und sah Ann Kathrin streng an. Sie hätte ihm zu gerne ihre Dienstmarke gezeigt und ihn aufgefordert, die Personalien von dem blonden Athleten im Park festzustellen. Aber sie wusste, dass das sinnlos war.

Sie legte den Kopf in den Nacken und gab für heute geschafft auf. Aber sie war sich sicher, Markus Poppinga gefunden zu haben, den auf Borkum gestorbenen Sohn, der angeblich zu einem blauschimmernden Diamanten gepresst den Hals seiner Mutter zierte.

Weller überlebte den engen Fahrstuhl und die Aussicht vom Empire State Building. Danach schleppte Samantha Davis ihn ins Jimmy's Corner. Die schlauchförmige Bar mit der langen

Theke war vollgehängt mit Fotos von Boxchampions und deren Kämpfen. Weller fragte sich, ob eine junge Frau sich hier wohlfühlte oder ob dies nur ein wunderbarer Ort war, um Männer abzuschleppen.

Er hatte aus Samantha noch gar nichts herausbekommen, wenn er mal davon absah, dass er jetzt wusste, wie sie hieß – falls Samantha Davis wirklich ihr richtiger Name war. Schließlich hatte er nicht ihre Personalien überprüft. Er dachte darüber nach, es auf witzige Weise zu tun. Er könnte zum Beispiel sagen, es sei in Good old Germany so üblich, sich gegenseitig den Ausweis zu zeigen, bevor man miteinander ins Bett stieg.

Womit er wieder beim Thema war. Immerhin, wenn er mit zu ihr nach Hause ging, wüssten sie, wo Samantha wohnte. Er wog ab, ob das kommunizierbar war. Wie sollte er Ann Kathrin das erklären? *Ja, klar, ich habe mich von ihr abschleppen lassen, aber nur, weil ich sonst beim besten Willen nie erfahren hätte, wo und wie sie wohnt. Das mit dem Geschlechtsverkehr würde ich jetzt nicht überbewerten, Ann, es war – sagen wir mal – eine gezielte Undercoveraktion. Und außerdem – das weiß doch jeder, ist praktisch eine Binsenweisheit – bei der Zigarette danach werden auch die abgebrühtesten Typen gesprächig …*

Nein, das ging alles gar nicht. Sie waren als Paar nach New York gekommen, und er hatte keine Lust, die Stadt als Single zu verlassen.

Samantha Davis bestellte zwei Margaritas. Weller stand eigentlich gar nicht auf Cocktails, ließ sie aber gewähren. Schlimmer als das Empire State Building konnten die Drinks auch nicht für Kreislauf und Magen sein.

»Bist du mit ihr verheiratet?«, fragte Samantha Davis.

»Nein«, lachte Weller, froh, die Wahrheit sagen zu können.

»Ist sie deine Schwester?«

Er antwortete nicht, sondern stellte, ganz wie bei Gesprächen mit Zeugen, eine Gegenfrage: »Der Mann auf dem Foto ... hattest du mal was mit dem?«

Sie trat einen Schritt zurück und tat empört.

Er setzte nach: »So eine kleine Affäre?«

»Wie kommst du darauf?«

Weller spielte den Frauenkenner. Er stupste mit dem Zeigefinger ihre Nase an. »Ich habe es deiner Nasenspitze angesehen.«

Sie schlug mit der offenen Hand nach seinem Finger wie nach einer lästigen Fliege. »Nein«, behauptete sie, »ich hatte keine Affäre mit ihm. Er ist nur ein Stammgast und ...«

Sie schwieg und wandte sich von Weller ab.

»Und was?«

»Und ein sehr guter Musiker.«

»Ha!«, lachte Weller. »Du hattest doch etwas mit ihm!«

Sie boxte Weller spielerisch gegen die rechte Schulter. »Nein, habe ich gesagt!«

»Warum nicht?«

»Warum nicht?«, fragte sie empört. »Fragt man so etwas in Good old Germany?«

»Ja. Hier nicht?« Weller fand, dass er mit seiner Befragung wunderbar vorwärts kam.

Die Margaritas wurden in Gläsern mit Salzrand serviert, die in einer Männerhand für Wellers Geschmack ein bisschen schwul wirkten, aber der trockene Tequiladrink schmeckte ihm sogar. Gutgelaunt bestellte er gleich eine zweite Runde.

»Also gut, wenn du es genau wissen willst«, sagte Samantha und schob provozierend die Hüften vor. »Er wollte nicht.«

Na, dachte Weller, da hat er ja mit mir etwas gemeinsam. Das sagte er aber nicht.

Als Ubbo Heide die Akte auf den Schreibtisch bekam, stockte ihm für einen Moment der Atem. Die kriminaltechnische Untersuchung des Mitsubishi war erschütternd. Hinten im Kofferraum waren Blutspuren von acht verschiedenen Personen gefunden worden. Der Wagen war zu einem Fluchthelfer- oder Schmugglerfahrzeug umgebaut worden. Der Kofferraum hatte die dreifache Größe. Darin hätten bequem mehrere Leichen transportiert werden können.

Eine nackte Frau am Steuer und Blutspuren im Kofferraum. Ubbo Heide ahnte, genau wie seine Kollegen, dass sie vor einem Albtraum standen.

Dabei war der zweite am Unfall beteiligte Wagen in den Hintergrund geraten. Junge Leute. Schwerverletzt, aber lebendig. Bierdosen. Neun Gramm Haschisch und diese typischen, süßen Mischgetränke, die kein Mensch mag, der älter als fünfundzwanzig ist. Solche Unfälle gehörten zu jedem Wochenende.

Joachim Neumann, der sich Joe Dark nannte, war polizeibekannt. Zwei Festnahmen wegen Verstoßes gegen das Betäubungsmittelgesetz. Eine Anzeige wegen Verführung Minderjähriger. Verfahren eingestellt. Er wurde selbst einmal Opfer einer Schlägerei. Ein aufgebrachter Vater hatte ihm zwei Zähne rausgeschlagen und den Umgang mit seiner Tochter verboten. Ein kleines Licht. Früher oder später landeten solche Gestalten im Gefängnis oder im Entzug. Danach entschied sich ihre weitere Karriere.

Ubbo Heide war lange genug bei der Truppe, um zu wissen, dass aus einigen dieser »Fehlstarter«, wie er sie gerne nannte, später oft wertvolle Mitglieder der Gemeinschaft wurden. Sozusagen zu den Säulen gehörten, auf denen diese Gesellschaft aufgebaut war.

Die anderen drei waren aus polizeilicher Sicht Unbekannte. Aber genau dort verbarg sich das Drama, das Ubbo Heides gereizten Magen, der sich gerade erst nach einer Haferschleimdiät und mehr als fünfzig Litern Kamillentee auf dem Weg der Besserung befand, augenblicklich wieder übersäuern ließ. Er griff zu dem einzigen Mittel, das ihm wirklich half, wenn er spürte, dass die ätzende Säure seine Magenwände attackierte: Marzipan von ten Cate. Er hatte wie immer ein Brot in der Schreibtischschublade. Weiß, fast rosa, ohne Schokoladenüberzug oder irgendwelchen Schnickschnack.

Er biss hinein und schloss für einen Moment die Augen. Stefan Raider war ein unbeschriebenes Blatt für ihn. Aber dann kamen die Namen der Mädchen. Jule und Sabrina Weller.

Seine Hand zitterte, als er zum Telefonhörer griff und nach Rupert verlangte.

Rupert saß im Auto und war auf dem Weg nach Westerstede. Er ärgerte sich noch immer über Sylvia Hoppe und seine Schweizer Exfreundin. Sylvia Hoppe hatte auch etwas von Ann Kathrin Klaasen, wenn er es recht bedachte, und zwar genau die Eigenschaften, die ihn unendlich nervten.

Ubbo Heide! Der hatte ihm gerade noch gefehlt. An seiner hohen Stimmlage erkannte Rupert sofort, dass Ubbos Magensäfte nur so blubberten.

»Wer hat die Angehörigen der Unfallopfer informiert?«, fragte Ubbo Heide gereizt.

Rupert war erleichtert. Was immer da schiefgelaufen war, er glaubte, ihn könnte das nicht betreffen. »Keine Ahnung«, sagte er. »Vermutlich die Kollegin Hoppe. Die Personalien der nackten Toten konnten ja noch gar nicht festgestellt werden. Deswegen bin ich auf dem Weg nach Westerstede, zum Halter des Mitsubishi. Ein gewisser Alexander Okopenko. Ich werde mir das Bürschchen mal vornehmen. Sieht doch schwer nach einer Drogengeschichte aus.«

»Weißt du, wer die beiden verletzten Mädchen aus dem BMW sind?«

»Nein, aber wir haben ihre Papiere. Sie hatten Ausweise bei sich, ganz im Gegensatz zu dieser nackten …«

Ubbo Heide holte tief Luft und stieß sie stöhnend aus. Jetzt wusste Rupert, dass er einen Fehler gemacht hatte.

»W ... Wer sind diese Mädchen denn? Irgendwelche Promi-kids?«

»Nein. Es sind die Töchter von Frank Weller.«

»Ach, du Scheiße.«

»Ja, das kannst du wohl sagen. Hat ihn irgendjemand informiert?«

Rupert steuerte den Wagen an den Straßenrand. »Nein, verflucht. Kann ich mir nicht denken. Die Kids wohnen doch nicht bei ihm, sondern bei seiner Ex Renate.«

Während Rupert das sagte, wurde ihm ganz heiß. Er begann augenblicklich zu schwitzen und sich unwohl zu fühlen.

Drei schwere Motorräder rauschten an Rupert vorbei, und der tiefe Brummton der Maschinen schluckte jedes Geräusch aus dem Handy. Rupert konnte sich nur zu gut vorstellen, wie Frank ausflippen würde, wenn er erfuhr, dass seine Kollegen vergessen hatten, ihm mitzuteilen, dass seine Töchter in einen schweren Unfall verwickelt waren.

»Ich rufe ihn an«, sagte Ubbo Heide. »Lass du die Finger davon.«

»Sein Handy funktioniert in den Staaten sowieso nicht«, klugscheißerte Rupert.

»Wenn du beim Halter des Mitsubishi warst und die Identität der Toten festgestellt hast, informiere mich bitte sofort, damit ich Frank auf dem Laufenden halten kann. Sie ist vermutlich die Unfallverursacherin. Die anderen waren zwar zugedröhnt, aber sie kam ihnen auf ihrer Fahrbahn entgegen, wenn man dem Gutachten aus der Kriminaltechnik glauben kann.«

Ubbo Heide legte auf und walkte sich das Gesicht durch. Er stellte sich fast zwanghaft vor, nicht Frank Wellers Kinder, sondern seiner Tochter wäre das zugestoßen. Die gespenstischen Bilder, die ihn fluteten, waren gar nicht gut für seinen Magen.

Er selbst würde in so einer Situation nur eines wissen wollen: Was ist mit meiner Tochter? Ubbo Heide beschloss also, zunächst das Krankenhaus anzurufen und dann Frank Weller. Aber noch bevor seine Finger das Telefon berührten, entschied er sich um. Zur Ubbo-Emmius-Klinik war es nicht weit. Er würde hinfahren, sich selbst ein Bild machen und dann Frank anrufen. Ja. Genau so war es richtig.

Rupert bekam tierischen Hunger auf eine Currywurst mit Pommes frites und Mayonnaise. Dazu wollte er ein frisch gezapftes Jever. Manchmal brauchte er das einfach. Es musste im Mund brennen wie Feuer, dann zischte das Bier danach umso besser. Aber er unterdrückte seinen Hunger und steuerte zunächst die Wohnung von Alexander Okopenko an.

Es war ein schönes Einfamilienhaus. Friesisch klein mit gepflegtem Vorgarten und groß wucherndem Ginster. Direkt am Eingang ein Kirschbaum, der zum Mundraub geradezu einlud.

Im Baum hing eine silberne Spirale, in deren Mitte sich eine Glaskugel befand. Die Sonnenstrahlen spiegelten sich darin und blendeten Rupert. Er hatte so ein Windspiel in Greetsiel zum ersten Mal gesehen. Es war eine optische Täuschung, man bekam das Gefühl, die Kugel würde sich in der Spirale auf und ab bewegen.

Er hätte das Ding damals fast gekauft. Fast. Aber wem hätte er es schenken sollen? Seine Frau verdächtigte ihn jedes Mal, wenn er mit einem Geschenk ankam, er hätte einen Seitensprung gemacht und wolle jetzt sein schlechtes Gewissen beruhigen.

Das Türschild war kunstvoll aus der Scheibe eines Dachziegels geformt. Der Name Okopenko handgemalt. Jeder Buchstabe in einer anderen Größe und Farbe. Daneben klebte ein roter Elefant, vom Regen schon ein bisschen verblichen. An der Tür pappte ein weiteres Abziehbild von einem Elefanten, der auf einer Trommel hockte. Aus seinem Rüssel flogen Noten.

An den Fenstern gehäkelte kurze Scheibengardinen mit Rosenmuster.

Rupert stellte sich hinter den Mauern eine kleine Familie vor. Ein, höchstens zwei Kinder, vermutlich im Grundschulalter. Er drückte den Klingelknopf und ein Glockenspiel erklang. Auf der dicken Fußmatte stand: *Moin*.

Niemand öffnete, und Rupert ließ die Glocken noch einmal ertönen.

Wie oft hatte er in seinem Leben schon vor verschlossenen Türen gestanden? Im Grunde kamen auf eine Tür, die geöffnet wurde, drei, die zugesperrt blieben.

Manchmal hatte er sie in den Räumen atmen und flüstern gehört. Manchmal drang Leichengeruch durch Briefschlitze und Fensterspalten. Einmal hatte er die Schmeißfliegen brummen gehört.

Diesmal vermutete er nichts dergleichen. Aber dann, als er einmal ums Haus ging und hinten vor der Terrasse über Schüppchen und Eimer stolperte, fielen ihm die roten Spritzer an der Doppelglastür auf. Sie waren klein und klebten von innen an der Scheibe. Unterhalb der Kurzgardinen mit Blumenapplikationen gab es gut ein Dutzend kleiner roter Flecken. Jemand anders hätte sie für Farbsprenkel gehalten, von einem fröhlichen Kind mit einem Malkasten. Nicht so Rupert. Er hatte im Leben schon viel Blut gesehen. Es war nicht die Farbe, die ihn stutzig machte. Es war die Verteilung der Spritzer an der Tür. Ähnlich hatten Teppiche und Tapeten ausgesehen, wenn jemand aus nächster Nähe mit einer großkalibrigen Waffe erschossen worden war.

Rupert handelte sofort. Vielleicht war hier Gefahr im Verzug. Vielleicht konnte er einen Schwerverletzten retten. Möglicherweise gab es ja später jede Menge Ärger, weil er völlig sinnlos eine Wohnungstür aufgebrochen hatte, ohne die Kollegen vor Ort zu verständigen und ohne einen Schlüsseldienst um Amtshilfe zu bitten. Trotzdem zögerte er nicht. Der zu erwartende Papierkram sollte ihn nicht daran hindern, vielleicht ein Menschenleben zu retten, außerdem hatte Rupert in Ann Kathrin Klaasens Nähe spektakuläre Auftritte zu schätzen gelernt. Sie hätte garantiert die Tür einfach aufgebrochen, allerdings nicht die Terrassentür. Da befanden sich möglicherweise tatrelevante Spuren.

Es gab zwei Terrassentüren, die zum Wohnzimmer führten und dem Raum viel Licht gaben. Aber obwohl Rupert seine Augen mit beiden Händen gegen die Sonne schützte, konnte er drinnen nicht viel erkennen. Da waren Terrakottafliesen und ein farbenfroher Teppich. Über einem Sofa entdeckte er ein großes, helles Bild an der Wand. Vielleicht eine Winterlandschaft.

Rupert nahm sich nicht mehr die Zeit, durch die zweite Terrassentür zu schauen. Er lief ums Haus und öffnete die Eingangstür mit der schnellsten aller denkbaren Methoden. Er warf sich einfach heftig dagegen. Es war ein billiges Allerweltsschloss und brach sofort aus dem Holzrahmen.

Die Tür schwang nach innen auf. Sofort entstand ein heftiger Luftzug. Dann knallte hinten im Wohnzimmer die Terrassentür wieder zu.

Scheiße, dachte Rupert. Es gab dafür nur zwei Erklärungen. Entweder floh gerade jemand durch den Hinterausgang, oder die zweite Terrassentür war nur angelehnt gewesen.

Na klar, verfluchte Rupert sich, wie hätte der Täter, sofern es einen gab, das Haus auch sonst verlassen können.

Nur selten war ein Haus, in dem ein Verbrechen geschehen war, völlig verriegelt. Rupert sah schon den Spott in Ubbo Heides Gesicht, wenn er, der analytische Kopf der ostfriesischen Polizei, ihm erklärte, warum sein Vorgehen in Westerstede unprofessionell war. Vermutlich würde er es »suboptimal« nennen.

Vorsichtshalber nahm Rupert seine Heckler & Koch in beide

Hände und ging dann – jede Ecke, jeden Winkel sichernd – ganz wie im Lehrgang antrainiert, vorwärts.

Die Leiche lag im Wohnzimmer vor dem Buchregal, von außen schwer erkennbar, weil zwei dicke Sessel und eine Topfpflanze die Sicht versperrten.

Es war viel Blut im Raum. An den Büchern, auf dem Bild an der Wand, ja, sogar auf dem Tisch. Die Fugen zwischen den Terrakottafliesen waren zu kleinen Grachten geworden, durch die das Blut des Toten in Richtung Terrasse geflossen war. Aber trotzdem fragte Rupert sich, wie Spritzer an die Glastür gekommen waren.

Der Mann war mit einem Küchenmesser umgebracht worden. Es lag nicht weit von seinem Körper entfernt auf dem bunten Teppich.

Rupert zog sich erst jetzt seine Plastikhandschuhe an. Dann fühlte er die Halsschlagader des Mannes. Er tat es nur, um es eben getan zu haben, aber er hatte nicht den geringsten Zweifel: Dieser Mann war tot. Rupert vermutete, seit letzter Nacht. Der Tote trug nur eine Boxershorts der Marke Schiesser in Dunkelblau.

Rupert rief Ubbo Heide an. »Ich brauche das ganz große Besteck. Sieht nach einer Beziehungstat aus. Ich denke, die Kleine und Alexander Okopenko hatten einen hässlichen Streit. Vermutlich im Zusammenhang mit außerehelichem Sex. Es sei denn, unsere Tote ist seine Frau, was ich aber bei dem Altersunterschied kaum glaube. Sie hat ihn mit zig Messerstichen erdolcht und ist dann panisch in seinem Auto geflohen. Der Unfall war das Ende vom Lied.«

Ubbo Heide seufzte. »Liegen ihre Kleider in der Wohnung?«

»Ich habe noch nicht alles durchsucht, aber ... also auf den ersten Blick sehe ich nichts. Ich habe natürlich noch nicht in den Schränken nachgesehen oder ...«

Ubbo Heide unterbrach Rupert: »Wenn sie beim Geschlechtsverkehr Meinungsverschiedenheiten bekommen haben, dann müssen ihre Kleidungsstücke irgendwo herumliegen, oder hängst du deine Sachen gefaltet in den Schrank, bevor es losgeht ...«

»Ich ... ja, ähm ... was habe ich denn damit zu tun?«

»Das ist Lebenserfahrung, Rupert! Lebenserfahrung. Man reißt sich die Klamotten vom Leib, die liegen dann irgendwo verstreut rum. In der aufgeheizten Situation ergibt ein Wort das andere ...«

Rupert fuhr sich mit den Fingern durch die Haare. Er wendete sich im Wohnzimmer von der Leiche ab und sah auf die Terrasse, um sich besser auf das Gespräch konzentrieren zu können.

»Was soll das? Ich habe noch nie vor oder nach oder beim Sex Gelüste bekommen, meine Partnerin umzubringen. Da fehlt mir echt die Lebenserfahrung. Aber ich nehme an, dass eine Menge Drogen im Spiel waren.«

»Irrtum«, sagte Ubbo Heide trocken und hörte sich plötzlich ganz anders an. Rupert kannte das an ihm. Er konnte mühelos umswitchen von einem Bewusstseinszustand in den anderen. Gerade redete er noch wie ein Durchgeknallter auf einem LSD-Trip, argumentierte assoziativ und sprunghaft, dann wieder war er sachlich und von bestechender analytischer Klarheit. »Drogen spielten keine Rolle. Wenn ich der Gerichtsmedizin Glauben schenke – und das tue ich –, war unsere Tote absolut clean.«

»Na klasse, aber wenn sie *absolut clean* war, warum, verdammt nochmal, sticht sie dann ihren Lover nieder, stiehlt nackt sein Auto und baut einen schweren Verkehrsunfall?«

Rupert hörte einen Unfallwagen und glaubte zunächst, dass die Truppe schon anrückte, auch wenn es ungewöhnlich war, mit Blaulicht und Sirene zu einer Leiche zu fahren. Doch dann registrierte er, dass der Lärm aus seinem Handy kam.

»Ich stehe vor dem Krankenhaus«, sagte Ubbo Heide zur Erklärung. »Ich war gerade bei den Kids. Es sieht schlimm aus für Jule. Sie schwebt noch in Lebensgefahr.«

»Ach, du Scheiße. Weiß Frank es schon?«

»Nein, woher denn? Ich kann ja wohl schlecht eine Nachricht im Hotel hinterlassen. Ich möchte es ihm schon selber sagen.«

»Hast du seine Ex gesehen?«

»Ja. Sie war nicht gerade freundlich, so als seien wir alle schuld.«

»Ich weiß, das Luder hat Haare auf den Zähnen. Die hat ihm oft den letzten Nerv geraubt.«

Ubbo Heide beschwichtigte: »Ich denke, jede Mutter wäre in ihrer Lage aufgeregt. Sie ist aggressiv, sucht einen Schuldigen, damit sie sich selbst nichts vorwerfen muss.«

»Na, da hat sie mit uns ja einiges gemeinsam.«

»Häh?«

»Wir suchen auch einen Schuldigen. Den Täter.«

Als Weller ins Wellington Hotel zurückkam, war er ein bisschen betrunken, an seinem Hals klebten Spuren von Lippenstift, und er hatte das Gefühl, dem tödlichen Biss einer Kobra entgangen zu sein. Er war stolz auf sich, den Verführungskünsten von Samantha Davis widerstanden zu haben.

Er wusste, zu den Zeiten, als er noch mit Renate zusammen gewesen war, wäre ihm das vermutlich nicht gelungen. Damals hatte er ausgehungert nach Zuwendung und Liebe gegiert. Heute war das anders. Er fühlte sich von Ann Kathrin geliebt. Er war weniger bedürftig. Da fiel es ihm leichter, *nein* zu sagen.

In der Eingangshalle des Hotels standen Computer für die Gäste. Zwei waren frei, an einem anderen beantwortete eine Italienerin inquisitorische Fragen ihres eifersüchtigen Ehemannes, und an drei Terminals spielten Kinder irgendetwas Interaktives.

Einer Laune folgend, setzte Frank Weller sich an einen freien Computer und warf zwei Dollar ein. Er wollte nur kurz seine E-Mails checken.

Die von Renate fiel ihm zwischen den Spams sofort auf. Er klickte erst ein Angebot für eine Penisverlängerung weg. »Falsche Zielgruppe«, grinste er. Er löschte auch einen angeblichen Millionengewinn und die getürkte Anfrage der Postbank, er solle seine Geheimnummer angeben, weil sein Konto überprüft werden müsse. Der Trick war durchsichtig für Weller, weil er nie ein Konto bei der Postbank besessen hatte.

Fast hätte er auch die Mail von Renate weggeklickt, aber dann sah er sie sich doch an. Er empfand ihr gegenüber ein geradezu triumphierendes Gefühl, weil er Samantha Davis hatte abblitzen lassen. Einer, der so sehr geliebt wurde wie er, hatte es nicht nötig, auf Angebote zu raschem und unkompliziertem Sex einzugehen.

Dann blitzte die E-Mail auf und er war gar nicht imstande, sie zu lesen. Er nahm nur einzelne Worte wahr. *Intensivstation. Schwerer Unfall. Eine Tote. Lebensgefahr. Ubbo-Emmius-Klinik.*

Er war augenblicklich nüchtern.

Es war ein Rieseln, das auf seiner Stirn begann, den Kopf durchlief, den Hals hinunterströmte, sich in Sekundenschnelle in seinem Brustkorb ausbreitete und schließlich wie feiner Sand durch seine Beine lief. Was immer es war, es verschwand durch seine Füße im Boden. Es nahm den Alkohol mit, die flirrende Leichtigkeit und schließlich auch das Triumphgefühl. Der Sand machte einer Schwere Platz, die sich in Wellers Körper ausbreitete und ihn fast lähmte.

Alles lief in Zeitlupe vor ihm ab. Seine Jule rang in Aurich mit dem Tod, und er saß hier in der 7th Avenue nahe dem Broadway und war stolz darauf, der Kobra entkommen zu sein.

Zunächst war es ein leichtes Kribbeln auf der Haut. Dann

wurde es zu einem Jucken. Er hätte sich mit den Fingernägeln die Haut abkratzen können, wenn er in der Lage gewesen wäre, sich zu bewegen.

Er brauchte jetzt Ann Kathrins Hilfe. Er musste sofort nach Deutschland zurückfliegen, aber im Moment war er nicht einmal in der Lage, alleine von diesem Stuhl aufzustehen.

Er krampfte die Finger um die Stuhllehne und sah, wie der Computer auf dem Bildschirm die Zeit abzählte und ihn aufforderte, Geld nachzuwerfen oder die Sitzung zu beenden. Ungespeicherte Daten könnten sonst verlorengehen. Noch vierzig Sekunden. Dreißig.

Ein paar Dollarmünzen mit lachenden Gesichtern erschienen und hopsten selbständig in einen Münzschlitz.

Zwanzig Sekunden. Weller versuchte, sich hochzustemmen.

Zehn. Seine Muskeln gehorchten ihm nicht.

Fünf. Er sah sein Gesicht im Wandspiegel hinter dem Computer. Er war kurzatmig und machte auf sich selbst den Eindruck von einem Mann, der gleich kollabieren würde. Weiß um die Nase und mit irrem Blick.

Eine Sekunde. Er öffnete den Mund zu einem Schrei, aber entweder bekam er keinen Ton heraus, oder er war inzwischen taub geworden.

Null. Die E-Mail auf dem Bildschirm verschwand, und ein Bild von New York bei Nacht wurde sichtbar.

Die Jugendlichen lachten laut. Er registrierte, dass er ihr Lachen wahrnehmen konnte und folgerte, er müsse also noch hören können.

Er hatte keine Ahnung warum, aber er kippte plötzlich mit dem Stuhl seitlich um. Er sah sich von außen ganz langsam stürzen. Am Boden angekommen, raffte er sich wieder auf. Er stieß die Jugendlichen weg, die ihm helfen wollten, blaffte den uniformierten Hotelpagen an, er solle ihn in Ruhe lassen und wankte zum Lift.

Er hatte 712. Das Fenster war offen. Der Lärm von draußen drang so ungefiltert in den Raum, als würden die New Yorker Taxen quer durch dieses Hotelzimmer fahren.

Ann Kathrin stand unter der Dusche. Sie brauchte jetzt abwechselnd heißes und dann kaltes Wasser. Das mit dem heißen klappte ganz gut, aber auch das kalte Wasser war lauwarm. Eine feuchte, brütende Hitze hing zwischen den Hochhäusern und hielt die Stadt in einem fiebrigen Zustand gefangen.

Weller begann seinen Koffer zu packen, schaffte es aber plötzlich nicht mehr, weil seine Augen voller Tränen waren. Er warf sich aufs Bett und krampfte die Hände ins Kissen. Zusammengekrümmt wie ein waidwundes Tier rollte er sich auf dem Laken herum. Aus Angst, mit dem Schrei, der sich aufs Neue in ihm anstaute, könnte er Ann Kathrin zu sehr erschrecken, biss er in ein Kissen. Dann schüttelte er den Kopf hin und her wie ein Krokodil, das seine Beute erwischt hat. Er spuckte das Kissen wieder weg und riss die Tür zum Badezimmer auf. Er konnte nicht länger warten.

Ann Kathrin stand auf dem schmalen Fußabtreter und trocknete sich, umgeben von einer Nebelwolke, mit dem viel zu kleinen weißen Handtuch ab. Sie wollte gerade eine wehmütige Bemerkung über ihre Bade- und Saunatücher zu Hause machen, da ließ Wellers unwirscher Auftritt sie erahnen, dass er ihr etwas viel Bedeutsameres mitzuteilen hatte als sie ihm.

Es war etwas passiert, das ihn persönlich betraf. War Samantha Davis vor seinen Augen zu einem Alien geworden und hatte ihm einen schrecklichen Blick in die Zukunft der Menschheit gewährt?

Weller fiel vor Ann Kathrin auf die Knie, aber nicht wie ein Mann, der einen Heiratsantrag oder eine Liebeserklärung machen wollte, sondern völlig kraftlos, wie ein angeschossener Krieger, der zu viel Blut verloren hatte. Er umklammerte ihre Beine.

Er weinte. »Meine Kinder, Ann ... Jule und Sabrina hatten ...«

Er kam nicht weiter. Die Berührung ihrer Finger auf seiner Kopfhaut ließen ihn weinen wie ein kleines Kind.

Sie blieben eine Weile in dieser Position, dann erhob Weller sich mit Ann Kathrins Hilfe. Sie umarmten sich und hielten sich aneinander fest.

»Ich packe deinen Koffer«, sagte sie, und ihre Sachlichkeit tat ihm gut. Sie sorgte dafür, dass auch er wieder runterkam, weil sein Verstand die Führung übernahm.

Er ging zu seiner Seite des Bettes, dort stand das Telefon. »Ich werde im Krankenhaus anrufen und mit einem Arzt reden. Ich brauche Sicherheit.«

Ann Kathrin sah auf die Uhr. »Es ist zu Hause jetzt kurz nach vier.«

»Na und? Da muss doch ein Notdienst sein!«

Er verwählte sich dreimal. Weller wusste genau, was er zu tun hatte, aber Ann Kathrin befand sich in einem Konflikt, der sich sofort als brüllender Kopfschmerz manifestierte. Einerseits gehörte sie jetzt an die Seite ihres Lebensgefährten, wollte ihn begleiten und ihn unterstützen in der schweren Zeit, die ihm jetzt bevorstand. Andererseits wusste sie jetzt, dass hier etwas ganz und gar nicht stimmte. Wenn dieser Bob Wine nicht Markus Poppinga war, warum floh er dann vor ihr? Hatte Ubbo Heides Tochter möglicherweise tatsächlich ihren Klassenkameraden erkannt und wenn ja, wer war dann auf Borkum beerdigt worden?

Während Weller mit zitternden Fingern, das veraltete, vergilbte Telefon auf den Knien, noch einmal wählte, dachte Ann Kathrin darüber nach, dass man von Beerdigung ja eigentlich gar nicht reden konnte. Frau Poppinga hatte die Überreste ihres Sohnes zu einem Diamanten pressen lassen. Ann Kathrin schwankte, ob sie das geschmacklos finden sollte oder genial.

Mit den ständig wachsenden Friedhöfen und der Erdbestattung konnte es so auch nicht weitergehen. Gerade in Großstädten wurde das zum Problem. War das nun die Lösung, seine verstorbenen Liebsten als Schmuck zu tragen? Am linken Ringfinger die Oma, als rechten Ohrring Onkel Paul, links Tante Heike und um den Hals Papas Überreste? Werden wir so zu wandelnden Friedhöfen?

Weller erreichte jemanden im Krankenhaus, wurde aber um Verständnis gebeten, dass am Telefon keine Auskünfte erteilt werden könnten, zumal auch die Presse schon zweimal angerufen hätte. Aber falls er wirklich der Vater sei, könne man ihn beruhigen, beide Mädchen lebten noch und seien wirklich in der Ubbo-Emmius-Klinik. Er wurde eingeladen, doch morgen früh vorbeizukommen.

Er bat mit belegter Stimme, wenigstens seine Tochter Sabrina sprechen zu dürfen, der gehe es ja schon besser ... Aber Weller erhielt eine klare Abfuhr, ob er nicht wisse, wie spät es sei. Kranke bräuchten Ruhe.

Brav bedankte Weller sich, knallte dann aber den Hörer auf die Gabel.

Er sah Ann Kathrin an. Sie hielt seinem Blick stand. Seine Augen wurden wieder feucht. Er hob die Hände, als ob er seine Aussage gestisch unterstreichen wollte, aber dann ließ er sie kraftlos wieder auf die Oberschenkel fallen.

»Ich besorge dir einen Flug«, sagte sie und nahm das Telefon. Sie setzte sich in den Sessel am Fenster. Sie zog die Scheiben runter, um den Straßenlärm auszusperren, aber sofort wurde es wieder stickig schwül im Zimmer. Obwohl sie gerade erst geduscht hatte, bedeckte schon wieder eine feine Schweißschicht ihren Hals.

»Du fliegst nicht mit«, stellte er fest. Da schwang kein Fragezeichen mit. Es war klar für ihn. Er wollte es ihr leichtmachen, aber sie hatte sich noch gar nicht entschieden.

»Er heißt Bob Wine«, sagte sie. »Er ist Musiker.«

Weller nickte. So weit war er auch gekommen.

»Er ist vor mir weggelaufen. Ich habe mich angestellt wie eine Idiotin. Ich habe mich die Treppe runterschubsen lassen.«

Weller guckte ungläubig. »Du trägst den blauen Gürtel im Karate ...«

»Nein, den grünen im Judo. Aber es hätte trotzdem nicht passieren dürfen.« Sie winkte ab. »Mit ihm stimmt etwas nicht.«

»Ein Doppelgänger. So etwas gibt es dauernd«, beruhigte Weller sie. »Ich habe neulich einen Film gesehen, *Bye, bye, Berlusconi*. Da denkst du die ganze Zeit, Berlusconi spielt wirklich mit, so ähnlich sieht der Schauspieler ihm, und du denkst auch: Das gibt es doch nicht, der verarscht sich doch nicht selber ...«

»Ich habe ihn auf Deutsch angesprochen, und ich wette, er hat mich verstanden ...«

Weller rieb sich die Augen und putzte sich die Nase. »Zig Millionen Menschen sprechen deutsch.«

Dann versuchte Ann Kathrin, Wellers Flug umzubuchen. Es war eigentlich kein Problem, aber nicht gerade billig. Sie sagte zu.

Weller war verblüfft. »Gibt es keine günstigere Variante, ich meine, siebenhundert Dollar sind eine Menge ...«

»Ich übernehme das ...«

Er stand auf und bog sich durch. Er öffnete das Fenster wieder, atmete tief und fragte fast vorwurfsvoll: »Wie machst du das? Dein Gehalt ist ja nicht viel größer als meins. Ich kenne doch auch die anderen Kollegen. Der Rupert hat sein gesamtes Erspartes verloren. Ein Tipp von seinem Vermögensberater. Der Abel hat dem gleichen Typ vertraut. Es sollte wohl Steuern sparen oder irgend so einen Scheiß. Jetzt hat der Abel Schulden beim Finanzamt, statt Geld auf der Bank.«

Froh, einen Moment über ein anderes Thema reden zu können, sagte Ann Kathrin: »Ich habe mein Geld der Sparkasse

Aurich-Norden anvertraut. Da kriege ich zwar keine fünfundzwanzig Prozent Zinsen, und Steuern zahle ich auch, aber mein Geld ist sicher, und ich kann ruhig schlafen.«

Weller gähnte. Er war mit einem Mal hundemüde und total geschafft.

»Deine Maschine geht morgen früh um sieben«, sagte Ann Kathrin. »Hau dich hin. Ich muss noch mal weg.«

»Wohin?«

»In den Puff.«

»Musst du jetzt anschaffen gehen? Ich dachte, du hast dein Geld sicher bei der Sparkasse«, flachste Weller und wunderte sich, dass er in der Lage war, Scherze zu machen. Er wusste natürlich genau, was sie meinte. Das New York Police Department mit der blinkenden Leuchtschrift.

Weller ließ sich aufs Bett fallen. Die Federn quietschten.

Er schloss die Augen und sah Jule als kleines Kind vor sich. Sie saß im Kinderstuhl, vor sich eine Portion Spinat mit Kartoffelpüree. Sie zog eine Schnute, weil sie sich nicht füttern lassen wollte. Es war die Phase, in der sie »schon groß« war und alles »leine machen« wollte. Er gab ihr den Löffel, und sie veranstaltete ein Trommelkonzert auf dem Spinatteller. Es spritzte in alle Richtungen. Ein Teil blieb an der Tapete kleben, ein anderer in ihrem Gesicht und auf seiner Hose.

Er wurde optimistisch. Der erste Schock war vorbei, dieses schreckliche Gefühl: Ich war nicht da, ich hätte aber da sein müssen, wich der Gewissheit: Ich werde kommen.

Je später es wurde, umso heller wurde es am Broadway. Eine gigantische Toshiba-Werbung ersetzte die Sonne, unterstützt von den blinkenden LED-Anzeigentafeln für Broadway-Musicals, Coca-Cola und Apple-Computer.

Ann Kathrin ignorierte die Kartenverkäufer und überquerte jede Fahrbahn bei Rot, um nicht für eine Touristin gehalten zu werden. Trotz der verrücktmachenden Flut leuchtender Farben nahm sie wahr, dass die Ampeln hier anders waren als in Europa. Das rote Licht unten und das grüne oben. Sie blieb stehen, weil ihr das komisch vorkam und sie sich fragte, ob diese Stadt sie zu sehr verwirrte. War in Europa das rote Licht auch unten? Nein. Es leuchtete doch nicht oben grün.

»Go on!«, rief ihr jemand von hinten zu. »This is New York. Go!«

Sie fand das unverschämt, drehe sich aber nicht um, sondern ging schnurstracks auf die Polizeistation zu.

Sie wog drei Möglichkeiten gegeneinander ab. Sie konnte die Wahrheit sagen und die Kollegen um Amtshilfe bitten, was wahrscheinlich einen Wust von Papierkram und Verantwortlichkeitswirrwarr nach sich zog. Aber es gab einen anderen Weg. Sie konnte Bob Wine einfach anzeigen. Wegen Belästigung, Diebstahls, was auch immer. Doch das würde zwar die Polizei zu ihm führen, nicht aber Ann Kathrin selbst. Vielleicht würden sie ihm eine Vorladung schicken und in zwei Wochen antwortete sein Anwalt für ihn. Nein, so ging es auch nicht. Da erschien ihr eine andere Variante vielversprechender.

Sie stellte sich sehr höflich als Kollegin aus Deutschland vor, die einen Bericht über die Organisation der NYPD schreiben sollte. »Wir wollen in Ostfriesland von euch lernen«, behauptete sie und beeindruckte damit einen Sergeant sehr. Der führte sie zu einem Lieutenant, bei dem sie ihr Sprüchlein erneut aufsagte.

Der Lieutenant war so gebauchpinselt, dass er mit der Zunge schnalzte und sie zu seinem Captain brachte. Der wollte sie zu einem Deputy Commissioner Public Information weiterleiten, aber sie ahnte, dass hier in diesem Büro, mit einer viel besseren Klimaanlage als im Hotel, mehr für sie zu holen war als bei einem Presseverantwortlichen.

Der Captain telefonierte und bedauerte dann sehr, der Deputy Commissioner sei mit einer Delegation französischer und pakis-

tanischer Polizeioffiziere in einem Vortrag über Verbrechensbe-
kämpfung in New York. Wenn sie Interesse hätte, könnte er sie
hinbringen lassen.

Sie bedankte sich artig und lehnte ab. Dann sagte sie: »Ah, by
the way ... Ein Musiker hat mir eine CD verkauft. Er hat mir
versehentlich hundert Dollar zu viel rausgegeben.«

Der Captain schaute ungläubig. »Sure?«

»Ja. Hundert Dollar zu viel. Er heißt Bob Wine. Ich würde
ihm das Geld gerne schicken. Wie kann ich ihn finden?«

Er lächelte und spielte im Stehen an seinem Computer herum.
Er wirkte mit seiner mächtigen, ja klobigen Gestalt eher wie
ein Holzfäller. Wahrscheinlich musste er sich Mühe geben, die
Tastatur nicht mit seinen zu harten Anschlägen zu zerhacken,
dachte Ann Kathrin.

Aber dann tippte er nur leicht auf die Tasten und sah aus, als
wolle er sich als Balletttänzer bewerben.

»Er wohnt in Chelsea, fast schon in Greenwich Village. Ist
er gay?«

Ann Kathrin schüttelte den Kopf. »Nein, ich glaube nicht ...
Also, ich weiß nicht, ob er homosexuell ist ... Warum fragen
Sie?«

Der Captain hob entschuldigend, aber grinsend, die großen
Hände. »Chelsea ist eine beliebte Wohngegend ... ein Mecca for
lesbians and gays.«

Der Ausdruck *Mecca for lesbians and gays* wollte Ann Kathrin sich merken.

»Wahrscheinlich«, sagte sie, »ist es in Mekka nicht sehr witzig, homosexuell oder lesbisch zu sein.«

»Wie wahr«, lachte der Captain und notierte die Adresse für
Ann Kathrin. Sie bedankte sich.

Sie hatte es in Hollywoodfilmen immer so unwahrscheinlich
und dämlich gefunden, dass die Schauspieler aus einem Hotel
oder Restaurant auf die Straße traten, einen Arm hoben und

gleich hielt ein Taxi. Aber genauso war es. Das Klischee war Wirklichkeit. Von drei Autos in Manhattan waren zwei Taxen. Sie zeigte dem Fahrer des Yellow Cab die Adresse und während der Fahrt erzählte sie ihm, was sie über diese Taxi-Heranwink-Stellen in Filmen immer gedacht hatte.

Er drehte sich nach hinten zu ihr um. Er sah aus wie ein Italiener und hatte eine große Nase. Er scherzte: »Dann versuchen Sie mal, ein Taxi zu bekommen, wenn es regnet.«

»Gibt es einen Trick?«, fragte sie.

»Ja.«

»Welchen denn?«

»Werfen Sie sich einfach davor.«

Ann Kathrin hätte nicht sagen können, warum, aber ihr Fahrer hupte. Sie wollte ihn fragen, aber in dem Moment wurde ihr klar, dass sie dabei war, einen Fehler zu machen. Sie hatte schon eine Beziehung ruiniert, weil ihr der Beruf wichtiger war als alles andere. Nein, wenn sie ehrlich zu sich war, dann stimmte das Wort Beruf nicht. Es war nicht einfach eine Arbeit. Mehr als ein Broterwerb. Es ging um die Jagd, um den Blick in die Abgründe, ja, auch in die eigenen, und um Geheimnisse, die danach schrien, gelöst zu werden. Und sie hatte auch nicht nur eine Beziehung damit ruiniert, sondern mindestens zwei. Ihr busenfixierter Mann Hero hätte vielleicht sowieso etwas mit Susanne Möninghoff angefangen, aber dass sie ihren Sohn verloren hatte, das verzieh sie sich nicht. Immer waren Kriminelle wichtiger gewesen als er.

Eine schmerzhafte Erinnerung stieg in ihr hoch. Eike, wie er zornig vor ihr stand, die kleinen Hände zu Fäusten geballt und in die Hüften gestemmt. Sie hatte ihm versprochen, mit ihm schwimmen zu gehen und dann, sie hatten die Tasche schon gepackt, kam der Anruf von Ubbo Heide. Ein Mordfall. Sie musste hin. Nichts ist wichtiger für die Ermittlung als die ersten vierundzwanzig Stunden und ein frischer Tatort.

Sie versuchte, Eike mit Versprechungen zu trösten, aber ihr Sohn kochte vor Wut. Es kam ihr so vor, als würden viele alte Verletzungen plötzlich hochgespült werden. Er schrie sie an: »Immer sind die Verbrecher wichtiger als ich! Soll ich auch einen umbringen, oder was?«

Ihr war damals keine kluge Antwort eingefallen, sie hatte sich einfach nur schlecht gefühlt und war dann doch zum Tatort gefahren. Mit schlechtem Gewissen hatte sie ihre Arbeit verrichtet. Als sie kurz nach Mitternacht zurückgekommen war, hatte Eike natürlich schon geschlafen. In den nächsten beiden Tagen war die Stimmung zwischen ihnen verhalten geblieben, danach besserte es sich, aber sie selbst änderte nichts an ihrem Leben. Sie hatte den Warnschuss gehört, aber einfach weitergemacht, als sei nichts geschehen.

Wie viele Freundschaften hatte sie aufs Spiel gesetzt? Sie war sich gar nicht sicher, ob sie überhaupt noch Freunde hatte.

Ihre Freundin Ulrike, die mit Kind in einer stabilen Beziehung lebte, hatte sie schon seit einem halben Jahr nicht mehr gesehen. Einem halben Jahr! Und sie wohnten keine zweihundert Meter Luftlinie voneinander entfernt.

Ihr Leben kam ihr plötzlich unglaublich traurig vor. Sie war gerade dabei, den gleichen Fehler noch einmal zu machen. Sie ließ den Mann, den sie liebte, in einer schwierigen Stunde im Stich. Und warum? Um einem Verbrecher zu folgen? War mal wieder jeder Kriminelle wichtiger für sie als die Menschen, die ihr nahe waren?

Was bin ich nur für eine Idiotin, fragte sie sich. Warum werde ich aus Fehlern niemals klug?

Sie tippte dem Fahrer auf die Schulter und erschrak über sich selbst, so als sei es ungehörig von ihr gewesen, ihn zu berühren.

»Bitte kehren Sie um. Ich möchte zum Wellington Hotel. Seventh Avenue.«

Was die Kriminaltechniker im Westerstede im Keller fanden, reichte aus, um Ubbo Heide aus der Jahreshauptversammlung vom Klootschießer- und Boßelverein »Freesenkraft« zu holen.

Unterhalb des Kellers gab es einen weiteren Raum, der nachträglich ausgeschachtet worden war. Auf jeden Fall existierte er in keinen Bauplänen. Es war eine Art voll eingerichtetes Verlies. Mit Bett, Kunststoff-Campingtoilette, zwei Stühlen, einer Kochplatte, einer Kaffeemaschine, in der eine volle Filtertüte steckte und einem Bademantel. Ein kleiner Kühlschrank mit angebrochenen Lebensmitteln, vier Wattwürmern der Marke Küstengold, in Plastik eingeschweißt, ein paar Scheiben holländischem Käse, deutscher Markenbutter, Keksen und jeder Menge Spaghetti.

Das Ganze hätte als recht spartanisches Zimmer durchgehen können, wären da nicht die Gitterstäbe gewesen. Hier, in diesem feuchten, stickigen Raum, in dem durch die Fugen in den gekachelten Wänden Salpeter hereinwuchs, war ein Mensch mit dem Notdürftigsten versorgt und gefangen gehalten worden. Gedanken an den Fall Kampusch und die österreichische Tragödie um das Haus in Amstetten drängten sich auf. Sofort fragte einer, was denn eigentlich aus den Kindern von Fritzl geworden sei. Das ganze schaurige Drama wurde für die Kriminaltechniker hier unten sofort wieder lebendig. War das hier genauso? Es sah alles danach aus. Auf jeden Fall hatte hier jemand einen Menschen versorgt und gefangen gehalten.

War die unbekannte Tote eingesperrt gewesen? Hatte sie sich in einem günstigen Moment befreit, ihren Peiniger erstochen und war dann, panisch vor Angst, in seinem Auto geflohen?

Es gab genügend DNA-Spuren. Man würde rasch Gewissheit haben.

Inzwischen hatte Rupert alles zusammengestellt, was über Okopenko bekannt war. Mit strafbaren Handlungen war er nie in Erscheinung getreten. Er hätte jederzeit ein makelloses polizeiliches Führungszeugnis bekommen. Lediglich drei Punkte in Flensburg für zu schnelles Fahren auf der B 72 Richtung Aurich.

Aber bei Google gab es einiges über ihn. Er hatte sogar eine eigene Seite auf Wikipedia. Okopenko, Jahrgang 48, war Medizinhistoriker und wissenschaftlicher Mitarbeiter am Max-Planck-Institut. Er lehrte eine Weile an verschiedenen Universitäten. Forschungsschwerpunkt historische Epistemologie.

Rupert konnte den Kerl gleich nicht leiden. Er wusste nicht, was Epistemologie war, und das machte ihn sauer auf Okopenko. Während Rupert Verbrecher jagte und sich mit dem menschlichen Abschaum herumschlagen musste, so zumindest empfand er es, verdiente Okopenko sein Geld damit, Vorträge über Phänomenologie und Positivismus zu halten.

Rupert gab den Begriff bei Wikipedia ein. Er wollte auf keinen Fall hinterher vor den Kollegen als Trottel dastehen. Es las es laut, um es besser zu behalten. Den alten Trick hatte er von seinem Opa.

»Die Erkenntnistheorie oder Epistemologie ist eines der fachübergreifenden Diskussionsfelder der Philosophie, das sich mit der Frage befasst, wie Wissen zustande kommt ...«

Wie Wissen zustande kommt? Was soll der Quatsch? Darüber hält der Vorträge in Paris, London, Boston? Was ist aus der Welt geworden?

Rupert las weiter: »Ist ein Satz wie ›du sollst nicht töten‹ auf ähnliche Weise ›wahr‹ wie eine Beobachtung aus der Astrophysik?«

Ja, du Schlaumeier, dachte Rupert fast mit Genugtuung. Das alles nutzt dir jetzt einen Scheiß. Nun bist du nämlich selber tot, und das ist sehr klar beweisbar. Du atmest nämlich nicht mehr, und dein Körper kühlt aus. Das Problem ist eher, nun zu beweisen, wer dein Mörder ist. Ich weiß, dass die Kleine mit dem Glatzkopf es war. Jeder weiß das. Dazu reicht der gesunde Menschenverstand. Und ich muss es dem Richter hieb- und stichfest beweisen! Das ist wie bei euren komischen Beobachtungen aus der Astrophysik.

Es standen tolle Sachen über Okopenko im Internet. Einige seiner Vorträge ließen sich sogar als PDF downloaden, zum Beispiel der zur Geschichte der Psychiatrie im 19. und 20. Jahrhundert oder ein Beitrag zur Ethik der Humanexperimente.

Rupert klickte den Beitrag weg und sah sich lieber den Bildschirmschoner an. Fische in einem Aquarium. Das beruhigte die Nerven, fand er. Für Okopenko hatte er nur noch Spott. So schlau und so tot!

Rupert stellte sich vor, wie dieser Professor seine hochgeistige Gehirnakrobatik nach außen hin teuer verkaufte und innen drin doch nicht weiter war als ein von seinen Urtrieben gesteuertes krankes Arschloch, das in seinem Keller eine junge Frau einsperrte, um sich an ihr zu vergehen, wann immer ihm danach war, oder nur, um die Macht zu genießen, die er zweifellos über sie hatte. Er konnte ihr etwas zu essen bringen oder sie hungern lassen. Ihr den Strom ausschalten oder sie Radio hören lassen, und während sie in ihrem feuchten Verlies hockte und sich die bange Frage stellte, welche Teufelei er sich als Nächstes ausdachte, schrieb er ein Stockwerk höher Vorträge über Erkenntnistheorie.

Rupert fand, diese Kleine hatte einen Orden dafür verdient, den Typen umgelegt zu haben. Ein Schwein weniger. Schade nur, dass sie es selbst nicht überlebt hatte.

Er rechnete damit, diesen Fall abschließen zu können, bevor Ann Kathrin wieder ostfriesischen Boden betrat. Er hatte keine Lust, sich die Sache aus der Hand nehmen zu lassen.

Mit seinen gesammelten Erkenntnissen über Okopenko betrat er den Besprechungsraum der Tatortgruppe. Alle anderen waren schon da. Kollegen aus dem Ammerland und zwei Kriminaltechniker und sogar die Pressesprecherin Rieke Gersema.

Immerhin war Okopenko eine bekannte Persönlichkeit. Das alles roch nach viel Aufmerksamkeit durch die Presse.

Rieke trug nicht mehr die scharfen Röcke wie früher, und das, obwohl es an der Küste mal wieder viel zu warm war. Rupert bedauerte sehr, dass Rieke Gersema auf Hosenanzüge umgestiegen war.

Sie sagte, die BILD-Zeitung und RTL hätten schon dreimal angerufen. Sie mochte weder das Blatt noch den Sender. Alles, was über die Ostfriesen-Zeitung, die Ostfriesischen Nachrichten und den Ostfriesischen Kurier hinausging, machte ihr Sorgen. Die Zeitungen hier hatten sich alle einer seriösen Berichterstattung verschrieben, und sie fühlte sich von ihnen ernst genommen. Bei BILD und RTL wusste sie nicht, woran sie war. Die Journalisten der ostfriesischen Zeitungen kannte sie persönlich. Die meisten duzte sie.

Ubbo Heides Gesicht spiegelte den Ernst der Lage. Inzwischen gab es eine Spheronaufnahme vom Tatort, die jeder auf seinem Laptop hatte. Das war das neue Jahrtausend. Bei Dienstbesprechungen starrte jeder auf seinen eigenen Computer. Sie wirkten wie Teilnehmer an einem interaktiven Computerspiel, und so ähnlich war es ja auch.

Ubbo Heide bat Rupert, zu berichten. Während er sprach, wurde Rupert deutlich, dass einige Kollegen genau das, was er jetzt über Okopenko erzählte, auf ihren Bildschirmen bei Wikipedia mitlasen. Er hatte eine reine Computerrecherche gemacht und über das, was dort im world wide web über Okopenko geschrieben worden war hinaus, wusste er nichts über ihn, außer dass er tot war.

Ubbo Heide schob sich ein Stückchen Marzipan in den Mund und sagte: »Deinen Schlussfolgerungen kann ich nicht zustimmen, Rupert.«

Rupert hatte sofort das Gefühl, an ein nasses Stromkabel zu geraten. »Wie ... wie darf ich das verstehen?«

»Wörtlich.«

»Hm.«

»Der Tote ist nicht Okopenko.«

Rupert rutschte auf seinem Stuhl herum, als wäre die Sitzfläche heiß geworden. Konnte es sein, dass Rieke Gersema unverschämt grinste?

»Nicht?«

Ubbo Heide fixierte Rupert. »Okopenko hat den sechzigsten Geburtstag schon hinter sich. Der Tote ist laut gerichtsmedizinischem Gutachten Ende dreißig, Anfang vierzig. Er könnte sein Sohn sein, wenn Okopenko Kinder in die Welt gesetzt hätte, was er aber nach Aussage unserer Kollegen aus dem Ammerland nicht hat.«

Dierk Leffers nickte und übernahm gerne. »Professor Okopenko befindet sich auf einer Vortragsreise in den Vereinigten Staaten. Die Nordwest-Zeitung hat in ihrem Lokalteil darüber berichtet.«

Er hielt den Zeitungsausschnitt hoch. Der Artikel war dreispaltig und in der Mitte ein schönes Foto von Alexander Okopenko.

»Er wird«, fuhr der Kollege aus Westerstede nicht ohne Stolz fort, »als nächster Nobelpreisträger gehandelt, das stand sogar im OMA. Er ist ein ruhiger, bei allen Menschen beliebter Mann. Er hat nie viel Aufhebens um sich gemacht.«

Ruhig, als sei er beim Friseur und würde sich mit dem Schmökern in einer Illustrierten die Zeit vertreiben, blätterte er im Ostfrieslandmagazin. Dann fand er endlich den Bericht. »Hier. Holger Bloem hat fürs OMA ein Porträt von ihm gemacht. Alexander Okopenko ist ein weltweit gefragter Experte …«

Rupert hörte gar nicht mehr zu. Er krampfte mit den Fingern der rechten Hand in seinen Oberschenkel, um nicht vor Wut zu schreien. Wenn er schon Holger Bloem hörte oder Ostfrieslandmagazin, bekam er sofort die Krise.

Typisch Bloem, dachte Rupert grimmig. Der macht aus Ann Kathrin Klaasen die bedeutendste Kriminalistin Ostfrieslands, nur weil sie ein paar Mal mehr Glück hatte als ihre Kollegen, und jetzt verleiht er diesem Okopenko auch noch den Nobelpreis!

»Wer den Nobelpreis bekommt, entscheidet aber schon die Dänische Akademie der Wissenschaften und nicht das OMA!«, giftete Rupert.

Ubbo Heide schüttelte tadelnd den Kopf. »Nein.«

»Wie, nein?«, fauchte Rupert. »Das entscheidet ...«

Ubbo Heide machte eine bedeutsame Pause, lehnte sich zurück und griff an seinen nervösen Magen. »... die Schwedische Akademie der Wissenschaften. Nicht die dänische. Aber Holger Bloem hat hier völlig korrekt berichtet. Professor Okopenko wird seit Jahren als Nobelpreiskandidat gehandelt. Ich habe ihn einmal im NDR gesehen, auf dem Roten Sofa, im Gespräch mit Inka Schneider.«

Jeder in der Polizeiinspektion Aurich wusste, dass Inka Schneider Ubbo Heides Lieblingsmoderatorin war. Er verpasste keine ihrer Sendungen und hatte viele aufgezeichnet.

Rupert wusste, dass er dagegen nicht ankam, trotzdem polterte er: »Mir ist völlig egal, was Bloem oder Inka Schneider über ihn denken oder irgendeine Scheiß-Akademie! Meinetwegen kann er auch auf einem roten oder grünen oder blauen Sofa sitzen. Aber eins ist doch wohl klar, wenn der Prof so schlau ist, dann wird er doch vermutlich auch gemerkt haben, dass in seinem Keller ein Verlies ist, in dem jemand gefangen gehalten wurde. Oder will mir hier einer von euch weismachen, der vertrottelte Professor hätte das nicht mitgekriegt?«

Rupert sah sich triumphierend in der Runde um. Betretenes Schweigen.

Eins zu null für mich, dachte Rupert und fuhr fort: »Also, das heißt nichts weiter, als dass der Herr Professor Komplizen hatte. Der erstochene Mann in seinem Wohnzimmer war einer davon. Vielleicht gibt es noch mehr. Die Blutspuren in seinem Kofferraum deuten darauf hin, dass es auch mehrere Opfer gab. Wer weiß, in wie vielen Kellerverliesen noch nackte, kahlrasierte Frauen sitzen. Wir sollten sie rausholen und stattdessen den Professor und seine Helfershelfer einsperren! Wir könnten ihn in den USA mit einem internationalen Haftbefehl ...«

Ubbo Heide unterbrach Rupert: »Nein. Wir sollten hier einen Haftbefehl beantragen und ihn bei der Einreise hopsnehmen. Sonst beantragt er noch in den USA Asyl oder versucht, sich abzusetzen. Das alles kann ewig dauern und verkompliziert die Sache nur. Wir müssen hier dichthalten und ihn einsacken, wenn er zurückkommt.«

»Das wird ein Problem«, sagte Rieke Gersema. »Die Presse steht mir auf den Füßen. RTL hat schon dreimal ...«

Ubbo Heide beugte sich vor und sah Rieke Gersema über den langen Tisch hinweg an, als ob die zwei allein im Raum wären. Mit väterlich-ruhiger Stimme fragte er: »Wie lange kannst du sie hinhalten?«

Sie überlegte und verzog selbstkritisch den Mund. »Vierundzwanzig Stunden höchstens. Wenn überhaupt ...«

»Wenn Okopenko in den USA mitbekommt, dass wir in Westerstede ein Verlies gefunden haben oder eine Person, deren Identität unbekannt ist, dann ...« Ubbo Heide sprach nicht weiter. Den Rest konnten sich alle denken.

»Wir haben gute Chancen, beide Toten bald zu identifizieren. Das Gebiss ist jeweils vollständig erhalten ...«

Und wieder sah Rupert an Ubbo Heides Geicht, dass dem etwas nicht passte.

»Chancen«, sagte Ubbo, »sind klasse beim Roulette und beim Pferderennen. Wir brauchen gesicherte Erkenntnisse!«

»Ja, toll«, grummelte Rupert, der das als Zurechtweisung empfand.

Leffers wollte Rupert das Ostfrieslandmagazin und den Zeitungsartikel rüberreichen. Doch der nahm die Sachen nicht an. Sie schwebten an Leffers' ausgestrecktem Arm jetzt über dem Tisch. Das OMA klappte auf und der Sandstrand von Norderney wurde sichtbar.

Leffers sagte freundlich: »Wir haben Kopien.«

Rupert stand auf. »Danke. Ich brauche das OMA nicht für meine Recherchen.«

Pikiert steckte Leffers die Illustrierte und den Zeitungsausschnitt schulterzuckend wieder ein. Er schaute zu Ubbo Heide, der mit einer Geste andeutete, Rupert sei eben so.

Im Flugzeug saßen Ann Kathrin und Weller nebeneinander. Sie sprachen wenig. Die meiste Zeit hielten sie Händchen, wobei immer einer von ihnen abwechselnd einen Finger bewegte und damit für Außenstehende unmerklich den anderen streichelte. Sie ließen sich nur los, wenn einer von ihnen zur Toilette musste.

Weller litt. Das schwierige Verhältnis zu seinen Töchtern und seiner Exfrau belastete ihn. Er hatte Angst um das Leben von Jule, und diese Angst schnürte ihm den Hals zu. Am liebsten hätte er die Sauerstoffmaske benutzt, die angeblich bei Druck automatisch herunterfiel, so schwer war seine Atmung.

Später, in Ostfriesland, im Kontakt mit Töchtern, Ärzten und Exfrau, würde er zweifellos der Fels in der Brandung sein, aber jetzt war er klein und schwach und anlehnungsbedürftig. Er wollte keine Entscheidungen treffen, nicht einmal die, welches von den drei Essen er serviert haben wollte. Er guckte ratlos Ann Kathrin an, als hätte er die Frage der Stewardess nicht verstanden. Ann Kathrin begriff sofort, was mit ihm los war und bestellte für beide das Sesam-Zitronen-Hühnchen mit Spargelragout und Butterkartoffeln. Weller nickte dankbar.

Ann Kathrin kämpfte dagegen an, aber immer wieder drängte sich die Frage in ihr Bewusstsein, was wäre, wenn nicht Franks

Kinder den Unfall gehabt hätten, sondern ihr Eike. Wie würde es ihr jetzt gehen? Einerseits war das ein sehr angstbesetzter Gedanke, andererseits half er ihr, Frank besser zu verstehen.

Sie konnte heulen. Schreien. Fluchen. Die Ungerechtigkeit lauthals beklagen und beweinen. Frank fraß alles in sich hinein, obwohl es für seine verschlossene Persönlichkeit schon ein Riesenschritt war, dass er sich überhaupt so zeigte, wie er jetzt drauf war.

Sie fragte ihn, ob sie ihm einen Schnaps bestellen sollte. Er verneinte nur mit einem Wimpernschlag. Er wollte einen klaren Kopf behalten. Jetzt mehr denn je, und sie gestand sich ein, dass sie ihn gerade wie ihren Vater behandelt hatte. Der hatte am Ende eines harten Tages oder vor einem schweren Schritt gerne einen Doornkaat genommen.

Im Bordkino lief ein Film mit Clint Eastwood, aber sie zogen es beide vor, schweigend auf die Kopfstütze vor sich zu gucken oder die Augen zu schließen. Irgendwann schlief Weller sogar ein und schnarchte ein wenig, was Ann Kathrin gefiel. Es half ihr, selbst einzunicken. Dann wurde sein Schlaf tiefer und sein Schnarchen lauter. Für Ann Kathrin war an ein Nickerchen nicht mehr zu denken. Sie beschloss, ihn nicht zu wecken, sondern sie war froh, dass er sich ausruhte. Sie ahnte, dass schlaflose Zeiten auf ihn zukamen.

Als sie nach der Landung in Düsseldorf ihre Handys einschalteten, hagelte es SMS, E-Mails und Mailboxanrufe. Es war ein so geballtes Zuviel an wichtigen Informationen und dringenden Anrufen, dass Ann Kathrin am liebsten die Batterien aus dem Handy genommen hätte. Aber Weller versuchte noch auf dem Weg zum Fließband der Gepäckannahme, das Krankenhaus in Aurich zu erreichen.

Diesmal erfuhr er mehr. Während er telefonierte, registrierte er, dass Ann Kathrin hektisch am Fließband hin und her lief und inzwischen außer ihnen niemand mehr hier wartete, aber was immer schiefgelaufen war, er überließ ihr das Problem.

Die Stimme von Oberarzt Dr. Kirchner klang beruhigend, aber was er sagte, ließ Frank Wellers Beine zittern und jagte einen Schauer nach dem anderen über seinen Rücken.

Wenn er das richtig verstanden hatte, dann ging es Sabrina schon den Umständen entsprechend gut. Sie hatte das rechte Bein viermal gebrochen und ein paar Rippen, aber ihre inneren Organe waren in Ordnung.

Ganz anders bei Jule. Ihre Nieren waren unwiderruflich geschädigt. Es ginge darum, möglichst rasch eine Niere für eine Transplantation zu finden.

Nein, beruhigte Dr. Kirchner ihn, so eine Transplantation sei heutzutage im Grunde kein großes Ding mehr, fast schon ein Routineeingriff. Das Problem sei nicht die OP, sondern die Niere selbst.

»Im Moment«, sagte Dr. Kirchner, »warten mehr als zehntausend Menschen auf eine neue Niere.«

Er solle einfach kommen, im Augenblick bestünde keine akute Lebensgefahr, Maschinen hätten die Arbeit der Nieren übernommen.

Wellers Koffer war nicht mit ihnen angekommen, oder jemand anders hatte ihn versehentlich mitgenommen. Ann Kathrin kümmerte sich darum. Weller saß am Rand des Förderbands, einen Arm auf den Kofferkuli gestützt, als sei er selbst ein vergessenes, gestrandetes Gepäckstück.

Ann Kathrin Klaasen füllte Formulare aus und wies Flugkarten vor. Dann erfuhr sie, dass Wellers Koffer auf dem Weg nach Rio war. Interessanterweise fehlte von ihr nichts. So etwas könne vorkommen, teilte ihr eine freundliche Servicemitarbeiterin mit. Täglich würden zigtausende, ja Millionen Koffer rund um den Erdball geschickt. Gut ein Prozent würde woanders landen, aber das sei ja kein Problem, sie würde den Koffer in ein paar Tagen bekommen, sie sollte nur noch eben hier diese Erklärung unterschreiben.

»Aaaaann!«, brüllte Weller durch die Gepäckhalle.

Ann Kathrin ließ die Frau am Schalter einfach stehen und lief zu ihm. Für einen Moment glaubte sie aus seinem wehleidigen Schrei herauszuhören, dass seine Tochter gestorben sei.

Oh mein Gott, dachte sie. Bitte nicht das! Nimm uns das Haus. Die Jobs. Die Lebensversicherung. Aber bitte keines der Kinder!

Aber dann fuhr er sie an: »Wo bleibst du denn? Ich will zu Jule!«

Sie verzieh ihm den Ton. Seine Nerven lagen verständlicherweise blank.

»Dein Koffer ist nicht angekommen. Sie haben ihn aus Versehen nach Rio geschickt.«

»Scheiß auf den Koffer. Komm, wir gehen.«

»Ich muss nur noch die paar Papiere ...«

Er sah sie nur an, und sie begriff, dass dieser Koffer für ihn jetzt völlig bedeutungslos war.

Sie nahmen den Intercity von Düsseldorf nach Emden. Dort stiegen sie in ein Taxi und ließen sich direkt in die Ubbo-Emmius-Klinik bringen. Weller sprang sofort aus dem Wagen und rannte ins Gebäude. Ann Kathrin zahlte das Taxi. Als der Fahrer sagte, »Sie brauchen doch bestimmt eine Quittung«, und umständlich die Suche nach dem Quittungsblock begann, winkte Ann Kathrin ab und lief hinter Weller her.

Der hatte sich inzwischen an der Rezeption erkundigt, wo seine Töchter lagen und wo er Dr. Kirchner finden konnte. Er stand vor dem Fahrstuhl und trat von einem Bein aufs andere. Alles dauerte ihm jetzt zu lange. Er nahm die Treppen. Ann Kathrin ließ ihren großen Koffer und das Handgepäck in der Eingangshalle neben einem schwarzen Sitzmöbel stehen und folgte ihm.

Im Flur der Intensivstation blieb Weller plötzlich wie angewurzelt stehen. Ja, für Ann Kathrin sah es sogar so aus, als
würde er wanken. Er schien ein wenig zu schrumpfen und aus
dem Gleichgewicht zu geraten. Fast wäre sie hingesprungen, um
ihn zu halten. Aber dann fing er sich wieder, richtete sich auf.

Er stand vor Renate. Die Situation hatte etwas von einem
Duell an sich, fand Ann Kathrin. Sie selbst befand sich ein paar
Meter hinter Frank. Sie fühlte sich wie ein Bodyguard, der hin-
ter seinem nicht gerade pflegeleichten Schützling herläuft.

Renate und Weller begrüßten sich ohne Handschlag, Ann
Kathrin bekam aber den vorwurfsvollen Blick von Renate mit.
Franks Gesicht konnte sie aus ihrer Position nicht sehen. Dann
drehte Renate sich um und ging ein paar Schritte voran zu einer
Scheibe. Weller sah hindurch und fragte fassungslos: »Ist sie
das?«

Renate biss sich auf die Lippen und begann zu weinen. Sekunden später hielten Frank und Renate sich fest umklammert.

»Ich ... ich habe sie nicht erkannt ...«, stammelte er.

Die nicht enden wollende, geradezu verzweifelte Umarmung
der beiden versetzte Ann Kathrin einen tiefen Stich Eifersucht.
Gleichzeitig fragte sie sich, ob sie und Hero auch so vor Eikes
Krankenbett stehen würden, oder ob der Herr Psychologe auch
für so eine Situation einen klugen, alles relativierenden Sinn-
spruch auf Lager hatte.

Sie wollte und konnte bei dem, was jetzt hier geschah, nicht
dabei sein. Gern hätte sie das hier mit Frank Weller gemeinsam
durchgestanden, aber sie beschlich jetzt das Gefühl, es sei vielleicht besser, die beiden alleine zu lassen.

Ann Kathrin versuchte, noch einen Blick auf Jule zu werfen, aber sie hätte dazu zu nah an Weller und Renate herantre-
ten müssen. Sie verließ die Intensivstation und ging zunächst
zu ihrem Gepäck in der Eingangshalle zurück. Dann schnappte
sie vor der Tür bei den fünf Rauchern ein bisschen frische Luft.

Um überhaupt irgendetwas zu tun, hörte sie ihre Mailbox ab, dann rief sie Ubbo Heide an und ließ sich über den Stand der Ermittlungen aufklären. Sie beschloss, augenblicklich nach Westerstede zum Tatort zu fahren. Ubbo war dagegen. Er bat sie, sich doch erst einmal auszuruhen und fragte, ob sie denn kein Problem mit der Zeitverschiebung habe und keinen Jetlag. Sie war so aufgedreht, dass sie gar nicht wusste, wovon er sprach. Ihr ging durch die Ereignisse irgendwie das Körpergefühl verloren.

»Natürlich steht das alles unter enormem Zeitdruck, Ann. Uns sitzt die Presse im Nacken. Kannst du dir vorstellen, was das für einen Aufschrei gibt, wenn wir bekanntgeben, dass wir nach einem prominenten Wissenschaftler, der als Kandidat für den Nobelpreis gehandelt wird, fahnden? Das nimmt der auch in den USA zur Kenntnis, mit ein paar gewieften Anwälten entzieht er sich uns bis zu meiner Pensionierung, aber ich denke trotzdem, du solltest dich erst um Frank und dich selbst kümmern.«

»Wer leitet die Ermittlungen?«

Ubbo Heide druckste herum. »Na ja, wir sind ein Team und ...«

»Wer?«

»Rupert.«

»Rupert? Das ist nicht dein Ernst!«

»Er war zuerst dran ...«

»Ich fahre hin, solange der Tatort noch frisch ist.«

»Was hast du vor, die Spurensicherung hat schon alles ...«

»Ja, ja, ich weiß.«

Ubbo Heide ahnte natürlich, was Ann Kathrin wollte. Sie würde sich ein paar Stunden im Haus von Alexander Okopenko einschließen, um den Tatort auf sich wirken zu lassen und in die Situation des Opfers zu kommen. So hatte sie schon oft wichtige Erkenntnisse über Täter und Tathergang gewonnen. Trotzdem protestierte er: »Du musst dich auch an die neuen Methoden der Tatortarbeit gewöhnen, Ann. Wir haben hier wundervolle Spheronaufnahmen. Du musst nicht mehr hin. Alles ist digitalisiert und …«

»Auf Computerbildschirmen sieht man nichts, Ubbo. Du kannst den Tatort sehen, aber er spricht nicht zu dir.«

»Ann Kathrin, bitte! Du bist kein Spürhund, der den Täter erschnüffelt. Wir arbeiten mit exakten Kriminaltechniken …«

Sie unterbrach ihn. »Doch. Genau das bin ich. Ein Spürhund. Und jetzt will ich schnüffeln …«

Sie nahm sich ein Taxi nach Norden in den Distelkamp. Sie ließ die Koffer im Eingang stehen, ging gleich durch ins Bad und ließ ihre Kleidung schon auf dem Weg dorthin fallen. Sie duschte ausgiebig und fühlte sich gleich besser, dann nahm sie im Stehen einen Espresso aus der Maschine.

Im Auto auf dem Weg nach Westerstede fragte sie sich, ob sie sich mal wieder in die Arbeit stürzte, um vor ihrem eigenen Leben davonzulaufen.

Kann ich nur nicht ertragen, Frank mit seiner Ex plötzlich wieder so innig zu sehen? Muss ich deshalb etwas unheimlich Bedeutendes tun? Etwas, das wichtiger ist als Frank und ich? Etwas, das unsere Probleme relativiert?

Aber sie kehrte nicht um. Im Gegenteil. Sie überschritt die Geschwindigkeitsbegrenzung und wurde kurz hinter Veenhusen geblitzt. Na klasse, dachte sie, das hat ja gerade noch gefehlt.

Sie vermutete, dass sie dreißig, vielleicht fünfunddreißig Stundenkilometer zu schnell war. Rasch rechnete sie sich aus, dass der Spaß sie vermutlich für einen Monat den Führerschein kosten würde.

Wenn die Dummen fleißig werden, dachte er, *wird es gefährlich. Diese Kretins versauten einfach alles in ihrer besoffenen Gefühlsduselei. Er musste sie töten, bevor die Polizei sie fand.*

Alle Beweise mussten vernichtet werden. Ausgerottet mit Stumpf und Stiel. Das Wohnhaus von Okopenko hätte er schon vor Jahren abfackeln sollen. Sie waren einfach zu gutmütig gewesen mit ihm, und das war nun das Ergebnis. Eine Katastrophe. Der Super GAU. Aber Professor Okopenko tastete natürlich niemand an. Den heiligen Professor, den mit den guten Kontakten, der weltweit vernetzt war ... Schöne Scheiße. Er hatte jetzt die Drecksarbeit am Hals. Erst das Haus, dann Okopenko.

Er wurde »der Terminator« genannt. Erst hatte er das lächerlich gefunden. Doch inzwischen identifizierte er sich mit dem Namen. Er war wie Arnold. Er redete wenig und handelte ergebnisorientiert. Wenn er Spuren hinterließ, dann waren es Spuren der Zerstörung. Er tötete rasch und effektiv. Das größte Problem war meist die Entsorgung der Leiche.

Sie konnten nicht warten, bis Okopenko nach Europa zurückkam. Er würde garantiert sofort verhaftet werden und sich dann weinerlich als Kronzeuge anbieten. Nein, er musste vorher sterben. Er hatte schon einen Plan. Den berühmten Plan B.

Er lächelte. Wenn sie auf ihn gehört hätten, wäre das alles nie passiert. Er hätte Okopenko schon vor Jahren ausgeknipst. Gefühlsduseleien konnten sie sich nicht leisten.

So eine Auslandsreise mit Vorträgen war im Grunde ideal. Er könnte es nach einem Raubüberfall aussehen lassen und später mit Okopenkos Mastercard noch in irgendeinem Lokal bezahlen, um zu zeigen, dass es dem Mörder um Geld und Kreditkarten gegangen war und sonst nichts. Die überlasteten Kripobeamten waren für Leute wie ihn nicht clever genug. Er lieferte ihnen immer gleich auch eine Möglichkeit, die Akte zu schließen und den Fall für gelöst zu halten. Ihr Wunsch nach einfachen Lösungen machte sie berechen- und handhabbar für ihn.

Er wollte es mit einer Sprengladung erledigen. Es würde alles nach einer geplatzten Gasleitung aussehen, einem Unglück.

Natürlich wäre kein Polizist dumm genug, das zu glauben, aber die Menschen logen sich ihre Erklärungen auch gegen jeden Verstand zurecht. Menschen brauchten Erklärungen.

Er war im Grunde mit seiner Arbeit hier fertig. Die Explosion konnte er leicht mit einem Handyanruf auslösen. Einfache Technik. Jeder Schüler mit ein bisschen Taschengeld konnte so etwas mit einer Anleitung aus dem Internet zusammenbauen. Er wollte weit genug weg sein, wenn es krachte.

Dann sah er den grünen Twingo.

Er schätzte die Frau, die aus dem Wagen stieg, auf Anfang vierzig. Gut einen Meter fünfundsiebzig groß. Etwa fünfundsiebzig Kilo schwer. Die Haare blondiert.

Fast amüsiert dachte er, solange sie junge Frauen im Twingo schicken, haben sie den Ernst der Lage noch nicht begriffen. Er wog ab, ob er sie gleich mit hochjagen sollte. Eigentlich sprach nichts dagegen. Jetzt kam es darauf an, Verwirrung und Aufregung zu stiften, um vom Eigentlichen abzulenken.

Ann Kathrin Klaasen betastete erstaunt das gebrochene Siegel. Irgendjemand war nach den Kollegen der Kriminaltechnik hier gewesen.

Für einen Moment hoffte sie, den Professor selbst anzutreffen. War er unwissend, was inzwischen hier geschehen war, zurückgekommen? Hatte er vielleicht gar mit ihr gemeinsam im Flugzeug gesessen? Sie wollte im Geist Gesichter durchgehen, die ihr aufgefallen waren, doch sie musste sich schnell eingestehen, dass sie viel zu sehr mit sich und Weller beschäftigt gewesen war, um auf andere Menschen zu achten.

Hat ihn jemand gewarnt, fragte sie sich. Ist er gekommen, um Spuren zu beseitigen? Nein, dafür war es längst zu spät. Wenn sich Professor Okopenko im Haus befand, dann war er ahnungslos von seiner Vortragsreise zurückgekommen.

»Herr Okopenko? Herr Okopenko? Bitte erschrecken Sie

nicht. Ich bin von der Kriminalpolizei. Ich habe einige Fragen an Sie.«

Keine Antwort.

Ann Kathrin blieb im Flur stehen und lauschte nur. Sie nahm ein Brummen wahr wie von einem alten Kühlschrank, der nicht in der Waage stand oder einer Klimaanlage. Irgendwo im Haus musste ein Fenster gekippt sein. Da war ein sanfter Durchzug.

Es roch nach den Mitteln der Kriminaltechniker. Ein typischer Chemiegeruch, der an Labors und Krankenhäuser erinnerte. Ihr jagte er immer von der Nase aus einen leichten Schauer über den Rücken. Es war der Geruch von Verwesung, erinnerte an Tod und Sterben.

Jeder Kollege hätte an ihrer Stelle die Dienstwaffe gezogen und fest in beiden Händen gehalten. Sie war allein und möglicherweise befand sich eine unbekannte zweite Person im Gebäude. Aber Ann Kathrin redete sich ein, das sei lächerlich. Immerhin war es ja auch denkbar, gleich vor der erschrockenen, ahnungslosen Putzfrau von Alexander Okopenko zu stehen.

Da niemand auf ihre Worte reagierte, bedauerte sie jetzt aber doch, dass sie ihre Dienstwaffe in der Hektik nicht eingesteckt hatte. Die Heckler & Koch lag zu Hause im Schränkchen bei der Garderobe.

Sie war sich mit jedem Schritt, den sie weiter ins Innere des Hauses machte, klarer darüber, dass sie hier alleine war. Trotzdem schaute sie in jedes Zimmer, um später keine böse Überraschung zu erleben. Außer ihr war hier niemand, das sagte ihr Verstand ihr. Sie hatte sich jeden Winkel, der groß genug für eine Person war, angesehen. Aber Verstand und Erfahrung hin und her ... in ihr schrillten alle Alarmglocken.

Dreh nicht durch, ermahnte sie sich. Du bist übermüdet. Das war alles ein bisschen viel. Hier hängt nur der Grusel vergangenen Schreckens in den Möbeln fest wie alter Schmierschmutz.

Konzentrier dich jetzt ganz auf die Räume. Was ist hier geschehen?

Was ist das für ein Mensch, der hier bislang gewohnt hat?

Sie widmete sich nicht zuerst dem Verlies im Keller. Sie blieb im Wohnzimmer.

Hier hingen drei längliche Bilder nebeneinander. Es waren Holzschnitte. Die Struktur des Holzes war gut sichtbar, ja herausgearbeitet. Alle drei Drucke waren von H. D. Gölzenleuchter. Ann Kathrin erkannte sie sofort. Sie hatte vor fast zwanzig Jahren mit ihrem Vater eine Ausstellung von Gölzenleuchter in Bochum besucht. Damals hatte ihr Vater ihr gesagt: »Das ist einer der größten Holzschneider unserer Zeit.« Und er hatte ihr ein vom Stock gedrucktes Bild gekauft. Einen Flötenspieler. In ihren Augen war es immer der Rattenfänger von Hameln gewesen.

Der Künstler war damals anwesend, er trug einen mächtigen Bart und lachte laut. Sie mochte ihn auf Anhieb. Er hatte ihr erklärt, er benutze nur bereits bearbeitete Hölzer. Alte Türen, Bretter ...

Die Bilder in Okopenkos Wohnzimmer waren garantiert aus alten Bauhölzern geschnitzt worden. Kann ein Mann, der solche Kunst an den Wänden hat, wirklich ein böser Mensch sein? Gölzenleuchter wollte nicht einmal, dass für seine Kunst ein Baum gefällt wurde. Er gab Abfallprodukten Sinn und kräftige Farben. Diese Philosophie strahlten seine Bilder aus.

Übertrug sich nicht etwas davon auf den Betrachter? Konnte jemand solche Kunstwerke an den Wänden haben und gleichzeitig im Keller einen Menschen gefangen halten? War alles nur Lug und Trug, Täuschung und Tarnung?

Sie schüttelte sich. Nein, sie wollte das nicht glauben. Gleichzeitig verstand sie genau, was in ihr passierte. Etwas von den guten Gefühlen, die sie für ihren toten Vater hatte, übertrug sich gerade auf Okopenko, weil er die gleiche Kunst liebte wie ihr Vater.

Sie musste vorsichtig sein. Okopenko war nicht ihr Vater, auch wenn sie vielleicht den gleichen Kunstgeschmack hatten.

Ann Kathrin atmete tief durch. Am liebsten hätte sie eine Qigong-Übung gemacht, aber etwas hielt sie davon ab. Etwas, das sie frösteln ließ. Sie rieb sich die Oberarme.

Er sah sich den Twingo an. Es lagen CD-Hüllen herum. Otto Groote. Jan Cornelius. Laway. Die Besitzerin liebte ostfriesische Musik. Auf dem Rücksitz ein Bilderbuch. Hatte sie ein so kleines Kind oder ... er grinste ... las sie selbst so etwas? Eine Kommissarin, die Twingo fuhr, Kinderbücher las und ostfriesische Musik hörte, konnte ihnen nicht gefährlich werden. Wahrscheinlich würde sie »Hilfe« schreiend davonlaufen, wenn sie mit der ganzen Monstrosität konfrontiert werden würde.

Es machte ihm nichts aus, sie umzubringen. Es war nicht schlimmer, als eine Laborratte zu sezieren. Im Gegenteil, es fiel ihm leichter. Er machte sich nicht schmutzig dabei, musste sie nicht riechen und nicht anfassen ... Ein Anruf genügte.

Aber die Kinder auf den Fahrrädern wollte er schonen. Sie hatten so etwas Fröhliches, Unbefangenes an sich. Die Fahrräder waren ihre Pferde.

Sie beschossen sich mit Softair-Munition. Sie zielten auch auf ihn, drückten aber nicht ab. Ihre Waffen waren täuschend echte Imitationen. Sie schwenkten sie, um ihm Angst zu machen. Er zeigte sich beeindruckt, spielte den Erschrockenen, hob die Hände. Sie umkreisten ihn und den Twingo mit ihren Rädern, lachten, drohten mit einer Pumpgun.

Er mochte solche Spiele. Er stellte sich vor, wie es wäre, genau jetzt das gesamte Gelände hochzujagen. Er könnte hinter dem Twingo Deckung suchen, aber er fürchtete herabfallende Steinbrocken und Gebäudeteile. Er musste erst ein Stückchen weiter weg sein.

Die Kids würden ihn vielleicht beschreiben können. Aber

er war unverdächtig. Ein freundlicher, kinderlieber Tourist, so einer sprengte keine Wohnhäuser.

Ann Kathrin Klaasen ging jetzt zur Bücherwand und sah sie sich genauer an. Buchregale sagten viel über ihre Besitzer aus. Sie waren eine Art kultureller Fingerabdruck.

Als Erstes fiel ihr die Zweiteilung auf. Links die Belletristik. Romane. Erzählungen. Gesamtausgaben. Rechts wissenschaftliche Literatur.

Er hatte repräsentative Gesamtausgaben. Hemingway komplett. Dürrenmatt ebenfalls, in einer schmucken Kassette.

Sie zog ein Buch heraus. Ja, es war gelesen worden. Hier gab nicht einer einfach mit Bildung an, nein, hier wohnte ein Leser.

Dieser Professor Okopenko wurde ihr immer rätselhafter und wieder auf eine unheimliche Art sympathisch.

Unten im Keller war dieses Verlies, aber hier eine zerlesene Dürrenmattausgabe. Ein paar Böll-Romane. Dann wieder ein Gesamtwerk von Max von der Grün in zehn Bänden.

Den hatte ihr Vater auch gelesen. »Der weiß, wovon er spricht«, hatte er zu ihr gesagt, was eine klare Leseempfehlung war. Er hatte gerne versucht, andere zum Lesen zu verleiten.

Sie wehrte sich innerlich dagegen, dass Okopenkos Bücherauswahl sie immer mehr für ihn einnahm. Dazu kam noch, dass sie sich so sehr an ihren Vater erinnert fühlte.

Kein Konsalik, dafür aber zwei Simmel. Ken Follett. Unterhalb der Belletristik fand sie Jugendbücher. Romane von Kirsten Boie. »Man darf mit dem Glück nicht drängelig sein« und »Nicht Chicago. Nicht hier«. Monika Feth. »Das blaue Mädchen«. Cornelia Funke. »Tintenherz«.

Dann sah sie sich die Sachbücher an. Eine Antiquariatsausgabe von Friedrich Nietzsche und ein paar Neuauflagen. »Geschichte, Theorie und Ethik der Medizin«, »Bakteriologie und Moderne«, »Die Transformation des Humanen: Beiträge

zur Kulturgeschichte der Kybernetik«. Viel über Medizinge-
schichte.

Ann Kathrin fischte ein Buch heraus: »Das Weib als Ver-
suchsperson: Medizinische Menschenexperimente im 19. Jahrhundert am Beispiel der Syphilisforschung«. Sie blätterte, ohne
sich festzulesen.

Was war dieser Okopenko für ein Mensch? Gebildet, ohne
Frage. Belesen. Linksliberal. Katholisch vielleicht. Mehrere Bücher beschäftigten sich mit religiösen, ethischen, philosophi-
schen Fragen. »Christ sein heute«. »In der Freiheit des Geis-
tes«. Las einer solche Texte und hielt im Keller eine junge Frau
gefangen?

Sie stellte das Buch zurück und fuhr mit den Fingernägeln
an den Regalen entlang. Viel über Konzentrationslager und die
Nazizeit. Er hatte sich mit der schlimmen Vergangenheit auseinandergesetzt, aber es war kein rechtes Zeug dabei.

Sie bekam das Bild von einem Mann, mit dem sie sich einen
spannenden Nachmittag voller Diskussionen vorstellen konnte.
War er genauso zweigeteilt wie sein Haus? Oben das gemütliche
Wohnzimmer, vermutlich mit Feng-Shui-Anleitung eingerichtet
und unten ein Gefängnis?

Sie untersuchte die Fenster. Es waren nachträglich automa-
tische Rollläden eingebaut worden. Mit einem Knopfdruck
konnte die gesamte Etage verdunkelt werden.

Bedeutete das, er ließ sie manchmal hierher hoch zu sich?

Warum?

Guckten sie hier gemeinsam auf dem Flachbildschirm
DVDs?

Lasen sie Drewermann oder Küng?

Diskutierten über Gott und die Welt, bevor er sie wieder einsperrte?

Sie widmete sich den Sitzmöbeln. Es war ganz eindeutig. Es
gab eine Stelle auf dem Sofa, da war die Sitzfläche viel öfter be-

nutzt worden. Ein Sessel wirkte fast wie ein Ausstellungsstück, bei einem anderen hatte das Polster sehr gelitten. Offensichtlich waren auf den Armlehnen und dem Sitz mehrfach Flüssigkeiten vergossen worden. Das Ganze hatte jemand mit einem scharfen Mittel gereinigt, wodurch der Überzug inselmäßig ausgebleicht war.

Hier gab es also zwei Stammplätze. Genauso sahen Sitzmöbel aus, in denen ein altes Ehepaar regelmäßig den Abend verbringt. Wobei einer von ihnen mehr schlabberte als der andere. Oder einer trank Rotwein und der andere Mineralwasser?

War es denkbar, dass Okopenko abends die Rollläden runterließ und es sich hier mit seiner Gefangenen gemütlich machte?

Ann Kathrin Klaasen fand in der Küche eine angebrochene Packung Erdnüsse, ohne Fett geröstet, und im Kühlschrank Low-Fat-Produkte. Hier achtete jemand auf eine gesunde, ausgewogene Ernährung. Kochbücher lagen herum, in denen es mehr um die schlanke Linie ging als um den Genuss. Im Eisfach acht Beutel mit Brigitte-Diät-Gerichten für den Wok. Jeweils Portionen für zwei Personen.

Hatten die hier gemeinsam gekocht? Und wenn ja, um was danach zu tun?

Der gusseiserne Wok auf dem Herd war blitzblank. Wer machte hier sauber? Okopenko selbst? Er konnte unmöglich eine Putzfrau haben. Wer unten im Keller einen Menschen gefangen hielt, konnte sich kein Personal ins Haus holen.

Er musste endlich die Kinder loswerden, das Haus sprengen und sich dann aus dem Staub machen.

Sie nannten den Anführer Nobbi. Er hatte schon viel zu viel Zeit mit ihnen vergeudet. Es gab noch viel zu tun.

Er versuchte, sie zu verscheuchen. Sie fassten das offenbar als Angebot für weitere Spiele auf und verpassten ihm zwei Schüsse mit der Softair-Munition direkt auf die Brust.

Er lachte: »Kinder, Kinder! Ich wette, eure Eltern haben davon keine Ahnung. Ich denke, die Waffen sind verboten. Man darf keine Imitationen einer Pumpgun, oder, wie du da, einer Kalaschnikow ...«

Der Anführer mit dem Piratentuch, unter dem rote Haare hervorlugten, unterbrach ihn erschrocken: »Sind Sie Bulle?«

Er nickte freundlich. »Was dachtet ihr denn? Gehirnchirurg? Abdecker? Klomann?«

»Hier standen schon den ganzen Tag Polizeiwagen rum ...«, sagte der Mädchenhafte unter ihnen, mit Lippen wie Julia Roberts.

Wider jede Vernunft amüsierte er sich mit ihnen. Etwas von ihrer kindlichen Frische, so empfand er es, sprang ihn an, drang in ihn ein und machte ihn selbst heiter und leicht.

Der zarte Junge erinnerte ihn an sich selbst. Damals, als er noch nicht der Terminator war, sondern eher verspielt, reich an Phantasie und voller Gier auf Leben und Abenteuer. Damals glaubte er noch, die Menschen seien gut, und es gäbe für jedes Problem eine Lösung und gegen jede Krankheit eine Medizin, und wenn nicht, dann würde sie bestimmt bald erfunden werden. Auf jeden Fall, bevor er soweit wäre und sie bräuchte, denn er war ein Glückskind voller Vertrauen in die Welt.

Die Kids spürten, dass er früher mal einer von ihnen gewesen war, sie rempelten ihn an, als wollten sie ihn aus dem Anzug stoßen, um den alten Spielkameraden wieder sichtbar zu machen.

Der Anführer stellte sich in die Pedale und legte einen Blitzstart hin. Die anderen folgten ihm, ihre Gewehre schwenkend.

Na bitte, dachte er. Geht doch. Jetzt ist der Terminator dran.

Er entfernte sich ohne Hast vom Gebäude. Er war jetzt weit genug weg. Er griff in die Tasche, um das Handy zu ziehen.

Weller stürzte schon das dritte Glas Wasser hinunter. Sein Mund trocknete augenblicklich wieder aus. Dr. Kirchner saß am Kopf des Tisches, hinter sich das Fenster mit Blick auf den Parkplatz.

Renate kniete auf ihrem Plastikstuhl an der Längsseite des Tisches und schob ihren Oberkörper so weit über die Tischplatte, dass sie fast darauf lag. Es war irgendeine Art Übersprungshandlung von ihr, vermutete Weller, dem es unangenehm war, dass sie so in seine Richtung kroch. Er rückte mit seinem Stuhl immer weiter nach hinten, bis er gegen die Wand stieß.

Dr. Kirchner sprach mehr mit den Fingern als mit dem Mund. Sie waren lang, dünn und gepflegt. Er dirigierte damit seine Worte. Er unterstrich sie nicht mit seinen Gesten, sondern er zauberte sie damit hervor.

Weller sah in ihm einen Mann mit der Fähigkeit, Sekten zu gründen. Er wusste genau, wovon er sprach und was er wollte. Er hatte eine Vision, und die vertrat er konsequent, wie jemand, der bereit war, Glaubenskriege für die einzige richtige Religion zu führen. Seine.

»Täglich«, sagte er und seine Finger lockten nur mit Mühe den Rest des Satzes aus ihm heraus, »täglich sterben vier bis fünf Menschen, weil ihnen kein Transplantationsorgan zur Verfügung steht. Gleichzeitig sterben acht bis zehn Menschen und werden mit ebensolchen, voll funktionsfähigen Organen beerdigt.«

Seine Finger verhakten sich ineinander. Die linke Hand zerrte an der rechten, widerstrebende Kräfte, die Stillstand erzeugten. Dann ließ er beide Hände auf den Tisch klatschen. Weller musste an Menschen denken, die tot umfallen.

Langsam belebte Dr. Kirchner die Finger wieder, sie krabbelten noch schwerfällig über den Tisch. Fast spöttisch sagte er: »Viele dieser Organe werden sogar verbrannt.«

Er klatschte sich gegen die Stirn. »Das müssen Sie sich einmal vorstellen ... Welch ungeheure Vergeudung von gesellschaftlichem Reichtum, von unwiederbringlichen Ressourcen!

Das kann sich kein gesunder Staat lange leisten. Da zahlen wir alle für die Rente und die teuren, aber simplen Heilbehandlungen eines Menschen, und der leidet wie ein Tier, dabei könnte er ein schmerzfreies Arbeitsleben führen, Steuern zahlen und einen wichtigen Beitrag für das System leisten, statt ihm zur Last zu fallen. Nur leider … das Organ, das ihm fehlt, verbrennen wir lieber oder lassen es verrotten wie Biomüll. Dabei wäre die Lösung so einfach …«

Weller konnte kaum noch zuhören. Im Grunde sprach der ja nur so allgemein, redete aber in Wirklichkeit darüber, warum er Jule nicht helfen konnte. Es war für Weller, als würde der Stuhl brennen.

Renate hatte etwas sehr Verführerisches an sich, wie sie sich da verheult auf dem Tisch schlängelte.

Wie viele Frauen waren bereit, Dr. Kirchner alle sexuellen Wünsche zu erfüllen, um ihrem Mann oder ihrem Kind eine bessere Überlebenschance zu verschaffen? Aber darauf war er nicht aus, das spürte Weller. Der nutzte nur die Situation für einen Vortrag, weil man ihm jetzt endlich zuhörte.

»Wir leisten uns den Irrsinn von Organspenderausweisen!« Dr. Kirchner hob seine Hände zum Himmel, als wolle er seinen Protest im Universum oder bei Gott persönlich vortragen. »Was soll der Quatsch? Warum gibt es dann keinen *Steuerspenderausweis*? Wer das aus persönlichen oder religiösen Gründen ablehnt, braucht keine Steuern zu zahlen. Einen *Ich-schicke-meine-Kinder-zur-Schule-Ausweis*? Ein *Ich-halte-mich-an-die-Gesetze-Ticket*? Nein, so geht das nicht. Wir brauchen eine Gesetzesgrundlage, die es uns möglich macht, einem hirntoten Menschen die Organe zu entnehmen, die gebraucht werden. Das sollte jedem eine Ehre sein und eine Selbstverständlichkeit.«

Hör auf, dachte Weller und schwitzte Hemd und Hose durch. Hör endlich auf und sag mir, was mit meinem Kind ist …

Dr. Kirchners Finger kreisten durch die Luft. »Bitte, wer damit nicht einverstanden ist, weil sein Gott es ihm verbietet – oder was weiß ich –, der führt eben einen Nicht-Organspender-Ausweis mit sich, damit er nicht versehentlich zum Lebensretter wird.« Jetzt zeigten seine Finger wie Pistolen auf Weller und Renate gleichzeitig. »Kein Problem mit so einem Ausweis. Es soll nicht gegen den Willen des Betroffenen geschehen. Wer allerdings so einen Nicht-Spender-Ausweis hat, der verliert natürlich auch ein Anrecht auf ein neues Organ für sich, den lassen wir dann im Ernstfall eben sterben. So, wie er ja auch andere sterben oder leiden lässt, weil er gerne mit seinem Organmüll beerdigt werden möchte, aber seine Möbel und Kleider spendet er an die Caritas, weil er ja so ein guter Kerl ist und gerne in den Himmel kommen möchte.«

Weller stöhnte. Irgendwie klang alles, was der Oberarzt sagte, logisch und richtig, und doch machte es Weller Angst, und es regte sich ein Widerspruch in ihm, den er noch gar nicht formulieren konnte.

Dann stellte Dr. Kirchner genau die Frage, vor der Weller sich die ganze Zeit gefürchtet hatte. Er schoss sie wie einen Giftpfeil ab: »Haben Sie einen Organspenderausweis?«

Renate glitt von der Tischplatte auf ihren Stuhl zurück. Sie hatte einen dümmlichen Gesichtsausdruck angenommen, wirkte überfordert. Ihre Lippen zuckten. Sie hatte nichts Verführerisches mehr an sich. Sie wollte etwas sagen, schaffte es aber nicht.

»Das spielt jetzt überhaupt keine Rolle«, stellte Weller klar. »Ihre Zukunftsvision ist ja noch nicht juristischer Alltag. Und wenn meine Tochter eine Niere braucht, dann gebe ich sie sofort und ohne eine Sekunde darüber nachzudenken.«

Weller setzte sich so hin, als könne Dr. Kirchner sich jetzt sofort bei ihm bedienen.

»Ihre Frau«, sagte Dr. Kirchner, »hat das auch schon angeboten. Das ist aber medizinisch nicht zu verantworten. Sie hat zu hohen Blutdruck, ist nicht richtig eingestellt und ...«

Weller unterbrach ihn entschlossen, mit großzügiger Geste. »Nehmen Sie meine!« Dann setzte er kleinlaut hinzu: »Ich habe doch zwei ... oder?«

Dr. Kirchner lächelte. »Wir müssen natürlich vorher einige Tests machen, juristische Schritte abklopfen ...«

»Häh? Was? Das ist meine Niere. Ich gebe sie meiner Tochter ... was gibt es da für juristische Schritte ...«

Dr. Kirchner wog den Kopf hin und her. »Wir müssen ausschließen, dass Sie es unter Druck tun oder für Geld. Organhandel steht unter Strafe.«

Weller hechtete hoch. »Nun machen Sie aber mal einen Punkt!«

Renate sah über den Tisch Weller an. Ihre Augen füllten sich mit Tränen. »Das ist hochanständig von dir, Frank. Ich würde ja auch, aber ...« Sie hob und senkte die Schultern und deutete auf Dr. Kirchner.

Typisch, dachte Weller grimmig, sie versteckt sich mal wieder hinter anderen. Sie ist nie an etwas schuld. Immer die anderen. Früher meistens ich. Zum Glück ist das vorbei.

Weller sah Dr. Kirchner auffordernd an. »Genug geredet. Verlieren wir keine Zeit.«

In dem Moment ertönte aus seiner Jackentasche ein Schlagzeugsolo. Sein Handy.

Weller hielt es sich kurz ans Ohr und erfuhr, dass sein Koffer nun nicht mehr in Rio sei, sondern in Tel Aviv. Die Lesegeräte würden jedes Gepäckstück einscannen, da könne überhaupt nichts passieren. Er hätte den Koffer praktisch schon zurück, er müsse sich nur noch ein paar Tage gedulden.

»Ja«, sagte Weller, »die Welt ist ja so klein. Rio. Tel Aviv. Was macht das schon für einen Unterschied?«

Die Hand des Terminators tastete sich durch die Jackentasche. Der Verstand weigerte sich noch, die Information aus den Fingerkuppen zu glauben. Er war ein sehr strukturierter, bestens organisierter Mensch. Er suchte nicht ständig seinen Autoschlüssel, sein Handy oder sein Portemonnaie, wie andere. Er fand so etwas lächerlich, infantil.

Das Handy steckte er immer in die rechte Blazertasche. Das Portemonnaie in die rechte Hosentasche. Den Autoschlüssel in die linke Jackentasche. Das Zigarrenetui trug er immer im Hemd, direkt über dem Herzen. Es waren drei Cohibas darin. Die Scheißwaffe saß im Halfter, wenn er sie brauchte.

Obwohl es aussichtslos war, weil er nie von seinem bewährten Ordnungsprinzip abwich, überprüfte er kurz, ob er versehentlich das Handy in eine andere Tasche gesteckt hatte. Er empfand es schon als Niederlage vor sich selbst, seine Sachen nach dem Handy abzuklopfen, aber als er dabei feststellte, dass auch sein Portemonnaie fehlte, lief ihm ein Schauer eiskalt den Rücken runter. Es gab nur eine Erklärung: Die Kinder hatten ihn bestohlen. Ihn! Den Terminator!

Das durfte nie jemand erfahren! Sie hatten ihn vorgeführt. Ihm klargemacht, dass eine neue Sorte Gute-Laune-Gangster da war. Er, der einsame Wolf, hatte immer alleine gearbeitet. Die traten im Rudel auf. Er war leise und schlug dann hart zu. Die machten Lärm, lenkten ihr Opfer ab, und ihre Schläge waren verschmerzbar. Wie viele Menschen erstatteten keine Anzeige, weil ihnen der bürokratische Aufwand zu hoch war und sie die peinlichen Fragen vermeiden wollten ... Ein Ergebnis brachte so eine Anzeige sowieso nicht. Das Handy war weg und das Geld auch. Man ließ alle Konten sperren und Schluss. Aus.

Aber bei seinem Fall lag die Sache anders. Jeder Versuch der Kinder, mit dem Handy zu telefonieren, könnte die Explosion auslösen. Die Nummer war gespeichert und aufgerufen. Es fehlte nur noch der Druck auf die Anruftaste. Außerdem konnte

*man mit dem Handy zwar nicht ihn, aber doch einige seiner
Kontakte finden.*

*Nein, es war viel zu gefährlich für alle. Er musste das Ding
rasch zurückbekommen. In dem Portemonnaie waren ein ge-
fälschter Führerschein, außerdem Bargeld, rund tausend Euro.
Keine Kreditkarte.*

Ich finde euch, dachte er zornig. Ich finde euch.

*Er stellte sich vor, wie er ihnen Angst machte. Zitternd soll-
ten sie vor ihm sitzen und mit schlotternden Knien sehen, wie es
war, wenn richtige Gangster auftauchten.*

*Ich werde euch töten müssen, Kinder, dachte er. Ja, ich werde
es wohl tun müssen, so wie ich das Kind in mir töten musste,
um der zu werden, der ich bin.*

Sie verzogen sich zunächst ins sichere Elternhaus. Nach den
Raubzügen versteckten sie die Fahrräder im Keller und guckten
meist bei Nobbi Fernsehen oder hingen in seinem Zimmer ab.

Nobbis Mutter war fast immer zu Hause. Sie ging nicht gerne
raus. Dafür machte sie super Pizzen und ihre Spaghetti Arrabi-
ata waren ein Feuerwerk für den Gaumen. Sie kochte gern für
Nobbi und seine Freunde. Sie mochte die Jungs. Sie war unverwechselbar seine Mutter, die Julia-Roberts-Lippen hatte er von
ihr. Sie hörte sogar die Musik der Kids gerne und war vermutlich in ganz Westerstede die einzige Erwachsene, die damit etwas anfangen konnte.

Der mädchenhafte Nobbi hatte noch nie so viel Geld in der
Hand gehabt. Ein lila Fünfhunderter, der irgendwie unecht aussah, wie Spielgeld, und drei grüne Hunderter, ganz neu, wie
frisch aus der Druckerei. Dazu drei zerknitterte Fünfziger. Geld,
dem man ansah, dass es schon lange in Gebrauch war.

Er hatte schon oft Portemonnaies gezogen. Er verfeinerte
seine Technik, er übte täglich. Ihm traute niemand so etwas zu.
Das war sein wichtigster Trumpf. Seine Kumpels lenkten die

Leute ab, und er angelte Brieftaschen oder Handys. Von Autoschlüsseln ließ er die Finger. Die klimperten, verhakten sich, machten nur Probleme, außerdem hatte keiner von ihnen einen Führerschein. Simon behauptete zwar, fahren zu können wie Schumacher, aber Nobbi befürchtete, dass Formel Eins gucken nicht ausreiche, um ein sicherer Fahrer zu werden.

»Wenn wir mit einer geklauten Kiste in Westerstede rumdüsen, fliegen wir sofort auf!«, hatte Nobbi seine Freunde gewarnt. Es war schon schwierig, diesen Fünfhunderter loszuwerden. Hier kannte sie doch praktisch jeder. Er konnte sich die Fragen schon lebhaft vorstellen: »Wie bist du denn an den Fünfhunderter gekommen, Nobbi? Habt ihr im Lotto gewonnen?«

Simon spielte mit dem Handy. »Voll krass, das Teil. Mit web 'n' walk!«

»Und, Filme drauf?«

Simon suchte die Funktion. »Coole Spiele«.

»Ach, Spiele. Keine Filme oder Fotos? Der sah doch echt Porno aus, der Alte.«

In der Küche klapperten Bleche. »Pizza!«, orakelte Simon und freute sich darauf. Bei ihm zu Hause kochte die Oma. Wenn er Pech hatte, Labskaus.

Ann Kathrin Klaasen sah sich das Verlies an. Ja, es war grausam, es hatte einen Menschen seiner Freiheit beraubt, aber da war noch etwas. Das Ganze hier hatte etwas Vorläufiges an sich, etwas Vorläufiges, das dann länger gedauert hatte als erwartet. Irgendjemand hatte diese Wand über dem Bett gestrichen. Hellgelb, als sollte die Sonne hereingelassen werden. Die Tapete darunter schimmerte an einer Stelle durch, so als hätte die Farbe nicht mehr ganz gereicht. Ann Kathrin knibbelte etwas davon ab. Das Muster darunter wurde sichtbar. Es waren Clowns mit Luftballons.

Ubbo Heide rief an. Er wollte eigentlich etwas ganz anderes, aber Ann Kathrin legte sofort los. Sie war aufgeregt: »Die Frau wurde hier schon sehr lange gefangen gehalten. Guckt euch Entführungsfälle an, die acht, vielleicht zehn Jahre her sind. Na, mindestens vier oder fünf.«

Ubbo Heide wunderte sich über die ungenauen Angaben. »Wie kommst du darauf? Rupert geht gerade die Listen von Verschwundenen der letzten paar Wochen und Monate durch.«

»Nein, das ist falsch. Sie hat hier schon als Kind gelebt, oder sagen wir, als Pubertierende.«

»Wie kommst du denn da drauf?«

»Er hat ihren Raum tapeziert. Das Verlies wurde vom Kinderzimmer zu einem Gefängnis für eine erwachsene Frau. Er wollte ihr die Demütigung ersparen, in einem Kinderzimmer zu leben.«

»Die Demütigung ersparen?«

»Ja. Ich glaube, er hat sie geliebt.«

Ubbo Heide hörte sich an, als würde er an ihrem Verstand zweifeln. »Geliebt? Er hat sie gefangen gehalten, ihr den Schädel rasiert und ...«

»Sie genährt, ihr altersgerechte Bücher gekauft, mit ihr abends ferngesehen und ...«

»Wie kommst du zu den Ergebnissen?«

»Er hat Jugendbücher im Regal. Also Monika Feth, *Das blaue Mädchen*, aber nicht *Der Erdbeerpflücker* oder *Der Mädchenmaler*.«

Ubbo Heide wurde ungeduldig. »Und was bedeutet das?«

»Alle Bücher sind fünf, höchstens zehn Jahre alt. Danach hat er keine Jugendbücher mehr gekauft. Da ist sie dem Alter entwachsen. Dann hat er versucht, ihr seine Literatur nahezubringen. Die Autoren, mit denen er sozialisiert wurde. Böll. Von der Grün. Dürrenmatt.«

Während sie sprach, ging sie weiter durch die Räume. Sie näherte sich dem Sprengsatz, aber sie erkannte ihn nicht als solchen. Es sah aus wie eine nicht ausgepackte Umzugskiste, mit rotem Klebeband und einer Schnur drumherum. Nichts roch. Nichts tickte.

»Das würde bedeuten ... Er hat sie als Kind irgendwo entführt und ...«

»Als Jugendliche«, korrigierte Ann Kathrin. »Für diese Bücher interessiert man sich ab zehn. Also, ich spreche von guten Lesern, echten Leseratten. Andere erst später.«

Sie setzte sich auf die Umzugskiste. Der Deckel gab ein bisschen nach. Von hier hatte sie einen besonderen Blick in die Wohnung. Manchmal veränderte eine neue Perspektive alles. Um einen Tatort zu verstehen, legte sie sich häufig flach auf den Boden, aber so weit war sie noch nicht.

»Ann«, sagte Ubbo mit trockenem Hals, »deine Tatortarbeit in allen Ehren, aber Rupert und die besten Jungs von der Kriminaltechnik haben dort schon alles auf den Kopf gestellt ...«

Er hatte irgendetwas auf dem Herzen, das spürte sie überdeutlich, trotzdem konterte sie: »Wenn wir alle chemischen und biologischen Details gesammelt haben, verstehen wir noch lange nichts von der Energie so eines Ortes. Und ich sage dir, dieser Okopenko hat die Kleine geliebt. Auf seine vielleicht irre Art, aber er hat ...«

»Rupert denkt, es ist sein Fall. Er war als Erster am Tatort und ...«

»Ubbo, bitte. Was soll das heißen, sein Fall? Sein Haus? Sein Auto? Sein Fall? Red nicht um den heißen Brei herum.«

»Können wir Rupert nicht ein bisschen entgegenkommen? Du musst doch völlig übermüdet sein. Geben wir ihm noch zwei Tage Zeit. Das ist für alle Beteiligten besser. Rupert rennt herum wie eine abgezogene Handgranate.«

Ann Kathrin lachte demonstrativ: »Ja, auch ein Blindgänger kann schon mal explodieren.«

Ubbo Heide stöhnte und raschelte mit Papieren. »Ann, ich glaube dir das alles ja gerne, aber das bringt uns im Moment nicht weiter.«

»Raus mit der Sprache, Ubbo. Was hast du auf dem Herzen?«

Es fiel ihm schwer. »Ich weiß, Ann, du hast genug Sorgen mit Wellers Kindern und … Weißt du übrigens schon mehr?«

Sie wurde richtig streng: »Ubbo, was ist los?«

»Na ja, es ist wegen meiner Tochter. Insa macht mir echt die Hölle heiß wegen dieser New York Geschichte.«

»Das verstehe ich. Sie spinnt nicht. Dieser Bob Wine könnte Poppinga sein. Er versteht Deutsch und ist vor mir geflohen.«

»Also, das mit dem Musiker ist auch denkbar. Markus hatte Klavierunterricht, spielte in einer Schülerband und …«

»Aber wenn Markus Poppinga gerade in New York als Bob Wine eine Musikerkarriere startet, wer wurde dann an seiner Stelle verbrannt, und wessen Überreste trägt seine Mutter als Talisman um den Hals?«

»Ja, genau das fragt Insa mich auch ständig. Ach, was sage ich? Sie löchert mich! Kannst du nicht mal mit ihr reden?«

Es lag Ann Kathrin auf der Zunge zu antworten, sie sei doch kein Kindermädchen und erst recht keine Erziehungsberaterin, andererseits war Ubbo Heide immer fair zu ihr gewesen, hatte oft schützend die Hand über sie gehalten, und immerhin hatte er diesen USA-Trip bezahlt. Folglich schluckte sie die Abweisung runter und sagte, als sei das ganz normal: »Warum nicht? Ich habe sowieso noch ein paar Fragen an sie, außerdem möchte ich mit Herrn und Frau Poppinga sprechen. Da sind ja wohl jetzt ein paar Fragen offen. Am liebsten würde ich mir ihre Konten mal ansehen.«

»Warum?«

»Falls Bob Wine Markus Poppinga ist, muss er irgendwoher Geldzuflüsse haben. Ich meine, eine Wohnung in Manhattan ist selbst im preiswerten Viertel aus ostfriesischer Perspektive sehr teuer.«

»Ich denke, er ist Musiker.«

»Ja, aber erstens glaube ich, dass er damit bei den Mädels größeren Erfolg hat, als sein Konto widerspiegelt und zweitens brauchte er Startkapital. Kannst du überprüfen lassen, ob es da finanzielle Bewegungen in Richtung USA gab, etwa um die Zeit herum, als Markus Poppinga verstarb?«

»Du nimmst das also wirklich ernst?«

»Na, du etwa nicht? Ich komme gerade aus New York. Du hast den Flug bezahlt ...«

»Ohne richterlichen Beschluss kann ich keine Kontoauszüge überprüfen. Schon gar nicht welche, die ein paar Jahre zurückliegen ...«

Sie hatte gehofft, dass er selbst drauf kam, jetzt half sie ihm auf die Sprünge: »Manchmal können unsere Freunde vom Finanzamt weiterhelfen ...«

Das war typisch Ann Kathrin Klaasen. Niemand sonst, den Ubbo Heide kannte, käme auf die Idee, »unsere Freunde vom Finanzamt« zu sagen. Hinter dieser Bezeichnung verbarg sich der wenig versteckte Hinweis, es müsse ja nicht alles gleich einen hochoffiziellen Anstrich haben.

Diese diebischen Kerle hatten ihn völlig durcheinandergebracht. Wie sollte er sie finden? Wo suchen? Brauchte er nicht erst eine Telefonzelle?

Er musste Okopenkos Hütte hochjagen, und zwar rasch. Aber er hatte kein Geld mehr bei sich. In seinem Auto am Osteingang lagen im Handschuhfach zwei Kreditkarten. Eine Mastercard Gold und eine American Express. Aber die wollte er beide nicht benutzen. Kontobewegungen waren nachvollziehbar. Bargeld nicht.

Er konnte sich hier oder in Bad Zwischenahn in einem Hotel

einmieten und als harmloser Tourist seine Runden drehen. Ir-
gendwann würde er die Jugendlichen auf ihren Fahrrädern se-
hen. Ihr Bewegungsradius konnte nicht groß sein. Eine Bushal-
testelle. Eine Eisdiele. Es gab nicht viele Orte, an denen sie sich
herumtreiben konnten.

Er würde sie erwischen. Er brauchte nur Geduld, aber leider
hatte er keine Zeit, geduldig zu sein. Er musste das Haus spren-
gen und dann Okopenko erledigen, bevor er nach Europa zu-
rückkam. Er hatte auch schon einen Plan, aber jetzt musste alles
schnell gehen. Viel zu schnell, um gründlich zu sein oder Ge-
duld zu haben.

Er lief auf eine Telefonzelle zu. Auf den letzten Metern griff
er in seine Hosentasche. Er hatte die Angewohnheit, nur Scheine
in sein Portemonnaie zu stecken. Hartgeld ließ er einfach in der
Hosentasche. Immer in der linken. Im Portemonnaie in der Ge-
säßtasche drückten sich die Münzen zu sehr ins Fleisch. Frü-
her hatte er manchmal blaue Flecken davon am Po gehabt und
ausgebeulte Hosen, bis er sich die andere Art angewöhnt hatte,
Hartgeld zu transportieren. Jetzt war er froh, sonst hätte er nicht
einmal eine Münze für die Telefonzelle gehabt.

Das Ding war halboffen, aber er wollte ja schließlich keine in-
timen Gespräche führen.

Simon konnte Stimmen nachmachen. Stefan Raab. Otto. Dieter Bohlen.

Er veralberte gerne Leute. Seine Lehrer rief er nicht mehr an.
Die kannten seine Tricks inzwischen.

»Komm, wir machen den Karl«, schlug er vor und warf das
Handy hoch wie einen Ball. Er fing es mit einer Hand wieder
auf.

»Och nee«, sagte Nobbi, »nicht schon wieder.«

»Warum nicht? Der alte Macker zahlt. Und wenn einer die
Nummer nachverfolgt, ist es nicht unser Handy.«

Das Spiel war ganz einfach, und sie hatten es schon oft gespielt. Sie riefen eine Nummer an und verlangten, den Karl zu sprechen. Meistens waren die Angerufenen zunächst freundlich, behaupteten, keinen Karl zu kennen.

»Ja, aber der Karl hat mir doch diese Nummer gegeben, wenn ich eine Nachricht für ihn habe, soll ich anrufen. Und ich habe eine verdammt wichtige Nachricht für ihn.«

Die Leute bestanden darauf, Karl nicht zu kennen, alles müsse ein Irrtum sein. Dann wurden sie gebeten, eine Nachricht für Karl aufzuschreiben. Nur die wenigsten taten das, die meisten legten auf. Dann wurden sie im Laufe der nächsten Tage noch mehrfach angerufen. Einmal von Dieter Bohlen, dann von Stefan Raab oder von Otto. Jeder hatte angeblich eine wichtige Nachricht für Karl. Wenn die belästigte Person zum ersten Mal mit der Polizei drohte, erfolgte nur noch ein Anruf. »Hallo, hier ist Karl. Hat jemand für mich angerufen?« Die Leute flippten dann am Telefon so aus, dass Nobbi sich schon einen Klingelton aus so einem Wutausbruch gebastelt hatte.

Nobbis Mutter rief: »Pizza, Kinder!«

»Komm, wir hauen uns erst die Pizza rein«, schlug Nobbi vor.

»Nee, lass uns erst den Karl starten. Den zweiten Anruf dann nach dem Essen.«

»Kinder! Pizza!«

»Ja, Mama, wir kommen gleich.«

Seine Mutter wollte so gerne Petra von ihm genannt werden. All seine Freunde sagten auch Petra, und sie fühlte sich unheimlich cool und anerkannt dadurch, aber Nobbi sagte Mama zu seiner Mutter. Petra durfte schließlich jeder sagen. Mama nur er.

»Nun kommt schon! Noch ist sie knusprig und heiß!«

»Du nervst, Mama!«

Der Terminator starrte auf den abgeschnittenen Telefonhörer. Das durfte doch nicht wahr sein. Das konnte nicht wahr sein! Ging denn heute alles schief? War er inzwischen zu alt für den Job? Warum machte er das überhaupt noch? Für Geld bestimmt nicht. Am Anfang vielleicht. Aber nein, im Grunde war es nie um Geld gegangen.

Er hatte nie etwas in Immobilien angelegt. Einer wie er musste in der Lage sein, jederzeit das Land zu verlassen und irgendwo neu zu beginnen. Er hatte zwei Nummernkonten in der Schweiz. Eins in Zürich und eins in St. Gallen. Außerdem ein Schließfach in London, mit falschen Papieren, ausgestellt auf Carlos Ruiz aus Madrid. Handelsvertreter. Dazu 167 000 Englische Pfund. Er konnte in kurzer Zeit gut zwei Millionen flüssig machen.

Häng dein Herz an nichts, das du nicht augenblicklich loslassen und verlassen kannst, war immer seine Devise gewesen. So hatte er es ertragen können. Er erklärte sich selbst alles mit einer rein professionellen Notwendigkeit, aber er wusste, es war ganz anders.

Er hatte Probleme, sich zu binden. Er sah, wie andere Menschen lebten, er konnte ihnen nacheifern, es machen wie sie, aber er fühlte es nicht.

Das Wort Mitleid war ihm bekannt, aber er hatte noch nie Mitleid empfunden, zumindest nicht als erwachsener Mann. Ja, als Kind vielleicht, da musste mal so etwas gewesen sein, aber er hatte es vergessen, verdrängt, nur eine Ahnung davon war geblieben, dass es einmal mehr gegeben hatte. Gefühl. Mitempfinden. Etwas, das andere Empathie nannten.

Ja, er hatte alles versucht, Ehen und Affären, aber alles, was er nicht kaufen und verkaufen konnte, war ihm suspekt. Vielleicht machte es ihm sogar Angst. Bei keiner noch so leidenschaftlichen Geliebten fühlte er sich so wohl und frei wie im Bordell. Hier war er nicht abhängig von der Laune anderer Menschen, war niemandem Rechenschaft schuldig und hatte das Gefühl, *nicht manipuliert zu werden, sondern alles selbst in der Hand zu haben.*

Was hält mich eigentlich hier, fragte er sich. Er hatte keine Freunde, und Frauen gab es für ihn genug, solange er über genügend Geld verfügte. Am besten fühlte er sich als Stammkunde bei drei, vier Huren gleichzeitig. Eine Schwedin in London, eine Kubanerin in Hannover, eine Türkin in Delmenhorst und eine Latina in Manhattan. Er ging gerne mit ihnen aus. Kino. Restaurants. Er liebte das. Wenn er kam, waren die Frauen immer gutgelaunt. Er lachte mit ihnen, schlief mit ihnen, und sie belästigten ihn nicht mit ihrem Alltag, ihren Schwierigkeiten und Sorgen.

Er hatte im Grunde nicht viel zu verlieren. Die anderen hatten Familien, Berufe, gesellschaftliche Stellungen. Für die anderen stand viel mehr auf dem Spiel als für ihn. Er konnte einfach verschwinden und ohne große Verluste woanders neu beginnen. Familien machten abhängig und ortsgebunden. Schöne Huren gab es überall.

Er blickte auf dieses abgeschnittene Telefonkabel und spürte, dass seine aktive Zeit als Terminator vorbei war. Am liebsten hätte er alles hingeschmissen. Was der Fahndungsdruck von wechselnden SOKOs in den Jahren nie geschafft hatte, war den Jugendlichen in nur wenigen Minuten gelungen. Er spürte, dass er mürbe war. Wenn es für Menschen wie ihn eine Rente gegeben hätte oder einen Vorruhestand – er wäre sofort bereit gewesen, so etwas für sich zu beantragen.

In dem Moment erschütterte eine gewaltige Explosion das Ammerland. Die Rauchwolke war noch in Hesel zu sehen. Alexander Okopenkos Haus stürzte zwar nicht vollständig ein, wurde aber durch einen Staubpilz unsichtbar.

Ann Kathrin Klaasen befand sich in ihrem grünen Twingo, zwei Straßen weiter, aber keine fünfzig Meter Luftlinie von Okopenkos Haus entfernt. Sie fuhr an den Straßenrand und stieg aus. Das Bild erinnerte sie an den 11. September in New York. Es gab hier keine Wolkenkratzer. Aber trotzdem wälzte sich eine Wolke aus Asche, Papier und Staub durch die Straßen und verdunkelte die Vorgärten.

Sie lief in die Richtung, aus der der Qualm kam. Komischerweise fühlte sie sich zu Fuß sicherer, handlungsfähiger, als in ihrem Twingo. In ihrer Phantasie stieg ein Bild auf von einer Autoschlange, in der sie festsaß. Es gab kein Vor und Zurück, aber es hagelte Steine, und Nägel prasselten aufs Wagendach.

Etwas sagte ihr, dass sie nur knapp dem Tod entkommen war. Es war ein angesichts des Unglücks unangemessenes Glücksgefühl. Die herrlich prickelnde Freude, noch einmal davongekommen zu sein, gepaart mit den bangen Fragen: Galt das mir? Und: Wen hat es statt meiner getroffen?

Ann Kathrin zog ein Tempotuch aus der Tasche und hielt es sich vor Mund und Nase. In der Staubwolke verlor sie die Orientierung und wollte zurück zu ihrem Fahrzeug. Sie brauchte ein Atemschutzgerät. Sie fand es dumm von sich, nicht zuerst die ganze Notfallkette in Gang gesetzt zu haben, stattdessen war sie einfach losgerannt.

Sie stolperte über Schilf in einen Vorgarten. Die hohen, harten Gräser ragten wie Schwertklingen aus dem stickstoffhaltigen, basenreichen Boden. Ihre scharfen Halme schnitten in Ann Kathrins Haut. Sie zuckte zusammen, versuchte, den Verletzungen zu entgehen und machte es mit ihren hektischen Bewegungen nur noch schlimmer. Wie ein von ungeschickter Hand geführtes Rasiermesser fuhr das scharfkantige Gras durch ihr Gesicht.

Ann Kathrin erreichte auf Knien die Rosenhecke und klopfte dann hustend ans Fenster.

Sie wollte ins Haus. In irgendein Haus. Sie hatte den dringenden Wunsch, zwischen sich und die Natur eine gut gemauerte Wand zu bringen. Aber die alleinerziehende Mutter Jutta Speck verstand nicht, was geschehen war. Ihr Haus und ihr Garten verschwanden in einem Ascheregen, während an ihrem Küchenfenster zum Vorgarten hin eine fremde Frau anklopfte.

»Hauen Sie ab!«, schrie sie. »Lassen Sie uns in Ruhe! Ich rufe die Polizei! Gleich kommt mein Mann nach Hause!«

Jutta Speck verriegelte die Haustür und hängte die Kette vor. Dann bewaffnete sie sich mit dem längsten und stabilsten Küchenmesser. Sie hielt das Messer in der Rechten und klemmte sich ihre strampelnde Tochter Nadine unter den Arm. Am sichersten erschien ihr der Hobbyraum, in dem ihre Nähmaschine stand und eine Schaufensterpuppe. Hier entwarf sie Mode, die einst in den Butiken des Umlandes verkauft werden sollte. Hier hing auch der Feuerlöscher an der Wand. Sie schloss die Tür und schob den einzigen Sessel unter die Türklinke. Jetzt konnte sie nicht mehr runtergedrückt werden.

Jutta Speck begann, sich sicherer zu fühlen. Von ihrem Hobbyraum aus hatte sie sonst einen Blick auf das Haus von Professor Okopenko, doch im Moment war es nicht mehr zu erkennen. Sie konnte nicht einmal den kleinen Tannenbaum in ihrem eigenen Garten sehen, der kaum zwei Meter weit vom Fenster entfernt stand.

Weller wiederholte ganz langsam, was Dr. Kirchner ihm gerade gesagt hatte.

»Ich muss nicht vor dem Ethikrat vorsprechen? Was soll das heißen? Blutgruppenunverträglichkeit? Ich verstehe nicht ...«

Dr. Kirchner hörte sich an wie ein Regierungssprecher, der eine unpopuläre Maßnahme erklärt, aber diesmal bewegte der Oberarzt seine Finger nicht. Er hielt sie hinter seinem Rücken versteckt.

»Unsere Alternative ist die bereits veranlasste Listung bei Eurotransplant. Eine postmortale Spenderniere könnte nach objektiven Kriterien ...«

»Moment, Moment …«, hakte Weller nach. »Was stimmt nicht mit meiner Niere? Habe ich Aids, oder was?«

Ihm wurde klar, dass er sich nie einem Test unterzogen hatte. Renate war nicht gerade eine treue Ehefrau gewesen. Hatte sie ihn angesteckt? War sie positiv und durfte deshalb ihrer Tochter keine Niere spenden? Von wegen Bluthochdruck!

Dr. Kirchner lächelte milde. Das sollte wohl beruhigen, verfehlte aber auf Weller völlig seine Wirkung.

»Die HLA-Merkmale sind bedenklich …«

»Was soll das bedeuten? HLA …«

»Gewebeunverträglichkeitsmerkmale …«

So schrecklich das Wort klang, es hörte sich für Weller gut an. Das hieß, kein Aids. Oder wollte Kirchner ihm nur nicht die Wahrheit sagen?

Weller tippte sich gegen die Stirn. »Ihre Leute haben Mist gebaut, Herr Dr. Kirchner. Jule und ich sind Blutsverwandte. Sie ist meine Tochter. Schon vergessen? Sie haben mir doch lang und breit erklärt, Lebendspenden unter Blutsverwandten …«

Weller schwieg, als sei plötzlich nicht mehr genügend Atemluft im Raum. Da war etwas in Dr. Kirchners Gesicht. Zu gern hätte Weller jetzt Renate angesehen, aber sie war nicht bei ihm, sondern bei Sabrina.

Weller guckte auf seine Schuhe, dann zur Decke. Die Neonröhre ließ kaltes Licht auf ihn herabfallen. Sein glattrasiertes Gesicht schimmerte bläulich. Weller wusste nicht, wohin mit seinen Händen, aber genau das verriet ihm viel.

Dr. Kirchner verkrampfte seine Finger hinter dem Rücken, weil er Angst hatte, sie würden ihn verraten.

»Wollen Sie …«, fragte Weller angriffslustig, »wollen Sie andeuten, dass ich gar nicht Jules Vater bin?«

Dr. Kirchner antwortete nicht.

»Sie spinnen ja!«, brüllte Weller ihn an.

Dr. Kirchner ging einen Schritt zurück, aber Weller setzte

nach, packte ihn und knallte ihn gegen die Wand. »Sie haben Scheiße gebaut! Sie sind ein Versager! Ich hole meine Tochter sofort raus aus diesem Sauladen! Sie haben ja keine Ahnung!«

Dr. Kirchner wehrte sich nicht. Er war ein erfahrener Arzt. Er wusste, dass Weller gleich innerlich zusammenbrechen würde. Im Krankenhaus hatte Dr. Kirchner gelernt, mit den Emotionen der Menschen umzugehen. Hier prallte alles hart aufeinander. Tod und Geburt. Schreckliche Diagnosen und erfolgreiche Heilung. Nirgendwo sonst lagen Freude und Leid so nah zusammen wie in einem Krankenhaus.

Wellers Finger krampften sich in Dr. Kirchners Kittel. Er riss den Arzt herum und stieß ihn erneut gegen die Wand. »Sie lügen!«, schrie er.

Dann wich alle Kraft aus ihm. Er drückte Dr. Kirchner nicht mehr gegen die Wand, sondern hielt sich an ihm fest. »Das stimmt nicht ...«, stammelte Weller trotzig, wie ein Fünfjähriger. »D ... das ... das stimmt nicht.«

Tröstend legte Dr. Kirchner eine Hand auf Frank Wellers Rücken. Er hatte Erfahrung mit Menschen in krisenhaften Situationen. Viele fielen in kindliche Verhaltensmuster zurück. Diese Regression konnte zu trotzigen Wutausbrüchen gegen den behandelnden Arzt führen, aber meistens wollte der Mensch nur Trost. Einige schrien sogar nach Mama oder Papa, selbst wenn ihre Eltern schon seit Jahren tot waren. Er versuchte, sie dann einerseits auf der Erwachsenenebene anzusprechen, neigte aber dazu, gestisch dem kindlichen Wunsch nach kleinen Berührungen nachzukommen.

»Ich habe keinen Vaterschaftstest durchgeführt, Herr Weller. Ich habe lediglich eine Gewebeunverträglichkeit im Eilverfahren ...«

Weller löste sich von Dr. Kirchner und schlug mit der rechten Faust gegen die Wand. Dr. Kirchner war sich nicht sicher, ob das knackende Geräusch von Wellers Knochen kam oder vom bröckelnden Rauputz an der Wand.

»Aber ich bin doch ihr Vater!«, brüllte Weller.

Sachlich stellte Dr. Kirchner fest: »Zehn bis zwölf Prozent aller Kinder sind Kuckuckskinder. Nicht ohne Grund sind für den Gesetzgeber in einer Ehe geborene Kinder automatisch ohne jede Überprüfung Kinder des Ehemannes. Was glauben Sie, was sich sonst für Dramen abspielen würden.«

Weller sah Dr. Kirchner aus verheulten Augen an. An den blutigen Knöcheln seiner Hand klebte weißer Putz.

»Das kommt meistens in solchen Situationen heraus, obwohl ich damit nicht sagen will, dass es in Ihrem Fall ...«

»Was heißt das?«, fragte Weller, fast schon wieder wie ein Kommissar, der eine Ermittlung vorantreibt, indem er einen Gutachter befragt. »Zehn Prozent aller Kinder haben nicht den Vater, von dem sie denken ...«

»Ja. Eher mehr als weniger. Sehen Sie, das hört sich jetzt schrecklich an, aber im Grunde kann man es den Frauen nicht vorwerfen. Das ist ein biologisches Programm zur Arterhaltung, das da abläuft. Viele haben in zwanzig Jahren Ehe nur einen Seitensprung gemacht und – Bingo!« Er ließ die Hände gegeneinanderklatschen und schämte sich gleich dafür. Jetzt versteckte er sie wieder hinter seinem Rücken.

»In den fruchtbaren Tagen werden manche Frauen richtig ›rattig‹. Wer da im entscheidenden Moment zur Stelle ist und seine Chance nutzt ...«

»Hören Sie auf!«

»Ich dachte, es hilft Ihnen, wenn Sie wissen, dass Sie nicht der Einzige sind. Womit ich natürlich abermals nicht behauptet haben möchte, dass ...«

Weller lief weg. Er musste sich bewegen. Zunächst wollte er den Fahrstuhl nehmen, um zu Renate zu kommen, dann entschied er sich für die Treppen, und schließlich kehrte er um.

Nein, er durfte jetzt nicht auf Renate treffen. Er hatte sich nicht im Griff und befürchtete, etwas zu tun, das er später lange bereuen würde. Im Moment war er in der Lage, sie zu schütteln und zu erwürgen. Nein, er wollte das nicht tun. Lieber schlug er noch einmal gegen die Wand und brach sich die Knöchel. Auf keinen Fall wollte er die Mutter seiner Kinder schlagen.

Seiner Kinder … Ja, er dachte immer noch so. Überhaupt hatte er noch nie eine Frau geschlagen, auch nie ein Kind. Da gab es irgendeine Sperre in ihm. Es war ein absolutes Verbot, eine sehr hohe, unüberwindliche Mauer, und die begann gerade zu bröckeln.

Einem Mann eine reinzuhauen, machte ihm wenig aus. Auch bei Verhaftungen war er nicht gerade zimperlich, wenn er attackiert wurde.

Ann Kathrins Sohn Eike spürte das genau. Er hatte oft versucht, Weller zu provozieren, um ihn einmal zum Ausrasten zu bringen. Einen größeren Triumph, als von Weller geohrfeigt zu werden, konnte es für Eike nicht geben. Wie würde er dann vor seinem Vater dastehen? Eike, der Held, der den Drachen in der Höhle seiner Mutter herausgefordert hatte … der schaffte, was seinem Vater nie gelungen war, Mamas Neuen herauszufordern.

Weller lief auf die Straße. Am Eingang standen fünf Raucher. Drei Frauen, zwei Männer. Einer trug ein schmutziges T-Shirt, darauf stand: *Brustvergrößerung durch Handauflegen – bei mir kostenlos.*

Weller fingerte nach einer Zigarette, fand aber keine. Eine Dame, die keinerlei Handauflegen nötig hatte, erlöste Weller durch ein filterloses Angebot. Stumm hielt sie ihm ein goldenes Zigarettenetui voller Selbstgedrehter hin. Weller griff zu. Der Brustvergrößerer gab ihm Feuer.

Das hier draußen war eine verschworene Gemeinschaft, und er gehörte jetzt dazu. Weller inhalierte tief und versenkte den härtesten Lungentorpedo, mit dem er je seine Gesundheit beschossen hatte. Der Qualm traf seine Lungenbläschen wie ein Faustschlag. Weller hustete, wie seit der Lungenentzündung in seiner Jugend nicht mehr, und irgendwie tat der Schmerz in der Brust ihm gut.

Als sich der Ascheregen legte, und die Staubwolke zu einem durchsichtigen Vorhang wurde, sah Jutta Speck in ihrem Garten eine Frau auf dem Boden liegen. Es war Ann Kathrin Klaasen. Sie schützte ihren Kopf mit den Armen und war mit einer weißgrauen, körnigen Schicht bedeckt.

Jetzt fühlte Jutta Speck sich schlecht. Schuldig. War das unterlassene Hilfeleistung?

Die Szene erinnerte sie an die junge Frau, die eines Nachts bei ihr geklopft hatte. Sie hatte gejammert und um Hilfe gefleht und seltsame Laute von sich gegeben. Jutta Speck war gerade erst von ihrem Mann verlassen worden. Sie wohnte seit knapp drei Wochen alleine mit ihrem Kind im Haus. Sie hatte sich gefürchtet und aus Angst vor einem Überfall nicht geöffnet.

Sie schämte sich noch immer dafür und sprach mit niemandem darüber. Angst vor einem Überfall! In Westerstede nachts an der Haustür. Das war absolut lächerlich. Wie oft hatte sie sich über Passanten aufgeregt, die zusahen, wie Kinder und Frauen in U-Bahnen belästigt wurden. Ja, aber da war das Aufregen auch leichtgefallen, so mit einer Tasse Tee und Butterkeksen, im sicheren Wohnzimmer vor dem Flachbildschirm. Selbst mit so einer Situation konfrontiert zu werden, war etwas ganz anderes. Immer wieder, wenn sie durchs Fernsehen von solchen Vorgängen erfuhr, hatte sie Sorge, eines Tages könnte sie zum Stadtgespräch werden. Sie, die feige, hartherzige Jutta Speck, die einer Frau nachts in höchster Not nicht geholfen hatte.

Nicht einmal die Polizei hatte sie damals verständigt. Und nun hatte sie schon wieder versagt. Ja, ihr Mann hatte sie ganz zu

Recht verlassen. Sie hatte es echt nicht anders verdient, dachte sie und ärgerte sich, weil sie ihn schon wieder entschuldigte.

Jutta Speck lief in den Garten und holte die Frau herein. Einen Moment, aber wirklich nur einen klitzekleinen Moment lang, hatte sie darüber nachgedacht, Ann Kathrin Klaasen nur bis in den Flur zu helfen und sie dort stehen zu lassen. Immerhin war sie voller Dreck und Staub, und sie versaute ihr jetzt das ganze Wohnzimmer und den von Kinderhand geknüpften Teppich aus Tunesien. Aber dann sah sie Ann Kathrin Klaasens blutverschmiertes Gesicht und wollte nicht, dass ihr Mann mit der Aussage, sie sei eine spießige, intolerante Pfarrerstochter, nachträglich recht behielt. Wenn sie vor sich selbst ehrlich war, hatte er auch noch das Wort »verklemmte« hinzugefügt. Das tat besonders weh. Wer wollte schon verklemmt sein?

Zu allem Überfluss klopfte Ann Kathrin Klaasen sich jetzt auch noch den feinen Staub aus der Kleidung und schüttelte sich wie ein nasser Hund.

»Danke«, sagte sie. »Danke! Sie müssen keine Angst vor mir haben. Ich bin von der Kripo Aurich. Ich brauche ein Telefon, und ich würde gern mal Ihr Bad benutzen.«

»Ja, natürlich. Gerne.«

Jutta Speck war so erleichtert, dass Ann Kathrin Klaasen ihr keine Vorwürfe machte. Sie begann, sich aktiv und stark zu fühlen, gut durchblutet und gar nicht spießig, intolerant oder verklemmt. Oh nein, sie war eine weltoffene, kluge, mutige Pfarrerstochter. Ja, man könnte fast sagen, eine ausgeflippte, dachte sie und sehnte sich zurück zu der Zeit, als sie gegen jeden Protest ihres Vaters den Motorradführerschein gemacht hatte und zu Hause mit ihrer Karre vorgefahren war. Eine Yamaha. Ihre Yamaha ...

Jetzt sah sie das Haus von Alexander Okopenko, beziehungsweise das, was davon übrig geblieben war. Es wuchs aus einer sich senkenden Aschewolke heraus.

Ann Kathrin Klaasen wusch sich im Bad das Gesicht und sah sich die Schnittwunden von dem Schilf an. Ein Messer hätte vermutlich eine ähnliche Wirkung gehabt. Sie fragte sich, ob diese Wunden wieder verheilen würden, oder musste sie ab jetzt mit einer Mensur herumlaufen, wie ein Student aus einer schlagenden Verbindung?

Draußen ertönten Alarmsirenen von Feuerwehr und Polizei. Respekt, Kollegen, dachte Ann Kathrin, ihr seid ja hier echt von der schnellen Truppe.

Okay, dachte der Terminator. Ihr habt mein Handy und ihr benutzt es.

Er fragte sich, ob den Kindern klar war, dass sie die Explosion ausgelöst hatten, aber es würde nicht lange dauern, bis sie auch andere Nummern anriefen. Vielleicht würde er schon gesucht.

Nein, so sollte nicht alles enden. So nicht. Der Terminator würde noch einmal zuschlagen und das hier sauber beenden.

Er musste in die Nähe dieser Bengel. Er war sich sicher, dass sie dorthin zurückkommen würden, wo er sie getroffen hatte. Das Haus von Okopenko und die Zerstörung würde sie anlocken. In den nächsten paar Stunden würde dort die Polizei präsent sein, aber dann nicht länger, und er könnte sie sich schnappen.

Er brauchte einen Stützpunkt in der Nähe. Kein Hotel. Keine Rezeption, nichts, das überprüft werden konnte.

Am besten ein Wohnhaus ganz in der Nähe. Niemand sollte ihn nahe beim Tatort sehen. Vielleicht würden sie Zufahrtsstraßen sperren, eine Ringfahndung einleiten, aber er wäre mittendrin und bräuchte nur abzuwarten. Er brauchte ein Haus in der Nähe, mit Blick auf die Ruine. Kein direkter Nachbar. Links und rechts daneben würde die Polizei garantiert klingeln und Fragen stellen, aber in diesem flachen Land war der Blick weit und frei.

Jetzt, da er einen Entschluss gefasst hatte, wurde er von neuer Energie durchströmt. Der alte Kampfgeist kehrte zurück. Er würde es ihnen noch einmal zeigen, ganze Arbeit leisten und dann verschwinden. Er hatte keine Lust mehr, die Drecksarbeit für andere zu erledigen. Ein schönes, ruhiges Leben wartete auf ihn. Damit ihm das niemand versauen konnte, musste er alle Brücken hinter sich abbrechen und jede Verbindung löschen, um dann Mr. Carlos Ruiz aus Madrid zu werden.

Er grinste bei dem Gedanken, sich selbst in Pension zu schicken. Er fischte eine Cohiba aus dem gepolsterten Etui, leckte einmal an der Zigarre entlang und beschnüffelte sie dann. Er liebte diesen Geruch. Er hielt sich nicht einfach für irgend so einen Raucher. Eine Sucht war es schon gar nicht bei ihm, das hätte er jederzeit vehement bestritten. Er war ein Kenner und ein Genießer. Er konnte die verschiedenen handgedrehten Zigarren am Geruch voneinander unterscheiden. Es kamen für ihn nur kubanische in Frage. Es war ein fast religiöser Akt, so eine Zigarre anzuzünden, eine Art Rauchopfer, das er den Göttern darbrachte, um sie milde zu stimmen. Früher hatte er auch Romeo y Julieta geraucht oder Partagas. Aber er war am Ende immer wieder zu Montecristo und Cohiba zurückgekehrt.

Er biss die Kapsel ab und spuckte sie aus. Er zündete die Zigarre sorgfältig an, betrachtete dann die Glut und pustete dagegen. Dann formte er mit den Lippen ein paar große und kleine Rauchkringel. Er kam sich dabei vor wie ein Künstler.

Leichtfüßig bewegte er sich von der Telefonzelle weg. Es schwirrten eine Menge Polizeifahrzeuge herum, aber die hatten etwas anderes zu tun, als sich um einen Raucher zu kümmern, der am Straßenrand in Richtung Markt schlenderte.

Er ging zum Auto und holte alles heraus, was ihn hätte verraten können.

Ann Kathrin Klaasen versuchte vergeblich, Weller zu erreichen. Zweimal sprach sie auf seine Mailbox, und sie schickte ihm jedes Mal auch eine SMS hinterher. Er meldete sich nicht. Das war ungewöhnlich für ihn. Er hielt eigentlich immer Kontakt zu ihr.

Sie hatte ihre Schnittwunden im Gesicht kurz von einem der angerückten Notfallärzte behandeln lassen. Er empfahl dringend, »das nicht auf die leichte Schulter zu nehmen« und einen Spezialisten aufzusuchen, aber er machte ihr auch Hoffnungen, die Schnitte seien nicht tief, und alles könnte wieder gut verheilen. Mit den zwei großen, weißen Wundpflastern im Gesicht sah alles schlimmer aus, als es war.

Sie hielt sich noch ein bisschen bei Jutta Speck auf. Die dreijährige Nadine stand die ganze Zeit ganz ruhig da und sah Ann Kathrin an wie ein fremdes Wesen aus einer fernen Galaxie. Ann Kathrin hatte genügend Erfahrung mit Kindern, um zu verstehen, dass Besuch in diesem Haus eher selten war.

Ann Kathrin trank einen grünen Tee ohne Milch oder Zucker und fragte Jutta Speck über Alexander Okopenko aus. Sie kannte den »zerstreuten Professor« und so, wie sie von ihm sprach, mochte sie ihn auch, hatte aber wenig bis keinen Kontakt.

»Hier ist das so«, erklärte sie, »die Leute links und rechts neben Ihnen sind Ihre Nachbarn. Wer auf der gegenüberliegenden Seite wohnt, geht Sie nichts an.«

Ann Kathrin glaubte ihr nicht ganz. Jutta Speck lebte mit ihrer Tochter zurückgezogen. Die Frau kam ihr leicht verschroben vor, durchaus sympathisch, auf eine förmliche Art hilfsbereit, sehr darauf bedacht, sich keine Blöße zu geben und nichts falsch zu machen. Nadine bohrte stumm in der Nase und sah zwischen Mama und der fremden Frau hin und her.

Ann Kathrin wurde das Gefühl nicht los, dass Frau Speck etwas zurückhielt. Etwas, das ihr peinlich war. Vielleicht, dachte

Ann Kathrin, hatte sie einmal eine kurze Affäre mit dem Professor gehabt und schämte sich deswegen. Okopenko war gut zwanzig Jahre älter als Frau Speck, aber was bedeutete das heutzutage schon? Sie war eine offensichtlich einsame Frau, die schwer an den Verletzungen ihrer letzten Beziehung litt, Okopenko ein alleinstehender Herr Anfang sechzig … Es sprach einiges dafür … Aber wenn sie eine Geschichte mit ihm hatte, und sei es ein One-Night-Stand, dann wusste sie vielleicht auch etwas mehr über Okopenko.

Ann Kathrin fragte sich, ob jemand, der einen anderen Menschen im Keller gefangen hielt, überhaupt Besuch empfing. Sie versuchte, es vorsichtig herauszubekommen. Scheinbar ohne Hintergedanken fragte sie: »Haben Ihnen die Holzschnitte gefallen?«

So, wie Jutta Speck guckte, wusste sie nicht, wovon Ann Kathrin sprach. Die schwärmte jetzt einfach los und wartete auf eine Reaktion: »Da im Wohnzimmer von Herrn Okopenko hängen drei Holzschnitte von Horst-Dieter Gölzenleuchter. Hoffentlich sind die nicht auch bei der Explosion zerrissen worden. Bei mir wecken die Kindheitserinnerungen. Mein Vater war ein Holzschnittfan, und er liebte Gölzenleuchter und Grieshaber.«

»Ach ja, die Bilder …«, sagte Jutta Speck versonnen.

Sie kannte sie also. Das bedeutete, sie hatte Zugang zu Okopenkos Haus gehabt. Ann Kathrin sagte nichts mehr und betastete nur ihre Pflaster im Gesicht. Das Desinfektionsmittel roch und löste einen Juckreiz aus, dem Ann Kathrin nur schwer widerstehen konnte.

Sie ließ Jutta Speck Zeit, und das war genau richtig. Die schüchterne Frau hob jetzt zeitverzögert die Augenbrauen. »Waren die wertvoll?«, fragte sie.

»Ich denke, ich habe schon Autos gefahren, die waren billiger«, antwortete Ann Kathrin, ohne eine wirkliche Ahnung vom Wert der Werke zu haben.

Noch immer stand Nadine nasebohrend bei den Frauen. Sie wollte jetzt mit ihrer Kugelbahn spielen und zog ihre Mutter, von plötzlicher Eifersucht geplagt, von Ann Kathrin weg. Die Kleine war es nicht gewohnt, dass ihre Mutter sich mit jemand anderem beschäftigte als mit ihr.

»Von dem hat man nie viel gesehen«, sagte Jutta Speck, schon fast vor der Kugelbahn kniend. »Der hatte meist die Rollläden unten. Also auf jeden Fall abends, wenn er das Licht anmachte ...«

Jutta Speck bekam einen roten Kopf und konzentrierte sich jetzt ganz auf ihre Tochter. Sie hatte schon viel zu viel erzählt. Was sollte die Kommissarin denn von ihr denken? Sie war doch nicht neugierig! Nicht der Spion der Siedlung. Was sie gesagt hatte, hörte sich so an, als würde sie abends den anderen Leuten in die Wohnungen gucken. – Nein, so eine war sie nicht. So eine wollte sie nicht sein.

Sie schielte noch einmal zu Ann Kathrin Klaasen hinüber. So hatte sie auch einst werden wollen. Selbstbewusst, klar, mutig, voll im Leben stehend ... Ann Kathrin Klaasen weckte eine Sehnsucht in ihr. Ja, verdammt, sie hätte am liebsten noch einmal von vorne angefangen. Nach dem Abi studiert und – ach ...

»Mama! Du bist dran!« Knatternd rollte die blaue Kugel nach unten, ohne aus der Kurve zu fliegen.

Nachdem sich draußen die erste Aufregung gelegt hatte, ging Ann Kathrin Klaasen raus und sah sich die Zerstörung genauer an. Sie fragte sich, warum das geschehen war. Einige Nachbarn glaubten an eine defekte Gasleitung und machten sich Sorgen um ihre eigene Sicherheit.

Ann Kathrin fragte sich, was der Bomber zerstören wollte. Das Verlies war doch längst entdeckt. Die Gefangene tot. Worum ging es? Galt der Sprengsatz Okopenko und war nur zu früh hochgegangen? Ja, hatte sie vielleicht durch irgendeine unbedachte Handlung den Mechanismus ausgelöst?

Es war unwahrscheinlich, dass der Anschlag ihr persönlich gegolten hatte.

Das Siegel war gebrochen gewesen. Jemand war also, nachdem die Kriminaltechnik das Haus bereits auf Spuren untersucht hatte, ins Gebäude eingedrungen, hatte einen Sprengsatz installiert und ihn dann wie gezündet?

War sie absichtlich geschont worden?

Ann Kathrin fragte sich, ob Okopenko in der Nähe war und sie beobachtet hatte. Aber das ergab keinen Sinn. Es konnte doch nichts mehr vertuscht werden, außer – es befand sich etwas im Haus, das die Spurensicherung übersehen hatte und das zu groß war, um unbemerkt abtransportiert zu werden.

Sie musste sich eingestehen, dass sie aus der Sache nicht schlau wurde.

Sie fühlte sich beobachtet, und genau so war es auch. Hinter einer grauen Fensterscheibe stand Jutta Speck und verfolgte jeden Schritt von Ann Kathrin. Ihr Schatten verriet sie.

Hinter wie vielen Fenstern hatten schon Menschen gestanden und sich Gedanken über diesen Professor gemacht, der viel weg war und oft die Rollläden herunterließ? Die Menschen in der direkten Nachbarschaft waren in heller Aufregung. Die Familie direkt neben Okopenkos Ruine zog kurz entschlossen ins Hotel.

Endlich rief Weller an. Ann Kathrin erkannte schon an seinem Atem, dass es ihm mies ging. Es traf sie wie ein Stich. Sie glaubte, Julie sei ihren Verletzungen erlegen. Dann registrierte sie, dass Weller sternhagelvoll war.

»Was ist passiert, Frank? Wo bist du?«

»Ich bin im Mittelhaus.«

»In Norden?«

»Gibt es auch eines in Paris?!«

Die Kleine war also nicht tot, sonst würde er nicht so reden. Er war stinksauer, und sie fragte sich zunächst, ob sie ihm Anlass für diese Wut gegeben hatte.

Nach fünf Klaren und fünf Begleitbieren glaubte Weller sich in einen Zustand von besonderem geistigen Durchblick gebracht zu haben. »Jule ist nicht meine Tochter«, sagte er.

Ann Kathrin sah ihn innerlich, wie er dabei besoffen auf ein halbleeres Glas stierte. Sie wies ihn zurecht: »Du bist betrunken, Frank.«

»Ja, bin ich. Deshalb steh ich ja an der Theke. Habe mich erfolgreich abgefüllt.«

»Was ist mit Jule, Frank?«

»Was mit ihr ist? Ich habe sie jahrelang großgezogen, ich zahle jetzt noch Unterhalt. Mir bleiben neunhundert Euro im Monat, der Rest geht an Renate und die Kinder. Aber sie sind gar nicht meine Kinder. Bei Sabrina bin ich mir auch nicht mehr so sicher. Renate hat mich immer nur verarscht, und ich habe den gutmütigen Trottel gegeben.«

Ann Kathrin konnte sein weinerliches Selbstmitleid kaum ertragen, und sie glaubte ihm kein Wort. Vermutlich hatte es einen hässlichen Streit mit Renate gegeben und das war jetzt das Ergebnis.

»Wie viel hast du getrunken?«

Er zählte mit den Fingern nach und sagte: »Fünf Klare. Höchstens sechs. Corvit.«

»Na, kein Wunder, dass du dummes Zeug erzählst.«

Er lachte. »Von wegen. Ich bin klar. Klar wie selten. Ist ja kein Wunder ... deshalb heißt das Zeug ja Klarer.«

Es kam ihm vor wie eine große, grundlegende, wissenschaftliche Erkenntnis. Aber Ann Kathrin wollte ihm in seinen Alkoholnebel nicht folgen.

Weller erklärte ihr: »Zehn Prozent aller Kinder sind Kuckuckskinder. Sie werden einem anderen ins Nest gelegt, damit er sie aufzieht und der andere weiter sorglos herumvögeln kann.«

»Ich höre mir diesen Mist nicht länger an. Schlaf deinen Rausch aus!«

Aber Frank hatte immer mehr das Gefühl, sich nüchtern zu trinken und zu neuen, ungeahnten Erkenntnissen zu kommen. In dem Moment wusste er geradezu hellsichtig, was zu tun war. »Wir müssen den richtigen Vater finden. Ja, klar, das ist es! Renate muss mit dem Namen rausrücken und dann ...«

»Ach, Frank, was soll denn das? Wir kommen doch finanziell klar. Willst du von irgendeinem Nebenbuhler dein Unterhaltsgeld zurück? Du bist wirklich besoffen. Morgen tut dir das leid. Ruf jetzt bloß niemanden an und leite nichts in die Wege. Nimm dir ein Taxi nach Hause und schlaf dich aus.«

Frank lachte auf wie ein Irrer. »Von wegen! Mit Geld kommt der mir nicht davon! Ich will seine Niere.«

»Häh? Was?« Ann Kathrin begann zu kapieren, was geschehen war.

»Wenn er der Vater ist, dann ist seine Niere kompatibel mit Jule ... oder wie das heißt. Dann muss er eben seine spenden. Ja, so ist das, wenn man Papa ist. Das bringt auch Verpflichtungen mit sich.« Wieder lachte Weller hysterisch auf. »Ich rette meine Jule. So oder so.«

»Frank, was hast du jetzt vor?«

»Ich greif mir den Typen ...«

»Meinst du nicht, da wäre Renate die geeignete Person, um einen ehemaligen Lover davon zu überzeugen, ihrer Tochter eine Niere zu spenden?«

»Spenden? Notfalls prügel ich sie aus ihm raus! Denkst du«, ereiferte sich Weller, »ich lass meine Kleine sterben, nur weil ihre Mutter einmal mit dem falschen Typen rumgemacht hat? Da kennst du mich aber schlecht!«

Nadine schlief schon, deshalb hatte Jutta Speck den Fernseher ganz leise gestellt. Sie wollte die Nachrichten sehen. Sie hoffte auf einen Bericht über die Explosion. Vielleicht, dachte sie, ist sogar mein Haus zu sehen.

Aber der Vorfall war für die Nachtausgabe der Tagesschau nicht wichtig genug. Dafür erfuhr Jutta Speck aber, dass ein Skispringer aufhören wollte, weil es ein Wetthungern geworden sei. Sie schaltete das Gerät aus und legte sich mit ihrem Kriminalroman aufs Sofa. Sie ärgerte sich über die ungenaue Sprache. Der Roman war von der Kritik hochgelobt worden, aber jetzt *gefror* dauernd jemandem *das Blut in den Adern,* und es kamen Sätze vor wie: *Er hatte schon tausend Mal angerufen, aber sie hob nicht ab.*

Jutta Speck regte das auf. Vermutlich hatte er oft angerufen. Vielleicht fünf Mal, wenn überhaupt. Sicherlich nicht tausend Mal. Wenn sie solch unsaubere Stellen in Büchern fand, beschlich sie die Lust, selbst einen Roman zu schreiben. Vielleicht über die Vorgänge hier in Westerstede.

Sie ging zum Fenster und blickte noch einmal zur Ruine herüber. Der Rasen sah aus wie nach Neuschnee. Aber aus den Bäumen hatte der Wind die Asche bereits herausgekämmt.

Da klopfte jemand an ihrer Wohnungstür. Sie war irritiert. Um diese Zeit bekam sie nie Besuch. Sie vermutete eine Nachbarin mit einer Neuigkeit. Obwohl – auch wenn die Explosion die normale Ordnung des Alltags aus den Fugen gepustet hatte – fragte sie sich, ob wirklich etwas so wichtig sein konnte, dass jemand jetzt noch … Egal. Sie wollte ab jetzt ja offener sein, mutiger. Sich nie wieder schämen müssen. Vielleicht brauchte ja jemand Hilfe.

Der Mann vor der Tür sah nett aus. Irgendwie gebildet. Lehrertyp. Wahrscheinlich Sport und Deutsch. Er war Mitte fünfzig, vielleicht Anfang sechzig. Lachfältchen im Gesicht. Die Haare sehr kurz geschnitten. Fast schon Stoppeln. Er war braungebrannt und hatte helle, blaue Augen. Er trug eine Sport-tasche.

Sie öffnete ihm. »Ja, bitte?«

Der Mann roch nach Azeton, als hätte er lange Zeit zu we-nig getrunken. Er hatte etwas an sich, das ihn vertrauenswür-dig machte.

»Ich habe ein paar Fragen«, sagte er, und mit dem Satz trat er auch schon ein, als hätte er ein Recht dazu. Sie folgerte aus sei-nem Verhalten, dass er von der Kripo sein musste und bot ihm bereitwillig einen Stuhl an.

»Ihre Kollegin, die Frau Klaasen war schon da. Ich habe ihr alles erzählt, was ich weiß.«

Ihre Aussage schien dem Fremden nicht zu gefallen. Er hielt nachdenklich mitten in der Bewegung inne. Etwas zuckte un-kontrolliert in seinem Gesicht, und er wandte sich von ihr ab.

Plötzlich hielt Jutta Speck es gar nicht mehr für eine gute Idee, ihn ins Haus gelassen zu haben. Er hatte etwas von einem Cho-leriker an sich, fand sie. Es war dieses kurze Zucken in seinem Gesicht, das sie unsicher machte. Seine Augen kamen ihr mit einem Mal eisig vor. Sie fröstelte in seiner Nähe. Dieser Mann konnte von einem Moment zum nächsten sehr unangenehm werden, das spürte sie genau. Er war auf eine ungeheuer kör-perliche Art anwesend.

»Wo ist Ihre Tochter?«, fragte er.

»Woher wissen Sie, dass ich eine Tochter habe?«

Er zeigte auf das Kinderspielzeug und die Puppenstube.

»Der ganze Mädchenkram für einen Jungen? Wollen Sie eine Schwuchtel aus ihm machen?«

Wie hässlich und hart er daherredete. Jutta wollte ihn nur noch loswerden, gleichzeitig begriff sie, dass dies nicht leicht werden würde.

»Wo ist Ihre Tochter?«, fragte er noch einmal, jetzt drängen-der.

Sie zeigte auf die Tür. »In ihrem Zimmer. Sie schläft. Warum fragen Sie das? Was wollen Sie?«

»Wer ist außer Ihnen noch im Haus?«

Niemand, wollte sie sagen, aber sie stockte. Es war, als würden in ihrem Magen Eiswürfel aneinanderreiben.

»Sie sind gar kein Polizist«, sagte sie klar heraus.

Er grinste. »Das habe ich auch nie behauptet.«

Sie hatte das Gefühl, von einem eiskalten Nordseewind angeweht zu werden, obwohl die Luft im Raum stand. Ihr erster Impuls war, an ihm vorbei schreiend zur Tür und ins Freie zu laufen. Aber der Gedanke an ihr Kind hielt sie zurück. Was würde er mit Nadine machen? Nein, sie konnte ihre Tochter unmöglich mit diesem Mann alleine lassen.

Er stellte die Sporttasche ab.

»Was wollen Sie von mir?«, fragte sie und fand sich erstaunlich mutig.

Er schlug ihr ansatzlos ins Gesicht. Der Diamantring an seinem kleinen Finger ließ ihre Unterlippe platzen.

»Ich habe dich etwas gefragt! Wer ist außer dir noch im Haus?! Ich wiederhole mich nicht gerne!«

Sie wischte sich Blut vom Mund und stellte bei der Gelegenheit fest, dass ihre Hand zitterte.

Der Ring passte nicht zu dem Mann. Es war ein goldener Damenring. Trotz ihrer aufkeimenden Panik registrierte sie das.

»Ich bin hier allein mit meiner Tochter«, sagte sie und begann zu weinen.

»Hat dein Typ dich verlassen?«

Sie nickte und schluckte Speichel und Blut. Sie wollte in die Küche, um sich Papier von der Haushaltsrolle zu holen.

Er hielt sie fest. »Wo willst du hin?«

Sie deutete auf ihre tropfende Lippe. »Ich brauche Papier.«

Er griff in die Hosentasche und zog ein Tempotaschentuch hervor. Gentlemanlike bot er es ihr an.

Sie nahm es. »Danke«.

»Ich habe Durst«, sagte er. »Was hast du im Haus?«

»Mineralwasser. Fruchtsäfte. Milch. Ich könnte auch einen Kaffee kochen oder einen Tee.«

Er musterte sie. »Bier? Wein?«

»Ja. Rotwein.«

»Welche Sorte? Mensch, lass dir die Worte nicht einzeln aus der Nase ziehen!«

»Trockenen Rotwein.«

Er sah sie ungeduldig an. »Na, was für Rotwein? Italienischen? Französischen?«

»Soll ich die Flasche holen? Ich glaube, es ist ein Bordeaux. Nichts Besonderes.«

»Jetzt hör doch auf zu heulen, Mensch! Du versaust einem ja die Stimmung.«

Er fasste sie hart am Handgelenk und zog sie zu sich. »Hör zu! Wenn du keine Zicken machst, wird dir nichts passieren, und der Kleinen auch nicht. Ich werde eine Weile hier wohnen ...«

Sie kämpfte mit einer Ohnmacht. Es fiel ihr schwer, auszuatmen.

Er fuhr sie an: »Jetzt hör mir zu!«

»Ja. Ja. Ich höre ja ...«

»Stell dir einfach vor, dein Typ sei zurückgekommen. Wir werden uns prima verstehen. Die Kleine muss gar nichts mitbekommen. Du kannst ihr sagen, ich sei ein Freund.«

»Sie werden ihr doch nichts tun ...«

»Nicht, wenn du vernünftig bist ...« Sie hörte die unverhohlene Drohung.

»Ich ... ich tue alles, was Sie wollen ...«

Er reckte sich. »Also gut. Du bist jetzt praktisch meine Ehefrau. Oder meine Lebensabschnittsgefährtin, wenn dir das besser gefällt.«

Sie starrte ihn ungläubig an. Er fuhr fort: »Du wirst für mich kochen. Meine Wäsche waschen ...« Er drohte ihr mit dem Zeigefinger. »Keine Widerworte geben. Keine dummen Fragen mehr stellen. Ist das klar?«

Sie war kreidebleich und schwankte, als sie nickte.

»So, und jetzt hol mir den Rotwein.«

Sie wollte in die Küche, aber er hielt sie erneut fest. »Merk dir eins«, ermahnte er sie. »Nur ein kleiner Fehler. Ein Fluchtversuch. Ein falscher Griff zum Küchenmesser oder zum Telefon, und deine Kleine ist tot. Komm mal her. Ich zeig dir was.« Er holte eine kleine Schachtel aus der Sporttasche und hielt sie hoch. »Weißt du, was das hier ist?«

Sie schüttelte den Kopf.

»Damit habe ich das Haus von Okopenko in die Luft gejagt. Das deponieren wir jetzt im Zimmer deiner Süßen.«

Er öffnete die Tür zum Kinderzimmer und tat es. Jutta Speck sah ihn im Zimmer ihrer Tochter verschwinden und stand starr vor Angst. Er war sofort zurück. In seiner Hand baumelte der Autoschlüssel. »Wenn ich hier draufdrücke ...«, sagte er und erschreckte sie mit den Händen, »macht es Bowh!«

Dann lief sie in die Küche und holte den Wein und ein Glas. Er setzte sich in den Sessel und sah ihr zu, wie sie die Flasche öffnete. Der Flaschenhals klirrte gegen das Glas, weil sie zitterte. Er sah sie missbilligend an. Dann probierte er den Wein und nickte zufrieden.

»Was gibt es zu essen?«, fragte er und sah jetzt wirklich aus wie ein Ehemann, der nach acht Stunden Büroarbeit nach Hause gekommen war.

»Ich habe noch Spaghetti von heute Mittag. Ich könnte auch Pizza machen.«

Er verzog angewidert den Mund. »Tiefkühlpizza? Kein Wunder, dass dieser Typ dich verlassen hat.« Er spielte mit dem Schlüssel, so als könnte dieses Angebot schon ausreichen, die Bombe im Kinderzimmer explodieren zu lassen.

»Ja ... ich ... ähm ... Ich könnte Schnittchen machen und ...«

Er packte sie und zerrte sie in die Küche. Er öffnete den Kühlschrank, riss sie an den Haaren und fragte: »Na, mein Täubchen? Was können wir denn da Schönes zaubern?«

»Eier. Ich könnte Ihnen Rühreier machen, mit Speck und Zwiebeln und Tomaten und ...«

»Schon besser.« Er öffnete das Tiefkühlfach. »Fischstäbchen?« Er sah sie tadelnd an und zog wieder an ihren Haaren. »Wer isst denn den ganzen Müll? Was bist du denn für eine Mutter? Fütterst du dein Kind damit?«

»Kinder lieben Fischstäbchen.«

»Ja. Sie lieben auch Schokoladeneis und Haribo. Ernährst du sie deswegen damit?«

Er kippte den Inhalt der Kühlregale auf den Küchenboden. Spinat. Bami Goreng. Mehrere Gefrierbeutel von den Weight Watchers. Schollenfilets. Lachs. Gemüsesuppe. Lasagne. Eis. Hähnchenbrust und ein Rostbraten.

»Na bitte«, lachte er.

Eine Packung war geplatzt, und Erbsen rollten über den Boden.

»Da wirst du mir doch etwas Schönes zaubern, oder?«

»Ja. Ja. Bestimmt.«

»Gut. Überrasch mich. Ich esse, was auf den Tisch kommt.«
Er fand das unheimlich lustig.

Während sie die tiefgefrorenen Speisen wieder einsammelte, erzählte er: »Es wird gegessen, was auf den Tisch kommt. Das war der Standardspruch meiner Mutter. Aber sie war eine ganz außergewöhnlich gute Köchin. Sie verstand es, mit Gewürzen umzugehen. Sie hat Pfannkuchen gemacht, da flog einem das Blech weg. Bei ihr bin ich zum Gourmet geworden.« Er setzte sich in der Küche auf einen Stuhl und legte die Füße auf den Tisch. »Koch, meine fleißige Hausfrau. Ich sehe dir zu.«

Sie hantierte mit Pfannen und Messern, hackte Zwiebeln und würfelte Tomaten. Er schaute ihr stumm zu und spielte mit dem Autoschlüssel. Zweimal ließ sie etwas fallen. Angenervt ermahnte er sie: »Pass doch auf. Oder willst du die Kleine wecken?«

Sie entschuldigte sich für jedes kleine Geräusch, das sie machte. Als sie die Schollenfilets in die Pfanne warf, fragte sie: »Wie lange soll das so gehen?«

»Du meinst, dass du meine Ehefrau bist?« Er wog den Kopf hin und her. »Kommt ganz darauf an. Bis ich habe, was ich will.«

»Und was ist das?«

»Ich suche drei Jungs, die mich bestohlen haben. Sie werden hierherkommen, da bin ich mir ganz sicher. Und dann wirst du mir helfen, sie hier in dieses kuschelige Heim zu locken. Hier werden sie dann die Strafe bekommen, die sie verdient haben, und dann gehe ich wieder. Das alles bleibt unter uns. Es muss nie jemand erfahren, was hier zwischen uns los war.«

Er hob die Beine vom Tisch und stand auf. Wieder reckte er sich. »Pass auf, dass nichts anbrennt. Ich esse keine Asche. Du kannst mir im Wohnzimmer servieren.«

Er verließ die Küche, und sie stand plötzlich alleine am Herd. Sie fischte das schärfste Messer aus dem Messerblock und versteckte es hinter ihrem Rücken unter dem Sweatshirt.

Dann lud sie das Essen auf ein Tablett. Sie hatte alles schön angerichtet, wie ein Fernsehkoch. Sie fürchtete, dass er eine Möglichkeit suchen würde, sie zu kritisieren, ja vielleicht gar zu bestrafen. Sie spürte das Messer in ihrem Rücken. Es tat ihr gut. Sie wusste jetzt, dass sie dazu in der Lage war, es ihm in den Hals zu rammen. Es würde sich eine Gelegenheit ergeben. Sie stellte sich vor, dass er sich über das Essen beugte, um zu riechen …

Als sie mit aufrechtem Gang, wie ein Model von Heidi Klum,

mit dem Tablett im Türrahmen erschien, lag er auf dem Sofa und süffelte am Wein.

»Halt!«, sagte er. »Nicht weiter!«. Er setzte sich bequem hin. »Wer sagt mir, dass du mich nicht reinlegen willst?«

Ihr wurde heiß und kalt. »Wie denn? Glauben Sie, ich habe das Essen vergiftet?«

Er legte den Kopf schräg und äugte wie ein Irrer. »Vergiftet? Nein, eigentlich nicht. Ich glaube aber, du hast dir ein Messer eingesteckt. So ein Messer kann in deiner Situation ganz schön verführerisch sein, stimmt's?«

Sie hatte Angst, das Tablett könnte ihr aus den Händen gleiten. Es wurde unglaublich schwer. Ihre Knie zitterten. Das Messer brannte in ihrem Rücken.

»Ich werde Ihnen keine Schwierigkeiten machen«, sagte sie.

Er grinste. »Aber das wollen wir doch alle hoffen.« Dabei warf er den Autoschlüssel hoch und fing ihn wieder auf. Sie schloss für eine Sekunde die Augen. Alles in ihr krampfte sich zusammen. Sie erwartete augenblicklich die Explosion im Kinderzimmer.

»Vertrauen ist gut. Kontrolle ist besser«.

Sie fragte sich, was er damit meinte und hoffte, dass er nicht vorhatte, sie abzutasten. Aber es kam schlimmer.

»Bevor du näher kommst und mir das Essen servierst ...« Seine Stimme wurde leise, fast milde. Dann fuhr er umso härter fort: »Zieh dich aus.«

Die Worte bohrten sich in sie hinein wie ein Giftpfeil. Ihr ganzer Körper wehrte sich mit einer schmerzhaften Verspannung dagegen, den Gedanken auch nur zuzulassen.

»Wer nackt ist, trägt keine Waffen«, scherzte er.

Sie bewegte sich nicht, stand starr, wie angewurzelt, mit dem Tablett. Ihr Körper produzierte ungewöhnliche Schweißmengen.

Werd jetzt bloß nicht ohnmächtig, sagte sie zu sich selbst. Jetzt bloß nicht ohnmächtig werden!

»Na los! Stell das Tablett ab und mach schon, bevor alles kalt wird!«

Sie fragte sich, ob sie es schaffen konnte, sich so geschickt zu entkleiden, dass er das Messer nicht entdeckte. Aber der Rest ihres Gehirns weigerte sich, es überhaupt zu tun. Dann sah sie wie in Zeitlupe das Tablett herunterfallen. Der Fisch und das Gemüse segelten auf den Boden. Die Möhren hüpften zwischen Tellerscherben, als wollten sie mit ihnen einen Tanz aufführen.

Ihr Kreislauf versagte. Sie brach zusammen.

»Mist!«, rief er und federte hoch. Er war sofort bei ihr und fand das Messer augenblicklich. Breitbeinig stand er über ihr und betrachtete sie wie ein Mann, der noch nie ein Messer gesehen hat.

»Weißt du, was ich mich gerade frage? Ich frage mich, warum ich dir damit nicht einfach den Hals durchschneide. Wozu brauche ich dich eigentlich? Kochen kann ich selbst. Vermutlich sogar ein bisschen raffinierter als du. Die Jungens fange ich auch ohne dich. Du und deine Tochter, ihr macht mir eigentlich nur Schwierigkeiten, wenn ich euch am Leben lasse, also was soll's? Beenden wir die Sache ...«

Jutta Speck wand sich zwischen seinen Beinen. Sie versuchte, den Kopf zu heben. Der Schwindel kam sofort zurück. Sie befürchtete, sich gleich übergeben zu müssen.

Da hörte sie Nadine weinen. Augenblicklich kehrte Kraft in sie zurück. Sie stemmte sich hoch. »Meine Tochter. Lassen Sie mich zu meiner Tochter. Der Lärm hat sie geweckt ... Sie ist es nicht gewöhnt, dass es hier nachts laut ist.«

Schon stand sie wieder.

»Wer wirft denn hier mit Geschirr? Du oder ich?«, fragte er.

Sie achtete gar nicht mehr auf ihn. Sie verschwand im Zimmer ihrer Tochter und tröstete ihr Kind. Sie sang sogar ein Gutenachtlied.

Bevor sie ins Wohnzimmer zurückging, überlegte sie, ob es möglich sei, aus dem Fenster zu fliehen, aber die Tür stand einen Spalt offen, und er sah ihr garantiert zu. Seine Schachtel stand auf dem Boden bei dem großen, weißen Teddy.

Froh, Nadine wieder beruhigt zu haben, verließ sie das Zimmer.

»Ich habe dich beobachtet«, sagte er. »Du bist eine liebevolle Mutter. Nun wollen wir mal sehen, wie du als Ehefrau bist ...«

»Ich ... ich koche sofort etwas Neues. Es tut mir leid. Ich ...«

»Das meine ich nicht.«

»Was dann?«

»Nie etwas von ehelichen Pflichten gehört? Komm, zeig mir mal, was du drauf hast. Ich sag dir dann schon, was dein Mann bei dir vermisst hat. Glaub mir, ich kenne mich da aus. Von mir kannst du so einiges lernen.«

»Haben Sie denn keinen Hunger mehr?«, fragte sie sachlich.

Er winkte ab. »Das hat Zeit bis später. Und jetzt komm her.«

Ann Kathrin schlief im Wohnzimmer auf dem Sofa. Neben dem schnarchenden, nach Schnaps stinkenden Weller hielt sie es nicht aus. Er war in blauweißen Boxershorts mit schwarzen Socken an den Füßen eingepennt.

Morgens machte sie das Frühstück für ihn. Sie konnte sich denken, wie er sich fühlte. Er hatte sie oft genug versorgt, wenn sie down gewesen war. Jetzt war er mal dran. Sie machte aus tiefgefrorenen Waldbeeren einen Saft, der ihm die nötigen Vitamine bringen sollte. Dazu gab es frische Brötchen und Rühreier mit Krabben, Tomaten und Zwiebeln. Das Ganze plus ein paar

Espressi, einem riesigen Glas Wasser und zwei Aspirin, so stellte sie sich ein gutes Katerfrühstück vor.

Aber Weller wurde sofort schlecht, als er die Rühreier mit Krabben sah.

»Möchtest du lieber einen Rollmops?«, fragte sie, »oder einen Matjes?«

Weller schüttelte heftig den Kopf und trank im Bett einen doppelten Espresso, dann das Wasser und den kalten Beerensaft.

»Hab ich mich scheiße benommen?«, fragte er vorsichtig.

»Filmriss?«, wollte Ann Kathrin wissen.

»Hm ...«

»Mach dir keine Sorgen. Mir gegenüber hast du dich gut benommen. Wie immer.«

Weller lächelte sie dankbar an. Er fasste sich an den Magen.

»Ich habe gestern wohl eine Bratwurst gegessen, die nicht ganz in Ordnung war.«

»Ja«, grinste Ann Kathrin, »bei dem Wetter muss man vorsichtig mit Fleisch sein.«

Ihr Humor hatte sie nicht verlassen. Das liebte er an ihr. Egal, wie stressig das Leben wurde. Mit ihr fand er immer noch so einen ironischen Grundton, der alles ein bisschen leichter machte.

»Vielleicht ist auch einer von den zwanzig Schnäpsen schlecht gewesen ...«

Weller griff sich an den Kopf, der brummte so sehr, dass er fürchtete, es könnten ihm gleich Bienen, die sich in seinem Gehirn eingenistet hatten, aus den Ohren fliegen.

»Wenn es eben geht«, riet Ann Kathrin, »dann bleib heute einfach im Bett.«

Aber er protestierte. Das ginge nun gar nicht. Er wollte aufstehen. Er müsste sich um seine Töchter kümmern, um die Niere und ... während er redete, wurde ihm schlecht. Er ließ sich aufs Bett zurückfallen.

Sie nahm seine Hand. »Frank, mach jetzt keine Dummheiten. Ich kann mir denken, was das für dich bedeutet.«

Er winkte ab. »Nein Ann, kannst du nicht. Frauen verstehen sò etwas nicht. Du hast als Frau immer eine Gewissheit. Du weißt, das ist mein Kind. Du hast es in dir wachsen spüren. Das ist für Männer etwas ganz anderes.«

Er nahm noch einen Schluck Wasser. Sie begann ungebeten, vorsichtig seinen Kopf zu massieren. Er wehrte sie ab: »Nicht jetzt, Ann. Nicht jetzt. Weißt du, wie viele Leute mir gesagt haben, Jule sei mir wie aus dem Gesicht geschnitten? Die haben das echt geglaubt. Die Menschen sehen, was sie sehen wollen.«

Tränen traten in seine Augen, und er schämte sich ihrer nicht. »Und ich habe sie so geliebt ... so geliebt ... Nur wegen der Kinder habe ich es immer wieder mit Renate ausgehalten. Ohne die Mädels wäre ich Jahre früher gegangen, aber ich wollte ihnen das nicht antun, ich hatte Angst, ihre Liebe zu verlieren ... ich ...«

Ann Kathrin war gerührt, ihn so zu sehen. Weil sie nicht wusste, was sie tun sollte, sagte sie: »Ich mach uns noch zwei Espressi.«

Sie ging sehr langsam zur Schlafzimmertür. »Ja. Am liebsten hätte ich einen doppelten. Nein, einen vierfachen.«

»Und jetzt«, hörte sie sich sagen und erschrak über ihre Frage, »und jetzt liebst du Jule nicht mehr?«

Sofort saß Weller aufrecht im Bett. »Doch. Doch, natürlich. Das ist ja das Verrückte. Daran hat sich gar nichts geändert.«

»Und trotzdem hast du eine irre Wut«, stellte sie sachlich fest.

Weller nickte. »Ja. Habe ich. Sie macht mir Angst. Ich wollte gestern auf keinen Fall mehr Renate sehen. Ich hatte Angst ... ich ... vergesse mich ...«

Ann Kathrin ging in die Küche zur Espressomaschine. Weller ins Bad. Die Dusche tat ihm gut.

Ann Kathrin Klaasen organisierte sich die Fahrt nach Borkum. Sie wollte an einem Tag hin und zurück, obwohl Ubbo Heide ihr vorgeschlagen hatte, die Kosten für eine Übernachtung im Hotel Kachelot zu übernehmen.

Sie sortierte ihre Gedanken. Es stürzte im Moment so viel auf sie ein. Dieses Drama um Weller und seine Tochter. Die Explosion von Alexander Okopenkos Haus. Diese ganze merkwürdige Geschichte um die nackte Tote. Das Verlies in Westerstede. Außerdem wollte sie seit Tagen mit Eike sprechen. Sie verlor ihn irgendwie völlig. Schon vor New York hatte sie kaum noch Kontakt zu ihm gehabt.

Sie rief nicht gerne die Festnetznummer an. Entweder hatte sie dort ihren Ex am Apparat oder seine Geliebte, und Ann Kathrin wusste nicht, was schlimmer für sie war. Susanne Möninghoff versuchte immer, ein bisschen Smalltalk zu machen, was vermutlich auch nett gemeint war, aber Ann Kathrin ungeheuer nervte. Sie hatte für Smalltalk einfach keine Zeit, stand für solche Belanglosigkeiten immer viel zu sehr unter Druck. Sie wusste nicht, ob sie Menschen, die Zeit für solche Gespräche hatten, beneiden oder bedauern sollte.

Ihr Ex Hero spielte immer gleich die Psychologen-Patienten-Nummer mit ihr: »Und wie fühlst du dich dabei, Ann, wenn du wochenlang keinen Kontakt zu Eike hast? Macht es dich wütend auf ihn oder auf dich selber?«

Sie wurde schon sauer, wenn sie nur seine scheinheilige Therapeutenstimme hörte.

Eikes Handy war entweder ständig ausgeschaltet, oder er ging nicht dran, wenn ihr Name auf dem Display erschien. Jedenfalls hatte sie keine Lust mehr, seine Mailbox vollzuquatschen. Trotzdem spielte sie mit dem Gedanken, noch einen Kontaktversuch zu starten, bevor sie zur Familie Poppinga nach Borkum fuhr.

Sie sah aus dem Fenster. Wolkenloser Himmel. Möwen

durchsuchten die Stadt nach heruntergefallenen Pommes frites und weggeworfenen Kuchenresten. Der Tag roch nach Sonnenöl und Himbeereis.

Ann Kathrin überdachte das Gespräch mit der Familie Poppinga. Was sollte sie ihnen sagen? Konnte man einer Mutter, die die Überreste ihres verstorbenen Sohnes als Schmuckstück am Hals trug, einfach so ins Gesicht sagen, dass Zweifel daran bestanden, dass er wirklich gestorben war? Konnte sie einfach so von ihren New-York-Erlebnissen berichten? Und wenn ja, sollte sie dann alles als Zufall abmildern oder als zielgerichtete Suche, von keinerlei Gesetz gedeckt? Konnte sie ihr das Handyfoto zeigen, das sie von Bob Wine gemacht hatte?

Sie gestand sich ein, dass sie ratlos war. Sie fühlte sich urlaubsreif und überarbeitet. Das war das Problem daran, wenn man dort wohnte, wo andere Urlaub machten. Es wurde einem ständig bewusst, dass man eben keinen Urlaub hatte, ihn aber dringend brauchte.

Weller hatte inzwischen das Bad verlassen und telefonierte, nur mit einem Handtuch bekleidet, mit Renate. Er stand dabei auf der Terrasse. Ann Kathrin vermutete, dass er aus Rücksicht auf sie draußen telefonierte. Vielleicht wollte er aber auch nur seinem viel zu weißen Körper ein paar Sonnenstrahlen gönnen.

Sie musste sich eingestehen, dass er ihr gefiel. Sie hatte jetzt nicht wirklich Lust auf ihn, aber es machte ihr Spaß, ihn so zu sehen. Er gestikulierte und bewegte sich dabei vor dem großen Tannenbaum, dessen Spitzen längst die Höhe der Fenster im ersten Stock erreichte. Sie erinnerte sich noch daran, wie Hero und sie den Weihnachtsbaum den Winter über im Haus gepflegt hatten, um ihn im Frühjahr gemeinsam mit Eike einzupflanzen.

Weller wirkte jetzt vor der Tanne wie ein halbnackter Weihnachtsmann, der am Handy die Wünsche verwöhnter Kinder entgegennahm und dem alles zu viel wurde. Sie hörte seine Worte nicht. Die Doppelglas-Terrassentüren dichteten gut gegen Lärm ab. Aber sie sah sein Gesicht und die immer heftigeren Gesten. Er fuchtelte mit der Hand herum, als ob er in einen Schwertkampf verwickelt wäre, der mit unsichtbaren Klingen geführt wurde.

Er verlor das Handtuch. Sie ging zu ihm raus, hob das Handtuch auf, befestigte es wieder als Lendenschurz an seinen Hüften und versuchte, beruhigend auf ihn einzuwirken.

Weller brüllte: »Natürlich habe ich ein Recht darauf, zu erfahren, wer der Vater meiner Tochter ist!«

Ann Kathrin deutete mit den Händen an, er solle die Bälle lieber flachhalten. Aber Weller drehte noch mehr auf: »Ich bin bei der Kripo! Glaubst du, ich kriege das nicht raus? Wir haben Möglichkeiten, das glaubst du gar nicht, du untreues Luder, du! Und erzähl mir jetzt bloß nicht, du wüsstest nicht mehr, mit wem du damals alles rumgebumst hast. Dann müssen sie eben alle einen Bluttest machen. Die ganze Fußballmannschaft ...«

»Frank, bitte!«, unterbrach Ann Kathrin ihn. Er schien sie gar nicht zu hören. Vorwurfsvoll hielt er das Telefon Ann Kathrin hin und sagte empört: »Aufgelegt. Sie hat einfach aufgelegt.«

»Kann ich verstehen, Frank. Hätte ich vermutlich genauso gemacht.«

»Was? Jetzt hältst du auch noch zu ihr?«

Ann Kathrin nahm einen Meter Abstand und sah sich die Hibiskusblüten der großen Topfpflanze an, die beim blauweißen Strandkorb stand. Sie sprach wie zu der Pflanze: »Keine Frau lässt gerne so mit sich reden, Frank. Ich vermute, eine Ex schon gar nicht.«

Er verlor das Handtuch zum zweiten Mal, weil er sich reckte und schrie: »Ja, verdammt, was erwartest du denn? Soll ich ihr Liebesgeflüster ins Ohr sülzen? Soll ich mich noch dafür bedanken, weil sie mich all die Jahre so klasse an der Nase herumgeführt hat?«

»Nein, aber du sollst vernünftig mit ihr reden.«

Weller führte sich auf wie ein Tanzbär auf Speed. Er trampelte auf dem Handtuch herum. »Vernünftig mit ihr reden? Vernünftig mit ihr reden?!«

»Ja. Respektvoller.«

»Jetzt reicht es mir aber! Respektvoller! Wer behandelt mich denn mit Respekt? Bin ich hier der Arsch der Frauenbewegung, oder was?«

Ann Kathrin roch an der Blüte und sagte: »Es ist deine Sache, Frank, aber du reagierst wie ein eifersüchtiger gehörnter Ehemann.«

»Ich bin ein gehörnter Ehemann!«

»Frank, das ist lange her. Ich denke, jetzt geht es nicht mehr darum, wer den Längsten hat und der bessere Liebhaber ist ...«

Ihre Worte ließen die Luft aus seiner aufgeblasenen Position. Er bückte sich nach dem Handtuch und hielt es sich schamhaft vor.

»Es geht darum, deine Tochter zu retten. Du willst doch eine Niere für sie, oder worum geht es?«

Er ließ die Schultern hängen und sah aus, als sei er in Sekunden um Jahre gealtert. »Es geht um die Scheißniere«, sagte er. »Um sonst nichts.«

Erleichtert ging Ann Kathrin wieder auf ihn zu. Vielleicht war ich zu hart, dachte sie und wollte ihn am liebsten in den Arm nehmen, aber diesmal wich er zurück.

»Frank, wenn du wirklich nichts weiter willst, dann ist das sehr ehrenhaft, und dann kannst du dich mit ihr einigen, denn das will sie garantiert auch. Begegne ihr mit dem Respekt, den sie als Mutter deiner Kinder verdient und gib ihr die Ehre, Jule zu retten.«

Er sah dümmlich aus. »Wie?«

»Es ist ihr Ding, Frank! Sie muss sich mit dem Mann in Verbindung setzen. Sie muss ihn dazu bringen, seine Niere zu spenden. Nicht du!«

Weller sank kraftlos in den Strandkorb. Er blinzelte gegen die Sonne. Der Zug in Richtung Norddeich Mole rauschte vorbei. Bis das Rattern der Gleise verklungen war, schwiegen beide. Dann sagte Weller: »Ja, verdammt, wahrscheinlich hast du recht. Ich habe mich wie ein Hornochse benommen.«

Sie gab ihm recht: »Ja, hast du.«

»Es geht um Jule. Alles andere spielt jetzt keine Rolle mehr.«

Sie hauchte einen Kuss in seine Richtung, wagte aber noch nicht, ihn zu berühren. In ihm vibrierte noch der Zorn verletzter Männlichkeit. In seinem Blick lag aber fast so etwas wie Dankbarkeit, als hätte er den roten Faden seines Lebens wiedergefunden und alles würde wieder Sinn machen.

Dieser Mann spielte mit Nadine. Sie ließen Kugeln durch die Bahn kullern und bauten sie immer wieder mit neuen, verrückten Kurven und Loopings um. Konnte jemand, der so fröhlich war, ein böser Mensch sein? Ihre Tochter war ohne Argwohn. Sie machte einen glücklichen Eindruck, als sei endlich der Papa, der sich nie um sie gekümmert hatte, zurückgekehrt.

Schmerzhaft spürte Jutta Speck, wie sehr das Kind einen Vater brauchte. Einen männlichen Spielkameraden. Die Kleine himmelte ihn ja geradezu an.

Er nannte sie »meine kleine Prinzessin«, und das gefiel ihr. Sie nannte ihn »Lupo«. Sie mochte seine tiefe Stimme und sein erdbebenhaftes Lachen, wenn die neue Konstruktion der Kugelbahn einstürzte.

Immer wieder rief er seine eigene Handynummer an, aber es meldete sich niemand. Sie hatten das Handy ausgeschaltet.

Jutta Speck bereitete das Mittagessen vor. Wenn er an ihr vorbeiging, klatschte er ihr auf den Hintern und machte Scherze über ihre Speckrollen.

Er hatte von ihr verlangt, einen Rock zu tragen. Der erste gefiel ihm nicht. Sie musste sich dreimal umziehen, bis er einverstanden war.

Vor Nadine taten sie wie Freunde oder wie ein frisch verliebtes Paar. In Nadines Blick lag die Frage: *Mama, bleibt der jetzt bei uns?*

Solange Nadine in ihrer Nähe war, fühlte Jutta Speck sich sonderbarerweise sicher. Er blieb ganz in der Rolle von Mamis neuem Lover. Dabei behielt er immer das Fenster im Auge. Er überwachte die Straße. Er wollte diese Jungs fangen, aber die ließen sich nicht blicken.

Nach dem gemeinsamen Mittagessen legte Jutta Speck ihre Tochter schlafen. Augenblicklich veränderte er sich. Seine Körperhaltung, seine Ausstrahlung, alles war anders, als Nadine im Bett lag. Er wurde herrisch und fordernd.

Er kniff ihr in die Hüfte. Sie tue nichts für ihren Körper. Sie müsse sich nicht wundern, dass ihr Typ sich nach anderen umschaue. Sie würde ja jeden Mann vergraulen. Mit ihren schrecklichen Schuhen, ihrer abturnenden Körperhaltung und den Omaklamotten.

»Deine ganze Erscheinung sagt jedem Mann: *Ist mir doch egal, ob du auf mich stehst!* So läuft das nicht, Puppe. Nicht mit mir! Wann hast du das Fahrrad im Schlafzimmer zum letzten Mal benutzt?«

Sie antwortete nicht. Sie sah ihn nur an.

»So, wie sich deine Schenkel anfühlen, vor Nadines Geburt. Stimmt's? Du behandelst deinen eigenen Körper genauso scheiße wie den von deinem Mann.«

Tränen traten ihr in die Augen. Warum demütigt er mich so, fragte sie sich.

»Na, dann wird es aber Zeit, Mädchen, rauf aufs Rad und gestrampelt! Wer weiß, wie lange ich noch hier bin. Ich verspreche dir, du verlierst pro Tag ein Kilo. Mindestens.«

Sie hoffte, dass das ein dummer Scherz war, aber er meinte es ernst. Er warf sich aufs Bett und zeigte aufs Rad: »Los! Die Tour de France beginnt.«

Zunächst verschränkte er die Arme hinterm Kopf und sah ihr beim Strampeln zu, aber dann verlangte er von ihr, sie solle das Rad ins Wohnzimmer tragen, weil er vom Schlafzimmer aus die Straße nicht im Blick hätte.

Sie tat, was er wollte.

Er lag auf dem Sofa und betrachtete abwechselnd die Straße vor Okopenkos Hausruine und dann sie auf dem Heimtrainer.

»Schneller«, sagte er, »schneller! So bringt das nichts. Ich will Schweiß sehen.«

Ihre ungeübte Beinmuskulatur wurde heiß. Ein Schmerz zog sich von der Wirbelsäule bis in den Nacken hoch. Eine dünne Schweißschicht bedeckte ihr Gesicht und ihren Hals. Ihr Herz raste.

Ich bin untrainiert, dachte sie. Er hat ja recht. Ich habe mich gehenlassen. Ich habe ihn aus dem Haus geekelt. Nicht absichtlich, aber irgendwie eben doch.

Sie begann hemmungslos zu weinen. Aber sie schaffte es nicht, einmal die Hand vom Lenker zu nehmen, um sich durchs Gesicht zu wischen. Sie hatte Angst, dann vom Rad zu stürzen.

Ihre Beine wurden langsamer. Er formte mit den Fingern seiner rechten Hand eine Pistole, damit zielte er auf sie und drückte ab. Dann pustete er theatralisch den imaginären Qualm vom Lauf und forderte: »Nicht nachlassen, Lady! Die Fettverbrennung beginnt gerade erst.«

»Bitte. Das ist doch sinnlos. Sie haben doch alles, was Sie wollen. Sie können von hier aus die Straße beobachten. Ich versorge Sie ... ich ...«

»Weiter! Weiter!«

Sie wagte nicht aufzuhören, obwohl sie befürchtete, gleich vom Rad zu fallen. Er stand auf, trat zu ihr und pustete ihr ins

Gesicht, dann fuhr er mit den Fingern durch ihre Haare und flüsterte: »Ich mache eine Frau aus dir, auf die die Männer stehen. Wenn ich gehe, kannst du dir an jeder Ecke einen aussuchen. Du kannst ein Casting veranstalten, wer den besten Papa für Nadine abgibt. Glaub mir, du wirst mir noch dankbar sein. Und jetzt trample. Schneller!« Er streichelte ihr liebevoll über den Rücken. »Schneller. Du schaffst das. Glaub an dich!«

Mit Sorgfalt und großem Genuss zündete er sich eine Zigarre an und blies den Rauch der Cohiba gegen die Decke.

Ann Kathrin Klaasen parkte zwischen vielen Touristenautos in Emden-Borkumkai und nahm den Katamaran. Sie fuhr knapp sechzig Minuten. Im Grunde ging es ihr zu schnell. Sie wollte mal wieder alles gleichzeitig. Die Fahrt genießen. Sich mental einstimmen auf die kommende Situation. Mit Eike telefonieren. Mit Ubbo über die neuesten Entwicklungen sprechen. Den Laborbericht lesen und und und ...

Sie blätterte in einer Broschüre, die Professor Dr. Rolf Poppinga über den britischen Biologen Dr. Julian Huxley und seine Theorie vom Transhumanismus geschrieben hatte. Der Arbeit war ein Satz vorangestellt: *Technik ist vom Menschen gemachte Natur.*

Niemand, las sie, *muss Sklave seiner mangelnden Talente und seiner körperlichen Gebrechen bleiben. Die Wissenschaft arbeitet an Maßnahmen, biologische Benachteiligungen zu heilen.*

Die Ziele des Transhumanismus waren laut Huxley die Erhöhung der Intelligenz, die Verlängerung der Lebenserwartung und die physische und psychische Verbesserung des Menschen.

Ann Kathrin fragte sich, was daran so neu sein sollte. Arbeitete nicht jeder Mediziner und die meisten Psychologen an genau diesen Problemen?

Sie drehte die Broschüre um. Sie war bereits 1980 erschienen. Vermutlich die Doktorarbeit des jungen Forschers.

Wenn sie bedachte, was sie bei Google über ihn gefunden hatte, dann war es seit gut zwanzig Jahren ruhig um ihn geworden. Keine Vorträge mehr. Keine Gastprofessuren. Keine Veröffentlichungen. Er lebte zurückgezogen, hatte ein Ferienhaus auf Borkum und eines in Marienhafe.

Es tat Ann Kathrin gut, sich im Kreis der Touristen zu bewegen und mit ihnen die Inselbahn zu benutzen. Sie stieg beim Hotel Vier Jahreszeiten aus. Ann Kathrin wollte die Familie gerne in ihrem Haus besuchen, doch Maria Poppinga hatte auf einem Treffen an einem neutralen Ort bestanden. Entweder mittags auf der Terrasse von Kartoffelkäfer an der Strandpromenade, gegenüber vom Musikpavillon, mit Blick aufs Meer, oder abends in der Heimlichen Liebe, ebenfalls mit Blick auf die Nordsee.

Ann Kathrin sah gerne die Wohnungen der Menschen, die sie traf. Sie konnte Leute dann besser einschätzen. Ein Wohnraum sagte viel über einen Menschen aus. Es kam ihr manchmal so vor, als sei ein Haus das Abbild der Seelen seiner Bewohner. Trotzdem sagte es auch viel über die Poppingas aus, dass sie Ann Kathrin Klaasen außerhalb treffen wollten.

War ihnen ihre Wohnung zu intim?

Wollten sie die Kommissarin nicht so nah an sich heranlassen?

Gab es etwas in ihrem Haus, das ihnen unangenehm war, hatten sie etwas zu verheimlichen?

Oder mochten sie diese zauberhaften Plätze auf der Insel nur so sehr? Wollten sie Ann Kathrin etwas Schönes bieten?

Hatten sie keine Lust, sich große Umstände zu machen, Kaffee zu kochen, Kuchen zu besorgen oder gar ein Abendessen vorzubereiten?

Ann Kathrin hatte so etwas weder erwartet noch angesprochen. Sie wollte zu einem Informationsgespräch kommen. Halboffiziell. Doch Frau Poppinga hatte gleich von Kaffee und Kuchen geredet und von einem Strandspaziergang am Meer.

Ann Kathrin hatte kein Sonnenschutzmittel dabei und schon der kurze Weg vom Vier Jahreszeiten zur Strandpromenade ließ ihre Haut brennen. Ohne die große Sonnenbrille wäre sie blind gewesen. Sie sah damit ein bisschen wie Puck, die Stubenfliege, aus. Der Wind wühlte in ihren Haaren, und eine Kommissarin in Jeans und Flipflops unterschied nichts von den Touristen, außer dass sie noch nicht so braun war wie die Glücklichen, die hier seit zwei Wochen Urlaub machten. Sie wirkte wie ein Neuankömmling.

Maria Poppinga wartete schon bei einem Latte Macchiato auf Ann Kathrin. Sie hatte den Kopf in den Nacken gelegt und genoss die Sonne. Im Kartoffelkäfer herrschte Hochbetrieb.

Frau Poppinga trug ein schneeweißes Stirnband, das ihre gebräunte Haut noch besser zur Geltung brachte. Sie war Anfang fünfzig, sah aber aus wie höchstens Anfang vierzig. Sie war einen Meter fünfundsiebzig groß und schlank. Sie trug Laufschuhe, innen verstärkt. Ihre Kleidung war so sportlich wie sie selbst, aber alles aus edlen Materialien und höchstens ein-, zweimal getragen.

Ann Kathrin wollte gerne auch Professor Poppinga sprechen, aber seine Frau schottete ihn geradezu eifersüchtig ab, und Frau Poppinga war eine Weltmeisterin im Abgrenzen, das hatte Ann Kathrin schon am Telefon erfahren müssen.

Das Goldkettchen an Frau Poppingas Hand korrespondierte mit ihrer Halskette, an der angeblich ihr Sohn, zu einem Edelstein gepresst, hing. Es war ein bläulich schimmernder Diamant, in Herzchenform geschliffen. Das Sonnenlicht brach sich darin und strahlte auf die Tischplatte ab, auf die der Diamant im Zusammenspiel mit der ostfriesischen Sonne ein Kunstwerk aus Licht zauberte.

Sie stand nicht auf, sondern lächelte Ann Kathrin freundlich zu und bot ihr einen Platz an.

Hier gehen so viele Leute spazieren, dachte Ann Kathrin, wieso hat sie sofort gewusst, dass sie mit mir verabredet ist?

Ann Kathrin bestellte sich einen doppelten Espresso und ein Mineralwasser. Sie kam sich unverschämt dabei vor, aber sie konnte den Blick nicht von diesem Diamanten abwenden. Am liebsten hätte sie eine Frage dazu gestellt, aber sie fand es pietätlos.

Frau Poppinga nahm Ann Kathrins Blick natürlich zur Kenntnis. Sie war inzwischen an so etwas gewöhnt. Zärtlich berührte sie das glitzernde blaue Herz und sagte: »Ja, das ist er. Mein Sohn Markus.«

Okay, dachte Ann Kathrin, springen wir ins eiskalte Wasser. »Ist es nicht ein komisches Gefühl ... also, verstehen Sie mich nicht falsch, aber Sie sind der erste Mensch, den ich treffe, der ...«

Ann Kathrin wusste nicht, wie sie es ausdrücken sollte. Sie hatte sich natürlich schon vor ihrer Abreise nach New York über diese spezielle, neue Art der Bestattung informiert. Sie war sich zunächst nicht einmal sicher, ob das überhaupt legal war.

Der Journalist Holger Bloem, dem Ann Kathrin vertraute, hatte sich mit der Frage auseinandergesetzt und einen grundsätzlichen Artikel über Seebestattungen geschrieben. Darin befasste er sich auch mit dem neuen Trend der Diamantbestattung, im Wesentlichen geprägt durch die schweizerische Firma »Algordanza«, was auf Rätoromanisch »Erinnerung« hieß.

»In Deutschland herrscht immer noch Bestattungszwang«, sagte Frau Poppinga und verzog angewidert den Mund. »Sie dürfen die Urne nicht einmal mit nach Hause nehmen. Die Schweizer sind uns in diesem Punkt weit voraus.«

»Ich verstehe diese Gesetze. Sie mögen uns veraltet erscheinen, aber so ist wenigstens garantiert, dass jeder den Toten besuchen kann. Niemand ist in der Lage, ihn ganz für sich alleine zu beanspruchen. Ich stelle mir das bei zerstrittenen Familien besonders wichtig vor. Wer bekommt Papa? Die Schwestern, die sich spinnefeind sind oder sein Bruder, Onkel Heinz? Seine Exfrau? Seine Geliebte? Da sind mir geordnete Verhältnisse schon lieber.«

Du redest zu viel, dachte Ann Kathrin. Was ist eigentlich los mir dir? Du musst sie zum Sprechen bringen, nicht selber quatschen. Es geht nicht um dich und deine Meinung.

Es kam ihr vor, als würde ihr verstorbener Vater zu ihr sprechen. Er war immer noch eine mahnende, manchmal ratgebende Instanz in ihr.

Ich trage ihn auch bei mir, dachte sie, genau wie Frau Poppinga ihren Sohn. Nur dass er nicht glitzernd an meinem Hals hängt, sondern wie ein Dialogpartner bei mir, in mir ist.

Sie wusste nicht, ob sie nur Sekunden oder Minuten so in Gedanken abgetaucht dagesessen hatte. Maria Poppinga nippte an ihrem Latte Macchiato und beobachtete Ann Kathrin interessiert. Ann Kathrin registrierte, dass sie einen doppelten Espresso vor sich stehen hatte, der fast schon kalt war. Sie nahm einen Schluck Mineralwasser. Am Nebentisch unterhielten sich zwei junge Frauen darüber, wie sie ihre Beine enthaart hatten. Sie zeigten sich die Stellen und sprachen gegen den Wind sehr laut. Als sie zum Thema Intimrasur übergingen, drehte Frau Poppinga sich kurz zu ihnen um und zischte lächelnd: »So genau wollten wir es eigentlich nicht wissen.« Sofort schwiegen die zwei und winkten betreten dem Kellner.

»Die Frage, was nach dem Tod aus uns wird, ist als Thema so alt wie die Menschheit selbst.« Sie berührte das Glitzerherz auf ihrer Brust. »Ein Diamant ist etwas Unvergängliches. Dass aus Krematoriumsasche so etwas Schönes werden kann … Es ist wie die Quintessenz. Das Eigentliche. Jeder Diamant ist anders. So wie jeder Mensch anders ist, etwas Besonderes. Je nachdem, wie er sich ernährt und gelebt hat, wird die Farbe weiß, bläulich oder wie der Himmel …«

Ann Kathrin ließ Frau Poppingas Worte auf sich wirken. Langsam wurde die Frau ihr sympathisch.

Frau Poppinga merkte, dass sie Eindruck auf Ann Kathrin Klaasen machte und fuhr fort: »Mein Markus war schon zu Lebzeiten ein Juwel. Diamanten sind ein Symbol der Unvergänglichkeit. Transformierte Asche.«

»Ja, aber das Problem ist jetzt – wenn Zweifel bestehen an der Identität des Toten, dann ist nichts mehr überprüfbar.«

Fast mitleidig sah Frau Poppinga Ann Kathrin an. »Also, ich bitte Sie. Es ist alles nach den gültigen Gesetzen gelaufen. Nach der Verbrennung wurde die Asche direkt vom Krematorium in die Schweiz überführt, wo dann dieses Kunstwerk hier entstand.«

Ann Kathrin zeigte sich unzufrieden. Frau Poppinga rückte näher zu ihr, beugte sich vor und setzte gereizt nach: »Es existiert ein Totenschein. Es fand sogar eine Obduktion statt. Ich war dagegen, aber das interessierte niemanden. Können Sie sich vorstellen, wie eine Mutter sich fühlt, wenn ihr Kind ...« Sie stockte, als ob ihre Stimme versagen würde, aber es war Ann Kathrin eine Spur zu sehr herausgestellt. Die Menschen verrieten ihr oft mit Gesten und Körpersprache mehr als mit Worten.

Frau Poppinga wandte sich nicht ab, wie es die meisten tun, wenn ein Anflug von Trauer unkontrolliert ihren Redefluss stoppt, sondern sie zeigte Ann Kathrin dabei ihr offenes Gesicht, wie sie um Fassung rang. Vielleicht war diese Frau aber auch schon so oft darauf angesprochen worden, dass sie diese Technik entwickelt hatte, um mit dem Schmerz umzugehen.

»Mein Sohn starb an einer Überdosis Ephedrin ...« Die Frau schluckte und schwieg erneut theatralisch.

Ann Kathrin kürzte die Prozedur ab. »Ich weiß. Er hat einen ganz schönen Cocktail geschluckt und gespritzt. Amphetamine und Schmerzmittel. Es wurde wegen Verstoßes gegen das Betäubungsmittelgesetz ermittelt.«

»Na, dann wissen Sie ja Bescheid.«

Ann Kathrin kippte den kalten Espresso. »Ja, aber ich habe trotzdem noch einige Fragen, und ich würde auch gerne Ihren Mann sprechen. Ich kann Sie natürlich nicht zwingen … aber …«

»Frau Kommissarin, das alles ist drei Jahre her. Wir versuchen, wieder ein normales Leben zu führen.«

Im Musikpavillon baute eine Band auf. Ann Kathrin hoffte, das Gespräch beenden zu können, bevor das Konzert begann. Die ersten Touristen sammelten sich gutgelaunt, um zuzuhören. Offensichtlich hatte die Band Fans. Allerdings war keiner jünger als fünfzig.

»Was mich stutzig macht«, sagte Ann Kathrin, »ist die Menge des Cocktails. Normalerweise setzen sich Süchtige den Goldenen Schuss aus Versehen. Sie schätzen die Menge oder die Konzentration falsch ein, aber im Falle Ihres Sohnes hätte die Dosis ausgereicht, um noch fünf weitere Personen zu töten.«

Maria Poppinga stöhnte und sah sich um, als würde sie Hilfe suchen. Unbeirrt sprach Ann Kathrin weiter: »Das Ganze sieht für mich nach Mord oder Selbstmord aus.«

Mit zusammengepressten Lippen zischte Frau Poppinga: »Ja, und genau das war es auch. Er war unglücklich verliebt in die Tochter Ihres Chefs, und das Biest hat meinen liebeshungrigen Sohn am ausgestreckten Arm verhungern lassen. Sie hielt ihm die Wurst vor die Nase und führte ihn so an der Leine, wenn Sie wissen, was ich damit meine. Er hat es nicht mehr ausgehalten und Schluss gemacht. Herrgott, das steht doch alles in den Akten! Was soll dieses Gespräch?«

Ann Kathrin wunderte sich, denn das stand keineswegs in den Akten, aber sie glaubte der Frau, dass es so gewesen war und nahm sich vor, mit Ubbo Heide darüber zu reden.

»Ich will Sie nicht mit den alten Dingen quälen, Frau Poppinga, aber bitte beantworten Sie mir eine Frage: Kann es sein, dass Markus einen Zwillingsbruder hat?«

Maria Poppinga federte vom Sitz hoch. »Wie kommen Sie denn auf die blödsinnige Idee? Ich bin die Mutter, ich müsste das wissen.«

»Ich glaube, ich bin Ihrem Sohn vor zwei Tagen in New York begegnet.«

Die Musik begann zu spielen. Frau Poppinga legte einen Zwanzigeuroschein unter das Latte-Macchiato-Glas und ging. Erst jetzt sah Ann Kathrin, dass bereits eine Traube von fröhlichen Touristen auf ihren Tisch wartete.

Frau Poppinga lief zum Strand, in Richtung Seehundbank. Ann Kathrin folgte ihr.

Er widmete sich ganz der nächsten Zigarre. In Jutta Specks Nichtraucherhaus hatte es noch nie so gerochen. Sie hatte ohnehin Mühe, auf dem Rad genug Luft zu bekommen. Ihr Hals kratzte. Sie hustete immer wieder. Alle Fenster waren geschlossen, und der paffte mit seiner handgedrehten kubanischen Zigarre die ganze Bude dicht.

Sie schämte sich für ihre Gedanken, doch sie wurde sie nicht los. Während sie mit brennenden Muskeln weiter auf dem Fahrrad herumstrampelte und befürchtete, einen Herzinfarkt zu bekommen, sagte sie sich: Er will gar nichts von dir oder Nadine. Er hat uns nur zufällig ausgewählt. Er will diese drei Jungs, die ihm etwas gestohlen haben. Wenn ich sie ihm liefere, wird er uns in Ruhe lassen. Warum soll ich die Zeit noch länger hinauszögern?

Sie kam sich unendlich schäbig dabei vor, aber sie stoppte jetzt die Trampelei, was gar nicht so einfach war, weil die Pedale sich wie von selbst weiterdrehten. Oder gehorchten ihre Beine ihr nicht mehr? Sie versuchte, genügend Luft zu bekommen, um sprechen zu können. Ihr Busen hob und senkte sich.

Er fuhr sie an: »Hab ich etwas von Aufhören gesagt?«

Sie hob um Gnade bittend eine Hand, mit der anderen hielt sie sich am Rad fest, um nicht runterzufallen.

»V ... vielleicht kann ich Ihnen helfen.«

Er hörte aufmerksam zu, fragte nicht nach. Sie rang nach Luft. Im Spiegel des Schranks sah sie ihren hochroten Kopf und erschrak.

»Ich wohne schon lange hier, ich kenne viele Leute, ich ... also, wenn Sie mir sagen, hinter wem Sie her sind, dann könnte ich ...«

Er lachte und klatschte ihr Beifall. »Na bitte! Ich dachte schon, die Frage kommt gar nicht. Wie lange willst du denn noch leiden?«

Schon war er bei ihr. Er wirkte aufgekratzt, als hätte er ein Aufputschmittel eingeworfen. Seine Augen zitterten fiebrig. Die Pupillen kamen ihr erweitert vor, als würde er keine Zigarren rauchen, sondern einen Joint. Wobei sie sich eingestehen musste, gar nicht zu wissen, wie jemand aussah, der kiffte.

Er spielte mit ihren nassen Haaren, sie war für die Atempause dankbar und versuchte, ihn so lange wie möglich hinzuhalten.

»Den einen nennen sie Nobbi. Er sieht wie ein Mädchen aus. Ein bisschen schmal. Einer trägt ein Piratentuch«, erklärte er.

Sie nickte, sagte aber nichts.

»Du kennst sie?«

»Ja.«

»Gut. Das ist sehr gut. Warum nicht gleich so.«

»Sie haben mir nicht gesagt, dass Sie ...«

Er schlug sofort zu. Diesmal war es eine Ohrfeige. Für einen Moment glaubte sie, ihr Trommelfell sei geplatzt. Sie sah, dass seine Lippen sich bewegten, verstand aber kein Wort.

»Siehst du ... genau das macht eine gute Frau aus. Sie errät, was ihr Mann möchte.« Er zeigte auf seine geweiteten Pupillen. »Sie liest ihm die Wünsche von den Augen ab.«

Sie zerrte an ihrer nassen Kleidung herum, die unangenehm an ihrem Körper klebte.

»Und was will ich jetzt wohl?«

»Die Namen?«, riet sie und zog die Schultern hoch, aus Angst vor einem neuen Schlag.

»Genau!«, lachte er. »Spuck sie aus.«

»Norbert Haake. Simon Luchs und Jan Wilders.«

Er hielt den Stumpen der Zigarre zwischen den Zähnen und strahlte. Für einen Moment lächelte sie zurück. Dann hustete sie wieder und fragte: »Darf ich mir etwas zu trinken holen? Ich … habe solchen Durst.«

Statt zu antworten, zog er an ihren Haaren, bis ihr Kopf die linke Schulter berührte. »Erzähl mir von ihnen. Aber dusch erst. Du stinkst.«

Er zerrte sie vom Fahrrad ins Badezimmer. Sie verstand nicht, warum er es überhaupt nicht eilig hatte. Sie glaubte, er wolle ihr beim Duschen zusehen, aber das war ein Irrtum. Er schloss sie stattdessen im Badezimmer ein.

Sie stellte die Dusche an, ging aber nicht in die Duschkabine, sondern lauschte an der Tür. Er telefonierte. Sie konnte die Worte nicht verstehen, aber er sprach sehr energisch, in einem fast militärischen Gesprächston.

Sie schämte sich vor sich selbst, als sie die durchgeschwitzten Sachen auszog und in den Wäschekorb steckte. Sie duschte so heiß wie möglich. Ihr war schwindelig, doch es gab noch eine lebens- und kampfbereite Seite in ihr, die eine eigene Stimme hatte. Die Stimme sagte: Jeder hätte das getan. Du musst an dich denken und an dein Kind.

Der Nobbi, der Simon und der Jan waren selber schuld. Sie rasten durch die Siedlung und erschreckten kleine Kinder. Nadine kam jedes Mal aus dem Garten reingerannt, wenn sich die drei Jungs ihrem Haus näherten. Einmal hatten sie die Rentnerin Oeynhaus angefahren. Die alte Dame landete mit einem

Oberschenkelhalsbruch im Krankenhaus und war immer noch nicht wieder richtig auf die Beine gekommen. Und dann diese schrecklichen Waffen. Ihr machte das Angst.

Norberts Mutter fühlte Jutta Speck sich eigentlich verbunden. Die zwei hatten einmal, ein einziges Mal, bei einem Spaziergang miteinander geredet. Es war im Frühling gewesen, zur besten Tulpenzeit. Frau Haake hatte ihr ein Geheimnis anvertraut. Sie schaffe es oft kaum, ihr Haus zu verlassen. Den ganzen Winter über sei sie nicht rausgegangen. Norbert müsste alles für sie erledigen, und der gute Junge täte es auch klaglos. Aber heute sei ein guter Tag, alles was sie sonst hindere, sei wie weg.

Jutta Speck erzählte dann von ihren Problemen. Dass es ihr, seit ihr Mann sie verlassen habe, genauso gehe. Es sei so eine Art Menschenscheu. Aber wenn Jutta ehrlich mit sich war, hatte es schon lange vorher begonnen. Vielleicht war das auch mit ein Grund, warum er es nicht mehr mit ihr ausgehalten hatte. Sie war ungesellig geworden, wollte weder weggehen, noch Besuch empfangen. Am liebsten war sie mit Mann und Kind allein in Haus und Garten, und an manchen Tagen wurde ihr sogar der Garten zu viel.

Sie hatte sich ihrer Leidensgefährtin verbunden gefühlt. Zweimal hatten sie sich sogar gegenseitig angerufen, aber nie besucht. Am Telefon war die plötzliche Vertrautheit des Frühlingsspaziergangs nie wieder hergestellt worden. Der magische Moment war unwiederbringlich vorbei. Verflogen. So wusste jede, dass es in ihrer Nähe noch eine gab, die manchmal zum Maulwurf wurde. Die Gewissheit tat irgendwie gut.

Sie schäumte sich immer wieder ein. Sie begann, sich vor sich selbst zu ekeln.

Da schloss er die Tür auf und trat ein. »Es reicht«, sagte er. »Sauberer wirst du nicht. Beeil dich. Nadine ist wach.«

Sie trocknete sich ab und fragte: »Was soll jetzt werden?«

Er holte kurz aus, und sie schützte ihr Gesicht mit beiden Händen.

»Wer stellt hier die Fragen?«, schrie er sie an.

»Sie«, sagte sie.

Er schlug nicht zu, drohte aber noch immer mit der erhobenen Rechten. »Und wer gibt die Antworten?«

»Ich.«

»Und was wünsche ich mir jetzt von dir? Schau mir in die Augen, Kleines. Na, was?«

»Dass ich Norbert hierherlocke.«

Seine Hand senkte sich. »Braves Mädchen. Auf der Basis können wir gut zusammenarbeiten.«

»Mama!«, rief Nadine. »Mama! Ist Lupo noch da?«

»Aber ja, meine kleine Prinzessin. Natürlich. Ich komme! Ich habe mir ein schönes Spiel für uns ausgedacht«, antwortete er.

»Nun regen Sie sich doch nicht so auf!«, rief Ann Kathrin Klaasen hinter Frau Poppinga her und folgte ihr am Strand in Richtung Seehundbank. Die Ausläufer der Nordseewellen umspülten Ann Kathrins Füße. Das kalte Wasser tat ihrem Kreislauf gut. Die Flipflops schmatzten im nassen Sand und hinterließen eine deutlich sichtbare Fußspur.

Ein Schwarm Silbermöwen, mit Augen, gelb wie ihre Schnäbel, kreiste angriffslustig über Frau Poppinga. Jetzt war Ann Kathrin endlich auf ihrer Höhe. Die Möwen drehten ab und griffen nur wenige Meter von den Frauen entfernt ein Kleinkind an, das mit einer Tüte Pommes frites weinend seinen Vater suchte. Das Kind verlor die Pommes und sah kreischend zu, wie die Möwen sich um die Beute stritten.

Ann Kathrin sprang hin und verscheuchte die Tiere. Dann wollte sie das kleine Mädchen trösten. Sie fragte das Kind nach seinem Namen, worauf es noch lauter zu schreien begann.

»Hast du deine Mama verloren?«

»Nein! Meinen Papa!«

Der kam schon angerannt, entschuldigte und bedankte sich bei Ann Kathrin. Er hob die Kleine hoch, versprach, ihr neue Pommes zu kaufen und machte einen Flirtversuch in Richtung Ann Kathrin, aber die hatte keinen Flirtbedarf und lief wieder hinter Frau Poppinga her.

Als sie auf gleicher Höhe war, stellte Ann Kathrin fest, dass sie abgehetzt war, die gut fünfzehn Jahre ältere Frau aber nicht. Offensichtlich sah sie nicht nur durchtrainiert aus. Sie lief, ohne das Tempo im Geringsten zu reduzieren, weiter und sprach zu Ann Kathrin, ohne sie anzusehen.

»Haben Sie keine richtigen Sorgen? Gibt es keine echten Fälle, um die Sie sich kümmern müssen? Wenn ich Zwillinge bekommen hätte, gäbe es darüber Geburtsurkunden. Versicherungsnachweise. Sie hätten Schulzeugnisse, und mein Mann würde den doppelten Kinderfreibetrag geltend machen. Außerdem hätte die Presse genüsslich darüber berichtet.«

»Die Presse? Warum? Glauben Sie, dass Sie so prominent sind? Ich will Ihnen ja nicht zu nahe treten, aber …«

Abrupt blieb Maria Poppinga stehen. Ann Kathrin knallte fast mit ihr zusammen. Spitz sagte Frau Poppinga: »Junge Frau, ich habe meinen Markus auf der Fähre bekommen. Die Nordsee hat ein sehr gebärfreudiges Klima. Ich wollte eigentlich zu meinem Mann und den letzten Monat hier verbringen, aber bei hohem Wellengang kam Markus vier Wochen zu früh. Er gehörte schon immer zur schnellen Truppe. Eilig und nicht zu halten. Er wurde auf der MS Ostfriesland geboren. Da gab es mehr Zeugen als auf der Cranger Kirmes, und die Zeitungen haben groß darüber berichtet. Die Artikel habe ich noch. Sie hängen hinter Glas in seinem Kinderzimmer. Wären es Zwillinge geworden, hätte das garantiert in der Zeitung gestanden, finden Sie nicht?«

Ann Kathrin nutzte die Chance sofort. Sie wollte Professor

Poppinga treffen und sich ein Bild von ihm machen. Vorher konnte sie diese merkwürdige Sache nicht abschließen.

»Darf ich mir das mal ansehen? Die Zeitungsartikel und Markus' Zimmer?«

Sie ging ohne weitere Nachfragen davon aus, dass Frau Poppinga das Zimmer ihres Sohnes unverändert gelassen hatte. Ann Kathrin kannte viele solcher Fälle. Räume wurden oft zu Museen.

Frau Poppinga joggte jetzt am Zaun entlang, der wie ein Relikt einer untergegangenen Zivilisation die Seehunde von den Touristen trennen sollte. Der Draht hatte die Spannkraft verloren und hing schlaff durch. Die Sandkörner ließen ihn harmlos erscheinen, alt und verwahrlost. An einigen Stellen war er durchtrennt worden oder, was Ann Kathrin Klaasen wahrscheinlicher erschien, Wind, Sonne und Regen hatten ihn einfach geschafft. Für niemanden stellte dieser jämmerliche Zaun ein ernstzunehmendes Hindernis dar. Trotzdem erkannten die Menschen seinen Sinn und respektierten die Grenze. Alle Fußspuren gingen nur bis zum Zaun. Dahinter, im Seehundgelände, war der Sand jungfräulich.

Vierzig, vielleicht fünfzig Seehunde räkelten sich faul am Strand. Ein großes Tier reckte sich kurz hoch und blökte in Richtung der Frauen.

Ann Kathrin blieb auf gleicher Höhe mit Frau Poppinga, sie sank bei jedem Schritt tief in den lockeren Sand ein.

»Sie haben einen Doppelgänger gesehen. Herrje! Löst das gleich eine Großfahndung aus?«

»Der Doppelgänger konnte Deutsch und ist vor mir geflohen.«

»Na und? Dann haben Sie eben einen ängstlichen, deutschsprechenden Doppelgänger getroffen!«

»Bitte, Frau Poppinga. Ich möchte mir ein Bild machen. Ich würde gern mit Ihrem Mann sprechen.« Der Wind wehte Ann

Kathrin Sandkörner in den Mund. »Ich kann ihn auch vorladen!«, blaffte sie.

Frau Poppinga wusste genau, dass Ann Kathrin ihr Blatt ziemlich überreizte. »Nein, ich glaube, das können Sie nicht, ohne sich lächerlich zu machen. Aber wir sind höfliche Menschen. Kommen Sie.«

Nadine war begeistert. Lupo hatte sie auf den Tisch gestellt und half ihr, sich als Prinzessin zu verkleiden. Dazu hatte er mit ihr Mamas Kleiderschrank ausgeräumt und ihr aus verschiedenen Ketten und Rüschchen eine Krone gebastelt. Seidene Unterröcke von Mama wurden zu königlicher Kleidung umfunktioniert. Ganz hinten im Schrank fanden sie Unterwäsche, die Jutta Speck schon lange nicht mehr getragen hatte. Knappe, bunte Teile mit viel Spitze. Aus einem Tanga machte Lupo, der Terminator, Augenklappen für sich, um zum Piraten der Königin zu werden. Aus einem Strapsgürtel wurde eine prachtvolle Schärpe für Nadine.

Jutta Speck wollte eingreifen und dem Spiel ein Ende bereiten. Sie genierte sich wegen der intimen Sachen, und sie wusste nicht, wohin diese Verkleidungsnummer führen sollte. Sie hoffte, dass er sie nicht vor Nadine schlagen würde. Es schien ihm irgendwie wichtig zu sein, was die Kleine von ihm hielt.

Jutta griff nach dem Strapsgürtel. »Nicht, Nadine, ich will nicht, dass du so etwas trägst!«

Lupo hielt sie fest und belehrte sie: »Hey, das ist eine Schärpe! Diese Leibbinden sind ein hochherrschaftliches Rangabzeichen. Im vierzehnten Jahrhundert wurden sie von den kriegführenden Parteien getragen. Nur Offiziere durften sie besitzen. Das Fußvolk trug Gürtel. Die Hochwohlgeborenen stattdessen eine Schärpe.«

Nadine nickte, als habe sie das schon immer gewusst und posierte stolz mit dem Strapsgürtel um Schulter und Brust. Sie strahlte Lupo an und fühlte sich ausgezeichnet.

»Wallenstein trug so eine Schärpe!«, sagte er und zeigte auf Nadine. Mit hartem Griff hielt er Jutta von ihrer Tochter auf dem Tisch fern. Sie würde da große blaue Flecken bekommen, das war ihr klar.

»Wer war Wallenstein? Na los! Erzähl es unserer Prinzessin!«, forderte er.

Nadine sah ihre Mutter gespannt an, aber die musste zugeben, es nicht zu wissen.

»Siehst du!«, lachte Lupo. »Du hast gar keine Ahnung. Wallenstein war Herzog von Friedland und Fürst von Sagan. Er wurde evangelisch erzogen, trat aber zum katholischen Glauben über, weil er ihn als richtig erkannte und kämpfte als General an der Seite des Kaisers gegen die Protestanten.«

Die hymnische Art, wie Lupo so bedeutungsschwanger sprach, beeindruckte Nadine, auch wenn sie mit dem Inhalt seiner Rede wenig anfangen konnte. Aber sie hörte schöne Worte heraus – Fürst und Kaiser, General und Herzog. Das alles klang so bedeutungsvoll. Sie fühlte sich geehrt, ja, geadelt.

Jutta Speck begriff, dass der Mann, der sich von ihrer Tochter als Lupo ansprechen ließ, gebildet war. Sie hatte es nicht mit irgendeinem dahergelaufenen Schurken zu tun. Er schien keine Eile zu haben, und er demonstrierte ihr auf sehr beeindruckende Weise, wie leicht Nadines Herz zu gewinnen war.

Er verbeugte sich vor Nadine. »Holde Prinzessin, darf ich mir erlauben, Sie zum Tanz zu bitten?«

Die Kleine knickste und nahm sein Angebot an.

Dann schwang er sie durch die Wohnung, bis ihr fast schwindelig wurde.

Nadine konnte nicht genug davon bekommen. Sie quiekte vor Glück, und als sie eine Pause brauchte, setzte Lupo sie vors Fernsehen und schaltete den KiKa ein. Jutta Speck bekam Beklemmungen, wenn sie sah, wie sehr ihre Tochter auf Lupo abfuhr.

»So«, sagte Lupo zu Nadine, »jetzt lassen wir die Prinzessin eine Weile alleine und ziehen uns in unsere Gemächer zurück.«

Nadine nickte. Lupo und Jutta gingen nach nebenan in die Küche. Er schloss die Tür.

»W ... warum machen Sie das mit Nadine? Was soll das?«

»Ist es dir lieber, wenn ich sie fessele und kneble, oder möchtest du sie mit Schlaftabletten stilllegen?«

»Nein. Um Himmels willen, nein!«

Sie hatte Angst, alles nur noch schlimmer zu machen. Vielleicht hatte er recht. Vielleicht sollte sie wirklich keine Fragen stellen, sondern einfach nur das tun, was er sagte, fragte sie sich verzweifelt und biss sich die Unterlippe blutig.

Er hielt ihr das Telefon hin. »Bring mir Nobbi, Süße.«

»Wie ... soll ich?« Sie nahm zitternd den Hörer. »Was soll ich sagen?!«

Er deutete einen Schlag mit dem Handrücken an, führte ihn aber nicht aus. »Lass dir was einfallen. Überrasch mich!«

Er setzte sich auf den Tisch und beobachtete sie. Sie kam sich vor wie ein Tier in einem Versuchslabor. Sie wusste, dass sie selbst, ihr Überleben und ihr Wohlergehen, überhaupt keine Rolle spielten. Sie würde nach einem Scheitern des Experiments einfach auf dem Müll entsorgt werden, und er würde sich eine neue Versuchsratte nehmen. Vielleicht ihre Nachbarin Roswitha, die eingebildete Kuh. Der würde sie es echt gönnen. Die könnte ruhig auch ein paar Kilo abtrainieren, die hätte es nötiger als ich, dachte sie.

Sie hatte die Telefonnummer von Petra Haake nicht gespeichert. Warum auch? Sie musste erst die Auskunft anrufen.

Er winkte sie heran. Er wollte sie im Griff haben, falls sie auf die Idee kam, am Telefon etwas Unüberlegtes zu sagen. Er saß breitbeinig auf dem Küchentisch. Sie stand zwischen seinen Schenkeln und wartete auf die Verbindung. Er spielte mit ihren

Haaren und blies ihr in den Nacken, so dass sich ihre Härchen aufstellten.

Frau Haake telefonierte nicht gerne. Am liebsten war sie mit den Jungs alleine. Die Kids brauchten sie. Sie waren voll in der Pubertät und begannen, sich für Mädchen zu interessieren.

»Für dich, Mama«, sagte Nobbi. *Jutta* stand auf dem Display.

»Was will die denn jetzt von mir? Geh du ran, Nobbi. Sag, ich sei nicht da.«

»Nein.«

»Warum nicht?«

»Och, Mama! Weil sie nicht meine Freundin ist, sondern deine.«

»Ich habe gar keine Freundin.«

»Solltest du aber«, sagte Nobbi und ging wieder zu seinen Freunden in sein Zimmer. Sie hatten etwas vor, wobei die Blicke von Erwachsenen nur störten.

Widerwillig nahm Petra Haake das Gespräch an. Sie tat so, als sei sie überrascht und wundere sich, Jutta am Telefon zu haben. Sie musste ja nicht wissen, dass ihr Name hier im Telefon eingespeichert worden war, damals im Frühling, als Petra Haake noch geglaubt hatte, sie sei fähig, eine Freundschaft zu haben und zu halten. Inzwischen wusste sie, dass das viel zu viel Kraft und Zeit kostete. Eine Freundschaft wollte schließlich gestaltet, gelebt werden, brauchte Zeit und Raum.

Der leere, faulige Kopf der abgeknickten Sonnenblume in ihrem Garten, direkt vorm Fenster, erschien ihr plötzlich wie ein Symbol für ihr Leben, ihre Beziehungslosigkeit und ihre unfähigen Versuche, Freundschaften aufzubauen. Alles war im Laufe der Zeit vertrocknet, verkümmert, eingegangen.

»Ich ... ich bin in einer Krise«, sagte Jutta Speck stockend. »Ich kann das Haus nicht verlassen. Ich krieg schon Herzprobleme, wenn ich nur die Tür aufmache und in den Garten gehen will. Ich habe Angst, zu hyperventilieren …«

Lupo wusste nicht, ob sie ihn hereinlegen wollte und geheime Botschaften an Petra Haake gab. Das alles konnte doch mühelos auch so interpretiert werden, dass sie in der Wohnung festgehalten und bedroht wurde. Musste er damit rechnen, dass gleich die Kripo samt Kavallerie angerückt kam?

Er brachte sein Ohr nah an den Hörer, um mitzubekommen, was Frau Haake sagte. Dabei packte er mit der rechten Faust Jutta Specks Haare am Hinterkopf und zerrte daran. Sie sollte wissen, dass er jederzeit bereit und in der Lage war, ihr das Genick zu brechen.

Nadine lachte laut im Wohnzimmer. Der Piratenfilm im KiKa gefiel ihr.

»Wir haben dem König das Gold geklaut, nun seht, wie dumm er schaut!« versuchte sie mitzusingen.

»Könnte wohl Nobbi für mich einkaufen gehen? Ich schaffe es im Moment echt nicht.«

Lupo strich mit den Fingerspitzen an ihrem Hals entlang bis zu ihrem Ohr und raunte: »Brav. Du bist ja richtig clever.«

Sie hätte ihn gern weggestoßen, gekratzt, geschrien und gebissen, aber sie traute sich nicht, auch nur eine winzige widerspenstige Bewegung zu machen.

Petra Haake fragte sich, ob ihr Sohn Jutta Speck genauso ansah, wie Simon und Jan sie manchmal anstarrten. Hatte Jutta auch Probleme mit erwachsenen Männern und holte sich deswegen Bewunderung bei pubertierenden Jungs?

In Petra Haakes Phantasie wollte Jutta Speck einzig und allein ihren Sohn verführen.

Petra Haake erschrak bei dem Gedanken und hörte sich dann lügen: »Das geht leider nicht. Nobbi ist mit seinem Onkel zum Fischen gefahren.«

Ihre Antwort schien für Jutta Speck einer Katastrophe gleich-
zukommen. Sie wusste zunächst gar nichts zu sagen, und Petra
fragte sich, ob sie Jutta nicht vielleicht gerade schrecklich un-
recht tat. Hatte sie nichts mehr zu essen im Haus und schaffte
es durch ihre psychischen Probleme nicht, unter Leute zu gehen? Sie wusste, wie unerreichbar der nächste Supermarkt sein
konnte, wenn die Panik kam und nach der Herrschaft griff, aber
sie wäre lieber selbst für Jutta Speck einkaufen gegangen, als
ihren Sohn zu ihr zu schicken.

»Ich lasse mir alles bringen. Getränkekisten sowieso …«,
sagte Petra Haake.

»Wann kommt Nobbi denn wieder?«

»Frühestens Sonntag. Ab Montag ist ja wieder Schule.«

Am anderen Ende der Verbindung schien Jutta Speck zusam-
menzubrechen.

»Soll ich vielleicht vorbeikommen?«, fragte Petra Haake mit
schlechtem Gewissen.

»N … nein danke.«

»Das macht mir wirklich nichts aus. Mit geht es im Moment
relativ gut. Ich bin ziemlich stabil.«

»Nein. Ist lieb, aber wirklich nicht nötig. Was ist denn mit
den Freunden von Nobbi, mit Simon und Jan?«

Also doch. Schlagartig bestätigten sich alle Verdachtsmo-
mente für Petra Haake. Jutta wollte sich einen minderjährigen
Bewunderer für ihre Weiblichkeit holen. Jetzt war sie froh, ihren
Sohn geschützt zu haben.

Sie wunderte sich, dass Jutta Speck überhaupt die Namen
der Jungen wusste. Die war also tatsächlich scharf auf die fe-
schen Burschen. Kein Wunder, denn wenn man Simon zusah,
wie er mit nacktem Oberkörper den Garten umgrub, war das
eine kaum zu unterschätzende Freude, fand Petra.

»Sie sind alle gemeinsam zum Fischen. Du weißt doch, wie
Jungs in dem Alter sind.«

Jutta Speck brach innerlich zusammen. Obwohl Lupo alles mitangehört hatte, musste sie ihm berichten. Dabei fingerte er an ihren Haaren herum und zupfte daran. »Na«, sagte er grinsend, »dann richten wir uns mal auf ein gemütliches Wochenende ein. Vor Montagnachmittag wird dann ja wohl kaum etwas passieren. Wo gehen die kleinen Ganoven denn zur Schule?«

»Aufs Gymnasium Westerstede, die Europaschule in der Gartenstraße.«

Er lächelte in sich hinein, und sie wusste, dass er sie nicht mehr brauchte. Er konnte sie am Montag auf dem Schulweg abfangen. Sie sah in seine kalten, eisblauen Augen, und ihr war klar, dass er sie nur so lange am Leben lassen würde, wie er Spaß an ihr fand. Spätestens Montag, bevor er das Haus verließ, um sich Nobbi und die anderen zu schnappen, würde er sie töten. Sie und vermutlich auch Nadine. Die Gefahr, von ihnen beiden wiedererkannt zu werden, war viel zu groß für ihn.

Vermutlich wird er danach dieses Haus sprengen und so alle Spuren beseitigen. Wir sind erledigt, dachte sie. Ihre Lippen zitterten. So wollte sie nicht sterben. Nein, nicht so. Die Horrorvorstellung vom Tod gipfelte bei ihr immer darin, an Schläuche gefesselt der Gerätemedizin ausgeliefert zu sein und mit lebenserhaltenden Maßnahmen eine dahinvegetierende Geisel der Schulmedizin zu werden. Nun erschien ihr diese Art von Tod geradezu milde und erstrebenswert. Niemand würde sie bewusst demütigen, mit ihr Katz und Maus spielen oder sie zum Spaß quälen.

Er streichelte ihr mit links über die Wange und zog mit rechts in ihren Haaren, um ihren Kopf in seine Richtung zu dirigieren.

»Küss mich«, sagte er. Dann trafen ihre Lippen seine. Sie spürte seine Zunge in ihrem Mund.

»Leidenschaftlicher!«, forderte er.

Sie stand immer noch zwischen seinen Beinen. Jetzt schlang sie die Arme um ihn und gab ihm, was er verlangte.

Hinter seinem Rücken sah sie sich nach dem Messerblock um.

Ich sitze in der Falle, dachte sie. Nur einer von uns wird dieses Wochenende überleben, Lupo. Du oder ich.

Ann Kathrin Klaasen liebte ihr Haus im Norden von Norden. Sie fühlte sich in der ältesten ostfriesischen Stadt wohl. Wenn sie andere Leute in ihren Häusern besuchte, war sie sehr aufmerksam und oft beeindruckt, aber egal, wie schön die fremden Häuser waren, sie fand immer etwas, das ihr bei sich zu Hause besser gefiel. Mal waren ihr die Fliesen zu kalt, die Fenster zu klein, mal das Holz an den Wänden erdrückend oder die Raumaufteilung wenig sinnvoll, dann waren ihr die Fliesen zu bieder, die Fenster zu groß, es gab zu wenig Platz und die Raumaufteilung war ihr zu funktional.

Das Haus der Familie Poppinga war in ihrem Sinne perfekt. Weiche, warme Farben, fließende Architektur, Fenster wie Tore zur Welt, die langen Holzbalken an der Decke wirkten nicht erdrückend, sondern gaben dem Raum Struktur.

Von außen wirkte das Haus kompakt und doch verspielt. Von innen war es größer, als es von außen schien. Von wegen Ferienhaus, dachte Ann Kathrin. Ferienhaus hörte sich immer so behelfsmäßig an, nach preiswertem Urlaub mit Kindern und ohne Spülmaschine.

Ann Kathrin Klaasen kannte viele Häuser, die ihr über die Bewohner sagten: Hier will einer angeben. Dieses Haus hier war ganz anders. Hier wollte man mehr sein als scheinen. Alles war nach außen geschicktes Understatement und nach innen großzügig und nur mit besten Materialien gebaut. Die Menschen, die hier wohnten, wussten, was sie sich wert waren und hatten genug Geld zur Verfügung, um ihre Wünsche umsetzen zu können.

Frau Poppinga führte Ann Kathrin durch die Eingangshalle in einen sonnendurchfluteten Wohnbereich. Dann die Treppe hoch, durch eine beneidenswert bestückte Bibliothek, in der Ann Kathrin sich gern zwei Monate hätte einschließen lassen, auf den Balkon. Der Blick vom Balkon aufs offene Meer war gigantisch. Kein schützender Deich im Weg.

Das Haus lag versteckt hinter den Dünen, nur ein paar hundert Meter vom Südbadestrand und der beginnenden Promenade entfernt. Ein Containerschiff bewegte sich langsam am Horizont.

Ann Kathrin Klaasen betrachtete kurz die zwei großen Bilder im Flur. Sie hingen sich gegenüber. Als Betrachter musste man zwischen den Bildern hindurch. Beide mindestens zwei Meter hoch und drei Meter lang. Das linke Rot, das rechte Gelb. Die Farbe war auf eine Glas- oder durchsichtige Plastikplatte aufgetragen und schien aus dem Inneren heraus zu leuchten. Ann Kathrin vermutete dahinter Neonröhren.

Sie konnte mit dieser Art von Kunst nicht allzu viel anfangen. Da gefielen ihr die Gölzenleuchter-Holzschnitte in Okopenkos Haus wesentlich besser.

Ann Kathrin sah Professor Poppinga nur von hinten. Er saß in einem Stuhl aus wetterfesten Polyrattanfasern, vor sich eine Tasse Tee, in der ein dicker Zuckerstein aus einem milchigen Rest aufragte wie ein Eisberg am Südpol. Der Professor hatte lange, silberweiße Haare, die hinten zu einem kurzen Zopf zusammengebunden waren. Er beachtete weder Ann Kathrin Klaasen noch seine Frau, sondern schaute auf seinen Handrücken, auf dem ein blauer Schmetterling seine Flügel ausbreitete.

»Schatz, ich habe sie mitgebracht, ich glaube, sie ist ganz in Ordnung«, sagte Maria Poppinga.

Der Professor sprach, ohne sich umzublicken: »Das ist der gemeine Bläuling. Man sieht sie nicht mehr oft. Früher war das mal der häufigste Bläuling in Niedersachsen.«

»Tja«, nickte Maria Poppinga Ann Kathrin zu, »nun wissen Sie es.«

Sie bot Ann Kathrin gestisch einen Platz im zweiten Sessel an. Neben der Tür stand noch ein Strandkorb, da hinein setzte sich Frau Poppinga sehr aufrecht, nur auf die Kante der Sitzfläche.

»Im letzten Frühjahr hatten wir hier«, Professor Poppinga deutete auf die Dünen, »noch zwei Perlmutterfalter. Die sterben unaufhaltsam aus. Als wir hierhingezogen sind, gab es noch Weinschwärmer morgens beim Frühstück auf der Terrasse.«

Der blaue Schmetterling flatterte hoch. Rolf Poppinga sah ihm fast wehmütig nach. Wenn Ann Kathrin Klaasen sich nicht täuschte, hätte er dem Schmetterling ab liebsten hinterhergewunken, unterdrückte aber diesen Wunsch, weil sie anwesend war.

Der Mann sah jünger aus, als Ann Kathrin ihn sich vorgestellt hatte. Er sprach mit einem gewissen jugendlichen Charisma. So stellte Ann Kathrin sich Leute vor, die in der Lage waren, Sekten zu gründen. Er hatte als Molekularbiologe einen internationalen Ruf. Ann Kathrins Informationen kamen aus allgemein zugänglichen Quellen im Internet. Professor Poppinga hatte sich zeit seines Lebens mit der Erforschung von Proteinen in einer Zelle beschäftigt. Genauer gesagt, mit der Funktion von Proteinen. Ergebnisse seiner Forschung waren sogar in die Kriminalistik eingegangen, und er hatte fast zwölf Jahre in Lateinamerika verbracht, wo seine Erkenntnisse angeblich genutzt wurden, um Krankheitsresistenzen bei Nutzpflanzen zu erreichen.

Irgendwie hatte sie Respekt vor diesem Mann. Es tat ihr leid, ihn in seiner Arbeit stören zu müssen. Sie hatte sich vorgestellt, ihn in wissenschaftliche Bücher vertieft anzutreffen. Stattdessen saß er hier bei einer Tasse Tee und beobachtete mit kindlicher Neugier Schmetterlinge.

Auf dem Tisch beim Tee lagen zwei Bücher, wie sie unterschiedlicher kaum sein konnten. *The Molecular Vision of Life*:

Caltech, the Rockefeller Foundation, and the Rise of the New Biology und darunter ein Borkum-Bildband von Holger Bloem und Martin Stromann.

Sofort versuchte Ann Kathrin, darüber einen Zugang zu Professor Poppinga zu bekommen. Sie deutete auf das Borkum-Buch. »Ich kenne die beiden«, sagte sie.

Der Professor warf ihr ein Lächeln zu. »Ich auch. Bloem hat mich mal interviewt. Er ist ein offener Mensch, interessiert sich wirklich für die Leute, die er befragt.«

Er schob das Buch über Molekularbiologie weg und blätterte im Bildband. Mit dem Kopf deutete er auf das wissenschaftliche Werk. »Man kann nicht nur so ein Zeug lesen. Das macht einen blöde.«

Ann Kathrin lachte. »Blöde?«

Er ging nicht darauf ein, sondern blätterte weiter in dem Borkum-Bildband. Er las sich fest und stippte dann mit dem Zeigefinger auf eine Stelle. »Im Grunde«, sagte er, »ist dieser Bloem mein Vorbild.«

Ann Kathrin verstand nicht.

»So möchte ich schreiben können. Einfach. Klar. Bildreich. Dann würden mich die Menschen verstehen … Aber …«, er klappte das Buch mit trauriger Miene zu, »das wird wohl immer eine Illusion bleiben. Deswegen lesen meine Fachbücher nur ein paar hundert Menschen.« Er schmunzelte. »Und ich wette, kein Dutzend versteht sie.«

»Ja«, rief seine Frau, »da hast du ganz sicher recht.«

Sie musste, ohne dass Ann Kathrin es bemerkt hatte, kurz im Haus verschwunden sein, denn jetzt stand sie mit einem Tablett auf dem Balkon. Darauf eine zauberhafte Kristallkaraffe mit Wasser und Eiswürfeln. Dazu drei passende geschliffene Gläser. Ihr Funkeln erinnerte an den Diamanten, den sie um den Hals trug.

»Aber deshalb sind Sie nicht gekommen, junge Frau.

Sie sind hier, weil Sie glauben, dass unser Sohn noch lebt. Stimmt's?«

»Nicht direkt. Ich habe nur einige Fragen und suche Erklärungen.«

Die Antwort gefiel ihm, das zeigte er deutlich. Fragen zu stellen und Erklärungen zu suchen, damit hatte er sein Leben zugebracht.

»Und warum sollten wir so tun, als ob unser Sohn tot sei, wenn er in Wirklichkeit noch lebt? Hat die Geschichte irgendeine Logik?«

»Das weiß ich nicht«, sagte Ann Kathrin.

Frau Poppinga goss Eiswasser ein.

»Erzählen Sie mir einfach, was damals passiert ist. War Ihr Sohn drogensüchtig?«

Rolf Poppinga wuchtete sich aus dem Gartensessel hoch. In seinen langen, silberfarbenen Augenbrauen hatten sich Sandkörner verfangen. Er machte einen sehr gepflegten Eindruck, obwohl aus beiden Nasenlöchern ein paar Härchen vorwitzig nach draußen ragten.

Er ging voran. Sie führten Ann Kathrin Klaasen in das ehemalige Zimmer von Markus. Genau, wie sie gedacht hatte, war es eine Art Museum geworden und noch nah am ursprünglichen Zustand. Es hingen viele Fotos und Urkunden an der Wand über dem Bett. Musikwettbewerbe. Boßelmeisterschaften. Tennisturniere.

Am Kopfende des Bettes blubberte ein Aquarium vor sich hin. Darin drei Diskusbuntbarsche und ein Schwarm Neonfische. An der Scheibe saugte eine Schmerle den Algenbewuchs ab.

»Wir konnten doch nach seinem Tod nicht einfach seine Fische … entsorgen. Wir haben das Aquarium in seinem Sinne weitergepflegt«, sagte Maria Poppinga. Ihr Mann fügte hinzu: »Auf dem Bett haben wir ihn gefunden. Wir kamen aus Costa

Rica. Er muss hier schon ein paar Tage gelegen haben. Es hatte eine Party im Haus stattgefunden. Klar. Wie Jugendliche so sind. Sturmfreie Bude. Und dann war hier während unserer Abwesenheit schwer was los.«

»Wissen Sie, wer an der Party teilgenommen hat?«

»Nein. Sie war ja auch längst vorbei, als Markus sich den Goldenen Schuss gesetzt hat. So sagt man in Ihrer Sprache ja wohl. Wir mussten uns an diese Ausdrucksweise erst gewöhnen.«

Frau Poppinga nahm ein Bild mit gerahmten Zeitungsausschnitten von der Wand. *Ostfriesischer Kurier. Ostfriesen-Zeitung. Borkumer Zeitung.* Alle berichteten über das »frohe Ereignis auf der Fähre«.

Es gab keinen Zwilling. Ganz klar.

»Irgendwo in den USA läuft jemand herum, der unserem Markus ähnlich sieht. Das ist alles«, sagte Professor Poppinga milde. »Wir müssen damit leben, dass wir unserem Sohn nicht genügend Halt gegeben haben. Glauben Sie mir, diese Last ist schwer genug. Ich habe mein Leben der Forschung gewidmet und meine beste Zeit in Labors verbracht, Zahlenkolonnen mehr Interesse geschenkt als den Menschen, die ich liebte ... All diese Konferenzen, Mittelbeschaffungsorgien ... Ich bereue jetzt jede verdammte Sekunde, die ich nicht mit meinem Sohn verbracht habe.«

Ann Kathrin Klaasen spürte die Wahrhaftigkeit seiner Emotion, auch wenn seine Sätze merkwürdig sachlich klangen, als würde er gerade einen Einführungsvortrag vor Studenten über die Bedeutung der Doppelhelix halten.

»Der Tod«, erklärte Maria Poppinga, »hat unser Leben verändert. Zunächst haben wir uns beide wieder in die Arbeit gestürzt, aber dann ... Inzwischen sehen wir vieles gelassener.«

Als müsse er ihre Fähigkeiten hervorheben, weil sie selbst ihr Licht so gern unter den Scheffel stellte, sagte Professor Poppinga: »Meine Frau ist eine der führenden Gehirnchirurgin-nen ...«

»... gewesen«, ergänzte sie. »Gewesen, falls ich es jemals wirklich war. Aber ich operiere seit vielen Jahren nicht mehr. Auch ich hatte mich ganz der Forschung verschrieben.«

Ann Kathrin sah sich die CD-Sammlung von Markus Pop-pinga an. Da gab es viel psychedelische Musik und viele trau-rige Songs. Eine Gesamtausgabe Leonard Cohen.

»Hat Ihr Sohn Cohen gehört? Das ist doch eigentlich gar nicht sein Jahrgang.«

»Die hat mein Mann ihm geschenkt. Er wollte seinen Musik-geschmack beeinflussen, dabei wissen wir doch alle, dass es da-mals dafür schon viel zu spät war. In den ersten Lebensjahren baut das Gehirn sich die Verbindungen. Danach steht das Sys-tem. Mit jeder Lernerfahrung werden Brücken und Wege ge-schaffen. Das Gehirn baut sich selbst. Der Nürnberger Trichter, den manche Studenten so gerne hätten, der würde nicht funkti-onieren. Das Gehirn ist kein Gefäß, das man füllen kann.«

Professor Poppinga lächelte und zwinkerte Ann Kathrin zu. »Das Lieblingsthema meiner Frau.«

»War Insa Heide auch auf der Party?«

Als sei das völlig belanglos, zuckte Rolf Poppinga mit den Schultern und seine Frau verzog den Mund, was wohl »Nein« heißen sollte.

»Hat sie ihm einmal einen Liebesbrief geschrieben?«

Frau Poppinga lachte demonstrativ laut auf. »Einen?«

»Darf ich die Briefe sehen?«

Maria Poppinga drehte sich um und verließ das Zimmer. Im Hinausgehen sagte sie, fast ein bisschen schnippisch: »Wir ha-ben sie Ihrem Chef ausgehändigt.«

Ann Kathrin guckte ungläubig.

»Ja. Er hat damals darum gebeten. Es war ihm wichtig.«

Sie bat Ann Kathrin gestisch, ihr zu folgen. Der Professor

blieb noch im Zimmer und betrachtete die Fische. Eine defekte Neonröhre ging an und aus.

Frau Poppinga dozierte: »Die meisten dieser unglaublich hysterischen Liebesaffären fußen genau wie religiöse Erleuchtungen und spirituelle Gotteserfahrung in einer schlichten Schläfenlappen-Epilepsie.«

»Bitte, was?«, hakte Ann Kathrin nach.

»Ja. Sie haben richtig gehört, Frau Kommissarin. Nicht bei jedem epileptischen Anfall kippen Menschen zuckend um. Die meisten finden in den Schläfenlappen des Gehirns statt. Dann haben wir ein Déja vu, verlieben uns unsterblich oder sprechen mit Gott.«

Ann Kathrin Klaasen hustete. »Wollen Sie damit sagen, als Abraham die Stimme Gottes hörte und den Befehl empfing, seinen Sohn zu opfern, hatte er einen epileptischen Anfall?«

Sie erreichten wieder den Balkon. Zwei blaue Schmetterlinge umkreisten die Karaffe mit dem Eiswasser.

»Ja. Genau das ist das Ergebnis meiner Forschungen und inzwischen anerkannte Theorie.«

»Abraham hatte einen an der Waffel?«

»Primitiv ausgedrückt: Ja.«

Die Nachricht erreichte Weller auf der Fahrt zum Krankenhaus. Er verlor fast die Kontrolle über das Fahrzeug, als er die Mailbox auf der B 72 von Aurich nach Norden abhörte.

Renates Stimme war kalt wie die von Anja Kohl, wenn sie in den Börsennachrichten die Wirtschaftsdaten vorlas, die die Kurse beeinflussten. Schlagartig begriff Weller, warum das Telefonieren mit dem Handy dem Fahrer während der Fahrt verboten war. Es ging nicht um die fehlende Hand am Lenkrad. Es gab einfach Nachrichten, die einen aus dem Konzept brachten, die auch einen erfahrenen Fahrer dumme Anfängerfehler machen ließen. Nur knapp entging Weller einem Auffahrunfall.

Renate sagte: »Ich habe mit ihm gesprochen. Er steht zu seiner Verantwortung. Wir haben eine Niere für Jule.«

In der Ubbo-Emmius-Klinik traf Weller seine Tochter Jule schon nicht mehr an. Sie war bereits unterwegs zum Nephrologischen Zentrum Niedersachsen in Hannoversch Münden. Er wollte sofort hin, aber dann besann er sich darauf, dass er ja noch eine zweite Tochter hatte und ging zu Sabrina.

Sie schminkte sich gerade, als er ihr Krankenzimmer betrat. Sie hoffte auf Besuch, allerdings nicht von ihrem Vater. Als die ältere Schwester hatte sie ein schlechtes Gewissen und befürchtete Vorwürfe von ihm.

Weller sah sie an und fragte sich nur, ob sie bereits wusste, dass Jule gar nicht seine Tochter war. Er versuchte, es in ihrem Gesicht zu lesen.

Der Lippenstift fiel ihr herunter und kullerte über den Boden auf ihn zu. Weller bückte sich danach und reichte ihn seiner Tochter. Sie war vom Mädchen zur jungen Frau geworden, das wurde ihm schlagartig klar, und er ärgerte sich darüber, so viel von ihrer Entwicklung verpasst zu haben.

»Das ändert doch alles nichts, Papa, oder?«, fragte sie und Tränen schossen in ihre Augen.

Er drückte sie fest an sich. »Nein, natürlich nicht. Ich bin euer Papa. Das ist so, und das wird auch immer so bleiben.«

Dann schwiegen sie, und es kam Weller so vor, als hätten sie sich schon seit Jahren nicht mehr so gut verstanden wie jetzt. Sie wurden sich der simplen Tatsache bewusst, dass sie zusammengehörten. Etwas, das vor Jahren zwischen ihnen zerbrochen war, fügte sich in dieser irren Situation wieder zusammen und wurde heil.

Als er Sabrina verließ, fühlte er sich tiefer mit ihr verbunden denn je. Als er in der Tür stand, fragte sie ihn plötzlich, ganz so, als hätte sie es am liebsten nicht ausgesprochen: »Aber ich bin doch deine richtige Tochter, nicht wahr, Papa?«

Ängstlich auf seine Reaktion wartend starrte sie ihn an.

»Ja«, sagte er. »Das bist du. Und Jule ist es auch. Es gibt nicht nur einen biologischen Vater, sondern auch einen sozialen.«

Das verstand sie, und es beruhigte sie. Sie nickte heftig. »Ja. Du bist unser richtiger Vater!«

Er trocknete sich im Flur das Gesicht ab und war auf eine bisher ungekannte, trotzige Art glücklich.

Egal wie diese Geschichte weitergeht, dachte er sich, du musst hier der Fels in der Brandung sein. Deine Kinder brauchen diese Sicherheit, und so ein Felsen muss es eben auch schon mal aushalten, angepisst zu werden.

Noch bevor sie die ersten Sätze abgefeuert hatte, drängte Ann Kathrin Klaasen Ubbo Heide in die Defensive. Sie rauschte in sein Büro wie eine unangekündigte Naturkatastrophe. Ihr Auftritt hatte etwas von einem Deichbruch bei Sturmflut.

Ihre Energie traf Ubbo Heide ungeschützt. Er griff sich ans Herz und drückte sich in den Sessel. Er kam sich plötzlich klein vor, als sei alles zu groß für ihn. Dieser Schreibtisch. Der Sessel. Das Zimmer. Der Job. Die Verantwortung. Es war nur ein kurzer Moment zwischen zwei Atemzügen. Aber er erschütterte ihn. So etwas passierte ihm sonst nie, höchstens im Kontakt mit Ann Kathrin und manchmal – sehr selten – mit seiner Frau.

Dieses Gefühl zu schrumpfen, war sehr alt. Er hatte es zum ersten Mal mit seiner Mutter erlebt, als er die erste Ohrfeige seines Lebens erhielt.

Vielleicht, dachte er, befürchtet der kleine Junge in mir jetzt dasselbe von Ann Kathrin.

Aber natürlich ohrfeigte sie ihn nicht, sie stemmte sich nur auf seinen Schreibtisch und brüllte: »Warum, verdammt, weiß ich nichts von den Liebesbriefen? Ich stand da wie eine Idiotin! Was verheimlichst du mir, und warum?«

So, damit war die Luft erst einmal raus. Die unerträgliche Spannung wich aus ihrem Körper.

Ubbo Heide hätte am liebsten ein Fenster geöffnet, tat es aber nicht. Er fragte sich, ob er ihr einen Kaffee anbieten sollte. Auf eine Art war es stimmig, andererseits aber der Situation unangemessen.

»Bitte, Ann, ich ...«

Sie unterbrach ihn sofort: »Die Wahrheit, Ubbo! Die Wahrheit! Keine Ausflüchte, keine Lügen. Die ganze, verdammte Wahrheit! Was ist hier eigentlich los?«

Ubbo Heide fuhr sich mit den Fingern durch die Haare. »Also gut, Ann. Ich kann verstehen, dass du sauer bist, aber bitte versteh du mich auch. Du hast doch selber einen Sohn und würdest garantiert alles tun, um ihn zu schützen.«

»Ubbo!«, ermahnte sie ihn. »Was ist passiert?«

Er ließ die Hände auf den Schreibtisch klatschen und setzte sich anders hin.

»Mein Gott, sie war fünfzehn! Sie haben in der Poppinga-Villa auf Borkum eine, na ja, also eine Drogenparty gefeiert, sagen wir mal so. Sie kam völlig verstört nach Hause. Sie hat mir alles gestanden. Ich war schockiert, aber ... Die Welt ist heute so. Ostfriesland ist keine drogenfreie Zone. In Norddeich bei Meta gab es alles und nicht nur da. Hier ist die holländische Grenze ...«

Ann Kathrin nickte. »Weiter. Sie haben Drogen genommen, na und? Das gehört doch heute zum Erwachsenwerden dazu. Warum hast du mir die Liebesbriefe verschwiegen und mich in die USA geschickt?«

Er kratzte sich am Handrücken. Manchmal, wenn ihm etwas peinlich war, kam dieser Juckreiz.

Er zog das Marzipanbrot von ten Cate aus der Schublade und brach sich ein Stückchen ab. Dieses Marzipan beruhigte ihn. Es war reine Nervennahrung, fand er.

»Ich habe ihr ins Gewissen geredet. Sie hat dann mit dem Jungen Schluss gemacht, und er war ein paar Tage später tot. Kannst du dir vorstellen, was das für ein junges Mädchen bedeutet? Sie trennt sich – wenn du so willst, auf Druck des Vaters – von ihrer ersten großen Liebe, und der bringt sich um. Ja, für sie war es Selbstmord. Ich hatte Angst vor den Ermittlungen. Da waren harte Drogen im Spiel, Ann. Sie war fünfzehn. Eine gute Schülerin. Hatte eine Karriere vor sich. Ein Leben! Ich wollte nicht, dass sie kriminalisiert wird wegen ein paar Trips. Das geht doch heute alles furchtbar schnell. Jeder gute Vater hätte das an meiner Stelle getan. Ich wollte nur, dass Gras über die Sache wächst, und genau das ist ja passiert, bis ...«

»Bis sie ihn in New York wieder gesehen hat.«

»Ja, verdammt. Da ist sie hysterisch geworden, und seitdem macht sie mir die Hölle heiß.«

»Ich will mit ihr reden.«

»Warum? Was soll das bringen?«

»Du kannst sie nicht die ganze Zeit vor der Welt beschützen, Ubbo. Ich tu ihr nichts, aber ich brauche Klarheit.«

»Worüber?«

»Ob sie ihn immer noch liebt, zum Beispiel. Was damals wirklich los war, will ich wissen ...«

Sie richtete sich kerzengerade auf und hob die Hände zur Decke, dann schüttelte sie ihre Arme und sagte: »Ich kann die ganze Sache auch loslassen. Bringt doch sowieso alles nichts.«

Er grub mit den Fingernägeln Kerben ins Marzipanbrot und flehte sie fast an: »Okay, aber bitte sei vorsichtig. Sie ist so sensibel ...«

»Ja. Ich weiß. Und dein Augenstern. Gib mir ihre Handynummer. Jetzt. Oder ich höre auf.«

»Lass mich vorher mit ihr reden.«

»Nein.«

Er war ihr Chef. Aber das hier war nicht wirklich dienstlich, zumindest nicht nur.

Er zog sein Handy vom Hosengürtel und rief die Nummer seiner Tochter auf, dann notierte er sie für Ann Kathrin. Er schämte sich, weil er die Nummer nicht auswendig wusste. Ann Kathrin sah es ihm an und fühlte wieder die alte Verbundenheit mit ihm. Er hatte etwas von ihrem Vater. Beide Männer waren insgeheim bereit, für ihre Töchter zu töten, und beide waren froh, dass sich diese Herausforderung nie gestellt hatte.

Ann Kathrin ahnte aber, dass Ubbo Heide Mist gebaut hatte. Großen Mist. Im Interesse seiner Tochter, mit dem besten Willen, sie vor Unheil zu bewahren, hatte er sich und damit die ganze Abteilung hereingerissen.

Sie sollte nun die Kartoffeln aus dem Feuer holen. Ihr traute er mehr als allen anderen Kollegen, aber eben doch nicht genug, um ihr zu sagen, wo die heißen Kartoffeln verborgen waren.

Sie tippte in seinem Beisein die Nummer in ihr Handy. Dann verließ sie ihn wortlos.

Hinter der geschlossenen Tür blieb sie kurz stehen, um durchzuatmen. Sie musste sich beherrschen, nicht wieder ins Büro zu stürmen und ihn an sich zu drücken und zu trösten. Sie spürte diesen Drang in sich. »Er ist nicht dein Vater. Er ist dein Chef«, sagte sie sich selbst.

Dann fuhr sie nach Norddeich. Sie brauchte den Wind. Sie musste sich die Gedanken freipusten lassen, um die Probleme einzudeichen.

Beim Diekster Köken ging sie über den Deich in Richtung Hafen. Es gab ein Drachenfest, und bizarre, riesige Drachen kämpften in der Luft um Aufmerksamkeit. Ein buntes Rad hob den zehnjährigen Jungen an, der es nur einen Moment für seinen Vater halten wollte. Jetzt kreischte er in zwei Metern Höhe über der Deichwiese.

In Nordrhein-Westfalen waren Sommerferien, und Ann Kathrin hörte vertraute Stimmen am Deich, die sie an ihre Kindheit in Gelsenkirchen erinnerten. Eine Mutter stand mit ihren beiden Kindern bei der Schafherde, die auf dem Deich graste. Die Mutter rief: »Du brauchst keine Angst haben! Komm, Schakkeline, mach dat Mäh ei! Dat Schaf beiß nich!«

Einen entspannenden Moment lang legte Ann Kathrin sich ins Gras und fragte sich, was ihr Vater in dieser Situation getan hätte. Er war ein sehr loyaler Mensch und lebte mit dem ständigen Konflikt loyaler Menschen: Er litt, wenn Freunde sich stritten und er nicht neutral bleiben konnte, sondern sich für eine Seite entscheiden musste.

Ist es das, fragte sie sich. Befinde ich mich schon in einem Loyalitätskonflikt, oder bahnt er sich gerade erst an? Werde ich mich zwischen den Interessen von Ubbo und den Gesetzen der Bundesrepublik Deutschland entscheiden müssen? Hat er Mist gebaut, und wenn ja, was folgt daraus? Hat seine Süße mit dem Zeug gedealt und er den Stoff beseitigt? Was stimmte hier nicht, was? Und warum hatte dieses junge Mädchen so viel Macht über ihren Vater?

Insa Heide klang im Grunde erleichtert, als hätte sie schon lange auf Ann Kathrin Klaasens Anruf gewartet. Sie war sofort bereit, sich mit ihr zu treffen. Ihre Stimme war jugendlich frisch und vielleicht ein bisschen aufgeregt.

Ann Kathrin hatte Hunger und überlegte, wo sie am besten so ein Gespräch führen konnte. Die Polizeiinspektion Aurich schied aus. Überhaupt wollte sie es so wenig dienstlich wie möglich machen und gleichzeitig aus Ubbo Heides Nähe weg. Er lag wie ein Schatten über diesem Fall – sofern es überhaupt einer war.

»Darf ich Sie zum Essen einladen?«, fragte Ann Kathrin spontan und Insa Heide sagte zu. Sie verabredeten sich in Norden bei Smutje.

Direkt nach dem Gespräch rief Ann Kathrin Melanie Weiß an und bat um einen stillen Raum für ein Gespräch. Ihre Freundin begriff sofort, dass es sich nicht einfach um eine Reservierung für ein Abendessen handelte und schlug vor: »Wenn ihr ganz ungestört sein wollt, könnte ich für euch einen Tisch in unserem Frühstücksraum eindecken. Da ist abends niemand.«

Ann Kathrin gefiel der Gedanke. Der Frühstücksraum im Smutje hatte etwas von einem alten ostfriesischen Wohnzimmer. Der Ofen dort strahlte heimelige Wärme aus, dazu musste er nicht beheizt werden. Das Sofa, das Radio, ein Blaupunkt Riviera, die Häkeldeckchen, all das trug dazu bei, eine Atmosphäre von *Nicht-Angst* zu schaffen. In der Polizeiinspektion Aurich gab es so einen Raum, in dem sich Kinder wohlfühlen konnten, mit Sofa, Spielecke und warmen Farben, aber dieses Gesprächszimmer schied aus. Insa Heide musste aus der schützenden, vielleicht manchmal erdrückenden Energie ihres Vaters heraus. Der Frühstücksraum vom Smutje war ideal.

Wenn Nadine im Bett lag, wuchs die Angst in Jutta Speck, denn sie verlor den Schutz, den sie im Beisein der Dreijährigen spürte. In ihr keimte die Hoffnung auf, dass er gar nicht in der Lage wäre, der Kleinen etwas anzutun. Sie ahnte inzwischen, warum er ihr verboten hatte, Fragen zu stellen und warum er sie schlug, wenn sie es doch tat. Er befürchtete eine emotionale Bindung. Im Grunde war er ein Mensch, der von seinen Gefühlen bestimmt wurde. Etwas in ihm war noch Kind geblieben. Wenn er uns nett findet, irgendeine Art von Beziehung aufbaut, dann kann er uns nicht mehr töten, dachte sie.

»Sie können mit mir machen, was Sie wollen. Aber bitte lassen Sie meine Tochter leben. Nadine ist erst drei. Sie wird Ihnen nicht schaden. Sie kann Sie nicht beschreiben. Eine Dreijährige taugt nicht als Zeugin.«

Er zündete sich seine letzte Cohiba an. Er blies ihr den Rauch nicht ins Gesicht, sondern an die Decke.

»Ich werde mit dir machen, was ich will«, sagte er, und es klang wie ein Versprechen.

Ihr lief ein Schauer über den Rücken, und ihre Gewissheit, dass sie ihn töten musste, wuchs.

»Was wird aus Nadine?«, fragte sie und ihre Hände zuckten hoch, um das Gesicht vor einer Ohrfeige zu schützen, doch er schlug sie nicht. Es reichte ihm, dass sie wusste, sie hatte einen Fehler gemacht. Oder, dachte sie, mag er es, meine Angst zu spüren? Ist es das? Demütigt er mich deshalb?

Er schien ihre Gedanken zu erraten. »Der freie Wille wird überschätzt«, erklärte er, »und das menschliche Ego wächst und wächst und macht nur Schwierigkeiten. Wir sitzen in einer narzisstischen Falle. Wir glauben, es geht immer nur um uns.« Er machte mit den Händen eine raumgreifende Bewegung. »Das Ego bläht sich auf und kreiert solchen Blödsinn wie Mode. Schönheitswettbewerbe. Den Glauben an unsere Einzigartigkeit. Die große Liebe und ...«

Ihr Telefon klingelte. Er ging ran und meldete sich nur mit: »Ja.«

Ihr war sofort klar, dass der Anruf für ihn war. Sie wollte den Raum verlassen, um nicht Zeugin von etwas zu werden. Auf keinen Fall durfte sie ihm Gründe liefern, sie umzubringen. Aber er griff ihr ins Haar und hielt sie fest.

Er hat Angst, dass ich mir in der Küche eine Waffe besorge, dachte sie.

Sie stellte sich vor, das Brotmesser in seinen Unterleib zu rammen. Ja, inzwischen glaubte sie, dazu in der Lage zu sein. Mit dem Brotmesser, das würde nicht so einfach funktionieren. Er passte zu gut auf, wenn sie mit Küchengeräten hantierte.

Aber es gab eine andere Möglichkeit. Als Nadines Vater sie verlassen hatte, nahm er alles mit, was ihm wichtig war. Den

Laptop. Die neue Espressomaschine. Den Flachbildschirm. Aber so wertlosen Mist wie seine Rasierklingen, seine gebrauchte Zahnbürste und den Kamm mit den gebrochenen Zinken hatte er ihr genauso dagelassen wie den kaputten Drucker, den veralteten DVD-Spieler und seine Gummistiefel. Ja, er war wohl einer der letzten Männer, die echte Rasierklingen benutzten und nichts von Wegwerfsystemrasierern mit hautschonendem Doppel- oder Dreifachabschnitt hielten. Er zelebrierte die Nassrasur morgens vor dem Spiegel im Bad wie ein religiöses Ritual und sagte, wenn sie ihm zusah, Sätze wie: »Gibt es eine männlichere Tätigkeit? Könntest du je einen Mann lieben, der sich morgens mit einem Elektrorasierer den Bart mäht wie einen Rasen, der in Form gehalten werden muss?«

Sie hatte ihm dann immer recht gegeben, sich ihren Teil gedacht und versichert, dass alle Trockenrasierer Weicheier und Muttersöhnchen seien. Ihre Ehe hatte es nicht gerettet, aber jetzt, so hoffte sie, konnten ihr die Rasierklingen helfen, Lupo auszuschalten. Rasierklingen ließen sich leichter verstecken als ein Brotmesser, und sie waren sogar schärfer.

Ich werde dir damit den Hals aufschlitzen, du kranker Drecksack, dachte sie.

Er lauschte ins Telefon und antwortete nur kurz: »Nein.« Er blies heftig den Rauch aus. »Darum kümmere ich mich später.« »Das geht jetzt noch nicht.« »Mach dir keine Sorgen.« »Das ist mein Problem, und ich werde es lösen.«

Sie folgerte aus seinen Worten, dass er einen Chef hatte, in einem Auftrag handelte und selbst unter Druck stand. So sehr sie sich Mühe gab, sie konnte sich nicht vorstellen, um was für einen Auftrag es sich handelte. Mit ihr und ihrer Tochter hatte das alles im Grunde gar nichts zu tun. Sie waren nur irgendwie durch Zufall oder genauer gesagt durch die drei Jungs hineingeraten. Das machte aber alles auch nicht besser, nur irgendwie völlig sinnlos.

Das Telefongespräch verbesserte seine Laune nicht. Im Gegenteil. Als er aufgelegt hatte, fauchte er den Hörer an: »Du mich auch, du arroganter Sack!«

Es stand außer Frage, dass Lupo das Haus von Professor Okopenko in Schutt und Asche gelegt hatte, und das Telefongespräch ließ Jutta erahnen, dass auch dieses Haus gesprengt werden sollte. Deshalb machte er sich um Spuren keine Gedanken. Er fasste alles an, ja telefonierte sogar. Waren solche Gespräche nicht nachvollziehbar? Musste er sich keine Sorgen machen, dadurch aufzufliegen? Worum ging es hier?

Diese Gedanken kreisten unaufhörlich durch ihren Kopf. Es musste mit Okopenko zu tun haben. Wieder erinnerte sie sich an die junge Frau, die um Hilfe bittend vor ihrer Tür gestanden hatte. War da ein Zusammenhang? Hatte Okopenko eine Affäre mit irgendeiner Frau eines Mafiabosses? Wusste sie zu viel und er dadurch auch?

Sie hatte die Telefonnummer von Ann Kathrin Klaasen. Sie konnte versuchen, diese Frau zu erreichen und einen Hilferuf abzusetzen. Überhaupt, warum versuchte sie nicht über den Notruf ...

Sie bat ihn, zur Toilette gehen zu dürfen. Er rauchte wütend, die Glut wurde lang, und er paffte seine Wolken ohne den geringsten Genuss zur Decke.

»Aber wehe, du schließt ab!«

Sie nahm im Vorbeigehen hinter ihm das Telefon weg. Sie konnte das Handgerät lautlos aus der Station heben. Trotzdem hatte sie in dem Augenblick gehustet, um jedes mögliche Knacken zu übertönen.

Gegen seinen Willen verschloss sie die Tür so leise wie möglich von innen, und wieder hustete sie, um das metallene Geräusch zu neutralisieren.

Sie nahm ein dickes Frotteehandtuch vom Halter und warf es sich beim Telefonieren über den Kopf, um ihre Stimme nach außen hin abzudämpfen. Dann wählte sie die Nummer von Ann Kathrin Klaasen.

Auf der Visitenkarte der Kommissarin standen drei Telefonnummern. Die dienstliche, die private und die vom Handy. Jutta Speck entschied sich für die private. Am Wochenende erschien ihr das logisch. Es klingelte nur zweimal, da klopfte Lupo schon gegen die Tür.

»Verdammt, ich habe dir gesagt, nicht abschließen! Du gottverdammtes Luder, mach sofort auf!«

Geh ran, dachte sie. Bitte, Ann Kathrin Klaasen, geh ran!

Lieber Gott, ich tue alles, was du willst, aber bitte hilf mir jetzt, lieber Gott, lass mich jetzt nicht im Stich.

Er warf sich gegen die Tür. »Was machst du, verdammt, was...«

Er hantierte nicht mehr an der Tür herum. Sie sah ihn vor ihrem inneren Auge Anlauf nehmen und mit voller Wut die Tür eintreten. Aber was er in Wirklichkeit tat, war viel schlimmer. Er lief zur Basisstation des Telefons und zog den Stecker. Dann erst nahm er Anlauf.

Insa Heide war schon da, als Ann Kathrin Klaasen im Restaurant Smutje ankam. Melanie Weiß umarmte sie kurz zur Begrüßung und führte sie in den Frühstücksraum durch. Mit ihrer verbindlichen, lockeren Art schaffte Melanie Weiß rasch eine Atmosphäre, in der Ann Kathrin Klaasen und Insa Heide sich aufgehoben fühlten.

Frau Weiß servierte den beiden den Hauscocktail »Ostfriesenblut« als Willkommensdrink und erzählte von einer neuen Eissorte, die ihr Mann gestern erst kreiert hätte, mit Schwarzbrotstückchen drin.

Ann Kathrin fand diese Kombination ungewöhnlich. Sie entschied sich für eine Scholle Finkenwerder Art und wollte danach gern das neue Eis probieren.

Insa Heide schwankte zwischen: »Ich habe eigentlich gar keinen Hunger« und »Wie ist denn der Salat mit Putenbruststreifen?« Dann, einer plötzlichen Eingebung folgend, zeigte sie auf Ann Kathrin und sagte: »Ich nehme das Gleiche.«

»Ich war in New York«, sagte Ann Kathrin. »Ich habe ihn ebenfalls gesehen.«

Insa Heide saß kerzengerade auf ihrem Stuhl. Sie war blass um die Nase. Ihre dezent geschminkten Lippen verschwanden in ihrem Mund. Die Haut über ihren Wangenknochen straffte sich. Sie wirkte wie aufgeblasen, als müsste sie viel Mühe aufbringen, um nicht zu platzen.

Ann Kathrin fuhr fort: »Ich weiß natürlich nicht, ob es Markus Poppinga war, aber er sah ihm auf jeden Fall sehr ähnlich. Ich könnte verstehen, wenn Sie ihn verwechselt haben ...«

Ann Kathrin ließ bewusst eine Pause, um ihr die Möglichkeit einer Reaktion zu geben, und die Reaktion kam wie eine Explosion: »Ich habe ihn nicht verwechselt! Er war es!«

»Warum sind Sie sich so sicher?«

»Ich habe es gespürt.« Insa Heide legte eine Hand auf ihren Bauch und dann, als sei ihr die Geste peinlich, ließ sie die Hand unter dem Tisch verschwinden.

»Waren Sie mal mit ihm zusammen? Was ist passiert?«

Ann Kathrin Klaasen nippte an dem perlenden »Ostfriesenblut« und ließ Insa Heide Zeit.

»Ich wollte irgendwann nicht mehr. Der hat zu viel gekifft. Erst war ich total verknallt in ihn. Das war eine ganz andere Welt. Der kannte Künstler. Ging auf Konzerte. Hatte Backstagekarten. Er wollte selbst Popstar werden. Alle Mädchen waren hinter ihm her. Und ich fühlte mich als Auserwählte. Ich blödes Huhn dachte, er liebt nur mich. Drei Mädchen spielten in seiner Band, und der hatte mit jeder was. Mit jeder!«

Sie kämpfte mit den Tränen. Die Geschichte erschütterte sie noch immer.

»Sie waren auch auf Borkum bei der Party?« Es war mehr eine Feststellung als eine Frage.

Insa Heide verstand, dass Ann Kathrin Klaasen das Gespräch auf den letzten Abend lenken wollte. Genau davor hatte sie Angst gehabt.

»Alle denken, ich spinne, weil ich ihn gesehen habe. Es tut so gut, dass mir endlich jemand recht gibt. Ich habe damals in Ben Ash einen Schreikrampf bekommen, als er plötzlich vor mir stand. Unsere Klassenlehrerin hat den Notarzt rufen lassen. Ich hatte Angst, ich lande im Amiland in der Psychiatrie ...«

»Außer Ihnen hat ihn niemand gesehen?«

»Nein. Wir kamen vom Times Square und gingen zum Central Park. Ich bin bei Ben Ash rein, weil die so leckeres Gebäck in der Auslage hatten, und da saß Markus und schraubte sich einen Hamburger rein. Er erschrak genauso wie ich und ist augenblicklich abgehauen. Ich bin aus dem Laden raus, hinter meiner Gruppe her, und habe nur gebrüllt wie am Spieß. Unsere Lehrerin dachte, ich hätte irgendeinen Scheißtrip eingeworfen und sei auf den Horrortrip gekommen.«

Melanie Weiß kam mit den Schollen. Sie warf einen kurzen Blick auf Insa Heide und fragte mit gedämpfter Stimme: »Soll ich später wiederkommen?«

Ann Kathrin wollte darum bitten, doch Insa antwortete rasch: »Nein, bitte nicht. Ich habe einen Mordshunger.«

Melanie Weiß lächelte Ann Kathrin an. Beide Frauen hatten in Erinnerung, dass Insa Heide gar keinen Hunger gehabt hatte. Aber Insa bemerkte den Widerspruch nicht. Sie war viel zu sehr mit sich selbst beschäftigt.

Erst als Frau Weiß den Raum verlassen hatte, hakte Ann Kathrin nach, während sie ihre Scholle filetierte: »Was ist auf Borkum geschehen?«

Insa Heide schluckte. Ihr Blick ging plötzlich durch Ann Kathrin Klaasen hindurch, in die Ferne gerichtet, als könne sie dort mit einem Röntgenblick auf einer Leinwand einen Film mit den damaligen Ereignissen sehen. Sie vergaß ihren Fisch. Eine Träne löste sich aus ihrem linken Auge und kullerte bis zum Kinn.

Sie sprach mit erstickter Stimme: »Ich war einfach noch so verliebt, und ich hatte mir das alles ganz anders vorgestellt. Erst kreisten nur die Joints. Markus hat viel geraucht. Der war ein richtiger Kiffer. Der brauchte morgens schon immer erst einen Starter. Ich habe natürlich erst hinterher kapiert, warum der immer so locker drauf war und alles ganz easy ... Ohne Shit im Kopf war er ein Miesepeter und aggressiv.«

Insa Heide schien plötzlich in sich selbst zu versinken, als wäre sie nicht mit Ann Kathrin Klaasen im Smutje, sondern allein zu Hause im Bett.

Ann Kathrin versuchte, sie an den Tisch zurückzuholen, indem sie einen Satzanfang von ihr aufnahm. »Zuerst kreisten also die Joints ...«

Die Worte hingen wie Küchendüfte im Raum. Ein Versprechen, das noch darauf wartete, eingelöst zu werden.

Insa Heide seufzte, setzte sich anders hin, strich sich die Haare aus dem Gesicht und sagte: »Ja ... aber dann verteilte er die blauen Pillen.«

»Was war das?«

»Viagra.«

»Viagra?« Ann Kathrin konnte sich ein Schmunzeln nicht verkneifen. »Brauchte er das? In seinem Alter?«

»Nein, bestimmt nicht. Für den war das eine Partydroge, um stundenlang rummachen zu können. Aber ich wollte das nicht ...«, sie schüttelte sich, »nicht so. Ich fühlte mich nach einer Weile wie geschändet. Aber er war ganz irre, wollte immer weitermachen, fühlte sich toll! Als ich keine Lust mehr hatte, flippte er aus. Er schrie mich an, was ich für eine prüde Betschwester sei und so. Er und sein Freund Hauke hatten vereinbart, die Mädchen nach einer ersten Runde zu tauschen. Weil ich dabei nicht mitgemacht habe, konnte Markus dann nicht mit der anderen, ich glaube, sie hieß Gitti, denn die blieb bei ihrem Hauke, und das hat Markus noch wütender gemacht, und wir haben uns gestritten, und ich wollte nach Hause zurück, aber es fuhr keine Fähre mehr, und ich musste da schlafen und dann …« Sie sprach nicht weiter. Tränen tropften auf die Scholle und die Bratkartoffeln.

Ann Kathrin sagte nichts. Ihrer Meinung nach war es für Menschen an solch seelischen Absturzstellen immer gut, wenn das Gegenüber sich so normal wie möglich verhielt. Kaffee kochte oder Papiertaschentücher bereitlegte.

Insa Heide benutzte die weiche, weißrote Serviette, um sich die Nase zu putzen.

Ann Kathrin aß von ihrer Scholle und schloss für einen Moment die Augen. Sie war als Polizistin viel gewöhnt. Die Gespräche mit Opfern gehörten zu den erschütterndsten Erfahrungen ihres beruflichen Alltags, und Insa Heide war ein Opfer, um das zu erahnen, musste man nicht hellsichtig sein.

Ann Kathrin fragte sich, warum Ubbo Heide den Jungen und seine Drogenfreunde nicht hopsgenommen hatte. Was war geschehen? Jemand hatte seinem Augenstern Schreckliches angetan, und es gab nicht einmal ein Ermittlungsverfahren.

Melanie Weiß erschien, um zu fragen, ob alles in Ordnung sei und ob die zwei einen Getränkewunsch hätten. Sie erfasste die Situation mit einem Blick und zog sich zurück, bevor Insa Heide sie bemerkt hatte.

Da Insa jetzt schwieg und nur noch auf ihrer Unterlippe herumkaute, stellte Ann Kathrin die Frage, die sie schon vielen Frauen während solcher Befragungen gestellt hatte, obwohl sie die Antwort längst wusste. Aber es musste ausgesprochen werden.

»Hat er Sie vergewaltigt?«

Insa Heide nickte fast unmerklich. Es war wie ein Erstarren.

Dann sagte sie mit trockener Stimme: »Auf alle erdenkliche Arten.«

»Und was ist dann passiert? Soviel ich weiß, haben Sie keine Anzeige erstattet, aber zwei, drei Tage später war Markus Poppinga tot.«

»Ja, das stimmt. Ich habe ihm aber mit einer Anzeige gedroht. Ich bin erst weggerannt.«

»Wohin?«

»In die Nordsee.«

»Bitte?«

»Ich weiß, es klingt verrückt, aber ich wusste nicht mehr ein noch aus. Am liebsten wäre ich nach Hause geschwommen. Ich habe dann in den Dünen geschlafen und bin am nächsten Morgen mit der ersten Fähre zurück. Ich habe ihm eine SMS geschickt.«

»Was stand da drin?«

»Ich zeige dich an, du Schwein.«

»Ich habe sie ihm zigmal geschickt. Ich habe immer wieder auf »erneut senden« gedrückt.«

»Und dann?«

Plötzlich von einer Heißhungerattacke gepackt, begann Insa zunächst, sich die Bratkartoffeln reinzuschaufeln. Dann, als sie alle Krabben, jedes Stückchen Speck und jede Kartoffel vertilgt hatte, machte sie sich über die Scholle her. Sie fuhr mit dem Fischmesser einmal längs über den Rücken und hob das weiße Fleisch in zwei Tranchen ab, die sie sich jeweils auf einmal in den Mund stopfte, so dass sie nur noch durch die Nase atmen konnte. Ann Kathrin Klaasen sah fasziniert zu. Insa hob die Gräten ab und aß den Rest. Sie hatte die ganze Scholle – und es war keine kleine gewesen – mit vier gierigen Bissen verspeist. Für die ganze Portion samt Bratkartoffeln und Beilage hatte sie kaum mehr als neunzig Sekunden gebraucht.

Ann Kathrin lehnte sich zurück und staunte. Von ihrer Portion war noch mehr als die Hälfte übrig.

Insa Heide nahm einen großen Schluck Mineralwasser hinterher und sagte dann: »Und dann? Nichts und dann. Es gibt kein ›und dann‹. Ich habe ein paar Tage gelitten und mich schrecklich gefühlt, und noch bevor ich mich entschlossen hatte, meinen Eltern alles zu erzählen und Anzeige zu erstatten, war Markus bereits tot.«

»Ihr Vater weiß gar nichts von der Vergewaltigung?«

»Niemand weiß etwas davon.«

Ann Kathrin glaubte ihr nicht. Sie fragte nichts. Sie sah die junge Frau nur an. Die geriet sofort ins Wanken und versuchte abzulenken: »Ich habe mich danach nie wieder verliebt, das heißt, doch, aber ich konnte mich nicht mehr anfassen lassen. Ich dachte sogar, ich sei lesbisch … Ich … Dann habe ich es doch noch einmal mit einem Typen versucht. Er war ganz nett, und ich dachte, es geht, aber die anderen Bilder haben sich immer darübergeschoben. Wenn wir … alleine waren, dann habe ich irgendwann gar nicht mehr ihn gesehen, sondern nur noch Markus.«

Sie schob den leeren Teller weg.

»Und ihr Vater hat nichts gemerkt?«

»Doch, und er hat mich angesprochen, und ich habe es ihm ja auch erzählt, aber da war Markus schon tot und dann …«

Die Geschichte klang schlüssig für Ann Kathrin, aber sie fragte sich immer noch, warum Ubbo ihr nicht gleich die volle Wahrheit erzählt hatte. Sie nahm sich vor, mit ihm zu sprechen. Noch schob sie den Gedanken von sich weg, er könnte etwas mit dem Tod von Markus Poppinga zu tun haben, obwohl er sich wie eine drohende Gewitterwolke am Horizont ihres Bewusstseins zusammenbraute.

Insa Heide rülpste und hielt sich danach die Hand vor den Mund. Ann Kathrin aß jetzt ruhig weiter. Die Scholle war butterzart.

»Ich wollte das alles nur noch vergessen. Und dann steht

er plötzlich in Manhattan vor mir. Ich dachte, ich krieg zu viel!«

»Haben Sie Markus einen Brief geschrieben und mit ihm Schluss gemacht?«

»Schluss gemacht ist gut. Ich habe mir meinen ganzen Hass von der Seele geschrieben. Es war, als könnte ich alle Liebesbriefe und -schwüre damit ausradieren.«

»Und dann hat er sich umgebracht?«

»Worauf wollen Sie hinaus?«

»Auf nichts. Ich stelle die Dinge nur in eine logische Reihenfolge.«

Kaum war Ann Kathrin mit ihrer Scholle fertig, war Melanie Weiß auch schon bei ihnen, fragte, wie es ihnen geschmeckt hatte, versprach, das Lob an ihren Mann weiterzugeben und bot Desserts an. Sie brachte noch einmal die neue Eiskreation ins Gespräch.

Ann Kathrin war satt und schüttelte den Kopf, aber Insa tönte: »Au ja! Für mich eine doppelte Portion!« Ann Kathrin nahm lieber einen Espresso.

»Was glauben Sie, wer anstelle von Markus Poppinga beerdigt wurde?«

»Keine Ahnung. Markus lebt jedenfalls.«

»Wollen Sie, dass er für seine Tat büßt?«

Ohne zu überlegen, sagte sie: »Ich will sicher sein, ihm nie wieder begegnen zu müssen, und bis vor kurzem war ich das ja auch. Seitdem ist es mit meiner Sicherheit vorbei. Ich schlafe kaum noch, ich kriege tagelang keinen Bissen runter, dann fresse ich wie ein Schwein und ...«

»Ja?«

»Ich will mein Leben zurück, Frau Klaasen, mehr nicht.«

Melanie Weiß brachte das Eis und den Espresso.

Sein Körper krachte gegen die Tür. Von der anderen Seite stemmte Jutta Speck sich dagegen. Holz knirschte, aber die Badezimmertür hielt.

Er stöhnte. Er musste sich wehgetan haben. Er fluchte. Der kleine Triumph für Jutta nährte in ihr die Hoffnung, eine Chance zu haben.

Wer kämpft, kann verlieren, sagte sie sich verbissen. Wer nicht kämpft, hat schon verloren.

Es gab im Badezimmer keine Gegenstände, die sie als Schlagstock hätte verwenden können. Die Toilettenbürste erschien ihr lächerlich.

Sie suchte den Raum ab. Handtücher. Toilettenpapier. Alles weiche Sachen. Nachtcreme. Shampoo. Zahnpasta. Haarspray. Kerzen. Badreinigungsmittel. Sagrotan Pumpspray.

Sie las den Sicherheitshinweis wie eine Offenbarung: *Für Kinder unzugänglich aufbewahren. Nicht gegen Flammen oder glühende Körper sprühen. Entzündlich.*

»Mach auf! Es ist besser für dich. Wenn ich dich da rausholen muss, geht es dir schlecht!«

Die Sagrotanflasche zitterte in ihrer Hand. Sie drückte sich immer noch gegen die Tür, um einem erneuten Angriff zu trotzen, aber sie versuchte gleichzeitig, die Streichhölzer zu erreichen. Sie lagen bei der dicken, selbstgedrehten Bienenwachskerze. Eine kleine Packung Küstengold Zündhölzer. Sie hoffte, dass die Feuchtigkeit im Bad sie nicht unbrauchbar gemacht hatte. Die Hölzer mussten schon lange dort liegen. Sie hatte zum letzten Mal im Winter, in der Weihnachtszeit, als es ihr seelisch so schlecht gegangen war, ein Bad bei Kerzenschein genommen.

»Mach auf! Ich sage es zum letzten Mal! Du schaffst es echt, mich sauer zu machen! Wenn du öffnest, bin ich vielleicht bereit, deine Unverschämtheit zu vergessen, und du darfst das Wochenende als meine Ehefrau mit mir verbringen. Wenn ich dich selbst rausholen muss, dann spielen wir ein anderes Spiel. Die devote Sklavin und der zornige Herrscher.«

Sie öffnete die Streichholzpackung und probierte eins aus. Zweimal riss sie den roten Kopf über die Reibefläche. Vergeblich.

»Das ist unfair, lieber Gott!«, zeterte sie und probierte ein anderes Zündholz aus.

»Ich zähle bis drei. Eins ...«

»Verreck, du Aas!«, schrie sie und erschrak über sich selbst.

Die Streichhölzer fielen ihr herunter und bildeten auf dem Boden das Muster einer Streitaxt. War das ein Zufall, fragte sie sich, oder wollte ihr eine übersinnliche Macht damit sagen: »Kämpfe!«

Sie bückte sich, um die Hölzer einzusammeln.

Plötzlich hatte das alles hier für sie einen Sinn. Sie kämpfte nicht einfach gegen diesen Lupo. Oh nein. Dies war ein Zweikampf mit sich selbst. Wenn sie ihn besiegen würde, dann hätte sie alle Ängste, alles, was sie jemals behindert hatte, besiegt. Dieses starke, manchmal übermächtige Unwohlsein beim Verlassen der Wohnung, das ihr Therapeut »Agoraphobie« nannte und sie selber »Menschenscheu«, damit wäre Schluss, wenn sie sich von Lupo nicht unterkriegen ließ. Er war das fleischgewordene Symbol für alle Probleme, die ihr das Leben bisher schwergemacht hatten. Er stand zwischen ihr und einem fröhlichen Leben in Freiheit.

»Zwei!«

Wenn ich dich schaffe, brauche ich keinen Therapeuten mehr, dachte sie, voller Groll auf all die vertane Lebenszeit.

»Ja, komm nur! Komm, hol mich!«, rief sie und nahm Abstand von der Tür, bereit, ihn mit einer Ladung Sagrotan und einem brennenden Streichholz zu empfangen.

»Drei!«

Sie erwartete, dass er sich gegen die Tür werfen würde. Sie

stellte sich vor, wie er in den Raum stürzte. Dann würde sie ihn ansprühen.

Aber der erwartete Schlag gegen die Tür kam nicht. Stattdessen sagte er: »So. Jetzt hole ich mir Nadine. Bin mal gespannt, ob du der kleinen Prinzessin öffnest, wenn sie dich bittet.«

Jutta Speck riss die Tür auf und spritzte Sagrotan auf ihn. Er hatte damit überhaupt nicht gerechnet, und eine volle Ladung traf ihn im Gesicht.

Sie sprühte noch zweimal auf seine Brust und in seine Haare. Dann versuchte sie, ein Streichholz zu entzünden.

Es ging schief. Der Kopf war feucht oder zu alt. Er hinterließ auf der Reibefläche nur eine schmierige Spur.

Sie versuchte das nächste Zündholz.

Lupo wandte sich gebückt von ihr ab. Er rieb sich die Augen und torkelte ins Wohnzimmer. Jutta schaffte es, das Streichholz aufflammen zu lassen und warf es auf seinen Kopf, wo es in seinen Haaren erlosch. Er schlug danach und schrie.

Jetzt war Nadine wach. Sie tobte in ihrem Zimmer und wollte wissen, was los sei.

Lupo schlug blind um sich. »Du gottverdammtes Luder, du!«

Sie sprühte erneut. Dann lief sie in eine andere Ecke des Zimmers, brachte den Sessel zwischen sich und Lupo und riss das nächste Streichholz an.

Er stolperte auf sie zu und griff nach ihren Haaren. Sie hielt die Flamme gegen seinen Arm. Zunächst geschah eine endlose Sekunde lang nichts, als sei das Zeug eher zum Löschen geeignet als feuergefährlich. Doch dann war eine Stichflamme da, die wie ein Blitz zwischen die beiden fuhr.

Lupo stürzte, und als er am Boden lag, brannte seine Hand bereits lichterloh.

Sie richtete den Strahl noch einmal auf ihn. Aber das ließ sie sofort wieder, denn die Flammen fraßen sich in der Luft am

Sprühregen entlang hoch, wie ein brennender Regenbogen mitten im Wohnzimmer

Er raffte sich auf und floh als brennende Fackel ins Bad. Er sprang unter die Dusche und versuchte, sich unter dem Wasserstrahl Hemd und Hose auszuziehen.

Sie zögerte einen kurzen Augenblick. Sie genoss den Triumph, denn sie hatte die Handlungsführung zurückgewonnen. Endlich ließ sie nicht mehr mit sich machen, sondern machte selbst.

Aber was war als Nächstes wichtig? Ein Messer aus der Küche zu holen? Damit ins Badezimmer laufen und auf den Mann unter der Dusche einstechen? Oder besser Nadine aus dem Bett heben und mit ihr nach draußen fliehen? Schreiend raus auf die Straße zu laufen und die Nachbarn um Hilfe zu bitten? Das Duell zu suchen oder zu fliehen?

In dem Moment stand Nadine im Türrahmen. Sie trug ihren Bärchenschlafanzug und schob die Kiste vor sich her, die Lupo in ihrem Zimmer deponiert hatte. Die Sprengstofferpressung.

Jutta Specks Herz setzte einen Schlag aus und raste dann umso schneller weiter. Mit zwei Schritten war sie bei ihrer Tochter, nahm ihr die Sprengladung ab und lief damit zur Tür. Sie musste diese Bedrohung loswerden. Aber ihr Versuch, das Ding wegzuwerfen, scheiterte an der verschlossenen Haustür.

»Der Schweinehund hat den Schlüssel abgezogen!«, fluchte sie.

Aus dem Bad erklangen jämmerliche, fast mitleiderregende Töne.

»Jutta! Hilf mir! Was hast du mit mir gemacht? Hilf mir! Oh Gott!«

Sie wusste nicht wohin mit dem Sprengstoffpäckchen.

»Mama! Lupo!«, rief Nadine und weinte.

Jutta Speck öffnete das Fenster, um die Bombe rauszuwerfen. Die Blumentöpfe segelten von der Fensterbank. Der blühende Kaktus verfing sich im Teppich. Aber gerade als sie das Paket im hohen Bogen ins Freie werfen wollte, befürchtete sie, genau dadurch die Detonation auszulösen.

Vorsichtig stellte sie das Päckchen auf der Fensterbank ab. Dann drehte sie sich um, um sich Nadine zu schnappen und mit ihr zu fliehen, doch Nadine stand nicht mehr im Türrahmen.

»Nein!«, schrie Jutta. »Nadine! Komm zu mir, Nadine!«

Sie wusste genau, wo ihre Tochter war. Das gute Kind war zu Lupo gelaufen, um ihrem vermeintlichen Freund zu helfen.

Jutta Speck verfluchte sich, denn sie stand wie schockgefroren. Ihre Muskeln gehorchten ihr nicht. Sie wollte losstürmen ins Bad. Wollte ihm ihr Kind entreißen, mit Nadine ins Freie fliehen, doch etwas hielt sie wie ein uraltes Verbot. Jeder Verstoß dagegen wurde mit dem Tod geahndet.

So war es oft gewesen. Wie oft wollte sie die Wohnung verlassen, kam aber nicht bis zum Gartentor, weil Herzrasen und Atemnot sie daran hinderten. Der Körper wurde schwer, und dann ging nichts mehr.

Aber jetzt, so beschloss sie, war der Tod nicht das Schlimmste. Es gab nicht mehr die Möglichkeit, sich ins Schneckenhaus zurückzuziehen. Hier entschied sich alles. Jetzt.

Sie hörte sich selbst brüllen. Es kam ein Laut aus ihr, den sie nie in sich vermutet hätte. Er spülte Wut und Hass mit sich hoch. Emotionen, die fast noch heftiger glühten als die Liebe zu Nadine und die sie aus ihrer Erstarrung lösten und ihr die seelische Kraft gaben, sich im Bad dem Kampf ihres Lebens zu stellen.

Den Umweg über die Küche, um an ein Messer zu kommen, machte sie schlafwandlerisch. Sie bemerkte es erst, als sie das lange, gezackte Teil in der Hand hielt.

Als sie vor ihm stand, registrierte sie mit Erstaunen, dass sie immer noch brüllte, wie die Inkarnation eines Wikingerkriegers, wenn die Heere gegeneinander losstürmten.

Er sah aus, wie sie sich als Kind den Satan vorgestellt hatte, geradewegs aus der Feuerglut der Hölle gekommen, mit dampfendem Körper und irrem Blick. Nur – der Teufel hielt ihre kleine Tochter unter dem Arm wie ein Gepäckstück.

»Lass das Messer fallen«, forderte er. »Lass es fallen, oder ich breche ihr das Genick.«

Nadine baumelte jetzt vor ihm wie ein lebendiger Schutzschild. Er hielt sie nur noch am Hals fest. Mit schreckensweit aufgerissenen Augen erkannte Nadine, dass Lupo keineswegs der nette Onkel war, für den sie ihn gehalten hatte.

Er schüttelte sie. »Du sollst das Messer fallen lassen, verdammt!«

Sie sah ihr Kind und tat, was Lupo von ihr verlangte.

»Und jetzt knie dich hin.«

Sie tat auch das. Sie wollte ihn bitten, ihr Kind zu verschonen, aber ihre Stimme versagte.

»Ich bin verdammt wütend«, sagte er. »Verdammt wütend!«

Professor Okopenko erfuhr von der Geschichte im Internet. Damit war für ihn augenblicklich klar, dass der Terminator hinter ihm her war. Man hatte ihn fallenlassen. Nach all den Jahren war er zum Sicherheitsrisiko geworden. Sie hatten nicht einmal den Versuch unternommen, ihn zu warnen, geschweige denn, ihm eine neue Identität anzubieten.

Er konnte nicht nach Deutschland zurück, zumindest nicht als Alexander Okopenko. Er verfluchte die Al-Qaida-Terroristen. Durch sie wurde alles unglaublich schwierig, mit falschen Pässen ein- und auszureisen war im Grunde kaum noch möglich. Biometrische Daten wurden erfasst und waren eine hohe Hürde.

Er kannte einen Weg, aus den Staaten rauszukommen, falls das Loch inzwischen nicht gestopft worden war, und über Costa Rica gab es eine Möglichkeit, nach Amsterdam zu kommen. Er hatte sich schon vor Jahren einen niederländischen Pass besorgt, der besser war als jeder echte. Der kluge Mann baut vor. Inzwischen kam es ihm fast absurd vor, wie lange alles gutgegangen war.

Daphne war tot. Auf eine Art machte ihn das frei, endlich ein Leben ohne diese erdrückende Verantwortung zu führen, aber er wurde dadurch gleichzeitig zu einem Gejagten. Die Polizei fürchtete er nicht so sehr wie den Terminator.

In Südamerika gab es zwei Staaten, die würden ihn niemals ausliefern. Dort hätte er ein Leben wie Gott in Frankreich führen können. Geld spielte keine Rolle, und einen zauberhaften sicheren Platz zum Leben würde man ihm sofort zur Verfügung stellen, da machte er sich keine Sorgen. Nur, dort würde der Terminator ihn finden. All diese Kontaktleute und Firmen waren ihm bekannt. Er würde sie alle abgrasen auf der Suche nach ihm.

Er wog ab, welche Möglichkeiten er hatte. Er konnte sich stellen. Aber er bezweifelte, dass er das lange überleben würde. Es hatte mehrere Versuche dieser Art gegeben, sich zum Kronzeugen zu machen oder auch nur aus Rache auszupacken. Er kannte keinen, der das länger als vierundzwanzig Stunden überlebt hatte.

Er bedauerte es, nicht nach Westerstede zurückkehren zu können, gleichzeitig freute er sich geradezu, endlich einen Grund für einen Neuanfang zu haben.

Wie hätte das weitergehen sollen mit Daphne und ihm? Irgendwann hätte er sie nicht mehr versorgen können, durch Krankheit oder Tod. Er hatte jetzt schon versucht, ihr einen Ersatz zu beschaffen, aber das war schwer. Sie war sehr unzugänglich, verschlossen wie eine Auster, und sie konnte sehr abweisend sein.

Jetzt war sie tot. Es schmerzte ihn, und es erleichterte ihn, und er war sich beider Gefühle bewusst.

Er wollte versuchen, sich nach Amsterdam durchzuschlagen,

um die letzten Jahre in Holland zu verbringen. Aber bevor er sich dort zur Ruhe setzen konnte, hatte er noch etwas zu erledigen. Etwas, das schwer auf seinem Gewissen lastete. Es gab da noch eine Schuld, die er nicht mit ins Grab nehmen wollte.

Die Situation, um Eike zu treffen, war denkbar günstig. Seit Frank wusste, dass Jule eine neue Niere in Aussicht hatte, war er wesentlich entspannter. Ann Kathrin hatte sich die Akten mit nach Hause genommen, aber sie hatte nicht vor, sie jetzt zu studieren. Alle Fakten lagen auf dem Tisch, sie mussten nur noch sortiert und ausgewertet werden.

Ein schöner Sonntagsbesuch. Ann Kathrin nahm sich vor, keine kritischen Fragen zu stellen. Mit keinem Wort wollte sie Eikes Schulnoten erwähnen und auf jeden Fall vermeiden, eine neugierige Frage zu Papas Geliebter zu stellen oder gar zum Stand der Beziehung. Insgeheim hoffte sie immer noch, Susanne Möninghoff würde Hero eines Tages oder besser noch, eines Nachts, rausschmeißen. Wie groß wäre ihre Genugtuung, wenn er sie wenigstens für eine Nacht um Asyl in ihrem Haus bitten würde ...

Sie wusste, dass das niemals geschehen würde. Es gab Hotels, und selbst wenn während der Sommerferien in Nordrhein-Westfalen alle Hotels und Ferienwohnungen belegt waren, er hatte Freunde, ja ehemalige Patientinnen, die nur zu gern bereit waren, ihn aufzunehmen.

Ann Kathrin wollte, wenn irgend möglich, ein paar unbeschwerte Stunden mit ihrem Sohn verbringen und vielleicht dazu beitragen, dass sich sein Verhältnis zu Weller besserte.

Eigentlich hatte sie vorgehabt, die Ostfriesentorte selbst zu machen. Wellers Worte klangen ihr noch in den Ohren: »Kochen und Backen, das hat so etwas Meditatives. Man findet wieder zu sich, man riecht, man schmeckt, man wird wieder Mensch.«

Ja, er konnte das – mitten im größten beruflichen Chaos eine Fischsuppe zubereiten und sich mit solchen Problemen auseinandersetzen wie: »Meinst du, es muss noch ein bisschen frischer Ingwer hinein, oder wird der Geschmack dann zu dominant?«

Sie beneidete ihn darum. So fand er zu seiner eigenen Kraft zurück. Ann Kathrin wusste nicht einmal, ob sie in der Lage war, den Besuch von Eike durchzustehen, auf den sie sich eigentlich so sehr gefreut hatte.

Noch immer siezte Eike Weller. Er war nicht bös zu ihm, nicht gemein, er schnitt ihn nicht, nein, er siezte ihn einfach. Das reichte ihm als Protest gegen Mamas neuen Lover aus.

Die Situation schmerzte Ann Kathrin, denn Susanne Möninghoff siezte Eike keineswegs, sondern er fand sie *ganz wunderbar, ganz zauberhaft und total cool.* Er redete über sie, als sei er verliebter als sein Vater.

Ihr Vater hatte Ostfriesentorte mit Branntweinrosinen geliebt. Jedes Mal, wenn sie aus dem Ruhrgebiet nach Ostfriesland in die Ferien fuhren, musste er als Erstes in ein Café, um seine »Oostfreesentort mit Burenjungs«, wie er sie nannte, zu essen. Über die geschmacklichen Unterschiede der Ostfriesentorte im Café ten Cate, bei Remmers oder Grünhoff konnte ihr Vater Vorträge halten.

Eike ging damals noch in den Kindergarten, wollte aber, vermutlich um seinem Opa zu gefallen, auch davon probieren und erklärte sie ebenfalls zu seiner Lieblingstorte. Je mehr Ann Kathrin ihm verbot, davon zu essen, umso begehrlicher wurde die Torte. Er bekam immer ein paar Stückchen vom Biskuit und von der Sahne, sie versuchte aber, die Branntweinrosinen vorher herauszufischen. Natürlich behauptete Eike, die seien das Beste an der ganzen Torte.

Ihr Vater fand das komisch und konnte darüber laut lachen: »Ja, der Junge gefällt mir«, freute er sich, »der hat wenigstens Geschmack! Aus dem wird mal etwas.«

Auch nach dem Tod seines Großvaters war Eike der Leidenschaft für Ostfriesentorte treu geblieben. Er war wahrscheinlich das einzige Kind, das sich zum Geburtstag keinen Guglhupf wünschte, keine Erdbeertorte und erst recht keine Krapfen, sondern eine Ostfriesentorte. Er versuchte, das Wort immer auszusprechen wie sein Großvater, aber es klang aus seinem Mund meist komisch.

Um bei ihm zu punkten, wollte Ann Kathrin die Torte selbst machen. Sie hatte sich von ihrer Nachbarin Rita Grendel ein Rezept für Branntweinrosinen geholt. Rita kannte sich damit aus. Bei einer Puppvisit hatte Ann Kathrin das Getränk kennengelernt.

Jetzt fischte sie die eingelegten Rosinen aus der Sinbohntjesopp. Sie konnte nicht widerstehen und probierte ein paar.

Sie hatte Eigelb mit Zucker schaumig gerührt und ließ dann Bourbonvanillezucker in die Masse rieseln. Als sie dann das Eiweiß steif schlug, gab sie von dem Branntweinrosinensud dazu. Der Biskuitboden war schon abgekühlt. Auch die Sahne gelang mit einer Prise Bohntjesopp, aber dann, als Ann Kathrin die Creme von der Arbeitsplatte auf den Küchentisch hieven wollte, klingelte ihr Handy. Sie wurde sofort wütend. Eine Riesenenttäuschung kündigte sich an. Wahrscheinlich würde Eike jetzt wieder absagen, und sie stünde mit all dem ganz alleine hier.

Die Creme fiel ihr aus der Hand, alles klatschte auf den Boden und spritzte an der Einbauküche hoch. Die Sprenkel sahen aus wie von einem Designer der Marke »Schlimmer Wohnen« entworfen.

Ann Kathrin kümmerte sich zunächst nicht um den Unfall, sondern riss das Handy hoch und wartete auf die negative Nachricht, aber Eike war gar nicht dran, sondern Ubbo Heide hatte auf ihre Mailbox gesprochen. Irgendjemand hatte sich mal wieder über ihre Arbeitsmethoden beschwert. Sie hörte gar nicht weiter zu, sondern knipste das Gespräch weg.

Sie sah auf die Uhr. In einer halben Stunde würde Eike kommen – wenn er denn ausnahmsweise mal pünktlich war.

Ann Kathrin sprang in ihren froschgrünen Twingo, der zunächst nicht ansprang. »Bitte«, sagte sie, »bitte lass mich jetzt nicht im Stich«. Und der Motor tuckerte tatsächlich los.

Sie hatte so ein merkwürdiges Verhältnis zu den Dingen. Sie sprach mit ihnen, und oft hatte sie das Gefühl, die Dinge ließen sich beeinflussen. So ein Auto brauchte eben auch seine Streicheleinheiten, und wann wurde es für seine Mitarbeit schon mal gelobt?

Sie strich übers Armaturenbrett und sagte: »Danke.« Dann fuhr sie in die Stadt. Sie parkte an der Post und rannte schnell zu ten Cate. Es roch so, wie es nur bei ten Cate riecht. Ann Kathrin nahm einen tiefen Atemzug.

Monika Tapper sah Ann Kathrin an, als ob sie etwas sagen wollte, es aber für sich behielt und lächelte. Ann Kathrin mochte Monikas freundliche Art, auf Menschen zuzugehen. Sie kannte sie als Schauspielerin von ostfriesischen Stücken.

Frau Tapper hatte nur noch eine halbe Ostfriesentorte, aber eine halbe ist besser als gar keine, dachte Ann Kathrin und kaufte sie. Auf der Theke lag ein Kurier, auch den nahm Ann Kathrin mit. Sie wollte wissen, was über den Fall geschrieben wurde. Die Meinung vom Kurier war ihr wichtiger als die der »Welt« oder »FAZ«, denn die Menschen, mit denen sie zu tun hatte, lasen dieses Blatt.

Als sie zu ihrem Auto zurückkam, flatterte ein Strafmandat hinterm Scheibenwischer im Wind und gab ein knatterndes Geräusch von sich.

Mit ihrer Ostfriesentorte in der Hand und dem Kurier unterm Arm konnte sie nicht gerade für sich ins Feld führen, dass dies hier ein dringender dienstlicher Einsatz war. Sie akzeptierte also mürrisch die fünf Euro Buße und fuhr schneller nach Hause zurück, als die Polizei erlaubte. Lediglich kurz vor der Linteler

Schule ging sie runter auf Tempo dreißig und fuhr dann sogar im Schritttempo weiter. Am Bahnübergang trat sie das Gaspedal wieder durch. Sie wollte auf jeden Fall vor Eike zu Hause sein, was ihr auch gelang.

Schon als sie die Tür öffnete, wusste sie, dass Weller im Haus war. Sie rief noch: »Vorsicht in der Küche! Mir ist da etwas hingefallen! Rutsch bloß nicht aus!«, da hörte sie ein Krachen und Scheppern, dann Wellers Stöhnen. Mit drei Schritten war sie bei ihm. Er lag verrenkt, die Beine unterm Holztisch, den Kopf am Herd, in einer Creme aus Sahne, Eiweiß und Bohntjesopp.

Ann Kathrin sah ihn schuldbewusst an und erwartete, dass er ausflippen würde, aber so war Weller nicht. Er stöhnte, überprüfte kurz, ob er sich auch nichts gebrochen hatte, dann fuhr er mit dem Zeigefinger durch die Creme und probierte.

»Nicht schlecht«, sagte er, »vielleicht ein bisschen viel Branntwein. Aber mir schmeckt's.«

»Du solltest dich umziehen, bevor Eike kommt«, sagte sie. »Ich mache hier in der Zeit schnell sauber.«

Weller erhob sich umständlich und grinste: »Vielleicht solltest du dich auch umziehen.«

»Wieso?«, fragte sie, dann erst sah sie an sich herunter. Sie sah noch viel schlimmer aus als er.

»Mein Gott«, sagte Ann Kathrin, »ich Idiotin bin gerade so durch die Stadt gelaufen.« Sie zeigte an sich herunter und begriff, warum Monika Tapper sie so merkwürdig angesehen hatte.

»Och«, grinste Weller, »mach dir nichts draus. Es steht dir im Grunde gut. Ich mag ja so schrille Farbkombinationen.«

Als Eike glücklicherweise mit gut fünfzig Minuten Verspätung kam und seiner Mutter eine geklaute Rose schenkte, war die Küche schon wieder in gutem Zustand. Weller und Ann Kathrin hatten sich geduscht und umgezogen. Weller und sie hatten die Torte noch nicht angerührt, aber bereits einen doppelten

Espresso genossen und dazu eine Flasche St.-Ansgari-Mineralwasser getrunken. Weller meinte zwar, hier in Ostfriesland sei das Leitungswasser so gut, da brauche man kein Mineralwasser, doch zur Feier des Tages wollte auch er ein bisschen Blubberwasser probieren.

Die beiden waren gutgelaunt und sahen sich an wie frisch Verliebte. Weller murmelte etwas davon, dass eine Ostfriesentorte, die man an die Wand klatscht, durchaus beziehungserfrischend wirke, und versuchte, sich nicht darüber zu ärgern, dass Eike ihn wieder demonstrativ siezte. Immerhin schien die Torte Eike zu schmecken, er nahm schon das zweite Stück.

Die Schüsseln und der Schneebesen standen noch in der Spüle. Eike fragte seine Mutter: »Hast du die selbst gemacht?«

Ann Kathrin schüttelte den Kopf, aber Weller antwortete für sie: »Na klar. Ossitorte ist eine Spezialität deiner Mutter und ihre Bohntjesopp macht süchtig, findest du nicht?«

Gerade wollte Weller ihm ein Glas davon anbieten, aber Ann Kathrins Blick stoppte ihn. Sie war nicht der Meinung, dass man Fünfzehnjährigen Schnaps aufdrängen sollte.

Die Gunst der Stunde nutzend, schlug Weller vor: »Lasst uns doch bei dem schönen Wetter auf die Terrasse gehen.« Dann sah er Eike aufmunternd an und fragte: »Was meinst du? Sollen wir nicht Du zueinander sagen? Immerhin sind wir doch so gut wie verwandt.«

»Ja?«, fragte Eike. »Wie das denn? Sie sind nicht mein Vater, und spielen Sie sich ja nicht so auf! Sie haben mir nämlich gar nichts zu sagen.«

Weller hob abwehrend die Arme. »Um Himmels willen, das habe ich doch auch gar nicht versucht. Ich wollte nur nett sein. Ich meine, ich fände es nur natürlich, wenn wir uns duzen. Wie sieht das denn aus, wenn du den … Freund deiner Mutter immer siezt?«

»Meine Eltern haben mir beigebracht, höflich zu älteren

Menschen zu sein«, konterte Eike. »Aber mal sehen. Ich schlage Ihnen ein Spiel vor.«

»Ein Spiel? Ich steh auf Spiele.«

Alles fand Weller besser als so eine dämliche, spitzfindige Diskussion.

»Sie sagen doch immer, ein Kriminalist muss ein Mathematiker sein. Am Ende muss die Gleichung aufgehen, egal, welchen Rechenweg man geht. Es gibt einen eindeutigen Täter. Es gibt eindeutige Beweise und ...«

»Jaja«, freute sich Weller, »mit Logik und Fakten ...«

Ann Kathrin verzog abfällig den Mund. »Ja, sicher, Logik und Fakten sind ganz klasse, aber ein Kriminalbeamter muss wie ein Spürhund sein. Er braucht Jagdinstinkt und Hundehaare in der Nase. Er muss riechen, schmecken, fühlen, und ...«

Weller warf Ann Kathrin nur einen Blick zu. Sie verstand sofort. *Bitte geh mir doch jetzt nicht mit dieser alten Debatte dazwischen, wenn ich gerade versuche, eine irgendwie erträgliche Beziehung zu deinem Sohn aufzubauen.*

Sie schwieg und aß das letzte Stück Torte.

»Okay«, sagte Eike, »ich stelle Ihnen jetzt eine Rechenaufgabe. Wenn Sie die lösen können, sage ich ab sofort Du zu Ihnen. Wenn nicht, bleibe ich beim Sie. Einverstanden?«

Weller nickte, fand aber kurze Zeit später sein Nicken etwas voreilig. Sollte er hier hereingelegt, ja vorgeführt werden?

»Also«, begann Eike, »sechsunddreißig erwachsene Menschen fahren mit der Bahn. An einer Haltestelle steigen fünf Leute aus und sieben Kinder ein. An der nächsten zwei Frauen und ein Mann.«

Aha, dachte Weller, jetzt konzentrier dich. Das kann ja nicht schwer sein. Wahrscheinlich geht es am Ende darum, wie viele Frauen, wie viele Männer und wie viele Kinder in der Bahn sind. Er hat gesagt, sechsunddreißig erwachsene Menschen, also waren da noch keine Kinder in der Bahn, jetzt sind zwei Frauen und ein Mann dazugestiegen, fünf Leute sind ausgestiegen, sieben Kinder ein, also sind jetzt einundvierzig Menschen in der Bahn, davon ganz sicher sieben Kinder und zwei Frauen.

»An der nächsten Haltestelle steigen vier Kinder aus, dafür aber drei Frauen und elf Männer ein.«

Unter dem Tisch nutzte Weller seine Finger, um mitzuzählen. Es tat ihm leid, dass er nur zehn und nicht elf Finger hatte.

Ann Kathrin sah zwischen den beiden hin und her. Sie hatte schon die Übersicht verloren und fragte sich, was passiert hier eigentlich?

»Dann, an der nächsten Haltestelle, steigen alle Männer aus. Wahrscheinlich ein Fußballplatz«, Eike grinste und Weller lachte betont laut, um dem Jungen zu zeigen, dass er seinen Witz lustig fand. Natürlich verbarg sich dahinter auch eine kleine Spitze, denn Eike wusste genau, dass Weller sich nicht für Fußball interessierte. Er kannte nur zwei Sportarten: Boßeln und Skat.

»An der nächsten steigen dann zwei Kinder ein. Der Bus wackelt, und es wirbelt alle mächtig durcheinander. An der nächsten Haltestelle steigen zwölf Frauen aus und vier Kinder ein. Drei Männer schaffen es noch in letzter Minute, als der Bus schon anfahren will, reinzukommen, dann erst geht die Fahrt weiter.«

Diesmal kriegst du mich nicht, dachte Weller. Es sind jetzt nur drei Mann im Bus und neun Kinder. Der Rest Frauen. Aber ich krieg auch noch raus, wie viele Frauen es sind. Warte, Junge, ich bin nicht blöd.

»Können Sie mir noch folgen, Herr Weller?«, fragte Eike.

Weller nickte. »Und ob.«

»Also, dann steigen an der nächsten Haltestelle alle Frauen aus und ein Mann ein.«

Klasse, dachte Weller, jetzt habe ich die Aufgabe endlich im Griff. Im Bus sind zwei Männer, neun Kinder und der Fahrer.

»Dann steigen zwei Frauen und vier Kinder ein.«

Weller nickte zufrieden und lehnte sich entspannt im Sessel zurück.

»Und wie viele Haltestellen waren das jetzt?«, fragte Eike, Ann Kathrin konnte sich ein Lächeln nicht verkneifen. So leid es ihr für Weller tat, so stolz war sie auch auf ihren Sohn.

Weller ballte die Faust. Am liebsten hätte er sie hart auf den Tisch gedonnert und seine Espressotassen gegen die Wand geschleudert. Er hatte sich mal wieder von dem Fünfzehnjährigen hereinlegen lassen.

Er war sauer auf Eike, auf sich selbst, auf die ganze Situation, aber er bemühte sich, es zu überspielen, um nicht mehr Beziehungsporzellan zu zerschlagen als notwendig und nickte stattdessen anerkennend: »Prima. Clever. Hast mich geschafft. Ich habe die Haltestellen nicht mitgezählt.«

»Macht keiner«, triumphierte Eike. »Aber ich frage mich natürlich, wie ihr, wenn ihr so unlogisch vorgeht, eure Kriminalfälle löst. Ihr seht das Offensichtliche nicht, das ganz Einfache, das, was auf der Hand liegt. Jeder Fünfjährige hätte mitzählen können, wie viele Haltestellen es waren. Den ganzen anderen unwichtigen Mist wahrscheinlich nicht.«

»Ja«, sagte Weller zerknirscht, »da hast du wohl recht.«

Der Rest des Nachmittags verlief eigentlich ganz harmonisch. Eike siezte Weller und sprach ihn mit »Herr Kommissar« an. Nachdem das zwei-, dreimal geschehen war, Weller den Elektrogrill aufbaute und das Fleisch vorbereitete, stupste Ann Kathrin Eike an: »Nun ist aber gut.«

»Wieso, Mama? Wer hat mir denn immer beigebracht, man muss auch mal verlieren können?«

»Ja«, sagte sie, »stimmt, muss man ja auch.«

Eike grinste. »Siehste, und er hat verloren.«

Eike blieb dann doch nicht, wie eigentlich besprochen, zum Grillen, sondern wünschte den beiden nur einen Guten Appetit. Er hatte noch einen »dringenden Termin«, er wollte

Freunde in Hage treffen. Sie hatten sich im Eiscafé Sant Agata verabredet.

Weller war im Grunde erleichtert, Eike endlich los zu sein, versuchte aber, Ann Kathrin das nicht zu zeigen, denn er wusste, wie sehr sie um die Beziehung zu ihrem Sohn kämpfte.

Weller zählte die marinierten Koteletts und die Grillwürstchen. »Ich hab sowieso viel zu viel eingekauft«, sagte er, »und jetzt, ohne den Bengel ...«

»Ich rufe Rita und Peter an«, schlug Ann Kathrin vor. »Gemeinsam putzen wir das locker weg.«

Weller freute sich auf die beiden. Ist ja auch schön, wenn mal nette Leute zu Besuch kommen, dachte er, sagte es aber nicht, um Ann Kathrin nicht wehzutun.

Lupo spülte die Schmerztabletten mit einem Corvit aus einem Wasserglas herunter. Weil ihm der Kornbrand nicht schmeckte, verzog er den Mund und suchte etwas zum Nachspülen. Es gab Obstbrände. Himbeer und Williams Christ. Er nahm einen Himbeergeist direkt aus der Flasche.

Jutta Speck saß gefesselt auf einem Küchenstuhl. Der Knebel in ihrem Mund hatte sich voll Speichel gesogen. Sie würgte und versuchte, das Handtuch auszuspucken, aber es war viel zu groß. Ihre Kiefermuskulatur schmerzte, weil sie den Mund seit Stunden so weit aufgerissen hielt.

Lupo zerkleinerte jetzt Tabletten in dem Wasserglas und goss Himbeergeist nach. Dann führte er das Glas an Nadines Mund. »Komm, Süße. Trink.«

Der Anblick löste eine Energiewelle in Jutta Speck aus. Sie hoppelte samt Stuhl durch die Küche auf Nadine zu. Das Kind verzog angewidert den Mund und presste die Lippen fest aufeinander.

Jutta machte trotz des Handtuchs in ihrem Mund protestierende Laute.

Lupo streichelte zärtlich über Nadines Haar. »Trink, meine Prinzessin. Das ist Medizin.«

Nadine schüttelte den Kopf.

Er hielt ihr das Glas unter die Nase. »Hm, riech mal, Himbeeren.«

Aber Nadine wehrte sich heftig und biss in Lupos Hand. Er stieß sie zurück. »Böses Kind!«, sagte er.

Dann zog er den Knebel aus Jutta Specks Mund. Sie japste nach Luft und schrie mit irrer Stimme: »Sind Sie verrückt? Sie ist drei! Sie können ihr doch nicht diesen giftigen Mist einflößen!«

»Sie muss jetzt schlafen. Ich glaube, es ist besser für sie, wenn sie nicht mitkriegt, was gleich geschieht, und ihr Gejammere geht mir auf den Keks! Hast du einen besseren Vorschlag, damit sie still ist?«

Jutta Speck riss die Augen weit auf. Dann sagte sie leise, mit schmerzendem Kiefer: »Mein kleiner Liebling wird einfach ins Bett gehen und brav schlafen, nicht wahr, Nadine?«

»Nein, wird sie nicht. Wovon träumst du eigentlich? Ich lass mich nicht noch einmal reinlegen. Ich war nett zu euch! Wollte nur ein bisschen bleiben und gut behandelt werden! Aber nein! Schau mich an! Wie sehe ich aus? War das nett von euch? Du hast mich angezündet, du Drecksstück!« Er griff Juttas Unterkiefer und bog ihren Kopf zur Seite. »Los, sag ihr, dass sie trinken soll, oder ich geb ihr die Ladung intravenös.«

Peter Grendels lautes Lachen tat Ann Kathrin Klaasen gut. Sie suchte einen Flaschenöffner. Darüber konnte Peter nur grinsen. Er ließ den Flaschenhals in seiner großen Hand verschwinden und als er die Hand wieder öffnete, lag der Kronkorken zwischen seinen Fingern. Er goss ein und nahm einen tiefen Schluck.

»Wie hast du das denn gemacht?«, fragte Ann Kathrin.

»Ich bin Maurer«, witzelte Peter. »Das ist so eine Art Berufsgeheimnis.«

Ann Kathrin konnte sich nur vorstellen, dass er seinen Ehering als Öffner benutzt hatte.

»Mach das Kunststück doch für mich noch einmal«, schlug Weller vor und wendete die Würstchen von Meister Pompe auf dem Grill.

Ann Kathrin sah genau hin. Wieder ließ Peter den Flaschenhals mit spielerischer Leichtigkeit in seiner Hand verschwinden, schloss sie kurz, und als er sie öffnete, war der Kronkorken ab.

Sie wollte hier mit ihren Nachbarn entspannen. Sie sollte mit Rita über die Idee, gemeinsam einen Einkaufsbummel in Groningen zu machen, reden. Aber irgendwie brachte Peters »Berufsgeheimnis« sie wieder auf Markus Poppinga und die Frage, wie kann einer auf Borkum sterben und in New York leben. Hatte sie es mit einem Taschenspielertrick zu tun? Sollten sie und Ubbo Heide und die Behörden einfach nur reingelegt werden?

Weller erzählte von New York. Von ihrem Gang über die Brooklyn Bridge und wie er sich als King Kong auf dem Empire State Building gefühlt hatte.

Rita sah Ann Kathrin an und sagte: »Du bist ja noch ganz woanders, Mädchen. Kannst du gar nicht aussteigen?«

Ann Kathrin fühlte sich von Rita verstanden. Es verstieß gegen alle Regeln, aber sie erzählte ihr von den Ermittlungen, und irgendwann schwieg Weller, und alle hörten nur noch ihr zu, und sie konnte mit ihren Zweifeln und ihren Fragen da sein. Sie brauchte keine fertigen Antworten, und das tat gut.

Weller legte die ersten Rostbratwürstchen auf die Teller und dann ein paar Koteletts. Die drei aßen mit Heißhunger, während Ann Kathrin redete und das Fleisch auf ihrem Teller kalt werden ließ.

Ein kurzes Luftholen von ihr nutzend, fragte Weller: »Soll ich noch Fleisch auflegen oder ...«

Peter reckte sich im Gartenstuhl hoch, um einen Blick auf die Grillvorräte zu werfen. Gleich demonstrierte Weller, was er zu bieten hatte: »Schaschlikspieße, Curryfrikadellen, Minutensteaks und ...«

Abwehrend hob Peter die Hände. »Stopp. Genau in der Reihenfolge bitte!«

Die Männer lachten, und Weller roch an der Curryfrikadelle. »Mein fränkischer Kollege Huberkran nennt so etwas Fleischpflanzerl«, spottete Weller. »Sind aber echt gut gewürzt, eine Mischung aus ...«

Rita bemerkte, dass Ann Kathrin innerlich immer noch an etwas ackerte. Sie wollte ihr so gerne helfen. Es kam ihr vor, als säße Ann Kathrin in einem gefährlichen Sumpf fest, der sie langsam immer tiefer zog.

Rita reichte ihr die Hand, um sie herauszuziehen: »Wenn man mal einen Moment loslässt und sich nicht die ganze Zeit krampfhaft den Kopf zerbricht, dann fällt einem oft plötzlich die Lösung ein, als bräuchte das Gehirn einfach die Gelegenheit, in Ruhe die richtigen Kontakte zu schalten.«

In dem Augenblick war Ann Kathrin wie elektrisiert. »Wenn du wüsstest, Rita, wie recht du hast!«

Ann Kathrin federte aus dem Stuhl hoch und lief ins Haus.

Die Curryfrikadellen waren schon gar, aber sie ließ sich immer noch nicht wieder sehen.

»Ich wette, die sitzt im Arbeitszimmer über ihren Akten«, orakelte Rita.

»Also, die Frikadellen sind durch«, sagte Weller. Peter probierte den Senf aus Bautzen dazu.

Rita ging hoch zu Ann Kathrin. Es war genau so, wie sie erwartet hatte. Ann Kathrin saß vor ihrem Laptop, und vor ihr lagen Papiere.

Die Tür stand weit auf und Rita trat ein. »Loslassen«, scherzte sie, »sieht eigentlich ganz anders aus.«

»Es steht alles in den Akten«, sagte Ann Kathrin mit geradezu kindlichem Erstaunen. »Das nutzt aber nichts. Man muss sie auch richtig lesen. Kombinieren und ...«

Rita gab ihr recht. »In der Grundschule nennen sie das sinnerfassendes Lesen! Und nun komm, der Salat wird welk, der Wein wird warm und das Fleisch kalt.«

»Kein THC im Körper. Weder im Blut noch im Fettgewebe wurde THC nachgewiesen.«

Rita stemmte die Fäuste in die Hüften. In ihrem Gesichtsausdruck lag die Frage: Und deswegen werden jetzt unsere Frikadellen kalt? Aber sie sagte nichts.

Ann Kathrin nickte zustimmend, als hätte sie sich selbst gerade eine Geschichte erzählt. »Er hat regelmäßig größere Mengen Cannabis konsumiert. Also muss THC bei ihm nachgewiesen worden werden. Außerdem gibt es auch keinen Hinweis auf Sildenafil.«

»Was soll das sein?«, fragte Rita. »Klingt wie Rattengift.«

»Es bleibt bei der Einnahme von Viagra im Körper zurück.«

Rita pfiff durch die Lippen. »Nehmen das jetzt schon die Gymnasiasten?«

»Ja. Zumindest hat Insa Heide mir das glaubhaft versichert, und weißt du, was das bedeutet, Rita?«

»Ja«, sagte Rita. »Erstens, dass der tote Junge auf Borkum nicht Markus Poppinga gewesen sein kann und zweitens, dass wir jetzt runtergehen können, bevor die letzten Sachen von unseren Männern weggeputzt werden.«

Ann Kathrin hakte sich bei Rita ein. Gemeinsam gingen sie die Treppe hinunter.

»Aber weißt du, was ich mich frage, meine Süße?«, fragte Rita. »Nein. Was?«

»Warum haben die Eltern nicht erkannt, dass der Tote nicht ihr Sohn war? Ich meine, der war doch nicht durch einen Unfall entstellt oder so ...«

»Gute Frage!«, sagte Ann Kathrin. »Und jetzt will ich so ein Stück Fleisch!«

Als die zwei wieder auf der Terrasse erschienen, sagte Peter mit ernster Miene: »Schön, dass ihr wieder da seid. Wir hätten euch beinahe was übrig gelassen.«

Dann zauberte er den Teller mit den zur Pyramide aufgestapelten Curryfrikadellen hinter seinem Rücken hervor.

Rita zeigte auf Peter und hielt ihn Ann Kathrin als Beispiel vor: »Siehst du, der kann auch loslassen und entspannen, und im Moment hat der so viel Arbeit, der könnte sich klonen lassen und hätte immer noch genug zu tun.«

Peter bestrich eine Frikadelle mit Senf. »Ja«, lachte er, »klonen wäre die Lösung. Während ich hier in Ruhe mit euch auf der Terrasse sitze, macht eine Kopie von mir die Buchführung, ein anderer baut das Zweifamilienhaus in Hage fertig und der Dritte ...«

»... holt uns noch ein paar Bier aus dem Kühlschrank«, ergänzte Weller.

Peter stand auf und tat, was eigentlich für den dritten Klon vorgesehen war.

Ohnmächtig, in Embryonalhaltung zusammengekrümmt, lag Nadine auf einem Kissen im Wohnzimmer. Aus ihrem halbgeöffneten Mund lief eine gelbe Flüssigkeit.

Der Anblick ihrer Tochter zerriss Jutta Speck innerlich.

Sie wird sterben, dachte Jutta, sterben, wenn ich das Blatt nicht wende.

Lupo befreite sie von den Fesseln. Er hatte Hunger.

Er rieb seine verbrannte Haut erneut mit Betaisodona Brandsalbe ein. Die kühlende Creme tat zwar gut gegen Sonnenbrand, aber seine Verletzungen waren schlimmer.

Der Alkohol und die Schmerztabletten machten ihn unberechenbar. Er brauchte jemanden, an dem er seine Wut über die ganze, missglückte Aktion auslassen konnte.

Da sah er auf der Straße die Jungs mit ihren Rädern.

Endlich. Ich wusste, dass ich euch kriege!

Er konnte sie schlecht hereinrufen, das musste Jutta Speck für ihn tun.

»So?«, fragte sie und zeigte auf sich. Sie trug nur ihre Unterwäsche und sah schrecklich aus, mit wirren Haaren und verheultem Gesicht. Ihre Lippen waren aufgeplatzt und eingerissen. Sie hatte nie gekannte schwarze Ränder unter den Augen.

»Zieh dir einen Bademantel über, bring dich ein bisschen auf Vordermann und dann hol sie mir rein. Wehe, du verpatzt das, meine Geduld mit dir und der Prinzessin ist am Ende!«

Sie rannte ins Bad. Sie nahm die Rasierklinge von ihrem Ex an sich. Es war gar nicht so leicht, eine aus der Packung zu holen. Sie schnitt sich dabei, aber sie bemerkte nicht einmal, dass sie blutete.

Sie fuhr sich kurz durch die Haare, warf sich den Bademantel über und schon war sie im Wohnzimmer zurück.

Er stand am Fenster und zeigte ihr den Rücken. Die Jungs probten das Fahren auf dem Hinterrad. Jan stürzte kurz, was ihm offensichtlich peinlich war. Sofort saß er wieder auf dem Sattel und probierte es erneut.

Jutta Speck schaute zu ihrem Kind. Dann klemmte sie die Rasierklinge fest zwischen Daumen und Zeigefinger. Sie trat von hinten an Lupo heran und schnitt ihm mit einer einzigen Bewegung quer durch Halsschlagader und Kehlkopf. Dann sprang sie von ihm weg.

Er blieb stehen, als sei nichts geschehen. Sein Spiegelbild im Fenster färbte sich blutrot. Er stieß gurgelnde Laute aus, dann griff er sich an den Hals und drehte sich langsam zu ihr um. Er sah sie ungläubig an.

»Verreck, du Aas!«, brüllte sie.

Er brach zusammen.

Jutta Speck war sofort bei Nadine. Sie schob der Kleinen einen Finger tief in den Hals. Sie erbrach sich sofort.

Wer weiß, wie viel von dem verfluchten Zeug längst in ihrem Blut ist, dachte Jutta. Ich muss mit ihr in ein Krankenhaus.

Sie entschied sich dagegen, einen Krankenwagen zu rufen. Sie wollte nicht, dass irgendjemand erfuhr, was hier geschehen war. Irgendwo im Flur fand sie die Schlüssel.

Sie trug ihre Tochter zum Fiat und fuhr, so, wie sie war, im Bademantel zur Ammerland-Klinik. Jetzt ging es darum, Nadine zu retten. Später würde sie nach Hause zurückkehren, Lupos Leiche im Garten vergraben und die Wohnung mit dem schärfsten Reinigungsmittel der Welt putzen. Jede Bakterie, die dieses Schwein ins Haus gebracht hatte, würde sie vernichten. Alles reinwaschen, auch sich selbst.

Irgendwann würde Nadine das Ganze vielleicht vergessen können oder für einen Alptraum halten, den sie im Fieber hatte ...

Auf keinen Fall wollte Jutta, dass die Nachbarn – oder irgendwer sonst – erfuhren, was ihr geschehen war. Sie wollte nicht angesehen werden als die Frau, die ein Wochenende lang von diesem Schwein als seine unterwürfige Ehefrau auf Zeit gedemütigt und missbraucht worden war. Sie würde sich und Nadine einen quälenden Prozess ersparen und eine vor Neugier geifernde Öffentlichkeit. Je schneller alles vorbei war, umso besser für Nadine und für sie.

Mit Nadine auf dem Arm stürmte sie in die Ambulanz. Die Sachlichkeit des jungen Arztes tat ihr gut. Er sah aus wie höchstens fünfundzwanzig, was ja eigentlich kaum möglich war, und er hatte zauberhaft abstehende Ohren und einen dicken Pickel auf der Stirn.

Sie erklärte ihr Aussehen und Nadines Zustand mit einem Besäufnis, das schrecklich unvernünftig gewesen sei, aber ... eine Beziehungskrise eben ... nun habe Nadine offensichtlich die halbleeren Gläser gefunden und dann auch Party gespielt.

Dr. Hermanns handelte sicher und ohne jede Hektik. Er war ernst, aber ihm fehlte jede Panik. Das tat ihr gut. Sie verliebte sich fast in ihn, während sie ihm zusah.

Ja, ihre Tochter schwebe in akuter Lebensgefahr, sagte er ruhig, aber jetzt würden sie alle nötigen Schritte einleiten, um das Leben des Mädchens zu retten.

»Kann ich etwas tun?«, fragte Jutta Speck.

»Ja«, sagte er. »Beten.«

Ubbo Heide wirkte magenkrank auf Ann Kathrin. Seine Hautfarbe war ungesund gelblich und sein Gesicht merkwürdig teigig. Seine Bewegungen waren fahrig.

Sie machten einen Spaziergang. Sie gingen am Pingelhus vorbei und am Gebäude der Ostfriesischen Landschaft. Ubbo brauchte diese Spaziergänge durch die Stadt.

»Wer zu lange im Büro sitzt, bekommt einen begrenzten Blick auf die Welt«, sagte er. »Wir müssen uns die Schönheit der Landschaft anschauen, damit wir wieder wissen, wofür wir kämpfen und nicht nur, wogegen.«

Ubbo Heide hörte sich geduldig an, was Ann Kathrin ihm zu sagen hatte. Er räusperte sich mehrfach. Er fühlte sich unwohl in seiner Haut.

Die Bäume spendeten Schatten. Erstaunlich viele Vogelstimmen begleiteten Ann Kathrin und Ubbo Heide, wie eine gefiederte Party, die zum Mitmachen einlud.

Ubbo Heide ging nicht sofort auf Ann Kathrins Vermutungen und Ermittlungsergebnisse ein. Er brauchte noch einen Moment, um darüber nachzudenken. Um die Zeit zu überbrücken, erzählte er: »Das Pingelhus hat übrigens nichts damit zu tun, was alle denken. Früher lag der Hafen hier, wo sich jetzt der Georgswall befindet. Immer zehn Minuten vor der Abfahrt eines Schiffes nach Emden wurde mit dem Pingel ein Signal gegeben. Pingel ist plattdeutsch und heißt klingeln.«

»Ich weiß, Ubbo, und heute kann man da heiraten und dann wird fürs Brautpaar gepingelt. So nett dein Hobby Stadtgeschichte ist ... Wir haben uns doch nicht getroffen, um ...«

Er blieb stehen und hielt sein Gesicht in die Sonne. Er schloss die Augen. »Ach, Ann, du bist oft zu ungeduldig. Lass uns einen Kaffee trinken gehen.«

Ann Kathrin sagte nichts mehr. Sie ließ ihm die Zeit, die er brauchte. Es gab ja einiges zu verdauen.

Dann, bevor sie das Café erreichten, legte er plötzlich los: »Du musst das verstehen, Ann. Ich wollte nicht, dass meine Tochter kriminalisiert wird. Sie hatte gute Schulnoten und ein gutes Umfeld. Ich habe Angst gehabt, dass sie in diesen ganzen Sumpf hineingezogen wird, da bleibt immer etwas hängen. Eine Minderjährige, die an Drogen- und Sexpartys teilnimmt, und dann ist ihr Vater auch noch Kripochef ... Mein Gott!« Er griff sich an den Kopf.

Sie konnte seinen Konflikt nur zu gut verstehen, trotzdem sagte sie: »Das weiß ich alles! Aber du hättest mich einweihen müssen, Ubbo. Das war einfach nicht fair.«

»Ja. Ich weiß.«

»Ist das alles?«

»Entschuldige.«

»Er hat sie vergewaltigt.«

Ubbo Heide ballte die rechte Faust, schlug damit in die Luft, als wolle er einen imaginären Gegner ausknocken, dann biss er in den Handrücken. »Glaub mir, sein Suizid war für uns alle das Beste. Sonst hätte ich es getan. Ja. Ich fürchte, ich hätte ihn ...«

Ubbo Heide sah sich um. Sie waren allein auf der Straße. An der Ecke parkte nur eine Studentin ihren blauen Fiat Panda ein.

Er flüsterte: »Ich habe so oft davon geträumt, ihn kaltzumachen. Manchmal habe ich ein ganzes Magazin in ihn hineingepumpt. Ich habe geträumt, auf seinem Grab herumzutrampeln und die Blumen zu zertreten, aber nicht mal das ist möglich. Die alte Fregatte trägt ihren toten Sohn als Schmuckstück. Die sind doch alle nicht mehr ganz dicht in der Familie. Ich kann die Frau nicht treffen. Ich habe Angst, ich reiße ihr ihren Herzchendiamanten vom Hals und ...«

»Deine Wut ist noch so frisch?«

»Das hört nie auf, Ann. Stell dir vor, jemand hätte deinen Sohn ... Nein, stell es dir lieber nicht vor.«

Ann Kathrin ließ den Gedanken gar nicht erst zu. »Ubbo, finde dich damit ab, dass er lebt. Wer immer auf Borkum an einer Überdosis gestorben ist, Markus Poppinga war es nicht.«

»Das ist reine Spekulation, Ann.«

»Das steht alles so im Bericht. Da war kein THC in seinem Körper ...«

»Weil sie nicht danach gesucht haben.«

»Bei der Obduktion eines Drogentoten? Es ging um einen BTM-Fall!«

Ubbo sträubte sich gegen die Konsequenzen. Er schaffte es nicht einmal mehr, sie anzusehen.

»Hast du Angst vor den Folgen? Du könntest nach New York fliegen und deiner Rachelust freien Raum lassen.«

»Ann, bitte! Bei der Beisetzung lag er im offenen Sarg, bevor er verbrannt wurde. Alle haben ihn gesehen. Nicht nur die Eltern. Auch die Lehrer. Mitschüler ... Die haben sich garantiert nicht alle geirrt.«

Ann Kathrin blieb dabei: »Der Tote war ein möglicherweise zufällig ähnliches Bauernopfer.«

Jetzt reichte es Ubbo Heide. »Glaubst du allen Ernstes, die hätten wissend jemand anderen beerdigt? Warum?«

»Aus dem gleichen Grund, aus dem du ihn töten wolltest.«

»Häh?«

»Du wolltest deine Tochter schützen – sie ihren Sohn.«

Ubbo Heide entwickelte die Gedanken jetzt selbst weiter.

»Du behauptest also, sie hätten jemanden, der ihrem Sohn ähnlich sah, totgespritzt und an seiner Stelle beigesetzt und hätten ihren Sohn in die USA gebracht? Ich frage dich noch einmal: Warum?«

Ann Kathrin antwortete mit Gegenfragen: »Weil er ein paar krumme Dinger mit Drogen laufen hatte? Weil eine Anzeige wegen Vergewaltigung auf ihn wartete? Weil er seine Karriere als hoffnungsvoller Schüler und Musiker zerstört hatte?«

Ubbo Heide verzog den Mund. »Ja. Nette Theorie.«

Ann Kathrin sah zwei Kindern zu, die ihnen Eis schleckend entgegenkamen. Sie erinnerte sich an die kleine Grillparty mit Rita und Peter Grendel, und ein Schauer lief ihr über den Rücken. Der Gedanke, der ihr jetzt als einzig logische Schlussfolgerung erschien, war so ungeheuerlich, dass sie es nicht wagte, ihn jetzt und hier ungeschützt auszusprechen, nicht einmal ihrem väterlichen Freund Ubbo Heide gegenüber. Sie brauchte Zeit, musste sich selbst erst mit dem Thema befassen.

Ihr Kind war im Krankenhaus in guten Händen. Dr. Hermanns, der junge Arzt, war bis zum Schluss freundlich geblieben, aber Dr. Rothfeld, eine Ärztin, nicht viel älter als sie selbst, hatte davon gesprochen, irgendein psychosozialer Dienst müsse informiert werden und das Jugendamt.

Damit braute sich die nächste dunkle Wolke über Jutta Specks Leben zusammen. Sie konnte sich also entscheiden, ob sie als »Rabenmutter, die ihr Kind vernachlässigt« angesehen werden wollte oder als Frau, die ein Wochenende lang in den Händen eines Irren war, für ihn kochen musste und ihre »ehelichen Pflichten« zu erfüllen hatte.

Keine der beiden Varianten hörte sich gut an. Sie dachte schon darüber nach, ihr Haus zu verkaufen und mit Nadine wegzuziehen, falls man ihr das Kind nicht wegnahm, und falls sich ein Käufer für das Haus fand.

Aber jetzt musste sie all diese sorgenvollen Gedanken verbannen. Es galt, Lupo loszuwerden – und die Bombe.

Sie wusste nicht, ob sich wirklich eine Bombe in dem Paket befand. Es war nicht schwer. Sie trug es vorsichtig wie eine Sahnetorte für den Sonntagskaffeetisch zum Auto. Stellte es auf den Rücksitz und fuhr mit Tempo fünfzig so unauffällig wie möglich über die Landstraße von Westerstede in Richtung Remels. Auf dem Großsander Badesee bewegten sich Surfer wie Schmetterlinge auf einer Blüte, leicht und harmonisch.

Sie hatte keine Mühe, eine ruhige, abgeschiedene Stelle zu finden. Als sie den Angelsteg betrat, sah sie die Rücken von mehreren großen Spiegelkarpfen. Sie huschten weg, als Jutta Speck näher kam.

Sie ließ das Paket ins Wasser fallen. Es versank sofort. Sie fühlte sich aus dem Schilf heraus beobachtet, als würde dort eine Gefahr lauern, aber dort tanzten nur grüne und blaue Libellen.

Jutta fuhr auf dem Rückweg schneller. Sie hatte noch etwas zu erledigen. Lupo musste weg. Aus ihrem Haus. Ihrem Leben. Ihrem Gefühl. Radikal weg.

Am liebsten hätte sie ihn wie im Film »Fargo« in einen Häcksler gesteckt und pulverisiert, aber so eine Maschine besaß sie nicht, und sie konnte schlecht ihre Nachbarn fragen ...

Sie hatte bereits eine Stelle im Garten ausgesucht. Der Boden bei den Kletterrosen neben dem Kompost erschien ihr weich. Später würde sie den Komposthaufen ein Stückchen verbreitern. Ja, er sollte unter ihrem Kompost zu Dreck zerfallen. Hier sollten die Würmer ihn holen, und die Ameisen in seinem Schädel einen neuen Staat errichten.

Sie wollte tief graben. Sie hatte Angst, er könnte sie in ihren Träumen verfolgen, als Zombie, der aus der Gruft stieg und sich an ihrem Fleisch laben wollte.

Sie hatte einen Spaten bereitgelegt und eine Hacke. Sobald

die Sonne untergegangen war, wollte sie beginnen. In der Zwischenzeit beseitigte sie erst einmal die schlimmsten Spuren des Wochenendes. Sie wollte alles verbrennen, was mit ihm in Verbindung stand. Alle Sachen, die sie oder Nadine in den schlimmen Stunden getragen hatten. Alles, was an ihn erinnern konnte, sollte brennen.

Als Nadines Erzeuger ausgezogen war, hatte ihre esoterische Freundin Eva das Haus mit einem Räucherritual gereinigt. Damals hatte sie selbst das als völlig überzogenen Humbug empfunden und auch ein, zwei spitze Bemerkungen gemacht. Jetzt fand sie die Idee sehr verlockend. Irgendetwas musste geschehen, das dieses Haus wieder bewohnbar machte. Sie musste es für sich und Nadine zurückerobern.

Jutta Speck rollte Lupos Leiche auf zwei blaue Müllsäcke und wischte dann zunächst den Boden. Sie hatte viele scharfe Putzmittel im Haus. Cillit Bang Kraftreiniger und Meister Proper Magic Protect, Domestos und normalerweise auch Sagrotan. Ihr wurde jetzt erst klar, wie viel von diesem Zeug sie tatsächlich besaß und wie sauber es bei ihr immer gewesen war. Sie hatte der Pflege der Böden und Kacheln immer viel Zeit gewidmet. Ihr Bad war frei von bakteriellem Schmierschmutz.

Wenn sie etwas geübt hatte in den letzten Jahren, dann gründliches Reinemachen. Es war, als hätte sie sich ganz auf diesen Moment vorbereitet. Hatte sie deshalb all diese Mittel gehortet, um irgendwann etwas rückstandsfrei aus ihrem Leben zu schrubben? Der große Tag war gekommen. Ihr Einsatz begann.

Sie trug die Gummihandschuhe wie Orden. Militärische Auszeichnungen für eine gewonnene Schlacht. Nie wieder würde sie leben wie früher. Sich nicht mehr gängeln lassen. Nicht mehr ängstlich verkriechen. Nicht mehr hinten anstellen. Nicht mehr fremden Ansprüchen genügen und um Anerkennung ringen. Sie hatte über eine Grenze überschritten. Sie hatte einen Menschen getötet. Das veränderte alles grundlegend.

Zunächst erschien es Ann Kathrin Klaasen nur wie eine vage Möglichkeit. Ein nebelhafter Schweif am Horizont. Manchmal, wenn sie morgens in Norddeich-Mole am Hafenbecken spazieren ging, dann tauchten mit der Sonne Juist und Norderney genauso auf. Zunächst nur eine schemenhafte Vorstellung. Ein weißes Stück im Meer. Eine Mischung aus Sandbank, Wasserdampf und Fata Morgana. Doch dann kristallisierte sich aus der möglichen Sinnestäuschung die eigentliche Wahrheit der real existierenden Inseln.

Sie begann zunächst stichwortartig mit einer ergebnisoffenen Internetrecherche. Sie redete sich selbst ein, das sei alles nur interessehalber. Sozusagen halb privat. Wodurch sie sich Ubbo Heide nahe fühlte, der sie und Weller ja *halb privat* nach New York geschickt hatte.

In der Natur ist das Klonen ganz üblich, las Ann Kathrin. *Bakterien und andere Mikroorganismen vermehren sich durch Klonen. Wenn ein Gärtner einer Pflanze einen Ableger entnimmt und einpflanzt, dann hat der gute Mann den Klon einer Pflanze gezüchtet. Ein Klon entsteht nicht durch Vereinigung einer Samen- und einer Eizelle, sondern durch Kerntransfer. Das so erzeugte Lebewesen besitzt die gleichen Erbinformationen wie das, von dem der Zellkern stammt. Die manipulierte Zelle muss von einer Leihmutter ausgetragen werden. Bei eineiigen Zwillingen könnte man auch von einem Klon sprechen.*

Am 25. Juli 1978 brachte Lesley Brown bei Manchester das erste in einem Reagenzglas erzeugte Kind zur Welt. Es war das erste bekannt gewordene Retorten-Baby der Welt.

Ann Kathrin Klaasen trank gierig ein Glas Wasser. Sie bekam Kopfschmerzen. Ein Druck, der ihr Ohrensausen bereitete. Das Wasser tat gut.

Plötzlich passte alles gut zusammen. Auch diese nackte junge Frau mit dem kahlrasierten Schädel, die angeblich niemand vermisste und die scheinbar bei Okopenko im Keller aufgewachsen war.

Spinne ich jetzt, fragte Ann Kathrin sich, oder sehe ich Gespenster? Bastle ich Verbindungen zwischen Fällen, wo keine sind? Immerhin ist Alexander Okopenko Professor und befasst sich mit historischer Epistemologie, Rolf Poppinga ist ebenfalls Professor und Molekularbiologe und seine Frau Gehirnchirurgin. Haben die hier irgendwelche Menschenexperimente abgezogen?

Ann Kathrin walkte sich das Gesicht durch und las weiter: *Seitdem ist die sogenannte In-vitro-Fertilisation längst medizinische Realität geworden. Aus der Viehzucht ist die künstliche Befruchtung schon lange nicht mehr wegzudenken. Klonen und künstliche Befruchtung sind vergleichbare Techniken.*

Ann Kathrin reckte sich. Sie konnte nicht länger so vor dem Laptop sitzen bleiben. Eine Stimme in ihr brüllte: »Hör auf, du machst dich ja lächerlich!« Eine andere, die der ihres Vaters sehr ähnlich klang: »Akzeptier keine Denkverbote! Niemals!«

Sie lief die Holztreppe hinunter, wusste unten aber nicht, was sie eigentlich holen wollte. Es fiel ihr schwer, sich einzugestehen, dass sie es vergessen hatte. Sie trickste sich selbst aus, indem sie die Kühlschranktür öffnete. Sie hatte keinen Hunger. Die Flasche *Norder* lachte sie an. Aber sie brauchte jetzt einen absolut klaren Kopf. Also griff sie statt zum Schnaps zur Torte. Ohne die Reste der Ostfriesentorte aus dem Kühlschrank zu holen, nahm sie eine Gabel und baggerte sich ein sahniges Stück in den Mund.

Sie ging vor dem Kühlschrank auf die Knie, und dann machte sie zehn Liegestütze, als gelte es, die Torte gleich wieder abzutrainieren. Ihre Armmuskeln wurden warm. Der Bizeps schmerzte wohltuend. Sie spürte den Impuls, an den Deich zu fahren und sich den Kopf freipusten zu lassen, aber dann spurtete sie die Treppe wieder hoch und setzte sich vor den Laptop.

Der Bildschirm war schwarz. Eine kurze Bewegung mit der Maus brachte Erleuchtung.

Am 5.7.1996 erblickte das Klonschaf Dolly das Licht der Welt. Es gelang den Wissenschaftlern Keith Campbell und Ian Wilmut am Roslin-Institut in Schottland die Kopie eines sechs Jahre alten Schafs aus einem Zellkern, den sie aus seinem Euter entnommen hatten.

Ann Kathrin kannte die Geschichte. Sie hatte damals nur den Kopf darüber geschüttelt und es unter Kuriositäten abgetan, aber jetzt wunderte sie sich, dass es schon so lange her war. Fünfzehn Jahre ... Es kam ihr vor, als sei es erst vor vier, fünf Jahren geschehen.

In einem Internetartikel feierte die Wissenschaftsjournalistin Kolata Dolly als weltgeschichtlichen Meilenstein. In einem anderen Bericht wurden Ian Wilmut und Keith Campbell zu wahren Helden erhoben.

Ann Kathrin druckte sich ein paar Artikel aus. Sie konnte es selbst noch nicht glauben und fragte sich, wie sie das jemandem erklären sollte. Was würde Weller sagen? An Ubbo Heide wagte sie noch gar nicht zu denken.

Sie machte eine Liste der geglückten Klonversuche bei Tieren. Angeblich wurden Zuchtpferde mit hohen sportlichen Erfolgen in großem Umfang geklont und verkauft.

1996 ein Schaf. Dolly. 1998 an der Universität von Hawaii drei Generationen Mäuse. 1998 an der Kinki Universität Japan acht Kälber durch Kerntransfer. Im gleichen Jahr noch eine Ziege. Im März 2000 ein Schwein. Im Juli 2000 ein Mufflon. Im Mai 2001 ein Kaninchen, im März des gleichen Jahres eine Katze. 2002 eine Wanderratte. Im Mai 2003 ein Pferd, im August eine afrikanische Wildkatze. Im März 2004 ein Rothirsch, ein Frettchen und ein Wasserbüffel. Im April 2005 ein Hund, der auf den Namen Snoopy hörte. Im Oktober 2005 ein Wolf. 2007 mehrere Rhesusaffen. 2009 in Dubai ein Dromedar.

Ann Kathrin stöhnte. Sie bekam schon wieder Lust auf Körperbewegung, auf etwas Süßes und, ja, komischerweise auf Sex. Etwas in ihr wollte beweisen, dass es auch noch andere Arten der Fortpflanzung gab, und die konnten verdammt viel Spaß machen, wenn man den richtigen Partner dafür hatte.

Sie druckte sich einen Bericht in englischer Sprache aus. In Südkorea waren 2008 erfolgreich Drogenspürhunde geklont worden. Die südkoreanische Zollbehörde versuchte damit, ihre besten Golden Retriever Chase an mehreren Orten gleichzeitig einsetzen zu können. Sie entdeckte sogar Fotos von dem Originalhund und sieben Kopien.

Besonders erschreckend fand Ann Kathrin einen Zeitungsbeitrag über die Schiege, die 1986 in einem amerikanischen Labor entstand. Es war den Forschern gelungen, Zellen einer Ziege mit der eines Schafes in einer embryonalen Schutzhülle zusammenzubringen. Die Zellen teilten sich weiter, und beide Erbinformationen prägten die Entwicklung des Embryos. Einige Wissenschaftler lehnten diese Art des Klonens vehement ab, weil zu viel dem Zufall überlassen werde, und sie fanden die Erzeugung solcher Chimären schlicht wenig sinnvoll.

Ann Kathrin lief wieder die Treppe hinunter, in die Küche. Sie braute sich einen Kaffee.

Es werden also seit Jahrzehnten ständig Klonversuche auf der ganzen Welt gemacht, dachte sie. Wer weiß, vielleicht war das alles nur die Spitze des Eisbergs.

Menschenversuche waren streng reglementiert. Hatten ein paar Forscher unter Umgehung der Gesetze ihr eigenes Süppchen gekocht? Aber warum? Vielleicht war diese Frage auch dumm. Warum klonten Wissenschaftler Ratten, Hunde oder Wasserbüffel? Es ging doch im Grunde nur darum, Wissen zu sammeln, das dem Klonen von Menschen nützlich war.

Die ersten dreißig, vierzig Zentimeter waren schnell ausgehoben, aber dann wurde es schwer. Unter dem Mutterboden wurde es hart. Jutta Speck stieß auf Lehm und Kies. Die Kraftanstrengung machte ihr nichts aus, aber dieses kratzende Geräusch, wenn sie den Spaten mit Druck in den Boden trieb, war so verräterisch.

Diese Siedlung war ein stiller, friedlicher Ort. Hier hörte man einen Kinderwagen, der vorbeigeschoben wurde. Selbst die Raben waren leise, wenn sie im Blattwerk die Kirschen pickten. Die gutgewarteten Rasenmäher surrten nie sonntags und unter der Woche niemals in der Mittagszeit oder nach achtzehn Uhr. Nachts, im Dunkeln, machte hier niemand Geräusche im Garten. Nur diese Maschine, die Maulwürfe verjagen sollte und sich anhörte wie eine Klapperschlange mit einer metallischen Zunge, schaltete sich alle paar Minuten ein und machte »sssiirrr«.

Drüben im Nachbarhaus wurde der Fernseher ausgeschaltet. Das flimmernde Licht im Terrassenfenster erlosch. Jetzt musste sie noch leiser sein. Ihre Nachbarin Roswitha Abeling hatte gute Ohren.

Roswithas Mann Heiner schloss trotz der Wärme das Fenster. Er schlief entweder sonntags, oder wenn ein spannender Spätfilm die Woche beendete, montags mit seiner Frau. Die gab dabei Geräusche von sich wie eine streunende Katze. Das gefiel Heiner Abeling zwar, aber er schloss trotzdem vorsichtshalber die Fenster mit den Doppelglasscheiben und ließ auch noch die Rollläden herunter. Er wollte ja nicht, dass jemand seine entlaufene Katze bei ihm suchte.

Jutta wollte das Graben hier schon aufgeben und es an einer anderen Stelle bei der Garage versuchen, doch ein paar Probestiche machten ihr klar, dass es hier nicht besser laufen würde. Sogar Muscheln traten zutage.

Wohne ich auf ehemaligem Meeresboden?, fragte sie sich

und ärgerte sich darüber, wie ignorant sie bisher durchs Leben gelaufen war. Außer für ihre eigenen Probleme hatte sie sich nur für sehr wenig interessiert, nicht einmal für die Gegend, in der sie wohnte, oder den Boden, auf dem sie ihre Tomaten anpflanzte. Auch das würde sich in Zukunft ändern.

Energiegeladen drückte sie den Spaten in den Boden. Sollte Heiner doch ruhig aufmerksam werden. Sie konnte jetzt darauf keine Rücksicht nehmen. Die Sache hier duldete keinen Aufschub. Bei dem Wetter hier würde die Leiche schon bald anfangen zu stinken, und ihre Tiefkühltruhe war einfach zu klein für Lupo.

Da rief Heiner Abeling: »Moin, Jutta! Um die Zeit noch Gartenarbeit?«

»Ja!«, rief sie geistesgegenwärtig. »Ich vergrabe eine Leiche, Heiner. Das mache ich immer nachts, oder würdest du so etwas tagsüber tun?«

Heiner nahm den Scherz auf. »Klar! Mach ich auch immer so. Gehört sich tagsüber einfach nicht!«

»Eben, schließlich ist dies eine anständige Gegend!«

Jutta Speck lief ins Haus. Sie ließ sich aufs Sofa fallen, sah den toten Lupo auf den Müllsäcken und die Putzmittel in der Mitte des Raumes und bekam einen Lachkrampf. Sie kam sich irre dabei vor, auf eine unanständige, aber sehr befreiende Art verrückt. Sie lachte, dass das Sofa bebte und die Polster quietschten. Es war vorbei, endlich alles vorbei, dachte sie …

Ann Kathrin saß noch am Laptop, als Weller zurückkam. Er war sichtlich entspannt und guter Laune, aber auch völlig geschafft vom Tag.

Sie waren beide so voll von ihren Erlebnissen, Gedanken und Gefühlen, dass jeder am liebsten gleich losgesprudelt wäre.

Bei Weller bordete das Mitteilungsbedürfnis zuerst über. Ann Kathrin zögerte einen Moment zu lang, weil sie nicht wusste, wie sie anfangen sollte. Seine Meinung war ihr wichtig, gerade jetzt, da sie so unsicher war.

»Jule hat die Operation gut überstanden!«

Er packte Ann Kathrin und tanzte mit ihr quer durchs Zimmer. Sie konnte sich nicht dagegen wehren. Sie wollte es auch nicht, aber weil Weller sie so heftig schwang, stieß sie mit der Hüfte gegen die Schreibtischkante. Sie wusste, dass es einen großen blauen Flecken geben würde, und der Schmerz jagte bis hoch in ihre Haarwurzeln, aber Weller bemerkte es nicht, und sie wollte ihm die Freude nicht nehmen. Was war ein blauer Fleck an der Hüfte gegen eine neue Niere für Jule?

Weller packte Ann Kathrin und stemmte sie hoch. Er war immer noch ungestüm und ihr Kopf verfehlte nur knapp die Deckenlampe.

»Sie wird leben! Leben! Leben!« Er ließ Ann Kathrin runter und bedeckte ihr Gesicht mit Küssen. »Darauf trinken wir jetzt einen Schampus!«, lachte er.

Aber sie musste ihn enttäuschen: »Wir haben keinen Champagner im Haus, Frank.«

»Für solche Gelegenheiten sollte immer ein Fläschchen im Kühlschrank liegen!«, verkündete er, und sie verstand, dass er Champagner mitgebracht hatte, aber dann war es doch nur eine Flasche Sekt von der Tankstelle. Leider nicht trocken, sondern nur halbtrocken, dafür aber gut warm und von der Fahrt durchgeschüttelt.

Weller ließ den Korken gegen die Decke knallen, und ihm folgte eine spritzige Schaumfontäne, die sich quer über Ann Kathrins Schreibtisch ergoss und der Kaktee vor dem Fenster Feuchtigkeit spendete, die das auch bitter nötig hatte, im Gegensatz zu Ann Kathrins Laptop. Sie war mit einem Sprung bei dem Gerät und trocknete die Spritzer ab.

Weller sah sie mit schuldbewusstem Hundeblick an. »Kaputt?«, fragte er.

»Ich glaube«, sagte sie, »wir haben noch einmal Glück gehabt.«

Weller goss den warmen, viel zu süßen Sekt in zwei Wassergläser, weil es hier oben in Ann Kathrins Arbeitszimmer keine Sektkelche gab. Sie stießen an. Ann Kathrin trank mit Genießermiene, obwohl ihr der Sekt überhaupt nicht schmeckte, aber sie wollte diesen Moment für Weller nicht verderben. Das tat er dann selbst, indem er einen plötzlichen Stimmungsumschwung herbeiführte.

»Kannst du dir vorstellen, dass ich immer noch nicht weiß, mit wem Renate mich damals zum Narren gehalten hat?«

»Hauptsache, er hat die Niere gespendet.«

Weller sprang von einem Fuß auf den anderen wie ein Tanzbär auf einer heißen Platte und verschüttete dabei Sekt aus seinem Glas. »So billig lasse ich den nicht davonkommen.«

»Billig? Der Seitensprung hat ihn eine Niere gekostet!«

Weller sah sauer aus, fühlte sich missverstanden. »Weißt du, wie viel ich in all den Jahren für das Kind gezahlt habe, das mir untergeschoben wurde?« Er zog einen gefalteten Zettel aus der Hosentasche. »Ich habe das mal ausgerechnet und dabei den Unterhalt zugrunde gelegt, den ich heute noch jeden Monat abdrücken muss.«

Sie versuchte, ihn zu stoppen. »Nein, Frank, das will ich gar nicht wissen.«

»Dabei habe ich solche Sachen wie Geburtstagsgeschenke, Weihnachten, Urlaubsfahrten und so gar nicht mit eingerechnet.«

»Frank!«, schrie sie. »Es interessiert mich nicht!«

Unbeirrt fuhr er fort. »Ich komme dabei auf eine Summe von ...«

»Frank! Bitte! Du machst dich gerade voll zum Idioten! Es tut weh, dir dabei zuzusehen!«

Ihre Worte drangen jetzt zu ihm durch. Er machte noch einen

hilflosen Versuch, sich zu erklären: »Sie schützt ihn immer noch! Sie sagt mir seinen Namen nicht. Das ist nicht fair. Sie liebt ihn immer noch mehr als mich.«

»Häh? Frank, was redest du da? Ihr seid geschieden. Sie darf lieben, wen sie will!«

Schmollend wandte er sich von ihr ab. »Ja, klar. Hauptsache, ich bezahle alles. Einer muss ja den Blödmann geben. Warum nicht ich?«

»Frank, ich denke, wir sollten diesen schrecklichen Sekt jetzt wegkippen und stattdessen etwas Besseres trinken. Ich habe noch Rotwein aus dem Kontor da.«

Er reagierte nicht, zeigte ihr nur seinen Rücken.

Sie zuckte mit den Schultern. »Mir ist sowieso lieber, wir behalten einen klaren Kopf. Ich muss dir nämlich etwas erzählen, und das fällt mir nicht leicht.«

Er fuhr herum und musterte sie kritisch. Etwas in ihren Worten hatten einen Alarm in ihm ausgelöst.

»Du hast einen anderen?«

»Nein, verdammt, habe ich nicht! Ich habe ein echtes Problem!«

Erleichtert entspannten sich seine Gesichtszüge. Sie streichelte ihm zärtlich übers Gesicht. Er war immer noch so verletzt, wie seelisch wundgerieben. Etwas Schlimmeres, als dass sie einen anderen hätte, konnte er sich gar nicht vorstellen, und etwas daran gefiel Ann Kathrin. Sie fühlte sich gemeint, geliebt und gewollt. Das war ihr in der Ehe mit Hero verloren gegangen.

Er legte seine Arme um sie und nebeneinander schlenderten sie nach unten ins Wohnzimmer, als sei die Wohnung Paris bei Nacht und sie beide ein frisch verliebtes Pärchen auf dem Weg zum Hotel. Egal, was sie ihm jetzt beichten würde, er war auf alles gefasst und bereit, alles zu verstehen und alles zu verzeihen, Hauptsache, sie liebte ihn noch und hatte sich nicht in einen anderen verguckt.

Aber was sie ihm dann präsentierte, zog ihm doch die Schuhe aus. Sie begann ganz harmlos, und er ahnte noch nicht, worauf sie hinauswollte.

»Hast du dich mal mit Klonen beschäftigt?«

Er verzog das Gesicht, als hätte er nicht richtig gehört. »Mit Clowns?«

»Nein, mit der Frage, ob Menschen ...«

»Ach, du meinst Klonen? Na klar. Diese Idee hat die Phantasie von Kriminalschriftstellern schon immer beschäftigt. Ich finde das total spannend, habe einige Romane gelesen: *Ken Follett* zum Beispiel, *Der dritte Zwilling* und ...«

Sie unterbrach ihn, bevor er die Aufzählung fortsetzen konnte. »Nein, das meine ich nicht. Ich rede nicht von Romanen, sondern von ... der Wirklichkeit.«

Weller musste sich setzen. Plötzlich wurden ihm die Schuhe zu eng, oder die Füße schwollen an. Das passierte ihm in letzter Zeit öfter. Schon zweimal hatte er während einer Dienstbesprechung unterm Tisch seine Slipper ausgezogen. Wenn ihm früher etwas auf den Magen geschlagen war, dann zog es ihm heute die Schuhe aus.

Er streckte die Beine aus und drückte den linken Fuß gegen die rechte Hacke. Das war seine Art, die Füße zu befreien. Er benutzte dabei niemals die Hände, auch nicht, wenn er in die Schuhe hineinschlüpfte.

Er atmete aus und sagte dann demonstrativ freundlich, aber mit gereiztem Unterton: »Du wirst mir jetzt nicht erzählen wollen, die hätten einen Klon auf Borkum verbrannt!?«

Mist, dachte sie, er weiß sofort, worauf ich hinauswill. Er kennt mich einfach zu gut, und er kombiniert schnell. Leider geht er sofort in die Abwehr. Gibt dem Gedanken gar keine Chance. Das wird bei Ubbo genauso laufen. Wenn ich schon bei Weller, dem Mann, der mich liebt, scheitere, dann habe ich bei Ubbo erst recht schlechte Karten, dachte sie und versuchte,

Frank wenigstens so weit zu bringen, den Gedanken einmal zuzulassen.

»In der Wisconsin University haben sie vor zwölf oder fünfzehn Jahren embryonale Stammzellen isoliert und im Labor fortgezüchtet. Der amerikanische Klonforscher Zavos und der italienische Reproduktionsmediziner Antinori oder wie der heißt haben schon vor zehn Jahren angekündigt, unfruchtbaren Paaren durch ein Klonverfahren zu Nachwuchs verhelfen zu können.« »Angekündigt«, spottete Weller.

Ann Kathrin baute sich vor ihm auf und zeigte mit dem Finger auf ihn. »Würdest du es in der Presse breittreten, wenn deine Töchter nicht durch Geschlechtsverkehr, sondern durch einen Gentransfer entstanden wären?«

Weller schob sein Kinn vor. »Danke, dass du mich daran erinnerst, dass irgendwer meine Renate gevögelt haben muss, bevor Jule zur Welt kam, und ich war es garantiert nicht.«

Sie ging gar nicht darauf ein. »Die Raelianersekte behauptet, bei ihnen sei 2002 Eva geboren worden. Ein geklonter Mensch. Ihre Chefin ist Biochemikerin.«

»Ja, ich weiß«, lachte Weller, »und ihr Aushängeschild ein abgehalfterter Schlagersänger, der dann eine Karriere als Rennfahrer versucht hat, was aber auch nicht sonderlich erfolgreich war. Ich kann mich daran gut erinnern. Ich habe es damals im Fernsehen gesehen. Ich war zu der Zeit viel allein. Meine Frau hatte Besseres zu tun, und wir wissen jetzt alle, dass es kein Häkelkurs in der Volkshochschule war.«

Ann Kathrin versuchte, sofort wieder zum Thema zurückzukommen, war aber fasziniert davon, wie Weller alles durch die Brille des betrogenen Ehemannes sah.

»Der *Spiegel* hat schon vor Jahren berichtet, britischen Wissenschaftlern sei es gelungen, menschliches Leben zu klonen. Ich habe den Artikel ausgedruckt. Die Klone haben ein paar Tage überlebt.«

»Na klasse! Welch ein Fortschritt!« Weller klatschte in die Hände. »Du hast ein schlechtes Blatt in der Hand, Ann. Deine Trümpfe stechen alle nicht, und du weißt nicht, was im Stock liegt.«

»Ich recherchiere Fakten und werte sie aus. Das ist normale Polizeiarbeit!«

»Ja, klar, normale Polizeiarbeit! Dann überleg doch mal, selbst wenn es heute möglich wäre, aus einem Stück Haut einen neuen Menschen zu machen, dann wäre der Junge noch ganz klein. Oder glaubst du, sie haben ihm Wachstumshormone gegeben?«

»Ich weiß nicht, wer wie was wann gemacht hat. Aber wir haben zwei Tote, deren Identität unbekannt ist. Beide kommen aus einem akademischen Umfeld, das sich mit der Zukunft der Wissenschaft beschäftigt. Poppinga hat über Huxley geschrieben.«

»Na und?«

»Schon 1962 hat Ciba ...«

»Dieser Chemiekonzern aus der Schweiz?«

»Ja, heute heißt er Novartis. Die haben zweiundsechzig – da war ich noch gar nicht geboren – führende Gentechniker, Biologen und Mediziner zu einem Kongress nach London geholt. Es waren sechs Nobelpreisträger dabei. Huxley hielt eine Rede. Er beklagte die immer schlechter werdende genetische Qualität der Menschen, weil die *natürliche Selektion* heute praktisch wegfalle und so genetische Defekte künstlich am Leben gehalten würden.«

»Ann, bitte, das hat nichts mit unserem Fall zu tun. Bitte diskutiere das nicht außerhalb dieser Räume. Schreib es um Himmels willen in keinen Bericht, und lass es nicht Rupert wissen.«

»Wie kommst du auf Rupert?«, wollte Ann Kathrin wissen.

Weller winkte ab. »Wenn der es weiß, kannst du es gleich in Radio Ostfriesland bekanntgeben.« Dann wurde er ernster.

»Das wird dir schaden, Ann, du machst dich zum Gespött der Leute.«

»Und wenn die hier an einer Verbesserung der menschlichen Rasse gearbeitet haben ...«

»Indem sie ihre Kinder klonen?«

Ann Kathrin wurde richtig aggressiv, fand Weller. Sie fuhr ihn an. Das Ganze hatte eine Heftigkeit und eine Verbissenheit, die ihm Sorgen machte.

»Wer weiß, wie oft auf der Welt sich Kollegen von uns ähnliche Gedanken gemacht haben, und dann hat sich keiner getraut, etwas in den Akten zu vermerken, um sich nicht lächerlich zu machen.« Sie brachte ein Beispiel aus der Medizin. »Wie viele Menschen mussten sterben, weil Ärzte sich nach einem Krankenbesuch nicht die Hände gewaschen haben?«

Weller sah sie an, als sei sie soeben irre geworden.

Sie fuhr fort: »Weil niemand an die Existenz so kleiner Tierchen glaubte, dass man sie mit bloßem Auge nicht sehen konnte. Bakterien und Viren. Verstand und Phantasie sind unsere wichtigsten Waffen im Kampf gegen das Verbrechen. Als der Paradigmenwechsel da war und keiner mehr leugnen konnte, dass es so etwas wie Bakterien gibt, wurden zig Menschenleben gerettet, weil ...«

»Ann, wer macht sich hier lächerlich? Du oder ich?«

Als die Sonne aufging und für einen herrlichen Moment die morgendlichen Nebelschwaden orangefarben leuchten ließ, war es für Jutta Speck, als würden Engel aus dem Osten ihre gute Energie über Westerstede ausbreiten.

Sie stand im Garten. Sie spürte Muskeln in ihrem Körper, von deren Existenz sie bisher noch nichts geahnt hatte, und die Sonne beleuchtete das Grab von Lupo. Sogar den Komposthaufen hatte sie schon versetzt. Sie betrachtete ihr Werk, und obwohl ihr Körper eine einzige Quelle dumpfer Schmerzen war, fühlte sie sich gut. Der Morgen hatte etwas Triumphales an sich, fand sie, und ihre Tochter war auf dem Weg der Besserung.

Sie holte sich telefonisch im Krankenhaus für dieses tiefe, innere Mutterwissen eine Bestätigung. Dr. Hermanns, der junge Arzt mit den abstehenden Ohren, flirtete heftig mit ihr, zumindest empfand sie es so, und warnte sie dann, seine Kollegin, die halt alles etwas eng sehen würde, hätte das Jugendamt verständigt.

Sie bemühte sich, weiterhin freundlich zu bleiben, schwankte aber zwischen dem Wunsch, endgültig hier wegzuziehen und dem, sich nie wieder verjagen zu lassen.

Sie wollte gleich los ins Krankenhaus, um ihre Tochter wieder zu sich zu holen. Als sie in den Wagen stieg, kam es ihr so vor, als würde er nach Leichenausdünstungen riechen, was aber gar nicht sein konnte. Hatte sich dieser metallische Blutgeruch in ihrer Nase festgesetzt? War es eine Einbildung, oder haftete trotz aller Putzmittel noch etwas davon an ihr?

Ihr Nachbar Heiner Abeling hopste angezogen wie ein Teenager vor ihr auf und ab. Ein Baseball-T-Shirt mit dem Aufdruck »USA«. Eine Kappe mit Schirm, nach hinten gedreht, eine knielange Khakihose mit großen Taschen auf den Oberschenkeln. Seine Füße steckten ohne Strümpfe in Nikes.

Er zeigte auf den Komposthaufen, wobei er darauf achtete, in Bewegung zu bleiben, denn seit er Rente bekam und seine Lebensversicherung ausbezahlt worden war, wollte er alt werden und trainierte täglich.

»Hast du deinen Komposthaufen verschoben?«

»Ja. Macht ihr das nicht?«, fragte sie und gab scherzhaft zu bedenken: »Kompost verändert das ganze Energiefeld des Gartens. Der soll nicht immer am gleichen Platz stehen und vor allen Dingen nicht zu nah am Haus.«

Dann nickte sie ihm freundlich zu und fuhr los. Im Rückspiegel sah sie ihn. Er hopste immer noch auf und ab, aber jetzt betrachtete er nicht mehr ihren Komposthaufen, sondern seinen eigenen. Es war ihr gelungen, ihn abzulenken. Sie konnte sich vorstellen, dass er noch lange darüber nachgrübeln würde, ob sie einen Scherz mit ihm gemacht hatte oder ob irgendwelche neuesten wissenschaftlichen Erkenntnisse an ihm vorbeigewandert waren.

Es war wieder ein kleiner Sieg für sie. Sie begriff, dass sie abgegrenzt sein musste, wenn sie ihre Menschenscheu verlieren wollte, abgegrenzt und notfalls auch kampfbereit. Sie wollte sich in Zukunft jedem Duell stellen, egal, ob verbal oder körperlich. Sie ließ sich so leicht nicht mehr unterbuttern. Die Damen und Herren beim Jugendamt konnten sich schon einmal warm anziehen.

Der ganze Ärger begann, als Ende der Siebziger die Sandinisten die Somoza-Diktatur in Nicaragua stürzten. Okopenko musste über sich selbst den Kopf schütteln. Auch er nannte Somoza einen Diktator, obwohl er doch nie bessere Arbeitsbedingungen, größere Freiheiten als Forscher angetroffen hatte als in Nicaragua zur Zeit Somozas. Natürlich waren die Verkäufe von Blutkonserven auf dem internationalen Markt gute Devisenbringer, und in den Gefängnissen des Landes herrschte der reine Vampirismus, um die Kassen des Regimes zu füllen, aber mit solchen miesen Sachen hatten er und seine Leute nichts zu tun.

In der Nähe von Matagalpa wuchsen ihre Schöpfungen ungehindert auf. Kontrollen durch staatliche Behörden gab es nicht. Das sah, als die Sandinisten die Macht ergriffen, sofort anders aus.

Zunächst flohen sie mit allen Leuten nach Honduras, wo sie ein paar Jahre ungehindert weitermachen konnten. Aber dann … Ihm kamen die Tränen, wenn er an die Entwicklung dachte, die alles genommen hatte. Er fühlte sich vom Schicksal betrogen. Er wollte das Gute, aber irgendwie hatte er einen wesentlichen Beitrag dazu geleistet, etwas durchzusetzen, das absolut böse war. Die Organisation war eine hungrige Riesenkrake ohne jedes Gewissen. Jetzt streckte sie seine Fangarme nach ihm aus.

Er musste an Goethes Zauberlehrling denken. Er sprach die Zeilen leise vor sich hin: »*Herr, die Not ist groß! Die ich rief, die Geister, werd ich nun nicht los.*

In die Ecke, Besen! Besen! Seids gewesen. Denn als Geister ruft euch nur, zu diesem Zwecke, erst hervor der alte Meister.«

Seine Daphne war tot. Es gab eigentlich keinen Grund, zurückzukehren, aber er hatte den festen Willen, das Schlimmste zu verhindern, und das bedeutete, er musste zurück. Zurück nach Ostfriesland.

»*O du Ausgeburt der Hölle! Soll das ganze Haus ersaufen?*«, zitierte er Goethe, als würde der alte Meister persönlich ihm Mut zusprechen.

Er verbrannte Papiere. Er warf im Grunde ein ganzes Leben in die Flammen. Das Feuer fraß die vielen kleinen Fluchten, die Versuche, ein guter Mensch zu sein, das tägliche Scheitern, die Lügen, die Irrtümer.

Für das, was er jetzt plante, brauchte er eigentlich Verbündete, aber er konnte keinem Menschen trauen. Das war ein besonders schmerzhaftes Gefühl. Seinen einzigen Freund hatte, wenn er den Internetberichten glauben konnte, Daphne umgebracht. Die unberechenbare, die jähzornige, die tödlich verunglückte Daphne.

Während der Dienstbesprechung machte Ubbo Heide auf Ann Kathrin Klaasen einen geknickten Eindruck, wie innerlich zusammengebrochen. Er atmete schwer. Aus jedem Luftholen wurde ein Seufzen.

Wenn sie ihn sah, erlebte sie ihn immer auf zwei Ebenen, der beruflichen und der privaten. Dem beruflichen Druck hielt er wesentlich besser stand als dem privaten. Sie konnte sich keinen besseren Chef vorstellen. Er war klug und handelte umsichtig, deckte seinen Leuten den Rücken und gab ihnen viel Spielraum. Wenn die Kripo Aurich ein Team war, dann war er ihr Trainer.

Mit seiner Handlung im Fall Poppinga belastete er sich selbst schwer. Ann Kathrin begriff jetzt auch, warum er die Briefe seiner Tochter von der Familie zurückgeholt hatte. Darin war Markus Poppinga von Insa beschuldigt worden.

Die Briefe – zumindest der letzte – gehörten eigentlich in die Ermittlungsakte und warfen ein neues Licht auf den Fall.

Ubbo hatte sich selbst ganz schön reingeritten und damit das ganze Team. Sie wollte keinen neuen Chef, sie konnte sich keinen besseren vorstellen, aber wie weit durfte sie sein Fehlverhalten decken?

Die Klimaanlage machte ein nervtötendes Geräusch und verbreitete einen kühlen Zug, der muffig roch, nach ausgeatmeter Luft. Aber wenn sie die Klimaanlage ausschalteten und stattdessen die Fenster öffneten, um sich vom Nordseewind erfrischen zu lassen, erschwerte der Verkehrslärm von der Straße jedes ruhige Gespräch und sorgte am Ende für eine gereizte Atmosphäre.

Ubbo Heide hatte sich einen Platz gesucht, der eigentlich ungünstig für jemanden war, der eine Besprechung leiten wollte, aber an seinem »Chefplatz« hielt er es nicht aus, weil der kalte Luftstrom der Klimaanlage dort direkt seinen Nacken und Rücken traf. Er hatte diese Konferenzen schon zu oft mit steifem Hals verlassen. Er wollte den Chefsessel nur noch im Winter einnehmen. Das Ganze sah dadurch geradezu basisdemokratisch aus. Es gab keine festgelegte Sitzordnung mehr. Da Rupert fehlte, der sich sonst zu gerne in die strategisch günstige Position setzte, blieb der »Thron«, wie Ann Kathrin den pompösen Ledersessel gern nannte, heute leer.

»Können wir anfangen?«, fragte Weller nervös. Er hatte keine Lust, länger auf Rupert zu warten. Er wollte ins Krankenhaus, erst zu seiner Sabrina und dann zur Transplantationsklinik nach Hannoversch Münden.

Ubbo Heide nickte Weller verständnisvoll zu. Sie waren beide überzeugte Mädchenpapis, das verband sie.

Väter und ihre Töchter …, dachte Ann Kathrin.

»Rupert kommt sowieso nicht, der ist …«, Ubbo Heide nestelte an seinen Hemdsärmeln herum. Ann Kathrin kannte diese Verlegenheitsgeste von ihm.

»Krank«, fuhr er fort.

Sylvia Hoppe nahm an der Besprechung zum ersten Mal teil, außerdem waren Abel und zwei Kriminaltechniker anwesend.

»Über die Identität des ermordeten Mannes wissen wir noch nichts. Wir stehen hier ganz am Anfang. Wir können nicht einmal sagen, wie er in das Haus von Professor Okopenko gekommen ist. Bus … Bahn …«, sagte Dierk Leffers, der Kollege aus Westerstede.

Ann Kathrin übernahm sofort. »Die Art, wie wir die Leiche aufgefunden haben, erzählt uns aber einiges. Im Gegensatz zur kahlrasierten Frau war er bekleidet. Wir gehen nicht davon aus, dass er auch in dem Haus gefangen gehalten wurde. Er wird eher so eine Art Wächter oder Wärter oder Betreuer gewesen sein. Schließlich musste jemand die gefangene Frau versorgen, während Alexander Okopenko in den USA war. Vermutlich hat der Mann das schon öfter gemacht, denn Alexander Okopenko ist viel unterwegs. Per Internetrecherche konnte ich allein in diesem Jahr vier Vorträge ausmachen, die er gehalten hat. Tokyo. Rio. Key West. La Paz.«

»La Paz?«, fragte Leffers.

»Bolivien«, erklärte Ann Kathrin kurz. »Es muss sich währenddessen jemand um die Frau gekümmert haben.«

Der Kollege von der Kriminaltechnik räusperte sich und sagte mit seiner von einer Sommergrippe angegriffenen Stimme: »Dafür spricht auch, dass wir im ganzen Haus Fingerabdrücke von ihm gefunden haben. Er war an der Kaffeemaschine, am Kühlschrank, an der Fernbedienung. Er hat die Fernsehzeitschrift durchgeblättert, und er muss eingekauft haben. Einige Konserven im Vorratsraum weisen seine Spuren auf.«

»Das heißt, wir sollten uns in den Supermärkten der Umgebung erkundigen ...«

Dierk Leffers nahm ihren Blick als Rüge. Er zog die Schultern ein. »Wir konnten bis jetzt noch nicht in der Nachbarschaft oder in den Geschäften nach ihm fragen.«

»Warum nicht?«, wollte Ubbo Heide wissen.

Ann Kathrin verschränkte die Arme vor der Brust. Weller sah auf sein Handy. Er hatte auf seine letzte Anfrage per SMS an Renate, ihm endlich den Namen zu sagen, eine Antwort erhalten: *Du bist ein eitler Pfau.*

Weller presste das Handy so fest zwischen den Fingern, dass das Plastikgehäuse knirschte.

Leffers hustete: »Wir haben kein Foto.«

»Wieso?«, empörte sich Abel. »Ich habe doch genug gemacht.«

»Ja, aber er sieht so schlimm darauf aus.«

»Mo ... Moment«, hakte Ann Kathrin nach. »Ich verstehe nicht ganz, was ihr wollt.«

»Na ja. Auf den Bildern hat er all das Blut im Gesicht und man sieht eben, dass er tot ist. Wir haben gedacht, wir warten noch, bis wir ein besseres Foto haben. Eins, das die Leute nicht so sehr erschreckt.«

»Jau! Am besten ein Passfoto aus seinem Ausweis.« Weller wurde laut. »Dann brauchen wir allerdings seine Identität nicht mehr feststellen. Dann wissen wir ja, wie er hieß!«

Leffers konnte mit der Ironie überhaupt nicht umgehen. Er fühlte sich gemaßregelt und vorgeführt.

»Wir haben alle in den letzten Tagen wenig Schlaf bekommen«, sagte er. »Die ersten beiden Tage nach der Explosion haben wir praktisch durchgemacht. Ich glaube, man kann uns nicht vorwerfen, dass wir faul sind.«

Weller knallte sein Handy auf den Tisch. In seinem Körper war die Spannkraft einer Raubkatze.

Faul nicht, aber dämlich, wollte er seinem Kollegen aus dem Ammerland an den Kopf werfen, aber Ann Kathrin, die seinen verbalen Ausfall kommen sah, stoppte ihn mit einem strengen Blick.

Der Kriminaltechniker berichtete weiter: »Fingerabdrücke des Toten befinden sich auch auf einem Fahrrad mit Rennlenker in der Garage. Das deutet darauf hin, dass ...«

Weller unterbrach ihn sauer. »Ja, verdammt, wir werden doch in der Lage sein, die Identität eines Mannes festzustellen, der auf dem Fahrrad zum Einkaufen fährt! Offensichtlich hat er sich doch durch die Siedlung bewegt wie jemand, der dort wohnt!«

Ann Kathrin deutete Weller unter der Hand an, er solle sich beruhigen, und übernahm das Gespräch. Sie fragte die Kollegen von der Kriminaltechnik: »Waren seine Fingerabdrücke auch an den Büchern und wenn ja, an welchen Titeln?«

»So weit waren wir noch nicht, als das Haus in die Luft flog.«

Ann Kathrin machte sich eine Notiz.

»Warum fragst du das, Ann?«, wollte Weller wissen.

»Wer Bücher benutzt und wieder ins Regal zurückstellt, hat sich vermutlich längere Zeit im Haus aufgehalten. Außerdem könnten wir Rückschlüsse auf seine Persönlichkeit ziehen, wenn wir wüssten, was er gelesen hat. Es gab dort reichhaltige Lektüre. Belletristik. Wissenschaft. Jugendbücher ...«

»Tut mir leid, aber was weg ist, ist weg«, sagte der Kriminaltechniker schulterzuckend.

Im Anschluss an die Besprechung bat Ubbo Heide Ann Kathrin, noch kurz zu bleiben, er habe eine Bitte. Weller rauschte schon raus und fuhr zum Krankenhaus.

Ubbo Heide erklärte Ann Kathrin seine Situation. Die Dienststelle sei völlig unterbesetzt, und zu Hause befinde er sich in einer schwierigen Lage, weil es Zoff mit Insa gäbe. Das Kind – ja, er sagte »das Kind« – brauche jetzt Hilfe, Zeit und Zuwendung von ihm. Rupert würde für mindestens eine Woche ausfallen, und Weller sei ja nun auch nicht gerade voll belastbar, und genau in dieser schwierigen Lage gäbe es jetzt einen Termin, den er beim besten Willen weder absagen noch durchführen könnte. In Wiesbaden fänden die Fernsehkrimitage statt. Dort gäbe es immer eine interessante Veranstaltung. *Realität trifft Fiktion.* In jedem Jahr interviewe ein Kriminalschriftsteller vor einem Fachpublikum aus Drehbuchautoren und Schriftstellern einen der Menschen, über die er sonst schreibt. Es seien schon sehr gute und wichtige Kollegen da gewesen. Er zählte sie auf:

»Udo Amerkamp, Leiter der Tatortgruppe beim LKA Wiesbaden und erfahrener Terroristenjäger ...«

»Ich weiß, wer das ist, Ubbo!«

Unbeirrt fuhr er fort: »Heidemarie Rall, Spezialistin in der Bekämpfung des Menschenhandels, Gerhard Schmelz, Professor für Kriminalistik und Kriminologie. Das findet alles im Haus des Wiesbadener Kurier statt, der Chefredakteur Schröder ...«

Ann Kathrin unterbrach Ubbo Heide und fragte ihn, was sie denn bitteschön damit zu tun hätte.

Ubbo Heide kam noch nicht ganz mit der Sprache heraus, aber sie ahnte es schon.

»In Wiesbaden ist das Bundeskriminalamt. Die haben also dort wahrscheinlich eine große Auswahl an hochkarätigen Kriminalisten. Es ist eine Ehre, dort eingeladen zu werden und ... sie wollen dich.«

»Mich?«

»Niemand hat so viele Serientäter zur Strecke gebracht wie du.«

»Sie sind zufällig in mein Revier geraten.«

»Ja, das mag sein, aber sie haben eine Spur der Verwüstung im ganzen Land hinterlassen, und du hast sie hier in Ostfriesland gestellt.«

Ann Kathrin nahm das Kompliment fast widerwillig an. »Aber wir haben keine Zeit für solche Sachen, Ubbo. Du hast doch gerade selber unsere Situation geschildert.«

Er gab ihr recht, versuchte aber, ihr zu vermitteln, dass dieser Termin sehr wichtig sei. »Immerhin wird dort das Bild der Polizei geprägt. Da sitzen die Tatort- und Polizeiruf-Autoren. Die Krimischreiber für ARD und ZDF. Wir können uns nicht gut darüber beschweren, wie unrealistisch unsere Arbeit dort dargestellt wird, wenn wir uns ihnen verweigern. So, wie du dich und unsere Arbeit dort präsentierst, so wird hinterher unser Bild in den Medien sein. Zeit hin, Zeit her. Das muss sein.«

Sie erkundigte sich nach diesem Kriminalschriftsteller. »Ist das so ein Wadenbeißer, der ein Autoritätsproblem hat und deswegen ...«

Ubbo Heide winkte ab. »Er ist nicht irgend so ein Arsch, Ann. Die Kollegen schildern ihn als fair.«

»Wir haben trotzdem dafür keine Zeit. Kann nicht irgendein Sesselpupser ...«

»Sie wollen ausdrücklich dich.«

»Wann soll das denn sein?«

»Morgen Abend.«

Sie lachte. »Spinnst du?«

Dann kapierte sie. So eine Veranstaltung stand doch lange vorher fest. Warum war sie nicht vor Wochen gefragt worden? Sie fuhr ihn härter an, als sie wollte: »Sie haben mich gar nicht eingeladen, sondern dich, und du hast auch zugesagt, aber jetzt willst du hier nicht weg und versuchst, mir die Geschichte schmackhaft zu machen. Ich bin nur eine Ersatzspielerin.«

»Nun sei doch nicht gleich beleidigt. Aber ja, du hast recht.

Siehst du, deshalb bist du auch so eine gute Polizistin. Man kann dir nichts vormachen. Du fällst nicht so einfach auf Lügen herein. Du hinterfragst die Dinge. Du riechst die Wahrheit förmlich ...«

»Ja, ja, ja, ist ja schon gut. Schleim jetzt nicht länger rum.«

»Heißt das, du machst es?«

Sylvia Hoppe hatte schon an der dritten Tür Glück. Der Frau wurden die Knie weich, als sie das Foto sah. Sie sackte ohnmächtig zusammen.

Sylvia Hoppe stand im Flur und hielt die Frau fest, um sie nicht auf dem Boden aufschlagen zu lassen. Sie rief ins Haus: »Hallo! Ist da jemand? Ich brauche Hilfe! Frau Janssen ist umgekippt!«

Herr Janssen war sofort da. Sekunden später war Heidemarie Janssen schon wieder auf den Beinen.

Bodo Janssen lud Sylvia Hoppe zu einem Tee ein. Er trug nur en weißes T-Shirt und hellblaue Boxershorts mit Segelschiffen darauf.

Heidemarie Janssen dagegen war ausgehfertig gekleidet. Ein für ihr Alter reichlich kurzer, schwarzer Rock und ein luftig flatterndes Oberteil. Sie war dezent, aber gekonnt geschminkt.

Herr Janssen zog sich nichts über, sondern servierte den Tee und saß dann breitbeinig in seinem Fernsehsessel.

Um etwas Ruhe in die Situation zu bringen, fragte Sylvia Hoppe Frau Janssen, ob es ihr bessergehe und ließ sich von ihrem Mann sehr starken schwarzen Tee über ein dickes weißes Kluntjestück gießen. Sie fürchtete, der Zucker würde sich direkt auf ihren Hüften niederschlagen.

Sie fragte sich, wie die Sache einzuschätzen war. Frau Janssen behauptete, den Mann auf dem Foto nicht zu kennen, sie sei nur umgekippt, weil sie zu wenig getrunken hätte. Ihr sei heute Morgen schon schlecht gewesen.

Sylvia Hoppe glaubte ihr kein Wort, sondern im Gegenteil, es beschlich sie das Gefühl, Heidemarie Janssen lüge nicht wirklich sie an, sondern ihren Mann.

Der sah sich das Foto des Toten lange an, verzog dann den Mund und sagte: »Nee, den habe ich noch nie gesehen. Wer ist das?«

Frau Janssen hing zusammengesackt auf der linken Seite des Sofas. Ihre Finger verkrampften sich, und sie wirkte wie paralysiert. Sie kam Sylvia Hoppe intelligenter vor als ihr Mann. Ja, sie war ihm zweifelsfrei intellektuell überlegen, und sie war klug genug, es ihm nicht zu zeigen.

Sie hatte etwas mit dem Toten laufen, dachte Sylvia Hoppe. Und ihr Mann hat keine Ahnung.

Bodo Janssen gab zwar verbal den Macho und war um eine aufdringliche körperliche Präsenz bemüht, aber gleichzeitig bediente er die beiden Frauen geradezu liebevoll.

Frau Janssen trank das dritte Glas Wasser leer, und langsam kam wieder Farbe in ihr Gesicht.

Es war Sylvia Hoppe völlig klar, dass sie im Beisein von Herrn Janssen nicht weiterkommen würde. Sie stellte Fragen nach Okopenko und ob die beiden etwas von der Explosion mitbekommen hätten. Damit gab sie das Startsignal für Janssen, seinen Hass auf Wissenschaftler und Intellektuelle an sich loszuwerden. Okopenko habe sich bei einem Experiment garantiert selbst in die Luft gesprengt. Sie müssten froh sein, mit dem Leben davongekommen zu sein. Um ein Haar wäre ihr Haus mit in die Luft geflogen.

Sylvia Hoppe warf ein, dass Okopenko gut hundert oder zweihundert Meter Luftlinie entfernt wohnte, aber damit beeindruckte sie Bodo Janssen nicht. Er hatte ein paar Mal mit Okopenko beim gleichen Bäcker Brötchen geholt. Das reichte ihm für eine Bedrohung aus. Sylvia Hoppe fragte sich, woher diese Wut auf Okopenko kam, die so irrational wirkte. Sie sagte, dass

Professor Okopenko keinerlei chemische Experimente in seinem Haus gemacht habe. Er hätte es nicht in die Luft gesprengt. Er habe sich mehr mit geisteswissenschaftlichen Fragen beschäftigt. Die Geschichte der Medizin und ...

Aber Janssen unterbrach sie barsch. Die Typen dieser Bande seien alle gleich. Er schlug sich gegen den Kopf. »Totale Spinner. Glauben wunders, wer sie sind und setzen sich über alles und jeden hinweg. Der ist immer rumgelaufen wie Frankenstein junior. Ich wusste immer, dass das nicht gut ausgeht. Ich dachte, eines Tages passiert da noch mal was. Eines Tages ...«

Sylvia Hoppe hätte sich lieber mit Frau Janssen allein unterhalten, wusste aber nicht, wie sie das anstellen sollte, ohne dass ihr Mann Verdacht schöpfte. Er war nicht gerade vertrauensselig, und Sylvia konnte sich vorstellen, dass er ausflippen würde, wenn herauskäme, dass seine Frau hinter seinem Rücken irgendeine Art von Beziehung mit einem anderen Mann hatte.

Sie fragte Herrn Janssen, wie er denn darauf gekommen sei, und während er schnaufte wie ein Seehund, der aus dem Wasser auftaucht, wusste Sylvia Hoppe intuitiv, warum Frau Janssen so sexy zurechtgemacht war, während ihr Mann noch in Boxershorts herumhing. Sie hatte vorgehabt, den Mann auf dem Foto heute zu treffen. Sie hatte sich für ihn schick gemacht. Sie wusste nichts von seinem Tod. Die beiden waren verabredet, und sie hatte ihrem Mann irgendeine Lüge aufgetischt, wo sie gleich hingehen wollte.

Sie versuchte es vorsichtig: »Haben Sie heute noch etwas vor, Frau Janssen?«

»Warum?«, fragte die zurück und suchte körperlich den größtmöglichen Abstand zu Sylvia Hoppe.

»Geh doch ruhig zu deinem Kaffeeklatsch«, schlug Bodo Janssen vor und erklärte Sylvia Hoppe mit abfälligem Gesichtsausdruck: »Einmal in der Woche treffen die Frauen sich und ziehen über Männer her.«

Na bitte, dachte Sylvia Hoppe. Um ihn abzulenken, hakte sie nach: »Was gefiel Ihnen an Professor Okopenko nicht?«

»Die leben von unseren Steuergeldern! Glauben wunders, wer sie sind und ...«

»Du zahlst doch gar keine Steuern«, fiel seine Frau ihm ins Wort.

Er ging gar nicht darauf ein. »Der hat nicht einmal gegrüßt, ging immer an einem vorbei, als wäre man Luft für ihn. Drängelt sich aber beim Bäcker vor. Hat ja nie Zeit, der Professor. Immer voll unter Strom. Immer auf dem Sprung. Beteiligt sich an nichts. Isoliert sich richtig, weil wir ihm nicht gut genug sind.«

»Nein«, widersprach sie. »Der Professor wollte einfach nur für sich alleine sein.«

Sylvia Hoppe trank ihren Tee aus. Trotz des großen Zuckerstückchens war er ihr zu bitter. Sahne nahm sie keine. Sie wollte auf ihre Figur achten.

»Darf ich noch die Namen Ihrer Freundinnen haben, mit denen Sie verabredet waren?«

Heidemarie Janssen zuckte irritiert zusammen. »Ja, äh, warum denn?«

»Vielleicht kennen die den Toten. Ich muss seine Identität feststellen. Im Moment wissen wir nicht einmal seinen Namen.«

Frau Janssen schluckte und sah sich in der Wohnung um wie eine Fremde, die den Ausgang sucht oder den Lichtschalter.

»Die kennen den auch nicht«, behauptete sie.

»Das möchte ich sie schon selber fragen.«

Herr Janssen blickte seine Frau streng an. »Nun gib ihr doch die Namen! Vielleicht kann ihr ja eine von deinen kuchengeilen Freundinnen helfen.«

Der Ausrutscher tat ihm leid. Zu Sylvia Hoppe gewandt sagte er: »Entschuldigen Sie das Wort Freundinnen. Darf ich Ihnen noch einen Tee einschenken?«

»Nein, danke.« Sie schrieb sich die Namen auf, die Heidemarie Janssen jetzt widerwillig preisgab. Sie überreichte Frau Janssen noch ihre Visitenkarte. »Falls Ihnen doch noch etwas einfällt. Sie können mich jederzeit in der Dienststelle oder besser noch übers Handy erreichen.«

Sie war sich ganz sicher, dass Frau Janssen sie schon sehr bald kontaktieren würde.

Von draußen rief sie sofort Ubbo Heide an. Sie sah es als große Chance an, dass sie der Tatortgruppe zugeteilt worden war. Dieser kranke Rupert eröffnete ihr eine neue berufliche Perspektive. Sie wollte nur zu gern vom Dienst in Uniform zur Kripo wechseln. Ubbo Heide hatte ihr eine berufliche Möglichkeit aufgezeigt. Er setzte auf sie.

»Volltreffer«, sagte sie stolz. »Ich besuche Nachbarn mit dem Foto. War gerade bei Familie Janssen. Ich vermute, die Frau hatte ein Verhältnis mit dem Opfer.«

»Das ist heiß«, freute Ubbo Heide sich. Endlich hatten sie eine erfolgversprechende Spur.

Ann Kathrin Klaasen war nervös. Sie schminkte sich wie vor einem Rendezvous, aber sie war unzufrieden mit dem Ergebnis. Sie kam sich ungeschickt, ja tölpelhaft dabei vor.

Sie wohnte im Hotel Oranien. Für die Art Dienstreisen, die sie gewöhnt war, fast eine Spur zu nobel. Im Hotel spielte eine Theatergruppe mit Gästen einen Ratekrimi. Direkt neben Ann Kathrins Zimmer fielen Schüsse im Flur. Sie grinste. Das Verbrechen wurde sie nicht los. Es lief ihr irgendwie nach.

An der Rezeption hatte sie eine Karte bekommen. Eine Einladung zum Krimimenü mit Mordermittlungen. Sie lehnte dankbar ab. Ihr Magen knurrte, aber sie war nicht in der Lage, vorher etwas zu essen.

Sie ging vom Hotel in die Innenstadt zu Fuß, um sich zu sammeln. Die Veranstaltung fand im Haus des Wiesbadener Kurier statt. Ann Kathrin wurde vom Chefredakteur des Kurier, Stefan

Schröder, begrüßt. Er hatte einen festen Händedruck und Ann Kathrin wusste sofort, dass der Mann okay war. Der würde sie nicht reinlegen und nicht vorführen.

Sie erschrak darüber, dass sie so schnell bereit war, ihm zu vertrauen. Sie fragte sich, woran das lag. Ließ sie sich blenden? Passierte ihr das auch manchmal mit Verdächtigen?

Sie beobachtete Schröder, taxierte ihn wie jemanden, dem sie eine Straftat nachweisen wollte, aber er hatte etwas Entwaffnendes an sich, und plötzlich wusste sie, was. Er erinnerte sie an einen anderen Journalisten: Holger Bloem vom Ostfrieslandmagazin, das von den Lesern liebevoll OMA genannt wurde. Sie vertraute Bloem, und das übertrug sich auf Schröder.

Die Erkenntnis erschütterte sie geradezu. Sie kam sich schrecklich unprofessionell vor und glaubte jetzt, gänzlich ungeeignet zu sein für das bevorstehende Gespräch, für ihren Beruf, ja für das Leben überhaupt.

Sie hatte jahrelang alle bluffen können, dachte sie. Die Eignungsprüfung hatte sie nur bestanden, weil ihr Vater damals ein wirklich anerkannter, gutvernetzter Kripomann war.

Ubbo Heide hatte immer schützend die Hand über sie gehalten, doch der war jetzt nicht da. Heute würde alles auffliegen und offensichtlich werden. Wenn Stefan Schröder es nicht ans Licht brachte, weil er ein höflicher Mensch war, dann ganz sicher dieser Kriminalschriftsteller.

Sie hatte auf der Fahrt von Norden nach Wiesbaden ein Buch von ihm gelesen. Er war für seine ungewöhnlichen Recherchemethoden bekannt. Er schrieb Sätze, als könne er den Menschen in die Seele gucken und in ihrem Innersten lesen. Ihm würde sie nichts vormachen können. Sie fühlte sich unfähig, klein, unbedarft und schutzlos.

Sie rieb sich die Oberarme. Ein Schauer lief über ihren Rücken. Schröder brachte sie zur Kulturdezernentin Rita Thies. Zu dritt tranken sie vorher im Stehen einen Kaffee. Frau Thies wirkte aufgeräumt, voller Erwartung und wirklich interessiert. Sie lud Ann Kathrin auch zur abendlichen Krimigala und Preisverleihung ein, anschließend sei eine kleine Party im Landtag.

Ann Kathrin hatte nicht die geringste Lust auf viele Menschen, aber die Art von Frau Thies gab ihr eine Ahnung ihres alten Selbstbewusstseins zurück. Noch vor kurzem war sie wie diese toughe Frau gewesen, die wusste, was sie war und was sie wollte, hatte Ziele, Pläne und fühlte sich kompetent genug, sie zu erreichen.

Langsam füllte sich der Raum. Es waren schon achtzig, neunzig Personen anwesend. Frau Thies sagte, man habe es hier zwar größtenteils mit Fachpublikum zu tun, aber die Symposien seien für alle Menschen offen. Es gäbe auch ein Stammpublikum von »ganz normalen Bürgern«.

Ann Kathrin wäre am liebsten geflohen. Sie erhielt während des Gesprächs drei SMS. Eine von ihrem Sohn Eike, der dringend zweihundert Euro benötigte, und zwei von Weller, der ihr »bei diesem Irrsinn« viel Erfolg wünschte und heuchelte, er sei sicher, sie würde das packen und sowieso besser machen, als Ubbo es je gekonnt hätte.

Kurz nach der SMS war es ihm noch wichtig, sie zu warnen, dieser Kriminalschriftsteller sei »ein undurchsichtiges Arschloch«, sie solle vorsichtig sein.

Danke, smste sie zurück. *Das baut mich echt auf.*

Sie entschuldigte sich bei Stefan Schröder und Frau Thies, weil sie während des Gesprächs mit ihrem Handy herummachte.

Dann betrat der Autor den Vorraum. Er kaute an einer Mohnschnecke herum, die er sich schräg gegenüber in der Bäckerei geholt hatte. Er wurde von zwei LKA-Kollegen begleitet. Den einen kannte Ann Kathrin von einer Fortbildung über *Tattoos als Erkennungsmerkmal von Rangordnungen im kriminellen Milieu*. Hier jemanden zu treffen, den sie kannte, machte für sie alles nur noch schlimmer.

Der Autor begrüßte sie und fragte: »Gibt es irgendwelche Themen, zu denen ich Sie besser nicht befragen soll?«

In ihrem Gehirn breitete sich sofort Leere aus, während sie ihm beim Kauen zusah und Krümel von der Mohnschnecke auf sein Hemd rieselten, was er entweder nicht bemerkte oder ihm egal war. Er wiederholte seine Frage, als sei sie schwerhörig, und sie schwankte zwischen der Vorstellung, es mit einem fairen Gesprächspartner zu tun zu haben, der sie nicht unnötig in Schwierigkeiten bringen wollte oder mit einem, der sich nur sehr geschickt in ihr Vertrauen schleichen wollte, um dann genau die Fragen zu stellen, die ihr unangenehm waren.

Frau Thies schien Ann Kathrins Sorge zu erspüren, sie lächelte ihr komplizenhaft zu.

Franz Zöller, der lange als Undercoveragent gearbeitet hatte und für Ann Kathrin seit ihrer Ausbildung eine Legende war, kam mit seiner Frau herein. Beide umarmten den Autor zur Begrüßung so herzlich, dass Ann Kathrin sich einerseits ein bisschen wie ausgeschlossen vorkam, fremd, aber trotzdem begann, Vertrauen zu entwickeln. Sie sagte sich selbst, das hier sind nicht deine verfluchten Mörder. Sieh sie nicht alle durch die Brille der Kommissarin an. Du bist hier nicht hinter Verdächtigen her. Hat der Beruf dich schon so versaut?

Schröder, der sehr darum bemüht war, dass sie sich wohlfühlte, bot noch einen Rundgang durch das altehrwürdige Gebäude an, aber Ann Kathrin lehnte ab. Vor Aufregung musste sie zweimal hintereinander zur Toilette.

Das Gespräch mit dem Krimiautor verlief dann ganz anders, als sie erwartet hatte. Sie saßen locker in Sesseln auf einer kleinen Bühne. Zwischen ihnen ein runder Glastisch und vor ihnen ein durchaus wohlwollendes Publikum.

Mindestens ein Dutzend Kollegen waren da. Sie fragte sich selbst, warum sie die erkannte, aber sie hätte mit dem Finger auf sie zeigen können. Der und der und die. Alles Kripoleute.

Dann eine Menge Fernsehvolk. Filmemacher. Drehbuchautoren. Redakteure. Einer von ihnen hatte seinen Sohn mitgebracht, der die ganze Zeit schrieb und zeichnete wie ein Gerichtsreporter.

Ann Kathrin trank in kleinen Schlückchen aus ihrem Wasserglas, hoffte, nicht gleich schon wieder zur Toilette zu müssen und wunderte sich über die Fragen, die ihr gestellt wurden.

Was ihr denn an Fernsehkrimis nicht gefalle. Ob sie sich mit irgendeiner Tatortkommissarin identifizieren würde. Was sie an Krimis besonders ärgere.

Sie hörte sich sagen: »Unsere Arbeit ist lange nicht so aufregend, wie sie in Romanen und Filmen geschildert wird. Vieles ist einfach nur Aktenstudium, bürokratischer Kram. Anträge stellen und ...«

Der Autor unterbrach sie mit der Frage: »Würden Sie denn einen Film gucken, in dem jemand stundenlang in Akten blättert?«

Das Publikum lachte.

»Nein«, sagte sie. »Vermutlich nicht.«

»Kriminalfilme«, sagte er, »sind wie das richtige Leben, man schneidet die langweiligen Stellen raus.«

Sie fand den Gedanken ganz sympathisch. »Mag sein, aber ... Ich gucke nicht viel Fernsehen, ich lese lieber.«

»Krimis?«

»Nein, Kinderbücher.«

Wieder lachten einige und eine junge Frau aus der dritten Reihe rief: »Ich auch!«

Warum lasse ich mich auf solche Fragen ein?, dachte Ann Kathrin. Was rede ich hier eigentlich?

Dann fragte er allen Ernstes, was sie als Kind werden wollte. »Die wenigsten Menschen werden ja geboren und wollen Steuerberater werden oder Hauptkommissarin.«

Die Frage traf sie. Sie dachte einen Moment nach. Sie wollte eigentlich zurückfragen, warum er das wissen wollte, aber dann kam ihr das zu kleinkariert vor.

»Ich glaube«, sagte sie, »ich wollte einfach sein wie mein Vater.«

»Und? Sind Sie es geworden?«

»Nein. Er war besser. Viel besser, als ich je sein werde.«

»Er war bei der Kripo und ist im Dienst erschossen worden.«

Der ist verdammt gut vorbereitet, dachte sie und nickte stumm.

Im Saal trat eine spürbare Betroffenheit ein. Etwas an ihren Aussagen berührte die Menschen. Sie hörten gebannt zu.

Stefan Schröder notierte sich etwas. Frau Thies saß auf ihrem Stuhl in der ersten Reihe, sprungbereit, als wäre sie drauf und dran, Ann Kathrin zu Hilfe zu eilen.

»Sie haben drei Serienmörder zur Strecke gebracht. Damit gelten Sie in Deutschland und möglicherweise international als herausragende Kriminalistin. Als Fachfrau für Serienkiller sozusagen ...«

»Nein«, sagte Ann Kathrin, »das war nicht so. Im Fernsehen sieht man das vielleicht so ... also, in Ihren Filmen ... Im Leben sind wir ein Team. Da hat die Kriminaltechnik einen hohen Anteil, die Kollegen ...«

»Trotzdem möchte ich Ihnen die Frage stellen, was muss eine Kommissarin, ein Kommissar haben, um solchen Menschen das Handwerk zu legen?«

»Vielleicht«, orakelte sie, blass um die Nase, »muss man denken und fühlen können wie sie.«

Dann schwieg sie und ihr Blick schweifte ab in die Ferne, jenseits der Mauern dieses Gebäudes.

»Da gruselt es einem ja richtig«, betonte der Schriftsteller. »Sie können denken und fühlen wie diese ...«

»Serienmörder. Ja. Ich fürchte, jeder Mensch kann das. Wir

verbieten es uns nur, aus gutem Grund. Es ist ein altes, absolutes Verbot in jedem von uns, der in der menschlichen Gemeinschaft aufgewachsen ist: Du darfst keine Artgenossen töten. Fische, Schweine, jegliche Tiere, alles okay. Aber keine, die so sind wie du.«

»Und bei Serienkillern funktioniert dieses Verbot nicht mehr?«

Ihre Lippen wurden trocken und spannten, als könnten sie gleich einreißen wie altes Pergament.

»Manche von ihnen glauben eben gar nicht, dass sie so sind wie die, die sie töten. Sie machen den anderen Menschen zum Objekt. Zum Opfer. Er wird dann für den Täter wie eine Sache, ein Gegenstand oder ein Tier.«

Ann Kathrin Klaasen fiel etwas auf an dem Mann. Er unterhielt sich mit ihr vor einem für sie großen Publikum. Achtzig, vielleicht hundert Menschen, aber die Zuhörer interessierten ihn scheinbar gar nicht. Er sprach nur mit ihr, sah sie an, las in ihren Reaktionen und war ganz auf sie konzentriert. So entstand auch für sie selbst die merkwürdige Atmosphäre, als würde sie mit ihm alleine irgendwo in einer schummerigen Bar an der Theke stehen und mit ihm flirten. Er nahm durch seine Art dem Publikum die lähmende Macht und gab ihm dadurch gleichzeitig die geradezu voyeuristische Freude, an etwas fast Intimem teilzunehmen. Durch die guten Mikros musste sie auch nicht laut sprechen, sondern konnte leise, ohne jede Anstrengung der Stimme, reden.

»Ich versuche zuerst«, sagte sie, als wollte sie ihn in ein Familiengeheimnis einweihen, »in die Rolle des Opfers zu kommen. Ich will fühlen, wie das Opfer sich gefühlt haben muss. Was hat er mit dem Opfer wie getan? Das erzählt mir viel über den Täter.«

»Stimmt es, dass Sie sich einmal haben einmauern lassen, um den uns allen als Maurer bekannten Serientäter zu ...«

»Ja, das stimmt. Aber er ist mir entwischt.«

»Sie konnten aber eines seiner bereits eingemauerten Opfer retten.«

»Das ist richtig.«

Sie sah den Schriftsteller an. Er schaute auf die Uhr.

Wie lange sind wir wohl schon dran, fragte Ann Kathrin sich. Ist die Stunde gleich um, oder haben wir gerade erst begonnen?

Plötzlich schwenkte der Autor zu einem anderen Thema über. Er wollte wissen, was sie manchmal verzweifeln ließ.

Ohne zu überlegen, platzte sie damit heraus: »Denkverbote.«

»Denkverbote? Gibt es so etwas bei der Polizei?«, lachte er gespielt empört.

Sie schlug die Beine übereinander und tat dies zeitgleich ohne Abstimmung genau wie Frau Thies.

Wir schwingen auf einer Welle, dachte Ann Kathrin.

»Stellen Sie sich vor«, erklärte sie ihre Antwort, »Sie kommen zu der Überzeugung, jemand sei von Außerirdischen entführt worden, und alle Ermittlungsergebnisse sprechen dafür, dann würde ich Ihnen trotzdem nicht empfehlen, das als Vermutung in Ihre Akte zu schreiben. Es sagt nämlich unter Umständen mehr über Sie aus als über den Fall, und nicht Sie leiten die Ermittlungen, sondern der Staatsanwalt, und der könnte zu falschen Rückschlüssen über Ihren Geisteszustand kommen.«

»Hat es so etwas im Laufe Ihrer Ermittlungen mal gegeben?«

»Sie meinen, ob ich einmal Außerirdische verdächtigt habe? Nein, nein! Zum Glück habe ich immer gegen sehr weltliche Täter ermittelt, nie gegen E.T.«

Seine Augen verengten sich für den Bruchteil einer Sekunde. Ihr war, als würde er versuchen, ein Röntgenbild von ihrer Seele zu machen. Zum Glück war so etwas nicht möglich, aber sie kannte aus seinem Krimi seine genaue Beobachtungsgabe, aus winzigen Details schloss er auf den Gemütszustand eines Menschen, da war er wie sie. Sie vermutete, ihm gerade zu viel von sich selbst verraten zu haben.

Er spürte ihre Not genau und hakte nicht nach.

»Gibt es einen aktuellen Fall, über den Sie uns etwas erzählen können?«

»Das darf ich nicht.«

»Sie müssen ja keine Namen nennen ...«

»Also gut. Im Augenblick stehe ich genau vor so einem Denkverbot.«

»Interessant. Außerirdische?«

Sie biss sich auf die Lippen. *Sag es nicht!*, brüllte eine Stimme in ihrem Kopf. Aber etwas, das sie selbst am wenigsten begriff, zwang sie fast, es auszusprechen: »Ich bearbeite einen Fall, in dem alles dafür spricht, dass ein Mensch geklont wurde.«

Die Unruhe im Saal verdeutlichte ihr, auf welch gefährlichem Boden sie sich bewegte.

Er gab ihr sofort die Möglichkeit, aus der Aussage einen Witz zu machen. »Sie nehmen uns auf den Arm, Frau Kommissarin!«

Sie nahm das Angebot dankbar lächelnd an. »Ich glaube natürlich nicht, dass jemand geklont wurde. Es muss eine andere Erklärung für den Tathergang geben.«

»Schade, dass Sie uns nicht mehr darüber erzählen können«, bedauerte er. »Aber wir verstehen natürlich alle, dass Sie aus einem aktuellen Verfahren keine Fakten bekanntgeben dürfen, um die beteiligten Personen zu schützen.«

Er gab ihr eine kurze Verschnaufpause und sammelte Fragen aus dem Publikum.

Am Ende der Veranstaltung bekam sie viel Lob für ihre offene Art, und sie erhielt Applaus, was sie als Kommissarin auch nicht gerade gewöhnt war.

Der Autor lud Ann Kathrin noch auf ein Bier bei Andechser

oder in der Hemingway-Bar ein. Dann landeten sie nach einem kurzen Spaziergang durch die Innenstadt in der Bar vom Schwarzen Bock, wo eine junge Pianistin Leonhard Cohen spielte.

Der Autor schlug ihr einen Cocktail vor. Er bestellte sich einen Planters Punch. Sie wollte eigentlich einen kühlen Weißwein und ein Mineralwasser, aber dann, als sie die geschickten Bewegungen des Barkeepers sah, fand sie Gefallen daran und orderte auch einen Planters Punch.

Sie saßen erst alleine an der Bar, dann zogen sie sich in eine Sesselecke zurück, wo sie ungestört reden konnten.

Ihr Handy brummte in der Handtasche. Weller wollte wissen, wie es für sie gelaufen war. Sie entschuldigte sich kurz beim Kriminalschriftsteller und smste an Weller: *Ich kann jetzt nicht. Nehme mit dem Autor noch einen Drink.*

Dann smste Weller im Zehnminutentakt, was Ann Kathrin amüsierte. Weller war offensichtlich eifersüchtig und hatte Angst, sie könne sich verführen lassen.

Sie übernahm die Gesprächsführung. »Sie haben mich doch nicht eingeladen, um Smalltalk mit mir zu halten.«

Er spielte mit seinem Drink und sah zum ersten Mal ein bisschen verlegen aus. »Ich ...«

»Na, raus mit der Sprache. Das ist doch hier nicht der Versuch, mich anzubaggern und abzuschleppen, oder?«

Er lächelte. »Nein. Ich dachte nur ... das mit dem Denkverbot ... Sie glauben tatsächlich, es mit einem Klon zu tun zu haben?«

Sie antwortete nicht, sie sah ihn nur an und ermahnte sich selbst, jetzt sehr vorsichtig zu werden.

»Warum? Brauchen Sie Stoff für einen neuen Roman?«

Er schüttelte den Kopf. »Nein, aber ich möchte Ihnen etwas erzählen.«

Sie setzte sich aufmerksam hin. »Nur zu.«

Er räusperte sich. »Vor ein paar Jahren ging es mir nicht so gut, ich … na ja, ist ja egal, jedenfalls habe ich ein paar Wochen in der Psychiatrie verbracht.«

Er fixierte sie und wartete auf eine Reaktion. Sie wusste, dass die kleinste blöde Bemerkung das Gespräch beenden würde, also gab sie sich Mühe, so zu gucken, als sei es auch für sie ganz normal, ab und zu ein paar Wochen in der Psychiatrie zu verbringen.

»Dort habe ich in der Gruppentherapie eine merkwürdige Frau kennengelernt. Sie behauptete, jahrelang gefangen gehalten worden zu sein. Sie hat dann irgendwann ein Verhältnis mit einem der Wärter begonnen oder so und die Chance genutzt, abzuhauen. Sie war echt merkwürdig, unheimlich nett eigentlich, konnte aber plötzlich aus nichtigem Anlass total aggressiv werden. Sie wurde gegen ihren Willen dort festgehalten und hat immer wieder versucht, zu fliehen. Angeblich hat sie erst in der Klinik sprechen gelernt. Als sie aufgegriffen wurde, war sie völlig verwirrt und nackt und konnte nur lallen. Sie wusste nicht einmal ihren eigenen Namen. Wir nannten sie Schneeflocke, weil sie, als es draußen schneite, am Fenster stand und sich aufführte, als hätte sie noch nie Schnee gesehen. Wir standen auf der Raucherterrasse. Als eine Schneeflocke ihre Hand berührte, schrie sie: »Heiß! Heiß!« Die war echt nicht von dieser Welt.«

»Warum erzählen Sie mir das?«

»Weil ich damals dachte, es gibt nur eine Erklärung für ihre Existenz.«

»Nämlich?«

Er flüsterte es: »Sie muss ein Klon sein.«

»Woraus folgern Sie das? Vielleicht war sie einfach nur verwirrt und psychotisch.«

»Sie war hochintelligent und konnte glasklar denken. Sie hat in der Klinik Schach gelernt und alle geschlagen. Alle. Mich sowieso.«

»Deshalb muss sie kein Klon gewesen sein.«

»Sie hat aber behauptet, dort, wo sie eingesperrt war, hätte es noch vier wie sie gegeben. Sie hatte panische Angst vor Ärzten und Spritzen. Sie muss aber mal operiert worden sein. Sie hatte Narben, hier und hier. Ich habe gehört, wie ein Arzt gesagt hat, man habe ihr alle inneren Organe entfernt, die man einem Menschen wegnehmen kann, ohne dass er stirbt. Und wissen Sie, was ich damals dachte?«

»Nein.«

»Ich dachte, entweder ist die total durchgeknallt und auf irgendeiner Droge hängengeblieben oder …« Er trank sein Glas leer. »Oder die Geschichte stimmt, und irgendwo werden Klone gezüchtet und wie Vieh gehalten. Man benutzt sie als so eine Art menschliches Ersatzteillager.«

Seine Erzählung hatte Ann Kathrin mehr aufgeregt, als sie zugab. »Wie hieß die Frau? Wo war das alles?«

»Sie wurde Lena genannt, denn sie kannte ihren eigentlichen Namen ja nicht. Lena, die Schneeflocke. In der Psychiatrie war ich in Gelsenkirchen.«

»In Gelsenkirchen wurde ich geboren«, sagte Ann Kathrin und deutete auf ihr leeres Glas.

»Ich weiß, und dort wurde Ihr Vater erschossen. Wie es aussieht, lässt diese Stadt Sie doch nicht los, oder?«

»Da haben Sie wohl recht. Wenn sie gegen ihren Willen in der Psychiatrie war, muss es einen richterlichen Beschluss geben. Ich werde der Sache auf den Grund gehen.«

»Das habe ich auch getan. Als Autor witterte ich die Story meines Lebens. Aber sie … na ja, man darf sie nicht mit normalen Maßstäben messen. Sie konnte nicht sagen, wo sie gefangen gehalten wurde. Sie wusste ja nicht einmal, dass Gelsenkirchen in Deutschland liegt.«

»Trafen Sie sich auch außerhalb des Krankenhauses?«

»Ja. Nach meiner Entlassung hatte ich noch eine Weile guten

Kontakt zu ihr. Dreimal durfte ich sie mitnehmen. Einen Nachmittag lang sind wir herumgefahren und haben Orte gesucht, die sie vielleicht wiedererkannt hätte. Sinnlos.«

»Sie wurde also in Gelsenkirchen oder in der Nähe gefangen gehalten?«

»Kann sein, ist aber eher unwahrscheinlich. Sie haben mehrfach das Gefängnis gewechselt und wurden herumgefahren. Einzeln oder auch als Gruppe. Bei so einer Aktion ist sie dann geflohen. Der Fahrer hat es ihr ermöglicht, glaubte sie. Vielleicht hat er aber auch nur einen Fehler gemacht. Es war nicht leicht, mit ihr logische Zusammenhänge zu klären.«

»Obwohl sie eine so gute Schachspielerin ist?«

»Ja, aber sie konnte Dinge nicht richtig einschätzen. Sie glaubte zum Beispiel, es gäbe keinen Nachtisch, wenn es nachts regnet.«

»Sie hat versucht, sich selbst eine ihr sinnlos erscheinende Welt zu erklären.«

Der Satz von Ann Kathrin Klaasen beeindruckte den Schriftsteller.

Sie hatte längst beschlossen, diese Frau aufzusuchen.

»Wie hieß die Psychiatrie?«

»Es war im Elisabeth-Krankenhaus. Station Zwei.«

Weller versuchte wieder, Ann Kathrin anzurufen. Da sie das Gespräch nicht annahm, schickte er wieder eine SMS hinterher. *Was ist los? Warum gehst du nicht ran? Bit du schon mit ihm in der Kiste?*

Sekunden später tat es ihm leid, und er sprach eine Entschuldigung auf ihre Mailbox. Sie hörte die Box aber noch nicht ab, sondern ging mit ihrem Dichter zu der Party in den Landtag. Sie wurde vielen Gästen vorgestellt, aber sie behielt deren Namen nicht. Sie war die ganze Zeit mit dem Gedanken beschäftigt, heute Abend unter Umständen der Wahrheit ein Stückchen nähergekommen zu sein. Alles wurde aussprechbarer.

Jutta Speck hörte die Lieblings-CD ihrer Tochter. »Über das Meer« von Matthias Meyer-Göllner. Sie sang ihr Lieblingslied mit. Sie konnte es längst auswendig. Nadine hörte die CD dreimal am Tag.

»Große Schiffe machen große Wellen,
die kleine Schiffe vor Probleme stellen ...«

Schon das Klopfen an der Tür machte Jutta Angst. Sie spürte eine aggressive Energie. Sie fragte sich, ob es wirklich am Klopfen lag, oder ob sie nur einen Rückfall hatte in die schreckliche Zeit ihrer Menschenscheu, als sie manchmal stumm in der Wohnung verharrte und auch dem Postboten, der mit einem Paket vor der Tür stand, nicht öffnete, aus Furcht, sie könne dem Kontakt nicht standhalten.

Sie sah durch den Spion. Vor der Tür stand ein Mann mit einem Blumenstrauß. Er hatte eine Blues-Brothers-Sonnenbrille auf der Nase und war leicht untersetzt.

»Ich komme von Fleurop. Hallo, Frau Speck, sind Sie zu Hause? Sonst können Sie sich die Blumen auch bei uns im Laden abholen!«

Wer schickt mir Blumen? Vielleicht diese Kommissarin Ann Kathrin Klaasen als Dankeschön, weil ich sie aufgenommen habe? Die ist genau so eine. Die hat so etwas drauf: Danke sagen. Sich entschuldigen. Die ist einfach sozial kompetent. Ganz anders als ich.

Die Frage, warum der Mann vor der Tür mit ihr sprach, obwohl sie doch scheinbar nicht im Haus war, stellte sie sich zu spät. Sie öffnete die Tür schwungvoll.

Sein Dietrich steckte noch im Schloss. Ihr Versuch, die Tür wieder zuzuknallen, scheiterte an seinem Fuß. Schon war er bei ihr im Wohnzimmer.

Er schloss die Tür hinter sich und überreichte ihr sofort den Blumenstrauß, dabei nahm er schwungvoll die Sonnenbrille ab. In seinem gebräunten Gesicht hatte die große Brille weiße Flecken hinterlassen, die ihm etwas von einem Touristen im Sommerurlaub gaben. Seine Augen vibrierten hellblau. Dieser Blick hatte sicherlich schon viele Frauenherzen schwach werden lassen.

Sie ließ sich nicht bluffen. »Der Fleuropbote kommt sonst selten mit dem Einbruchswerkzeug«, sagte sie und nahm den Blumenstrauß nicht an. Er ließ die gebogenen Nachschlüssel in der Jackentasche verschwinden wie ein Zauberkünstler seine bunten Tücher.

Sie wich vor ihm zurück.

»Sie brauchen keine Angst vor mir zu haben.«

»Meine Mutter hat mir beigebracht, mich vor Leuten in Acht zu nehmen, die von sich behaupten, ich bräuchte keine Angst vor ihnen zu haben.«

Sie war stolz auf ihre Kaltschnäuzigkeit. Etwas in ihr schrie um Hilfe, jammerte um Gnade und hatte die Stimme des kleinen Mädchens, das sie selbst einst gewesen war. Die erwachsene Jutta Speck beschützte jetzt das kleine Kind in sich selbst. Das war nötig. Sie hatte es in der abgebrochenen Therapie gelernt. Sie durfte das kleine innere Kind nicht ausliefern. Sie musste erwachsen bleiben.

Sie summte die Zeile aus dem Kinderlied von Matthias Meyer-Göllner:

»Große Schiffe machen große Wellen,
die kleine Schiffe vor Probleme stellen …«

»Ein Freund von mir war bei Ihnen zu Besuch.«

Er sah sie erwartungsvoll an. Seine Augen waren von einem geradezu hypnotischen Blau.

Er fuhr fort: »Leugnen nutzt nichts. Er hat von Ihrem Anschluss aus gesprochen. Seitdem haben wir jeden Kontakt zu ihm verloren. Wo ist er? Beantworten Sie mir nur eben diese eine Frage, und Sie sind mich gleich wieder los. Wo ist er?«

Sie verspürte durchaus den Impuls, ihn anzubrüllen: *Ihr*

Freund war eine erbärmliche Mistsau! Ich habe ihn umgelegt
und im Garten vergraben, und genau das tue ich jetzt mit Ihnen!
Aber stattdessen sagte sie nur: »Ich weiß es nicht.«

»Und warum meldet er sich nicht bei uns? Auf ihn war immer Verlass.«

»Um die Wahrheit zu sagen: Ich bin nicht gerade sein größter Fan. Er kam, ohne zu fragen und ging ohne Erklärung. Er war, wenn Sie so wollen, wie ein Sturmtief über der Nordsee. Können Sie mir erklären, wo das letzte hin ist?«

Er schabte sich mit dem Handrücken der rechten Hand über die Bartstoppeln am Hals. In der linken hielt er den von weißen und roten Rosen dominierten Strauß.

»Du bist ganz schön vorlaut.«

»Ja. War ich schon als Schülerin. Sport und Religion sehr gut, Betragen mangelhaft.«

»Jutta, Jutta ...«, sagte er plötzlich mit merkwürdigem Tonfall, als würde er etwas bedauern. »Jutta, Jutta ...«

»Was haben Sie jetzt vor? Mich zusammenschlagen? Vergewaltigen? Ich bin inzwischen einiges gewöhnt. Ihr Scheißfreund war nicht gerade ein Gentleman.«

Er legte den Kopf schräg und sah sie bedauernd an. »Er hat gesagt, ihm sei das Handy gestohlen worden. Wo ist es? Wer hat es?«

Sie verschränkte die Arme vor der Brust. »Keine Ahnung.«

»Wo ist deine Tochter? Er hat von der Kleinen gesprochen. Er mochte sie.«

Jetzt konnte Jutta Speck sich nicht mehr halten. »Ja, das kranke Arschloch mochte sie sogar so sehr, dass sie jetzt auf Leben und Tod im Krankenhaus liegt!«

Er lächelte und warf die Blumen achtlos hinter sich. Sie klatschten auf den Boden. Eine weiße Rose verlor ein Blütenblatt. Es flatterte im Durchzug über den Teppich wie ein Schmetterling.

Wortlos drehte der Mann mit den hellblauen Augen sich um

und verließ ohne jede Eile die Wohnung. Dabei trat er einmal ins Blütenbouquet. Unter seinen Schuhsohlen zerquetschte er die Pracht. Bei jedem weiteren Schritt hinterließ er einen klebrigen, duftenden Fußabdruck.

Weller wunderte sich darüber, wie rasch es mit seiner Tochter bergaufging. Sie lachte schon wieder und schien den Abend mit Stevie und Joe Dark völlig vergessen zu haben. Im Gegensatz zu ihrer Schwester, die von Schuldgefühlen geplagt wurde, hatte Jule keine Erinnerung an den Abend. Das Warten vor der Disco, das Vorglühen mit Alcopops, den Unfall, all das schien sie verdrängt zu haben. Dies ging so weit, dass sie Weller fragte, was eigentlich passiert sei.

Der saß jetzt freudig und doch zerknirscht an ihrem Bett und wusste nicht, wo er anfangen sollte. Der Unfall war irgendwie unwichtig geworden, verglichen mit dem viel größeren Drama, fand er.

Vorsichtig fragte er, ob denn Mama ihr erzählt hätte, woher ihre neue Niere gekommen sei.

»Von meinem richtigen Papa«, antwortete sie, und der Schmerz hätte nicht größer sein können, wenn jemand ihm ein Messer in die Brust gerammt hätte.

»Ich bin dein richtiger Papa«, sagte er und umfasste mit den Händen die Metallstangen des Betts, als ob er vorhätte, sie zu verbiegen.

»Wusstest du das, Papa?«, fragte Jule. »Habt ihr mich die ganze Zeit belogen?«

»Nein, ich wusste genauso wenig wie du. Deine Mutter hat die ganze Zeit gelogen. Nicht ich.«

Sie sank erschöpft tiefer ins Kissen.

»Ich … ich bin einfach nur froh, dass du überlebt hast.«

Dann schwiegen beide lange, und Weller hielt nur ihre feuchte, kalte Hand. In der Zeit des Schweigens entstand mehr gemeinsames Verstehen zwischen ihnen, als wenn sie Worte gewechselt hätten. Das war schon immer so gewesen, aber jetzt wurde es beiden bewusst, und sie weinten still miteinander.

Sie ist mehr als nur seine Tochter, dachte er. Sie trägt jetzt sogar ein lebenswichtiges Organ von ihm in sich, und sie weiß genauso wenig seinen Namen wie ich? Wie grausam kann Renate eigentlich noch sein?

Als er Jule verließ, schritt er schwer durch die Tür. Er fühlte sich, als sei seine Kleidung aus Blei.

»Papa!«, rief sie mit schwacher Stimme, die versuchte, stark zu klingen. »Papa, bitte knöpf ihn dir nicht vor!«

Er wusste nicht genau, wovon sie sprach. Er suchte nach Worten. Wie sollte er ihn überhaupt nennen? Renates Affäre? Deinen Erzeuger?

Da sagte Jule: »Er ist ganz süß. Er kann nichts dafür. Er ...«

Überflüssigerweise fragte er bissig: »Wer?«

»Stevie«, sagte sie und konnte gar nicht nachvollziehen, wen er sonst gemeint haben könnte. »Stefan Raider.«

Weller nickte. »Keine Angst, mein Kind. Ich werde ihm nichts tun, aber er wird ein paar Schwierigkeiten bekommen. Er hatte eins Komma sechs Promille im Blut. Von dem restlichen Mist ganz zu schweigen.« Weller schlug mit der Faust gegen den Türrahmen. »Herrgott, Jule! Er war sturzbesoffen, als er den Unfall verursacht hat!«

Für Weller war es schwierig, in Aurich oder Norden in dieser Sache zu einem Rechtsanwalt zu gehen. Er befürchtete, sich lächerlich zu machen. Er entschied sich für eine Anfrage im Internet bei www.frag-einen-anwalt.de.

Er erhielt eine klare Auskunft. Kinder, die in einer Ehe gezeugt wurden, galten als ehelich, egal, von welchem Vater sie waren. Juristisch war Jule seine Tochter, und er war ihr gegenüber unterhaltspflichtig.

Er konnte es kaum glauben. Er hoffte, das sei nur eine krause Meinung eines Anwalts und nicht allgemeine Rechtsprechung. Aber irgendwie war das Ganze auch auf eine grausame Weise logisch. Ehe und Familie standen unter dem besonderen Schutz des Staates, und so, behauptete der Internetanwalt, sollte verhindert werden, dass sich fremde Männer in bestehende Ehen drängten.

Solch merkwürdige Logik musste Weller mit ein paar Bier runterspülen. Sein Nachbar, Peter Grendel, half ihm dabei.

Ann Kathrin Klaasen fuhr von Wiesbaden mit dem IC bis Gelsenkirchen. Am Hauptbahnhof nahm sie sich ein Taxi zum Elisabeth-Krankenhaus nach Erle in die Cranger Straße. Dort konnte man sich noch gut an »Kloni« erinnern. Der wirkliche Name konnte nie ermittelt werden. Es gab auch keine Steuernummer, keine ehemalige Adresse.

Eine Schwester mit gütigen Augen und einer Topmodelfigur für XXL-Modelle sagte: »Sie war ein Sternenkind. Einfach so auf die Erde heruntergefallen. Ich mochte sie sogar in ihren Wutanfällen.«

Die Krankenakte bekam Ann Kathrin ohne richterlichen Beschluss nicht zu sehen. Ein Therapeut fauchte sie an, er lasse sich nicht zum Knecht der Justiz machen, aber von einer Sozialarbeiterin bekam sie die Auskunft, dass sie »dem Sternenkind Lena« einen Platz in einer Einrichtung des Betreuten Wohnens auf der Ückendorfer Straße vermittelt hatte.

Dort traf Ann Kathrin Lena nicht mehr an, sondern nur noch eine Betreuerin, die vor lauter Liebeskummer kaum noch denken konnte und sich ständig die Nase putzte, wozu sie eine Rolle Toilettenpapier mit sich führte, von der sie immer neue Streifen abriss, die sie dann um sich herum verteilte.

»Sie war nicht integrierbar«, sagte die verheulte Frau. »Sie ist nach ein paar Tagen getürmt. Sie hat nichts mitgehen lassen.

Nicht einmal ihr Taschengeld. Die war echt nicht von dieser Welt! Hoffentlich geht es ihr da, wo sie jetzt ist, besser.«

»Wie meinen Sie das?«, fragte Ann Kathrin und sah der jungen Frau geduldig beim Schnupfen zu.

»Sie hat sich eine Überdosis gespritzt. Ist in Bismarck bei der Zeche Consolidation gefunden worden. Da war sie erst drei, vier Tage von uns weg. Sie ist in einem anonymen Grab beerdigt worden. Passt ja irgendwie zu ihr.«

Die traurige Sozialarbeiterin bot Ann Kathrin einen Roibuschtee Vanille an und von den Bewohnern selbstgebackene Vollkornkekse. Ann Kathrin nahm beides.

»Wollen Sie noch ein Foto von ihr sehen? Wir haben hier nämlich einen schönen Brauch, um die Anonymität aufzubrechen. Wir fotografieren alle neuen Mitbewohner und hängen die Bilder an die Pinnwand. Dabei trinken wir etwas zusammen und feiern, es ist wie ein Aufnahmeritual. Jeder spricht einmal den Namen der Neuen aus und ...«

»Ja«, sagte Ann Kathrin, »ich würde das Bild sehr gerne sehen.«

Es hingen zweiunddreißig Porträts an der Pinnwand. Ann Kathrin sah sofort das eine, noch bevor die Betreuerin darauf zeigen konnte. Es stand nur *Lena* unter dem Foto. Sie hatte schulterlange Haare und schwarze Ränder unter den Augen. Aber die Mundpartie, die Gesichtsform, die Nase. Das alles sah der kahlköpfigen Toten so ähnlich, dass man hätte glauben können, sie habe sich einfach nur eine Perücke aufgesetzt.

Ann Kathrin wurde schwindelig. Sie musste sich kurz setzen, dann bat sie um das Bild.

»Eigentlich«, sagte die Sozialarbeiterin, »haben wir als Hausgemeinschaft beschlossen, das Foto hier hängen zu lassen, um uns an sie zu erinnern, damit sie nicht vollständig von dieser Welt verschwindet.«

»Mir reicht auch eine Farbkopie«, sagte Ann Kathrin.

Sie wusste nicht, ob sie sich gerade großartig fühlte oder schrecklich. Am liebsten hätte sie mit der Sozialarbeiterin eine Runde mitgeheult. Sie riss sich von der Klopapierrolle zwei Blatt ab.

Im Bistro des IC, zurück auf der Fahrt nach Norden, trank Ann Kathrin Klaasen einen der drei miesesten Kaffees ihres Lebens. Noch aus dem Zug rief sie Ubbo Heide privat an. Es war kurz vor 22 Uhr, und Ubbos Frau Carola wollte Ann Kathrin mit der Begründung abwimmeln, ihr Mann meditiere gerade, und dabei könne man nicht telefonieren. Es klang so absurd, dass Ann Kathrin es sofort glaubte.

»Ubbo meditiert?«

Dann kam er doch ans Telefon und erklärte, das sei keine Meditation, sondern Autogenes Training. Könne er Ann Kathrin auch nur empfehlen, sei bei dem stressigen Beruf Gold wert.

»Ubbo«, sagte Ann Kathrin mit fester Stimme. »Wir brauchen eine SOKO. Unsere unbekannte Nackte ist kein Einzelfall.«

Unwillig lachte er: »Hast du noch mehr nackte Autofahrerinnen aufgetrieben?«

»Ubbo, das ist kein Witz. Wir müssen ähnliche Fälle in anderen Dienststellen überprüfen. Noch hat niemand die Daten und Fakten verglichen. Wo immer es passiert, hält man es für Einzelfälle, glaubt den Betroffenen nicht, psychiatrisiert sie oder sperrt sie sonst wie weg.«

»Wen?«

»Sternenkinder. Menschen, die scheinbar vom Himmel gefallen sind, die keinen Namen haben, kein Konto, keine Verwandten und nicht wissen, wo sie herkommen.«

»Ann, bitte, es ist jetzt zehn Uhr ...«

»Ja, ich weiß. Ich habe auch eine Uhr.«

»Nun sei doch nicht gleich eingeschnappt. Lass uns morgen darüber reden.«

»Morgen? Das duldet keinen Aufschub.«

»Doch, Ann, das hat Zeit, Schlaf erst einmal eine Nacht darüber. Morgen bin ich für dich da.«

»Ich komme in dein Büro. Ich will dir ein Foto zeigen, wenn du heute Abend keine Zeit mehr für mich hast.«

»Ist es wirklich so wichtig?«

»Ja.«

»Wann kannst du hier sein?«

»Ich sitze im Zug. Wir haben jetzt zwanzig Minuten Verspätung. Erfahrungsgemäß wird das bis Emden mehr. Ich werde also so gegen halb zwölf in Norden sein. Dann nehme ich mir ein Taxi nach Hause, steige dort in mein Auto und bin spätestens um ...«

Er stoppte sie. »Wir sehen uns morgen, Ann. Um neun bei mir. Ich bringe Brötchen mit.«

Als Ann Kathrin Klaasen zu Hause im Distelkamp Nummer 13 in Norden ankam, war der Himmel nachtblau und sternenklar. Vom Meer her wehte eine kühle Brise über den Deich. Es roch mineralisch, nach Meeresboden und feuchten Algen. Sie vermutete, dass Ebbe war.

Ja, sie bildete sich ein, den Unterschied zwischen Ebbe und Flut riechen zu können. Das hatte sie von ihrem Vater gelernt, der aus jedem Urlaub ein Konservenglas voller frischer Luft mit nach Hause nahm, um dann später mal wieder am Schwarzwald schnuppern zu können oder an Helgoland.

Weller und Peter Grendel saßen noch auf der Terrasse. Ann Kathrin hörte Weller reden, er versank gerade mal wieder in einem Sumpf aus Selbstmitleid.

»Wenn du wüsstest, wie ich dich beneide, Peter.«

»Du? Mich? Warum?«

»Warum, frage ich mich oft, habe ich nichts Anständiges gelernt? Maurer oder Zimmermann oder ... Na ja, ich möchte halt auch etwas machen, das man sehen kann und anfassen. Etwas, das man nicht wegdiskutieren kann. Du fährst mit deiner Tochter an einem Haus vorbei und kannst sagen: *Guck mal, Milena, das hat Papa gebaut.* Ich zeige meiner Tochter einen Kleinkriminellen und sage: *Sieh mal da, Jule, den hat dein Papa auch schon dreimal eingesperrt, und nachdem Richter und Psychologen ihn gesundgebetet haben, könnte ich es schaffen, ihn bis zur Rente noch vier- fünfmal hopszunehmen. Es sei denn, er zieht hier weg und treibt woanders sein Unwesen.«*

Peter Grendel hörte geduldig zu. Ann Kathrin wollte das Gespräch nicht stören. Sie steckte so sehr in ihren eigenen Sachen, dass sie froh für Weller war, dass er einen Freund hatte, der ihm jetzt ein Gesprächspartner für seinen Frust sein konnte.

»Aber«, sagte Peter, »da kannst du doch nichts zu, wenn die den Täter wieder laufen lassen.«

Weller atmete schwer aus. »Das ist für mich so, als würden deine Häuser immer einstürzen.«

Peter Grendel lachte. »Mann, Frank, das wäre der Super-GAU. Kann aber nicht passieren. Wir haben Statiker, eine Bauabnahme und ...«

»Siehst du, und alle sagen dir die Wahrheit, stimmt's?«

»Das will ich hoffen. Solides Handwerk ist ...«

Weller ließ ihn nicht ausreden. Er gestikulierte beim Reden mit seiner Bierflasche. »Mich belügen immer alle nur!«, schimpfte er. »Den ganzen Tag habe ich es beruflich mit Lug und Trug zu tun, mit perversen Vollidioten, Verstörten, Ganoven, mit Falschaussagen, getürkten Alibis, Zeugenbeeinflussung und Intrigen. Und privat ist es nicht anders. Ich kann nicht mehr! Ich will nicht mehr! Ich habe so eine Sehnsucht nach Einfachheit. Wahrheit. Klarheit.«

»Privat?«, fragte Peter Grendel erstaunt. »Ann Kathrin und du, ihr wirkt doch wie füreinander geschaffen. Mit ihrem Psychologen habe ich sie nie so glücklich gesehen wie mit dir.«

Das tat Weller gut, und er sah Peter erleichtert, ja dankbar an. »Mit Ann und mir ist alles in Ordnung. Es geht um meine Ex, Renate, und meine Tochter Jule.«

Ann Kathrin setzte sich nicht mehr zu den beiden, sie fiel kreuzkaputt ins Bett.

Sie träumte davon, dass ihr in Norden aus dem Restaurant Smutje eine Gruppe Ann Kathrin Klaasens entgegenkam. Sie sahen alle aus wie sie. Sie trugen ihre Lieblingskleidung und hatten ihre Frisur. Sie waren fröhlich und scherzten miteinander. Obwohl sie jetzt gleich ein Dutzend Mal da war, fühlte sie sich ausgeschlossen und alleine.

Gegen zwei Uhr wurde sie wach, weil Weller versuchte, ganz leise ins Bett zu gehen. Dabei machte er kein Licht, um sie nicht zu wecken. Folglich sah er auch ihre Reisetasche auf dem Boden nicht und krachte gegen den Schlafzimmerschrank.

»Pssst«, ermahnte er sich selbst und ließ sich dann auf seine Seite vom französischen Bett fallen, so dass Ann Kathrin hochhopste wie ein Flummiball.

Immer noch ganz um Ruhe bemüht, zog Weller sich aus und sagte mehr zu sich selbst, um es nicht wieder zu vergessen, aber ein bisschen auch als Vorwurf an Ann Kathrin, zumindest empfand sie, die inzwischen hellwach war, es genau so: »Der Peter, der versteht mich.«

»Ja, schön, wenn man jemanden hat, der einen versteht«, sagte sie. »Wünsche ich mir auch.«

»Oh! Bist du wach? Ich habe dich doch hoffentlich nicht geweckt?!«

»Nein, wie kommst du denn darauf?«

Ubbo Heide fasste alles, was Ann Kathrin gesagt hatte, zusammen. Diese Art von ihm deckte oft die Widersprüche auf und ließ sein Gegenüber noch einmal nachdenklich werden. Er brachte die gesagten Dinge auf den Punkt. Die Bewertung überließ er dann scheinbar seinem Gesprächspartner. Es war seine Art, Menschen zu führen. Er konfrontierte sie mit dem, was sie eigentlich gesagt hatten und ermöglichte ihnen so eine Außensicht auf ihre eigene Meinung.

»Du hast also mit einem Kriminalschriftsteller gesprochen, einem Menschen, der davon lebt, Geschichten zu erfinden ...«

Sie nickte.

»Und er hat dir erzählt, dass er einmal Probleme hatte, die ihn in die Psychiatrie gebracht haben.«

Etwas an Ubbos Ton gefiel Ann Kathrin nicht. Sie protestierte: »Das ist ein ganz normales Krankenhaus. Wenn man sich ein Bein bricht, muss man sich dafür auch nicht schämen, man lässt sich behandeln und ...«

Er hob abwehrend die Hände. »Geschenkt, meine Liebe! Geschenkt.«

»Also, ein Schriftsteller hat in der Psychiatrie eine Frau kennengelernt, die man Sternenkind nannte und die sich zwar weder an ihren Namen noch an ihre Eltern erinnern konnte, aber dafür genau wusste, dass sie mit vielen anderen, die genauso aussahen wie sie, gefangen gehalten worden ist. Sie hat nach der Klinik im Betreuten Wohnen gelebt und ist dort weggelaufen. Anschließend starb sie an einer Überdosis. Das sind wohl die Fakten, aber Fakten sind nichts ohne unsere Bewertung. Du entnimmst aus der Aktenlage, dass dieses Sternenkind – poetischer Name – geklont wurde. Du weißt nicht wann, nicht von wem und nicht, warum. Es ist mehr ein Bauchgefühl. Stimmt das so ungefähr?«

So leicht wollte sie es ihm nicht machen. Seine Darstellung war doch recht tendenziös.

»Nicht ganz so einfach, Ubbo. Die junge Frau war lange in den Händen von staatlichen und städtischen Einrichtungen. Allein schon die Suche nach jemandem, der für die Kostenübernahme einsteht, wurde bestimmt mit großer Ernsthaftigkeit betrieben. Sie tauchte also in keiner Vermisstenkartei auf. War nirgendwo versichert oder gemeldet. Trotzdem war sie da. Gibt es das? Ein junger Mensch wird nirgendwo vermisst?«

Ubbo Heide walkte sich mit den Fingern das müde Gesicht durch. Im Grunde wollte er nur noch seine Ruhe haben, aber Ann Kathrin konnte hartnäckig sein. Es galt, ihn zu gewinnen. Sie musste ihn auf ihre Seite ziehen, sonst war ihr Kampf ohnehin verloren, bevor er richtig begonnen hatte.

»Ubbo. Wir haben hier das gleiche Phänomen. Diese nackte junge Frau scheint vorher nicht existiert zu haben.«

»Oh doch! Sie wurde in einem verdammten Kellerverlies von einem kranken Psychopathen festgehalten.« Er zählte es an den Fingern auf: »Wir haben Haus, Name, Adresse. Es gibt real existierende Gitterstäbe.«

»Ja. Und niemand hat sie vermisst.«

Ann Kathrin zog den ihrer Meinung nach stärksten Trumpf. Das Foto von Lena aus dem Betreuten Wohnen.

»Das ist das Sternenkind aus Gelsenkirchen.«

Mehr sagte sie nicht. Das Bild sprach für sich.

Ungeduldig wartete sie auf eine Reaktion.

Ubbo fuhr sich mit der Hand durch die Haare, hielt beide Aufnahmen nebeneinander. Er war nicht der Mann, der ein Pokerface aufsetzte wie andere einen Hut. Ihm stand die Meinung oft für Ann Kathrin ablesbar im Gesicht geschrieben. Jetzt zum Beispiel. Er bemühte sich, es freundlich und differenziert zu sehen, aber es hatte ihn ganz und gar nicht überzeugt.

»Ja, okay, man kann da mit ein bisschen gutem Willen eine Ähnlichkeit erkennen. Aber die eine hatte einen kahlrasierten Schädel. Die hier eine Haarpracht.«

»Ubbo! Ich bitte dich! Sie sieht aus wie unser Unfallopfer mit Perücke.«

Ubbo Heide legte die Fotos bewusst weit auseinander.

»Die hier starb bei einem Verkehrsunfall.« Er tippte jeweils auf die Bilder. »Die an einer Überdosis. Die in Westerstede und die in Gelsenkirchen. Es gibt keine Parallelen, Ann. Du bist wirklich eine großartige Kriminalistin. Ich schätze dein Einfühlungsvermögen und deine analytische Herangehensweise, aber diesmal verrennst du dich. Du hast ein Gespür für Serienkiller wie andere für gute Rebsorten oder Talente, die darauf warten, entdeckt zu werden ...«

»Toller Vergleich!«, warf sie beleidigt ein.

Ungeachtet dessen fuhr er fort: »Aber das hier ist keine Handschrift eines Serienmörders.«

»Nein, Ubbo. Ich sage auch nicht, dass sie jemand getötet hat. Ich rede von genau dem Gegenteil.«

»Dem Gegenteil von Töten? Was soll das sein? Gebären?«

»Hm. Jemand hat sie erzeugt. Hergestellt. Nenn es, wie du willst. Ich sage, beide waren Klone.«

Er wendete sein Gesicht angewidert ab. »Ann, ich bitte dich! Wer soll denn das Original sein und wer die Fälschung?«

»Die Frage stellt sich zumindest im Fall Poppinga. Ich glaube, dass der richtige Markus Poppinga als Bob Wine in den USA lebt.«

Sie faltete die Hände wie zum Gebet und flehte Ubbo Heide an: »Wenn in ein paar Jahren herauskommt, dass es irgendwo im Land Gefängnisse gegeben hat, in denen Menschen gefangen gehalten wurden, deren einziges Verbrechen war, auf eine andere Art gezeugt worden zu sein als wir, wenn dieser Riesenskandal in aller Öffentlichkeit diskutiert wird, möchtest du dann zu denen gehören, die sagen, sie hätten mal wieder nichts gehört und nichts gesehen ... Das ist doch typisch Deutsch! Wenn dann herauskommt, wie nah wir dran waren, möchtest du dann so feige gewesen sein, dass du nicht gewagt hast, etwas Offensichtliches zu sehen, nur weil ... Ja, warum eigentlich? Weil es noch keine Sendung im öffentlich-rechtlichen Fernsehen darüber gegeben hat? Oder weil es noch nicht im *Spiegel* und

Stern stand? Reicht ein Bericht im *Focus*, damit es Wirklichkeit wird, wie wir denken dürfen?«

Ubbo Heide biss in seinen Handrücken. »Was willst du, Ann?«

»Ich will, dass wir ähnliche Fälle vergleichen. Wo sind Menschen aufgegriffen worden, scheinbar ohne Vergangenheit. Unsere kahlköpfige Gefangene, die aus Okopenkos Gefängnis geflohen ist, hätte genauso gut in der Psychiatrie landen können wie das Sternenkind. Eine nackte Frau, die irgendwo aus dem Auto steigt ... Wohin hätte sie sich flüchten können ... Sie hatte von Anfang an keine Chance.«

Er wiederholte sich mit Leidensmiene: »Also, was willst du?«

»Bundesweite Ermittlungen. Wir suchen Personen mit unbekannter Identität.«

»Das wird ein Riesenaufwand Ann, und bundesweit ... Herrjeh!«

»Klar, die gründen ein vereintes Europa und ruinieren unsere Währung, aber bei aller Globalisierung ermitteln wir am besten nur in Norddeich Mole, und wenn etwas in Greetsiel passiert, stellen wir einen Antrag, ob wir da mal hinfahren dürfen ...«

»Reg dich doch nicht so auf!«

»Ich will mich aber aufregen!«

»Das ist ein irrer Aufwand! Wer soll allein die Datenmengen verarbeiten?«

»Eine SOKO.«

»Das kriege ich nie durch. Für eine SOKO brauche ich ein konkretes, aktuelles Kapitalverbrechen, keine Vermutungen.«

»Wie wäre es mit drei Leichen? Einer Frau, die jahrelang als Gefangene gehalten wurde, einem gesprengten Haus ...«

Er winkte ab. »Das alles steht nur möglicherweise in einem Zusammenhang. Es ist keineswegs zwingend ...«

»In Großbritannien ist die Präimplantationsdiagnostik längst gängige Praxis.«

»Was soll das wieder heißen?«

Sie schaffte es im letzten Moment, nicht zu sagen: Siehst du, du hast überhaupt keine Ahnung. Stattdessen sagte sie kalt: »Im Reagenzglas erzeugte Embryonen werden auf Erbkrankheiten untersucht, und dann setzt man der Mutter das Beste ein. Die einen sagen, so wird eines Tages Brustkrebs besiegt und Mukoviszidose. Andere glauben, da sollen Übermenschen gezeugt werden. Wer kein Abitur macht oder unsportlich ist, fliegt raus.«

Ubbo Heide bekam den Mund nicht mehr zu.

»Und weißt du, was noch schlimmer ist? Die Engländer haben die Herstellung des sogenannten *rettenden Geschwisterchens* längst erlaubt und erprobt. Das kommt alles sehr nobel und fortschrittlich daher, aber mich gruselt es. Eltern, deren Kind an einer seltenen Blutkrankheit litt, hat man offiziell erlaubt, mit Hilfe des vorgeburtlichen Embryonen-Screenings ein Geschwisterchen zu zeugen, das mit einer Rückenmarkspende dem älteren Kind das Leben retten kann.«

»Aber das ist doch wirklich sehr fortschrittlich, Ann. Ich kann nichts Schlechtes dabei finden. Dem Kind wurde doch geholfen.«

»Ja, ich bin da leider altmodisch. Ich glaube nämlich im Gegensatz zu dir, dass hier das Tor zur Hölle aufgestoßen wird. *Rettende Geschwisterchen* können ja auch ganz andere Dienste leisten. Mit ein paar Ersatzteillagern und Klonen lebt es sich gut. Du musst nicht mehr selbst in den Knast, du schickst eine Kopie. Wenn du deine Leber kaputt gesoffen hast, stirbt ein anderer für dich und du kannst weitertrinken.«

»Ach, die Engländer. Hat der Bundesgerichtshof bei uns nicht festgestellt, dass das Verfahren nicht gegen das Embryonenschutzgesetz verstößt? Ich kann nur wiederholen: Du verrennst dich, Ann.«

Ann Kathrin presste die Lippen aufeinander und sammelte

die Fotos ein. Sie sah Ubbo Heide mitleidig an. »Was ist bloß aus dir geworden? Du warst mal mein Held.«

Bevor sie den Raum verließ, sagte er kraftlos: »Meine Zeit läuft ab. Ich will den Dienst nicht als Lachnummer quittieren.«

Sie kehrte noch einmal um. »Bitte lass uns die Gene von unserer Toten mit der aus Gelsenkirchen vergleichen. Bei Poppinga und Wine geht das ja nicht mehr.«

Er biss auf der Unterlippe herum. Dann schüttelte er den Kopf. »Eine Exhumierung kriegen wir nie durch, Ann. Das muss durch einen Richter angeordnet werden. Dafür riskiert niemand seine Karriere.«

»Das ist doch alles nur eine Frage der Begründung, Ubbo.«

Sie stellte sich fast verführerisch-kokett vor ihn, spielte ihm die Lüge vor: »Wir wollen feststellen, ob die beiden miteinander verwandt sind. Vielleicht wurde das Sternenkind auch von Okopenko festgehalten. Ich kenne da einen Kriminalschriftsteller, der bezeugt, dass er die beiden zusammen gesehen hat.«

»Ann, das ist ...«

»Ein kleiner Trick. Niemand wird das Wort *Klon* in den Mund nehmen oder *Gene* oder sonst ein Tabu brechen.«

So, wie er sie einschätzte, wäre sie bereit gewesen, mit dem Richter ins Bett zu gehen, um ihr Ziel zu erreichen. Natürlich sagte er ihr das nicht, aber er machte sich zunehmend Sorgen um seine beste Mitarbeiterin.

Jutta Speck fuhr zum Krankenhaus, um ihre Kleine abzuholen. Sie war wild entschlossen, etwas zu tun, wovor sie sonst immer einen Horror hatte: Sie wollte mit Nadine in Urlaub fahren. Weg. Einfach nur weg. Sie würde sich um ihre Nadine kümmern. Ja, sie würde sogar mit ihr in ein Schwimmbad gehen. Es sollte ein ganz normaler Urlaub werden. Sie mussten zwischen sich und das Geschehene Abstand bringen, um selber Abstand gewinnen zu können.

Damals, als es ihr noch gutgegangen war, hatte sie mehrfach die Ferien in den Niederlanden verbracht. In Katwijk, Nordwijk und Groningen. Sie hatte gute Erinnerungen an diese Zeit. Damals konnte sie sich ohne Scheu unter Menschen bewegen. Es machte ihr nichts aus, sich am Strand umzuziehen und mit einem knappen Bikini in die Wellen zu laufen.

In einer kleinen Pension würde sie niemand finden. Die Grenze war nicht weit. In Holland wären sie sicher. In Holland wären sie frei. Sie und Nadine.

Aber der nette Arzt mit den abstehenden Ohren sagte etwas, das nicht sein konnte. Es musste ein Irrtum sein. Sie hörte seine Worte, aber sie weigerte sich, sie zu verstehen und gleichzeitig wusste sie, dass er recht hatte. Sie fühlte sich wie gespalten.

»Wie, abgeholt? Wer soll sie denn abgeholt haben?«

Ein Mann? Was sollte das heißen, ein Mann? Die Hälfte der Weltbevölkerung bestand aus Männern.

Die Kleine sei an seiner Hand rausgegangen. Sie hätten sich vertraut benommen. Möglicherweise sei der Herr vom Jugendamt gewesen. Seine Kollegin hätte mit ihm geredet. Er selbst nicht, die sei aber jetzt, nach einem endlosen Bereitschaftsdienst, in der wohlverdienten Erholungsphase.

Jutta Speck brüllte ihn an, sie wolle ihr Kind, und zwar sofort, das dürfe doch alles gar nicht wahr sein!

Der sympathische Dr. Hermanns wurde nervös. Der Rechtfertigungsschweiß brach ihm aus. Jutta Speck sah ihn verzerrt, wie durch einen zerbrochenen Spiegel. Er gestikulierte jetzt, redete immer schneller. Seine Worte wurden zu einem undefinierbaren Hörbrei.

Sie musste hier raus. Die Atemluft wurde knapp. Sie rannte raus, und draußen begann sie zu schreien.

Dann irrte sie herum und suchte ihr Auto. Sie wusste nicht mehr, wo sie geparkt hatte, oder der Wagen war plötzlich verschwunden.

Sie blieb stehen und fasste sich an den Kopf.

Drehe ich durch?, fragte sie sich.

Da hielt neben ihr ein metallicblauer BMW. Die Scheibe an der Fahrertür senkte sich. Der Mann lächelte sie über den Rand seiner Sonnenbrille an. »Steig ein.«

»Wo habt ihr meine Tochter hingebracht?«

»Steig ein.«

Sie ging zur Beifahrerseite, öffnete die Tür und ließ sich auf den Sitz fallen.

»Schnall dich an.«

»Was wollt ihr von mir?«

»Schnall dich an.«

Er sah geradeaus und hielt das Lenkrad mit beiden Händen. Es war der Mann mit den hypnotischen blauen Augen, der als Fleuropbote vor ihrer Tür gestanden hatte. Die große Blues-Brothers-Sonnenbrille verdeckte die Hälfte seines Gesichts, aber den dazugehörigen schwarzen Anzug trug er nicht. Auch die schwarze Krawatte fehlte. Trotzdem hatte er etwas von John Belushi. Er hatte einen Bierbauch und gut zwanzig Kilo zu viel, aber aus seinem kurzärmeligen Hemd ragten muskulöse Oberarme.

»Wo bringen Sie mich hin?«

»Zu deiner Tochter.«

Er kämmte seine fettigen schwarzen Haare mit einem Stielkamm und legte ihn dann auf das Armaturenbrett. Es hingen Haare zwischen den Zinken.

»Ich ... ich weiß wirklich nicht, wo Ihr Freund ist.«

»Über die Frage kannst du dich ja mit dem Jungen unterhalten, dem wir sein Handy abgenommen haben.«

»Nobby«, rief Jutta Speck aus und hielt sich gleich darauf erschrocken den Mund zu, als hätte sie ihn damit verraten.

»Er wartet schon auf dich. Ich glaube, er freut sich, dich zu sehen, falls er so lange überlebt.«

Ann Kathrin Klaasen übernahm die Ermittlung von Sylvia Hoppe. Die Neue gefiel ihr. Mit Genugtuung stellte sie fest, dass sie Sylvia Hoppe nicht als Konkurrenz empfand, sondern als echte Verstärkung.

Sylvia Hoppe beschwerte sich bei Ann Kathrin über Rupert und äußerte die Hoffnung, dass nicht alle Kollegen in Ostfriesland so drauf seien. Da konnte Ann Kathrin sie beruhigen. Die meisten Kollegen fand sie sehr liebenswürdig und kompetent.

»Aber einen solchen Rupert hat wohl jeder«, sagte sie. »Jedes Büro, jedes Lehrerzimmer, jede Versicherung und leider auch jede Polizeiinspektion.«

Die beiden Frauen drückten beim Abschied die Wangen kurz und herzlich gegeneinander. Das erinnerte Ann Kathrin daran, wie gerne sie mal wieder ein paar Stunden mit ihrer Freundin Rita Grendel verbracht hätte.

Da Rupert immer noch krankgemeldet war, unternahm Ann Kathrin nun ihrerseits einen Versuch, Frau Janssen zu sprechen, der genauso scheiterte wie der von Sylvia Hoppe. Nachdem sie zwei Stunden in der Hoffnung, einer der beiden Janssens würde die Wohnung zum Einkaufen verlassen, vor der Tür gewartet hatte, begriff Ann Kathrin, dass diese Methode nicht durchführbar war.

Sie rief bei Janssens an. Sie hatte Glück, Frau Janssen hob ab.

»Begrüßen Sie mich als eine Ihrer Freundinnen. Ich bin Hauptkommissarin Ann Kathrin Klaasen von der Kripo. Meine Kollegin Sylvia Hoppe war bei Ihnen. Sie sagte, es sei besser, wenn wir alleine reden.«

»Ja … Ähm, moin, Iris, geht's besser?«

»Gut so. Wir glauben nämlich, Sie möchten uns etwas sagen, wovon Ihr Mann nichts wissen muss.«

»Ja, Iris, ist doch klar.«

»Sie können sich auf meine Verschwiegenheit verlassen.«

»Prima. Ganz sicher, Iris?«

»Wenn Sie etwas über den Toten wissen, dann helfen Sie mir bitte, Frau Janssen. Erzählen Sie Ihrem Mann, dass Sie Iris besuchen, und dann verlassen Sie das Haus. Ich warte an der Ecke auf Sie.«

»Ich kann jetzt nicht«, flüsterte Heidemarie Janssen.

Hart konterte Ann Kathrin: »Okay, es war nur ein Versuch. Ich kann Sie auch offiziell vorladen.«

»Na sicher, Iris, ich komm rasch rüber. Ach, ist doch klar. Ich lass doch eine Freundin in Not nicht hängen.«

Im Hintergrund meckerte Bodo Janssen, aber Ann Kathrin konnte nicht genau hören, was er sagte.

»Ich warte. Bitte beeilen Sie sich«, sagte Ann Kathrin.

Es dauerte keine drei Minuten, und Frau Janssen kam ihr in einem hellblauen Strandkleid entgegen. Der Wind drückte es gegen ihren Körper und malte ihn darunter ab. Ann Kathrin stellte fest, dass Frau Janssen eine Superfigur hatte, ganz wie von Sylvia Hoppe beschrieben. Sylvia hatte noch hinzugefügt: »Ganz im Gegenteil zu ihrem Mann.« Den konnte Ann Kathrin sich jetzt auch vorstellen.

Frau Janssen stieg zu ihr in den froschgrünen Twingo. Gemeinsam fuhren sie zum Turmcafé. Schon während der Fahrt im unauffälligen Privatwagen legte Frau Janssen los: »Wenn mein Mann etwas merkt, bringt der mich um!«

»Sie hatten also ein Verhältnis mit dem Mann auf dem Foto?«

»Ja. Nein. Also ...«

»In dieser Frage gibt es kein Ja oder Nein. Sie werden doch wissen, ob Sie mit ihm eine Affäre hatten!«

»Ja, verflixt, hatte ich.«

»Sie wussten noch nichts von seinem Tod?«

»Nein, ich hatte keine Ahnung.« Sie sah sich hektisch um.

»Keine Angst, Frau Janssen. Wir werden nicht verfolgt.«

»Ich dachte sowieso schon, Bodo hätte alles rausgekriegt und dann aus lauter Wut das Haus gesprengt.«

Ann Kathrin fand, dass sie gut vorwärtskam. »Sie haben sich also mit Herrn ... Wie hieß er eigentlich?«

»David Smith. Er war Engländer.«

»Haben Sie mit David Smith Zeit im Haus von Professor Okopenko verbracht?«

»Ja. Das heißt, nein.«

»Bitte fangen Sie nicht wieder so an.«

Heidemarie Janssen sackte in sich zusammen und schwieg. Sie machte dabei schmatzende Geräusche und rutschte auf dem Beifahrersitz hin und her.

Im Turmcafé aß ein Pärchen gerade das dritte Stück Himbeertorte, weil es für sie einfacher war zu essen, als miteinander zu reden.

Heidemarie Janssen benahm sich wie ein Agent in Feindesland, der Angst hat, dass seine Tarnung jeden Moment auffliegt. Wie auffällig sie sich durch ihren Versuch, sich unsichtbar zu machen, benahm, war ihr nicht bewusst. Sie setzte sich mit dem Rücken zu allen anderen Gästen, verdeckte ihr Gesicht halb mit der Hand und halb mit einer aufgestellten Getränke- und Eiskarte.

»Mir ist völlig egal, wie und mit wem Sie Ihre Zeit verbringen, aber ich brauche alles, was Sie über David Smith wissen. Wo hat er gewohnt, gearbeitet, wann haben Sie ihn wie und wo kennengelernt?«

Ann Kathrin merkte selbst, dass sie in ihrem Eifer übers Ziel hinausgeschossen war.

Frau Janssen saß auf der Stuhlkante, als ob sie jeden Moment hochhechten und weglaufen wollte. Aber sie versuchte es trotzdem: »Das ist mir alles so unglaublich peinlich. Ich habe so etwas noch nie gemacht.«

»Wo wohnte er?«

»Er bezeichnete sich als akademischen Wanderarbeiter, der an verschiedenen Universitäten immer mal wieder Lehr- oder Forschungsaufträge hatte. Im letzten halben Jahr aber nicht. Da war er oft hier. Meistens, wenn der Professor weg war.«

»Er hat dann auf das Haus aufgepasst? War er so eine Art Hausmeister oder Gärtner?«

Ann Kathrin wollte nicht »Babysitter« sagen, weil ihr noch nicht klar war, wie viel Frau Janssen wusste.

»Nein, ich denke, dafür war David sich zu fein. Wissen Sie, er war ein ganz edler Mensch, unglaublich klug, mit richtigen Umgangsformen. Er hat mich einfach so um den Finger gewickelt. Dieser Mann konnte so zärtlich sein und …«

Sie hielt sich die Eiskarte aufgefächert vors Gesicht.

»Waren Sie immer alleine mit ihm in der Wohnung, oder war da noch eine andere Person?«

»Nein!«, antwortete Heidemarie Janssen empört. »Was glauben Sie? Wir haben doch keinen flotten Dreier gemacht!«

»Wir haben aber Grund zu der Annahme, dass dort noch eine junge Frau wohnte.«

Frau Janssen schüttelte heftig den Kopf. »Nein, bestimmt nicht. Da müssen Sie sich irren. David hat sich dorthin zurückgezogen wie ein Einsiedlerkrebs. Also, wie ein Mönch, meine ich. Er hat sich ganz auf seine Studien konzentriert.«

»Schrieb er eine Doktorarbeit?«

»Hm, über Eizellen oder so. Ich habe es nicht richtig kapiert, aber wir haben in der wenigen Zeit, die uns blieb, ja auch keine wissenschaftlichen Debatten geführt.«

»Und Sie sind nie in den Keller gegangen?«

»In den Keller? Was sollte ich da? Aufräumen? Noch einen Mann, für den ich eine bessere Putzfrau bin, brauche ich nicht. Aber jetzt beantworten Sie mir auch eine Frage: Wie ist David gestorben? Er wurde doch nicht mit dem Haus in die Luft gesprengt, auf dem Foto sah er aus wie …«

»Erstochen. Jemand hat ihn mit zig Messerstichen umgebracht.« »Das war mein Mann.«

Die Kellnerin brachte zwei doppelte Espressi und dazu Wasser.

Ann Kathrins Handy machte sich bemerkbar. Im Handy erschien »Ubbo«. Sie ging ran.

Sie lehnte sich ein bisschen zurück und drückte das Gerät gegen ihr rechtes Ohr, damit nicht jeder mithören konnte.

Ein Pärchen betrachtete Ann Kathrin und Heidemarie Janssen misstrauisch.

»Ubbo, was gibt's?«

»Wir haben einen richterlichen Beschluss für eine Exhumierung.«

»Wie hast du das denn so schnell gemacht?«

Gebauchpinselt sagte er: »Manchmal kann ich eben zaubern.«

»Ja, großer Hexenmeister, war das nicht wieder eines deiner berühmten informellen Gespräche? Spielt ihr zusammen in Lütetsburg Golf?«

»Nein, wir boßeln.«

»Na, dann.« Ann Kathrin wollte das Gespräch schon beenden. Sie sah auf Frau Janssen, die an ihrem Espresso nippte, dabei war sie eigentlich nervös genug und hätte eher einen Beruhigungstee gebraucht.

»Willst du dabei sein?«, fragte Ubbo Heide.

»Wenn wir dadurch die Ergebnisse schneller haben. Sonst nicht.«

»Dachte ich mir. Du hast genug zu tun.«

»Kannst du nicht Rupert schicken? Der müsste sich doch auch so langsam mal wieder zum Dienst melden.«

»Der ist noch im Krankenhaus.«

»Was hat der eigentlich? Müssen wir da sammeln? Blumen hinschicken?«

»Alles schon erledigt. Ich weiß auch nicht genau, was los ist. Irgendeine Operation. War ihm wohl peinlich, er wollte gar nicht darüber reden.«

Ann Kathrin war froh, sich nicht um Blumen oder Krankenbesuche kümmern zu müssen und wollte sich wieder auf den Fall konzentrieren.

Sie versuchte, mit einem Satz auf Platt das Gespräch zu beenden. »Alles Klar, Ubbo. So mok wie dat.«

Ubbo lachte. »Ja, das lernen die Zugereisten nie.«

Ann Kathrin wendete sich wieder Heidemarie Janssen zu. »Sie glauben also, dass Ihr Mann ...«

»Ja. Wenn er es herausbekommen hat, bestimmt. Westerstede ist ein Dorf. Die Leute reden viel, wenn der Tag lang ist.«

»Das ist eine schwerwiegende Verdächtigung.«

»Mein Mann war immer schon gewalttätig und jähzornig. Am Anfang hat mich das total fasziniert. Der hat sich oft für mich gekloppt. Es reichte, dass mich beim Tanzen einer zu lange angeguckt hat, dann hat er ihn sich zur Brust genommen.«

»Er hat behauptet, David Smith nicht zu kennen.«

»Er hat ihn bestimmt öfters gesehen. David machte immer Spaziergänge, dabei redete er mit sich selbst. Er wirkte ein bisschen verschroben. Dann war er ganz in seiner Doktorarbeit versunken. Der ging nie weit weg. Meistens nur ums Haus. Das Haus war wie ein magischer Bezugspunkt für ihn. Er blieb so gut wie immer in Sichtweite, als hätte er Angst, sich sonst zu verlaufen. Ich weiß gar nicht, wie es jetzt weitergehen soll ... so ohne ihn. Wohin mit den Gefühlen? Ich kann doch nicht einmal zu seiner Beerdigung ...«

Plötzlich sah sie Ann Kathrin erwartungsvoll an. »Werden Sie meinen Mann jetzt verhaften?«

»Wünschen Sie sich das?«

Heidemarie Janssen hörte den kritischen Unterton heraus

und schüttelte den Kopf eine Spur zu demonstrativ. Sie setzte sich anders hin, blieb aber völlig verspannt.

Ann Kathrin wollte sich nicht zum Instrument ihrer Rache und ihrer Lebensplanung machen lassen, gleichzeitig hatte sie Mitgefühl mit der Frau, die offensichtlich unter großem Druck stand, deshalb hakte sie vorsichtig nach: »Es würde eine Menge Probleme gleichzeitig für Sie lösen, wenn ich Ihren Mann in Handschellen mitnehme. Auf Mord steht lebenslänglich. Sie wären ihn los.«

Frau Janssen starrte Ann Kathrin Klaasen an. »Falls er nicht nach acht Jahren wegen guter Führung und weil er die Psychologin gevögelt hat, vorzeitig entlassen wird. Der hat gedroht, mich umzubringen, falls ich ihn verlasse. Der ist verrückt, Frau Kommissarin!«

Ann Kathrin sagte nichts, sah die Frau nur an und gab ihr die Gelegenheit, sich etwas von der Seele zu reden. Inzwischen schien sie die anderen Gäste im Lokal vergessen zu haben. Sie flüsterte zwar noch, sah sich aber nicht mehr nach ihnen um.

»Der ist völlig verrückt. Er schwankt. Mal ist er auf der einen Seite, mal auf der anderen. Der dunklen. Ich muss mich ihm völlig anpassen. Wenn er gut drauf ist, dann kann ich gar nicht schön und sexy genug rumlaufen. Ich soll mich schon morgens geschminkt an den Frühstückstisch setzen! Dann will er mich bewundern und mit mir angeben. Ich muss dann so«, sie zeigte auf ihr kurzes, körperbetontes Kleid, »herumlaufen. Er genießt es dann, dass andere Männer mich begehrlich anschauen. Andere kaufen sich ein tolles Auto. Der gibt mit mir an. Aber wenn sich seine Stimmung dreht, dann würde er mich am liebsten wegschließen. Ganzkörperburka ist im Grunde die logische Konsequenz, und wehe, ich zeige Bein. Röcke anziehen kann ich dann gar nicht. Schminken ist völlig tabu. Am Ende gehe ich nicht mal mehr einkaufen. Ich kann meine Freundinnen nicht besuchen … Es ist furchtbar, und er macht mir nur Vorwürfe und unterstellt mir, ich würde mit jedem Typen ins Bett gehen. Er dreht dann völlig am Rad. Bis er wieder umschwenkt und – ja, so lebe ich. Ich muss an seinem Gesicht ablesen, auf welcher Seite er sich gerade befindet. Das kann sich rasch drehen.«

Ann Kathrin glaubte ihr und fragte: »Aber wie haben Sie es geschafft, David Smith zu treffen, wenn Ihr Mann so war ... auf der dunklen Seite, wie Sie sagen.«

»Gar nicht. Er durfte mich auch nie anrufen. Alle Kontakte gingen von mir aus. Immer.« Sie sah auf ihre Armbanduhr. »Er wird rasch misstrauisch.«

»Ich fahre Sie gerne zurück. Dieses Gespräch bleibt unter uns.«

»Wenn er erfährt, was ich Ihnen gesagt habe, bin ich die nächste Leiche.«

Ann Kathrin übernahm die Rechnung.

Im Auto wollte Heidemarie Janssen immer wieder wissen, wie es nun weitergehe, aber Ann Kathrin konnte und wollte ihr darüber noch keine Auskunft geben. Sie sagte nur: »Ich brauche seine Fingerabdrücke. Wenn wir die in dem Haus gefunden haben ...«

»Aber nein, Sie können doch nicht ... dann weiß er doch sofort, dass ich ...«

Sie kramte in ihrer Tasche und gab Ann Kathrin ein Päckchen Marlboro. »Da sind seine Fingerabdrücke dran und natürlich auch meine ...«

Ann Kathrin dachte darüber nach, ob Frau Janssen den Mord vielleicht selbst begangen hatte. Möglicherweise war David Smith fordernder geworden, hatte verlangt, sie öfter zu sehen. Bei dem Druck, unter dem die Frau stand, hatte es vielleicht Stress gegeben. War ihre Angst vor ihrem Mann so groß, dass sie den Liebhaber deshalb ermordet hatte? War das dann die Chance für die Gefangene gewesen, auszubrechen?

Sie ließ Frau Janssen zwei Straßen vor ihrer Wohnung aus dem Wagen.

Auf der Rückfahrt nach Norden hörte sie Radio Ostfriesland. Nach einem Song von Jan Cornelius kam die Meldung, EU-Abgeordnete von der Linken bis zur CSU forderten ein ausdrückliches Verbot von Klonfleisch in der EU. Den Produzenten von Klonschnitzeln und Klonmilch solle die Einfuhr ihrer Produkte verwehrt werden. Offiziell sei das Fleisch auch von Nachkommen geklonter Tiere in der EU nicht zugelassen, in den Supermärkten und beim Schlachter werde solches Fleisch aber immer häufiger nicht gekennzeichnet angeboten. Die Gewinnmargen seien hier so hoch, dass mit krimineller Energie und drogenmafiösen Strukturen immer mehr Klonfleisch nach Europa eingeführt werde, wo es dann auf den Tischen ahnungsloser Verbraucher lande. Gesundheitliche Schäden konnten bisher allerdings noch nicht nachgewiesen werden.

Damit war Ann Kathrin wieder bei ihrem Thema. Sind wir schon so weit, dachte sie. Ist das alles bisher nur an mir vorbeigegangen? Man hört solche Meldungen, schüttelt den Kopf und vergisst sie gleich wieder.

Seit sie begonnen hatte, sich mit diesen Geschichten zu beschäftigen, fand sie immer mehr Hinweise, ja es kam ihr vor, als würde sie überall über Meldungen und Hinweise stolpern. Aber trotzdem gab es so etwas wie ein Denkverbot. Ein Tabu, über menschliche Klone zu sprechen.

Sie wollte sich nicht mehr beugen, auch nicht auf die Gefahr hin, sich lächerlich zu machen. Sie fand die Menschen viel dümmer, die nicht spürten, was da unter der Oberfläche gärte.

Alexander Okopenko landete in Amsterdam Schiphol unbehelligt als Maarten van Spreuwen. Er nahm den Zug bis Groningen. Dort übernachtete er im Asgard-Hotel.

Die Theke war aus Beton, hatte aber trotzdem etwas Einladendes. Er nahm keinen Drink. Die zwei Amerikaner, die dort Bourbon tranken, redeten ihm zu laut. Er wollte am liebsten alleine sein.

Er war nervös und hatte nur wenig Hunger. Er zwang sich fast, etwas zu essen. Er sah es als reinen, notwendigen Energieausgleich an. Mit Genuss hatte es überhaupt nichts zu tun. Er wählte einen anonymen Imbissstand. Frikandel spezial mit zwei scharfen Soßen. Er schlang die Fleischrolle im Stehen runter. Im Hotelzimmer löste er dann, für das Gefühl, gesünder gegessen zu haben, zwei Vitamintabletten in Wasser auf.

Er brauchte mindestens einmal in der Woche Fastfood. Fettig, heiß und scharf. Mit Vitamin- und Mineralienpräparaten versuchte er, aus einem Hamburger oder einer Currywurst mit Pommes rotweiß eine Art Salatteller mit Fleischstreifen zu machen.

Er brauchte Ruhe, trotzdem öffnete er ein Fenster. Die Luft von Klimaanlagen setzte ihm zu. Manchmal wachte er in den großen Hotels während einer Vortragsreise morgens auf und hatte keine Stimme mehr. Er schaltete die Klimaanlage immer gleich aus, wenn dies möglich war.

Okopenko nahm ein leichtes Schlafmittel. Er wollte morgen früh mit dem Taxi nach Eemshaven fahren und dann die erste Fähre nach Borkum nehmen. Am liebsten den Katamaran. Er hatte Poppinga schon lange nicht mehr gesehen.

Er schreckte davor zurück, eine deutsche Grenze zu überqueren, obwohl das vermutlich Unsinn war, immerhin hatte er auch auf dem Flug nach Amsterdam keinerlei Schwierigkeiten bekommen. Und wer von Eemshaven nach Borkum fuhr, hatte normalerweise mit keinerlei Problemen zu rechnen.

Das Mittel machte ihn ein wenig dämmrig. Er lag satt auf dem Bett und switchte in den Fernsehprogrammen herum. Er suchte den NDR. Er erwartete, dort eine vielleicht für ihn wichtige Nachricht zu bekommen. Er lächelte milde, als die Nachrichtensprecherin von den Versuchen des Europäischen Parlaments berichtete, die Einfuhr von Rinderklonfleisch in den Griff zu bekommen.

Wenn ihr wüsstet, was ihr so alles nicht im Griff habt, dachte er, die Ehrenhaften und Sensiblen unter euch würden sich die Pulsadern öffnen oder wenigstens eine Psychotherapie beginnen.

Er sah zur Decke. Die Lampe über ihm hatte etwas Trostloses an sich. Seine Arme lagen schwer neben seinem Körper. Ein dumpfer, psychosomatischer Rückenschmerz ließ ihn schwer ausatmen. Er, der Schulmediziner, wusste genau, dass dieser Schmerz seinen Ursprung mehr in der Seele als im Körper hatte. Der schwere Verantwortungsdruck machte ihn seit Jahren fertig. Fast weinerlich gestand er sich ein, dass er Jahrzehnte zu schwer daran getragen hatte. Jetzt dankte seine Wirbelsäule es ihm mit diesem energieraubenden Schmerz. Obwohl er klar zu erkennen glaubte, woher die Pein kam, nahm er Tabletten dagegen. Ibuprofen oder Diclofenac. Sein Magen vertrug das Zeug schon lange nicht mehr, deshalb warf er gleich noch Cimetidin ein.

Insgeheim hoffte er, mit dem, was er jetzt tat, auch seine elenden Rückenschmerzen loszuwerden. Er stellte es sich als einen Sieg der Seele über den Körper und über den Verstand vor. Die Seele war das einzige Organ, das nicht klar im Körper lokalisiert werden konnte, deshalb bezweifelten einige seiner Kollegen sogar ihre Existenz, aber je älter er geworden war, je länger er geforscht und experimentiert hatte, umso deutlicher war ihm geworden, dass die Seele vielleicht sogar das wichtigste Organ des Menschen war. Unberechenbar und dominant. Die Seele beeinflusste die Körperorgane, manchmal kam es ihm so vor, als würde sie ihm darüber Botschaften schicken.

Seine Seele nutzte den Schmerz, um sich bei ihm in Erinnerung zu bringen. Jetzt sagte sie ihm gerade: *Bring das hier zu*

Ende. Der Zustand ist unerträglich. Da ist etwas völlig aus dem Gleichgewicht geraten. Stell die Balance wieder her, vorher gebe ich keine Ruhe.

Er kam sich in diesem Hotelzimmer unendlich einsam und verlassen vor. Neben ihm ließ ein Pärchen die Matratze quietschen, was alles für ihn noch schlimmer machte. Er presste sich das Kissen gegen die Ohren und wäre am liebsten von der Welt verschwunden. Er hatte genügend Medikamente bei sich, um einfach Schluss zu machen. Aber so würde er keine Ruhe finden. Er hatte vorher noch etwas zu erledigen.

Die metallene Spitze des Stielkamms zitterte auf dem Armaturenbrett des BMW wie eine Kompassnadel, die das Magnetfeld der Erde sucht. Jutta Speck konnte den Blick nicht von diesem Kamm wenden.

John Belushi der Zweite parkte den Wagen direkt am Bahnhof Norddeich Mole. Er warf sogar Geld in den Automaten und legte einen Parkschein hinter die Scheibe. Belushi steckte den Kamm in seine Brusttasche, so dass der Stiel wie ein Speer herausragte.

Jutta Speck stand unschlüssig, wie betäubt, herum und sah zum Fähranleger. Die Frisia V lief gerade ein. Touristen mit Koffern bevölkerten die Straße zwischen Bahnsteig und Hafenbecken. Sie blockierten fröhlich den Verkehr.

Warum laufe ich nicht weg, fragte sie sich. Jeder, der mich mit ihm sieht, wird es für eine völlig freiwillige Aktion halten. Warum schreie ich nicht: Hilfe, Polizei?! Die jungen Männer da mit den blau-weißen Schalke-Mützen, die sind doch so voller Testosteron und Tatendrang, die würden mir sofort zu Hilfe eilen.

Belushi legte einen Arm um sie und zog sie fest an sich. Er küsste ihre Stirn. »Los Baby. Umarm mich. Wir sind ein liebendes Pärchen. Wir schlendern jetzt langsam die Norddeicher Straße runter. Unterwegs kannst du mir gerne ins Ohr flüstern, was du mit meinem Kumpel gemacht hast und wo er geblieben ist.«

Sie legte den Arm um seine speckigen Hüften, ganz wie er verlangt hatte. Er roch nach Männerschweiß und Jägermeister.

»Sie wollten mich zu meiner Tochter bringen.«

»Mach ich auch. Morgen. Heute bleiben wir erst einmal hier und schauen, ob uns jemand folgt. Ich lass mich nicht gerne reinlegen. Und jede Minute, die ohne Nachricht von meinem Kumpel vergeht, macht mich nervöser. Wenn die Bullen ihn haben, dann sag es mir lieber, Süße.«

In ihrem Inneren glühte etwas. Sie konnte unmöglich sagen, was sie mit seinem Freund gemacht hatte. Im Gegenteil.

In ihr reifte der Plan, mit dem Belushi-Imitat genauso zu verfahren.

Sobald er mich zu meiner Tochter gebracht hat, werde ich ihn ebenfalls ins Jenseits schicken, dachte sie grimmig. Sie stellte sich vor, es wieder mit einem ganz normalen Gegenstand zu tun. Die Dinge des Alltags waren die besten Waffen. Der Stielkamm zum Beispiel, mit dem er immer wieder seine Schmalzlocke in Form brachte, würde ausreichen, um seinen Hals zu durchstoßen. Vielleicht war es aber besser, den Stiel in sein Auge zu rammen.

Vom Auge ins Gehirn, dachte sie. Das kann doch nicht so schwer sein. Bald schon würde er genauso in seinem Blut liegen wie das andere Schwein. Mit der Rasierklinge war es leicht gewesen. Sie wusste jetzt, dass sie es konnte. Der Gedanke, dass sie ihn bald beseitigen würde, ließ sie alles ertragen, was jetzt auf sie zukam. Na und? Sie würde siegen.

Sie flanierten im Strom der Touristen mit. Von See her wehte ein wohltuender Wind.

Niemand bemerkt, was zwischen uns beiden los ist. Für die Menschen sieht alles ganz normal aus. Er bedroht mich nicht. Wir lachen gemeinsam.

Ob hier auch andere Paare spazieren gehen, zwischen denen sich ähnliche Dramen abspielen wie bei uns? Ist der da vor uns wirklich der nette Familienpapi, der mit seinen Söhnen von einer Wattwanderung zurückkommt, oder ist alle Normalität nur geheuchelt, und er missbraucht sie ständig?

Prügelt der da seine Ehefrau?

Denkt die da drüben nur darüber nach, wie sie ihrem Opa das Essen vergiften kann, damit sie endlich an das Haus und die Lebensversicherung kommt?

Ist alles nur Fassade?

Am Fischhuus hielt er fröhlich an. Sie konnte nicht glauben, dass er tatsächlich vorhatte, hier jetzt zu essen.

»Ich kriege keinen Bissen runter«, sagte sie. Aber das störte ihn überhaupt nicht. Er bestellte für sie dasselbe wie für sich. Einen doppelten Matjes mit viel Zwiebeln.

Er aß mit geschlossenen Augen. »Matjes und Ostfriesland«, sagte er. »Das gehört einfach zusammen. Das ist schon fast wie eine Religion.«

Da sie ihm nur zusah und ihren Fisch nicht anrührte, fügte er hinzu: »Wenn man einen Matjes isst, dann stillt man nicht einfach seinen Hunger. Das ist ein spiritueller Akt. Man verbindet sich mit der Urkraft des Meeres.«

Sie folgerte aus seinen Worten, dass er von hier war, sagte es aber nicht. Bis vor wenigen Minuten hätte sie ihn eher für einen Dortmunder gehalten. Er hatte etwas an sich, das sie an den Ruhrgebietsmenschen schätzte. So eine merkwürdig ironische Distanz zu allen Dingen des Lebens, die selbst dem Ungeheuerlichsten den Schrecken nahm und jede drohende Katastrophe zu einem harmlosen Gewitter herunterredete. Als sie das dachte, erschrak sie.

Verliebe ich mich etwa gerade ihn? Ist das das Stockholm-Syndrom? Beginne ich, mich mit meinem Entführer zu identifizieren? Gerade denke ich noch darüber nach, wie ich ihn am besten töten kann, und schon himmle ich ihn an?

Wie ein verliebtes Pärchen unter vielen anderen flanierten sie zur Clear Galaxy Privatklinik, die von dichten Hagebutten- und Sanddornsträuchern umwuchert wurde. Es waren drei weitläufige, langgestreckte Gebäude, die sich mit ihrer roten Backsteinverkleidung unscheinbar ins Straßenbild fügten und zwischen Ferienwohnungen, Pensionen, Hotels und Sommerhäusern nicht weiter auffielen. Die Dachziegel waren zum größten Teil bemoost. Weiße Laternen beleuchteten den Eingang, der mehr nach Einfamilienhaus als nach Privatklinik aussah.

Er klingelte. Sie nahm wahr, dass eine kleine Überwachungskamera über der Tür sie fokussierte. Das Objektiv klickte und machte ein surrendes Geräusch.

Drinnen gab es keine Rezeption, sondern nur eine Art Warteraum mit einem großen, grinsenden Buddha und einem plätschernden Duftbrunnen, aus dem ein feiner Nebel aufstieg. Die Wände waren mit einem Stoff aus Seegras tapeziert. Die schummrige Beleuchtung spendeten Spitzlampen aus den Zimmerecken. Der Fußboden gab nach, als sei das Haus direkt auf Wattboden gebaut worden. Sie war zu aufgeregt, um festzustellen, wie dieser Einsinkeffekt zustande kam.

Alles sah nach Wellness, Meditation und Beruhigung aus.

Jutta Speck wurde fast panisch, als die schwere Tür sich hinter ihr schloss. Sie rang augenblicklich nach Luft.

Eine junge Frau mit einem leichten, flatternden, hellrosa Gewand schwebte scheinbar in den Raum. Sie war langbeinig, barfuß und braungebrannt. Ihre glatten Haare fielen bis zu ihrer Hüfte. Sie wirkte auf Jutta wie ein Hippiemädchen, das, ohne im Geringsten gealtert zu sein, von Woodstock, August 1969, direkt hierhin nach Ostfriesland gebeamt worden war.

Die beiden kannten sich, das war sofort klar. Sie lächelten sich auf eine verschwiegene, komplizenhafte Art an.

Die junge Frau gab ihm den Schlüssel für Zimmer Nummer vierzig und ging durch einen nach Patchouly und Melisse duftenden Flur voran. Ihre Füße berührten beim Gehen den Boden kaum.

Das Zimmer war angenehm kühl. Die Wände in gelben und orangenen Farben gehalten. Eine dicke Kerze. Frische Schnittblumen in einer Vase auf dem Tisch. Ein rundes Wasserbett, auf dem zwei kuschelige Bademäntel lagen und dicke Handtücher, außerdem Rosenblätter.

Die Hippiefrau lächelte Belushi an, der die Sonnenbrille abgenommen hatte und auf dem linken Bügel kaute wie auf einem Lolli.

»Wenn ihr noch etwas braucht ...«, sagte sie vielversprechend, und Jutta Speck hatte das Gefühl, von ihr könnten die Gäste, speziell Belushi zwo, von vegetarischem Essen über Ganzkörpermassagen oder wildem, hemmungslosem Sex, einfach alles bekommen.

Mit verführerischem Lächeln verschwand sie.

»Genieß es«, sagte er gönnerhaft und zog sein verschwitztes Hemd aus. »Dies ist ein Wellness-Paradies. Besser wird es nicht mehr. Wir zwei kühlen uns jetzt erst einmal ab. Dann gehen wir in die Sauna. Das ist auch bei so einem Wetter wichtig.«

»Ich will zu meiner Tochter.«

»Der geht es gut.«

»Wo ist sie? Hat sie etwas zu essen? Wer kümmert sich um sie? Sie ist erst drei Jahre alt!«

Er machte eine beschwichtigende Geste. »Nicht so laut. Hier wohnen Menschen, die Ruhe und Entspannung suchen. Krach und Hektik gehören hier nicht hin.«

»Ich will doch nur zu meinem Kind, verdammt!«

»Siehst du, und ich will wissen, wo der Terminator ist. Das ist für mich mindestens genauso wichtig wie für dich der Quatsch mit deiner Tochter. Du solltest nicht mehr lange zögern, mir die Wahrheit zu verraten. Ich fürchte, dein kleiner Engel hat gerade noch viel mehr Angst als du, und alles nur, weil du so stur bist.«

»Lebt sie überhaupt noch?«

Er grinste. »Ich dachte immer, eine Mutter spürt so etwas, oder stimmt das etwa nicht? Ich habe diesen Unsinn zigmal im Fernsehen gehört. So, nun komm, wir gehen in die Sauna, das entspannt. Du bist ja völlig verkrampft. Guck dich doch mal an.«

Sie fand die Situation total absurd. Sie saß mit dem Entführer ihrer Tochter in einer Kristallsauna, und er machte einen Aufguss, wirbelte mit dem Handtuch die heiße Luft durcheinander und fragte sie allen Ernstes, ob sie als Nächstes lieber einen Apfel-Zimt- oder einen Birkenaufguss wollte. Er selbst könne ja diese Eukalyptus- und Minzeaufgüsse gar nicht vertragen, danach würden ihm immer die Augen brennen.

Sie wollte eigentlich nur raus, ließ sich von ihm draußen noch mit einem Schlauch kalt abspritzen und nach einer kurzen Ruhepause zu einem weiteren Gang überreden.

Er spielt mit mir, dachte sie, genau wie sein gottverdammter Kumpel es getan hat, der jetzt bei mir im Garten von Würmern zu Blumenerde gemacht wird.

Im Zimmer Nummer vierzig zurück, verlief der Rest des Abends anders, als sie erwartet hatte. Er fiel nicht über sie her. Er verlangte keinen Sex und versuchte auch nicht, sie zu demütigen, wie Lupo es getan hatte. Er schlief neben ihr ein. Er schnarchte leise und sah aus wie ein zufriedenes kleines Kind, das satt und trocken Kraft für den neuen Tag sammelte. Sie lag wach neben ihm, wagte aber kaum, sich zu bewegen, weil das runde Wasserbett jede Bewegung wellenförmig auf den anderen übertrug. Jetzt wäre es ein Leichtes für sie gewesen, ihn zu töten, aber er musste sie erst zu Nadine führen.

Nadine. Sie dachte an ihre Tochter. Es schnürte ihr den Hals zu und Tränen fielen auf das Wasserbett.

»Nadine«, sagte sie ganz leise. »Nadine, ich komme dich holen. Mama ist bei dir.«

Er drehte sich schwer um. In der Dunkelheit kam es ihr so vor, als würde sie Nadines Nähe spüren. Oh ja, ihr Kind lebte noch. Es gab eine Art von emotionalem Band. Eine Verbindung, die auch über viele Kilometer ohne technische Hilfsmittel funktionierte. Da konnte er spotten, so viel er wollte.

Wegen der Hitze war Ann Kathrin Klaasen schon um fünf Uhr aufgestanden, um sich einen Plan zu machen. Sie schrieb Namen auf Karteikarten und heftete sie in ihrem Arbeitszimmer im Distelkamp 13 in Norden an die Wand.

Früher hatten hier Fotos von dem Banküberfall gehangen, bei dem ihr Vater erschossen worden war. Sie hatte jede Sekunde der Tat einzeln aufgesplittert; wie eine Computertomographie das Gehirn in Scheiben Schicht für Schicht darstellte, so sezierte sie damals die Tat, um sie in allen Einzelheiten zu begreifen. Jede Person in der besonderen Stellung zu allen anderen brauchte einen eigenen Platz und einen individuellen Bezugspunkt.

Das alles war einmal unglaublich wichtig für sie gewesen, und gleichzeitig hatte sie viel dabei gelernt. Hartnäckigkeit und dass sie sich nicht mit einfachen Antworten zufriedengeben durfte.

Inzwischen hatte sie die Bilder vom Banküberfall abgehängt. Eine unschuldige weiße Fläche wartete auf den nächsten Fall. Alles was sie mit Sicherheit wusste, heftete sie an die Wand und machte mit roten, gelben und grünen Wollfäden Verbindungslinien. Markus Poppinga. Bob Wine. Maria Poppinga. Von allen gab es eine Verbindungslinie zu Insa Heide und Ubbo Heide.

Ann Kathrin saß nur mit einem T-Shirt und einer weißen Unterhose bekleidet auf dem Teppich im Schneidersitz und sah das Wandbild an. Ubbo Heide war wie eine Spinne im Netz. Oder auch das Opfer einer Spinne. Es kam ganz auf die Sichtweise an. Alles lief bei ihm zusammen oder ging gar von ihm aus. Die tote nackte Autofahrerin, das Sternenkind und Okopenko waren unverbunden zum Rest.

Ann Kathrin ging in die Küche und machte sich in einer großen Tasse einen doppelten Espresso. Dann schäumte sie warme Milch auf und goss sie dazu. Sie ging mit der Tasse ins Arbeitszimmer zurück und setzte sich wieder auf den Boden.

Sie legte die neue CD von Jan Cornelius ein. Seine Musik entspannte sie. Da war etwas in seiner Stimme, das tat ihr einfach gut und deichte die Aufgeregtheit ein. Seit Weller ihr »Töverland« geschenkt hatte, war sie Cornelius-Fan, besonders an Tagen wie diesen, und morgens sehr früh oder abends in der Dämmerung, bevor es richtig dunkel wurde. Diese Musik leitete über von einem Zustand in einen anderen und beruhigte sie.

Die Sonne flutete bereits durch die Fenster und machte Ann Kathrin auf drastische Weise klar, dass die Fenster schon lange nicht mehr geputzt worden waren. Salzige Regentropfen hatten weiße Flecken darauf hinterlassen, in denen sich jetzt das Licht brach. In der Verlängerung durch die Sonnenstrahlen fielen die Punkte und Schlieren vom Fenster als Schatten auf den hellerleuchteten Teppich und gaben kunstvolle Muster ab.

Sie trank von dem Milchkaffee und bemerkte den weißen Schaumbart nicht, der über ihrer Oberlippe hängen blieb.

Das Telefon klingelte.

»Moin, Ann«, sagte Ubbo Heide aufgeräumt.

Er schien davon auszugehen, dass sie schon wach war und bereits in Arbeitslaune.

»Ich habe die Ergebnisse von der Exhumierung in Gelsenkirchen.«

Sie lachte. »Die Ergebnisse? Wie hast du das denn hingekriegt? Ich dachte, darauf warten wir mindestens eine Woche!«

»Erwähnte ich schon, dass ich manchmal zaubern kann?«

»Ja, ab und zu hörte ich davon. Was heißt das jetzt, Ubbo?«

Er schluckte. »Ich kann es selber noch nicht ganz glauben. Aber wenn ich den Bericht hier nicht falsch interpretiere, dann steht da schwarz auf weiß, dass bei dem Sternenkind aus der

Psychiatrie in Gelsenkirchen und unserer Toten eine identische DNA festgestellt wurde.«

Ann Kathrin sprang auf und verschüttete ihren Kaffee. Ein Fleck traf ihren nackten rechten Fuß. »Aber das heißt ja ...«

Er raschelte mit Papier und trank irgendetwas, trotzdem hörte sich seine Stimme noch trockener an als vorher. »Das heißt, es handelt sich bei den beiden um ein und dieselbe Person. Oder zumindest um eineiige Zwillinge.«

Ann Kathrin wischte mit der Hand den Milchschaum vom Fuß. »Ubbo, wenn das jetzt ein Speicheltest gewesen wäre, um einen Straftäter zu überführen, dann hätten wir beide verhaftet.«

»Ganz klar: Ja.«

Ann Kathrin atmete auf. Das war die fehlende Verbindungslinie. Die beiden toten Frauen waren Klone, genau wie Markus Poppinga oder Bob Wine.

Sie nahm einen grünen Faden und befestigte ihn wie eine durchhängende Urwaldliane zwischen Markus Poppinga und den unbekannten toten Frauen. Damit hing alles zusammen, und es gab auch eine Verbindung zwischen Okopenko und Professor Poppinga über die Tote mit dem kahlrasierten Schädel.

Ubbo Heide hörte, dass Ann Kathrin irgendetwas tat und dabei heftig atmete, und er fragte sich, was es war. Sie sprach nicht mit ihm.

»Du willst doch jetzt nicht mit dieser Nummer vom großen Klonen kommen, Ann, oder?«

»Krieg ich jetzt meine SOKO?«

»Wir können ja in einer Dienstbesprechung die Sache mal auf den Tisch des Hauses ...«

»Ubbo! Ich bitte dich! Was brauchst du noch?«

»Jetzt ruf bloß nicht deinen Kriminalschriftsteller an und erzähl ihm das. Erst mal bleibt das topsecret. Aber da ist noch etwas. Die Fingerabdrücke auf der Marlboroschachtel haben wir auch in Okopenkos Haus gefunden.«

»Wo?«

»Am Wohnzimmertisch, an der Tür ...«

Bevor er alles aufzählte, fragte sie: »Auch unten im Verlies?«

»Ja. An den Gitterstäben. Janssen war ganz klar dort. Wir hätten übrigens die Zigarettenschachtel gar nicht gebraucht. Wir hatten seine Fingerabdrücke. Er hat zweimal wegen schwerer Körperverletzung gesessen. Er heißt eigentlich Krabbe. Unter diesem Namen läuft er auch noch in unserer Libidatei.«

»Krabbe?«

»Ja, er hat bei der Hochzeit den Namen seiner Frau angenommen, vermutlich, um seine Gläubiger für eine Weile zu täuschen. Er hat mehr Schulden, als er in diesem Leben zurückzahlen kann.«

»Die arme Frau ...«

»Ich denke, wir bekommen noch heute Morgen einen Haftbefehl und nehmen den Burschen hopp.«

Ann Kathrin trank den in der Tasse verbliebenen Rest mit großen Schlucken, dann sagte sie: »Frank und ich können ihn gleich ...«

»Nein, das ist keine gute Idee. Der hat beim letzten Mal zwei Kollegen krankenhausreif geschlagen. Seine Freundin hat uns gerufen. Er hat in Brake gewohnt, bei Bremen. Ein doppelter Kieferbruch, den anderen hat er durchs geschlossene Flurfenster in den Innenhof geworfen. Den holen wir diesmal mit Spezialkräften ab, und dann machen wir dem richtig Angst. Verlass dich drauf. Später gehört er dir zum Verhör.«

Ann Kathrin ahnte, was Ubbo Heide vorhatte. Die Sache sollte so schnell wie möglich vom Tisch. Ein rundes Geständnis wäre Ubbo am liebsten gewesen, aber für sie ging es nur vordergründig darum, wer Smith umgebracht hatte. Sie war sich jetzt sicher, einer größeren, viel größeren Sache auf der Spur zu sein.

Es verstieß zwar gegen die Dienstvorschriften, aber Ann Kathrin hatte trotzdem das dringende Bedürfnis, es zu tun. Sie war es dem Kriminalschriftsteller irgendwie schuldig, fand sie, wählte seine Nummer und stand dabei am Fenster.

Die Raben stritten sich in ihrem Kirschbaum um die letzten Früchte. Ich habe schon im vorigen Jahr nichts mitbekommen, dachte sie. Weller hatte ein Netz über die Baumkrone spannen wollen, aber ihr gefiel die Vorstellung nicht. Die Vögel sollten sich doch ruhig ihren Anteil holen, aber in ihrer Gier ließen sie nichts übrig. Ann Kathrin richtete den Zeigefinger wie den Lauf einer Pistole auf den fetten Raben, der sich eine blutrote Kirsche vom Baum pickte. »Bouw!«, machte sie, aber das beeindruckte den Raben gar nicht.

Der Autor meldete sich. Er nutzte, genau wie sie, die erfrischende Kühle des Morgens, um zu arbeiten.

»Was ist denn bei euch in Ostfriesland los?«, fragte er.

»Warum?«

Sie hatte sich den Beginn des Gesprächs ganz anders vorgestellt.

»Ich klebe natürlich an der Sache dran. Ich wollte eigentlich ein Interview mit Professor Schulz, aber jetzt hat er kurzfristig abgesagt. Seine wissenschaftliche Mitarbeiterin sagte, er sei zu einem Kongress nach Ostfriesland unterwegs.«

Der Krimiautor redete einfach weiter, obwohl Ann Kathrin Fragen hatte, zum Beispiel: Wer ist Professor Schulz? Er nannte den Namen so, wie man Elvis sagt oder Einstein oder Dieter Bohlen. Man geht davon aus, dass jeder etwas mit dem Namen anfangen kann, aber Ann Kathrin hatte keine Ahnung, wer Professor Schulz war.

»Er ist einer der führenden Reproduktionsmediziner. Sein Beitrag zur ›*Optimierung der genetischen Konstitution der Ge-*

sellschaft‹ war ein Skandal. Normalerweise sind Typen wie der ganz geil darauf, sich und ihre Sache darzustellen. Ich habe ihm ein Feature für den WDR versprochen. Diese narzisstischen Gestalten sagen so etwas eigentlich nie ab und übernehmen auch noch die Rechnung fürs anschließende Abendessen ...«

»Wozu hat der einen Beitrag geleistet? Genetische Konstitution der Gesellschaft?«

»Ach, er ist einer der wenigen Transhumanisten, die offen auftreten. Der polarisiert. Ich mag das eigentlich. Der bezeichnet die Anwendung der Gentechnik als Fortsetzung der biblischen Geschichte mit wirksameren Mitteln. Endlich sei der Mensch nicht mehr auf den Zufall oder Götter angewiesen, sondern könne die Schöpfung selbst verbessern.«

»Und der ist unterwegs nach Ostfriesland?«

»Ja. Und ich wette, der will nicht die Seehundstation besichtigen.«

»Nur so interessehalber, wie haben Sie es geschafft, der Sekretärin die Informationen abzuluchsen? Die sind doch meist verschwiegen wie ein Grab. Vielleicht kann ich da noch was von Ihnen lernen ...«

Er lachte. »Die Sekretärinnen heißen dort wissenschaftliche Mitarbeiterinnen. Meine Methode ist ganz einfach. Ich beflirte sie, bis sie fast ohnmächtig werden. Als Nächstes wäre der Heiratsantrag gekommen. Aber das ist noch nicht alles, Frau Kommissarin ...«

Er sagte so herausgestellt »Frau Kommissarin«, als bezweifle er, dass sie eine sei, oder als wolle er unbedingt die Kommissarin in ihr wecken.

»Hauptkommissarin bitte sehr, wenn schon«, warf sie amüsiert ein.

»Also, ich wollte dann ein Gespräch mit Professor Dr. Timmermann – ein Molekularbiologe, der in Köln sein eigenes Institut leitet, hat sich ein Hotelzimmer im Uptalsboom auf Wangerooge genommen und den Vortrag, den er in München halten sollte, abgesagt. Vielleicht lag es an den Protesten, aber ich hatte mich schon auf seine Begründung gefreut, wie er mit Hilfe von neuronalen Computerimplantaten das christliche Versprechen auf Auferstehung erfüllen will ...«

Ann Kathrin mochte es nicht, wenn zynisch gesprochen wurde. Im Dienst hatte sie sich oft dagegen verwahrt, aber jetzt fand sie es angemessen. Sie informierte den Autor nun über das Ergebnis der Exhumierung und des Gentests.

»Verdammt«, sagte er. »Ich habe es die ganze Zeit gewusst. Lena hatte einfach recht. Ich sage es doch immer: Wir behandeln die Falschen. Es gehören ganz andere in die Psychiatrie!«

Er schwieg eine Weile. Ann Kathrin ließ ihm Zeit. Dann bedankte er sich und versprach, das alles noch für sich zu behalten.

Ann Kathrin machte sich ein Knäckebrot mit Quarkaufstrich und Honig, dazu einen neuen Kaffee. Damit ging sie zu ihrem Computer und googelte die Namen Timmermann und Schulz. Sie hatten beide Kontakt zu einer Firma *Human Health*, die in Lateinamerika, in den USA und Thailand Dependancen unterhielt. Poppinga hatte zwei Jahre bei dieser Firma gearbeitet und sogar zum wissenschaftlichen Beirat des Vorstands gehört. Okopenko hatte zumindest einmal vor Mitarbeitern der Firma einen Vortrag gehalten.

Es lief Ann Kathrin heiß den Rücken hinunter. Sie aß ihr Knäckebrot mit drei Happen auf und schluckte, ohne zu genießen, dann machte sie eine Liste aller Vorstandsmitglieder und wichtigen Mitarbeiter, die sie im Netz finden konnte. Es waren allein sieben Nobelpreisträger dabei. Human Health schien eine Art Denklabor zu sein. Immer wieder wurden die klügsten Köpfe zusammengeführt.

Wovon, fragte Ann Kathrin sich, leben die eigentlich? Wofür Human Health sein Geld ausgab, war offensichtlich. Aber wenn jemand komplizierteste, Disziplinen übergreifende Forschungen betrieb, hatte er noch lange kein Produkt zu verkaufen. Wie refinanzierte sich private Forschung? Verwalteten die Regierungsmittel? Bekamen die Fördergelder?

Ann Kathrin befand sich auf unsicherem Boden, auf einem ihr bisher unbekannten Terrain. Sie zögerte. Das alles war ihr so fremd. Die Namen und Titel so beeindruckend. Sie kam sich plötzlich vor, wie ein kleines Mädchen, ungebildet und tollpatschig. Sie rieb sich die Oberarme. Auf dem Nachbargrundstück begann ein uralter Benzinrasenmäher seine nervtötende Arbeit.

Ann Kathrin sprach sich selbst Mut zu, aber Sätze wie: »Stell dich nicht so an, du arbeitest dich doch sonst auch in jedes Milieu ein«, zogen sie nur noch mehr runter.

Dann hörte sie plötzlich die Stimme ihres toten Vaters. Er war ihr ganz nah. Sie konnte seine Anwesenheit im Raum deutlich spüren. So hatte es sich früher angefühlt, wenn er, der sanfte Krieger, bei ihr war und ihr den Rücken stärkte.

»Hey, mein Mädchen«, lachte er. »Die kochen auch nur mit Wasser. All diese Titel und Posten, nur um etwas darzustellen im Leben! Davon wirst du dich doch nicht ins Bockshorn jagen lassen.«

»Nein, Papa, werde ich nicht!«, antwortete sie, dankbar, einen Vater gehabt zu haben, der keinen Respekt vor dem gehabt hatte, das jemand vorgab zu sein, sondern nur vor dem, was ein Mensch tat.

Sie setzte sich auf den Teppich und begann, einzelne Wissenschaftler anzurufen. Zum ersten Mal im Leben versuchte sie, sich zu einem Nobelpreisträger durchzufragen. Sie flirtete nicht, wie der Krimiautor, oh nein. Sie drohte mit juristischen Konsequenzen, weil er angeblich als Zeuge einer Straftat sich unterlassener Hilfeleistung schuldig gemacht hätte. Sie bestand darauf, ihn sofort zu sprechen und bekam eine Telefonnummer vom Inselhotel Vier Jahreszeiten auf Borkum, wohin der Professor angeblich unterwegs war. Nein, ein Handy besitze er nicht, das sei bei ihm aber keinesfalls so etwas wie antizivilisatorischer Hochmut, sondern er mache das wegen der katastrophalen Auswirkungen der Handystrahlen auf das Gehirn.

Wie ein Ehepaar, das durchaus noch verliebt ineinander ist, stiegen Jutta Speck und Belushi der Zweite morgens am Flugplatz Norden-Norddeich in eine Cessna C 172.

Im Flugzeug gab es Platz für vier Personen, einschließlich des Piloten. Rote Ledersitze vermittelten den Eindruck von Playboyleben und Luxus. Irgendwie passte die Cessna zu Belushi. Er nannte sie die »Skyhawk« oder »mein Schätzchen«.

Hier am Flugplatz war es wie in der Privatklinik Clear Galaxy. Man kannte Belushi, sagte ihm freudig »Moin«, und er kannte sich bestens aus.

Er startete die Cessna mit der Selbstverständlichkeit eines Piloten, der sich an einem sonnigen Tag auf einen schönen Flug freut. Er klopfte im Glascockpit aufs Armaturenbrett, schaltete die Klimaanlage ein und sagte liebevoll zum Flugzeug: »So, mein Schätzchen. Auf geht's!«

Der Stielkamm steckt immer noch in seiner Brusttasche. Er schielte immer wieder zu Jutta herüber. Er hatte keine Sorge, dass sie fliehen würde. Wie denn auch? Aber er war bemüht, sie zu beeindrucken. Sie nahm das mit Genugtuung wahr. Es gab ihr wieder ein bisschen festen Boden unter die Füße.

Wenn dem Täter die Meinung wichtig ist, die das Opfer über ihn hat, dann macht er sich in gewisser Weise abhängig, dachte sie. Ich habe Einfluss auf ihn. Hinter der coolen Fassade ist er ein sensibler, narzisstischer kleiner Junge, der Mami gefallen will. Sie wusste nicht, ob dies eine klare Einschätzung der Situation war oder mehr der eigenen Not entsprang, nicht ohne einen Funken Hoffnung weiterleben zu können. Sie hielt sich seelisch nur noch an dem Gedanken fest, dass Nadine lebte und sie brauchte.

Ihre Knie zitterten. Sie legte ihre Hände fest auf die Beine und drückte sie runter, aber das Zittern ergriff, während die Skyhawk auf die Startbahn rollte, ihren ganzen Körper. Sogar ihre Zähne klapperten.

»Flugangst?«, fragte er.

Sie schaffte es kaum, zu nicken.

»Dauert nicht lange. Der Flug ist eigentlich viel zu kurz. Genieß die Aussicht.«

Das Motorengeräusch war unerträglich laut für sie. Der Lärm steigerte ihre Angst noch.

Er beschleunigte die Fahrt. Sie spürte jede Unebenheit der Bahn wie einen Schlag in die Magengrube. Dann zog er die Cessna hoch, und sie kämpfte gegen den Drang, sich übergeben zu müssen. Sie würgte.

Er lachte: »Kotz mir bloß nicht die Ledersitze voll. Das kriegst du nie raus aus dem Cockpit.«

Sie schaffte es nicht, nach draußen zu sehen. Sie starrte nur auf ihre Hände und ihre Knie. Er machte sich einen Spaß daraus, die Maschine in die Schräglage zu bringen, so dass sie gegen die Wand gedrückt wurde. Dabei begann Belushi Reinhard Mey zu singen:

»Über den Wolken, muss die Freiheit wohl grenzenlos sein. Alle Ängste, alle Sorgen, sagt man, blieben darunter verborgen und dann, würde was uns groß und wichtig erscheint, plötzlich nichtig und klein.«

Ann Kathrin Klaasen überlegte nicht lange. Sie vertraute Holger Bloem vom Ostfrieslandmagazin. Er galt als sehr gut unterrichtet. Wenn einer wusste, was in Ostfriesland los war, dann er.

»Ostfrieslandmagazin, Bloem.« Er klang verbindlich und freundlich.

Sie redete nicht lange um den heißen Brei herum. Er hatte einmal ein Porträt über sie veröffentlicht. Gefühlsmäßig duzte sie ihn, aber sie war sich nicht mehr ganz sicher. Sie blieb auf der professionellen Ebene: »Moin, Herr Bloem, Ann Kathrin Klaasen hier.«

»Ich grüße Sie! Aber ich frage mich gerade, wann sich unsere Beziehungen so sehr verschlechtert haben.«

»Verschlechtert?« Sie bekam sofort ein schlechtes Gewissen.

Er lachte. »Na, beim letzten Mal haben wir uns noch geduzt.«

Sie schaltete sofort erleichtert um. »Entschuldige, ich bin im Moment völlig durch den Wind.«

»Was kann ich denn für dich tun?«

»Im Moment muss irgendwo in Ostfriesland ein bedeutendes Symposium stattfinden. Irgendein Treffen der führenden Wissenschaftler ...«, sie scheute sich nicht, es zu sagen: »der Welt. Es sind alleine sieben Nobelpreisträger nach Ostfriesland unterwegs.«

Holger Bloem räusperte sich. »Also, ich verstehe jeden, der hier an diesem herrlichen Küstenstreifen Urlaub macht ...«

»Holger! Das ist kein Zufall. Wo treffen sie sich und wann?«

»Ich fürchte, da hat sich jemand einen Scherz mit dir erlaubt. Wenn es so eine bedeutende Konferenz in Ostfriesland gäbe, dann wüssten wir beim OMA das, und ich wäre längst unterwegs, um ein paar Eindrücke zu sammeln und Interviews zu machen.«

Das leuchtete ihr sofort ein. Sie nickte, was Holger Bloem natürlich nicht sehen konnte, also fuhr er fort: »Normalerweise werden wir über solche Dinge rechtzeitig informiert. Es gibt Pressemappen, Einladungen ... So eine große Nummer inszeniert doch niemand still und heimlich. Es sei denn, die ganze Sache soll ohne Öffentlichkeit über die Bühne gehen ...«

»Danke«, sagte sie. »Danke, du hast mir sehr geholfen.«

»Ich? Ja, wie denn, womit denn?«

Sie wollte auflegen, aber er stoppte sie. »Einen Moment noch. Ich hätte dann doch auch noch eine Frage: Wie heißen die Nobelpreisträger, und in welchem Hotel sind sie abgestiegen?«

»Das darf ich dir nicht sagen.«

»Och, Ann Kathrin! Mach es mir doch nicht so schwer!«

Weller hatte keine Lust, länger auf Ann Kathrin zu warten. Er fand ihre Art, Verhöre zu führen, faszinierend. Sie schuf geständnishafte Situationen und hörte dann oft einfach nur noch zu. Er hatte schon echt harte Nüsse erlebt, die von keinem geknackt worden waren. Dann kam sie, und eine halbe Stunde später erzählte der Täter unter Tränen sein ganzes verpfuschtes Leben und verbrauchte dabei eine Packung Tempotaschentücher.

Bodo Janssen war aggressiv wie ein scharfgemachter American Pitbullterrier. Er fletschte sogar die Zähne. Teilweise schnürte seine Wut ihm den Hals zu und ließ seine Stimme piepsig ertönen, wie bei aufgeregten Comicfiguren, kurz bevor sie explodieren.

Sylvia Hoppe arbeitete zum ersten Mal mit Weller zusammen. Ann Kathrin war nicht zu erreichen, ihr Telefon ständig besetzt. Weller wollte es jetzt vor Sylvia Hoppe besonders gut machen und sich gekonnt in Szene setzen.

»Ja, wie können wir unverschämten Schwachköpfe von der Mordkommission Ostfriesland nur auf die völlig behämmerte Idee kommen, so ein friedlicher, aggressionsfreier Gutmensch wie Sie könnte seinen Nebenbuhler umgebracht haben, nur weil der seine Frau gevögelt hat?«, fragte Weller mit gespielter Empörung.

Sylvia Hoppe sah ihn entsetzt an.

Es wurde Weller heiß und kalt. Er hatte gerade einen schweren Fehler gemacht. Ann Kathrin würde ihm dafür die Hölle heißmachen. Wenn sie Janssen den Mord jetzt nicht nachweisen konnten, wäre Weller persönlich dafür verantwortlich, dass ein gewalttätiger Ehemann mit dieser Information zu seiner Frau in die gemeinsame Wohnung zurückkehrte.

Du musst etwas von ihnen erfahren. Nicht sie von dir, war einer von Ann Kathrins Standardsätzen. *Es ist das Grundprinzip unserer Arbeit, dass wir etwas herausfinden. Geschwätzige, selbstdarstellerische Kommissare gehören nicht zu uns, sondern sollen besser im Fernsehen ermitteln. Sie sind eine Gefahr für uns alle.*

Jetzt wusste Weller verdammt genau, was sie damit meinte. Er setzte seine ganze Hoffnung darauf, Janssen überführen zu können. Damit könnte er seinen Fehler ausmerzen. Ein inhaftierter, verurteilter Mörder bereitete seiner Frau keine Probleme mehr. Vermutlich würde sie sich schon bald von ihm scheiden lassen und hoffentlich danach nicht wieder auf die gleiche Sorte hereinfallen.

Janssen versuchte, Weller zu packen. Weller wich zurück, zielte aber mit dem Zeigefinger auf Janssens Stirn und sagte provozierend: »Ja, komm! Greif mich nur an. Da bist du endlich mal an der richtigen Adresse. Such dir schon mal eine Ecke aus, in die ich klatschen kann.« Jetzt bewegte sich Weller vorwärts und gewann den verlorenen Raum zurück. »Ich steh nämlich auf Typen wie dich, die ihre Frauen verhauen und Kollegen aus dem Fenster werfen!« Weller brüllte. »Ja, guck nicht so, Arschloch! Glaubst du, wir wissen nicht, wer du bist?« Weller klatschte sich mit der Hand gegen die Stirn. »Für wie blöd hältst du uns eigentlich? Änderst mal kurz deinen Namen, indem du den der nächstbesten Frau annimmst, die auf dich reinfällt, und schon weiß keiner mehr, wer du bist – oder was?!«

Sylvia Hoppe bemühte sich, cool zu bleiben. Solche Verhöre kannte sie nicht. Sie fragte sich, ob das hier gerade eine Eigenart des Kollegen war oder Stil in Ostfriesland.

Janssen brüllte zurück: »Ich kenne diesen Arsch gar nicht! Ich war nie in der Wohnung!« Dann funkelte er Sylvia Hoppe an. »Sie sind meine Zeugin! Der versucht, mich einzuschüchtern und zu provozieren!«

Weller drehte ihm den Rücken zu, um ihm eine Möglichkeit für einen Angriff zu bieten. Im Fenster des Verhörraums konnte Weller aber jede seiner Bewegungen sehen. Er wartete nur auf eine Attacke, um entsprechend kontern zu können.

Weller klatschte in die Hände. »Oh, wie niedlich! Ich schüchtere ihn ein, den Armen. Wie grausam! Sollen wir seine Mami anrufen oder besser seine Kindergärtnerin?«

Janssen schnaubte.

Sylvia Hoppe sagte sachlich: »Meine Zeugen oder deine Zeugen, so etwas gibt es nicht. Bei solchen Worten wird jeder Richter hellhörig und ahnt, dass er belogen werden soll.«

Sie registrierte, dass Janssen sie gar nicht mehr wahrnahm. Sein Zorn übermannte ihn. Er warf den Tisch um und brach los wie ein Stier, der versucht, den Torero auf die Hörner zu nehmen. Den Kopf voran stampfte er auf Weller zu. Weller ließ sich rammen. Dann verpasste er Janssen einen Leberhaken. Der Schmerz nahm dem schweren Mann sofort die Luft.

Vorsichtshalber langte Weller noch einmal zu. Dann hielt er Janssen, damit der nicht umfiel, drückte ihn auf den Stuhl, stellte den Tisch wieder ordentlich hin, lächelte Sylvia Hoppe an, kämmte sich mit beiden Händen durch die Haare und sagte: »So, nachdem wir das nun auch klargestellt hätten, können wir ja mal über die Tat reden. Gestehst du jetzt, du Drecksack, oder willst du mich lieber noch einmal angreifen? Beim nächsten Mal breche ich dir den Arm.«

Sylvia Hoppe verschränkte die Arme vor der Brust. In dem Moment stürmten die Kollegen Paul Schrader und Jörg Benninga in den Verhörraum, um Weller beizustehen. Der bedankte sich spöttisch bei seinen Skatbrüdern.

»Na, das nenn ich Nullouvert Hand. Bis ihr Pfeifen da seid, kann der sein Blatt ganz in Ruhe runterzocken! Seid ihr völlig bescheuert? Der hätte mich umbringen können!«

»Ich hatte eigentlich mehr Angst um ihn«, giftete Sylvia Hoppe.

Benninga, der an Heuschnupfen litt, putzte sich betreten die rote Nase.

»Verdammt, warum drehst du ihm den Rücken zu? Ich dachte, ich seh nicht richtig. Du hast es doch provoziert!«

»Na bitte!«, schrie Janssen, glücklich, dass ihm endlich jemand recht gab. »Sag ich doch! Der provoziert mich und schüchtert mich ein!«

Weller schob sein Kinn vor und presste die Worte heraus: »Halt die Schnauze, du Drecksack!«

Sylvia Hoppe baute sich auf und versuchte, schon rein körperlich Eindruck zu machen. »Wir brechen die Befragung des Beschuldigten an dieser Stelle ab. Kommissar Weller braucht eine Pause.«

»Brauche ich nicht!«

»Brauchst du doch«, sagten Benninga und Schrader gleichzeitig.

Sie gingen auf ein rotes Backsteinhaus zu, wunderschön gelegen in den Dünen der zauberhaften Insel. Jutta Speck kannte Borkum. Sie hatte hier als Kind einmal ihre Ferien verbracht, damals, als alles noch gut war und sie glaubte, die Welt sei voller netter Menschen.

Die Sonne brannte schon um diese Tageszeit, und im Dünengras surrten Insekten. Die Hagebuttenblüten ließen durch die Trockenheit die Köpfe hängen.

Eine braungebrannte Bikinischönheit kam ihnen entgegen. Belushi betrachtete sie mit Wohlgefallen.

Aha, dachte Jutta Speck, schwul ist er also nicht.

Sie wunderte sich immer noch, warum er seine Macht über sie nicht ausgenutzt hatte wie Lupo. War er einfach ein anderer Mensch? Lebte er in einer festen Beziehung? War er irgendeiner Frau treu? Oder gefiel sie ihm einfach nicht, fand er sie nicht attraktiv?

Die Strandschönheit ging mit wiegenden Hüften an ihnen vorbei. Sie war sich ihrer Wirkung voll bewusst. Jutta Speck hätte sie anfassen können, so nah war sie ihnen. Belushi drehte sich nach ihr um und sah ihr einen versonnenen Moment lang nach.

Sie betraten das Haus nicht. Belushi führte sie einmal herum zur hinteren Terrasse, wo ein Regenfass stand und Hängegeranien in Weiß, Dunkelrot und Rosa aus den Blumenkästen wucherten. Ein Summen lag honigtrunken in der Luft, und über ihnen ließ am Himmel ein Flugzeug ein Banner mit der Aufschrift: *Bettina, willst du meine Frau werden?* flattern.

Bratwurstduft wehte herüber. Neben der Terrasse führten Treppen nach unten.

Jutta wunderte sich, weil sie mal gehört hatte, auf den Inseln hätten die Häuser keine Keller, die würden sowieso nur feucht. Aber Belushi besaß einen Schlüssel für die Tür und brachte sie in einen Weinkeller.

Ein paar Hundert Flaschen lagen sorgfältig nach Anbaugebieten und Jahrgängen geordnet in Regalen. Es war angenehm kühl und still in dem Raum.

Belushi wischte sich mit dem Handrücken Schweiß von der Stirn.

»Hier ist meine Tochter?«, fragte Jutta Speck ungläubig.

Belushi griff hinter eine Holzverstrebung. Ein Schalter klickte, dann verschob sich quietschend das Weinregal, und dahinter tat sich eine Tür auf.

Jetzt wurde Belushi grob. Er packte Jutta und stieß sie in den Gang.

Die Wände waren aus grauem Beton und mit Neonröhren beleuchtet. Der Gang war lang. Sie konnte sein Ende nicht sehen. Aber nach ein paar Metern gab es dicke Gitterstäbe. Ironischerweise waren sie blankgeputzt und glänzten silbern.

Das Neonlicht ließ alles eng und unwirklich erscheinen. Es roch muffig und nach Urin. Die Situation war der absolute klaustrophobische Alptraum für sie.

Belushi tippte eine Zahlenkombination ein und die Gitterstäbe versanken knatternd im Boden. Hinter ihnen ratterten sie dann wieder hoch. Eine defekte Neonröhre flackerte.

Jutta Speck hatte das Gefühl, keine Luft mehr zu bekommen, obwohl sie jetzt deutlich das Rauschen einer Klimaanlage wahrnahm. Trotzdem wurde ihr der Hals zu eng.

Belushi stieß sie an: »Vorwärts. Stell dich nicht so an. Wer A sagt, muss auch B sagen.«

Er sah, dass sie kurz davor war, ohnmächtig zu werden. Er hatte keine Lust, sie durch die Gänge zu tragen. Er entschied sich dafür, mit ihr zu reden. Die meisten Menschen brauchten Erklärungen, Futter für den Geist, dann konnten sie alles ertragen, Hauptsache, es gab einen Sinn und eine Logik.

»Borkum ist durchzogen von alten Bunkeranlagen. Die ostfriesischen Inseln haben im Krieg eine wichtige Rolle gespielt. Eine dem Festland vorgelagerte Verteidigungslinie. Von hier aus hat Wernher von Braun seine ersten Raketentests gemacht. Alle denken immer, es war nur in Peenemünde. Irrtum. Ja, ja. Er hat auf Spiekeroog Abitur gemacht. – Vieles von den alten Bunkern ist zurückgebaut worden. Nach dem Krieg haben sie die Stahlträger rausgerissen, das war ein wertvoller Rohstoff. Aber die richtig geheimen Sachen sind nicht gefunden worden. Die Baupläne haben die Nazigrößen zusammen mit vielem anderen belastenden Material weggeschafft – und es gab hier einiges wegzuschaffen. Die Insel hat versucht, sich als judenfrei zu profilieren. Es gab hier einen Pastor, der war ein ganz besonderer Scharfmacher. Später wurde er Reichstagsabgeordneter der NSDAP. Damals wurde täglich von der Kurkapelle das Borkum Lied gespielt.«

Er begann es zu singen, war aber offensichtlich unsicher in Text und Melodieführung. »Borkum, der Nordsee schönste Zier, bleib du von Juden rein, lass Rosenthal und Levinsohn auf Norderney allein. An Borkums Strand nur Deutschtum gilt … Hm … Pampadadam, pampam.«

»Hören Sie auf!«

»Ach, ich hab's: Doch wer da naht mit platten Füßen, mit Nasen krumm und Haaren kraus, der soll nicht deinen Strand genießen, der muss hinaus! Hinaus! Hinaus!«

Er sah sie stolz an, als erwarte er Anerkennung für seine Leistung.

»Und was, verdammt, habt ihr hier aus dem Bunker gemacht? Was habe ich mit dem ganzen Mist zu tun?«

Er sagte nichts mehr. Er packte sie und zerrte sie vorwärts. Sie kamen an Stollen und Stahltürmen vorbei, wie sie sie nur aus Filmen kannte. All das, was sie hier erlebte, gehörte in einen Horrorfilm, aber nicht in ihr Leben.

So, wie er sie mit sich riss, sie schubste und vorwärtsschob, kann sie immer wieder mit dem Stielkamm in Berührung. Einmal, als er sie mit der Brust vorwärts stieß, rammte er ihr die Spitze aus Versehen ins Gesicht. Aber jetzt war der Zeitpunkt überschritten. Ihr wurde schlagartig klar, dass sie ihn gar nicht mehr umbringen konnte. Selbst wenn es ihr gelänge ihn zu töten, wie sollte sie jemals hier wieder herauskommen?

Sie brauchte ihn, nicht nur seinen Schlüssel, sondern auch die Zahlenkombinationen in seinem Gehirn.

Der Gedanke, aus diesem siebzig Jahre alten Bunker, der jetzt mit moderner Sicherheits- und Überwachungstechnik ausgerüstet war, nie wieder herauszukommen, wurde übermächtig in ihr und demoralisierte sie völlig.

Belushi öffnete eine Stahltür, indem er seinen Daumen auf ein Display legte. Dann ertönte eine Stimme: »Bitte geben Sie Ihre Codenummer ein«.

Er stellte sich so, dass sein Körper den Bildschirm verdeckte. Es waren vier Ziffern. Bei jeder einzelnen piepte es.

Die Tür sprang auf.

Dahinter verbargen sich mehrere ineinanderverschachtelte Räume, denen die meterdicken Mauern anzumerken waren. Es war feucht und stickig. Es roch nach Zement und menschlichen Exkrementen.

Sie stand in einem Zimmer mit zusammengewürfeltem Mobiliar. Sessel mit abgeschabten Sitzflächen und Armlehnen. Zwei Schreibtische mit Karteikarten. Das Ganze hatte den Charme der Sechzigerjahre.

So, dachte sie, muss die Welt vor der Erfindung von Computern und Kaffeemaschinen ausgesehen haben. Vielleicht gar vor der Erfindung der elektrischen Schreibmaschine.

Dann brachte Belushi sie in einen Raum, in dem acht Monitore flimmerten. Hier war gerade noch geraucht worden. Der Qualm parfümierter Filterzigaretten hing schwer im Raum. Sechs Bildschirme zeigten Zellen, in denen sich Menschen befanden. Einer den Weg zum Haus und ein anderer ein Passagierschiff.

Ein Kaffeepott mit der Aufschrift *Mein Kaffee! Finger weg!* stand auf dem Tisch. Daraus hing das Band von einem Teebeutel. Eine angebrochene Packung Hafergebäck von Küstengold lag daneben. Ein überquellender Aschenbecher. Eine Packung Benson & Hedges und daneben ein offener Beutel Drum.

Sie hörte eine Toilettenspülung. Dann erschien ein Mann mit widerspenstigem silbernen Haar. Er hatte eine grobporige Rotweintrinkernase und Augen mit tiefen Tränensäcken. Er nestelte an seinem Hosenschlitz herum und hatte nasse Finger.

»Äi, weißt du, wie lange wir schon auf dich warten?«, maulte er Belushi an, der selbst hier seine Sonnenbrille trug.

»Ihr sollt hier doch nicht rauchen, verdammt!«, konterte der. »Der Alte rastet aus, wenn er das mitkriegt.«

»Ja. Wenn …«

Der Mann hatte seinen Hosenschlitz jetzt zugeknöpft und wischte die Finger an den Hosenbeinen ab. Er deutete mit dem Kopf auf Jutta Speck: »Ist sie das?«

»Nein. Ich wollte dir meine Verlobte vorstellen.«

»Na, herzlichen Glückwunsch.«

»Hat sie die Tests schon gemacht?«

»Was für Tests?«, kreischte Jutta Speck.

Rupert wirkte blass. Sein Gesicht wie eingefallen. Am Hals warf die Haut Falten. Die Augen lagen in tiefen Höhlen. Er hatte in den letzten Tagen viel an Gewicht verloren. Das hellblaue Hemd schlabberte genauso an ihm wie die Faltenhose, die er mit Gürtel und Hosenträgern am Runterrutschen hinderte. Er war unrasiert, was seinem Aussehen zusätzlich etwas Pennerhaftes gab. Sein getriebener Blick verbreitete Unruhe im Raum.

Weller war ebenfalls in Rage, und Ubbo Heide fragte sich, ob es nicht besser sei, statt Kaffee und Mineralwasser Baldriantabletten und Beruhigungstee auf den Tisch zu stellen. Er hatte das Angebot vom psychologischen Dienst für eine ständige Supervision abgelehnt. Jetzt ahnte er, dass diese Entscheidung falsch gewesen war.

Nur die beiden Frauen, Sylvia Hoppe und Ann Kathrin Klaasen, machten auf ihn einen psychisch gefestigten, emotional stabilen Eindruck. Selbst die Pressesprecherin Rieke Gersema war irgendwie angeschlagen, hatte etwas Verhuschtes an sich, als würde sie sich am liebsten unsichtbar machen. Ubbo Heide tippte auf Liebeskummer.

Rupert sah in Ann Kathrins Gesicht. »Hast du dich beim Rasieren geschnitten?«, spottete er.

Sie strafte ihn mit einem grimmigen Blick und begann, ihre Ergebnisse vorzutragen.

»Mindestens zwanzig der führenden Wissenschaftler auf dem Gebiet der Molekulargenetik, der Reproduktionsmedizin, Biomedizin, Zellbiologie und Genforschung, sind nach Ostfriesland unterwegs. Wir haben von zwölfen sogar die Aufenthaltsorte ermitteln. Borkum. Wangerooge. Norderney. Norddeich-Mole. Neßmersiel. Norden ...«

Rupert stöhnte und drückte sich die linke Hand in den Rücken. Er machte ein schmerzverzerrtes Gesicht. »Ja, es ist Urlaubszeit.«

Ann Kathrin fuhr unbeeindruckt fort. »Weder die verschiedenen Kurdirektoren noch die Presse weiß etwas von einem Kongress. Da sie alle so auffällig an verschiedenen Orten in unterschiedlichen Hotels, aber eben doch so nah beieinander wohnen, müssen wir von einer Art Geheimtreffen ausgehen.«

Rupert guckte Ubbo Heide an, und in seinem Blick lag die Frage: Hat die nicht mehr alle Tassen im Schrank?

Ubbo Heide guckte weg und vermied jeden Blickkontakt zu Teilnehmern dieser Besprechung, was sonst nicht seine Art war.

»In Gelsenkirchen wurde bei einer toten Frau, die behauptete, einem Gefängnis entflohen zu sein, in dem menschliche Klone festgehalten wurden ...«

»Muss ich mir diesen Scheiß hier noch länger anhören?«, fragte Rupert.

Ann Kathrin wurde lauter: »Bei ihr wurde die gleiche DNA festgestellt wie bei unserer Toten, die bis heute nicht identifiziert werden konnte und die von Professor Okopenko über Jahre, wenn nicht Jahrzehnte, gefangen gehalten wurde ... Es liegt die Vermutung nahe, dass sowohl Professor Okopenko als auch Professor Poppinga sowie seine Ehefrau in medizinische Experimente verwickelt waren, als deren Ergebnisse Menschen mit identischer DNA, also praktisch Klone ...«

Rupert stand auf. Er rückte den Stuhl so bewusst laut nach hinten, dass Ann Kathrins letzte Worte untergingen. Dann fuhr er ihr über den Mund. »Also, eigentlich bin ich noch krankgeschrieben. Meine Nieren ...«

Ein Blitzschlag schien Weller zu treffen.

Er hechtete auf den Konferenztisch. Die blaue Thermoskanne mit Kaffee kegelte quer über den Tisch und landete in Rieke Gersemas Schoß. Sie kreischte, riss die Arme hoch und sprang ebenfalls auf. Die Thermoskanne krachte auf den Boden.

Weller kniete auf dem langen Konferenztisch und packte mit der Linken Rupert am Hals. Der war starr vor ungläubigem Entsetzen. Blanker Hass sprühte ihm aus Wellers Augen entgegen.

»Du gottverdammtes, testosterongesteuertes Arschloch!«, brüllte Weller und schlug zu. Er traf Rupert voll im erstaunten Gesicht. Rupert brach zusammen.

Rieke Gersema kreischte schon wieder.

Ann Kathrin schrie: »Frank!«

Aber das brachte ihn auch nicht zur Vernunft. Wahrscheinlich hörte er es nicht einmal, denn er stürzte sich jetzt von der Tischplatte auf den am Boden liegenden Rupert. Weller holte weit aus und hämmerte seine Faust noch einmal in Ruperts Gesicht.

»Wieso bumst du meine Frau?!«, kreischte Weller. Er kniete jetzt auf Rupert und bearbeitete ihn weiter mit seinen Fäusten.

Dankbar nahm Ubbo Heide zur Kenntnis, dass Ann Kathrin Weller von hinten packte und ihn von Rupert wegriss. Jetzt stand auch Sylvia Hoppe zwischen den beiden und schützte Rupert mit ihrem Körper.

Rupert versuchte aufzustehen, knickte aber wieder in den Knien ein. Er spuckte Blut, während er sprach: »Ann, bitte! Sag ihm, dass wir nichts miteinander haben! Der ist ja völlig verrückt geworden!«

Weller schüttelte Ann Kathrin ab und wollte sich erneut auf Rupert stürzen, aber Sylvia Hoppe stand gebückt, breitbeinig und kampfbereit zwischen Weller und Rupert.

»Ich rede doch nicht von Ann, du Mistkerl, sondern von Renate! Tu nicht so! Du weißt genau, wovon ich spreche! Versteck dich nicht hinter der Kollegin! Es nützt dir eh nichts! Ich schlag dir sowieso die Zähne ein!«

»Das wirst du nicht tun! Du setzt sich jetzt ganz brav auf deinen Platz, oder ich lasse dich in Handschellen abführen! Hast du das kapiert Frank?!«, brüllte Ubbo Heide.

Weller zeigte auf Rupert, der immer noch von Sylvia Hoppe beschützt wurde.

Ann Kathrin packte Weller wieder von hinten. Sie ließ um sein linkes Handgelenk eine Handschelle knacken.

Weller japste nach Luft. »Das Kollegenschwein hat mit meiner Renate ein Kind gezeugt! Ich habe all die Jahre für sein Kind gezahlt!«

»Entweder war sie so schlecht im Bett, dass ich mich nicht mehr an sie erinnere, oder ich hatte nie was mit ihr!«, spottete Rupert.

Außer sich vor Wut wollte Weller wieder losbrechen wie ein junger, verletzter Stier, aber dann stoppten ihn die Handschellen. Er war jetzt an Ann Kathrin gefesselt. Er schüttelte verständnislos den Kopf.

»Willst du mich festnehmen, oder was?«

»Gute Idee«, sagte Ann Kathrin.

»Beruhige dich!«, forderte Ubbo Heide streng. »Und setz dich, verdammt! Ich habe gesagt, du sollst dich setzen!«

Weller blieb stehen. Aber seine Gesichtszüge wurden weicher.

»Ich konnte meiner Jule nicht einmal die Niere spenden, die sie brauchte. Dadurch habe ich überhaupt erst erfahren, dass ich gar nicht ihr Vater bin ...« Weller biss sich in die rechte Hand.

»Er hat ihr das Leben gerettet, Frank«, appellierte Ann Kathrin an Wellers Vernunft. »Du kannst doch nicht den Mann zusammenschlagen, der deiner Tochter gerade das Leben gerettet hat!«

»Ihr habt doch alle zusammen nicht mehr Verstand als fünf Meter Feldweg!«, sagte Rupert kopfschüttelnd, während Blut aus seiner Nase auf sein blaues Seidenstickerhemd tropfte. »Ich war mit Nierensteinen im Krankenhaus!« Dann, als müsse er das für alle übersetzen: »Ich konnte seit Tagen nicht mehr ohne Schmerzen pissen! Das macht einen verrückt, macht einen das! Die Steine konnten nicht zertrümmert werden. Die mussten mit einer Schlinge durch die Harnleiter ...« Er drehte sich um und schwieg.

Sylvia Hoppe reichte ihm ein Tempotaschentuch. Er nahm es dankbar an.

»Der lügt doch!«, protestierte Weller, aber in seiner Stimme lag bereits eine Spur Einsicht.

»Nein«, sagte Ann Kathrin. »Ich fürchte, Frank, er lügt nicht.«

»Dann ... ja dann habe ich mich jetzt wohl ganz schön zum Idioten gemacht.«

»Ja, Frank, hast du.«

Rieke Gersema räusperte sich. Sie fand die Rolle, die sie bisher in der Situation gespielt hatte, zu klein. Jetzt, da sich alles aufzuklären schien, schlug sie vor: »Sollen wir euch beide vielleicht ein paar Minuten alleine lassen, Frank und Rupert? Damit ihr das klären könnt?«

»Nein, bloß nicht«, entfuhr es Rupert, der sich hinter Sylvia Hoppe versteckte.

»Eigentlich«, sagte Ubbo Heide sachlich, »hatte ich vor, hier eine Dienstbesprechung zu leiten.«

»Er meint damit, dass wir keine Zeit für eure Hahnenkämpfe haben!«, zischte Ann Kathrin. »Könnt ihr die ganze Machoscheiße mal einen Augenblick zurückstellen?«

Jutta Speck begriff, als die Gittertür hinter ihr mit einem schrecklich kalten Geräusch einrastete, dass sie im Grunde einen großen Teil ihres Lebens im Gefängnis verbracht hatte. In ihrer eigenen Gefangenschaft.

Belushi schwitzte hier unten wie in der Sauna. Sein Gesicht war tropfnass, am unteren Rand seiner Sonnenbrille sammelte sich Schweiß und rann an seinen Gesichtsfalten entlang bis zum Kinn. Er setzte sich breitbeinig auf das dunkelrote Sofa, das an der gegenüberliegenden Wand aufgebaut war. Von da aus stierte er zu ihr in die Zelle.

Sie schlug gegen das Gitter. »Wir sind doch hier nicht im Zoo«, fauchte sie und krallte die Finger um die Gitterstäbe.

»Beruhige dich! Du bist selber schuld. Der Terminator hat sich von dir aus zuletzt gemeldet. Sein Handy ist außer Betrieb. Entweder, du hast ihn kaltgemacht …«, er grinste sie mitleidig an, »wobei ich mir nicht vorstellen kann, wie du das angestellt haben solltest, oder du hast ihn an die Bullen verraten.«

»Wo ist mein Kind? Was habt ihr mit Nadine gemacht?«

»Ich weiß nicht, was aus euch wird. Viel Geduld werden die nicht mehr mit dir haben. Aber das entscheide nicht ich. Diese ganze Nummer hier mit dir ist eigentlich überhaupt nicht mein Job.«

»Ach nein?« Sie beschloss, ihn jetzt auch zu duzen, eine Beziehung aufzubauen. Sie redete sich ein, er sei besser als der Rest von diesem perversen Verein.

»Was machst du denn sonst? Lass mich raten. Du bist Standesbeamter, und das hier ist dein Hobby, weil dir der Job zu langweilig ist. Oder nein … Du bist Abteilungsleiter beim Finanzamt. Stimmt's?«

Er musste lachen und wischte sich in der Armbeuge den Schweiß vom Gesicht.

»Ich ernte normalerweise Eizellen.«

Er guckte sie fast verlegen an, so als sei ihre Meinung wirklich wichtig für ihn. Erneut spürte sie, dass er in ihren Augen so etwas wie Anerkennung oder Bestätigung finden wollte; ganz anders als Lupo, der brauchte nur ihre Angst und fand Gefallen daran.

»Ja, ich habe hier als Erntehelfer begonnen.« Er lächelte gekünstelt, als sei das ein alter Witz, den er schon so oft gemacht hatte, dass keiner seiner Bekannten mehr darüber lachen konnte. »Die Ärzte machen das immer mit Hyperstimulation. Hast du bestimmt schon mal gehört. Aber das ist aufwendig, dauert ewig und viele Frauen werden krank. Sie vertragen die Überdosis Hormone einfach nicht. Aber man braucht nun mal massenweise Eizellen.«

»Wofür?«

»Für die Forschung. Frag nicht so blöd, ich erzähl dir sowieso schon viel zu viel.«

Er schwieg eine Weile und versank in sich. Sie fragte sich schon, ob er vielleicht eingeschlafen sei, als er plötzlich den Kopf hob und weitersprach, als hätte es die letzten Minuten gar nicht gegeben.

»Früher war das ein klasse Job. Ich habe Osteuropa abgegrast. In den USA zahlen die den jungen Frauen acht-, zehntausend Dollar!« Er tippte sich gegen die Stirn. »Ich habe da preiswertere Lösungen gefunden. Aus einem Eierstock lassen sich zehn-, ja manchmal zwanzigtausend Eizellen gewinnen.«

»Werden die Frauen umgebracht?«

»Das alles muss natürlich unter sterilen OP-Bedingungen stattfinden.« Er zählte es an den Fingern auf, wie ein Schulkind, das stolz ist, seine Hausaufgaben richtig gemacht zu haben. »Die Frauen müssen gesund sein. Keine Erbkrankheiten. Keine Drogensüchtigen. Sie brauchen vorher die Hormonspritzen ...« Seine Hand mit den ausgestreckten Fingern senkte sich wieder.

»Sie müssen einverstanden sein?«, sagte Jutta Speck. Es war

mehr eine Hoffnung oder eine Forderung, aber es hörte sich an wie eine Frage.

»Ja, und wenn wir alle schön lieb sind, bringt das Christkind uns die Weihnachtsgeschenke.«

Er flüsterte die Worte heiser. Etwas stimmte mit ihm nicht. Seit sie in diesem Bunker waren, hatte er sich verändert, als hätte er sich irgendein Rauschmittel eingepfiffen, das ihn in raschem Stakkato abwechselnd müde und apathisch, dann wieder aggressiv und hyperaktiv machte.

Sie versuchte, ihn weiter in ein Gespräch zu verwickeln. Sie hatte Angst, er könne gleich einfach aufstehen und weggehen, und was würde dann aus ihr werden?

»Was geschieht denn dann mit all den Eizellen? Entwickelt ihr hier irgendetwas gegen Krebs oder so? Wieso ist das so geheim?«

Der strubbelige Raucher kam herein. Aus seiner Art, sich zu bewegen, schloss Jutta Speck, dass der Mann viel Zeit allein vor den Bildschirmen verbracht hatte. Er bekam einen Buckel und selbst wenn er redete, wirkte er, als sei er zwischenmenschliche Kommunikation nicht gewohnt. Er presste die Sätze zwischen den Zähnen hervor wie jemand, der beleidigt ist und eigentlich gar nicht reden will.

»Der Boss tobt.«

Die drei Worte trafen Belushi. Er setzte sich sofort anders, aufrecht, hin. Es sah für Jutta Speck aus wie der misslungene Versuch, Haltung anzunehmen.

»Die Tussi hierherzubringen war keine gute Idee und mit niemandem abgesprochen.« Er wischte sich mit einer Hand vorm Gesicht hin und her. »Bist du plemplem oder was? Gerade jetzt, in dieser Situation, gefährdest du uns alle.«

»Ja, und jetzt?«

»Sieh zu, wie du sie loswirst!«

»Aber der Terminator?«

»Die dumme Sau ist tot oder hat uns verraten. Für den interessiert sich kein Mensch mehr.«

»Er war ...«

»Ja, was war er denn? Och, jetzt guck doch nicht wie ein angeschossenes Reh! Erzähl mir jetzt nicht, er war dein Freund!«

»Doch, genau das war er. Mein Freund.«

»Ja, mit Gefühlsduselei kommen wir nicht weiter.«

Das Gespräch war beunruhigend, ja angsteinflößend für Jutta Speck. Was ihr aber am meisten Sorgen machte, war, dass sie irgendwie herauszuhören glaubte, ihr Kind befände sich gar nicht hier. War sie getäuscht worden? Hatte er ihre Tochter aus dem Krankenhaus entführt und sofort umgebracht?

Zig Geschichten über Entführungen fielen ihr ein. Aus Romanen, dem Kino und den Zeitungen. Wie oft schon hatte sie gelesen oder gehört, dass die entführten Kinder direkt umgebracht worden waren. Die Eltern lebten in Angst und Hoffnung, zahlten schließlich, und ihr Kind war doch längst tot, weil die Entführer fürchteten, von ihm später wiedererkannt zu werden. Es sprach alles dafür, dass Nadine tot war und Nobbi Haake ebenso. Aber sie hatte dieses irre Muttergefühl, als könnte sie die Kleine an der Nabelschnur zappeln spüren.

Jutta Speck knallte ihren Kopf gegen die Gitterstäbe. »Sie lebt! Sie lebt! Sie lebt!«, schrie sie.

Dann griff sie mit ihren Händen so weit wie möglich durch die Gitterstäbe und versuchte, Belushi zu packen, was ihr aber nicht gelang.

Er sagte zu seinem schlechtgelaunten Komplizen: »Wir können sie noch gebrauchen.«

»Ach hör doch auf! Wozu denn?«

»Als Muttertier.«

Der silberne Strubbelkopf lachte höhnisch. »Du willst uns die als Leihmama andrehen? Dann hast du keine Ahnung. Da gelten andere Kriterien. Die ist viel zu alt und außerdem ...« Er winkte ab und verzog den Mund, so indiskutabel war der Vorschlag für ihn.

Trotz der mit Macht heraneilenden Panikattacke, obwohl das Brennen in der Lunge schon begann und sich ihre Beine versteiften, erkannte Jutta mit verblüffender Klarheit, dass Belushi all diese Dinge sagte, um ihr Leben zu retten. Er wollte sie zum Muttertier machen, vermutlich für irgendwelche fremden Eizellen, von denen er vorhin gesprochen hatte. Wahrscheinlich brauchten sie einfach Organismen, in denen die im Labor gezüchteten Embryonen heranreifen konnten. Aber was, verdammt, züchteten die hier? Legal war das alles auf jeden Fall nicht. Sie musste an Sigourney Weaver in *Alien* denken. Wollte man ihr eine Kreatur einpflanzen? Sollte sie für diese Irren ein Wesen gebären, das sie – warum auch immer – im Labor geschaffen hatten?

Weller schaffte es nicht, Ann Kathrin anzusehen. Immerhin waren sie jetzt alleine im Besprechungsraum. Er atmete wie ein Asthmakranker kurz vor dem Anfall. Seine Versuche auszuatmen wurden von einem langanhaltenden Pfeifen begleitet. Er griff sich immer wieder an die Brust und wandte sich von Ann Kathrin ab.

Die Frage: *Was ist los mit dir?* hing unausgesprochen, aber doch überdeutlich zwischen ihnen im Raum.

Er hustete.

»Ich habe die ganze Nacht mit Renate verbracht. Ich ...«

Er konnte nicht weitersprechen. Er japste nach Luft.

Ann Kathrin kämpfte dagegen an, nicht von einer Mitleidswelle weggespült zu werden. »Willst du mir damit sagen, du hattest Sex mit deiner Ex, und deswegen bist du jetzt so durch den Wind? Na, das muss ja eine tolle Liebesnacht gewesen sein. Du wirkst so richtig entspannt und ausgeglichen.«

»Es war ganz schrecklich, Ann, ganz schrecklich. Das Krankenhaus hat uns ein Zimmer zur Verfügung gestellt für die Nacht.«

»Ach, wie großzügig! Na, das war ja nett.«

»Hör doch auf, Mensch! Mach es mir nicht noch schwerer. Die Kleine hatte am nächsten Morgen eine Untersuchung und Schiss vor dem Ergebnis. Sie brauchte Mama und Papa. Und da sind wir eben dageblieben. Sie hat mir die ganze Nacht Vorwürfe gemacht.«

»Sie dir?«

»Ja. Das wurde richtig monströs. Ich hätte sie nicht mehr beachtet. Jeder Kriminelle sei mir wichtiger gewesen als sie. Sie habe das Gefühl gehabt, neben mir zu verschwinden.«

Er schluckte. In seinem Mund war plötzlich so viel Speichel. Er unterdrückte den Impuls, einfach auszuspucken, aber es fiel ihm schwer, alles hinunterzuschlucken.

»Sie hat mich betrogen, immer wieder! Und jetzt stellt sie es so dar, als sei es meine Schuld. Sie hätte die Bestätigung durch die anderen Männer gebraucht, hat sie gesagt. Sie hätte nicht mehr gewusst, wohin mit den Gefühlen.«

Ann Kathrin lehnte sich an ein Aktenregal. Sie sah, wie tief die Ursache seiner Wut und Verunsicherung saß.

Wie viele Täter haben wir hier oft vor uns sitzen, dachte sie, bei denen es genauso ist. Sie laufen herum wie eine abgezogene Handgranate, gehen dann aus nichtigem Anlass auf irgendwen los und explodieren.

Weller drehte sich nicht zu ihr, schielte aber verschämt aus den Augenwinkeln zu ihr herüber.

»Weißt du auch nicht wohin mit deinen Gefühlen? Bin ich so ein unnahbarer Kühlschrank?«

»Wenn sich hinter deiner Frage die Sorge verbirgt, ich könnte mich auch woanders wärmen, dann kann ich dich beruhigen. Ich habe weder Sex mit meinem Ex noch mit anderen Männern. Ich habe auch keine Lust darauf, aber etwas mehr Beachtung von dir täte mir schon gut. Zum Beispiel Unterstützung in diesem Fall ...«

Dann sahen sie sich an wie Fremde, die sich zufällig irgendwo begegnen und sich fragen, ob sie sich nicht vielleicht doch von irgendwoher kennen.

Draußen vor der Tür ging Ubbo Heide mit einer Journalistengruppe vorbei. Der Termin passte ihm jetzt gar nicht, aber er wollte auf keinen Fall die Pferde scheu machen und absagen.

Eine junge Frau mit Piepsstimme fragte: »Wie viele Leute arbeiten denn hier in der Polizeiinspektion Aurich?«

»Wenn wir Glück haben, meistens so knapp die Hälfte ...«, antwortete Ubbo Heide, und die Pressesprecherin Rieke Gersema, die diesen Termin anberaumt hatte, beeilte sich hinzuzufügen: »Das war ein Scherz! Ein Scherz!«

Für Ann Kathrin und Weller hatte das etwas Erlösendes. Keiner von beiden hätte sagen können warum, aber die Worte vor der Tür halfen ihnen, sich wieder einander anzunähern. Jeder machte einen kleinen, vorsichtigen Schritt auf den anderen zu. Dann berührten sie sich, und schließlich hielten sie sich fest umklammert.

Weller flüsterte: »Ich habe einfach nur Angst, die gleichen Fehler noch einmal zu machen.«

Professor Okopenko hatte Glück. Er bekam als Maarten van Spreuwen ein Zimmer im Hotel Kachelot.

Er war jetzt innerlich ganz ruhig. Er sah in klaren Bildern vor sich, was als Nächstes geschehen würde. Er hatte nicht mehr vor, Poppinga einfach umzubringen. Natürlich musste er den Kopf der Hydra abschlagen, aber es gab zu viele versteckte Labors. Irgendwo mussten die Kreaturen ja schließlich geblieben sein. Nicht alle hatten das Glück wie seine Daphne, für die er in den letzten Jahren gelebt hatte, an der er alles wiedergutmachen wollte. Was er jetzt plante, tat er in gewisser Weise für sie.

Er wollte sie befreien. Alle.

Das klang leichter, als es war. Selbst wenn er Poppinga zwang, ihm die Orte zu nennen, diese Menschen konnten nicht einfach so freigelassen werden und in der Gesellschaft leben. Viele litten an einer schweren Form des Kaspar-Hauser-Syndroms. Der durch die andauernde Vernachlässigung entstandene Entwicklungsrückstand in körperlicher und geistiger Hinsicht ließ sich im Grunde nie wieder so richtig aufholen. Die Kinder wirkten auf eine für ihn schockierende Art irgendwie seelenlos. Er hatte sich seitdem immer wieder gefragt, ob es Lebenssituationen gibt, die so schrecklich sind, dass die Seele den Körper des Menschen verlässt, oder ob sie sich erst gar nicht entwickelt in einer lieblosen, kalten, ja klinischen Atmosphäre.

Er hatte Daphne zu sich geholt, als sie knapp neun war. Sie wusste ihr Alter nicht. Sie konnte nicht sprechen. Damals hatte er im Grunde bereits innerlich mit der Organisation gebrochen. Er hatte immer wieder versucht, sich alles schönzureden. Ein Versagen Einzelner, das nicht verallgemeinert werden durfte. Ein Fehler im System, dem Außendruck geschuldet …

So etwas wäre nie passiert, wenn sie nicht ständig unter konspirativen Bedingungen hätten arbeiten müssen. Grauzonen zogen eben auch kriminelle Abenteurer an. Ihre Arbeit war nicht mit normaler universitärer Forschung zu vergleichen. Für sie galten auch nicht die Bedingungen der freien Wirtschaft. Sie waren einfach nicht frei, sondern verstießen von Anfang an gegen geltendes Recht und verletzten, wo immer sie waren, die Gesetze.

Er hatte viel über das Ende der Chirurgie und ärztlichen Heilkunde im siebten Jahrhundert gelesen. Damals wurden die von Mönchsorden betriebenen Hospitäler geschlossen. Die Kirche verbot chirurgische Eingriffe durch Mönche, weil diese Tätigkeit angeblich ihre Seelen gefährdete und dem Willen Gottes widersprach. Ab dann fanden Heilkunde, Chirurgie und jede Art der Forschung praktisch in ganz Europa nur noch im Geheimen und unter Verfolgungsdruck statt.

Manchmal tröstete dieser Gedanke ihn. Es war, als bekäme ihre Tätigkeit dadurch einen roten Faden von damals bis heute. Die großen Entdeckungen, alles, was die Menschheit weiterbrachte, wurde unter schwierigen Bedingungen vorangetrieben. Oft gegen die herrschende Meinung und Moral.

Aber alle Ausreden und Entschuldigungen, die er sich zusammenbastelte, reichten als Rechtfertigung nicht aus. Natürlich hatten sie Menschenleben gerettet. Viele bedeutende Leute würden heute nicht mehr leben, hätten sie ihnen nicht Ersatzorgane geliefert. Herzen. Lebern. Lungen. Nieren. Es gab praktisch kein Organ, das sie nicht ersetzen konnten.

Es war großartig, als alles anfing. Er fühlte sich göttergleich. Er trat für die richtige Sache ein, und er tat es voller Leidenschaft.

Er war so etwas wie der Propagandaminister der Bewegung, ständig auf Reisen, weniger in der Forschung aktiv als in der öffentlichen Darstellung, sprich Verharmlosung. Er war überall auf der Suche nach Bündnispartnern, tat in der ganzen Welt neue Möglichkeiten für die Firma auf.

Ein Präsident in Lateinamerika, dessen Sohn durch ihre Hilfe vor dem sicheren Tod bewahrt worden war, eröffnete ihnen ungehemmte Forschung und Zugang zu gewaltigen Mitteln. Aber solche Präsidenten, die sich wie Könige aufführten, hielten sich nie lange. Sie wurden nicht abgewählt. Einmal beendete ein Attentat die Amtszeit, ein zweites Mal eine Revolution.

Als er zum ersten Mal Menschen sah, die im Labor als Ersatzteillager, herangezüchtet wie Schweine, gehalten wurden, hatte er geglaubt, verrückt zu werden. Er wollte sich das Leben nehmen. Ein kleiner Junge rettete ihn. Er krabbelte auf allen vieren zu ihm und streichelte ihn, als er sich übergab.

Keitel, der über das Menschenlager in Nicaragua wachte,

hatte ihm an einem Holztisch, unter einem Mangobaum, mit einer Flasche Rum vor sich, erklärt:

»Du darfst nicht anfangen, sie als Menschen zu sehen. Deshalb bekommen sie keine Kleidung. Wir sprechen nicht mit ihnen. Sie sollen nicht lesen, nicht lernen, sich menschlich zu benehmen. Stell dir Schweine vor, die mit Messer und Gabel essen, sich gebildet mit dir unterhalten und nach der neuesten Mode gekleidet sind. Ich könnte deren Fleisch auch nicht essen. Unseren Ersatzteillagern ist alles Menschliche fremd. Sie dienen nur einem Zweck: Sie sollen das Organ am Leben halten, das ihr Original eines Tages vielleicht braucht. Deshalb bekommen sie gesunde Kost. Fettarm und vitaminreich. Kein Alkohol. Keine Zigaretten …«

Während er das sagte, zündete er sich eine lange Sumatrazigarre an. Nie würde Okopenko dieses Bild vergessen. Keitel, der unter einem gigantischen Mangobaum an seiner Zigarre sog, dabei vor sich hin philosophierte und Ratschläge erteilte, während eine reife Mangofrucht direkt über seinem Schädel baumelte und ein großes Insekt darauf herumkletterte. Das Insekt fiel von der Frucht in Keitels dichtes, krauses Haar und krabbelte dort weiter.

Er hatte Keitel nicht darauf aufmerksam gemacht, sondern still gehofft, das Insekt möge ihn beißen. Aber dann vertrieb wohl der Zigarrenqualm, der Keitel einhüllte, das Tier. Es flatterte behäbig in den Baum zurück.

»Im Grunde müssten sie viel mehr Auslauf haben. Sie werden träge, das ist das Problem. Wir haben es mal mit Sport versucht. Ja, da staunst du, was? Ich habe einen richtigen Trainer hierhergeholt. Ausdauertraining, Muskelaufbau mit Hanteln. Aber das war ein Flop. Ist nur ganz kurz gutgegangen.

Die nutzen jeden Kontakt, um sich zu entwickeln. Machen einen einfach nach. Mich auch. Nach kurzer Zeit konnten die Ersten sprechen, noch nicht viel, aber die Sportkommandos.

Dieser notgeile Trainer hat sich dann an die jungen Frauen rangemacht. Das war so ein Sportidiot, total körperfixiert und nix im Hirn. Ist mit den nackten Mädels nicht klargekommen. Wollte mit zweien durchbrennen. Die waren ja leichter zu handhaben als seine Ehefrau in Leon und seine Geliebte in Esteli – dachte er zumindest. Die beiden kannten keine Eifersucht, keine Hemmungen und hatten noch nie ein Stück Torte gesehen oder ein Eis probiert. Für sie war er schon ein Held, weil er Schuhe anhatte und wusste, wie man eine Tür öffnet.

Ich habe ihm persönlich eine Kugel zwischen die Augen geschossen. Die Mädchen haben noch Monate später Schwierigkeiten gemacht. Fluchtversuche ohne Ende! Die wussten ja jetzt, dass es da noch mehr gab – hinter dem Zaun.

Guck nicht so. Das ist völlig normal. Ich mach das jetzt hier seit fast zehn Jahren. Man stumpft nicht ab, nein, das stimmt nicht. Man schafft es einfach, sie als Sachen zu sehen und zu behandeln. Als Tiere, die einem Zweck dienen: der Schlachtung. Die einen landen in der Pfanne und auf dem Esstisch. Die anderen retten eines Tages während einer OP ihrem Original das Leben.«

Er klopfte sich auf den Bauch und schenkte nach. Ron Oro. Sein Lieblingsrum.

»Es säuft sich besser, wenn man weiß, dass man noch eine Reserveleber hat«, lachte er.

Damals hatte Okopenko beschlossen, Keitel zu töten und alle Gefangenen zu befreien.

Aber dann musste das Lager aufgelöst werden. Die Sandinisten kamen an die Macht. Staatliche Kontrollen drohten. Er half mit, das Lager zu räumen, alle woanders unterzubringen. Einige wurden in Kleidung gesteckt, in Bussen als angebliche Insassen von Heil- und Pflegeanstalten transportiert.

Selbst wenn Einzelnen die Flucht gelang, was immer mal wieder passierte, konnten sie der Organisation nicht gefährlich werden. Kaum einer war in der Lage, sich zu artikulieren und selbst wenn, wer sollte ihnen glauben? Einige landeten in geschlossenen Psychiatrien. Ein paar kamen einfach um, wurden überfahren oder das Opfer von Verbrechen.

Ein Wärter hatte Frauen an Bordelle in Managua verkauft und behauptet, sie seien geflohen. Keitel selbst hatte ihn exekutiert, obwohl Okopenko sich sicher war, dass Keitel mitkassiert hatte. Im Bürgerkrieg zwischen Somozas Leuten und den Sandinisten starben viele Menschen durch eine Kugel. Da fiel einer mehr oder weniger nicht auf.

Okopenko hasste sich für seine Inkonsequenz. Er hatte immer weiter für Poppinga gearbeitet. Seine Verträge kamen ihm immer mehr wie Lügen vor, aber etwas daran stimmte noch immer. Es gab die gigantische Möglichkeit, Krankheit und Tod zu besiegen. Die Gentechnologie bot so viele ungenutzte Chancen ...

Vielleicht hätte er längst aufgegeben und schon vor Jahren alles auffliegen lassen, aber Poppinga hatte ihn immer wieder mit geschickten Schachzügen überzeugt, weiterzumachen.

Seit Beginn des neuen Jahrtausends ging der Trend weg von menschlichen Behältern als Aufbewahrungslager für die Organe. Unter Hochdruck waren Experimente mit Schweinen zum Erfolg gebracht worden. Sie hatten einem Schwein eine menschliche Leber implantiert, und das Schwein überlebte knapp ein Jahr. Dann war die Leber einem Menschen transplantiert worden. Auch der überlebte ein paar Monate.

Sie waren inzwischen in der Lage, verschiedene lebenswichtige Organe in Reagenzgläsern zu züchten, aber bis sie die erwünschte Größe hatten, brauchten sie einen lebenden Organismus. Schweine, die weder für den Menschen gefährliche Krankheiten übertrugen noch große Abstoßungsreaktionen zeigten, wurden gezüchtet. Sie machten riesige Fortschritte, aber sie hatten auch große Verluste an Menschen und Tieren.

Die meisten Auftraggeber kümmerten sich nicht darum, wie ihre Reserveorgane frisch gehalten wurden. Sie hatten vermutlich die Vorstellung, irgendwo in einem wohltemperierten Labor schlummerte ihre Ersatzlunge in einem Aquarium aus destilliertem Wasser.

Er hatte immer weitergemacht, in der Hoffnung, eine neue, bessere Technik würde aus ihren Anfängen geboren werden. Doch inzwischen war er längst zu der Überzeugung gekommen, das Ganze sei einer Naziideologie entsprungen. Geboren aus dem Traum, eine starke, gesunde, nahezu unsterbliche Rasse zu schaffen, die sich alle anderen zu Untertanen machen konnte.

Das »minderwertige Menschenmaterial« musste nicht mehr nach der Geburt gejagt, besiegt und ausgemerzt werden, sondern die reine Rasse ohne Geburtsfehler und Erbkrankheiten wurde im Labor ausgesucht. Embryos mit einem Gen, das Krebs möglich machte, wurden erst gar nicht mehr ausgetragen.

Was ihm damals als geradezu biblischer Fortschritt erschienen war, dafür empfand er jetzt nur noch Ekel.

Jedes mongoloide Kind, das er auf der Straße an der Hand seiner Mutter sah, hätte er am liebsten geküsst und geherzt. Solche Kinder würde es, wenn ihre Sache siegte, bald schon nicht mehr geben. Wenn man sich schon ein Designerbaby aussuchen konnte, dann sicher eins mit einem hohen IQ und der Gesundheit eines Olympiasiegers. Wer würde sich für ein Kind mit Down-Syndrom entscheiden oder eines mit einer Gehbehinderung?

Die Wissenschaft würde der Naziideologie zum Sieg verhelfen, und er war ihr Propagandist. Er hatte Albträume, in denen Goebbels ihm Sprechunterricht gab, weil er zu versöhnlerisch sprach.

Er hatte immer nur die schönen, neuen Möglichkeiten kommuniziert und die Schattenseiten weggelassen. Wenn es so etwas wie einen Gott gab, wie würde er dann vor ihm dastehen?

Ob Daphne schon bei ihm war? Unterschied der Himmel zwischen Menschen und Klonen? Als Wissenschaftler sträubte sich alles in ihm gegen den Gedanken, Daphne könnte als Engelchen im Himmel sein, aber in seinen Träumen legte sie dort ein gutes Wort für ihn ein.

Er bekam tränennasse Augen, wenn er daran dachte, dass sie ihn manchmal Papa genannt hatte. Er hatte ihr Lesen und Schreiben beigebracht, er hatte sie geliebt, aber eben auch gefangen gehalten, zu ihrem eigenen Besten, wie er sich einredete. Solange die Organisation ihm weiterhin vertraute, war vieles möglich.

Aus der schrecklichen Villa in Cadiz mit Blick auf die Straße von Gibraltar hatte er, gemeinsam mit Smith, sechs Kinder befreit und nacheinander im Kofferraum über die Grenze nach Deutschland gebracht. Kinder, dressiert mit einem Rohrstock, voller Angst und ausgehungert. Halbwahnsinnig, mit offenen Wunden an Armen und Beinen. Zwei konnten nicht aufrecht gehen, eins verstarb beim Transport.

Smith hatte sie in Oldenburg bei Freunden untergebracht. Aber wohin auf Dauer mit Kindern ohne Papiere, ohne Herkunft, ohne Bildung, bissig wie weinende Tiere? Jeder Versuch, eine Auffangorganisation zu gründen, war gefährlich. Keiner durfte von den anderen wissen. Damit, wenn einer aufflog, nicht die ganze Kette gefährdet wurde.

Smith hielt die Kontakte. Er war ein umsichtiger, kluger Mann, und jetzt war er tot.

Okopenko ging davon aus, dass Daphne ihn in einem ihrer Wutanfälle umgebracht hatte. Wenn es der Terminator gewesen wäre oder einer seiner Knechte, weil sie inzwischen Lunte gerochen hatten, dann hätte er Daphne gleich mit erledigt.

Es war streng untersagt, Klone mit Wissen und Sprache auf eine menschliche Stufe zu erheben. Solange Daphne da war, hatte er für alles eine Ausrede. Was er tat, machte er, um sie zu schützen.

Wer ein Leben rettet, rettet die ganze Welt, dieser Talmud-spruch, eingraviert in den Ring, den die geretteten Juden Oskar Schindler übergaben, gemacht aus Zahngold, hatte ihn aufrechterhalten. Wie oft hatte er sich das gesagt und dabei an Schindler gedacht, der in seiner Emaillefabrik Juden rettete und gleichzeitig Geschäfte mit den Nazis machte. Ja, er kam sich oft vor wie ebendieser Schindler. Das gab ihm Kraft durchzuhalten, zu lügen und sich zu verstellen, aber im Gegensatz zu Schindler hatte er vor, jemanden umzubringen.

Das Haus von Poppinga sah aus wie ein ganz normales Haus einer Familie, für die Geld keine große Rolle spielte, doch er wusste, dass man sich ihm nicht unbeobachtet nähern konnte. Poppinga war vorsichtig, ja fast paranoid. Er überließ nichts dem Zufall. Okopenko vermutete, dass Poppinga längst darüber informiert war, dass er sich auf der Insel aufhielt. Eine Insel war ideal, um sich zurückzuziehen. Es gab nur zwei Punkte, über die jemand nach Borkum kommen konnte. Den Flugplatz oder den Fähranleger. Okopenko hätte jede Wette gehalten, dass Poppinga an jedem dieser Orte einen Gewährsmann hatte oder eine Kamera, zumindest jetzt, in dieser heißen Phase.

Der Anruf aus dem Labor brachte zunächst Erleichterung. Unter Smith' Fingernägeln waren Hautpartikel gefunden worden und unter denen der kahlköpfigen Toten auch. Die forensische DNA-Analyse ergab eine Übereinstimmung. Damit war Janssen so gut wie geliefert.

Ann Kathrin Klaasen überbrachte ihm die Botschaft zusammen mit einem Pappbecher lauwarmem Kaffee. Seit einmal ein Straftäter seinen brühend heißen Kaffee nach ihr geworfen hatte, gab es nur noch handwarme Getränke.

Schrader und Benninga standen wie Bodyguards mit versteinerten Mienen neben ihr. Weller sollte aus verständlichen Gründen nicht an der Befragung teilnehmen.

Ann Kathrin blieb aber nicht zwischen den beiden, geschützt von ihnen, stehen, sondern verfiel sofort in ihren Verhörgang. Drei Schritte. Eine Kehrtwendung. Drei Schritte. Jeweils beim zweiten Schritt einen Blick auf Janssen. Manchmal guckten die Verdächtigen ihr so lange zu, bis sie fast in eine Trance fielen. Für die einen hatten ihre gleichmäßigen Bewegungen etwas Beruhigendes, ja fast Meditatives, andere regten sich darüber auf und wurden nervös bei dem Anblick.

»Sie behaupten, nicht dort gewesen zu sein, aber in der Wohnung finden sich Fingerabdrücke von Ihnen. Der Tote hatte Hautspuren von Ihnen unter den Fingernägeln, und wenn mich nicht alles täuscht, hatten Sie auch ein Motiv. Sie sind ein intelligenter Mann, Herr Janssen. Was würden Sie an meiner Stelle denken?«

»Ich war es nicht.«

»Mag sein, aber das würden Sie nicht an meiner Stelle denken, sondern ...«

Er sah sie an, als wäre das hier kein Verhör, sondern eine Art Peepshow. »Ja, verdammt, ich würde mich auch verdächtigen.«

»Hm, danke, ich wusste, dass Sie mich verstehen, Herr Janssen. Wissen Sie, was ich mich frage?«

Er verschränkte die Arme und starrte Ann Kathrin auf die Brust.

»Ich frage mich, was ein Mann wie Sie tut, wenn er merkt, dass ein anderer ein Auge auf seine Frau geworfen hat.«

Er reagierte nicht, sondern zog sie immer noch mit Blicken aus und tastete gedanklich ihren Busen ab. Sie unterbrach ihren Verhörgang, stellte sich frontal vor ihn und zeigte zunächst auf ihre Brüste, dann auf ihre Augen. »Meine Augen sind nicht hier, sondern hier. Im Gesicht. Schauen Sie mich an Herr Janssen. In die Augen!«

Wider Erwarten tat er es.

»Na sehen Sie, geht doch. Man kann Frauen angucken und mit ihnen reden. Ist das nicht toll? Wollen wir es auch mal miteinander versuchen?«

»Ihr seid doch alle gleich!«, brüllte er. »Ihr wollt doch auch alle nur das Gleiche und tut immer nur so unschuldig!«

»Was wollen wir denn?«

»Richtig durchgeknallt werden! Und vorher muss man euch vollsülzen. Ein paar Stunden Süßholz raspeln. Die Dumme will hören, wie schlau sie ist und die Hässliche, wie schön.«

Ann Kathrin lächelte ihn an und gab sich beeindruckt. »Interessante Meinung. Man merkt einfach, dass Sie Psychologie studiert haben. Oder nein, warten Sie, da verwechsle ich wohl etwas, aber Ihren Hauptschulabschluss, den haben Sie doch nachgemacht. Oder ist da damals etwas schiefgegangen?«

Er schwieg und schaute demonstrativ zur Decke. Als hätte er ihr geantwortet, fragte sie: »Und dann sind Sie also zu Herrn Smith gegangen, um ihm Ihre Meinung zu sagen?«

Er begann ein Lied zu flöten, das sie aber nicht erkannte, weil er keinen Ton traf.

»Also, wenn Sie nicht reden wollen, sage ich Ihnen mal, wie es für mich gewesen ist.«

»Na, da bin ich aber mal gespannt.«

»Sie sind zu Smith, um ihn zur Rede zu stellen. Oder warum auch immer. Jedenfalls haben Sie dort gesehen, dass eine Frau in Not war. Sie haben das Verlies im Keller entdeckt.«

So, wie Janssen sie anguckte, hatte er nicht die geringste Ahnung, wovon sie sprach. Trotzdem machte Ann Kathrin weiter.

»Sie haben dann versucht, der jungen Frau zu helfen. Es kam zum Streit mit Smith. Sie haben ihn umgehauen, um der Frau zur Flucht zu verhelfen. Für meine Kollegen sind Sie einfach nur ein Mörder, aber im Grunde sind Sie ein Held. Die nackte Frau hat Sie aber irritiert, und dann ist Smith mit einem Messer auf

Sie losgegangen. Aber da war er an der falschen Adresse. Sie haben ihm die Waffe abgenommen und ihn ...«

Ihre Geschichte gefiel ihm. So stand er im Grunde ganz gut da.

»Sie hatten aber Angst, die Geschichte würde Ihnen niemand glauben, und deshalb haben Sie es vorgezogen, ganz zu schweigen.«

Er ergriff die Chance, die sie ihm bot. »Ja. So ist es gewesen. Ich habe versucht, der Frau zu helfen und es war Notwehr. Voll Notwehr.«

Ann Kathrin atmete erleichtert auf. Sie hatte den Weg abgekürzt. Über kurz oder lang wären sie sowieso bei einer vergleichbaren Geschichte gelandet. Jeder Täter versuchte, wenn die Indizien erdrückend wurden, die Tat zu beschönigen, um in einem besserem Licht dazustehen.

Sie hat mich im Grunde verführt. Es war gar keine Vergewaltigung.

Der andere hat angefangen, ich habe mich bloß gewehrt, und er ist unglücklich gefallen.

Ich habe das Geld nicht gestohlen. Der hatte noch Schulden bei mir. Ich habe mir zurückgeholt, was mir gehört.

Ich war besoffen und kann mich an nichts mehr erinnern. Die haben mir was in die Drinks gemischt.

Ich war jung und brauchte das Geld. Was heißt hier Prostitution? Ich habe nur Geschenke angenommen.

Was hatte sie sich nicht schon für Geschichten anhören müssen in den letzten Jahren. Alle hatten doch eines gemeinsam: Der Täter stand am Ende weniger schuldig da, ja, wurde manchmal gar zum Opfer seines Opfers.

Sie hatte sich mit ihrer Art der Befragung vermutlich ein paar Stunden, wenn nicht Tage quälender Frage- und Antwortspiele erspart. Im Grunde war Janssen ein kleiner Fisch für sie. Eine von den jämmerlichen Gestalten, deren Leben in einem immer kürzer werdenden Rhythmus zwischen Freiheit und Gefängnis hin und her pendelte, bis sie schließlich für lange Zeit weggesperrt wurden.

Janssen wirkte erleichtert. Mit der Geschichte, die sie ihm angeboten hatte, konnte er leben.

»Sie haben ihn also niedergestochen.« Er zögerte.

»Vermutlich mit dem Messer, mit dem er Sie attackiert hat. Sie waren einfach besser, schneller als er?«

Janssen nickte und atmete schwer aus.

Das Nicken reichte ihr nicht. »War es so?«

»Ja.«

Schrader sah Benninga augenzwinkernd an. Benninga spürte tiefen Respekt vor Ann Kathrin Klaasen, gab das aber auch vor sich selbst nur ungern zu.

Sie veränderte ihre Position im Raum, so dass Janssen sich recken oder umdrehen musste, um sie zu sehen. Er tat es, dann fragte sie so harmlos wie möglich: »Als Sie hereinkamen, was haben die beiden da gemacht? Ich meine, immerhin war die Frau nackt, und er trug nur Boxershorts.«

Sie konnte Janssen ansehen, wie er krampfhaft sein Gehirn nach einer Antwort durchsuchte. Er fand aber keine. Er war ein Mensch, der nur sehr wenig Phantasie aktivieren konnte. Ihm musste alles vorgekaut werden. Er war genau der Typ, der sich einen Pornofilm ansah und dann alles mit seiner Freundin nachmachen wollte. Allein kam er nicht auf so ausgefallene Sachen. Ihm fielen die großen Ideen für geniale Verbrechen immer erst ein, wenn im Fernsehen darüber berichtet wurde, und sobald die Täter gefasst waren, erkannte er: Er hätte garantiert die gleichen Fehler gemacht wie sie.

»Kam sie aus der Dusche? Hatten die beiden Sex?«

Er guckte sie an und nickte.

»Was soll das heißen? Sie kam aus der Dusche, und sie hatten Sex? Wer hat Ihnen die Tür aufgemacht? Er oder sie?«

Seine Augen weiteten sich vor Schreck. »Ich vermute mal, er.«

»Wo war sie? Was ist? Sind Sie plötzlich verstummt? War der Kaffee so schlecht?«

Erst jetzt nahm er den Becher wieder zur Kenntnis. »Nein«, sagte er brav. »Der Kaffee ist o. k. Nur ein bisschen kalt.«

»Und wer hat die Tür geöffnet?«

»Er.«

»Na bitte, und wo war sie?«

»Ich habe sie erst gar nicht bemerkt, sie war wohl in der Küche oder auf dem Klo oder so?«

»Ich denke, Sie wollten sie befreien? Wie haben Sie denn erfahren, dass sie gefangen war?«

»Sie haben mich reingelegt!«, polterte er. »Es gibt gar kein Verlies im Keller! Sie verdammtes Luder, Sie!«

Ann Kathrin zog es jetzt vor zu schweigen und ihn kommen zu lassen. Offensichtlich war er jetzt so weit. Wenn der Redefluss einmal lief, musste man ihn nur laufenlassen. Das hatte sie von ihrem Vater gelernt.

Jetzt war es, als würde ein Staudamm brechen. »Der ist auf mich losgegangen! Nicht ich auf ihn! Aber dann habe ich ihm gezeigt, was eine Harke ist. Ich habe ihn niedergerungen, und dann ging plötzlich diese Frau auf mich los. Sie hatte das Messer, nicht er. Sie war so ein Flintenweib. Eine Furie. Die hat gebissen und getreten. Sie wollten mich gemeinsam fertigmachen, die zwei. Ich habe mich dann nur noch gewehrt. Ich habe um mein Leben gekämpft. Wenn ich ihn nicht erstochen hätte, säße ich jetzt nicht hier. Dann könnten Sie mich in der Leichenhalle besichtigen.«

Ann Kathrin Klaasen lehnte sich im Stehen an den Tisch. Ihre Haltung hatte etwas Kokettes an sich.

»Okay«, sagte sie. »Da gibt es nur noch eine Schwierigkeit.«

Janssen sah zu ihr hoch.

»Niemand tötet einen Menschen mit sechzehn Messerstichen in Notwehr. Die zwei Stiche von hinten in den Rücken hätten schon gereicht, um ihn umzubringen.«

»Du elendes Luder!«, schrie Janssen und wollte sich auf Ann Kathrin stürzen, doch diesmal waren Schrader und Benninga aufmerksam. Sie sprangen vor und hatten Janssen auf dem Boden fixiert, bevor er Ann Kathrin auch nur berühren konnte.

Jutta Speck war jetzt wieder allein mit Belushi. Er war nervöser als sie. Er schwitzte unangenehm.

Hier wurden Menschen geklont, so viel hatte sie inzwischen kapiert. Sie versuchte, erneut Kontakt zu Belushi aufzubauen.

»Bist du eigentlich echt oder eine Kopie?«

Ihre Frage riss ihn aus düsteren Gedanken, aber er wusste nicht, worauf sie hinauswollte.

»Na, John Belushi von den Blues Brothers kannst du ja wohl nicht sein. Der ist doch schon lange tot. Bist du sein Klon?«

Er machte ein belämmertes Gesicht, als ob er ernsthaft über die Frage nachdenken müsste. Er spielte mit der Sonnenbrille.

»Ich wäre gerne er gewesen. Aber leider bin ich ich. Ich kann nicht singen, und als Komiker bin ich auch ein Versager.«

»Aber du bist kein schlechter Kerl. Bitte hilf mir hier raus. Die werden mich umbringen.«

»Ja, vermutlich. Menschenleben sind hier nicht viel wert. Wer täglich neue erschaffen kann, verliert jeden Respekt davor. Ob die ein Schwein schlachten, ein Hähnchen grillen oder einen Menschen töten. Das ist denen egal.«

»Aber du bist nicht so.«

»Woher willst du das wissen?«

Sie räusperte sich. Ihr Hals war so trocken, sie konnte kaum noch sprechen.

»Du trauerst um deinen Freund.«

Er sah sie an und wischte sich mit dem Ärmel über das schweißnasse Gesicht.

Ich erreiche ihn, dachte sie. Er redet wirklich mit mir und nicht nur oberflächlichen Mist.

»Du machst dir Sorgen um ihn.«

»Ja, verdammt, und ich glaube nicht, dass er zum Verräter geworden ist. Gerade er! Keiner hat mehr Verräter umgenietet als er. Der hat schon Leute umgebracht, bevor sie überhaupt zu Verrätern werden konnten. Er war immer ein Hundertfünfzigprozentiger. Er hat Verrat und Zweifel gegen den Wind gerochen.«

»Ich werde dich nicht verraten, wenn du mich freilässt. Ich will nur zu meinem Kind. Alles andere ist mir egal.«

Er kaute auf der Oberlippe herum, dann schüttelte er den Kopf. »Und ob du uns verraten wirst.«

Sie pokerte jetzt sehr hoch. Es war ein Bluff, aus der Verzweiflung geboren. Sie erinnerte sich an einen Film, in dem gepokert wurde und der Gewinner mit nichts auf der Hand am Ende den ganzen Topf gewann. Er hatte gesagt: »Wenn man nur Luschen auf der Hand hat, hilft nur bluffen.«

Genau das tat sie jetzt. »Der ganze Laden hier ist sowieso längst aufgeflogen. Es ist nur eine Frage der Zeit, bis die Bullen hier sind.«

Ihr Satz kam bei ihm an wie ein Tiefschlag. Er griff sich sogar in die Weichteile und krümmte sich, als sei er tatsächlich getroffen worden. Seine Augen wurden zu Schlitzen.

Sie wehrte nun ganz geschickt ab: »Das ... das das habe ich nur so gesagt.«

Damit hatte sie ihn an der Angel.

»Was weißt du?«

»Ich weiß nichts!«

»Rück raus mit der Sprache.«

»Sag mir erst, wo mein Kind ist.«

Er überlegte.

»Da muss man doch nicht lange nachdenken! Wo hast du mein Kind hingebracht?«

»Ich habe deine Nadine nirgendwohin gebracht. Es war nur ein Bluff.«

»Ein Bluff? Du hast gesagt, du hättest sie aus dem Krankenhaus geholt und ...«

»Habe ich nicht. Du hast mich gesehen und gefragt, wo dein Kind ist. Da habe ich die Chance ergriffen und ...«

»Warum?«

»Damit du mitkommst, ohne Schwierigkeiten zu machen.«

»Das glaube ich nicht. Du hast nur Angst, dass du hinterher verantwortlich gemacht wirst. Und das verspreche ich dir: Wenn du ihr auch nur ein Haar gekrümmt hast, dann ...« Sie fletschte die Zähne.

»Ich habe dein Kind nicht. Ich vermute, der Terminator hat sie.«

Jutta Speck wusste, dass dies unmöglich war. Sie hatte den Terminator beerdigt und war danach noch mit ihrer Kleinen zusammen gewesen.

»Du lügst!«, rief sie. »Und warum warst du vor dem Krankenhaus?«

Mit Leidensmiene sagte er: »Ich habe meinen Freund gesucht, ich dachte, vielleicht hatte er einen Unfall. Ich konnte ja schlecht dort anrufen und fragen, ob der Terminator eingeliefert worden ist.«

Sie fragte sich, ob etwas dran sein konnte an seiner Geschichte. Sie war genauso verunsichert wie er. Sie versuchte, sich daran zu erinnern, wie es gewesen war, als sie aus dem Krankenhaus kam. Sie war so aufgelöst gewesen, so panisch, und plötzlich hatte er mit dem Wagen neben ihr gestanden. An den genauen Wortwechsel konnte sie sich nicht erinnern, jedenfalls war sie eingestiegen ...

»Und die Jungs«, schrie sie. »Was ist mit den Jungs? Die hast du doch auch!«

»Das habe ich nur gesagt, damit du mir die Namen verrätst. Das hast du dann ja auch.«

Sie atmete schwer. Verdammt, dachte sie, verdammt. Ich wollte ihm weismachen, dass bald die Polizei kommt, und jetzt erzählt er so ein Zeug. Wer blufft hier eigentlich wen?

Sie ging zum Angriff über. »Die Polizei hat das Handy. Ich denke, wenn sie eins und eins zusammenzählen können, werten sie die Telefonliste aus und ...« Sie lauschte, als ob sie bereits Schritte hören würde. » ... und ich gehe davon aus, dass sie jeden Moment mit dem Staatsanwalt hier reinmarschieren und dem Spuk ein Ende bereiten.«

»Das Handy? Haben sie wirklich das verdammte Handy? Ich denke, die Kinder haben es, dieser Nobbi und ...«

»Ich habe, als dein toller Freund weg war, die Polizei gerufen. Sie haben das Handy mitgenommen.«

Ihre Geschichte klang glaubwürdig. Er sackte in sich zusammen und wirkte plötzlich wie ein alter, gebrochener Mann, der im Pflegeheim vergeblich auf Besuch wartet. Er blickte sich nach rechts und links um, dann flüsterte er: »Warum sagst du mir das erst jetzt, verdammt?«

»Hätte das etwas geändert?«

»Allerdings. Hier sitzen wir in der Falle.«

Eine warme Welle durchflutete sie. Ihre verkrampfte Rückenmuskulatur lockerte sich. Sie konnte wieder tiefer atmen.

»Ich sitze nicht in der Falle. Du sitzt in der Falle. Wenn die Kripo gleich mit einem Mobilen Einsatzkommando das Gebäude stürmt, dann werden sie mich befreien und dich einlochen.«

Er lief vor ihren Gitterstäben auf und ab, als sei er jetzt schon eingesperrt.

Er glaubt mir, dachte sie. Er sieht seine Felle davonschwimmen. Aber was wird er jetzt tun? Seine Kumpane warnen? Versuchen, die eigene Haut zu retten? Mich irgendwo verscharren, so wie ich seinen Freund ...

»Du hast mir nichts getan und mich korrekt behandelt. Ich werde für dich aussagen. Bring mich zu meinem Kind. Lass uns frei.«

»Nein«, widersprach Ann Kathrin Klaasen Rupert. »Damit ist der Fall keineswegs gelöst. Wir haben zwar den Mörder von Smith, aber wenn unsere Tote ein geklonter Mensch ist, dann werden auch anderswo noch welche gefangen gehalten. Wir müssen Okopenko finden, um ...«

Rupert, der seit dem Angriff von Weller auf ihn Oberwasser hatte und sich irgendwie unantastbar fühlte, nutzte die Gelegenheit, um Ann Kathrin eins auszuwischen. An Ubbo Heide gewandt, sagte er: »Ist das jetzt die Stunde der vor sich hin stümpernden Dilettanten oder was?«

Ruhig gab Ann Kathrin ihm recht. »Genau, Rupert. Freu dich. Heute ist dein Tag!«

Er brauchte einen Moment, bis er die Spitze gegen sich verstanden hatte. Ann Kathrin referierte schon weiter in Richtung Ubbo Heide. Sie stand jetzt vor einer Karte von Ostfriesland und tippte auf die vorgelagerten Inseln. »Auf jeder der Inseln macht mindestens ein Wissenschaftler Urlaub. Auf manchen zwei. Auf Borkum drei, von denen wir wissen. Auf Juist einer. Nobelpreisträger: Norderney zwei. Baltrum einer. Langeoog einer. Wangerooge zwei. Außerdem wohnen unsere Leute in Greetsiel, Norddeich, Neßmersiel, Bensersiel, Neuharlingersiel und Carolinensiel.«

»Ja!«, lachte Rupert und zitierte sie genüsslich: »Was soll das denn heißen – unsere Leute? Benehmen die sich etwa wie eine kriminelle Vereinigung?«

Ubbo Heide gab Rupert mit der Hand zu verstehen, dass er sich mäßigen sollte.

Weller, der immer hochging, wenn jemand etwas gegen seine Ann Kathrin sagte, zeigte Rupert die geballte Faust und zischte: »Dreimal ist Ostfriesenrecht.«

Diesen Spruch hörte man hier oft. Beim Teetrinken nach zwei Tassen. An der Theke nach zwei Bieren. Auf dem Standesamt bei der dritten Trauung. Oder wenn sich Leute auf der Straße zweimal begegneten. Dieser eigentlich nette, harmlose Satz war aber jetzt als Drohung zu verstehen, denn immerhin hatte er Rupert vor ein paar Stunden in diesem Raum niedergeschlagen.

Scharf ging Ubbo Heide dazwischen. Er zeigte auf Weller, dann auf Rupert. »Ich werde das nicht länger dulden! Wenn einer von euch Lust hat, in Zukunft Strafzettel zu schreiben, dann muss er sich nur bei mir melden. In Emden suchen sie auch noch einen Kaufhausdetektiv ...«

Beide sahen betreten vor sich.

Ann Kathrin hielt sich damit nicht länger auf. »Ich weiß nicht, was hier im Moment läuft, aber es fühlt sich gar nicht gut an. Professor Schulz, Professor Timmermann, Professor Gordon und und und ... Sie brechen alles ab, was sie gerade treiben und kommen nach Ostfriesland. Warum?«

»Keiner dieser Herren ist erreichbar«, sagte Weller, um sich wieder einzubringen und Ubbo Heide zu beruhigen. »Holger Bloem hat sich für uns ans Telefon gehängt und versucht, Interviews zu bekommen. Nichts. Von keinem dieser Menschen ist auch nur die Handynummer zu ermitteln.«

Wenn Rupert den Namen Bloem nur hörte, wurde ihm schon schlecht. »Ist der jetzt auch bei unserem Verein«, fragte er spitz. Niemand reagierte darauf.

Ubbo Heide gab zu bedenken: »Ich rücke meine private Handynummer auch nicht gerne raus. Das ist doch verständlich – das sind so berühmte Menschen, die wollen bestimmt nicht, dass jeder sie anrufen kann.«

Das ließ Ann Kathrin gelten, trotzdem behauptete sie: »Irgendjemand ist in der Lage, all diese renommierten Forscher hierhin zu beordern. Da liegt es für mich nahe, dass er sie schon seit längerer Zeit an der Leine führt.«

»Na klar, alle hören auf das Kommando von irgendeinem Deppen, der hinterm Deich Schafe züchtet.«

Ann Kathrin versuchte, Rupert einfach zu ignorieren. Wahrscheinlich wäre das auch klug gewesen, aber es gelang ihr nicht. Sie fuhr ihn an: »Zum Beispiel jemand wie Professor Okopenko! Er ist so etwas wie das Bindeglied. Sie alle versuchen, neues Wissen zu generieren. Er befasst sich fachübergreifend mit der Frage, wie Wissen überhaupt zustande kommt. Als Erkenntnistheoretiker und Medizinhistoriker hat er ...«

» ... eine junge Frau über Jahre gefangen gehalten, die wir leider nicht mehr dazu befragen können, was der schlaue Herr Erkenntnistheoretiker noch so für Hobbys hatte.«

Rupert äffte Ann Kathrin in den Bewegungen und in der Sprache nach. Da trommelte Wellers Handy los. Er erfuhr, dass sein Koffer inzwischen nicht mehr in Tel Aviv war, sondern auf dem Weg nach Neu Delhi. »Danke«, sagt er resigniert. »Das ist doch endlich mal eine gute Nachricht.«

Ann Kathrin hatte Mühe, die Contenance zu bewahren. Am liebsten hätte sie losgebrüllt, aber sie riss sich zusammen und fuhr fort, als sei nichts geschehen.

Edzard Jepsen von der Abteilung Wirtschaftskriminalität kam zu spät. Er blickte sich kurz im Raum um, verstand sofort, dass hier dicke Luft war, bezog das Ganze auf sich und bat kaum hörbar um Entschuldigung. Er steuerte einen freien Platz an, setzte sich und baute seinen Laptop vor sich auf. Das Gerät fuhr mit einer Melodie aus *Spiel mir das Lied vom Tod* hoch. Es war Jepsen peinlich.

Er schaffte es kaum, Ann Kathrin anzusehen, die Narben von den Schnitten in ihrem Gesicht beschämten ihn, und er wusste nicht einmal, warum.

Ann Kathrin sagte es unwirsch, anders als geplant: »Diese ganze Szene aus Gen- und Reproduktionsforschern, Biotechnologen und Stammzellenforschern ist in heller Aufregung. Ich habe einen Aufsatz von Poppinga gelesen ...«

Ann Kathrin sah Ubbo Heide an, der ständig mit seinem Kugelschreiber klickte. Er legte den Stift hin.

»... über das Klonen mit induzierten pluripotenten Stammzellen ...«

Rupert klatschte in die Hände. »Na prima! Da freuen wir uns aber alle!«

Ann Kathrin wurde lauter. »Das bedeutet – wenn ich es richtig verstanden habe –, dass durch das Einschleusen bestimmter Gene oder chemischer Substanzen aus gewöhnlichen Zellen Stammzellen erzeugt werden können.«

Rupert zitierte Ann Kathrin ironisch: »Wenn Sie das richtig verstanden hat!«

»Das bedeutet, bei dieser Klonmethode braucht man keine Eizellen mehr.«

Rupert klatschte lauter. Weller ballte unter dem Tisch die Fäuste.

Rupert rief: »Na endlich! Dann brauchen wir keine Frauen mehr!«

»Halt die Schnauze«, zischte Weller.

Jetzt mischte sich Silvia Hoppe ein, die die ganze Zeit aus Angst, zwischen die Fronten zu geraten, schweigend dabeigesessen hatte. »Also, ich finde auch, es reicht jetzt.«

Weller nickte ihr dankbar zu.

Ann Kathrin war ganz auf Ubbo Heide konzentriert: »Konkret heißt das: Ein Stückchen deiner Haut reicht denen aus, um dich nachzumachen.«

»Vorausgesetzt, ich wäre eine Maus«, sagte Ubbo Heide und Ann Kathrin erkannte, dass er sich tatsächlich mit dem Thema befasst hatte. Das macht ihr Mut.

»Ja, sie haben es mit Labormäusen gemacht und mit Schweinen.«

Rupert grinste hämisch. »Also, ich würde es an ihrer Stelle auch nicht bekanntgeben, wenn ich es mit Menschen getan hätte ...«

»Warum nicht?«

»Weil wir dann die ganze Bande sofort verhaften könnten. Es gibt Gesetze ...«

»Was schlägst du vor?«

Ann Kathrin atmete auf. Äußerlich hatte sie ruhig und konzentriert gewirkt, innerlich aber gebebt.

Rupert gab sich geschlagen. Er hörte nur noch zu, um zu verstehen, wie Ann Kathrin es immer wieder schaffte, Ubbo Heide auf ihre Seite zu ziehen. Manchmal hatte er sie schon im Verdacht, etwas mit Ubbo Heide zu haben. Ihr traute er das zu, aber ihm nicht, obwohl Rupert heute Bedenken kamen. War Ubbo nur ein väterlicher Freund? Wie oft hatte er schon beschützend die Hand über Ann Kathrin gehalten?

Er sah sich die Körpersprache der beiden genau an, aber da war nichts Verdächtiges, nichts Zweideutiges. Vielleicht verstanden die sich einfach gut und schätzten sich gegenseitig.

Ann Kathrin legte jetzt nicht einfach triumphierend los, sondern gab Edzard Jepsen von der Wirtschaftskriminalität das Wort. »Ich würde gern erst dem Kollegen Edzard die Möglichkeit geben ...«

Er nickte allen noch einmal zu. Er hatte etwas Unterwürfiges an sich, das Ann Kathrin ganz und gar nicht gefiel. Wollte er so den betrügerischen Managern das Handwerk legen?

Seine Stimme war belegt, zurückhaltend, wie bei jemandem, der sich für das, was er sagt, schämt.

»Über Professor Poppinga ließe sich viel sagen. Wir haben Stoff für zwei Abende.«

»Zwei Minuten. Geht es auch in zwei Minuten?«, fragte

Ubbo Heide, und es klang mehr nach einer Forderung als nach einer Frage. Damit machte er Edzard Jepsen noch nervöser, als dieser ohnehin schon war.

Ann Kathrin sah es dem Kollegen an. Jetzt wusste er nicht, ob er auch wirklich die wichtigen Dinge sagte, oder nur Zeug erzählte, das ihnen nicht weiterhalf.

Sie erkannte sein Drama sofort. Er ermittelte komplexe Zusammenhänge und musste, wenn er alles wusste, diese dann einfach darstellen. Vermutlich war er dabei mehr als einmal in die Schere zwischen dem, was wesentlich und dem was einen Nebenkriegsschauplatz darstellte, geraten. Er tat ihr leid.

Bei der Mordkommission war es einfacher. Die Frage: Wer ist verantwortlich für den Tod der Person? stand im Mittelpunkt. Edzard Jepsen musste Fakten bewerten. War das schon Betrug oder nur ein geschickter Geschäftszug?

Er räusperte sich und konzentrierte sich auf den Bildschirm seines Laptops. Ein paar Sekunden lang war im Raum nur das Klappern seiner Tasten zu hören und das Brummen einer Stubenfliege.

»Professor Poppinga ist ein angesehener Mann, ja, man kann vielleicht sagen, er gehört oder gehörte zu den führenden Wissenschaftlern der Welt.«

»Was du als Mittelstürmer eurer Thekenmannschaft natürlich beurteilen kannst«, maulte Rupert und kam sich mächtig witzig dabei vor.

»Nun, was für uns interessant ist«, fuhr Edzard Jepsen mit rotem Kopf fort, »Professor Poppinga geriet zweimal ins Blickfeld unserer Aufmerksamkeit. Es gab einmal 1998 den Verdacht der Geldwäsche, beziehungsweise, dass Professor Poppinga, genauer gesagt, seine Ehefrau, größere Summen Schwarzgeld bewegt haben. Es ging um fast drei Millionen. Allerdings damals noch D-Mark.«

»Ach so, dann ...«, warf Rupert ein und machte eine Geste,

als seien das kleine Fische für ihn. Ubbo Heide guckte ihn grimmig an. Rupert setzte sich anders hin und beschloss, ab jetzt den Mund zu halten.

»Aber weder wir noch die Kollegen von der Steuerfahndung konnten irgendwelche Unregelmäßigkeiten nachweisen. Professor Poppinga begann mit einer kleinen Firma. Sie erforschten Fragen zu Transplantationsproblemen. Was genau, das versteht unsereiner sowieso nicht. Es ging wohl um Zellkerne und wie man sie ...«

»Zum Wesentlichen!«, forderte Ubbo Heide.

»Ja, also, diese kleine Firma hat dann verschiedene Entdeckungen patentieren lassen und Patente verkauft. Jedenfalls verfügten sie plötzlich über enorme Summen. Man muss sich das so vorstellen wie bei Billy Gates. In der Garage angefangen, Microsoft gegründet und – Bouw!« Er machte eine Geste, als würde etwas explodieren.

»Und dann wohnt der auf Borkum!«, sagte Weller und Stolz klang mit. Auch er wäre für kein Geld der Welt aus Ostfriesland weggezogen. Das hatte der New-York-Trip ihm wieder vor Augen geführt.

»Inzwischen gibt es ein praktisch weltweit verschachteltes Netz aus kleinen Firmen. Wir haben beim letzten Mal, das war 2004, sechsundzwanzig Firmen gezählt. In Honduras. Buenos Aires. Tokio. Liverpool. In New York und Rio und Tel Aviv.«

Die Kette der Aufzählung erinnerte Weller wieder an seinen Koffer, der immer noch irgendwo von Flughafen zu Flughafen herumschwirren musste. Unwillkürlich griff Weller zu seinem Handy.

»Die Firmen sind alle miteinander verschachtelt. Entweder über Beteiligungen oder über Personen. Einige Weggefährten von Professor Poppinga tauchen immer wieder auf. Die Reproduktionsmediziner Schulz. Timmermann. Okopenko.«

»Bingo!«, rief Ann Kathrin, was Edzard Jepsen nicht verstand. Er fragte: »Seid ihr an ihm interessiert?«

Jepsen tippte auf seiner Tastatur herum. »Er war mal beim Max-Planck-Institut. Aber nur zwei Jahre, hat sich dann mit Vorträgen über Wasser gehalten. War in verschiedenen Firmen tätig, die zum Poppinga-Imperium gehören. Es gibt Fotos von ihnen.«

Er drehte seinen Bildschirm um. Poppinga und Okopenko waren auf zwei Bildern gemeinsam zu sehen.

»Das hier«, erklärte Edzard Jepsen, »wurde in Norddeich gemacht, zur Eröffnung einer Privatklinik für Paare, die keine Kinder kriegen können.«

»Ja«, sagte Rupert, »von solchen Problemen können andere nur träumen.«

»Wie bitte?«

»Ach, nichts.« Sofort schwieg Rupert wieder. Er presste die Lippen fest aufeinander, um nicht noch einmal dazwischenzuquatschen.

»Das andere Bild ...«,

»Auf der Brooklyn Bridge«, sagte Weller und wurde geradezu schmerzlich daran erinnert, wie schlecht es ihm dort hoch über dem East River gegangen war.

»Die haben eine gemeinsame Klinik in Norddeich?«, fragte Ann Kathrin.

Edzard Jepsen wog den Kopf hin und her. Er war solch vereinfachende Fragen gewöhnt. Für die meisten Menschen gehörte etwas dem oder dem, aber in der freien Marktwirtschaft war das alles ein bisschen komplizierter.

»Die Klinik heißt Clear Galaxy. Sie gehört einer GmbH & Co. KG.«

Rupert hinderte sich selbst daran, GMBH mit »Gesellschaft mit beschissener Hose« zu übersetzen, indem er die rechte Faust ballte und die Zähne zusammenbiss.

»Die Anteile an der GmbH hält wiederum eine Firma, an der auch eine Firma von Poppinga beteiligt ist. Oder besser, war. Professor Poppinga hat sich fast überall aus den Aufsichtsräten ...«

»Eine GmbH hat doch keinen Aufsichtsrat«, stellte Ubbo Heide klar und kam sich sofort besserwisserisch vor.

Edzard Jepsen nickte. »Eine GmbH nicht, wohl aber eine AG, und die größten Firmen wurden schon vor fünfzehn, zwanzig Jahren in Aktiengesellschaften umgewandelt.«

»Börsennotiert?«

»Nein.«

»Man weiß also gar nicht, wer das Vermögen besitzt?«

»Nein.«

»Wenn jemand, der zum Beispiel für tausend Euro Anteile hält, die an Sie verkauft – dann sind es Ihre Anteile, und Sie werden bei der Gewinnausschüttung bedacht.«

Edzard Jepsen ärgerte sich. Es war für ihn und seine Kollegen immer das Gleiche. Sie mussten am Ende den Menschen die simplen Mechanismen der Wirtschaft erklären. Aktienrecht. Vertragsrecht. Er durfte gar nicht mehr an die Gespräche mit den Bankkunden denken, deren Gelder auf einmal weg waren. Wie oft schon hatte er inzwischen über den Unterschied zwischen Realwirtschaft und Finanzwirtschaft referiert?

»Es kann doch nicht sein«, empörte sich Weller, »dass wir nicht wissen, wem eine Firma gehört! Wen soll man denn da verklagen, wenn ...«

Edzard Jepsen stöhnte, lief aber gleichzeitig zu Hochform auf und wirkte gar nicht mehr unterwürfig oder verschämt, sondern plötzlich wie jemand, der gerade ins Amt gewählt wurde und nun gefragt wird, ob er die Wahl annimmt.

»Wem gehört Siemens oder BASF? Die Aktien sind zum größten Teil in Streubesitz. Aber jede Firma ist eine juristische Person und kann als solche beklagt werden.«

Ann Kathrin Klaasen legte eine Liste der Wissenschaftler vor, von denen sie wusste, dass sie sich im Augenblick in Ostfriesland befanden. Ganz oben auf der Liste standen Schulz, Timmermann und Health.

»Können Sie die Namen mit den Firmen, die sich da wie eine Krake über die Welt ausgebreitet haben, in Verbindung bringen?«

Edzard Jepsen sah sich die Liste in Ruhe an. »Ja klar. Schulz. Timmermann. Health. Die tauchen immer wieder in Zusammenhang mit Poppinga auf. Schulz hat eine Forschungsgruppe bei Geeko geleitet. Geeko saß erst in Nicaragua, dann später zog die Firma um ... Dann hier, Cornelius. Der war lange im Aufsichtsrat und im wissenschaftlichen Beirat in den USA, und hier, Antonio Faber-Garcia. In Spanien El Invisible genannt. Der Unsichtbare. In Deutschland schlicht die Laborratte. Leitet Forschungsgruppen. Es gibt keine Fotos, aber Gerüchte, er könne eine Frau sein. Vielleicht wegen des Doppelnamens F.-G.«

Ann Kathrin stemmte die Fäuste in die Hüften. Sie fühlte sich bestätigt. »Die ziehen hier also so eine Art Gesellschafterversammlung ab? Oder ein Treffen der verschiedenen Aufsichtsräte?«

Edzard Jepsen gab ihr recht. »Ja. Ich glaube, das kann man so sagen.«

Rupert verzog das Gesicht, als müsste er sich gleich übergeben.

Noch einmal fragte Ubbo Heide: »Was schlägst du also vor, Ann?«

Sie tippte sich mit dem Zeigefinger auf die geschlossenen Lippen, eine Geste, die Weller zum ersten Mal bei ihr sah. Für ihn war es, als würde sie sich selbst eine Sprecherlaubnis geben.

»Warum, frage ich mich, versammeln die sich? Haben sie eine bahnbrechende Entdeckung gemacht, die sie feiern wollen und über deren Auswertung unter Ausschluss der Öffentlichkeit beraten wird, oder brennt denen gerade der Rock, und das ist so etwas wie eine Krisensitzung?«

Rupert platzte fast. Um nicht daran zu ersticken, fragte er: »Und was haben wir damit zu tun? Geht uns das überhaupt etwas an?«

Als hätte er nichts gesagt, fuhr Ann Kathrin fort: »Im ersten Fall werden sie vermutlich bald vor die Öffentlichkeit treten und stolz eine Pressekonferenz geben, so nach dem Motto: Wir haben den Krebs besiegt. Im zweiten Fall ...«

»... fliegen uns noch ein paar Häuser um die Ohren, wie in Westerstede?«, vervollständigte Weller Ann Kathrin Satz. Sie blickte ihn zustimmend an.

Ubbo Heide griff sich an den Magen. Ann Kathrin sprach in seine Richtung. »Denen ist die Sache aus dem Ruder gelaufen. Die nackte Tote war ein Versuchskaninchen, das denen weggelaufen ist.«

Rupert trommelte einen Takt auf den Tisch. »Crashtest Dummys.«

Ubbo Heide funkelte Rupert strafend an. Der setzte sich sofort wieder gerade hin, wie ein ungezogener Schüler, den der Lehrer erwischt hat.

Ann Kathrin nahm einen Schluck Wasser. »Das Haus von Okopenko wurde nicht ohne Grund gesprengt. Die Damen und Herren befürchten, dass der dunkle Teil ihrer Geschäfte bald an die Öffentlichkeit gezerrt wird. Ich tippe auf eine hektisch einberufene Krisensitzung und ich finde, wir sollten wissen, was da geredet wird, wo die Versammlung stattfindet und ...«

»Wir bekommen doch dafür im Leben von der Staatsanwaltschaft keine Rückendeckung.«

Ann Kathrin trumpfte auf: »Aber wir können dort Okopenko verhaften, und der ist dringend tatverdächtig, eine Frau gegen ihren Willen jahrelang wie eine Gefangene festgehalten zu haben.«

Sie zählte an den Fingern auf: »Freiheitsberaubung. Nötigung. Vermutlich Körperverletzung, und es besteht der Verdacht auf fortgesetzten sexuellen Missbrauch! Ich beantrage, dass wir all diese schlauen Menschen«, sie zeigte auf die Liste, »solange sie in Ostfriesland sind, nicht aus den Augen lassen. Rundumbeschattung. Wenn sie sich treffen, mischen wir den Laden auf und verhaften Okopenko.«

Ubbo Heide sah blass aus, alt und auf eine fast rührende Weise überfordert.

»Wie viele Leute brauchst du?«

»Mindestens vierzig für die erste Schicht. Alle zwölf Stunden eine Ablösung.«

Rupert lachte höhnisch.

Ubbo Heide sagte: »Und woher soll ich die Leute nehmen?«

»Wir können uns ja klonen lassen!«, schlug Ruppert vor.

Silvia Hoppe zischte: »Wenn alle Typen so wären, würde ich Lesbe.«

»Ach, ich dachte, du bist eine!«, konterte Rupert.

»Ich fahre jedenfalls nach Borkum und knöpfe mir Professor Poppinga noch einmal vor«, sagte Ann Kathrin.

Er bringt mich raus, dachte Jutta Speck, er bringt mich tatsächlich raus. Ich komme, meine kleine Nadine. Mami holt dich. Alles wird gut …

Der Gang kam ihr jetzt noch länger vor. Aber sie wusste, am Ende wartete die Freiheit.

Belushi schwitzte immer noch übermäßig. Er verlor so viel Wasser, sie fragte sich, wie lange er das noch durchhalten konnte. Er torkelte schon fast wie ein betrunkener Seemann vor ihr her.

»Komm!«, sagte er. »Schnell. Wenn du leben willst, komm mit mir.«

Er öffnete alle Sicherheitstüren, aber es bereitete ihm mehr

Schwierigkeiten als beim Hinweg. Er war so fahrig und nervös, nestelte an den Schlössern herum und tippte zweimal den falschen Code ein. Als sich die letzte Tür in die Freiheit öffnete, tat die frische Meerluft zunächst weh in den Lungen. Obwohl es drinnen nicht dunkel gewesen war, kniff sie jetzt die Augen zusammen und versuchte, sich gegen die Helligkeit zu schützen.

Es war für die Urlauber auf Borkum ein herrlicher Tag. Vierzig, fünfzig Seehunde aalten sich im Sand, und es schien ihnen Spaß zu machen, von den Touristen fotografiert zu werden, die klug genug waren, den Seehunden ihre Sandnase zu lassen und hinter dem dünnen Draht zurückblieben, der das Seehundgebiet eingrenzte wie eine Kuhwiese.

Die Eisverkäufer hatten heute ihren besten Tag. Jetzt fiel auch Belushi mit seiner Blues-Brothers-Sonnebrille nicht mehr auf.

Sie gingen keine offiziellen Wege, sondern liefen gebückt durch die Dünen. Dabei scheuchten sie ein Pärchen auf, das sich, im postkoitalen Zustand, rauchend und noch nicht wieder vollständig angezogen, erwischt fühlte. Der Mann wurde gleich aggressiv und beschimpfte Belushi als Spanner. Erst als er Jutta Speck sah, beruhigte er sich und forderte die beiden auf, sich woanders ein stilles Dünental zu suchen. Die Frau hielt sich ein T-Shirt vor und drehte die ganze Zeit den Kopf weg, um nicht erkannt zu werden.

Jutta Speck nutzte die Chance zur Flucht nicht. Sie wollte bei Belushi bleiben, denn der wusste, wo ihre Tochter war.

Sie wurden von Möwen begleitet, die immer wieder im Tiefflug über ihren Köpfen Krach machten. Das Ganze glich organisierten Angriffen. Sie hatten es besonders auf Belushi abgesehen. Sie attackierten ihn zweimal von hinten.

Er zog wütend seine Waffe und drohte den Möwen damit: »Ich knall euch ab, ihr Scheißviecher!« Dann sagte er, zu ihr gewandt: »Ich hasse diese weißen Ratten!«

Vermutlich merken sie das, dachte sie, sagte es aber nicht, sondern fragte: »Wohin gehen wir überhaupt?«

»Im Hafen liegt ein Motorboot, damit bringe ich dich zum Festland zurück.«

Er steckte den Revolver in sein Schulterholster zurück, das er geschickt unter der linken Achsel versteckt trug.

Er zog tatsächlich jetzt, hier, wo sie ganz alleine waren, im Dünengras zwischen Sanddornsträuchern und Stranddisteln, den Kamm aus der Jackentasche und brachte seine Frisur in Ordnung. Sie gingen gut eine Stunde lang, immer das Rauschen des Meeres als Hintergrundgeräusch. Die Sonne brannte unbarmherzig, und es gab nur wenig Schatten, bis sie in ein morastiges Waldgebiet kamen, mit vom Wind niedergedrückten Bäumen. Es war ein geradezu verwunschener Ort. Fast ein Dschungel. Nie hätte sie so einen Wald hier auf Borkum vermutet.

Abseits vom Radweg schlugen sie sich durchs Gestrüpp. Ein Reh ergriff vor ihnen die Flucht. Im Dickicht lauerten hungrige Mückenschwärme. Aber der kühle Schatten tat ihnen gut.

Sie hatten bei der übereilten Flucht nicht an Getränke gedacht. Belushi schwitzte inzwischen nicht mehr, aber er war blass um die Nase und roch nach Azeton. Er würde bald dehydrieren, sie sah ihn schon ohnmächtig vor sich liegen, aber noch hielt er durch.

»Ich könnte runter zum Strand laufen, uns Wasser kaufen und ...«

Er schüttelte den Kopf. »Zu gefährlich. Kein Kontakt zu Menschen. Wir können weder die Fähre nehmen noch über den Flugplatz hier weg. Diese Orte sind nicht sicher. Aber das Motorboot ist eine Chance.«

Sie überlegte, ob das alles ein Bluff von ihm war, um sie an sich zu binden und zu verhindern, dass sie weglief, oder ob er wirklich Angst hatte.

»Für die«, sagte er leise, »zählt ein Menschenleben nichts.«

Er schnippte mit den Fingern. »Die machen so, und du bist tot, und dabei erhöht sich ihr Puls nicht einmal.«

Er schlug nach einer Stechmücke und erwischte sie auf seinem Oberarm. »So einfach machen die uns alle, und da regen sich bei Poppinga und der Bande genauso wenig Gewissensbisse wie bei mir jetzt wegen der Mücke.«

Sie konnte sich das nach der Begegnung mit dem Terminator lebhaft vorstellen.

»Aber du bist anders«, sagte sie. »Das spüre ich doch, und das werde ich auch der Polizei sagen. Du hast im Grunde mein Leben gerettet.«

Er war verunsichert, das Wort Polizei gefiel ihm ganz und gar nicht. Sie begriff, dass er keineswegs vorhatte, sich zu stellen. Der wollte sich einfach absetzen, bevor der Laden aufflog. Er hatte ihren Bluff geglaubt, aber warum nahm er sie mit? War sie so eine Art Plan B? Eine letzte Rückversicherung für die Polizei, falls er doch verhaftet werden würde?

Natürlich, dachte sie, genau das bin ich, das bedeutet aber auch, wenn er mit mir dorthin gekommen ist, wo er sich in Sicherheit glaubt, ab dann bin ich für ihn ein Sicherheitsrisiko, und er muss mich töten.

Erschöpft kamen sie am Yachthafen an. Er lief über den Schwimmsteg auf ein Boot zu. Es war ein Linskens Alumare. Damals, als die Welt für sie noch in Ordnung war, hatte sie mehrfach auf so einem Motorboot gesessen und sich gesonnt. Sie war sogar Wasserski gefahren, ja es schien kaum noch vorstellbar. Ein anderes Leben einer anderen Frau.

Er arbeitete ungeheuer flink. Alles musste ganz schnell gehen. Sie stand nur dabei und sah zu, sie schmiedete einen Plan. Das Möwengeschrei diente ihr als Bestätigung.

Eine schwarze Wolkenwand kam plötzlich von Nordwesten. Zwei Regenbögen standen auf dem Wasser. Die Wellen kräuselten die Nordsee, gleich würde ein heftiger Regen losbrechen.

Belushi schob die Sonnenbrille höher. Die Gläser saßen jetzt am Haaransatz. Er hatte tiefe schwarze Ränder unter den Augen, die bei dem ungewöhnlichen Licht besonders düster und bedrohlich wirkten, wie die Vorboten einer schlimmen Krankheit.

Sie verließen mit dem Motorboot den Yachthafen. Sie fuhren auf die Gewitterfront zu. Es ging Belushi jetzt besser. Er stand am Steuer und schien den Regen zu brauchen wie eine trockene Pflanze. Er kümmerte sich nicht mehr um Jutta Speck.

Genau das hatte sie gehofft. Sie stand dicht hinter ihm. Durch das Schaukeln des Bootes im Wellengang stießen ihre Körper immer wieder unbeabsichtigt gegeneinander. Sie waren beide völlig durchnässt und trotz der Windschutzscheibe der schneidenden Brise ausgesetzt.

Sie fror und drückte sich von hinten an ihn, wie um sich zu wärmen. Die Blitze gabelten sich und zuckten ins Meer. In ihrem Licht erschien eine große Yacht.

»Das ist die New World«, sagte er gegen den Fahrtwind, der seine Stimme fast erstickte.

Sie war froh, dass er sprach. »Kenne ich nicht. Ist das ein berühmtes Schiff?«

»Poppinga Lieblingsspielzeug. Er fliegt nicht gerne. Seine Sea Org.«

»Was?«

»Na, die Scientologen sollen doch auch so eine Yacht haben, von der aus der Führungsstab die Geschicke der Organisation leitet ...«

Sie hörte ihm gar nicht zu. Sie sah sich um. Hinter ihnen war die Insel kaum noch zu sehen. Der Regen hüllte sie ein wie ein schützender Kokon. Sie hielt ihn immer noch von hinten umarmt. Es schien ihm zu gefallen. Er schöpfte keinen Verdacht, als ihre Hand an seiner Brust hochwanderte. Er legte sogar den Kopf nach hinten, um ihren zu berühren.

Sie bekam den Stielkamm zu fassen und rammte ihn in seinen Hals.

Er ließ das Lenkrad los und betastete ungläubig den Kamm.

Sie stieß ihn von sich. Er krachte gegen die Armaturen und verlor die Sonnenbrille. Noch schien er nicht begriffen zu haben, was geschehen war. Sie riss die nasse Jacke über seine Schultern, so dass er für seinen Moment darin feststeckte wie in einer Zwangsjacke. Dann griff sie unter seine linke Achsel und zog den Revolver aus dem Holster. Sie richtete die Waffe auf ihn, hoffte, dass sie nicht gesichert war und brüllte: »Ich habe deinen gottverdammten Kumpel umgelegt, und mit dir mache ich das Gleiche, wenn du mir nicht sofort sagst, wo meine Tochter ist!«

Er ballte die Faust um den Kamm und holte den Stiel vorsichtig Zentimeter um Zentimeter aus seinem Hals heraus. Er machte dabei tatsächlich wie automatisch den Versuch, den Kamm in die Brusttasche zurückzustecken, aus der sie ihn gefischt hatte. Der Versuch scheiterte. Der Kamm fiel hin. Aus seinem Hals floss ein rotes Rinnsal, das sich mit Regenwasser mischte.

Er presste eine Hand gegen das Loch, mit der anderen griff er nach Jutta Speck. Sie hielt den Revolver mit beiden Händen und legte mit dem Daumen den Abzugshebel um. Das knackende, metallische Geräusch stoppte Belushi. Er drückte immer noch gegen seinen Hals, wiegelte mit der anderen Hand aber gestisch ab. Sie solle doch bitte nicht schießen.

»Wo ist meine Tochter?«

Er schüttelte den Kopf.

»Stell dich nicht so an. Du kannst sprechen. Ich habe keine Schlagader getroffen. Wo ist sie? Sag es mir, oder ich ...«

Sie zielte auf seinen rechten Fuß. Er ahnte natürlich, was sie vorhatte und rief: »Nein, nein, nicht!«

Sie schoss. Der Knall war unglaublich. Sie kannte Schüsse aus dem Fernsehen, dann schaltete sie immer den Ton auf leise oder sogar ganz weg. In Wirklichkeit war es ohrenbetäubend. Sie erschrak über den Knall mehr als über die Tatsache, dass sie ihn getroffen hatte. Ein unangenehmer, scharfer Geruch von Schwefel und Pulver hüllte sie ein und legte sich auf ihre Zunge. Sie spuckte aus, um ihn loszuwerden.

Belushi brüllte mit weit aufgerissenem Mund. Die Kugel hatte das rechte Schienbein durchbohrt. Sie sah es aber nur. Sie hörte den Schrei nicht.

Er lag strampelnd, wie ein auf den Rücken gefallener Käfer, vor der weißen Sitzbank und versuchte, irgendwo Halt zu finden, um sich hochzuziehen.

Sie hielt weiterhin die Waffe auf ihn gerichtet und vollzog jede seiner Bewegungen nach. Er hatte keine Chance, der nächsten Kugel zu entkommen.

»Wo hast du meine Tochter hingebracht?«

Er versuchte, auf dem Rücken wegzukrabbeln, aber das Boot bot ihm wenig Versteckmöglichkeiten.

»Wie viele Kugeln sind hier drin?«, fragte sie.

»Sechs«, antwortete er panisch.

»Dann sind jetzt noch fünf in der Trommel?«

Er ahnte, was sie plante. Er wusste nicht, ob das, was da sein Gesicht benetzte, Tränen waren oder der Regen.

»Ja. Ja. Fünf.«

»Und die werde ich alle nacheinander in dich hineinpumpen, bis ich weiß, wo meine kleine Nadine ist!«

Sein Gesicht verzog sich zu einer jämmerlichen Fratze. »Ich weiß es doch nicht! Verdammt, ich weiß es nicht!«

Wenn er jetzt in dieser Situation nicht die Wahrheit sagt, um sich zu retten, dachte sie, dann kriegt es auch keine Polizei der Welt aus ihm raus.

»Wo ist mein Kind?« Mit beiden Händen richtete sie die Mündung des Revolvers auf seinen linken Oberschenkel.

»Ich weiß es doch nicht, verdammt! Ich weiß es nicht!«

Ein Schauer der Erkenntnis durchlief ihren Körper. Sie begann heftig zu zittern. »Du hast sie umgebracht!«

»Nein! Nein! Das habe ich nicht! Ich schwöre! Ich habe ihr nichts getan! Ich kenne sie doch gar nicht!«

Für einen Augenblick war sie fest entschlossen, ihn jetzt sofort zu töten, aber dann erhellte sich über ihnen der Himmel mit einem Blitz, so gewaltig, wie sie noch nie im Leben einen gesehen hatte. Sie glaubte, die elektrische Entladung im Körper zu spüren.

»Ich habe viele Menschen getötet«, schrie er. »Sieben oder acht!« Er brüllte sein Geständnis heraus, aus Angst, sie könne ihn nicht hören. »Und einen Replikanten.«

»Was?«

Er versuchte, sich mit dem Rücken an die Bordbootswand gelehnt, in eine Sitzhaltung zu bringen. Der Regen nahm rasch an Heftigkeit zu.

»Wir ... wir nennen sie Replikanten.«

Er war froh, etwas erklären zu können, sie wegzuführen von der bohrenden Frage nach ihrer Tochter.

»Das ist ein Ausdruck aus einem Film. Blade Runner. Es sind künstlich hergestellte Menschen, von den richtigen kaum zu unterscheiden. Sie sind nur stärker, und im Laufe der Zeit entwickeln sie eigene Gefühle. Ausgebrochene Replikanten werden gejagt und getötet. Von einer Spezialeinheit der Polizei, den Blade Runnern.«

»Ich kenne den Film, du Drecksack! Was ist mit meiner Tochter? Was habt ihr mit ihr gemacht?«

»Ich helfe dir, sie zu finden! Ich tue alles, was du willst, ich ...«

Der durchdringende Regen ließ den Revolver in ihrer Hand glitschig werden. Sie nahm ihn, aus Angst ihn zu verlieren, fester in die Hände und krampfte die Finger um den Griff. Da löste sich der Schuss. Sie traf Belushi in den Bauch. Er krümmte sich. Sie war sofort bei ihm und fiel auf die Knie.

»Ich … ich wollte das nicht! Ich …«

Sein Kopf fiel zur Seite. Entweder hatte der Blutverlust ihn ohnmächtig werden lassen, oder er war gestorben.

Sie schüttelte ihn. Sein Kopf knallte dabei mehrfach auf den Schiffsboden.

»Du gottverdammter Dreckskerl, du kannst jetzt nicht so einfach sterben! Sag mir erst, wo meine Nadine ist!«

Doch Belushi der Zweite rührte sich nicht mehr. Der Einstich an seinem Hals hatte sich auf wundersame Weise geschlossen und der Regen das Blut weggewischt, aber aus der Mitte seines Körpers sprudelte es umso heftiger.

Die Wellen warfen das Boot hin und her. Es regnete unaufhörlich weiter und Jutta Speck kroch verzweifelt weinend in eine Ecke und drückte sich an die Schiffswand. Sie hatte das Gefühl, ihre letzte Chance verspielt zu haben.

Das Gewitter kam Okopenko vor wie eine biblische Wut, die sich entlud, als wollte der Herr im Himmel, dessen Existenz er als Wissenschaftler so lange verspottet hatte, ihm zeigen, dass er endlich auf dem richtigen Weg war.

Poppinga musste sterben. Es gab dazu keine Alternative. Der Kopf musste weg. Er hatte aus Wissenschaft und Forschung ein grausames Geschäft gemacht.

Töten war nicht Okopenkos Ding. Das hatten in der Organisation andere übernommen. Er war nie der Mann fürs Grobe gewesen, sondern mehr der feingeschliffener Reden, um Politiker dazu zu bewegen, die Spielräume der Forschung zu vergrößern. Lobbyarbeit und Diplomatie waren seine Spezialität, doch damit kam er jetzt nicht weiter.

Er besaß keine Schusswaffe und wusste nicht, wie er auf

Borkum an eine herankommen sollte. Wer das Haus von Poppinga betrat, wurde, ohne dass er es bemerkte, im Flur an einem Nacktkörperscanner vorbeigeschleust. Poppinga hatte ihm das Gerät geradezu stolz vorgeführt.

»Hier klingelt es nicht vorsintflutlich wie auf dem Flughafen! Ich bekomme oben ein Bild auf den Monitor und sehe genau, wer was hier rein- oder rausschleppt. Alle denken, da im Flur hängen zwei große Gemälde. Die reine Farbe in ihrer Struktur!«

Er hatte sich über die Naivität der Menschen köstlich amüsiert.

Diesmal, dachte Okopenko, wird sich der Nacktscanner gegen dich wenden, denn du wirst dich in Sicherheit wiegen. Du wirst denken, ich sei ein selten dämlicher Hund, weil ich die Sprengung von meinem Haus einer defekten Gasleitung zuschreibe und nicht deinem Terminator, oder hast du einen Blade Runner geschickt? Warum nur, Poppinga, warum hat ein Mann von solchen geistigen Fähigkeiten wie du nur überhaupt keine Moral?

Okopenko öffnete das Fenster und sah dem Unwetter zu wie einem Strafgericht. Poppinga hatte die ganze Blase zusammengetrommelt. Es gab ein Treffen. Etwas musste geschehen sein, etwas, das eine so außerordentliche Konferenz nötig machte. Sonst sollten solche Zusammenkünfte immer tunlichst vermieden werden.

»Wir sind keine Loge und kein Geheimbund. Wir stellen uns nach außen nicht als geschlossene Geschäftsgesellschaft dar. Es gibt keine Fraktionen und keine Flügelkämpfe. Es geht um die reine Forschung zum Wohle der Menschheit.«

Poppinga mochte es schon nicht, wenn sich mehr als drei der führenden Köpfe in einem Land aufhielten. Er wollte die Verbindungslinien verwischen und nicht verwundbar werden. Als ein Labor in Spanien wegen unerlaubter Experimente geschlossen worden war, mussten immense finanzielle Mittel aufgewendet werden, um den Skandal klein zu halten und die weiteren Ermittlungen im Sande verlaufen zu lassen. Das war ihnen eine Lehre gewesen. Seitdem gab es neue Regeln.

Okopenko stellte sich vor, wie seine Daphne seinen Freund Smith erdolcht hatte. Wie sollte sie auch verstehen, was Smith, gerade für Wesen, wie sie eines war, getan hatte? Smith, der Pflegeeltern besorgte, ein Netz von Unterstützern aufbaute, der half, Identitäten zu gründen oder wenigstens vorzutäuschen. Smith, der praktisch sein eigenes Einwohnermeldeamt war und falsche Ausweise auf echtem Papier produzierte, bis alles auf diese Plastikkarten umgestellt worden war.

Vielleicht war der Tod der beiden Menschen, die ihm am nächsten gewesen waren, nötig, um ihn endlich dazu zu bringen, nicht nur innerlich zu kündigen und ab und zu Replikanten – welch schrecklicher Name für künstlich erzeugte Menschen – vor dem sicheren Tod zu retten. Er hatte den Mitsubishi gemeinsam mit Smith so ausgebaut, dass zwei, drei Erwachsene und mehrere Kinder unbemerkt darin transportiert werden konnten.

Er würde es genauso machen, wie Daphne es getan hatte und Poppinga mit einem Messer erstechen. Ein einfaches Essbesteck reichte ihm aus. Er war vertraut mit der menschlichen Anatomie. Im Grunde reicht ihm eine Kuchengabel, so hoffte er. Der Mensch war so eine zerbrechliche, instabile Gestalt, wenn man wusste, wo er verwundbar war.

Er könnte ihm ein Messer oder eine Gabel zwischen den Rippenbögen hindurch ins Herz stoßen. Er würde unbewaffnet das Haus betreten und so tun, als wisse er von nichts und sei gekommen, um zu fragen, was los war. Warum fand die Versammlung statt? Warum war sein Haus in die Luft geflogen? Wo war Daphne? Warum meldete sich Smith nicht mehr?

Es gab vordergründig viel zu reden, aber er wollte nur noch

nah genug an Poppinga heran und dann den ganzen Spuk endlich beenden.

Jeder Blitz schien eine himmlische Botschaft zu sein. Sie lautete: Ja, tu es! Tu es!

Er hob die Arme. Der Wind fuhr unter seine Achseln. Er hatte das Gefühl, Flügel zu bekommen.

Bei wolkenlos blauem Himmel war Ann Kathrin Klaasen in Aurich mit ihrem froschgrünen, altersschwachen Twingo losgefahren. Da der Wagen die ganze Zeit in der prallen Sonne gestanden hatte und keine Klimaanlage besaß, lag die Innentemperatur bei zweiundsiebzig Grad. Ann Kathrin drehte die Scheibe runter und öffnete das Schiebedach.

Von Emden bis Borkum brauchte der Flieger knapp fünfzehn Minuten. Weller wollte unbedingt mit und bestand darauf, den Dienstwagen zu nehmen und »nicht diese Gurke«. Er stand an der verschlossenen Beifahrertür und sprach durch das offene Verdeck von oben zu ihr.

Sie stieg noch einmal aus und ließ die Fahrertür sperrweit offen, in der Hoffnung, der ostfriesische Wind würde die Hitze aus dem Wagen vertreiben.

»Gehörst du jetzt nicht zu deinen Kindern, Frank?«

»Ich kann hier schlecht kündigen und mich dann nur noch um meine Mädchen kümmern. Irgendwo muss auch die Kohle für den Unterhalt herkommen.«

Sie wollte sich an die Karosserie lehnen und verbrannte sich fast. »Siehst du, Frank, genau das ist dein Problem. Du läufst rum wie eine abgezogene Handgranate, die jeden Moment explodieren kann. Egal, was passiert, du beziehst es auf dich und deine Situation. Wir brauchen jetzt aber einen klaren Kopf.«

Hinter Ann Kathrin kam Rupert herangeschlendert. Er hörte ihre Worte und trumpfte gleich auf: »Okay. Du hast mich. Ich komme mit.«

Ann Kathrin stöhnte. »Ich fliege alleine.«

»Na«, feixte Rupert, »das hört sich aber schwer danach an, als würdest du wirklich einen dicken Fisch auf Borkum hopsnehmen wollen, und den Erfolg möchte die ostfriesische Ausnahmekommissarin natürlich gerne für sich allein. Wenn mich nicht alles täuscht, verstößt es gegen die Dienstvorschriften, solche Sachen alleine ...«

»Okay, Frank, steig ein«, konterte sie, dann drehte sie sich zu Rupert um und sagte: »Sie brauchen einen Versammlungsraum, und sie müssen alle dorthin. Ich brauche ...«

Er ließ sie nicht weitersprechen. »Schon klar. Ganz einfache Aufgabe. Ich überprüfe alle Räume in Gaststätten, Hotels und öffentlichen Gebäuden, in denen sich ein, zwei Dutzend Leute versammeln können. In ganz Ostfriesland und auf allen Inseln. Das kann ja nicht viel sein – sagen wir schätzungsweise tausend?«

»Eher mehr«, antwortete sie ehrlich. »Also, was stehst du hier rum, Rupert?«

Sie stieg ein, Weller ebenfalls. Sie zeigte auf Rupert, der dastand, als hätte er sich soeben in die Hose gemacht. »Wir bleiben in Kontakt. Ich will immer wissen, wann Schulz, Health, Cornelius, Faber-Garcia oder dieser Timmermann sich bewegen. Und wenn sie zum Klo gehen, dann interessiert mich das auch.«

Rupert nickte mit offenem Mund. Am liebsten hätte er gegen die Karosserie des grünen Twingo getreten.

Ann Kathrin fuhr ruckweise an. Haarsträhnchen klebten ihr im Gesicht.

Weller dachte mal wieder daran, wie es wäre, bei der Kripo auszusteigen. Ein dreizehntes Monatsgehalt gab es eh schon nicht mehr. Das meiste von seinem Gehalt ging für Unterhalt drauf. Alles wurde gepfändet, wegen dieser ausstehenden Provision für den Immobilienmakler. Er wohnte schon lange nicht mehr in der Wohnung, aber die Schulden liefen ihm nach. Die Zusammenarbeit mit Rupert war eine einzige Katastrophe, und die Überstunden zählte er schon lange nicht mehr.

So eine Fischbude in Norddeich erschien ihm als kleines, erstrebenswertes Paradies. Morgens Matjesbrötchen mit frischen Zwiebeln und gutem Fisch zu belegen, dieser Gedanke hatte etwas sehr Tröstliches, ja Friedliches an sich. Den Blick aufs Meer gerichtet wollte er zufriedenen Touristen Krabbenbrötchen oder Matjes verkaufen. Vielleicht noch Bratrollmöpse aus eigener Herstellung.

Er sah das Gesicht eines Familienpapis aus dem Ruhrgebiet vor sich, der für sich, seine Frau und seine zwei Kinder »Ostfriesenbrötchen« bestellt hatte und jetzt glücklich mit geschlossenen Augen hineinbiss und kaute.

Weller wollte keine Menschen mehr verhören, sie nicht verdächtigen, ihnen nicht nachspionieren, sie nicht der Lüge überführen, sondern sie ohne Ansehen der Person mit einem guten, weichen Fischbrötchen und einem ehrlichen Matjes glücklich machen.

Er wollte gerade mit seinen Gedanken herauskommen, er suchte noch den richtigen Einstieg, die passenden Worte, da sagte sie mit Blick in den Rückspiegel: »Entweder man ist leidenschaftlicher Verbrechensbekämpfer oder nicht. Ich hasse die laschen, lauen Typen, die nicht den Fall lösen wollen, sondern auf die Uhr schielen, wenn Feierabend ist.«

Er war froh, nichts gesagt zu haben und gab ihr recht. »Ja, genau. Sag ich auch immer.«

Dann fragte er sich, wer außer Ann Kathrin in ihrem Verein sich noch »Verbrechensbekämpfer« nennen würde. Aber vermutlich fühlte sie sich genauso.

Er beneidete sie um diese Entschiedenheit. Er fragte sich, ob sie nie Zweifel hatte. Konnte ein Mensch immer so entschlossen sein? Er kämpfte mit sich, ob er sie fragen sollte.

Der Fahrtwind tat gut und trocknete die Schweißflecken an seinem Hemd. Er hatte das Gefühl, wieder wach zu werden, ohne vorher geschlafen zu haben. Er hatte Sehnsucht nach einem doppelten Espresso.

»Du bist immer so sicher, Ann, zweifelst du nie?«

Sie tippte sich an die Nase und antwortete ohne ihn anzusehen: »Ich kann es förmlich riechen Frank, die bereiten eine Riesensauerei vor. Und ich möchte nicht danebenstehen und zusehen.«

»Ich meine nicht jetzt. Ich meine das viel grundsätzlicher.«

Sie bog auf die B 72 ab. »Das Leben«, antwortete sie und überholte einen schwarzen Mercedes Coupé der E-Klasse, was den Fahrer echt fuchtig machte, »das Leben findet immer ganz konkret im Detail statt, und zwar genau hier und jetzt.«

Er sah sich nach dem Mercedesfahrer um und fragte sich, ob er selbst auch manchmal so belämmert aussah, wenn Ann Kathrin ihn scheinbar spielend überholte.

»Und wenn wir im Hier und Jetzt gerade im Detail dabei sind, einen unheimlichen Scheiß zu bauen?«

»Leben«, sagte sie, »heißt Risiko.«

Immer wenn sie Sätze mit »Leben« anfing, kam so ein Totschlagargument, dem er kaum noch etwas entgegenzusetzen hatte, aber ein Unwohlsein blieb bei ihm zurück.

Zeitgleich mit ihnen erreichte auch die Gewitterfront Emden. An einen Flug war jetzt nicht mehr zu denken. Ann Kathrin diskutierte nicht lange mit dem Piloten, sondern fuhr mit Weller zum Außenhafen, in der Hoffnung auf eine Fähre.

Weller bekam das Schiebedach nicht zu, weil irgendetwas klemmte. Er wollte sich nicht blamieren und versuchte es mit roher Gewalt. Da brach die Kurbel ab und das Verdeck musste eben offen bleiben.

Es war ein ganz besonderes Schauspiel, so gerade hoch in den Himmel schauen zu können. Die aufgebaute elektrische Spannung entlud sich direkt über ihnen. Zwei Blitze fuhren nicht senkrecht nach unten, sondern blieben eine faszinierende Sekunde lang fast waagerecht parallel in der Wolke und ließen sie mit ihren Zacken gespenstisch kühl wirken, wie das weit aufgerissene Maul eines feuerspuckenden Drachen.

»Es sieht wirklich aus, als würde Thor seine Speere zornig nach unten werfen!«

Weller fragte sich, wie Ann Kathrin dabei überhaupt Auto fahren konnte. Die Scheibenwischer schafften den Regen nicht. Es schüttete wie aus Eimern direkt ins Auto, aber sie kämpfte sich hochkonzentriert durch die Straßen.

Dann prasselten dicke Hagelkörner runter. Weller hielt sich die Hände über den Kopf, denn es tat weh, als würde jemand Kieselsteine ins Auto werfen. Er schämte sich sofort und statt sich zu schützen, zog er seine helle Leinenjacke aus und hielt sie über Ann Kathrins Kopf. Die Hagelbrocken sahen aus wie die großen Kandisstücke, die Monika Tapper im Café ten Cate zum Ostfriesentee servierte.

Der Lärm, den die Eisstücke auf dem Auto machten, hatte etwas Erschreckendes an sich. Das Wort »Naturkatastrophe« drängte sich gleichzeitig in das Bewusstsein der beiden.

»Fahr rechts ran!«, brüllte Weller. »Fahr rechts ran!«

Sie sah praktisch nichts mehr. Die Scheinwerfer ließen die niederprasselnden Eiskristalle wie eine gefährliche, undurchdringliche Wand aus weißen Fäden aussehen. Ann Kathrin ließ den Wagen auf den Bürgersteig rollen. Dann kroch sie zwischen den Sitzen nach hinten und drängelte sich auf den Rücksitz. Weller tat es ihr gleich. Hinten waren sie zwar vor den Hagelbrocken nicht sicher, aber das meiste krachte auf die Vordersitze und bildete dort eine weiße Eisschicht.

Weller und Ann Kathrin kuschelten sich aneinander. Er zog eine Wolldecke heran, die sie im Sommer zum Picknick benutzt hatten, und die seitdem mit Eigelb und Kaffeeflecken hier hinten vor sich hin gegammelt hatte. Sie hüllten sich damit ein. Die Decke roch ein bisschen modrig, aber das störte die zwei nicht, und plötzlich fand Weller, das Ganze sei irgendwie sogar romantisch. Er brachte seine Lippen nah an die von Ann Kathrin. Sie hielt ihn fest umschlungen. Dann küssten sie sich.

Jutta Speck wusste nicht, wo sie vor den Hagelbrocken Deckung suchen sollte. Sie verkroch sich unter einer weißen Plane. Sie fand den Lärm unerträglich. Die auf dem Boot herumhopsenden Eiskörner hörten sich für sie an wie Schüsse. Sie hielt sich die Ohren zu, und um den Lärm nicht mehr hören zu müssen, begann sie zu kreischen.

Dann hob eine heftige Welle das Boot. Jutta Speck krachte in eine Ecke. Sie fürchtete schon zu kentern und sah sich bereits im Meer ertrinken. Da rutschte Belushi über den nassen Boden in ihre Richtung. Das angeschossene Bein traf sie wie ein Knüppel. Sein Blut benetzte ihr Gesicht. Sie schob ihn von sich und kreischte, bis sie heiser wurde.

Dann saß sie da, von dem Toten in die Ecke gedrängt, und beschloss, das Gewitter zu nutzen, um ihn loszuwerden. Sie musste einfach etwas tun. Sie hatte Angst, sonst durchzudrehen.

Sie kroch aus ihrer Ecke. Breitbeinig suchte sie festen Stand und packte seine Jacke, um ihn hochzuzerren. Dann begriff sie, dass sie, jetzt da er tot war, freien Zugang zu seinen Sachen hatte. Sie sah die Chance, ihre Tochter doch noch zu finden.

Jutta Speck hörte den Lärm um sich herum nicht mehr. Sie arbeitete konzentriert und systematisch. Sie durchsuchte Belushis Taschen von oben nach unten. Sie fand eine Brieftasche mit vierhundert Euro, mehreren Kreditkarten und einem Foto. Darauf ein Schiff. Sie konnte den Namen gut lesen. New World.

Und plötzlich war ihr alles klar. Sie hielten Nadine und vermutlich auch Nobbi auf der Yacht fest. Ein besseres Versteck gab es gar nicht. Von einem Schiff auf hoher See konnte kein

Kind fliehen. Kein unbefugter Nachbar bekam Schreie mit. Nichts Verdächtiges konnte auffallen, und es stand immer der Weg in aller Herren Länder offen. Von einer irren Kraft durchflutet, packte sie Belushi und warf ihn über Bord wie einen Sack Mehl. Dann überprüfte sie den Revolver. Es waren noch vier Kugeln in der Trommel, und sie wusste inzwischen, wie man mit der Waffe umgehen musste. Sie würde sich nichts mehr gefallen lassen. Sie doch nicht.

Er hatte ihr die New World gezeigt. Sie konnte das Schiff jetzt bei dem Wetter nicht finden, aber es war nicht weit, und das Wetter würde sich ändern. Sie konnte nicht einmal mehr Belushis Leiche im Wasser sehen, obwohl es mit dem Hagel plötzlich vorbei war, aber jetzt setzte heftiger Regen ein.

Sie wusste nicht einmal, ob Borkum vor ihr lag oder hinter ihr, aber sie war zu ihrem eigenen Erstaunen nicht mutlos, sondern etwas Archaisches stieg in ihr hoch. Es kam ihr uralt vor, so als trage sie in sich die Inkarnation eines Kriegers, der nun mit geschwellter Brust seinen Zorn herausbrüllte, um seine Feinde einzuschüchtern. Da war etwas in ihr, das sie zum ersten Mal gespürt hatte, als sie Lupos Halsschlagader durchtrennte. Etwas, das kämpfen konnte und morden. Jeder, der sich zwischen sie und ihr Kind stellte, musste damit rechnen, dass sie einen Revolver hatte und bereit war, ihn aus nächster Nähe zu benutzen. Sie würde nicht vorbeischießen. Sie würde nur feuern, wenn das Ziel ganz nah vor ihr war.

Das Boot lief langsam voll Wasser. Der Regen war einfach zu heftig, aber im Osten klarte bereits der Himmel auf. Nur zehn Minuten später blies zwar noch ein heftiger Wind, aber die Sonne lachte aus einem ungetrübten Blau und schien den Touristinnen zuzurufen: *Holt die Bikinis und die Sonnencremes raus! Es war nur ein Scherz, damit ihr wieder zu schätzen wisst, wie schön es ist, wenn ich scheine!*

Jutta Speck sah jetzt das Schiff vor sich. Sie konnte die Entfernung auf dem Wasser unmöglich abschätzen. Sie stellte sich ans Steuer des Motorboots. Ihre Hände zitterten nicht. Der Revolver steckte im Bund vor ihrem Bauch. Sie spürte ihn bei jedem Atemzug.

Sie dachte dankbar an die Wasserskizeit zurück. Sie wusste, wie man so ein Boot steuert. Sie hatte nicht viel Erfahrung, aber sie konnte es. Sie fühlte sich ein bisschen wie vor Nadines Geburt. Damals hatte sie es sich schrecklich vorgestellt, ein Kind aus sich herauszupressen, aber sie wusste, dass sie es schaffen würde.

Ann Kathrin und Weller bestiegen die Fähre gemeinsam mit vielen Touristen. Ein Familienpapi mit Kugelbauch und seinen zwei fast erwachsenen Töchtern hielt beide Mädchen für ein Foto im Arm, das seine Frau machte, die weniger wog als ihre Kinder. Sie waren patschnass und gutgelaunt. Sie trugen glänzende Regenjacken, und der Vater lachte: »Ja, das ist Ostfriesland! Deshalb lieben wir diesen Küstenstreifen! Hier bleibt das Schietwetter nie lange!«

»Ja, Papa, wir wissen das.«

»Krieg ich ne Cola?«

Die Mutter rief: »Lächeln, Kinder! Mundwinkel hoch, sonst sieht es auf dem Foto aus, als sei außer Papa mal wieder keiner glücklich!«

»Ameisenscheiße!«, sagten beide Kinder lustlos. Es blitzte.

»Man kann auch ›Niedersachsen‹ sagen!«, tadelte die dünne Mutter.

Weller und Ann Kathrin warteten brav hinter der Familie. Irgendwie kam Weller die Situation bekannt vor. Seine Ex Renate und seine Töchter waren mies drauf, und er bemühte sich krampfhaft, die Stimmung hochzuhalten, dabei ging seine eigene Laune immer mehr in den Keller.

»Nee, das war nichts. Noch einmal. Ihr guckt wie zehn Tage Regenwetter.«

»Das liegt an den Jacken, Mama.«

»Außerdem habe ich das Bild verwackelt.«

Der Vater zog die Köpfe der Kinder noch einmal zu sich.
»Ameisenscheiße!«

Ann Kathrin berührte Weller. Er zuckte richtig zusammen, so
sehr hatte die Szene ihn gefangengehalten.

Dann gingen die vier vor ihnen an Deck. Weller schlug vor:
»Lass uns lieber unten einen Kaffee trinken, als in den nassen
Klamotten im Fahrtwind auf dem Oberdeck rumzustehen. Da
holen wir uns den Tod.«

Sie grinste: »Ja, Papa.«

Ann Kathrin setzte sich an ein Bullauge und sah aufs Wasser. Weller stellte sich für den Kaffee in die Schlange. Es gab
auch Muffins und Donuts, aber seit er aus New York zurück
war, bestand er auf gedecktem ostfriesischen Apfelkuchen. Er
bekam ihn sogar und überprüfte noch vor dem Bezahlen, ob
»da auch Rosinen und Mandelsplitter drin sind, wie es sich gehört«.

Die junge Bedienung sah ihn mitleidig an. »Mit Sahne?«

»Ist die denn aus der Sprühdose oder echt?«

»Echt aus der Sprühdose.«

»Danke, dann lieber nicht.«

Noch bevor er Kaffee und Kuchen zu Ann Kathrin jonglie-
ren konnte, war Rupert am Handy. Er schien ziemlich aufgeregt.

»Sie sind weg, Ann.«

»Wie – weg?«

»Ja, eben weg. Wir kriegen zu keiner dieser Geistesgrößen
Kontakt.«

»Hat der Sturm sie verschluckt, oder was? Ich meine, Rupert,
ich bitte dich, der Zimmermann ist auf Wangerooge im Hotel
Uptalsboom. Wie soll sich denn auf Wangerooge einer verstecken?«

»Es ist sogar einer von Baltrum verschwunden. Dieser Neger.«

»Sag bitte nicht Neger.«

»Wie denn? Farbiger?«

»Meinetwegen.«

»Ja, ganz wie du willst, der ist zwar nicht bunt, aber auf jeden Fall ist er weg. Einfach futsch, der Neger. Die Jungs haben uns reingelegt. Das ist ein abgekartetes Spiel. Ich weiß nicht, was sie vorhaben, aber ...«

»Ach, glaubst du mir jetzt?«

Kleinlaut gab Rupert zu: »Jedenfalls stimmt da etwas nicht. Die sind alle gleichzeitig übereilt abgereist, haben brav ihre Zimmer bezahlt und ab dafür.«

Weller setzte sich zu Ann Kathrin und schob ihr Kaffee und Kuchen hin. Sie wollte aber nicht und zeigte auf ihr Handy, so als ob er nicht längst bemerkt hätte, dass sie telefonierte.

»Das kann nur bedeuten ...«

»Dass sie entweder Wind davon gekriegt haben, dass wir ein Auge auf sie werfen wollen ...«

Rupert empörte sich demonstrativ. »Du willst doch wohl hoffentlich nicht andeuten, jemand von uns hätte gequatscht?«

»... oder ihr Treffen war von Anfang an auf den heutigen Tag gelegt.«

Rupert schwieg. Ann Kathrin nahm jetzt die Tasse und pustete hinein.

»Sie bewegen sich mit den Touristenströmen«, sagte Rupert. »Das ist unheimlich clever.«

»Aber warum sind sie nicht gleich alle zum Treffpunkt gefahren, sondern haben sich erst über ganz Ostfriesland verteilt«, wollte Ann Kathrin wissen.

Weller beantwortete die Frage, während er, sichtlich beeindruckt vom Geschmack, den Apfelkuchen kaute. »Weil sie noch auf etwas oder jemanden gewartet haben.«

Er tippte mit der Gabel auf den Kuchen. »Der ist echt gut, Ann. Schmeckt richtig selbstgemacht. Die verwenden bestimmt nur geklaute Äpfel, wie im Mittelhaus ...«

Ann Kathrin machte eine genervte, wegwerfende Handbewegung. Ein bisschen beleidigt schwieg Weller und baggerte sich noch ein großes Stück in den Mund.

»Die Frage ist, wohin sind die unterwegs?«, sagte Ann Kathrin.

»Bestimmt nicht zu ihren Frauen und Kindern«, murmelte Weller mit vollem Mund.

Eine der beiden Töchter, die sich gerade mit ihrem Vater hatten fotografieren lassen, setzte sich zu Weller und Ann Kathrin an den Tisch und legte ihren Rucksack ab. Ann Kathrin fühlte sich gestört und sah sie strafend an.

»Ich darf doch?«, stellte die Kleine mehr fest, als dass sie fragte. Sie blickte dabei nicht einmal vom Display ihres Handys hoch. Sie tippte mit beiden Daumen, für Weller faszinierend rasch, wie er es von seinen Töchtern kannte, eine Nachricht.

Ann Kathrin schüttelte den Kopf, was weder Weller noch die junge Dame bemerkte.

Weller sage: »Aber logo.«

»Cool. Die nerven mich gerade nämlich voll.«

»Alles easy«, sagte Weller.

Ann Kathrin wunderte sich.

Die Kleine machte ein Victory-Zeichen zu Weller und forderte: »Halt mir mal eben den Platz frei. Ich muss mal.«

Weller nickte.

»Ich heiße Chantal«, rief sie.

»Dachte ich mir«, murmelte Ann Kathrin.

»Und ich Frank«, sagte Weller.

Ann Kathrin stieß ihn an und zeigte erneut auf ihr Handy. »Machst du jetzt hier einen ganz auf cool oder was? Ich habe hier ein Dienstgespräch.«

Er guckte betreten. »Das ist … Sie stört dich doch nicht … oder?«

»Doch, und wie! Soll ich dich besser mit deiner Chantal ein bisschen alleine lassen?«

»Och, Ann, bitte. Sie könnte meine Tochter sein.«

»Eben. Und denen kannst du auch nie was abschlagen und Grenzen setzen.«

»Ja, und das soll ich jetzt hier üben oder was?«

»Ja. Genau.«

Weller verputzte trotzig den Rest vom Apfelkuchen.

Rupert schimpfte ins Telefon: »Hallo?! Hallo?! Hört mich noch jemand? Brücke an Commander! Brücke an Commander!«

Ann Kathrin stand auf und ging mit dem Handy ans Oberdeck. Jetzt saß Weller alleine am Tisch. Er machte sich über das zweite Stück Kuchen her, das Ann Kathrin verschmäht hatte.

Rupert glaubte zu kapieren, was er gerade mitgehört hatte und versuchte, Ann Kathrin zu trösten: »Ann, es hat im Grunde jeder gewusst.«

»Was?«

»Na, sagen wir besser, geahnt.«

»Ach, ich dachte, außer mir hielt das jeder für Blödsinn?«

»Ich meine das mit Frank.«

»Mit Frank?«

Rupert versuchte, einfühlsam zu sprechen. Aber auch wenn er es immer wieder versuchte, der große Frauenversteher würde wohl nie aus ihm werden.

»Ann, dass die Geschichte mit dem nicht gutgeht, war doch klar. Renate ist nicht ohne Grund fremdgegangen. Der baggert doch alles an, was nicht bei drei auf dem Baum ist.«

Ann Kathrin kannte diesen Ausdruck nicht, ahnte aber, was Rupert damit meinte.

»Und jetzt möchtest du mich gerne trösten, oder was?«

»Na ja, also … wenn du eine starke Schulter brauchst, um dich anzulehnen, dann …«

»Mensch, Rupert, wenn du mir wirklich helfen willst, dann tu endlich deine Arbeit. Es gibt wahrlich genug zu erledigen.«

Sie beendete das Gespräch, holte tief Luft und sah sich einen Augenblick lang die Touristen an, die mit ihren Kameras filmten, wie die Schlechtwetterwolken vom ostfriesischen Wind vor ihnen her getrieben wurden. Es war ein Naturschauspiel, das die Menschen auf ihren Urlaub einstimmte. Sogar die Blitze zuckten noch in den dunklen Gebirgen am Himmel, aus denen Hagel und Regen fiel. Es sah aus wie ein dichter Vorhang, nur eben ein paar Kilometer weit weg. Über ihnen war der Himmel blau.

Ann Kathrin ging zu Weller zurück. Bei ihm stand jetzt der kugelbäuchige Papa und suchte seine Tochter.

»Wissen Sie, wo Chantal ist?«

»Äh, nein«, antwortete Weller.

»Und warum steht dann ihr Rucksack bei Ihnen? Das ist ihr Rucksack. Hier hängt ihr Monchichi dran.«

Weller zuckte mit den Schultern. »Ja, ich, also … ach, die Chantal, ja, die ist nur mal eben zur Toilette.«

»Und warum sagen Sie dann, sie ist nicht hier?«

Der Mann wirkte ärgerlich. Er stand unter Druck, und da kam Weller ihm als Blitzableiter gerade recht. Er schob seinen Bauch wie einen Rammbock vor und baute sich drohend vor Weller auf. Weller konnte so nicht länger sitzen bleiben. Er erhob sich.

»Ähm, ich war in Gedanken. Außerdem habe ich Ihre Tochter gerade erst kennengelernt.«

»Kennengelernt?« Der Vater zog die Augenbrauen hoch.

»Mensch, was wollen Sie? Ich habe selber zwei Kinder in dem Alter!«

Chantal kam zurück. »Darf ich vorstellen? Das ist mein Papa.« Sie klatschte auf seinen Bauch. »Papa, das ist mein Verlobter.«

»Was?«, keuchte Weller erschrocken.

Sie fand das witzig und kicherte.

Der Vater nahm seine Tochter in den Arm und zog sie wortlos mit sich weg.

»Tschüs!«, rief Weller hinter ihnen her. »Nett, Sie kennengelernt zu haben!«

»Die Sache wird heiß, Frank. Die Party hat begonnen.«

Er fragte jetzt nicht: »Wie kommst du darauf?« Er stellte nur fest, wie sehr er sie liebte, wenn sie so guckte wie jetzt. Dieser Blick gab ihm Sicherheit. Er spürte, dass er bereit war, notfalls mit ihr unterzugehen. Der Gedanke gab ihm ein warmes Gefühl von Zusammengehörigkeit.

»Ich bin gespannt«, sagte Ann Kathrin, »ob wir Poppinga überhaupt antreffen. Ich denke, eher nicht.«

»Du meinst, wir fahren gerade umsonst auf die Insel rüber?«

Sie sah zu der dunklen Wolkenformation. »Nicht wirklich. Borkum ist irgendwie … das Epizentrum des Ganzen.«

»Du meinst, sie treffen sich da?«

»Unwahrscheinlich ist es nicht. Aber wir werden uns auch nicht lächerlich machen und dort ein leerstehendes Haus mit einem Sondereinsatzkommando stürmen.«

Chantal stritt sich mit ihrer Schwester. »Gib mir meine Cola wieder!«

»Hab ich doch!«

»Nein, das ist nicht meine. Die ist ja schon voll leer.«

»Das ist deine, Mensch!«

»Nein, meine war gerade noch voll voll.«

Weller grinste. »Wie meine zwei.«

»Echt?«, fragte Ann Kathrin. »Ist ja voll krass.«

Weller lachte.

Jutta Speck steuerte auf die New World zu. Es gab keine Möglichkeit, sich der Yacht unbemerkt mit einem Motorboot zu nähern. Dazu hätte sie ein U-Boot gebraucht oder den Schutz der Dunkelheit, aber sie konnte nicht länger warten. Sie wusste, dass es unvernünftig war, aber sie wollte an Bord zu ihrer Tochter. Jetzt. Sofort.

Sie schaffte es nicht, das Boot nah genug an die Yacht heranzumanövrieren. Es gab da ein paar silberne Stangen, wie eine Leiter, die ins Wasser führte. Wahrscheinlich für Taucher, dachte sie, die von dem mondänen Schiff aus ein Korallenriff besichtigen wollten. Sie versuchte, davor zu halten, aber oben an Deck standen schon Männer und riefen ihr zu, sie solle das lassen.

»Was wollen Sie?«

»Wer sind Sie?«

»Ich brauche Hilfe!«, rief sie zurück. Lag die Yacht hier draußen vor Anker, oder warum hörte sie kein Motorengeräusch? Sie manövrierte das Boot längs an die New World und stieg die Leiter hoch. Sie sah erbärmlich aus. Ganz und gar nicht wie eine Bedrohung. Der Revolver an ihrem Bauch war nicht sichtbar.

Oben angekommen, half ihr ein Mann um die dreißig in Phantasieuniform an Bord. Die Stimme passte nicht zur Gesamterscheinung. Der Mann wirkte gebildet, hatte feine Züge, und sein Gesicht war markant viereckig mit geradem Haaransatz. Auch ohne Schirmmütze und Uniform hatte er etwas Militärisches an sich. In seiner Erscheinung lag etwas Überkorrektes, auf Ordnung Bedachtes, aber die Stimme schien einem verlotterten Penner zu gehören, der seinen Rausch nicht richtig ausgeschlafen hatte. Er stellte sich als »Alexander« vor, wobei ihr nicht klar war, ob das sein Vor- oder Nachname war.

Sie zögerte einen Moment, fragte sich, ob sie ihren richtigen Namen nennen sollte, aber dann tat sie genau das. Keine Lügen mehr! Keine Umwege! Keine Tricks!

Sie zog den Revolver, richtete ihn auf Alexander und sagte tapfer: »Ich heiße Jutta Speck. Ich bin die Mutter von Nadine

Speck. Man hat meine Tochter entführt und hier aufs Schiff gebracht. Ich habe den Entführer erschossen, und ich werde auch Sie erschießen, wenn Sie mir meine Tochter nicht wiedergeben!«

Alexander machte ganz auf den korrekten Offizier. Er wich ohne Eile einen Schritt zurück, aber nicht wie jemand, der sich fürchtet, gleich erschossen zu werden, sondern eher wie ein Mensch, der sich nicht dem Schmutz und Gestank eines anderen aussetzen will. Er hob ein bisschen tuntig die Arme und sagte: »Sie müssen sich irren. Hier an Bord ist kein Kind.« Er verzog das Gesicht und rümpfte die Nase, als würde sie übel riechen.

Sie brüllte ihn an: »Ich habe keine Läuse, sondern eine Pistole, kapiert?!«

»Ja, das sehe ich, und ich wäre Ihnen sehr verbunden, wenn Sie die Waffe nicht länger auf mich richten würden …«

Er erwartete es, aber sie senkte den Revolver nicht, sondern hielt ihn mit beiden Händen geradewegs auf seine Brust gerichtet.

»Dies ist nicht irgendein Gangsterkahn, und wir sind keine somalischen Piraten. Wir befinden uns nicht im Golf von Aden, sondern in der Nordsee.«

»Ja, mag sein, aber ich bin auch nicht Barbie mit einem neuen Kleidchen, sondern ich bin …«, sie brüllte es aus Leibeskräften, damit alle an Bord es hören konnten, »… eine verdammt wütende Mutter! Ich kann für nichts mehr garantieren! Ich will mein Kind! Jetzt! Sofort!«

Ihre Stimme machte ihm scheinbar mehr Angst als ihre Waffe. Mit erhobenen Händen deutete er an, sich die Ohren am liebsten zuhalten zu wollen.

»Ich kann Ihnen nichts geben, was ich nicht habe. Das müssen Sie akzeptieren.« Er machte eine professorale Geste, als würde er zu Studenten sprechen. »Die Realität muss man immer akzeptieren.«

»Das hier ist die Realität!«, schrie Jutta Speck und deutete auf ihren Revolver.

»Das hier auch«, sagte eine männliche Stimme von links hinten mit leicht sächsischem Klang. Gleichzeitig hörte Jutta Speck ein metallisches Klicken. Sie fuhr herum.

Der Sachse war flachsblond und hager. Er hielt ein Gewehr auf Jutta Speck gerichtet. Sie kannte sich mit Waffen nicht gut aus, aber das Ding sah nach einer automatischen Waffe aus. Nicht irgend so ein Jagdgewehr, sondern eher eine Maschinenpistole. Solche Gewehre benutzen in Filmen gerne Terroristen. Sie vermutete, dass es eine Kalaschnikow war.

Dieser Mensch sah aus wie einer, der bereit war, abzudrücken. Er war nervös und übermotiviert.

Sie hatte Alexander kurz aus dem Auge verloren. Er brachte sich jetzt in Erinnerung, indem er ihr den Revolver entriss und ihren rechten Arm auf ihren Rücken bog. Ein brennender Schmerz jagte hoch bis zu ihrer Schulter und strahlte von dort in den Nacken aus.

Sie brüllte: »Nadine! Nadine! Deine Mama ist hier! Ich hole dich! Gleich kommt die Polizei! Halte durch meine Kleine, gleich ...«

Sie spürte den Schlag auf den Kopf gar nicht. Sie hörte nur etwas heranrauschen. Dann wurde ihr schwarz vor Augen.

Okopenko versuchte erst gar nicht, sich zu verstecken. Er ging fast tänzelnd auf das Haus zu. Er hatte Rückenwind. Das feucht glänzende Dünengras beugte sich vor ihn und wies in Richtung Poppinga. Es kam ihm so vor, als ob jeder einzelne Halm ihn unterstützen würde.

Vielleicht, dachte er, werden wir dem Spirituellen mehr zugetan, wenn sich unsere objektiven Möglichkeiten in der Welt durch Krankheit oder Verlust einschränken oder wenn wir dem Tod näherkommen.

Er rechnete nicht damit, dass ein Scharfschütze aus dem Haus ihn jetzt gleich erledigen würde. Oben im Dachstuhl gab es zwei Fenster in jede Himmelsrichtung, wie Schießscharten. Es waren garantiert genügend Waffen im Haus, um es tagelang gegen eine Armee von Angreifern zu verteidigen.

Poppinga hatte eine Vorliebe für Präzisionswaffen. Schießen war für ihn eine Art Meditation. Er nannte es *Eins werden mit dem Ziel*. Er feuerte keine Waffe ab. Er *entließ die Kugel ins Ziel*.

»Schießen «, sagte er, »ist die Kunst der Genauigkeit. Die Kunst vom richtigen Augenblick und vom Loslassen.« Er sammelte moderne Zielfernrohre genau wie alte Mikroskope.

Vermutlich werde ich das Haus nicht lebend verlassen, dachte Okopenko. Selbst wenn es mir gelingt, ihn zu töten, werden seine Leibwächter mich am Verlassen des Hauses hindern, und sogar wenn ich es hinkriegen sollte, von der Insel wieder runterzukommen, werden seine Schergen mich woanders erledigen. Ich bin im Grunde jetzt schon so gut wie tot. Über mich könnte die Polizei einen Weg finden, der Organisation großen Schaden zuzufügen. Ich bin gefährlich für sie geworden. Ich lebe nur noch, weil sie mich nicht gefunden haben, und nun werden sie lachen, weil ich direkt in die Falle laufe.

Er fühlte sich gut und leicht. Er grinste und machte mit der Hand kleine Bewegungen, wie ein Kind, das am Hafen seinen Eltern winkt, wenn sie von einer langen Reise zurückkommen. Er hoffte, dass Poppinga das sehen konnte. Er stellte sich vor, wie Poppinga ihn durch ein Zielfernrohr beobachtete, den Finger am Abzug, das Fadenkreuz auf seinem Gesicht, immer zwischen Augen und Nase hin und her pendelnd.

Nein, Poppinga würde nicht schießen. Nicht jetzt. Ein Toter auf dem Weg zu seinem Haus, so viel Aufsehen war dem Herrn der Gene unlieb. Er hatte immer jede Publicity vermieden. Schlagzeilen waren für die anderen. Er wollte vorwärtskommen.

Sein Lieblingsprojekt war die Krebsforschung. Durch das Einschleusen von genetisch veränderten Killerviren wollte er Tumore gezielt vernichten. Er bastelte an einer Art Atombombe gegen den Krebs. Später dann war es zu einer fixen Idee für ihn geworden, Menschen gegen Krebs immun zu machen, durch Zellen, die so ein wucherndes Wachstum erst gar nicht zuließen.

Warum, war die Frage, erkrankten einige Menschen und andere nicht? Die Entschlüsselung der Gene war der erste Schritt. Als Poppinga begonnen hatte, geklonte Menschen bewusst mit Krebszellen zu impfen, um die unterschiedlichen Arten zu testen, mit denen die Körper sich wehrten, waren Okopenko zum ersten Mal Zweifel gekommen.

So gut wie jetzt hatte er sich lange nicht gefühlt. Vielleicht damals, nach der ersten Beichte, als er glaubte, frei von Sünden zu sein und sich vorstellte, wenn er jetzt sterben würde, käme er als Engelchen geradewegs in den Himmel. Er war immer wieder mit geschlossenen Augen über die Straße gelaufen, um dem lieben Gott ein Angebot zu machen. »Hol mich! Hol mich zu dir in den Himmel!«

Er erinnert sich noch gut an die quietschenden Autoreifen. Fast war es, als würde er sie jetzt wieder hören. Oma Krause vom Lebensmittelladen gegenüber hatte alles beendet, ihre Kunden im Stich gelassen, ihn von der Straße gezogen, ihm eine Ohrfeige verpasst und ihn gezwungen, im Laden hinter der Theke ganz ruhig sitzen zu bleiben, bis seine Mutter endlich kam, um ihn abzuholen. Sie hatte einen völlig verstörten Eindruck gemacht und sich immer wieder bei Frau Krause bedankt. Die gute Oma hatte ihm sogar zum Abschied noch einen Lutscher geschenkt. Kirsch mit Vanille. Er konnte ihn jetzt wieder schmecken.

Damals hatte er sich frei gefühlt, weil der Tod keine Bedeutung mehr für ihn gehabt hatte, und genau so ging es ihm jetzt. Dieses flirrende Gefühl war wieder da. Endlich frei zu sein! Fliegen zu können! Ein Engel zu werden! Ein Racheengel! Ein Engel, der für Gerechtigkeit sorgte, und das natürliche Gleichgewicht wiederherstellte.

Er war noch gut zwanzig Meter weit weg, da wurde bereits die Tür geöffnet. Zu Okopenko Erstaunen nicht durch einen von Poppingas Leibwächtern. Kein durch Bodybuilding gestählter Körper, der wie aufgepumpt in einem leichten Sommeranzug steckte. Auch seine Frau öffnete nicht, sie empfing ja sonst gern die besonderen Freunde des Hauses.

Doch jetzt stand Poppinga selbst in der Tür. Er sah ruhig aus, konzentriert und gleichzeitig entspannt, wie nach einer Meditation. Er hatte eine Zeit in Japan verbracht und dort Kampfkünste kennengelernt, und während ein paar Wochen in einem Zen-Kloster hatte er die Kraft erfahren, die aus der Meditation kommt. Er hatte Okopenko oft davon vorgeschwärmt, aber Okopenko machte dieses angestrengte Sitzen auf dem Meditationskissen nervös, seine Knie begannen zu schmerzen und seine Rückenmuskulatur bedankte sich mit Verkrampfung.

Poppinga empfing Okopenko mit den Worten: »Hallo, alter Freund!«

Aber Okopenko wollte sich nicht einlullen lassen: »Oh, wie komme ich denn zu der Ehre? Du öffnest selbst? Wo sind denn deine Jungs mit den breiten Schultern und den kleinen Köpfen?«

Poppinga lächelte: »Alte Kampfgefährten begleite ich gern selbst ins Haus.«

»Hm. Ich glaube, diese Gunst ist mir noch nie zuteil geworden.«

Okopenko fragte sich, wer jetzt die Metalldetektoren beobachtete, an denen vorbei er ins Haus ging. Die Idee, Poppinga könne allein sein, empfand er als äußerst befremdlich. Für seinen Plan wäre es natürlich eine ideale Voraussetzung gewesen, aber er hatte als Wissenschaftler gelernt, nicht in solche Fallen falscher Annahmen zu tappen. Diese Situation gab es für jeden Forscher: Das erhoffte Ergebnis schien greifbar nahe, dann warf man gern alle Bedenken über den Haufen und nahm das als gegeben an, was am besten ins Konzept passte. Die kleinen Irritationen am Rand, den Hauch von Zufall und Unlogik tat man als unwichtig ab und sah nur das, was man sehen wollte. Ein paar Mal war er in solche Fallen gestolpert. Das hatte ihn zum Skeptiker und vorsichtigen Taktiker gemacht.

Er ging also davon aus, dass Rolf Poppinga nicht allein war, auch wenn er für die Anwesenheit anderer keine Beweise hatte. Er fragte sich jetzt, ob es nicht klüger gewesen wäre, das Haus vorher eine Weile zu beobachten. Hatte sich hier die Grundlage der Versuchsanordnung geändert?

Poppinga gab sich betont freundschaftlich: »Ich dachte, du seist noch in den Staaten, mein Lieber.«

»Ach, hat der Terminator mich dort nicht gefunden?«, fragte Okopenko spitz zurück.

»Hat er dich gesucht?«

Poppinga führte Okopenko die Treppe hoch, vorbei an den zwei Samuraischwertern, deren scharfe Klingen so geschickt beleuchtet wurden, dass sie glitzerten wie Diamanten. Poppinga ging vor. Es wäre ein Leichtes für Okopenko gewesen, jetzt so ein Schwert aus der Halterung zu lösen und Poppinga von hinten den Kopf einzuschlagen. War Poppinga ohne Argwohn, oder hatte er irgendeine Sicherheit, von der Okopenko nichts wusste? Waren die Schwerter gesichert? Löste er mit dem Versuch, eines an sich zu nehmen, nur einen Alarm aus? Vermutlich. So wie er Poppinga kannte, überließ der nichts dem Zufall.

»Wo ist Maria? Ich hätte sie gern begrüßt.«

»Ganz ohne Blumen?«

»Ja, weißt du, man hat gerade mein Haus in die Luft gejagt, und da ist wohl ein Teil meiner guten Erziehung mit in die Luft geflogen, und das meiste von meiner guten Laune auch.«

Poppinga öffnete die Tür zu seiner Bibliothek. Es war angenehm kühl hier. Erst jetzt merkte Okopenko, wie sehr er auf dem Weg hierher geschwitzt hatte. So kurz nach dem Gewitter war die Temperatur schon wieder erstaunlich hoch.

Ein alter Schreibtisch. Ein moderner, ergonomisch beweglicher Chefsessel mit Lendenwirbelunterstützung. Drei alte Mikroskope waren wie Statuen auf Holzblöcken im Raum ausgestellt. Ein Leitz Labormikroskop von 1909. Ein Zeiss Lichtmikroskop von 1951 und ein Stereomikroskop von Leica, 1962. Ein Laptop, sonst nur Bücher bis zur Decke. Für Besucher gab es einen schweren Ohrensessel.

Aus diesem Zimmer, das schon immer eine ganz besondere Faszination auf Okopenko ausgeübt hatte, schien die Außenwelt ausgeschlossen zu sein. Es gab keine Fenster, nur eine indirekte Beleuchtung in den Buchregalen und einen Deckenstrahler für die Schreibtischplatte. Dies war der Ort für tiefe, ruhige Gespräche. Ein Raum, der zur Reflexion einlud und nicht zum Ausagieren.

Es gab hier keine Waffe, mit der er Poppinga hätte töten können, abgesehen davon, dass es vielleicht möglich war, ihn mit einem Brockhauslexikon oder einer Shakespeareausgabe zu erschlagen.

Poppinga nahm hinter dem Schreibtisch im Chefsessel Platz. Er ließ ihn hydraulisch mit einem furzenden Geräusch ein Stückchen höher fahren. Okopenko war sich sicher, dass in der Schublade eine Kanone lag. Außerdem gab es hier vermutlich in den Regalen versteckt Kameras, die Bilder auf Monitore eines Sicherheitsmannes übertrugen. Die Security würde hereinstürmen, wenn Poppinga in Gefahr geriet.

»Es war mutig von dir, hierherzukommen. Mutig, aber gut ...«, sagte Poppinga und klang grüblerisch.

»Ich dachte, egal wo ich bin, ich bin jetzt ein toter Mann. Also warum nicht in die Höhle des Löwen?«

Poppinga nickte langsam, so als müsse er jede Bewegung sehr vorsichtig ausführen.

»Wie viele Replikanten hast du in Sicherheit gebracht?« Poppinga sah ihn nicht an. Er sprach wie zum Schreibtisch.

Endlich war es heraus. Sie wussten also alles.

»Fünfzehn.«

Jetzt fixierte Poppinga ihn. Er wirkte müde auf Okopenko. Wie ein Boxer in der Ringecke, der Angst vor der nächsten Runde hat.

Poppinga verzog beeindruckt das Gesicht. »Respekt. Fünfzehn. Das ist nicht leicht. Man hat mir von acht berichtet. Die aus Spanien und dann dieses Mädchen aus Dänemark ...«

Poppingas Stimme wurde leiser, als hätten ihn die paar Worte enorm angestrengt. »Wo hast du sie untergebracht? Doch nicht alle bei dir?«

»Ich werde dir nicht verraten, wo sie sind.«

»Das habe ich auch nicht erwartet. Du warst immer ein charakterstarker Typ. Das mit F 126 hätte dir auch jeder nachgesehen.«

»Daphne. Sie hieß Daphne. Nicht F 126.«

Poppinga fuhr mit der Hand über den Tisch. Es sah aus, als wolle er einen Krümel wegwischen, aber es konnte auch ein verstecktes Zeichen sein. Okopenko rechnete damit, dass jeden Moment Wachpersonal in den Raum stürmen würde, aber das geschah nicht.

Poppinga wiederholte den Namen. »Daphne. Schöner Name. Das hätte dir jeder durchgehen lassen. Einen solchen sentimentalen Fehltritt haben sich viele geleistet. Die einen haben sich verliebt. Mit den anderen sind die Elterngefühle durchgegangen. Ich kenne im Grunde kaum einen von der alten Garde, die von Anfang an dabei waren, der nicht versucht hätte, einen Replikanten in sein Leben zu integrieren.« Er lachte bitter. »Einige haben sogar eine Geburt vorgetäuscht und den Klon einfach als ihr Kind ausgegeben. Die Timmermanns zum Beispiel. Aber du hast es zu toll getrieben.«

Er blickte zur Decke. »Mein Gott, fünfzehn! Wie soll das geheim bleiben? Du musstest auffliegen. Einige Jungs waren echt sauer auf dich. Sie haben mich gedrängt, dich endlich eliminieren zu lassen. Um der alten Zeiten willen habe ich dich geschützt, aber … als dann F 126, also Daphne, nackt in deinem Auto …« Er schüttelte bedauernd den Kopf. »Da konnte ich nichts mehr für dich tun. Wir haben einen neuen Sicherheitschef. Ein ganz scharfer Hund. Das läuft nicht mehr wie früher, locker vom Hocker und familiär. Der hat die Zügel fest in der Hand und führt uns alle an der langen Leine.«

»Der Russe?«

»Nein. Er ist aus Georgien, aber alle sagen, der Russe. Ähnlich wie bei Stalin. Der ist auch bis heute für alle ein Russe und war doch Georgier.«

Okopenko ging zwischen den Mikroskopen hin und her und betrachtete sie während des Gesprächs. Durch das alte Leitz sah er, als gäbe es etwas zu entdecken.

Genug Smalltalk, dachte er. Lass dich bloß nicht wieder von ihm einwickeln. Von wegen, die guten alten Zeiten …

»Mit dem da habe ich begonnen«, sagte Poppinga. »Mein erstes Mikroskop in der Uni. Im Grunde kannst du noch nichts dadurch sehen, was wirklich von Bedeutung ist.«

Okopenko spielte mit dem Gedanken, das Mikroskop zu nehmen und Poppinga damit zu erschlagen. Er fand das einen angemessenen Tod für einen Wissenschaftler. Aber dann entschied er sich nicht für ein Instrument der Erkenntnis, sondern für eines des Kampfes.

»Kann ich mal deine Toilette benutzen?«

»Selbstverständlich. Treppe runter, erste Tür rechts. Du kennst dich ja aus.«

Okopenko verließ die Bibliothek und blieb auf der Treppe

stehen. Er berührte ein Samuraischwert. Es ließ sich mühelos aus der Halterung heben.

Okopenko hatte den Mann nicht bemerkt. Jetzt ließ seine Stimme ihn zusammenzucken.

»Bitte legen Sie die Waffe wieder zurück, Professor Okopenko.«

Okopenko fuhr herum. Unter ihm, am Ende der Stufen, stand ein weißhaariger blasser Mann, an dessen Namen er sich nicht erinnerte, aber er hatte ihn schon mindestens zweimal gesehen. Einmal in Nicaragua. Damals waren sie beide jünger gewesen. Viel jünger. Der Mann machte eine verdächtige Handbewegung zu seiner Jackentasche. Bevor er eine Pistole ziehen konnte, ließ Okopenko das Schwert auf ihn herabsausen.

Der Getroffene fiel auf die Knie. Sein Körper verkrampfte sich. Er war starr wie eine Schaufensterpuppe, aus der Blut lief.

Okopenko tastete den Mann ab. Er trug keinen Schulterhalfter. Okopenko konnte gar keine Waffe bei ihm finden. Irritiert tastete er ihn weiter ab.

Oben an der Treppe erschien Poppinga. Er hielt sich am Geländer fest.

»Alexander! Nicht! Das ist ... Oh, mein Gott!«

Okopenko hob das Samuraischwert hoch über seinen Kopf. »Und jetzt bist du dran!« Er stapfte die Stufen hoch. Die Treppe schien unter seinen Tritten zu vibrieren.

Der verletzte weißhaarige Mann versuchte, zur Tür zu kriechen. Der Krampf war einem Zittern gewichen. Er verlor viel Blut. Er hatte die ersten Berufsjahre in der Unfallchirurgie verbracht und wusste, dass ihm nicht mehr viel Zeit blieb.

Poppinga floh in die Bibliothek und warf die Tür hinter sich zu. Er hatte unten in den Kellergewölben elektronisch gesicherte Stahltüren, Zahlenschlösser und welche, die auf Fingerabdrücke reagierten, installiert, aber hier oben steckte in dem stinknormalen Türschloss nicht einmal ein einfacher Bartschlüssel.

Poppinga schob den Ohrensessel gegen die Tür. Okopenko warf sich dagegen. Er wusste, dass er nicht viel Zeit hatte. Gleich würden Poppingas Schergen hier sein und selbst wenn nicht, er konnte seine Waffe aus dem Schreibtisch holen und einfach durch die Tür feuern.

Die Wucht von Okopenkos Körper öffnete die Tür einen Spalt. Der Sessel war zwar schwer, rutschte aber auf dem glatten Parkettboden schnell vorwärts. Okopenko stieß die Klinge durch die Öffnung und warf sich noch einmal gegen die Tür.

Der Sessel krachte gegen ein Buchregal. Das Werk von Craig Venter, dem Mann, dem es erstmals gelang, das Erbmaterial eines Bakteriums synthetisch herzustellen, »Mein Genom, mein Leben«, fiel auf den Boden.

Okopenko sprang in den Raum. Poppinga war bereits hinter seinem Schreibtisch. Er versuchte, ruhig zu bleiben. Er hatte in seinem Leben viele Krisen gemeistert. In solchen Situationen spürte er das Leben in sich. Es kribbelte auf der Haut. Er hätte wissenschaftlich genau beschreiben können, was jetzt mit ihm geschah. Das im Nebennierenmark gebildete Stresshormon Adrenalin wurde ins Blut ausgeschüttet. Herzfrequenz und Blutdruck stiegen. Er wusste alles über die Biosynthese und die Umwandlung von Noradrenalin zu Adrenalin. Aber es war doch etwas ganz anderes, die Bereitstellung von Energiereserven zu spüren, als zu wissen, wie sie auf subzellularer Ebene zustande kamen.

»Warum?«, fragte er, denn er kannte Okopenko gut. Männer wie Okopenko redeten normalerweise lieber, statt zu handeln. Das hier sah ihm gar nicht ähnlich.

»Das fragst du noch? Du hast versucht, Gott zu spielen und bist dabei zum Teufel geworden.«

»Wir ... wir haben vielen Menschen ein menschenwürdiges Weiterleben ermöglicht. Wir haben Krankheiten besiegt. Wir sind so kurz davor, den Krebs für immer auszurotten ...«

»Halt die Schnauze!«

Poppinga war sofort still. Er zeigte seine Handflächen vor.

»Um welchen Preis, frage ich dich. Um welchen Preis?!«

Okopenko ließ die Klinge durch die Luft sausen.

»Ich bin wie du, Alexander. Deshalb habe ich dich immer gedeckt. Maria hat es nicht ausgehalten, dass Kopien von Markus ...«

»Halt die Schnauze! Mich wickelst du nicht ein!«

»Ich habe dem ganzen Spuk ein Ende bereitet, Alexander.«

Poppinga wich zurück. Er konnte den Raum nicht verlassen. Ihm wurde schlagartig bewusst, dass dieser fensterlose Raum eine Falle war. Es gab keine Fluchttür. Der einzige Ausgang wurde von Okopenko mit dem Samuraischwert blockiert. Er konnte unmöglich an ihm vorbei nach draußen kommen.

»Oh nein, du wirst immer so weitermachen. Für dich ist der endgültige Triumph ganz nah. Wenn aus euren Labors die genetisch veränderten Viren kommen, die den Krebs besiegen, dann seid ihr unantastbare Götter. Jedes Verbrechen wird man euch verzeihen. Was sind schon die paar Opfer bei dem ach so großen Ziel?«

Poppinga stieß mit dem Rücken gegen die Regalwand mit wissenschaftlicher Fachliteratur. Okopenko kam näher, das Schwert gefährlich schlagbereit. Er hielt es mit beiden Händen, und er hatte bereits unter Beweis gestellt, dass er bereit, war, damit nicht nur zu drohen.

»Ja, das habe ich auch geglaubt. Lange, lange Zeit. Kurt Blome war da immer mein Vorbild. Ich dachte, wenn der Reichsärzteführer, zuständig für biologische Kriegsführung und Menschenversuche der Nazis, nach dem Krieg von den Amerikanern als Berater geholt wird, statt ihn in Nürnberg zum Tode zu verurteilen ...«, gab Poppinga zu.

»Ja!«, schrie Okopenko, der das alles natürlich wusste, »weil sie sein Wissen brauchten!«

»Genau so habe ich auch gedacht. Ich sagte mir: Aber was ist, verglichen damit, unser Wissen, und wie gering sind unsere Verbrechen? Vermutlich würden sie uns eher mit Preisen und Auszeichnungen überhäufen als mit Verfolgung.«

»Leider wirst du das nicht mehr erleben. Weil ich die Sache jetzt beende. Ich hoffe, du bist bereit, vor deinen Gott zu treten.«

»Was redest du denn da für ein pathetisches Zeug? Du und Gott. Lass uns zusammenarbeiten. Hilf mir. Wir zwei haben doch gemeinsam begonnen, wir können es auch gemeinsam beenden. Ich habe einen Plan. Ich ...«

Okopenko wollte sich das nicht länger anhören. Er hielt es nicht mehr aus, er hatte Angst, gleich den Mut zu verlieren. Das alles waren doch nur Versuche von Poppinga, ihn erneut für sich einzunehmen.

Okopenko war jetzt beim Schreibtisch. Wenn Poppinga in seiner eigenen Wohnung keine Waffe trug, war er jetzt geliefert.

Er ist unbewaffnet, sagte Okopenko sich, sonst hätte er längst auf dich geschossen. Einerseits machte Okopenko sich damit Mut für den finalen Angriff, andererseits regten sich Skrupel in ihm, einen unbewaffneten Mann mit dem Schwert zu erschlagen.

Poppinga spielte genau diese Trumpfkarte, indem er immer wieder seine offenen Hände vorzeigte und dabei die Arme hob.

Okopenko hielt inne. Er hörte sich selbst spotten: »Du glaubst, dass ich dich verschone, weil du unbewaffnet bist?« Er lachte zynisch. »Das hier ist kein Duell unter adeligen Offizieren! Du hast mein Haus in die Luft jagen lassen! Du würdest keinen Moment zögern, wenn du am Drücker wärst.«

Er hob das Schwert, um Poppingas Hals zu durchtrennen.

Jutta Speck lag wie ein Paket zusammengeschnürt auf dem Bett. Sie konnte nur noch durch die Nase atmen. Klebestreifen hinderten sie daran, den Knebel auszuspucken.

Sie konnte sich selbst auf dem Bett liegen sehen. Es war eine Spiegelung auf einer blank gewienerten Thermoskanne. Ihr Gesicht war durch die Verzerrung ganz oval und groß. Ihr Körper klein. Ihre Hände und Füße waren nicht zu sehen.

Ihr linker Arm war eingeschlafen. Der rechte schmerzte. Ihre Handgelenke waren hinter ihrem Rücken zusammengebunden. Ihre Füße ebenfalls. Die Fesseln waren miteinander verknüpft. Wenn sie versuchte, die Beine auszustrecken, riss sie an ihren Armen und umgekehrt.

Sie bemerkte den Verband auf ihrem Kopf. Jemand hatte sie also durchaus gekonnt ärztlich versorgt und dann, zusammengerollt wie einen Rollbraten, hier abgelegt.

Jede Bewegung tat weh, und der Kopf schien ein Bienenhaus zu sein, aber sie lebte.

Ihr erster Gedanke galt Nadine.

Sie selbst befand sich ohne Zweifel noch an Bord der Yacht.

Jutta Speck lag unten in einem Etagenbett. Sie konnte über sich die Matratze sehen und die Lattenroste.

Dann fragte sie sich, wem wohl die Thermoskanne gehören konnte. Wessen Zimmer war das hier? Es war klein, in der Ecke ein Spind. Hier schlief das Personal dieser Luxusyacht, folgerte sie.

Die Nordseewellen ließen das Schiff ganz schön hin und her schwanken. Sie hörte das Klatschen der Wellen gegen den Schiffskörper. Sie musste sich tief unten in Höhe der Wasseroberfläche befinden.

Jutta hoffte, dass ihr nicht schlecht werden würde. Allein der Gedanke daran löste schon einen Brechreiz aus. Sie versuchte, konsequent mit tiefen Zügen durch die Nase zu atmen, um ihn zu unterdrücken.

Wenn ich mich übergebe, werde ich sterben, dachte sie.

Da knarrte es über ihr. Ein kalter Schauer durchfuhr sie. Der Brechreiz war sofort vergessen. Ein Gedanke, gespeist von Angst und Hoffnung, beherrschte sie augenblicklich: Da oben lag Nadine!

Ja, das wäre möglich. Sie war hier an Bord. Da sie klein und leicht war, hatten die Entführer Nadine mühelos ins obere Bett werfen können. Sie selbst war viel schwerer und nicht so leicht zu handhaben, also hatten sie sie ins untere Etagenbett verfrachtet. Immerhin glaubte sie, ihrer Tochter schon ein ganzes Stück näher gekommen zu sein.

Sie versuchte, trotz Knebel im Mund und Klebeband auf den Lippen ihr Kind zu rufen. Sie gab dumpfe Laute wie: »N … nnnmm ummm …« von sich.

Es strengte sie ungeheuer an. Schweißperlen liefen ihr in die Augen, und sie war nicht in der Lage, sich übers Gesicht zu wischen.

Wieder bewegte sich über ihr etwas.

Nadine! Nadine! Hörst du mich mein Kind? Die Mama ist hier! Alles wird gut!

Da sie die Sätze nicht herausbrüllen konnte, dachte sie sie mit solcher Inbrunst, dass sie hoffte, wenigstens ein paar Worte könnten so Nadines Bewusstsein erreichen. Es gab so etwas, redete sie sich ein. Eine nonverbale Kommunikation zwischen zwei Menschen, die sich liebten. So wie sie genau wusste, dass Nadine noch lebte, so konnte vielleicht auch Nadine jetzt ihre Anwesenheit und ihre Gedanken spüren.

Das Bett wackelte. Dann baumelten nackte, behaarte Männerbeine vor ihr herunter. Die schwarzen, durchgelaufenen Socken direkt über ihrem Gesicht.

Der Mann ließ die Beine eine Weile hängen, stöhnte wie jemand, der sich reckt und streckt und sprang dann vom Bett auf den Boden. Er trug eine dunkelblaue Unterhose und ein weißes Muskelshirt, die dazu passenden Muskeln fehlten ihm aber. Er drehte sich zu Jutta Speck um. Sein Gesicht wirkte durch die Hasenzähne noch schmaler. Er hatte Sommersprossen um die Nase und widerspenstige Haare.

»Gib Ruhe«, sagte er sanft. »Ich hatte zwanzig Stunden Dienst, und vor uns steht eine enorm wichtige Fahrt. Wir bekommen eine Menge Leute an Bord. Nicht Hinz und Kunz. Keine Touristen, die Makrelen fangen wollen, sondern eine echt illustre Gesellschaft.« Er tätschelte ihr Gesicht. »Mach hier nicht zu viel Lärm. Das bekommt dir nicht gut. Wir hatten alle eine Menge Stress wegen dir und deiner bescheuerten Aktion. Noch mehr Hektik, und du fliegst in hohem Bogen über Bord. Ich würde an deiner Stelle ganz ruhig liegen bleiben.«

Sie hob ihren Kopf und schlug ihn immer wieder ins Kissen.

»Was ist? Kriegst du keine Luft? Verstehst du mich nicht?

Sie versuchte, ihn mit weit aufgerissenen Augen geradezu zu hypnotisieren.

Er knibbelte an dem Klebeband in ihrem Gesicht herum.

»Okay, okay. Ich mache dir das kurz ab. Dann kannst du mir sagen, was du auf dem Herzen hast. Man ist ja kein Unmensch. Aber wehe, du schreist oder machst mir sonst wie Probleme.«

Er löste das Klebeband vorsichtig von ihrer Gesichtshaut. Sie nahm zur Kenntnis, dass er ihr nicht wehtun wollte, aber genau dadurch geschah es. Sie spürte, wie Härchen für Härchen langgezogen wurde, bevor es sich löste. Als dann ihre Lippen endlich frei lagen, war sie nicht in der Lage, den Knebel herauszuwürgen. Er half ihr, mit spitzen Fingern, als hätte er Angst, sich schmutzig zu machen oder von ihr gebissen zu werden.

Er ließ den nassen Lappen auf dem Boden fallen. Es war ein weißblau kariertes Spültuch.

Sie japste nach Luft. »Wo ist mein Kind?« Sie hustete, und wieder die Frage: »Wo ist mein Kind? Was habt ihr mit mir vor?«

Er richtete sich auf und verschwand aus ihrem Blickfeld.

Dann kam er mit einem Glas Wasser zurück. Er hob mit links ihren Kopf und führte ihr mit rechts das Glas an die Lippen. Sie trank gierig.

Da klopfte es an die Tür. »Kai? Mach mal ein bisschen Zackzack. Die Herrschaften trudeln ein.«

Sofort stellte Hasenzahn das Glas auf dem Boden ab und verklebte Jutta Specks Mund wieder.

»Psst«, sagte er. »Alles wird gut, aber mach keinen Scheiß.«

Er schaltete ohne hinzusehen das Radio ein und verließ die Kajüte.

Jutta Speck erkannte die fröhliche Stimme von Silvia Ochlast sofort.

»Radio Ostfriesland – heel watt Besünners!«, rief sie auf Platt.

Ihre Stimme trieb Jutta Freudentränen in die Augen. Ja, es gab da draußen noch eine Welt! Das Leben ging weiter. Nach jeder Katastrophe rückten internationale Hilfskräfte an.

Der Sender war sehr weit weg. Der Empfang nicht gut. Es knisterte und knarrte. Aber Silvia Ochlast lachte mit ihrem ansteckenden Optimismus die Dunkelheit aus der Welt. Jutta Speck sog die Stimme auf. Auch wenn sie ein paar Sätze in Platt sprach, war das Rheinische herauszuhören. Ein kölsches Mädchen in Ostfriesland!

Red weiter, dachte Jutta Speck, hör nicht auf. Sprich! Das hilft mir!

Kai hatte das alte Klebeband benutzt und es nicht straff genug angepappt. Außerdem hatte er vergessen, ihr den Knebel wieder in den Mund zu stopfen, oder er wollte ihr diese Tortur ersparen. Jedenfalls gelang es ihr, durch Hin- und Herreiben auf dem Kissen und durch Gesichtsgrimassen die Unterlippe über den Klebestreifen zu schieben. Bald schon bekam sie ein Stückchen davon zwischen die Zähne und zerfetzte es. Sie spuckte aus. Ihre Lippen waren frei.

Sie beherrschte sich. Sie schrie nicht.

Sie beschloss, sich loszubeißen, aber so sehr sie sich auch anstrengte, sie konnte unmöglich an die auf dem Rücken gefesselten Handgelenke kommen. Aber die Füße waren eine Möglichkeit ...

Sie verfluchte sich, weil sie den Yogakurs damals abgebrochen hatte. Überhaupt bewegte sie sich mit den Jahren zu wenig. Ihre Gelenke kamen ihr wie eingerostet vor. Früher, als Kind, konnte sie sich mühelos den dicken Zeh in den Mund stecken. Sie war oft dafür ausgeschimpft worden. *Man lutscht doch nicht am Zeh, Jutta!*

Jetzt hätte ihr diese Fähigkeit sehr genützt.

Weller und Ann Kathrin gingen mit den Touristen von Bord und nahmen dann die Inselbahn. Mit einem kurzen Zwischenstopp am Jakob-van-Dyken-Weg erreichten sie nach knapp fünfzehn Minuten die Innenstadt.

Die Fahrt war Ann Kathrin sehr kurz vorgekommen. Höchstens drei, vier Minuten lang. Gern wäre sie noch länger gefahren. Der Blick aus der Bahn in die Landschaft beruhigte sie. Fast kam Urlaubsstimmung auf.

Natürlich hätten sie sich von Kollegen abholen lassen können. Sie kannte zwei Beamte auf Borkum. Sie kam gut mit ihnen klar, ja, sie mochte Pit Schütte und Hauke Regemann, aber sie wollte das hier gerne anders erledigen. Es hatte fast privat begonnen, und es ging ja auch immer noch um Insa Heide und eine mutmaßliche, nicht angezeigte Vergewaltigung. So schwierig es gewesen wäre, diese Vorgehensweise zu verteidigen, Ann Kathrin hatte das Gefühl, es sei besser, das mit Poppinga zunächst ohne Ortsunterstützung zu regeln. Die Kollegen hatten ja schon genug damit zu tun, nach Wissenschaftlern zu forschen, die plötzlich von der Insel, ja, aus ganz Ostfriesland, verschwunden waren.

Sie liehen sich Fahrräder, da hörte Weller eine Mädchenstimme, die ihm noch von der Fähre sehr bekannt vorkam.

»Ich will nicht so ein Oma-Fahrrad! Haben die hier keine richtige Karre?«

»Kind, du kannst doch hier nicht Motorrad fahren! Die Leute kommen auf die Insel, um die Ruhe zu genießen.«

»Wusste ich doch, dass das hier scheiße wird!«

Weller grinste.

»Was ist?«, fragte Ann Kathrin. »Können wir?«

Weller überprüfte noch die Gangschaltung, dann radelten sie gemeinsam in Richtung Nordstrand. Weller wunderte sich darüber, dass er sich nicht darüber wunderte. Er hatte sich längst an den unorthodoxen Stil der Ann Kathrin Klaasen gewöhnt.

Sie sahen aus wie Touristen, und ein bisschen fühlten sie sich auch so. Ein bisschen. Denn da war noch etwas: die Ahnung, dass sie gleich der Wahrheit ins Gesicht blicken würden.

Weller wusste nicht, was ihm lieber war. Er stellte sich vor, Ann Kathrins Theorie von den geklonten Menschen würde sich als falsch herausstellen, und es gäbe für alles eine andere, bessere, schlüssige Erklärung. Wäre er dann erleichtert oder enttäuscht? Müsste er sie dann trösten, weil sie sich verrannt hatte, oder konnten sie beide erleichtert aufatmen, weil sie eben nicht recht behalten hatte?

Wenn er an Rupert dachte, dann wünschte er sich fast, dass an dieser Klongeschichte etwas dran war. Er gönnte Rupert den Triumph über Ann Kathrin nicht, und den hätte Rupert zweifellos, wenn sich alles als reine Spekulation herausstellte.

Der Weg war holprig.

Ein Fasan kreuzte majestätisch ihren Weg. Die Sonne ließ das bronzebraune Gefieder rötlich erstrahlen. Hals und Kopf waren bläulich-grün, und er schien eine knallrote Maske vorm Gesicht zu tragen. Er wirkte auf Weller wie ein Bankräuber, der sich

nach der Tat unauffällig ins Gebüsch schlägt, und genau dorthin verschwand das bunte Tier jetzt.

Als Weller schon gut hundert Meter weiter geradelt war,
hörte er hinter sich Göök-Göök-Göööök-Laute und hatte den
Eindruck, der Vogel würde ihn beschimpfen. Weller drehte sich
um.

In dem Moment sah Ann Kathrin vor sich bereits das Haus
von Poppinga. Die Tür stand offen und dort lag etwas. Eine
Puppe oder ein Tier oder … ein Mensch, der es nicht mehr geschafft hatte, das Haus zu verlassen, sondern im Türrahmen zusammengebrochen war.

Ann Kathrin erhob sich vom Sattel und trampelte stehend in
die Pedale. Erst dadurch, dass sie sich plötzlich so rasch von ihm
entfernte, wurde Weller darauf aufmerksam, dass etwas nicht
stimmte. Er versuchte aufzuholen, kam auch rasch an sie heran,
schaffte es aber nicht, sie zu überholen.

Vor dem Haus sprang sie vom Rad und ließ es ins Dünengras
fallen. Noch während Weller versuchte, sein Rad ordentlich ab-
zustellen – immerhin war es ja nur geliehen –, und er Probleme
mit dem Fahrradständer hatte, weil er im Sand einsank, war
Ann Kathrin bei dem Toten. Sie fühlte an seiner Halsschlagader
nach einem Pochen, doch ihre Erfahrung sagte ihr, dass dieser
Mann tot war. Vermutlich erst seit ein paar Minuten, aber trotzdem unwiederbringlich tot.

Sie deutete Weller an, er solle jetzt das verdammte Rad in
Ruhe lassen und lieber die Kollegen informieren und den Ret-
tungsdienst. Er nickte ihr zu, lehnte das Fahrrad gegen die Ha-
gebuttensträucher und griff zu seinem Handy.

Ann Kathrin fischte ihre Heckler & Koch aus der Handtasche
und stieg über die Leiche. Die großflächigen Bilder warfen ein
merkwürdiges, flimmerndes Licht in den Flur.

Ann Kathrin hörte Stimmen und Kampflärm von oben. Sie si-
cherte rasch die Türen rechts und links, um nicht in eine Falle zu

laufen. Dann nahm sie mit jedem Schritt drei Stufen, die Heckler & Koch immer voran.

Sie stieß die Tür zur Bibliothek mit dem rechten Fuß auf und sah mit einem Blick einen Mann, der mit erhobenem Samuraischwert auf einem anderen kniete. Sie kombinierte, dass der Schwertträger bereits einen anderen Menschen auf dem Gewissen hatte und wollte ihn daran hindern, den nächsten Mord zu begehen.

Die Tür federte zurück, bevor Ann Kathrin feuern konnte.

»Lassen Sie das Schwert fallen!«, schrie sie und trat die Tür erneut auf. Diesmal sprang sie sofort ins Zimmer, dabei strauchelte sie und wäre fast hingefallen. Im letzten Moment fing sie sich. Ihr linkes Knie berührte nur kurz den Parkettboden. Ein erschreckendes Schwindelgefühl ließ das Zimmer um sie herum trudeln. Sie hatte das Gefühl, ihr Kreislauf würde in den Keller gehen und gleichzeitig ihr Blutdruck steigen.

Der Mann mit dem Schwert drehte sich zu ihr um.

Sie suchte hinter dem Schreibtisch Deckung und festen Halt. Die Arme lang auf der Schreibtischplatte ausgestreckt, zielte sie auf Okopenko. »Hände hoch! Polizei! Lassen Sie sofort die Waffe fallen!«

Sie hielt die Heckler & Koch kurz nur mit der rechten Hand, um sich mit der linken flüchtig übers Gesicht zu wischen. Ihr war, als hätte sie Spinnweben vor Mund und Augen.

Okopenko erhob sich. Poppinga blieb auf dem Rücken liegen. Die Klinge glitzerte bedrohlich im Licht des Deckenstrahlers.

»Sie sollen die Waffe fallen lassen!«, verlangte Ann Kathrin. »Ich fordere Sie zum letzten Mal auf!«

Okopenko wirkte wie ein Süchtiger auf Crack. Hoch aggressiv und völlig unberechenbar.

»Frank, wo bleibst du, verdammt?«, brüllte sie.

Okopenko schwang das Samuraischwert über seinem Kopf.

Es machte in der Luft Geräusche, die Ann Kathrin an rotierende Hubschrauberflügel denken ließ.

Poppinga federte hoch. Er hätte vom Alter her ihr Vater sein können, aber jetzt erkannte Ann Kathrin, dass er im Gegensatz zu ihr topfit war. Er sprang Okopenko von hinten an und riss seinen Kopf mit beiden Händen hoch. Okopenkos Körper streckte sich. Das Schwert saust durch die Luft, ohne auf Widerstand zu treffen.

Aber dann, mit einer kurzen kräftigen Bewegung seiner Hände, brach Poppinga Okopenkos Genick. Es war ein dumpfer Ton, verbunden mit einem tödlichen Knirschen, das Ann Kathrins Herz aus dem Rhythmus brachte. Sie hatte noch nie gehört, wie ein Genick brach. Sie kannte diesen Ton von Fingern, aber das hier war lauter und tat schon beim Hören körperlich weh.

Das Schwert fiel zu Boden. Schlaff wie eine Marionette, deren Fäden durchtrennt wurden, hing Okopenko, nur von Poppingas Händen gehalten, in der Luft. Seine Knie knickten ein, seine Arme baumelten schlaff herab. Poppinga ließ ihn los.

Okopenko krachte zusammen. Er hob keine Hand, um den Fall zu bremsen oder den Kopf zu schützen. Es sah aus, als würde eine leblose Holzpuppe ohne jeden Reflex umfallen. Der Kopf knallte ins unterste Buchregal und blieb auf den großen Bibelausgaben von Ernst Fuchs, Chagall, Immendorff und Hundertwasser liegen.

Mühsam erhob Ann Kathrin sich. Ihren Gelenken schien Gleitmittel zu fehlen, die Knochen waren schwer geworden. Sie fühlte sich innerlich unter Druck, als könnte die Haut ihre inneren Organe nur unter größter Anspannung daran hindern, aus dem Körper zu platzen.

Weller erschien mit gezogener Waffe. Er glaubte die Situation zu erfassen, brachte sich zwischen Ann Kathrin und Poppinga in Stellung und bedrohte Poppinga: »Ich will Ihre Hände sehen, und zwar ganz hoch oben!«

Poppinga räusperte sich und hob die Arme, wie Weller verlangt hatte. Er tat es mit einer gewissen Grandezza und einem hochmütigen Lächeln.

»Bitte sagen Sie Ihrem ungestümen Kollegen, Frau Kommissarin, dass er gerade auf den Mann zielt, der Ihnen das Leben gerettet hat.«

Erst jetzt sah Weller Okopenko am Boden liegen und das Schwert. Weller schaute zu Ann Kathrin, aber die reagierte nicht. Sie stand paralysiert da, wie unter Schock.

Der Tote unten am Fuß der Treppe, der Mann hier auf dem Boden, mit dem Kopf auf den bunten Prachtausgaben der Bibel, und dazu Ann Kathrins Zustand machten Weller vorsichtig.

»Sie werden jetzt ganz schön brav zur Wand da gehen, die Hände dagegenlegen und die Beine breitmachen.«

»So wie ich es aus amerikanischen Filmen kenne?«

»Ja. Genau so. Und ich verspreche Ihnen, wenn Sie mir auch nur den kleinsten Anlass geben, dann ...«

Weller guckte noch einmal zu Ann Kathrin. Sie walkte sich das Gesicht durch. Ihre Heckler & Koch lag auf dem Schreibtisch vor ihr. Das irritierte Weller am meisten. Kein Kollege, Ann Kathrin schon gar nicht, würde seine Dienstwaffe in so einer Situation irgendwohin legen. Man hielt sie in der Hand oder trug sie am Körper, alles andere war äußerst unprofessionell und gefährlich. Bei Verlust einer Dienstwaffe musste sich jeder Beamte generell wegen einer Verletzung der Sorgfaltspflicht verantworten.

»Ann? Geht es dir gut?«

»Ja. Mir ist nur gerade ... schwindlig geworden ...«

Sie griff nach ihrer Heckler & Koch und steckte sie ein.

Poppinga positionierte sich am Buchregal so, wie Weller es von ihm verlangt hatte. Er tat es fast spielerisch, als würde es ihm Spaß machen.

Weller tastete ihn ab.

»Sie wissen schon, mit wem Sie es zu tun haben, Herr Kommissar? Ich bin Professor Rolf Poppinga.«

»Und wenn Sie der Papst wären oder Elvis. Mir ist das ...«

Weller bekam etwas Verdächtiges zwischen die Finger. Ein merkwürdig geformter Füllfederhalter.

»Das ist mein Lieblingsfüller aus der Cartier-Kollektion ...«

»Bleib still stehen!«

Ann Kathrin hatte sich wieder gefangen. Ihr Ausatmen war ein Seufzen.

»Seine schlimmsten Waffen sind seine Hände.« Ann Kathrin beugte sich über Okopenko. »Er hat ihm das Genick gebrochen.«

»Meine schärfste Waffe, junge Frau, war mit Verlaub bisher immer mein Verstand.«

»Ein Wort von dir, Ann, und ich hau ihm was aufs Maul.«

Ann Kathrin ging nicht darauf ein, sondern sagte nur: »Er lebt noch.«

»Ich denke, er hat ihm das Genick gebrochen?«

»Habe ich auch«, sagte Poppinga nicht ohne Stolz und fügte hinzu: »Bei einer Fraktur des Dens Axis kann dieser die Medulla Oblongata abquetschen oder gar durchtrennen, was zu Atemstillstand führt. Das Nervenzentrum bricht zusammen, der Blutkreislauf ebenfalls. Sie müssen sich das vorstellen wie bei einer Enthauptung. Es gibt ja Berichte von der Französischen Revolution. Da sollen Menschen, nachdem die Guillotine ihnen den Kopf abgetrennt hatte, noch ein paar Meter gelaufen sein oder gesprochen haben ...«

»Du sollst, verdammt nochmal, die Schnauze halten!«, brüllte Weller und schlug Poppinga von hinten in den Rücken, wofür er sich von Ann Kathrin einen bösen Blick einfing. Sie hatte für solche Methoden nichts übrig.

»Leg ihm Handschellen an und bring ihn runter«, sagte sie trocken.

Poppinga lachte: »Warum werde ich verhaftet? Soll das ein Scherz sein? Weil ich Ihnen das Leben gerettet habe? Er hat erst einen Mitarbeiter mit dem Schwert verletzt, dann ist er auf mich losgegangen. Er muss verrückt geworden sein. Das ist Professor Alexander Okopenko. Ein ehrenhafter Mann. Ein Freund des Hauses. Wir haben jahrelang zusammengearbeitet.«

»Das kannst du gleich alles dem Staatsanwalt erzählen«, brummte Weller sauer, bog Poppingas Arm auf den Rücken und legte ihm Handschellen an.

»Wollen Sie mich wirklich so – in Handschellen – aus dem Haus führen?«

»Nein«, sagte Weller, »natürlich nicht. Ich werde erst einen roten Teppich ausrollen und dann ein paar Jungfrauen organisieren, die Rosenblüten streuen. Ist uns doch eine Ehre! Sie werden auch nicht zum Verhör geladen. So etwas würden wir uns in Ihrem Falle nie erlauben. Wir bitten lediglich untertänigst um eine Audienz.«

Ihre Wirbelsäule schickte ein Schmerzgewitter durch ihren Körper, dass sie Blitze vor sich sah und Sterne auf sie zuflogen, aber das Klebeband riss!

Die Füße waren frei, blieben aber in ihrer Stellung wie gefesselt. Die Beine waren eingeschlafen. Mit dem Kopf berührte Jutta Speck ihre Knie. Die Beine kamen ihr dick vor und so, als hätte sie darin nicht Muskeln und Knochen und Venen, sondern Watte und Papier.

Sie wollte hinausrennen, sich dem Kampf stellen! Ein Telefon suchen. Die Polizei informieren. Aber zunächst hockte sie nur da. Sie wollte, aber sie konnte nicht.

In ihre Füße kam langsam Leben zurück. Die Zehen begannen zu prickeln, aber die Beine waren noch steif und gehörten irgendwie nicht zu ihr. Sie gab den Beinen sehr bewusste Befehle, aber sie gehorchten ihr nicht.

Jutta sackte in sich zusammen. Alles tat weh, und jeder Versuch, die Situation zu ändern, erschien ihr zum Scheitern verurteilt. Gerade als ein Sog von Mutlosigkeit sie erfasste, und sie in dem Strudel zu ertrinken drohte, spielte Silvia Ochlast *I will survive* von Gloria Gaynor. Obwohl der Sender instabil war und die Stimme einer niederländischen Nachrichtensendung sich immer wieder darüberlegte, spürte Jutta Speck die enorme Wirkung, die Musik haben kann.

Sie sang mit: »Oh no, not I – I will survive!«

Die Nachrichten in Holländisch übertönten Gloria. Jutta Speck sagte sich mit zusammengebissenen Zähnen die Übersetzung vor, weil sie hoffte, aus den deutschen Worten noch mehr Kraft ziehen zu können: »Oh nein, nicht ich! Ich werde überleben! «

Dann setzte sich im Radio wieder Gloria Gaynor durch: »I've got all my love to give, and I'll survive. I will survive.«

Die Discomusik brachte wieder Leben in Jutta Specks Beine. Sie schaffte es, aufzustehen. Dabei stieß sie sich den Kopf am Bettrahmen über ihr. Sie ging zum Waschbecken, drehte sich mit dem Rücken gegen das Becken und brachte die Fesseln ihrer Handgelenke an den Wasserhahn. Sie gab sich nicht damit ab, einen scharfen Gegenstand zu suchen. Der Wasserhahn musste reichen.

Sie rutschte immer wieder daran entlang, aber dann machte sie eine zu hektische Bewegung, und der Hahn schob sich zwischen ihre Handgelenke und das Klebeband. Gleich war wieder ein Anflug von Panik da.

Im Radio lief jetzt eine Werbung, aber Jutta Speck verstand nicht, was sie kaufen sollte. Es kam ihr so vor, als hätte sie die Sprache noch nie gehört, dabei konnte sie sonst sogar niederländische Zeitungen lesen.

Sie war jetzt praktisch ans Waschbecken gefesselt.

»Silvia, lass mich nicht im Stich!«, rief sie zum Radio, und als würde sie erhört werden, kam die Antwort mit einem Knistern. Silvia Ochlast hatte einen Hörer in der Sendung, der seinen Lieblingswitz erzählte. Es war der Maurer Peter Grendel aus Norden, den Silvia Ochlast als Krimifan mit Humor vorstellte.

»Treffen sich ein Amerikaner und ein Ostfriese im Weltall. Sagt der Amerikaner: »Wir wussten gar nicht, dass ihr eine eigene Raumstation habt.«

Sagt der Ostfriese: »Ja, wir hängen eben nicht alles an die große Glocke.«

Dann gibt der Ostfriese dem Amerikaner einen Brief an seine Frau mit zur Erde.

Fragt der Amerikaner: »Warum schickst du keine E-Mail?«

Sagt der Ostfriese: »Muss ja nicht jeder wissen, was ich meiner Frau zu sagen habe.«

Das sieht der Amerikaner ein und zeigt seinen Kugelschreiber: »Guck mal, den haben wir extra für solche Fälle. Hat Millionen gekostet, das zu entwickeln. Da ist Druckluft drin, mit einer Spezialpatrone, damit man auch in Schwerelosigkeit schreiben kann.«

Der Ostfriese schaut sich das Ding an.

Der Amerikaner fragt: »Wie macht ihr das denn ohne diese Technik? Normale Kugelschreiber oder Füller funktionieren doch in der Schwerelosigkeit nicht.«

»Wir nehmen Bleistifte.«

Mit der Pointe rutschte Jutta Specks rechte Hand aus der Fessel. Das Klebeband riss nicht, aber es drehte sich. Eine Hand war frei. Juttas Handrücken sah aus wie verbrannt, aber sie spürte den Schmerz nicht. Sie zog auch die linke Hand aus der Schlinge und hängte das Klebeband wie eine Kette über den Wasserhahn.

Sie sah sich nach einer Waffe oder einem Telefon um.

»Wir benutzen Bleistifte!«, sagte sie grimmig und dachte an

die Rasierklinge, mit der sie Lupo erledigt hatte, und den Stiel-kamm in Belushis Hals.

Es gab hier kein Besteck. Das hier war nicht mehr als ein Schlaf- und Waschraum. Die Mannschaft aß in der Kantine.

Aber da an der Wand hing ein Feuerlöscher. Besser als nichts, dachte sie.

Er hat eine scharfe Kante. Man kann damit jemanden aus-knocken, und der Schaum spritzt bestimmt ein paar Meter weit. Da stand, das Zeug sollte nicht an Augen oder Schleimhäute kommen. Das klang schon mal gut. Sie würde also auf die Ge-sichter zielen.

»Ihr habt Handfeuerwaffen. Wir nehmen Feuerlöscher!«

Okopenko lebte tatsächlich noch. Im Gesicht des Notarztes las Ann Kathrin, wie schlimm es um ihn stand.

Poppinga ließ sich widerstandslos abführen.

Ann Kathrin hatte Menschen in solchen Situationen schon oft erlebt. Sie teilte sie in drei Gruppen ein: die Reumütigen, die innerlich zusammenbrachen, möglicherweise suizidgefähr-det waren, aber keine Probleme machten und selbstquälerisch aussagten. Dann die Aggressiven, die die Polizei beschimpften und beleidigten. Einige bissen und fluchten, und Scheißbullen war ihr Lieblingswort, direkt gefolgt von Motherfucker, Wich-ser und Arschloch. Dann gab es noch die gebildeten Schweiger, die ihre Rechte kannten, die Polizisten auf jeden angeblichen Fehler hinwiesen und darauf bestanden, sofort ihren Anwalt sprechen zu wollen, dessen Nummer in ihrem Handy als Kurz-wahl gespeichert war.

Poppinga gehörte zu keiner dieser Kategorien. Er wirkte ge-fasst, ja, heiter und gelöst. Sein ganzes Gehabe hatte etwas Über-hebliches an sich. Er prahlte nicht herum. Er sprach leise und klar, als sei das hier alles nebensächlich.

Er behandelte die uniformierten Kollegen, die inzwischen angerückt waren, wie Angestellte oder Studenten, denen er unge-fragt das Leben erklärte. Pit Schütte beeindruckte er damit so-gar. Hauke Regemann brachte er gegen sich auf. Schütte redete Poppinga mit »Herr Professor« an.

Mit einer königlichen Geste sagte Poppinga zu ihm: »Bringen Sie mir bitte ein Glas Wasser.«

Schütte beeilte sich, dem Wunsch nachzukommen.

»Bevor Sie mich mitnehmen, Frau Kommissarin. Ich benötige Medikamente. Sie sind im Badezimmer im Medizinschrank.«

Weller hatte nur Sorge, dass Schütte wieder rennen würde und bellte: »Die können Sie sich selber holen!«

Lächelnd antwortete Poppinga: »Ja, zweifellos. Das Problem ist nur, Herr Kommissar, Sie haben mir die Hände auf den Rü-cken gefesselt.«

»Soll ich ihn losmachen?«, fragte Schütte.

Ann Kathrin warf ihm einen vernichtenden Blick zu und sagte hart: »Nein, das werden Sie nicht tun!«

Schütte nickte betreten.

»Viele Ihrer Kollegen sind im Moment in Ostfriesland, Herr Poppinga«, stellte Ann Kathrin fest. »Haben Sie keine Lust, bei dem Familientreffen dabei zu sein?«

»Ich weiß nicht, wovon Sie reden, Frau Kommissarin.«

Einem plötzlichen Impuls folgend, beschloss Ann Kathrin, Poppinga aus dem Zentrum des Geschehens herauszunehmen und ihn nicht hier auf Borkum zu vernehmen, sondern in der Polizeiinspektion Aurich. Sie wollte Ubbo Heide dabeihaben und am liebsten auch noch Staatsanwalt Scherer.

Die Kriminaltechniker kamen mit dem Hubschrauber und Ann Kathrin wollte damit zurück nach Aurich. Es gab ein kur-zes Kompetenzgerangel, das sie aber klar für sich entschied. Sie bat Weller, bei der Hausdurchsuchung zu bleiben. Sie sagte nicht: *die Hausdurchsuchung zu leiten*, aber ihr Blick hatte diese Energie.

Weller wäre gern in ihrer Nähe geblieben, verstand aber, dass hier eine wichtige Aufgabe zu erfüllen war.

Jutta Speck war noch wacklig auf den Beinen, und die Yacht schwankte im Rhythmus der Wellen. Der Flur war eng, und Jutta wurde mal backbord, dann wieder steuerbord gegen die Wand geworfen. In diesem kurzen Gang befanden sich allein fünf Türen. Hinter jeder konnte Nadine versteckt sein.

Sie versuchte, die erste Tür zu öffnen, aber sie war verriegelt. Sie hob den Feuerlöscher, um sie einzuschlagen. Sie holte weit aus und ließ ihn gegen das Schloss krachen.

Vergeblich. Der Feuerlöscher prallte ab und hätte ihr beinahe das Nasenbein gebrochen. Unbeirrt lief sie zur nächsten Tür. Sie war nur angelehnt und öffnete sich quietschend.

Jutta Speck sah das erstaunte Gesicht von Alexander. Er stand in einem blütenweißen Unterhemd vor dem kleinen Spiegel und gelte seine Haare. Sein Oberkörper war v-förmig, sein Gesicht kantig. Er schien aus klaren, geometrischen Formen zu bestehen. Seine Uniformjacke hing am Kleiderhaken, sein Hemd über dem Stuhl. Auf dem Bett lag der Revolver, den er Jutta Speck abgenommen hatte.

Sie ging, ohne zu zögern auf ihn los, und schlug mit dem Feuerlöscher nach ihm. Er hob seine Arme schützend hoch. Sie trat ihm in die Eier. Er jaulte und schützte jetzt seine Weichteile mit beiden Händen. Dadurch verlor sein Kopf jede Deckung.

Sie zog voll mit dem Feuerlöscher durch. Als der Kopf gegen den Pulverlöscher stieß, gab es ein helles Geräusch, so als sei entweder der Kopf oder der Feuerlöscher leer.

Alexander fiel um. Er raffte sich aber sofort wieder auf und wollte zum Bett, um nach dem Revolver zu greifen.

Ein zweites Mal traf Jutta Speck mit dem Feuerlöscher seinen Kopf. Diesmal schickte sie ihn in eine tiefe Dunkelheit.

Sie nahm den Revolver an sich, ohne zu überprüfen, ob noch

immer vier Patronen in der Trommel waren. Stattdessen durchsuchte sie seine Uniformjacke nach einem Handy und wurde fündig. Sie wählte 110 und wurde zur Notrufstelle Aurich weitergeleitet. Dort nahm Paul Schrader das Gespräch an.

»Mein Name ist Jutta Speck. Ich bin auf einem Schiff vor Borkum. Es heißt New World. Meine Tochter Nadine wurde in Westerstede aus dem Krankenhaus entführt. Ich glaube, sie ist an Bord. Bitte helfen Sie mir!«

Paul Schrader holte tief Luft: »Noch mal ganz langsam. Ihre Tochter wurde entführt?«

»Ja.«

»Sie heißen?«

»Jutta Speck. Das habe ich doch schon gesagt.«

»Und wo wohnen Sie?«

»In Westerstede.«

»Straße, Hausnummer?«

Sie stöhnte, und gleichzeitig erschien es ihr, als sei sie endlich wieder in der normalen Welt angekommen. Ein bisschen aufgeregt gab sie ihre Adresse durch, ihr Geburtsdatum und dann das ihrer Tochter.

»Wann wurde ihre Tochter entführt?«, fragte Schrader, dem die Sache komisch vorkam. Er ließ sich nicht gerne reinlegen. Er erinnerte sich noch zu gut an den letzten Abigag. Eine Schülerin, die total ehrlich klang, hatte es geschafft, ihn davon zu überzeugen, eine Frau werde in einem Hotelzimmer im Reichshof in Norden gegen ihren Willen festgehalten. Als sie das Zimmer stürmten, fanden sie die Lehrerin in flagranti mit einem zehn Jahre jüngeren Kollegen.

Schrader lauschte, ob er im Hintergrund jemand kichern hören konnte. Das war immer ein deutliches Zeichen für einen Streich.

»Wann, mein Gott, wann ... welchen Tag haben wir denn heute ...«

»Sie machen einen verwirrten Eindruck auf mich.«

»Ich bin nicht verwirrt, verdammt! Ich wurde von einem Irren festgehalten und dann von einem Zweiten, der aussah, wie Belushi.«

»Belushi von den Blues Brothers?«

»Ja, genau!«

Für einen Moment war Schrader gewillt gewesen, der Frau zu glauben, aber jetzt entwickelte sich das Ganze doch zum Scherz.

»Sie wurden also von zwei Männern festgehalten?«

»Ja.«

»Ich denke, Ihre Tochter wurde entführt?«

»Wurde sie auch. Herrgott nochmal, sind Sie schwer von Kapee!«

»Und wie sind Sie an Bord des Schiffes gekommen?«

»Mit einem Motorboot.«

»Wer war der Fahrer? Auf wen es ist zugelassen?«

»Hören Sie auf, mir lächerliche Fragen zu stellen! Helfen Sie mir!«

»Ich muss erst einmal feststellen, ob es sich hier nicht um einen Scherz handelt, oder ...«

»Scherz? Sind Sie wahnsinnig? Verbinden Sie mich mit Ihrem Vorsitzenden.«

»Sie meinen Chef. Sie wollen meinen Chef sprechen?«

Alexander erhob sich schwerfällig. Noch wusste er nicht genau, was geschehen war, aber er versuchte, an ihr vorbei nach draußen zu kommen. An seinem Kopf klaffte eine gefährliche Wunde. Als er gerade stand, bewegte sich die Wand auf ihn zu. Er fiel und versuchte, sich an Jutta Speck festzuhalten. Er riss sie um. Das Handy landete auf dem Boden und rutschte unters Bett.

Am liebsten hätte sie Alexander erschossen. Sie stellte fest, dass ihr der Gedanke, ihn abzuknallen, nicht erschreckend vorkam, sondern logisch. Aber sie wollte keinen Lärm machen.

Die Wut auf ihn gab ihr neue Kraft. Sie verpasste ihm noch einen Schlag mit dem Revolver auf den rechten Wangenknochen. Dann suchte sie das Handy. Sie fand es nicht schnell genug und entschied, sie habe der Polizei genug erzählt. Vermutlich würde gleich hier sowieso ein Sondereinsatzkommando anrücken. Sie stellte sich vor, durchtrainierte junge Männer einer Antiterror-einheit würden aus der Luft und zu Wasser anrücken, die Yacht stürmen und sie und ihre Tochter befreien.

Sie lugte vorsichtig aus der Kajüte. Es war niemand im Flur. Sie sah noch einmal zu Alexander. Er lag ohnmächtig auf dem Boden. Sie machte sich nicht die Mühe, ihn zu fesseln. Sie ging einfach zur nächsten Tür. Aber sie hatte bei jeder weiteren Tür Pech. Sie waren verschlossen.

Jutta Speck überlegte, wo ihre Tochter versteckt sein konnte. Die Yacht war groß. Es gab viele Möglichkeiten. In den Rettungsbooten zum Beispiel. Gab es hier einen Maschinenraum, wie sie es aus Fernsehfilmen von großen Schiffen kannte? Irgendwo mussten Getränke- und Essensvorräte und Treibstoff gelagert werden.

Sie huschte in einen Konferenzraum. Es gab eine Theke mit edlen Schnäpsen. Jede Flasche in einer eigenen Halterung.

An der gegenüberliegenden Seite dominierte ein Flachbild-schirm. In der Mitte des Raums stand ein ovaler Tisch mit zwölf Stühlen. In einem Dreihundertliter-Aquarium schwammen Diskusbuntbarsche und ein zuckender Schwarm Neonfische. Auf dem Tisch lagen mehrere Fernbedienungen.

Durch eine Reihe von Bullaugen konnte sie die Nordsee sehen, etwa auf Höhe der Wellen. Die Gischt klatschte an die Scheiben.

Sie hörte Stimmen. Sie kamen näher. Jutta Speck verkroch sich hinter der Theke.

Die Tür neben dem Flachbildschirm öffnete sich.

»Also, mein lieber Schulz, wenn das hier eine Übung ist, weil die Holzköpfe mit ihrer paranoiden Persönlichkeitsstörung jetzt endgültig zu klinischen Fällen geworden sind, dann werde ich mal ein paar deutliche Worte sprechen.«

»Übung? Das glauben Sie doch nicht im Ernst. Wissen Sie, was das hier für mich bedeutet? Ich stecke in medizinischen Reihentests, bin voll bis zur Halskrause mit offiziellen Terminen, und dann ...«

Eine dritte Stimme, deutlich jünger und auch kräftiger als die beiden anderen, lachte: »Wem der Herr Termine gibt, dem gibt der Herr auch Ausreden.«

»Ausreden? Ich möchte den sehen, der bei Code Red nicht sofort aufbräche ...«

»Ich meinte Ausreden anderen gegenüber. Bei mir weiß nicht einmal meine Frau, dass ich hier bin.«

»Und die Geliebte ...«

»Ha, ha, ha! Seit ich für die Firma arbeite, habe ich im Grunde kein Sexualleben mehr.«

»Echte Forscher sollten sowieso zölibatär leben!«

»Lassen Sie das nicht den Alten hören, sonst bringen Sie den noch auf dumme Gedanken.«

»Also, ich brauche jetzt erst mal einen Cognac. Mir geht dieses Geschaukele auf den Magen.«

Jutta Speck versuchte, sich zwischen zwei Kisten mit Gläsern zu zwängen, um nicht sofort gesehen zu werden. Sie zog die Beine an den Körper und hielt die Luft an. Schritte kamen auf sie zu. Dann sah sie direkt vor sich eine silbergraue Anzughose mit scharfen Hosenfalten und schwarze, italienische Schuhe, deren Ledersohlen knarrten.

Der Mann goss sich etwas ein. Er redete und bemerkte Jutta Speck nicht.

»Nur weil Poppinga und ein paar andere paranoid sind, heißt das ja noch nicht, dass wir nicht wirklich verfolgt werden. Obwohl wir in London jetzt ziemlich freie Bahn haben. Ich kapiere sowieso nicht, warum nicht längst alle Labors nach Großbritannien verlegt wurden.«

»Spinner. Für das, was ich tue, geht man da auch in den Kerker. Wir sind nicht alle mit Stammzellen beschäftigt.«

Der Mann reckte sich. Er trank und schnalzte genüsslich mit der Zunge.

»Keine Handys. Keine E-Mails. Diese ganze Konspiration ist doch Irrsinn. Mein Enkelkind heiratet morgen und ...«

»... Opa ist nicht da. Oh! Eine Runde Mitleid für Professor Timmermann ...«

»Könnt ihr gar nichts ernst nehmen?«

»Doch, aber das hier nicht.«

»Und wenn wirklich etwas passiert ist? Wenn das hier keine gottverdammte Übung ist?«

»Na, das will ich hoffen.«

»Du glaubst, der verkündet hier heute den ganz großen Durchbruch?«

»Ja. Oder dass wir alle in den nächsten paar Stunden hochgehen und jetzt nur noch unseren Abgang organisieren müssen.«

Ein goldenes Feuerzeug fiel herunter. Der Mann im silbergrauen Anzug bückte sich.

Jutta Speck richtete den Lauf des Revolvers auf eine Stelle unterhalb seines Bauchnabels. Er sah sie an. Er roch aus dem Mund nach Alkohol. Er trug ein dünnes Brillengestell mit Gläsern, die seinen Augen eine faszinierende Tiefe gaben. Seine Augenbrauen waren in der Mitte fast zusammengewachsen.

Jutta Speck hatte sein Gesicht schon mehrfach im Fernsehen gesehen, war aber jetzt viel zu aufgeregt, um zu wissen, in welcher Sendung oder wer er war. Sie hielt sich die Finger vor die Lippen und flüsterte: »Psst. Ein Wort, und Sie sind ein toter Mann.«

Ann Kathrin Klaasen hatte Mühe, sich gegen den Gedanken zu wehren, Professor Poppinga sei ein liebenswerter Herr, der im Leben ja viel Außergewöhnliches geleistet hatte und Achtung und Respekt verdiente. Die freundliche Stimme, mit der er um einen Tee und ein Wasser gebeten hatte, verführte sie beinahe dazu, ihm auch noch ein bisschen Gebäck anzubieten.

Er ließ das Glas Wasser unangetastet und auch für den Tee mit einem Beutel am Band in einem Becher hatte er nur ein mitleidiges Lächeln übrig. Er legte die Hände gefaltet auf den Tisch, allerdings nicht wie zum Gebet, sondern eher so wie ein Mensch, der wartet und sich konzentriert.

Ann Kathrin hatte schon ihren typischen Verhörgang eingenommen. Drei Schritte. Kehrtwendung. Drei Schritte. Kehrtwendung. Nach jedem zweiten Schritt einen Blick auf den Verdächtigen. Noch ging sie langsam, ja bedächtig, als sei sie nur das lange Sitzen auf Bürostühlen leid und brauche Bewegung. Später würde ihr Gang schneller werden und das Gespräch druckvoller.

Hinter der Scheibe stand Ubbo Heide und beobachtete das Gespräch. Er erwartete auch Staatsanwalt Scherer, der aber leider noch nicht da war, weil er seinen Dialysetermin nicht verschieben konnte und seit Jahren konsequent der Meinung war, nichts sei wichtiger als die Gesundheit.

»Sie haben um Wasser und Tee gebeten. Jetzt rühren Sie nichts davon an. Stimmt etwas nicht damit?«, fragte Ann Kathrin. Sie begann Befragungen gern mit Smalltalk. Es war für sie wichtig, überhaupt erst einmal eine Atmosphäre herzustellen. Die Aufregung musste sich erst legen, eine Beziehung aufgebaut werden. Meistens spürte sie bei dem harmlosen Geplänkel schon, was ihr Gegenüber für einer war.

Professor Poppinga sagte höflich: »Mineralwasser mit Kohlensäure ist zweifellos sehr beliebt, aber gesund ist es nicht gerade. Der Magen übersäuert leicht. Wie das Wort schon sagt: Kohlen*säure*.«

»Möchten Sie ein stilles Wasser?«

Rupert trat zu Ubbo Heide. Er verschränkte die Arme vor der Brust. »Was ist das hier? Ein Spezialitätenrestaurant?«

»Pssst ...«, wiegelte Ubbo Heide ab. »Sie macht das ganz großartig. Sieh es dir an. Sie hat schon ihren Tiger-im-Käfig-Gang drauf. Von ihr können wir alle lernen.«

»Was denn? Wie man zur Servierkraft wird?«

»Sie verbündet sich mit ihm. Sie öffnet ihn emotional. Er wird gleich bereit sein, ihr Geheimnisse anzuvertrauen.«

Rupert stellte sich breitbeinig hin. Mit seiner Körperhaltung zeigte er, wie sehr er auf Ann Kathrin Klaasens Scheitern hoffte.

»Ein einfaches Glas Wasser aus dem Wasserhahn tut es auch, Frau Kommissarin. Das Leitungswasser in Ostfriesland ist kaum zu toppen. Nur wenige Mineralwässer können da mithalten, und die sind ja oft monatelang in diesen Plastikflaschen. Die enthalten Bisphenole, genauer gesagt, Bisphenol A.«

»Und das ist gefährlich?«

»Nach den Studien der EFSA-Risikobewertung nicht, aber diese Studien sind industriefinanziert. Von Unabhängigkeit der Wissenschaft kann hier keine Rede sein, junge Frau. Ich wäre an Ihrer Stelle mit diesen Weichmachern vorsichtig, und ganz unter uns, dieser Tee ist einer Ostfriesin doch unwürdig.«

»Ich bin nicht hier geboren. Ich komme aus Gelsenkirchen.«

Rupert wippte auf und ab. »Super Taktik. Sie lässt sich belehren, und sie plaudern übers Essen.«

»Vordergründig schon«, sagte Ubbo Heide. »In Wirklichkeit öffnet sie gerade die Schleusen. Sie wird seine Vertraute. Lässt sich von ihm die Welt erklären.«

Ann Kathrin hörte sich das alles von Professor Poppinga ruhig an. Sie nickte sogar, brachte ihm aber weder neues Wasser noch anderen Tee. Sie spürte seine Unsicherheit. Er versuchte, eine Überlegenheit zu erreichen, verlangte aber nicht nach einem Anwalt. Vermutlich würde das noch kommen.

Er spielte irgendwie auf Zeit, fand sie. Schon zweimal hatte er auf seine Armbanduhr gesehen, aber genau darauf geachtet, dass es wie ein zufälliger Blick aussah, nicht wie ein bewusstes Feststellen der Uhrzeit.

Eine Rolex wäre ihm zu protzig gewesen. Er trug eine Schweizer Swatch für 89 Euro. Er liebte das Understatement.

Er hatte einen Plan oder irgendeinen Trumpf im Ärmel, und das Ganze war an den Faktor Zeit gebunden, das war Ann Kathrin klar. Er legte keinen Wert darauf, schnell entlassen zu werden. Im Gegenteil. Er schien sich in Polizeigewahrsam sicher, ja, wohlzufühlen, lediglich das Catering ließ noch zu wünschen übrig.

»Für mich sind Sie einer der größten Wissenschaftler unserer Zeit.«

Sie ließ den Satz in der Luft hängen, machte eine bedeutungsschwangere Pause.

Er sah zu ihr auf.

»Na klasse«, spottete Rupert. »Läuft es zwischen Weller und ihr nicht mehr so gut, oder warum macht sie ihm hier einen Heiratsantrag?«

Doch Ubbo Heide war beeindruckt. »Sie packt ihn an seiner Schwachstelle. Seinem gekränkten Narzissmus. Wenn es stimmt, was sie denkt, dann hat er wissenschaftlich gesehen Großes geleistet, aber nie die öffentliche Anerkennung dafür bekommen.«

»Ja klar, weil es verboten war. So ist das nun mal.«

Ann Kathrin blieb stehen und sah Poppinga in die Augen. Er hielt ihrem Blick erstaunlich lange stand.

»Ich bin Ihnen nur durch ein Verbrechen drauf gekommen, aber ich frage mich, wie das für Sie ist: Andere bekommen Preise, stehen in der Öffentlichkeit, und Sie ...«

Er öffnete seine Hände, ließ sie aber auf dem Tisch liegen. Die Finger machten einen leblosen Eindruck auf Ann Kathrin. Die

Hände wirkten wie abgehackt und liegen gelassen. Sie stellte sich das so vor: Die gesamte Energie des Mannes ging gerade ins Gehirn. Der Rest erschlaffte. Aber seine Augen funkelten geradezu.

»Sehen Sie, es gibt Forscher, die forschen, und es gibt Forscherdarsteller. Die stellen eben Forscher dar. Eitle Gockel, die mit jedem Furz an die Öffentlichkeit treten. Diese Operettenforscher haben schon tausendmal den Krebs besiegt. Mit ihrem Mund können die alles. Mit ihrem Mund. Nach denen wurden Straßen und Schulen benannt. Aber die richtigen, die leidenschaftlichen, die wirklich in neue Welten eindringen wollen, einen Paradigmenwechsel herbeiführen wollen und sich nicht mit dem zufriedengeben, was längst allgemeiner Konsens ist, die werden verfolgt, müssen sich verstecken und haben eh keine Zeit für Talkshows, Homestorys und Titelgeschichten. Die zahlen einen ganz anderen Preis.« Er griff sich in den Rücken. »Hier spürt man es, und die Augen brennen. Der Kopf schmerzt und, ach ja ... es sind Symptome von Schwerarbeitern.«

»Wären Sie nicht auch gerne mit Ihren Ergebnissen an die Öffentlichkeit getreten?«

»Öffentlichkeit!« Er sprach das Wort voller Verachtung aus. »Es haben Dünnbrettbohrer den Nobelpreis bekommen, die hätte ich nicht als Praktikanten genommen.«

»Wann haben Sie den ersten Menschen geklont? Lange vor der Raelianersekte, stimmt's?«

Er fuhr sich über die Haare. »Was mich interessiert: Wie sind Sie darauf gekommen, Frau Kommissarin?«

Ubbo Heide stupste Robert an. »Ist sie nicht genial?«

Rupert bekam kaum noch Luft. »D ... der hat das gerade praktisch zugegeben ...«

Ann Kathrin nahm wieder ihren Verhörgang ein, aber anders als sonst ließ sie Poppinga nicht aus den Augen. Nur ein Blick bei jedem zweiten Schritt reichte für ihn eindeutig nicht aus. Er brauchte die volle Aufmerksamkeit, und er sollte sie bekommen.

»Sie unterliegt dem Sog seiner Faszination«, kommentierte Rupert die Szene hinter der Scheibe.

»Irrtum«, sagte Ubbo Heide, »sie macht ihn nur glauben, dass es so ist.«

Insgeheim hoffte Ubbo Heide, recht zu behalten. Sicher war er sich nicht.

Staatsanwalt Scherer kam und gesellte sich mit einem kurzen »Moin« zu ihnen.

Ann Kathrin stützte sich mit beiden Fäusten im Rücken ab, als hätte sie Sorge, dort gleich durchzukrachen. Ubbo Heide tat es ihr unwillkürlich gleich, so sehr ging er innerlich mit.

»Am Anfang war es nur eine Spekulation, ein Verdacht. Eine Theorie, wenn Sie so wollen. Aber so ist das immer. Man hat Teile eines Puzzlespiels, man glaubt, eine Figur zu erkennen, dann kommen neue Teile hinzu. So verdichtet sich eine Theorie oder löst sich in Wohlgefallen auf.«

Er nickte, das alles kam ihm sehr bekannt vor. »Sie gehen also deduktiv vor?«

Ann Kathrin stoppte und gab ihm die Gelegenheit, zu erklären. So fühlte er sich in seinem Element.

»Mit Hilfe der Deduktion werden spezielle Einzelerkenntnisse aus der allgemeinen Theorie genommen. Deduktion, Induktion und Empirie sind die zentralen Pfeiler der Wissenschaftstheorie.«

Staatsanwalt Scherer sah Ubbo Heide groß an. »Ist das hier das Proseminar Soziologie, oder was?«

»Tja«, sagte Rupert, »so läuft das hier.«

Ann Kathrin begann jetzt, ihre Schlussfolgerungen zu erläutern. »Ich habe mich davon überzeugt, dass Ihr Sohn in Amerika lebt. Folglich kann er nicht auf Borkum gestorben sein. Richtig?«

»Richtig.«

»Es muss also ein anderer eingeäschert worden sein. Richtig?«

»Richtig.«

Jetzt staunte Staatsanwalt Scherer. »Er leugnet gar nicht.«

»Sie ist genial«, sagte Ubbo Heide. »Genial.«

Ann Kathrin blickte kurz zur Scheibe, so als wollte sie sagen: *Habt ihr das mitgeschnitten, Jungs?*

Dann fuhr sie fort: »Da Sie und Ihre Frau die Leiche auf Borkum aber als Ihren Sohn identifiziert haben, liegt die Vermutung nahe, dass Sie Gründe hatten, dies zu tun. Richtig?«

»Abermals ein Treffer.«

»Da Klassenkameraden und Lehrer ihn im offenen Sarg gesehen haben, muss der Tote ihm verdammt ähnlich gewesen sein. Praktisch ein Zwilling.«

»So exakt, wie Sie das herunterdeklinieren, würde ich Sie glatt als Mitarbeiterin einstellen.«

Sie lachte. »Ja, nur leider ist dies hier kein Bewerbungsgespräch. Ich fragte mich also, wie können Sie so rasch an einen zum Verwechseln ähnlichen jungen Mann gekommen sein.«

»Und dann sind Sie darauf gekommen, mir sei das Klonen von Menschen gelungen?«

»Ich habe die Idee in Erwägung gezogen ...«

»Ja. Sie haben in jedem Punkt recht. Unser Sohn lebt als Musiker in New York. Es war eine üble Sache damals. Meine Frau liebt ihn abgöttisch und ich auch. Aber er traf eine Kopie von sich, und das hätte nicht passieren dürfen. Es warf ihn aus der Bahn. Drogen. Alkohol. Und dann musste er sich ständig beweisen, indem er Mädchen ›flachlegte‹, wie er es nannte. Er hat die Tochter Ihres Chefs vergewaltigt.«

Rupert und Staatsanwalt Scherer starrten Ubbo Heide an. Der sah auf seine Füße.

»Ich wusste natürlich, was das bedeuten könnte – ausgerechnet die Tochter von Ubbo Heide. Wir wählten die einfachste Methode, den Jungen aus der Schusslinie zu nehmen. Seinen Tod.«

Ubbo Heide schwankte. Scherer stützte ihn.

»Das alles war gar nicht nötig. Es hat sich hinterher als sinnlos herausgestellt. Ubbo Heide und seine Tochter haben nicht einmal Anzeige erstattet.«

Ann Kathrin atmete durch. Sie schwitzte unter den Armen und fragte sich, warum er alles so bereitwillig zugab. Hatte er noch einen Trumpf? Verfolgte er einen Plan? War sie selbst unter Umständen Teil des Ganzen?

»Ich brauche ein Glas Wasser«, sagte Ubbo Heide. Aber niemand lief los, ihm eins zu holen.

»Und dann«, sagte Ann Kathrin spitz, »haben Sie einen Klon hervorgeholt, den Sie für solche Zwecke im Keller hatten?«

Er legte den Kopf in den Nacken, massierte sich die Schläfen und antwortete: »Vier. Wir haben vier Kopien gezüchtet.«

Ann Kathrin sah ihn ungläubig an und fragte sich, ob er sie gerade hochnahm. Natürlich wusste er, dass Zeugen hinter der Scheibe standen. Wollte er sie vorführen, indem er ihre Theorien durch Überspitzung lächerlich machte?

Rupert grinste schon. »Jetzt hat er sie an der Angel, nicht sie ihn.«

Ubbo Heide konnte nicht länger stehen Er setzte sich auf den Boden, lehnte sich mit dem Rücken gegen die Wand und atmete flach. Er war kreidebleich.

Die Situation hatte etwas Bekenntnishaftes. Es schien Rolf Poppinga gutzutun, endlich reden zu können und jemanden zu haben, der wirklich zuhörte. Aber es machte Ann Kathrin stutzig, dass er immer wieder auf die Uhr sah. Versuchte er nur Zeit zu gewinnen? Wofür?

»Von manchen haben wir sieben, acht, einmal sogar vierzehn Klone gezüchtet. Das Verfahren eignet sich ja gerade zur systematischen Erschaffung genetisch gleicher Kopien. Der Durchbruch gelang uns bereits Mitte der Achtziger. Alles musste streng geheim bleiben. Die größte wissenschaftliche Erneuerung, mit der der Mensch endlich verändernd in die Schöpfung eingreifen kann, um sie zu optimieren, musste verschwiegen werden, weil die Gesetze rückständig waren. – Ja, das Klonen, um den Hunger nach Rinderfilets zu stillen, das war kein Problem für die Gesellschaft. Sie waren doch gerade in den USA. Was glauben Sie denn, woher das Fleisch in Ihren Hamburgern kam? Gut dreißig Prozent des weltweiten Fleischbedarfs werden nur durch massenhaftes Klonen gestillt. Wir essen alle immer wieder dasselbe starke Rind, mit zarten Muskeln und rosigem Fleisch. Nur das Klonen garantiert die gleichbleibende Qualität.«

Ann Kathrin unterbrach ihren Laufrhythmus und setzte sich rittlings auf den Holzstuhl, die Arme stützte sie auf der Rückenlehne ab und fixierte Professor Poppinga.

»Och, jetzt gucken Sie doch nicht so empört! Wollen Sie mir wirklich weismachen, dass die ganze Welt geklonte Rinder isst und alle glauben, beim Menschen sei das Klonen noch nicht geglückt, weil es so schwer ist? Herrjeh! Glauben Sie auch noch an den Weihnachtsmann? Alle wissen es. Wir sind auch nicht die Einzigen, die es tun. Die einen wollen eine Klonarmee aus Supersoldaten mit ruhigen Händen, guten Augen, ausdauernd und gesund. Die Klone von Zehnkämpfern. Andere wollen für ihre Wunderkinder ein Ersatzteillager für Organe, weil eine Lebensversicherung nämlich im Ernstfall keine ist. Eine Kopie von sich zu haben, garantiert uns aber in achtzig Prozent aller denkbaren Fälle ein Weiterleben ohne Einschränkung. Das, was uns jede Religion verspricht, Unsterblichkeit, das kann man sich jetzt im Grunde holen.«

Ubbo Heides Handy spielte den Radetzkymarsch von Johann Strauß an. Rupert summte dabei sonst gerne mit, *Bonduelle ist das famose Zartgemüse aus der Dose*, aber nicht heute.

Ubbo Heide führte das Handy an sein Ohr und sagte kraftlos: »Ja?«

Weller forderte: »Ich muss Ann sprechen. Sofort! Warum geht sie nicht ran?«

»Sie verhört Poppinga. Was ist denn?«

»Das muss ich ihr sagen.«

»Na hör mal, du sprichst mit deinem Chef.«

»Ja. Ich, also, entschuldige, aber … Ich bin ganz durcheinander. Wir haben unter dem Haus Gänge gefunden. Es scheint eine Riesenanlage zu sein. Gesichert mit Stahltüren, wie die Bank von England, Kameras und Kombinationsschlössern. Wir brauchen Spezialisten hier vor Ort. Schwere Schweißgeräte und Schlosser. Es scheint sich um eine Art Gefängnis mit Krankenstation und Labors zu handeln. Ich denke … Ann hatte in jedem Punkt recht. Außerdem sind hier eine Menge Präzisionswaffen. Scheint sich um legal erworbene Sammlerstücke zu handeln …«

Mühsam stand Ubbo Heide vom Boden auf. Mit einer Hand hielt er sich das Handy ans Ohr, mit der anderen stützte er sich ab.

Staatsanwalt Scherer reichte ihm die Hand, die Ubbo aber nicht annahm.

»Danke«, sagte er zu Weller, und dann sprach er gegen die Scheibe: »Deshalb gesteht der alles. Er weiß, dass wir in sein Wespennest gestochen haben.«

»Wie viel solcher Klone gibt es?«

»Vier-, fünfhundert.«

»Sie wissen es nicht genau?«

»Nun, einige wurden verbraucht. Ein neues Herz. Eine neue Leber. Lungen sind auch sehr gefragt.«

»Wo sind sie versteckt? Doch nicht alle auf Borkum.«

Er lachte. »Nein. Die Spender sollten sich immer in Zugriffsnähe aufhalten. Was nutzt es Ihnen, wenn Sie einen schweren

Autounfall haben, dringend Eigenblut und Organe brauchen, und Ihre Ersatzteile machen gerade Urlaub in Thailand?«

»Sie sind also alle in der Nähe der Originale?«

Er wurde nachdenklich, ja weinerlich. Seine Stimme veränderte sich, die anfangs erkämpfte Überlegenheit war dahin.

»Genau das ist ja das größte Problem geworden. Als wir begannen, dachten wir, wir konstruieren seelenlose Gefäße. Wir wollten sie halten wie Laborratten oder Versuchsaffen. Aber dann kam der menschliche Faktor dazu.«

Staatsanwalt Scherer zündete sich mit zitternden Fingern eine Zigarette an, was streng verboten war. Doch niemand protestierte.

»Wenn das hier fertig ist«, orakelte er, »wird jeder, der mal einen Tee mit ihr getrunken hat, ein Buch über sie und diesen Fall schreiben.«

»Sie trinkt keinen Tee«, sagte Ubbo Heide knapp.

Ann Kathrin wiederholte: »Menschlicher Faktor?«

»Ja. Man kennt es von Tierversuchen. Einer seziert ein paar hundert Mäuse, aber eine rührt ihn an. Er nimmt sie mit nach Hause, füttert sie, pflegt sie, liebt sie, was aber auf seine Arbeit im Versuchslabor keinen Einfluss hat ...«

»So war es bei Okopenko, stimmt's?«

»Ja, und bei meiner Frau. Es war schrecklich. Sie hat eine emotionale Beziehung entwickelt wie zu ihren eigenen Kindern.«

»Es waren doch im Grunde auch ihre eigenen Kinder ...«, sagte Ann Kathrin.

»Na ja, meinetwegen, wenn Sie so wollen. Aber geboren hat sie sie nicht. Und wenn man einmal eine Beziehung zu einem Wesen aufgebaut hat, dann kann man es nicht mehr so einfach ...«

Die Worte erreichten Rupert. Er wurde plötzlich, ganz gegen seine Gewohnheit, redselig. »Das kenne ich. War bei mir genauso. Ich habe immer unheimlich gerne Kaninchen gegessen. Ich hatte aber selber eines. Harvey. Und eines Tages hat mein Vater ihn geschlachtet. Ich hatte keine Ahnung, und als ich fragte, wo mein Harvey ist, hat mein Vater gesagt: *Rate mal, was du gestern gegessen hast.*«

»Bitte halt jetzt den Mund«, sagte Ubbo Heide.

Immer wieder fuhr Poppinga sich durch die Haare, und erneut sah er auf seine Swatch.

Für jemanden, der so ein Verbrechen gesteht, müsste doch klar sein, dass er nie wieder freikommt. Warum ist die Uhrzeit ihm wichtig, fragte Ann Kathrin sich.

»Meine Frau hat begonnen, sie zu unterrichten, sie zu kleiden, ihnen Kultur beizubringen, sie zu Menschen zu machen. Das geschah an vielen Orten. Ja. Okopenko war genau so einer. Die einen haben versucht, die Kreaturen zu legalisieren, sie auszuwildern, in Pflegefamilien zu geben. Es wurden richtige Netzwerke von Aussteigern gegründet. Aber dann gab es noch die Hardliner, die haben Jagd auf Replikanten gemacht und …«

Er sprach nicht weiter, sondern biss sich in den Handrücken.

»Einer dieser Hardliner waren Sie selbst!«

»Ja, auch da haben Sie recht, Frau Kommissarin. Aber ich habe mich geändert.«

»Wie das?«

»Von Saulus zu Paulus, die alte Geschichte«, spottete Staatsanwalt Scherer.

»Ich … ich wollte etwas Gutes … Die Sache ist mir aus dem Ruder gelaufen. Es war übertriebener Ehrgeiz. Größenwahn … Nennen Sie es, wie Sie wollen, aber als ich Sascha umgebracht habe, um meinen Sohn zu retten, da … da ist etwas in mir zerbrochen. Ich träume noch heute davon. Aber ich konnte das alles nicht so einfach stoppen …«

»Warum nicht?«, wollte Ann Kathrin wissen.

Er sah sie an, als sei sie furchtbar naiv. »Es ging inzwischen um zig Millionen, um Karrieren, um private Pfründe … Das alles hat sich verselbständigt. Ich musste selber damit rechnen, Opfer des eigenen Sicherheitsapparates zu werden.«

»Sie hätten mit all Ihrem Wissen zur Presse gehen können.«

»Um was zu ändern? Um ausgelacht zu werden, während meine Kollegen einem Diktator in der Dritten Welt ihre Dienste anbieten? Wie eine Krake hat sich das alles ausgebreitet. Es gab schon Regierungen, da hatte jeder Minister mindestens zwei Klone, um bei einem Attentat auf Austauschorgane zurückgreifen zu können …«

»Wo?«

Er winkte ab. »Die Regierung wurde gestürzt, wie das bei Diktaturen öfters geschieht. Und wohin jetzt mit den Klonen? Es will schon den Diktator keiner mehr haben … Seine Kopien …« Er winkte ab.

Jutta Specks Arm wurde schwer. Sie hielt seit mindestens zehn Minuten den Lauf auf den Bauchnabel von van der Weet gerichtet. Gefühlt war mehr Zeit vergangen. Sie musste dringend zur Toilette und konnte die Waffe kaum noch halten. Sie wartete auf die Polizei, aber aus ihr unerklärlichen Gründen rückte die nicht an. Sie fragte sich schon, was dagegen sprach, van der Weet einfach niederzuknallen und die beiden anderen als Geiseln zunehmen. Sie konnte für die Freilassung der Gefangenen ihre Tochter verlangen.

»Wollen Sie den Rest des Tages hinter der Theke verbringen? Poppinga reagiert allergisch auf Leute, die eine Fahne haben.«

»Da ist er wohl nicht anders als alle Ex-Alkis.«

»Hat der früher mal gesoffen?«

»Nicht, solange ich ihn kenne, und das sind immerhin schon gut dreißig Jahre.«

Die Anzugjacke von van der Weet bewegte sich merkwürdig rauf und runter. Jutta Speck hatte den Verdacht, dass er seinen Komplizen Zeichen gab. Sie hob den Kopf und schielte nach oben. Tatsächlich. Er deutete mit dem Daumen der rechten Hand nach unten und zog Grimassen.

In der Verspiegelung hinter der Theke konnte sie Schulz sehen. Er bewegte sich rückwärts zur Tür. Sie wussten, dass sie nicht allein waren.

Lieber Gott, du hast mich auf eine so lange und schwere Probe gestellt. Bitte gib, dass jetzt endlich die Polizei kommt oder willst du unbedingt, dass ich die letzten vier Kugeln verbrauche? Ist das dein Plan? Lieber Gott, was willst du von mir? Soll ich diese Männer erschießen?

Ann Kathrin Klaasen stemmte sich auf die Tischplatte, als ob sie vorhätte, jetzt hier mit gymnastischen Übungen zu beginnen. Sie beugte sich zu Poppinga vor:

»Ihre Reue kommt sehr spät und ist für mich – offengestanden – unglaubwürdig. Was glauben Sie, wie viele Kleinkriminelle, Triebtäter, Mörder hier in diesem Raum schon ihre Taten bereut haben? Sie hätten gerade eben noch von der Ausübung des Verbrechens zurücktreten können, aber nein, sie ziehen alle ihr übles Ding durch und wenn wir sie hier auf Nummer sicher haben, dann kommt plötzlich das große Jammern. Dann werden alle nachdenklich und reumütig.«

Er lächelte wieder so überlegen. Sie hätte ihm eine reinhauen können, nur um dieses arrogante Grinsen, mit dem er sich über die ganze Welt erhob, zu zerstören. Sie tat es nicht, sie beherrschte sich, aber sie gestand sich zu, dass sie dieses Gefühl hatte.

Er lehnte sich zurück. »Sie werden mir glauben, Frau Kommissarin. Bald schon. Sehr bald.«

Wieder sah er auf die Uhr.

»Warum sollte ich?«

Er musste damit herausrücken. Sie sah es ihm an. Er platzte förmlich vor Mitteilungsdrang.

Ann Kathrin musste an ihren Vater denken.

Die Menschen wollen im Grunde reden, Ann. Lass sie. Hör ihnen zu. Stell ehrliche Fragen, wenn dir etwas nicht schlüssig erscheint. Lass sie ruhig vom Hölzchen aufs Stöckchen kommen. Zwischen vielen Banalitäten liegt die Wahrheit. Interessiere dich für sie. Das bringt sie zum Reden. Jeder Mensch freut sich, wenn ihm endlich jemand zuhört.

Ja, Papa, dachte sie und bedauerte, dass er jetzt nicht bei ihr war. Er wäre stolz auf sie gewesen, glaubte sie.

Stellvertretend für ihn war es jetzt Ubbo Heide.

Poppinga reckte sich und benetzte seine Lippen mit der Zunge.

»Ich habe das alles begonnen, oder sagen wir, initiiert, und ich habe auch die Pflicht, es zu beenden. Das werde ich auch tun. Noch heute. Und dann werden Sie sehen, dass ich es ehrlich meine.«

»Sie wollen sich uns als Kronzeugen anbieten?«

Er schüttelte den Kopf. »Das würde ich nicht überleben, Frau Kommissarin. Sie stellen sich das einfacher vor, als es ist. Zur Spitze unserer – sagen wir, Firma – zählen Leute, die haben nicht viel mehr gemacht, als Zellkulturen in Reagenzgläsern gezüchtet, Bakterien mit Genen geimpft ...« Er sprach lauter, als würde er jetzt zum staunenden Volk reden: »Die haben durch Mikroskope geguckt und Zahlenreihen verglichen. Dagegen gibt es keine Gesetze. Es gibt Länder, da müssen die nicht einmal Steuern zahlen, sondern werden hoch subventioniert. Aber sie alle gehören zu dem Räderwerk, das am Ende ...«

Ann Kathrin drehte sich auf der Hacke um und rannte raus. Sie knallte die Tür zum Verhörraum zu.

Ubbo Heide, Staatsanwalt Scherer und Rupert waren sofort bei ihr.

»Deshalb sind all diese Wissenschaftler hier! Er will es machen wie bei Professor Okopenko!«

»Du meinst, er sprengt sie in die Luft?«, fragte Ubbo Heide ungläubig.

»Ich bin mir sicher«, bestätigte Ann Kathrin. »Er hält sich für einen Ehrenmann. Er kann das alles nicht mehr unter Kontrolle halten. Jetzt beendet er es mit einem Schlag. Seine Frau ist mit ihrem echten Sohn und den geklonten bestimmt längst irgendwo auf der Welt in Sicherheit. Geld spielt ja wohl keine Rolle. Und er inszeniert hier den Big Bang.«

Staatsanwalt Scherer spürte es wie sonst den Beginn einer Grippe. Ja, sie hatte recht. Jedes Wort, das sie sagte, ergab einen Sinn. Sie mussten jetzt verhindern, dass praktisch vor ihren Augen dieses Verbrechen stattfand.

»Das Problem ist …«, Rupert sprach aus, was alle dachten, »wir wissen nicht, wo sie sind.«

»Wir werden als Idioten vorgeführt, die nicht in der Lage sind, all diese hochkarätigen Leute zu finden, die einfach so in Ostfriesland von der Bildfläche verschwunden sind.«

Ann Kathrin zeigte auf Rupert. »Gab es irgendwelche besonderen Vorkommnisse in den letzten Stunden?«

»Ja … äh … warum?«

»Weil wir alles auswerten müssen. Hinterher ärgern wir uns schwarz, wenn wir irgendeinen Hinweis übersehen haben.«

»In Norddeich hat es vor der Pizzeria Al Mare eine Schlägerei gegeben. Zwei Schüler. Es ging wohl um ein Mädchen.«

»Ja, danke, sehr hilfreich. Das meine ich nicht.«

Beleidigt blaffte Rupert sie an: »Was denn, Madame? Womit kann ich dienen? Sagen Sie mir nur, wonach ich suchen soll, und ich bin stets zu Diensten!«

Er verbeugte sich, als würde er zur Königin persönlich sprechen.

»Wir könnten die Öffentlichkeit informieren …«, schlug Staatsanwalt Scherer vor. Aber Ubbo Heide hob beschwörend die Hände: »Wie soll das gehen? Mitten in der Urlaubssaison sagen wir in den Nachrichten durch, dass uns leider ein paar Dutzend Wissenschaftler verlorengegangen sind, die wie ganz gewöhnliche Touristen aussehen und sich jetzt in irgendeinem Hotel, Café oder Restaurant treffen, das dann vermutlich in die Luft fliegen wird? Keine Panik. Wir haben alles im Griff. Sachdienliche Hinweise nimmt jede Polizeiinspektion entgegen.«

Scherer winkte ab. Er sah sofort ein, dass es so kaum gehen konnte.

»Wir brauchen Verstärkung aus Oldenburg, Hannover, meinetwegen aus Bremen. Das BKA muss informiert werden. Bombenräumkommandos sollen ausrücken.«

Auch das gefiel Ubbo Heide überhaupt nicht, doch er sah ein, dass sie hier allein nicht klarkamen. Sie brauchten Hilfe, aber im Grunde löste er alle Probleme mit seiner kleinen, restlos unterbesetzten Mannschaft am liebsten selbst.

Scherer entschied: »Wir müssen den Innenminister informieren.«

Das passte Ubbo Heide erst recht nicht. Mit Politikern hatte er so seine Erfahrungen. Die behielten nie etwas für sich, sondern schlachteten Dinge höchstens für sich aus.

»Da können wir gleich die Bildzeitung anrufen«, maulte er.

»Weller soll im Haus auf Borkum gezielt nach Hinweisen suchen. Die Kollegen müssen ein Hotel ausfindig machen, das heute einen kompletten Gästewechsel hat«, regte Ann Kathrin an.

»Und wenn sie sich nur in einem Restaurant treffen?«, fragte Rupert.

»Er guckt ständig auf die Uhr, weil die Bombe irgendwo tickt, und er weiß genau, wann sie hochgeht«, stellte Ubbo Heide ruhig fest. »Es kann sich im Grunde nur um Minuten handeln, sonst würde er doch nicht ständig ...«

Ann Kathrin ging sofort zurück zu Professor Poppinga. »So«, sagte sie. »Ich mache Ihnen jetzt ein Angebot.«

Er lehnte sich zurück. »Na, da bin ich aber mal gespannt ...«

»Sie nennen uns Namen. Adressen. Wir wollen wissen, wo die Wissenschaftler sich treffen. Wir nehmen sie noch heute alle fest und führen sie ihrer gerechten Strafe zu, mit Ihnen als Kronzeugen.«

Seine Augen verengten sich. »Schade, Frau Kommissarin. Ich hatte mehr von Ihnen gehalten. Sie sind im Grunde auch nicht besser als alle anderen. Sie wollen diese Geistesgrößen retten, stimmt's?«

»Das Retten von Menschenleben gehört durchaus zum Aufgabenbereich der Kriminalpolizei ...«

Jetzt wurde er heftig: »Und warum fragen Sie mich nicht nach den Gefängnissen, in denen noch Hunderte Klone gefangen gehalten werden? Sind Ihnen die Wissenschaftler so viel wichtiger?«

Ann Kathrin erschrak. Die Heftigkeit seiner Emotion und seines Vorwurfs traf sie unvermittelt. Ihr wurde augenblicklich übel, als hätte sie einen Tiefschlag in die Magengegend bekommen.

»Für Sie sind es doch auch nur Kopien ohne Rechte. Keine wirklichen Menschen.«

Ann Kathrin winkte heftig ab, aber er ließ sich nicht beirren.

»Na klar leugnen Sie das jetzt. Aber tief in Ihrem Inneren sieht es genau so aus. Wir haben uns alle daran gewöhnt. Ein Original von van Gogh erzielt auf einer Auktion ein dreistelliges Millionenangebot. Die farbgenaue Reproduktion gibt es für zehn Euro inklusive Rahmen in jedem Ramschladen. So«, er sah noch einmal auf seine Uhr, »und jetzt würde ich gerne mit meinem Anwalt telefonieren.«

Jutta Speck hörte die Durchsage: »Meine Damen und Herren, wir sind komplett. Soeben ist auch Herr Professor Dr. Faber-Garcia eingetroffen. Das Meeting findet im großen Salon statt.«

Jutta Speck stieß die Waffe nach vorn. Van der Weet klappte zusammen und fiel auf die Knie. Sie stand schon über ihm, drückte die Mündung des Revolvers gegen seinen Kopf und keifte: »Keine Bewegung, ihr verdammten Dreckschweine, oder ich ballere ihm den Schädel weg!«

Schulz und Timmermann hoben die Hände.

Schulz war näher bei der Tür als Timmermann und schielte nun dorthin. Er fragte sich, ob er es bis zur Tür schaffen konnte. Er versuchte, Jutta Speck einzuschätzen, aber er wusste, dass er nur wenig von Menschen verstand. Er hatte weder seine Frau noch seine Kinder je begriffen. Freunde besaß er nicht. Er wusste alles über chemische Prozesse im Gehirn, verstand aber nicht, wie Menschen funktionierten. Sie waren trotz allem so unberechenbar ...

Würde sie schießen? Und wenn ja, schaffte sie es, van der Weet zu töten und dann die Waffe auf ihn zu richten? Und was würde Timmermann tun? In Deckung gehen? Sie angreifen?

»Die Polizei ist gleich hier! Dieser ganze Albtraum wird gleich vorbei sein! Sagen Sie mir, wo mein Kind ist, sonst sterben Sie vorher! Alle drei! Und du zuerst!«, brüllte sie und klopfte mit dem Lauf der Waffe gegen van der Weets Kopf. »Mein Kind! Wo ist mein Kind?«

»Wer ist das?«, fragte Timmermann in den Raum. »Eine durchgeknallte Replikantin? Wer ist denn hier an Bord für die Sicherheit verantwortlich? So etwas hätte es früher nicht gegeben.«

Dann begann er lauthals den Securityservice zu rufen: »Wache! Wache!«

Jutta Speck richtete den Revolver auf ihn. »Halt die Fresse!«

Van der Weet nutzte die Chance und schlug ihr die Beine weg. Schon knieten zwei Männer über ihr.

Timmermann nahm die Waffe an sich.

Schulz jammerte: »Mir ist schlecht!«

»Das wird Konsequenzen haben«, drohte Timmermann. »Wenn wir uns alle hier versammeln, können sich doch nicht irgendwelche Spinner einschleusen!«

»Wir sollten die ganze Sache abbrechen«, schlug Schulz vor.

Jutta Speck biss van der Weet in den Finger. Er schlug ihr ins Gesicht. »Du verdammtes Biest!«

»Einen Anwalt«, mahnte Professor Poppinga nach. »Sie können mir das nicht verweigern, das wissen Sie genau. Ich möchte mit meinem Anwalt telefonieren. Allein.«

»Gleich«, sagte Ann Kathrin. »Gleich.«

Sie wurde von Ubbo Heide herausgebeten. Ubbo deutete auf Schrader. »Hör dir das an, Ann.«

Schrader galt als Frohnatur. Ein geselliger Mensch. Skatspieler und bei den Kollegen recht beliebt. Im Grunde überqualifiziert. Beim Boßeln wurden seine Weitwürfe geschätzt.

Er machte einen betretenen Eindruck. Er sprach Platt, was Ann Kathrin nicht verstand. Sie forderte ihn mit einem Blick auf, Hochdeutsch zu sprechen. Gleichzeitig begriff sie, wie nervös er war. In Schock- oder Stresssituationen fielen Kollegen immer wieder ins Platt zurück. Manchmal, so schien es ihr, merkten sie das nicht einmal.

Schrader hatte Angst, einen Fehler gemacht zu haben. Der Rechtfertigungsschweiß an seinen Nasenflügeln verriet ihn.

»Also ... ich dachte nicht, dass das wichtig sein könnte. Da war eine verwirrte Frau. Ein Notruf. Sie behauptete, ihre Tochter sei aus dem Krankenhaus in Westerstede entführt worden.«

»Wie heißt die Frau?«

»Jutta Speck.«

»Und, seid ihr der Sache nachgegangen?«, wollte Ann Kathrin wissen.

»Ja. Ich habe natürlich mit dem Krankenhaus telefoniert. Das Kind war dort mit verdächtigen Verletzungen und unter Alkoholeinfluss eingeliefert worden. Das Jugendamt hat das Kind in Obhut genommen. Die offensichtlich verwirrte Frau ist im Moment nicht auffindbar. Sie behauptete, selbst entführt worden zu sein und gefangen gehalten zu werden. Wenn du mich fragst, ein Fall für den Sozialdienst. Psychiatrie oder ...«

»Ja, vermutlich«, sagte Ann Kathrin und kehrte zu Professor Poppinga zurück.

»Das Telefon, Frau Kommissarin. Ich möchte mit meinem Anwalt sprechen. Allein«, forderte Poppinga barsch.

»Ja, natürlich«, sagte Ann Kathrin.

Rupert brachte schon ein Handgerät herein.

»Ich hätte lieber mein eigenes Handy.«

»Das wird zurzeit kriminaltechnisch ausgewertet.«

»Sind Sie sicher, dass Sie das dürfen, Frau Kommissarin?«

»Darf man Menschen klonen?«

»Das Boßeln war auch mal verboten. Und, hat es etwas genutzt? Es ist der Friesensport überhaupt geworden.«

»Boßeln verboten?«, fragte Ann Kathrin nach und ärgerte sich, weil es ihm gelang, sie aus dem Konzept zu bringen.

Er lachte: »Es gab viele Verbote von staatlicher Seite, und die Kirche war auch dagegen, weil da zu viel gesoffen und geflucht wurde. 1731 gab es eine Verordnung gegen ...«

Sie unterbrach ihn: »Das kann man nicht vergleichen.«

»Stimmt. Frau Klaasen, wenn Sie mich das also grundsätzlich fragen, dann sage ich Ihnen, wenn die Öffentlichkeit erfährt, welche Erfolge wir schon haben und was noch in der Pipeline ist, Krebs, Alzheimer, Parkinson besiegt ... dann wird keine Regierung der Welt irgendetwas verbieten. Unsere Forscher werden gefeiert wie der Papst und wie Götter verehrt. Eine Regierung, die dagegen ein Gesetz erlassen will, wird einfach gestürzt werden. Sie können sich gar nicht ausmalen, welcher Druck da aufgebaut werden wird. Und deshalb gibt es nicht den Weg in die Öffentlichkeit. Kein Schreien nach Gesetzen.«

»Sondern?«

»Die Vernichtung, Frau Kommissarin. Was sonst? Die ganze Bande muss radikal ausgerottet werden. So, und jetzt lassen Sie mich bitte mit meinem Telefon allein.«

Ann Kathrin verließ den Raum. Sie konnte ja sowieso jedes Wort mithören, das musste ihm klar sein.

»Diese Frau Speck«, sagte Ubbo Heide nachdenklich, »die wohnte ganz nah bei dem gesprengten Haus von Okopenko.«

Es durchfuhr Ann Kathrin wie ein Stromschlag. »Ich kenne sie! Und die Tochter auch! Vielleicht stimmt die ganze Sache ...«

Rupert tippte sich an die Stirn. »Das Kind ist ganz klar in Obhut des Jugendamtes und die Frau entführt auf einem Schiff?! Allein der Name – New World!«

»Da sind sie!«, schrie Ann Kathrin. »Nicht in einem Hotel! Deshalb finden wir sie nicht! Sie sind an Bord eines Schiffes!«

Ubbo Heide wusste sofort, dass sie recht hatte. Selbst Staatsanwalt Scherer stimmte zu.

Ann Kathrin sah in den Verhörraum. Professor Poppinga tippte eine Nummer ins Telefon.

»Die Bombe!«, schrie Ann Kathrin. »Er zündet sie per Telefon!«

Alle gemeinsam stürmten zu Poppinga in den Raum. Dabei wurde Rupert zwischen Ubbo Heide und Staatsanwalt Scherer eingeklemmt. Ubbo Heide trat ihm auf den Fuß. Rupert jaulte.

Poppinga sprang erschrocken zurück. Ann Kathrin riss ihm das Telefon aus der Hand.

»Sie verstoßen gegen meine verfassungsgemäßen Grundrechte. Ich habe Ihnen bereitwillig Auskunft erteilt. Sie können mir jetzt kein Gespräch mit meinem Anwalt verweigern.«

»Da hat er recht«, sagte Staatsanwalt Scherer.

Ann Kathrin nickte. »Klar, kein Problem. Sagen Sie uns seinen Namen und wir rufen ihn an.«

»Aber dann löst du doch die Explosion aus«, warf Rupert ein.

Ann Kathrin sah ihn mitleidig an. »Nein. Ich rufe nicht irgendeine Nummer an, die Herr Poppinga mir sagt. Ich hole mir die richtige Nummer von seinem Anwalt aus dem Telefonbuch.«

Dann zeigte sie auf Professor Poppinga. »Wie heißt er?«

»Ich sage gar nichts mehr.«

Ann Kathrin wog das Telefon in ihrer Hand.

Ubbo Heide nickte. »Okay. Dann jetzt das ganz große Besteck. Wasserschutzpolizei. Bombenräumkommando. SEK.«

»Sie machen einen Fehler!«, sagte Professor Poppinga. »Geben Sie mir das Telefon. Es fehlen nur noch zwei Zahlen. Lassen Sie mich die Apokalypse verhindern.«

»Wie? Was?«, fragte Ann Kathrin.

Poppinga steckte die rechte Hand aus. »Sie werden super dastehen. Sie haben mich. Ich verrate Ihnen alle Stellen, an denen Klone gefangen gehalten werden. Alle, von denen ich weiß, und der Terror hat ein Ende, weil der Hydra der Kopf abgeschlagen wurde ... Wenn Sie mich das jetzt nicht zu Ende bringen lassen, dann wird es so eine Chance nie wieder geben. Die werden mit ihren Rechtsanwälten, ihren Beziehungen und ihrem Geld sehr rasch wieder über die ganze Welt verstreut sein, und niemand kann den Irrsinn noch stoppen. Geben Sie mir das Telefon ... Ich tue es ... für die ganze Menschheit ...«

»Wir sind doch keine Terroristen«, sagte Ann Kathrin. »Wir sprengen keine Schiffe. Wir töten keine Menschen ...«

»Junge Frau. Sie halten das Schicksal der Menschheit in der Hand. Wählen Sie die Null und dann die Zwo, und der Spuk hat ein Ende.«

»Nein«, sagte Ann Kathrin. »Sie sind ja verrückt.«

Gemeinsam mit Ubbo Heide verließ sie den Verhörraum. Poppinga versuchte sie aufzuhalten, aber Rupert stoppte ihn.

Poppinga schrie hinter Ann Kathrin her: »Die brechen jedes Gesetz der Menschheitsgeschichte! Aber Sie sind nicht bereit, sich über ein paar kleine Spielregeln der Zivilisation hinwegzusetzen! Deshalb werden die gewinnen!«

»Mord«, sagte Ann Kathrin, ohne sich umzudrehen, »ist mehr als eine kleine Spielregelverletzung der Zivilisation.«

»Sie werden gewinnen, verdammt!«, brüllte Professor Poppinga.

Ubbo Heide knallte die Tür zu. Er klopfte Ann Kathrin auf die Schultern. »Wir haben das Schlimmste verhindert, Ann.«

Sie blickte vor sich auf den Boden. »Da bin ich mir gar nicht so sicher, Ubbo.«

»Du meinst, wir hätten ihn das Schiff sprengen lassen sollen?«

Ann Kathrin sagte nichts. Ihr war zum Heulen zumute.

Die niedersächsische Wasserschutzpolizei nahm die Yacht ohne jede Gegenwehr. Es fiel kein Schuss. Einundzwanzig Wissenschaftler, acht Besatzungsmitglieder und eine aufgeregte Mutter namens Jutta Speck gingen in Emden unter Polizeischutz von Bord. Zwei Stunden später konnte sie ihre Tochter Nadine in die Arme nehmen.

Ann Kathrin war nicht dabei. Sie saß apathisch in ihrem Büro und schaffte es nicht einmal, sich ein Glas Wasser einzugießen, obwohl ihr Mund austrocknete, und sie vor Durst schon Halsschmerzen bekam.

Sie schloss die Augen und stellte sich vor, über den Deich zu laufen. Unten brandeten die Wellen gegen die Schutzanlagen. Der Wind pfiff von Nordost und wühlte in ihren Haaren. Obwohl sie in ihrem Büro saß, hatte sie das Gefühl, die Naturgewalten der Nordsee heute nicht auszuhalten. Geistig schaltete sie um, und jetzt streckte sie in Aggis Huus in Neßmersiel die Füße aus. Hier fühlte sie sich immer wohl und konnte die Seele baumeln lassen.

Wie lange war sie schon nicht mehr dort gewesen? Sie roch den Ostfriesentee, bestellte sich aber einen Milchkaffee und einen Milchreis mit Zimt. Sie wollte sich wieder klein fühlen, einen Papa haben, mit Puppen spielen. Kind sein.

Ubbo Heide betrat ihr Büro ohne anzuklopfen. »Ich habe mit Insa gesprochen. Wir werden ihn zur Verantwortung ziehen.«

»Wen?«

Ubbo Heide sah sie entgeistert an. »Markus Poppinga … oder wie er sich jetzt nennt. Der kommt uns nicht ungeschoren davon.«

»Gut«, sagte Ann Kathrin. »Das ist gut. Wir dürfen nicht aufgeben … Und wenn die ganze Welt verrücktspielt, dann müssen wir so etwas sein wie der Fels in der Brandung.«

Ubbo Heide kramte in seiner Tasche nach einem Stück Marzipan. Es war ein Seehund von ten Cate. Er teilte ihn und hielt Ann Kathrin die Hälfte mit dem Schwanz hin.

Sie sah ihn an, wie eine Tochter ihren Vater ansieht, wenn sie ihn mag.

In seiner Zelle biss Rolf Poppinga auf eine Zyankalikapsel.

ENDE

Lesen Sie mehr von Klaus-Peter Wolf ...

Ostfriesenangst
Der sechste Fall
für Ann Kathrin Klaasen und Frank Weller
erscheint im März 2012

Das Schlimmste *war:* Bollmann wusste genau, dass er keine Chance hatte. Das Wasser im Priel war zu einem reißenden Fluss geworden. Er versuchte, sich mit einer Hand an einem Muschelhaufen festzuhalten. Es waren wilde Austern, die ihre Kolonie aber nicht auf einem Felsen gebildet hatten, sondern auf einer Miesmuschelbank. Die scharfen Schalen schnitten in seine Finger, trotzdem zog er sich hoch, drückte sogar sein Gesicht dagegen, ja, versuchte, sich festzubeißen.

Unter seinem Gewicht lösten sich die Austern ab, und er verlor den letzten Halt.

Es kam ihm vor wie ein makabrer Witz. Wie oft hatte er gesagt, für Austern würde er sterben? Wie oft hatte seine Frau ihn gewarnt, das glibbrige Zeug würde ihn noch umbringen? Aber er liebte es, frische Austern zu schlürfen. Mit Zitrone. Oder mit einem Spritzer Sekt.

Jetzt würde er mit Austern in der Hand sterben. Hier, in seiner geliebten Nordsee, zwischen Norderney und Norddeich, im Watt.

Er schluckte Salzwasser und hustete.

Er stellte zu seiner eigenen Verblüffung fest, dass es pazifische Austern waren, die hier wilde Kolonien gebildet hatten.

Die Hoffnung stirbt zuletzt, dachte er, und Hoffnung hatte er keine mehr.

Er spürte seine Beine nicht. Vom Bauchnabel an abwärts war er wie gelähmt.

Bollmann hatte eigentlich vorgehabt, sich nach der Pensionierung hier, am Küstenstreifen, niederzulassen. Er glaubte,

Ostfriesland sei ein guter Ort, um alt zu werden und um den Lebensabend zu genießen. Er hatte sich mit seiner Frau sogar gegen ihren anfänglich heftigen Widerstand auf eine Seebestattung geeinigt.

Sie hatte behauptet, eine Seebestattung sei für den überlebenden Partner keine gute Lösung. Sie selbst bräuchte für sich einen Ort der Erinnerung, an den sie gehen könnte, um ihm nah zu sein, falls er vor ihr sterben sollte, was Gott verhindern möge, denn sie fürchtete nichts mehr als das Alleinsein.

Nun, eine Art von Seebestattung war das hier ja im Grunde. Er hoffte für seine Frau und seine Schüler, dass er nicht als Wasserleiche gefunden werden würde.

Wenn das Meer mich nimmt, dann soll es mich auch ganz nehmen, dachte er. Sie sollen mich so in Erinnerung behalten, wie ich gelebt habe. Ich will nicht irgendwo aufgeschwemmt und angefressen an Land gespült werden.

Er schaffte es nicht, sich über Wasser zu halten. Eine Qualle platschte in sein Gesicht.

Rita Grendel konnte sich das Gekrampfe nicht länger mit ansehen. Mit ungeschickten Fingern versuchte Ann Kathrin Klaasen, aus einer weißen und einer roten Serviette eine Papierblume zu formen. Das Gebilde sah aber eher aus wie ein leck geschossenes Piratenschiff.

Rita nahm es ihr aus der Hand und zeigte ihr Schritt für Schritt, wie es geht.

Nach der Bastelanleitung gelang Ann Kathrin eine einigermaßen ansehnliche Papierblume.

Frank Weller sah ihr dabei gespannt zu, drückte ihr innerlich die Daumen und klatschte jetzt übertrieben Beifall.

Ann Kathrin sah ihn tadelnd an. »Ich habe eine Papierrose gebastelt, Frank, nicht das Empire-State-Building gebaut.«

Rita grinste. »Wenn ich Fernsehkrimis gucke, dann leben die

Kommissarinnen immer in kaputten Beziehungskisten oder haben gar kein Sexualleben mehr. Aber wenn ich euch zwei Turteltäubchen sehe, dann stimmt entweder mit euch etwas nicht oder mit den Fernsehkrimis! Tut mir richtig leid, euch trennen zu müssen. Aber nach alter ostfriesischer Sitte machen die Frauen jetzt hier in der Stube die Blumen und die Männer draußen den Bogen.«

Peter Grendel gab ihr recht. Er stand in der Tür und füllte den gesamten Rahmen aus. Er zog Weller zu sich.

Weller hielt noch die mitgebrachte Schnapsflasche in der Hand.

Peter Grendel betrachtete den Aquavit kritisch und lachte: »Wie schrecklich muss denn Schnaps schmecken, den man erst in Fässern über den Äquator schippern muss, damit man ihn überhaupt trinken kann?«

Ann Kathrin zwinkerte ihrem Frank zu. Er las in ihrem Blick: *Siehst du. Hier trinkt man Doornkaat, Liebster, oder wenigstens Corvit.*

Peter Grendel klopfte Weller auf die Schulter. Der knickte fast in den Knien ein.

»Keine Angst, wir lassen dich mit deinem Klaren nicht hängen. Wir helfen dir dabei, den zu vernichten. Da sind wir Kumpels, ist doch klar. Und jetzt komm mit nach draußen.«

Peter hatte Handschuhe für alle Männer dabei. Die waren Frank Weller allerdings ein paar Nummern zu groß.

Peter Grendel hatte die Tür von dem neuen Nachbarn bereits ausgemessen und den Holzrahmen für den Bogen geschnitten. Die Männer umwickelten den Rahmen jetzt mit Tannenzweigen.

»Es ziehen immer mehr Nordrhein-Westfalen zu uns, aber gerade deshalb ist es wichtig, solche Traditionen aufrechtzuerhalten«, sagte Peter Grendel nicht ohne Stolz. »Die neuen Nachbarn sollen wissen, dass sie willkommen sind.«

Alle Bewohner der Straße halfen mit. Der gesamte Distelkamp hatte sich versammelt. Es war gar nicht genug Arbeit für alle da, dafür aber genug Bier.

Laura warf sich auf dem Deich ins Gras. Sie wurde von einem Heulkrampf geschüttelt und wollte nur noch nach Hause. Sie konnte diese Rufe nach Bollmann nicht mehr ertragen. Selbst Ferdi und Kai, die sonst aus allem einen Witz machten, hatten ihre Clownsgesichter verloren. Das blanke Entsetzen war ihnen anzusehen.

Noch vor kurzem hatten sie Bollmann verflucht und ihm die Pest an den Hals gewünscht. Jetzt fieberten sie mit dem Seenotrettungsdienst, und wenn Laura sich nicht täuschte, betete Ferdi sogar heimlich.

Zwei Hubschrauber kreisten über ihnen. Es war noch hell, doch Laura wusste, dass all das Suchen sinnlos war. Niemals würde sie den Rettungskräften erzählen, was im Watt geschehen war, und der Polizei schon gar nicht. Aber sie schämte sich wie noch nie zuvor in ihrem Leben und am liebsten wäre sie auch gestorben oder zu Hause bei ihrer kiffenden Mutter gewesen, die mal wieder einen neuen Freund hatte. Natürlich einen Gitarristen. Sie verliebte sich nie in Schlagzeuger oder den Bassmann. Nein, es musste immer der Frontman sein. Sänger und Leadgitarrist.

Auch Bollmann spielte Gitarre. Konzertgitarre. Sie sah ihn jetzt wieder vor sich – so lebendig! Er spielte wieder diese alten Woodstocksongs.

Sie schüttelte sich. Nein, sie wollte diese Bilder jetzt nicht sehen. Sie sollten raus aus ihrem Kopf.

Frau Müller-Silbereisen kam über den Deichkamm auf Laura zu. Die Lehrerin schwankte. Manchmal wusste Laura ganz genau, was passieren würde, kurz bevor es geschah. Dies war so ein Moment.

Frau Müller-Silbereisen lächelte noch milde, doch dann brach sie zusammen. Ihr Körper rollte den Deich hinunter, wie Kinder es manchmal übermütig taten, nur war Frau Müller-Silbereisen ohnmächtig und drohte gegen die steinernen Wellenbrecher zu schlagen.

Laura packte ihre Füße und hielt sie fest. Mit dem Oberkörper lag Frau Müller-Silbereisen schon auf dem Asphalt, mit den Beinen aber noch im Deichgras.

Laura fuhr Ferdi und Kai an: »Was glotzt ihr so? Vielleicht helft ihr mir mal?!«

Aber bevor die zwei bei ihnen waren, hob Frau Müller-Silbereisen schon ihren Kopf. Sie riss die Augen weit auf und verzog den Mund zu einem irren Lächeln. Sie wischte sich mit einer fahrigen Bewegung die Haare aus der Stirn und versuchte aufzustehen.

»Ich bin okay«, sagte sie, »es geht mir gut. Alles in Ordnung.« Dann brach sie erneut zusammen.

Ann Kathrin Klaasen war ganz stolz auf sich, weil sie die Blumen inzwischen so schön hinkriegte. Es lagen schon zweiundzwanzig vor ihnen auf dem Tisch.

Rita Grendel schenkte Ostfriesentee nach. Es war schon die vierte Tasse. Eigentlich hätte Ann Kathrin lieber Kaffee getrunken oder ein Glas Rotwein, aber sie wollte kein Sakrileg begehen. Dies hier war ein ostfriesisches Ritual, und sie, als Zugereiste, hatte den Ehrgeiz, es besonders richtig zu machen.

Vom Tee und vom Schnaps war ihr ein bisschen flau, aber es lagen Frikadellen von Meister Pompe auf dem Tisch, und sie aß schon die dritte, um den Abend durchzustehen.

»Als ich mit meinen Eltern von Gelsenkirchen zunächst nach Köln gezogen bin, ist dort kein Mensch auf die Idee gekommen, unsere Tür zu bekränzen und uns willkommen zu heißen«, sagte Ann Kathrin.

Draußen hörten sie die Männer lachen. Die Frauen gingen gemeinsam raus, um zu schauen, wie weit die Männer waren. Das Fässchen Bier war leer und das Holz des Bogens unter dem Tannengrün gar nicht mehr zu erkennen.

Fritz Lückemeyer kam auf dem Fahrrad vorbei, um bei einem Freund, der im Urlaub war, die Mülltonne herauszustellen. Er hielt an, und nachdem er den Bogen genügend bewundert und einen Schnaps mitgetrunken hatte, erwähnte er, dass in Norddeich irgendetwas Schlimmes passiert sein müsste.

»Ich bin bei Diekster Köken am Deich entlanggeradelt. Da stehen jede Menge Rettungskräfte.«

Ann Kathrins und Wellers Handys meldeten sich mit nur wenigen Sekunden Abstand. Ann Kathrins Handy heulte wie ein in Not geratener Seehund, Wellers spielte »Piraten Ahoi!«.

»Du hattest mir doch versprochen, das Ding zu Hause zu lassen«, tadelte Rita Grendel ihre Freundin, doch da hatte Ann Kathrin ihr Gerät schon am Ohr.

»Nein, Ubbo. Egal, was du mir erzählen willst, wir kommen jetzt nicht. Wir machen gerade einen Bogen für die neuen Nachbarn und ...«

Ihr Chef Ubbo Heide atmete schwer. Er klang müde und heiser. Er versuchte wie immer, durch Sachlichkeit zu überzeugen: »Ann, eine Schulklasse hat mit ihrem Lehrer eine Wattwanderung gemacht. Und sie sind ohne ihn zurückgekommen. Es gibt zwei Möglichkeiten. Entweder hat ein verantwortungsloser Lehrer seine Klasse ohne Wattführer in große Gefahr gebracht, ist dabei ums Leben gekommen, und wir müssen froh sein, dass die Schüler es überlebt haben, oder eine paar teuflische Kids haben die Situation genutzt, um einen unliebsamen Pauker loszuwerden ...«

Er sprach nicht weiter.

»Von uns kann keiner mehr fahren«, sagte Ann Kathrin.

»Das ist mir egal. Ich brauche euch hier. Nehmt euch ein

Taxi. Ich kann euch keinen Wagen schicken. Hier ist die Hölle los. Und in ein paar Stunden werden hier die Eltern dieser Kinder anrücken. Mit ihren Anwälten und Psychologen. Bis dahin sollten wir wissen, ob sie Opfer oder Täter sind.«

Ann Kathrin nickte Weller zu. Er hatte die aufgeregte Sylvia Hoppe am Handy, die ihn anflehte, sofort nach Norddeich zu kommen. Sein Handy war wie immer so laut gestellt, dass alle Umstehenden mithören konnten.

»Wieso Norddeich? Wer geht denn von Norderney nach Norddeich? Das ist wegen der tiefen Priele und des Fahrwassers doch überhaupt nicht möglich. Wattwanderungen nach Norderney starten in Neßmersiel und führen auch dahin zurück.«

»Ja, diese und viele andere Fragen gilt es zu klären. Du kannst dir nicht vorstellen, was hier los ist. Wir haben es mit halbtoten Kindern zu tun. Wir wissen noch nicht einmal, wie viele fehlen.«

Ann Kathrin machte eine schneidende Handbewegung durch die Luft. »Wir kommen!«

Ein Taxi der Firma Driever fuhr durch den Distelkamp und wollte eigentlich in den Roggenweg. Peter Grendel rannte hin und hielt das Taxi an. »Das ist ein Notfall«, sagte er. »Kannst du die Kommissarin nicht ...«

»Aber klar, Peter.« Der Taxifahrer war sofort bereit, Ann Kathrin und Weller nach Norddeich zu fahren.

Ann Kathrin stieg hinten ein und telefonierte sofort noch einmal mit Ubbo Heide.

»Wir brauchen alle Wattführer vor Ort. Auf den Sachverstand können wir jetzt nicht verzichten. Tamme. Kurt Knittel. Niko. Anita. Heiko. Die ganze Bande!«

Pressestimmen

»Wer Krimis im Urlaub gerne liest und nicht den Anspruch an ein gutes Buch aufgeben möchte, der sollte sich mit Klaus-Peter Wolf und seiner Reihe Ostfriesenkrimis beschäftigen. Wenn im Buch ein Gewitter im Verzug ist, schließt der Leser selbst bei strahlendem Sonnenschein vorsichtshalber mal die Fenster.
Wiesbadener Kurier, Stefan Schröder

»Klaus Peter Wolf hat in seinem Leben nicht nur an Auflagenhöhe, sondern auch an Qualität viel erreicht. Für die nächsten Ostfriesenkrimis vergeben wir bereits jetzt das Siegel: KPWKSEG (Klaus Peter Wolf Krimis sind einfach gut).«
Eulenspiegel, Matthias Biskupek

»Ein überragender Geschichtenerzähler.«
Westdeutsche Allgemeine Zeitung

»Ein fesselnder Thriller. Ein wahrer Psychokrieg.«
Schwäbische Zeitung

»Der Autor zieht in seinen Bann. Ein spannungsgeladener Roman.«
Südwestpresse

»Da läuft es einem kalt den Rücken hinab. Ganz langsam steigert Krimiautor Klaus-Peter Wolf die Spannung. Immer weiter zieht er seine Leser in einen mörderischen Bann.«
Nordsee-Zeitung

»Man kann Klaus Peter Wolf ja viel vorwerfen, aber im Gegensatz zu seinen Kritikern hat er uns nie gelangweilt.«
SWR

»Man meint, die Seeluft der Nordsee riechen zu können. Durch seine Heldin, die Kommissarin Ann Kathrin Klaasen, die in all seinen Ostfrieslandkrimis dafür sorgt, dass »Ostfriesland sauber bleibt«, trifft Wolf in seinen spannenden Erzählungen den Nerv seiner großen Leserschar.«
Helmut Hogelücht, Nordwestzeitung

»Gnadenlos selbstironisch.«
Rheinzeitung

»Sündhaft spannend ...«
Denise Klein, Stadtspiegel Gelsenkirchen

»Klaus-Peter Wolf ist versierter Verfasser von ›Tatort‹- und ›Polizeiruf‹-Drehbüchern. Er kann spannend erzählen. Seine Charaktere sind unverwechselbar und agieren glaubwürdig.«
Sächsische Zeitung/Kultur, Bettina Schmidt

»Spannende und witzige Stunden kurzweiligster Unterhaltung. Für Krimifreunde gibt es nichts Schöneres.«
Stadtspiegel Gelsenkirchen, Denise Klein

»Es kommt keine Langeweile auf, denn Wolf vermag die Akteure psychologisch dicht und fesselnd zu beschreiben.«
Ostfriesische Nachrichten, Axel Wittich

»Als ich Klaus-Peter Wolf in den siebziger Jahren kennenlernte, war ich für die Kultur bei der WAZ tätig. Klaus-Peter Wolf fiel mir sofort auf durch seine Frische, seine Hartnäckigkeit, seine Zuversicht, seine frühe Professionalität. Und durch seinen Mut, Risiken einzugehen. Das alles ist lange her. Heute ist er ein literarisches Schwergewicht. Klaus-Peter Wolf hat sich durchgesetzt. Regional, deutschlandweit, international, und längst ist er ein Meister des Mordes geworden.«
Jörg Loskill

»Mit Herzblut, Witz und origineller Leichtigkeit sorgt Klaus-Peter Wolf für viel Unterhaltung. Spannung, die Laune macht!«
Oldenburgische Volkszeitung

»Ein Erzähler mit Feingefühl«
Südkurier

»Der Kriminalschriftsteller Klaus Peter Wolf gehört zu den ungewöhnlichsten Exemplaren seiner Zunft, er begab sich selbst ins kriminelle Milieu um darüber schreiben zu können.«
Hamburger Abendblatt, Claas Greite

»Höchste Spannungskunst!«
Oliver Schwambach, Saarbrücker Zeitung

»Ein mitreißender, glaubwürdiger, aufwühlender Krimi.«
Arno Udo Pfeiffer, MDR, RadioSachsen-Anhalt

Klaus-Peter Wolf
Ostfriesensünde
Kriminalroman
Band 18050

»Die Krimis von Klaus-Peter Wolf sind hoch spannend
und kommen authentisch rüber.«
Inka Schneider, NDR-Moderatorin

Was geschah damals bei dem Banküberfall, bei dem Ann
Kathrins Vater ums Leben kam? Bis heute konnte dieser Fall
nicht geklärt werden. Doch jetzt verfolgt Ann Kathrin eine
neue Spur. Es sind Fotos ihres Vaters aufgetaucht, Fotos, die
nicht zu dem Bild passen, das Ann Kathrin von ihrem Vater
hat.

Aber als Ann Kathrin die Frau aufsucht, der die Fotos gehören, liegt diese tot im Wohnzimmer. Ein Zufall?

Fischer Taschenbuch Verlag

fi 18050 / 1

Klaus-Peter Wolf
Ostfriesengrab
Kriminalroman
Band 18049

Im zauberhaften Park von Schloss Lütetsburg wird eine
weibliche Leiche gefunden. Der Mörder hat sie wie eine Elfe
in den blühenden Sträuchern drapiert. Welche Botschaft will
er Kommissarin Ann Kathrin Klaasen und ihrem Team damit
übermitteln? Auch der dritte Kriminalroman mit der belieb-
ten Kommisarin verspricht Spannung pur.

Fischer Taschenbuch Verlag

fi 18049 / 1

Klaus-Peter Wolf
Ostfriesenblut
Kriminalroman
Band 16668

Der zweite Fall für die beliebte ostfriesische Kommissarin
Ann-Kathrin Klaasen.

Norddeich war ein friedlicher Urlaubsort an der Nordseekü-
ste. Hier wurden keine Touristen beim Baden vom Weißen
Hai attackiert und auch keine Frauen von Parkplätzen entführt. So hatte man bis jetzt gedacht. Die Polizei glaubte eher
an einen Badeunfall. Vielleicht war sie ja nach dem Joggen für
eine kleine Abkühlung in die Fluten gestiegen. Manchmal
überschätzten Menschen ihre Kräfte, schwammen zu weit
raus und bekamen im Wasser einen Herzinfarkt. Aber dann
hätten irgendwo am Strand zumindest ihr Jogginganzug und
ihre Turnschuhe liegen müssen.

Fischer Taschenbuch Verlag